David Grossman
Wohin du mich führst

David Grossman
Wohin du mich führst

Aus dem Hebräischen von
Vera Loos und Naomi Nir-Bleimling

Carl Hanser Verlag

Die Originalausgabe erschien 2000 unter dem Titel
mischehu laruz ito
bei Hakibbutz Hameuchad, Tel Aviv.

Unser gesamtes lieferbares Programm
und viele andere Informationen finden Sie unter
www.hanser.de

1   2   3   4   5   05   04   03   02   01
ISBN 3-446-20021-5
Alle Rechte der deutschen Ausgabe:
© Carl Hanser Verlag München Wien 2001
Umschlag: Quint Buchholz, Ottobrunn
Satz: Satz für Satz, Barbara Reischmann, Leutkirch
Druck und Bindung:
Franz Spiegel Buch GmbH, Ulm
Printed in Germany

Für meine Kinder
Jonathan, Uri und Ruthi

»Mein Schatten und ich
machten uns auf den Weg.«

Ein Hund jagt durch die Straßen, gefolgt von einem Jungen. Eine lange Schnur verbindet die beiden und wickelt sich um die Beine der Passanten, die sich entrüsten und zetern, der Junge stammelt immer wieder »Tschuldigung, Tschuldigung«, zwischen den Entschuldigungen ruft er nach dem Hund: »Halt! Stehen bleiben!«, und einmal rutscht ihm sogar ein peinliches »Brrr!« heraus, der Hund rennt weiter.

Er prescht vor, überquert befahrene Straßen, wetzt bei Rot über die Fahrbahn. Der Junge sieht das goldene Fell wie ein geheimes Signal zwischen den Beinen der Fußgänger aufblinken, »Nicht so schnell!«, brüllt der Junge, wüsste er wenigstens den Namen des Hundes, könnte er ihn rufen und der Hund würde vielleicht anhalten oder wenigstens das Tempo drosseln, doch tief in seinem Innern ahnt der Junge, dass der Hund sich auch dadurch nicht aufhalten ließe, und wenn der Strick ihm die Kehle zuschnürte, er würde weiter auf sein Ziel zurennen, hoffentlich sind wir bald da und ich habe die Sache hinter mir.

Diese Dinge ereignen sich, als der Junge gerade eine schlechte Phase durchmacht. Der Junge, sein Name ist Assaf, rennt vorwärts, doch hinter ihm verknoten sich seine Gedanken, er kann sie jetzt nicht gebrauchen, er muss sich voll und ganz auf das Wettrennen mit dem Hund konzentrieren, doch er fühlt, wie er sie wie einen Schwanz scheppernder Blechbüchsen hinter sich herzieht; die Dose mit der Reise seiner Eltern ist darunter. In diesem Augenblick schweben sie über dem Ozean, die erste Flugreise ihres Lebens, musste das sein!, und die Büchse mit seiner großen Schwester, an die er gar nicht denken darf, weil sie nichts Gutes verheißt; und da sind noch mehr Dosen, kleine und große, die in seinem Hirn gegeneinander rumpeln, am Schwanzende trudelt die Konserve, die er schon seit zwei Wochen hinter sich herschleppt, ihr Scheppern geht ihm auf den Geist, sie poltert unüberhörbar, er soll sich doch endlich in Dafi verknallen, wie lange will er denn noch warten; Assaf hat das Gefühl, dass er einen Moment stehen bleiben muss, um die nervtötende Blechkolonne ein wenig zu ordnen, doch der Hund macht ihm einen Strich durch die Rechnung.

Mist, seufzt Assaf, denn kurz bevor die Tür aufgerissen wurde und man ihn holte, um den Hund auszuführen, war er drauf und dran gewesen, sich in sie, in Dafi, zu verlieben. Er hatte regelrecht fühlen können, wie er den widerspenstigen Punkt in seinem Bauch endlich bezwang und Herr über die leise, eindringliche Stimme wurde, die ihm von dort zuflüsterte: Lass die Finger von ihr, von dieser Dafi, sie ist eine Giftspritze und hat nichts Besseres zu tun, als Gott und die Welt zu verarschen, vor allem dich, wozu veranstaltest du Abend für Abend dieses schwachsinnige Theater. Just in dem Augenblick, als es ihm um ein Haar gelungen war, die hetzende Stimme zum Schweigen zu bringen, hatte sich die Tür des Büros, in dem er letzte Woche jeden Tag von acht bis vier verbracht hatte, geöffnet und Abraham Danoch, schmalbrüstig, dunkelhäutig und verbittert, stellvertretender Leiter des Gesundheitsamtes, mehr oder weniger ein Freund seines Vaters und der, der ihm den Job für den August verschafft hatte, meinte, er solle gefälligst seinen Arsch heben und ihm ins Städtische Tierheim folgen, er hätte endlich eine Aufgabe für ihn.

Danoch hatte es eilig und sprach unterwegs pausenlos von einem Hund, Assaf hörte nicht zu, er brauchte ein paar Sekunden, um umzuschalten, er tappte hinter Danoch durch die Korridore der Behörde, vorbei an den Wartenden, die ihr Wasser und ihre Grundsteuern bezahlen oder ihre Nachbarn wegen eines nicht genehmigten Balkons denunzieren wollten, Assaf folgte Danoch durch den Notausgang in den Hof und horchte forschend in sich hinein, ob es ihm nun gelungen war oder nicht, das letzte Argument gegen Dafi zu entkräften, was würde er heute Abend Roi sagen, der von ihm verlangte, dass er endlich seine Zweifel beiseite schob und sich wie ein Mann benahm. Schon von weitem hörte er das anhaltende, laute Gebell und wunderte sich, denn in der Regel kläfften sie alle auf einmal, hin und wieder riss ihr Chor ihn im dritten Stock aus seinen Träumen, doch jetzt bellte nur einer. Danoch öffnete eine Gittertür, drehte sich um und machte eine Bemerkung, die Assaf wegen des Lärms nicht verstand, er öffnete eine zweite Tür und gab Assaf zu verstehen, er solle sich in den engen Gang zwischen den Zwingern zwängen.

Es bestand kein Zweifel. Ausgeschlossen, dass Danoch Assaf wegen eines anderen Hundes hergebracht hatte. Es waren acht oder neun im Tierheim, jeder in einem eigenen Zwinger, aber in Wahrheit war dort nur ein Einziger, der seinen Leidensgenossen die Show stahl und ihnen die Sprache verschlug. Er war nicht besonders groß, aber zügellos und stark und vor allem verzweifelt. Assaf hatte noch nie einen so verzweifelten Hund gesehen. Immer wieder warf er sich gegen das Gitter, dessen Stäbe ächzend vibrierten, dabei ließ er einen grauenhaft hohen Laut hören, eine merkwürdige Mischung aus Jaulen und Bellen. Die übrigen Hunde standen oder lagen in ihren Zwingern und sahen ihn still und verstört, ja sogar ehrfürchtig an, und Assaf durchfuhr ein sonderbarer Gedanke, wenn ein Mensch sich in seiner Gegenwart so aufführte, würde er ohne zu zögern auf ihn zugehen und ihm seine Hilfe anbieten oder sich zurückziehen und ihn seiner Trauer überlassen.

In den kurzen Pausen zwischen Bellen und Sprüngen gegen das Gitter sprach Danoch leise und hastig. Ein Angestellter der Stadtverwaltung hatte den Hund zwei Tage zuvor in der Innenstadt am Zionplatz streunend aufgegriffen. Der Tierarzt hatte zunächst gedacht, der Hund habe Tollwut in einem frühen Stadium, aber der Verdacht hatte sich nicht bestätigt und abgesehen von dem Dreck und ein paar Schürfwunden war das Tier in einem Topzustand. Assaf bemerkte, dass Danoch durch den Mundwinkel sprach, als wolle er vor dem Hund verbergen, dass er über ihn redete. »Das geht nun schon achtundvierzig

Stunden so«, zischte er, »und der Saft geht ihm anscheinend immer noch nicht aus. Das ist ein Kerl, was?«, fügte er hinzu und straffte sich ein wenig, als der Blick des Hundes ihn streifte. »Kein gewöhnlicher Straßenköter.«

»Wem gehört er?«, fragte Assaf und trat einen Schritt zurück, denn der Hund warf sich erneut mit einer Wucht gegen das Gitter, die sämtliche Zwinger erschütterte. »Das ist es ja gerade«, näselte Danoch und kratzte sich am Kopf. »Das sollst du ja herausfinden.« – »Wieso ich?«, fragte Assaf erschrocken. »Wie stellen Sie sich das vor?« Danoch sagte: »Sobald diese Töle sich ein wenig beruhigt hat, werden wir ihr ein paar Fragen stellen.« Assaf sah ihn verständnislos an. Danoch meinte, man werde vorgehen, wie man in diesen Fällen immer vorgehe. Man bindet dem Hund einen Strick um den Hals, lässt ihn laufen und folgt ihm eine Zeit lang. Ein, zwei Stündchen. In der Regel führt der Hund einen schnurgerade zu seinem Herrchen.

Assaf dachte, Danoch macht Witze, wer soll das denn glauben, aber Danoch zog einen gefalteten Bogen aus der Brusttasche seines Hemdes und meinte, bevor Assaf den Hund seinem Besitzer überließe, müsse der auf jeden Fall Formular Nr. 76 unterschreiben, steck es ein, Assaf, und verlier es nicht, denn um ehrlich zu sein, halte ich dich für eine Niete, denk vor allem daran, dem freundlichen Hundebesitzer klarzumachen, dass er das beiliegende Knöllchen – 150 Schekel – bezahlen muss, wenn er keinen Ärger mit der Justiz bekommen will, blechen muss er, a) weil er seine Aufsichtspflicht verletzt hat, dafür verpassen wir ihm einen Denkzettel, und b) weil dies der Min-dest-be-trag (Danoch genoss es sichtlich, sich schadenfroh Silbe für Silbe auf der Zunge zergehen zu lassen) für den Schlamassel und die Arbeit ist, die er der Stadtverwaltung aufgebürdet hat, ganz zu schweigen von der Zeit, die hoch-qua-li-fi-zier-tes Personal für ihn verplempern musste! Er klopfte Assaf eine Spur zu heftig auf die Schulter und sagte, wenn er erst den Hundebesitzer aufgespürt habe, könne Assaf wieder

in sein Büro bei den Wasserwerken zurückkehren und seinet-
wegen bis zum Ende der Ferien auf Kosten der Steuerzahler in
den Sessel furzen.

»Und wie soll ich . . .«, versuchte Assaf zu protestieren. »Sehen Sie sich den Hund doch mal an. Der ist doch total durchgeknallt . . .«

Da geschah es: Der Hund hörte Assafs Stimme und mit
einem Schlag wurde er still. Er rannte nun nicht mehr hin und
her. Zaghaft kam er an den Zaun und sah Assaf an. Seine Rip-
pen stiegen noch immer hektisch auf und ab, aber seine Bewegungen verlangsamten sich und sein Blick wurde dunkel und
scharf. Er legte den Kopf auf die Seite, als wolle er sich Assaf
genauer betrachten, und Assaf dachte, gleich reißt er das Maul
auf und sagt mit einer durch und durch menschlichen Stimme:
Der Durchgeknallte hier bist du.

Der Hund kniete sich, legte sich auf den Bauch, senkte den
Kopf und seine Vorderpfoten schoben sich scharrend oder bettelnd unter dem Gitter durch. Aus seiner Schnauze drang ein
neuer Laut, hoch und sanft wie das Wimmern eines Welpen
oder eines Kindes.

Assaf bückte sich. Er tat es automatisch. Selbst Danoch, der
fischblütig war und ihm den Job nur mäßig begeistert besorgt
hatte, zeigte den Anflug eines Lächelns, als Assaf so fix in die
Knie ging. Assaf sah den Hund an und sprach leise auf ihn ein.
»Zu wem gehörst du denn?«, sagte er. »Was ist los mit dir?
Warum machst du so einen Terror?« Er sprach ruhig, ließ Raum
für Antworten und vermied es, den Hund durch allzu lange
Blicke in die Augen in Verlegenheit zu bringen. Er wusste – der
Freund seiner Schwester Relli hatte es ihm beigebracht –, wie
man mit einem Hund sprach. Das Tier hechelte, legte sich flach
auf den Boden und mit einem Mal sah es müde, erschöpft und
ein Stück kleiner aus. Es herrschte einen Augenblick Ruhe,
bevor die übrigen Hunde zu neuem Leben erwachten und in
ihren Zwingern auf und ab zu laufen begannen. Assaf steckte
den Zeigefinger zwischen die Gitterstäbe und berührte den

Kopf des Tieres. Der Hund rührte sich nicht. Assaf streichelte vorsichtig das vor Dreck starrende Fell. Der Hund begann sofort ausdauernd zu winseln, als wolle er etwas loswerden, das er nicht länger für sich behalten konnte. Seine rote Zunge zitterte und seine Augen wurden groß und viel sagend.

Wegen dieses Augenblicks verzichtete Assaf auf eine weitere Diskussion mit Danoch, der sich beeilte, die Ruhepause zu nutzen, in den Zwinger trat und einen langen Strick an das orangefarbene Halsband band, das sich im Dickicht des Fells verbarg.

»Los, nimm ihn!«, befahl er. »Der ist jetzt zahm wie ein Lamm.« Danoch schreckte ein wenig zurück, als der Hund plötzlich vor dem Zwinger stand und seine Erschöpfung und die stille Ergebenheit schlagartig abschüttelte, mit neuer Nervosität nach rechts und links schaute, schnüffelte und einer fernen Stimme zu lauschen schien. »Ihr beide werdet schon klarkommen«, versuchte Danoch Assaf und sich selbst zu beruhigen. »Gib auf dich Acht, wenn du mit ihm durch die Stadt läufst.« Die letzten Worte erstarben in seiner Kehle.

Denn nun spannte und konzentrierte der Hund sich. Seine Schnauze wurde spitz und für einen Moment hatte er etwas von einem Wolf. »Hör mal«, grummelte Danoch mit leichter Reue, »denkst du, du wirst mit ihm fertig?« Assaf blieb eine Antwort schuldig. Er starrte nur verdutzt auf die Verwandlung, die mit dem befreiten Tier vorging. Danoch klopfte Assaf nochmals auf die Schulter. »Du bist groß und hast Kraft. Sieh dich an. Du überragst mich und deinen Vater. Du schaffst ihn, was meinst du?«

Assaf wollte fragen, was er tun sollte, wenn der Hund ihn nicht zu seinem Herrchen führte, und wie lange er denn hinter ihm herlaufen sollte (in der Schreibtischschublade warteten die drei Stullen, die er sich für die Mittagspause aufgehoben hatte). Und was, wenn der Hund seinem Besitzer abgehauen war und gar nicht daran dachte, zu ihm zurückzukehren?

Diese Fragen wurden zu diesem Zeitpunkt nicht gestellt,

und auch später nicht. Assaf sollte Danoch an jenem Tag und an den kommenden Tagen nicht wieder sehen. Mitunter lässt sich problemlos präzise der Moment bestimmen, an dem sich etwas – beispielsweise Assafs Leben – unwiderruflich und bis zur Unkenntlichkeit zu verändern beginnt.

Denn sobald Assafs Hand sich um die Schnur schloss, stürmte der Hund los und zog Assaf hinter sich her. Danoch streckte erschrocken den Arm aus, um ihn festzuhalten, und vermochte dem entführten Assaf ein paar Schritte zu folgen, setzte sich sogar noch hinter ihm in Trab – vergeblich. Assaf wurde durch den Hof der Stadtverwaltung gezerrt und auf die Straße geschleift. Und prallte gegen ein parkendes Auto, eine Mülltonne und eine Hand voll Fußgänger. Er rannte …

Der lange, buschige Schwanz pendelt schwungvoll vor seinen Augen, fegt Menschen und Fahrzeuge aus dem Weg und Assaf folgt ihm wie unter Hypnose, hier und da bleibt er, der Hund, einen Augenblick stehen, hebt den Kopf und schnuppert, biegt in eine Seitenstraße und rennt unbeirrt weiter, er scheint genau zu wissen, wohin, sodass die Chancen für ein baldiges Ende des Wettlaufs gut stehen, der Hund wird nach Hause finden und Assaf wird ihn seinem rechtmäßigen Eigentümer übergeben und, Gott sei's getrommelt und gepfiffen, eine Sorge weniger haben. Doch mitten im Rennen beginnt Assaf darüber nachzudenken, wie er vorgehen wird, wenn der Hundebesitzer sich weigern sollte, das Bußgeld zu zahlen. Er wird ihm sagen: Hören Sie, mein Herr, mein Posten lässt mir in dieser Angelegenheit keinerlei Spielraum. Entweder Sie zahlen oder Sie landen vor Gericht! Der Mann beginnt auf der Stelle zu diskutieren und Assaf begegnet ihm mit schlagkräftigen Argumenten, rennt weiter und murmelt innerlich mit verkniffenen Lippen, entschieden und wohl wissend, dass er es nicht fertig bringen wird, Konflikte sind nicht seine Stärke, am Ende zieht er es immer vor, klein beizugeben und den Kürzeren zu ziehen, schließlich ist das genau der Grund dafür, dass er, um des lieben Friedens willen, Abend für Abend in der Sache Dafi Kaplan vor Roi den Schwanz einzieht, er versinkt in Gedanken, sieht diese Bohnenstange Dafi vor sich und hasst sich für seine Schwäche, als er bemerkt, dass der Koloss mit den toupierten Augenbrauen und der weißen Kochmütze ihm eine Frage gestellt hat.

Assaf sieht ihn entgeistert an. Dafis bleiches Gesicht mit der ewig spöttischen Miene und den durchsichtigen Eidechsenlidern verschmilzt auf der Stelle mit einem anderen aufgeblasenen wütenden Antlitz. Assaf schärft bestürzt den Blick und sieht eine Mauernische, in deren Hintergrund ein Ofen glüht. Wie sich herausstellt, hat der Hund aus einem unerfindlichen Grund beschlossen, vor einem kleinen Pizzaimbiss anzuhalten, der Pizzabäcker beugt sich gerade über die Theke und fragt Assaf erneut, zum zweiten oder womöglich gar zum dritten Mal nach einer jungen Dame. »Wo steckt sie denn?«, fragt er. »Sie hat sich schon einen Monat nicht mehr blicken lassen.« Assaf schielt vorsichtig nach den Seiten. Vielleicht redet der Pizzabäcker mit einer Person hinter ihm. Aber nein, er meint Assaf und will wissen, ob sie seine Schwester oder seine Freundin ist. Assaf nickt verstohlen und versucht, ein wenig Zeit zu gewinnen. Nach einer Woche Stadtverwaltung weiß er, dass die Innenstädter mitunter merkwürdig reagieren und sonderbare Marotten haben. Und einen seltsamen Humor. Vielleicht liegt es an dem täglichen Umgang mit anderen schrägen Vögeln und Touristen aus aller Herren Länder, dass sie die Gewohnheit angenommen haben, sich stets so zu verhalten, als stünden sie auf der Bühne und hätten ein unsichtbares, an ihren Lippen hängendes Publikum vor sich. Er will weg, weiter dem Hund hinterher. Aber ausgerechnet in diesem Augenblick setzt sich der Hund hin und sieht den Pizzabäcker erwartungsvoll an, der ihm freundlich zupfeift, als wären die beiden alte Bekannte. Und blitzschnell, wie ein Basketballspieler, wirft der Kerl dem

Hund – hinter dem Rücken aus der Hüfte – eine dicke Kugel Mozzarella zu, die dieser in der Luft schnappt und verschlingt.

Noch eine. Und noch eine und noch ein paar.

Der Pizzabäcker hat krause Brauen, die an zwei wild wuchernde Sträucher erinnern und bei Assaf das unbehagliche Gefühl des Getadelten auslösen. Der Mann behauptet, die Hündin noch nie derart ausgehungert gesehen zu haben. »Die Hündin?«, nuschelt Assaf verdattert. Bis jetzt war er nicht auf die Idee gekommen, bei dem Hund könnte es sich um eine »Sie« handeln. Er hatte ihn für einen Rüden gehalten. Bei der Geschwindigkeit, der Kraft und der Entschlossenheit seiner Bewegungen. Schließlich hatte es in dem wahnwitzigen Lauf zwischen Zorn und Chaos auch Augenblicke gegeben, in denen Assaf die Vorstellung genossen hatte, sie bildeten eine Einheit, Herr und Hund gewissermaßen. Eine Männerfreundschaft, die keiner Worte bedurfte. Und nun – es irritierte ihn, dass er hinter einer Hündin hergelaufen war.

Der Verkäufer rafft die buschigen Brauen und heftet einen prüfenden, vielleicht sogar argwöhnischen Blick auf Assaf. Er fragt: »Was denn? Hat sie dich geschickt?« Und er macht sich daran, eine dünne, teigige fliegende Untertasse durch die Luft kreisen zu lassen, lässt sie in die Höhe schnellen und fängt sie gekonnt. Und Assaf nickt mit ein wenig geneigtem Kopf, genau zwischen Ja und Nein, lügen mag er nicht, der Pizzabäcker schmiert Tomatensauce auf den Teig, obwohl Assaf weit und breit keinen Kunden ausmachen kann, und bestreut ihn mit Oliven und gehackten Zwiebeln, Champignons und Sardellen, fügt Sesam und ein orientalisches Gewürz hinzu und wirft dabei immer wieder, ohne hinzusehen, ein paar kleine Käsebrocken über seine Schultern, die die Hündin, die bis eben noch ein Hund war, so gekonnt fängt, als könne sie seine Gedanken lesen.

Assaf bleibt stehen und gafft die beiden an, ihren erprobten Tanz, er fragt sich, was er hier verloren hat, worauf er eigentlich wartet. Irgendeine Frage an den Bäcker schwirrt ihm durch den Kopf, etwas über die junge Dame, die den Hund offenbar gewöhnlich begleitet, aber alle Fragen, die ihm dazu einfallen, kommen ihm lachhaft vor und würden mit komplizierten Erläuterungen über die Suche nach den Besitzern herumstreunender Hunde und über Ferienjobs bei Behörden einhergehen, und Assaf begreift mit einem Mal, vor welche Schwierigkeiten sein Auftrag ihn stellt, denn – soll er tatsächlich Hinz und Kunz nach dem Verbleib des Hundebesitzers befragen? Gehört das überhaupt zu seinen Aufgaben bei der Stadtverwaltung? Wieso hat er sich eigentlich ohne Widerrede von Danoch dafür einspannen lassen? Mehrmals lässt er in seinem Hirn sämtliche Argumente ablaufen, die er Danoch in dem Hundezwinger hätte entgegenhalten sollen; wie ein redegewandter, spitzfindiger Rechtsanwalt, mit einer Prise Arroganz, argumentiert er gegen den utopischen Auftrag und macht sich gleichzeitig, wie immer in solchen Situationen, ein wenig kleiner, zieht den Kopf zwischen die breiten Schultern und wartet ab.

Und tief in seinem Innern werden all die großen und kleinen in ihm geballten Verdrusse durchgerührt, bis sie wie ein dünner Lavastrahl aus ihm herausbrechen, um sich – auf seinem Kinn – in einen einsamen brennenden Pickel zu verwandeln. Glühend vor Wut auf Roi, dem es gelungen war, ihn zu überreden, auch den heutigen Abend wieder zu viert zu verbringen, zum wer-weiß-wievielten-Mal, und ihm auch noch erklärte, dass er mit der Zeit schon dahinterkäme, dass Dafi haargenau sein Typ sei, was die inneren Werte und so angehe. So hatte er es formuliert und Assaf mit dem scharfen, langen Blick angesehen, dem Blick, der keinen Widerspruch duldet, und Assaf hatte in seiner Regenbogenhaut den goldenen, schmalen Ring des Spotts, der seine Pupillen umgab, gesehen und niedergeschlagen gedacht, dass sich ihre Freundschaft mit den Jahren in etwas anderes verwandelt hatte. Aber wie sollte man es bezeichnen, dieses »andere«? Und Hals über Kopf hatte er erschrocken, wie von der Tarantel gestochen, zugesagt. Er würde mitkommen. Und Roi hatte ihm erneut auf die Schulter geklopft und gesagt: »So gefällst du mir, Junge.« Assaf war gegangen und hatte sich gewünscht, er hätte den Mut, sich umzudrehen und Roi jene »inneren Werte« vor den Latz zu knallen. Schließlich brauchte Roi ihn und Dafi nur als Hohlspiegel, um sich immer wieder in Erinnerung zu rufen, wie cool und locker er und seine Mejtal doch waren, wenn sie alle paar Schritte stehen blieben und knutschten, während Assaf und Dafi wortlos und feindselig hinter ihnen herlatschten.

»Was hast du denn?«, sagt der Pizzabäcker aufgebracht. »Ich rede mit dir!«

Assaf sieht, dass die Pizza in einen weißen Pappkarton verpackt und in acht Portionen geteilt wird, und der Pizzabäcker sagt entschieden, als ob er es leid wäre, alles nochmals zu wiederholen: »Ich hab sie belegt wie immer: zwei Ecken mit Pilzen, eine mit Sardellen, eine mit Mais, zwei normal und zwei mit Oliven. Fahr zu, damit die Pizza nicht kalt wird. Macht vierzig Schekel.«

»Wieso fahren?«, fragt Assaf leise.

»Bist du denn nicht mit dem Rad da?«, fragt der Pizzabäcker verwundert. »Deine Schwester packt sie immer auf den Gepäckträger. Aber nun erst mal zur Kasse!« Er streckt Assaf einen langen, haarigen Arm entgegen. Der verstörte Assaf steckt die Hand in die Hosentasche und die Wut steigt aus der Tasche hoch und gärt, bis sie ihn von Kopf bis Fuß erfasst hat: Seine Eltern haben ihm vor ihrer Abreise genügend Geld dagelassen, aber er plant jede Ausgabe mit peinlicher Sorgfalt. Er verkneift sich das Mittagessen in der Kantine der Stadtverwaltung, um sich die Mittel zu einem zusätzlichen Objektiv für die Canon zusammenzusparen, die seine Eltern ihm aus Amerika mitbringen wollen. Und die unplanmäßige Ausgabe, zu der er sich jetzt genötigt sieht, wurmt ihn, macht ihn rasend. Aber er hat keine Wahl. Es besteht kein Zweifel, dass der Typ die Pizza eigens für ihn gebacken hat, das heißt für die Person, die normalerweise mit dem Hund vorbeikommt. Wäre Assaf nicht so sauer, würde er gewiss endlich nach der Hundebesitzerin fragen, aber wegen dieser Wut oder weil er denkt, er würde gleich platzen, weil immer wieder jemand über ihn bestimmt und für ihn entscheidet, was er zu tun hat, bezahlt er und macht eine scharfe Drehung, die demonstrieren soll, wie sehr ihm das Geld, das man ihm hier aus der Tasche gezogen hat, am Arsch vorbeigeht. Doch die Hündin wartet nicht, bis der gewünschte Ausdruck auf seinem Gesicht gereift ist, sie rast los, spannt die Leine ruckartig in ihrer gesamten Länge und Assaf fliegt mit einem stummen Schrei ihr nach, sein Gesicht verzerrt sich von der Anstrengung, mit einer Hand die große Pappschachtel zu balancieren und mit der andern die Schnur zu halten, und nur durch ein Wunder gelingt es ihm, unversehrt die Fußgänger zu passieren, mit der Schachtel auf seinem ausgestreckten Arm in der Höhe, und er weiß genau, er macht sich nichts vor, dass er wie die Witzfigur von einem Kellner aussieht, und zu allem Übel beginnt auch noch der Duft der Pizza aus der Schachtel zu steigen, seit dem Morgen hat er nur ein belegtes Brot im Bauch und unbestritten hat er einen legalen Anspruch auf die Pizza über seinem Kopf, schließlich hat er jede einzelne Olive und jeden Champignon persönlich bezahlt, andererseits hat er das unbestimmte Gefühl, dass sie trotzdem nicht gänzlich die seine ist, dass gewissermaßen ein anderer sie gekauft hat, für einen anderen, und beide kennt er nicht.

Die Pizza schwingend sollte er an jenem Morgen noch viele Gassen, Straßen und rote Ampeln überqueren. Noch nie war er so schnell durch die Straßen gerannt, nie hatte er mit einem Schlag so viele Gesetze übertreten, von allen Seiten hatte man gehupt, ihn angerempelt, ihn verflucht und hinter ihm her geschrien, aber schon nach wenigen Minuten juckte ihn das alles nicht mehr, mit jedem Schritt warf er die Wut auf sich selbst ab, denn zu seiner eigenen Überraschung fühlte er sich hier draußen auf einmal rundum frei, erlöst von dem muffigen, ätzenden Büro, frei von den kleinen und großen Problemen, die ihm in den letzten Tagen zugesetzt hatten, er war übermütig wie ein Komet, der seine Bahn verlassen hat und mit seinem schillernden Schweif das Firmament der Länge nach durchquert. Er dachte nichts mehr und nahm das Chaos um ihn herum nicht mehr wahr, er war nichts als das Trommeln seiner Füße auf dem Asphalt, Herzschlag und regelmäßiger Atem und obwohl er von Natur aus alles andere als ein Draufgänger war, machte sich ein neues, unerklärliches Gefühl in ihm breit; während er diesen Lauf in die Ungewissheit genoss, begann in seinem Innern ein heiterer Gedanke wie ein ordentlicher, elastischer, gut aufgepumpter Ball zu hüpfen, dass es hoffentlich, hoffentlich nie zu Ende geht.

Einen Monat bevor Assaf und die Hündin einander begegneten – genauer gesagt einunddreißig Tage vorher – stieg auf einer kurvenreichen Nebenstrecke durch die Jerusalemer Berge ein zierliches junges Mädchen aus einem Bus. Ihr Gesicht war unter einer schwarzen, lockigen Mähne kaum zu sehen. Sie strauchelte unter der Last eines riesigen Trekkingrucksacks, der auf ihren Schultern hing. Der Busfahrer fragte zaghaft, ob er ihr helfen solle, und sie fuhr zusammen und duckte sich ein wenig, kniff die Lippen zusammen und schüttelte den Kopf: »Nein, danke!«

Sie wartete an der Haltestelle, bis der Bus hinter der Kurve verschwand und nicht mehr zu sehen war. Beinahe regungslos stand sie da, sah nur nach links und rechts. Immer wieder. Ein Funke blitzte auf, wenn die Nachmittagssonne ihren blauen Ohrring traf.

Neben der Bushaltestelle lag ein rostiges, durchlöchertes Ölfass. Ein verwittertes Pappschild baumelte an einem Strommast: »Zur Hochzeit von Sigi und Motti« stand darauf und ein Pfeil zeigte Richtung Himmel. Das Mädchen vergewisserte sich noch einmal, dass niemand in der Nähe war und auch kein Auto über die enge Straße kam. Langsam drehte sie sich um, beschrieb einen Bogen um die überdachte Haltestelle und sah in das Tal zu ihren Füßen. Sie bemühte sich, den Kopf nicht zu bewegen, nur ihre Augen schielten nach den Seiten und durchkämmten die Landschaft.

Flüchtig betrachtet hätte man denken können, sie mache eine Wanderung. Und genau diesen Eindruck wollte sie erwecken. Doch ein vorbeikommender Autofahrer hätte sich ebenso gut für den Bruchteil einer Sekunde verwundert fragen können, was ein Mädchen allein in diesem Tal verloren hatte. Und vielleicht wäre ihm ein zweiter, bohrender Gedanke gekommen, warum ein Mädchen für eine kleine Wanderung durch ein Tal, das so nah bei der Stadt lag, einen Rucksack trug, der für eine Weltreise geeignet war. Aber die Straße war menschenleer und auch im Tal war niemand zu sehen. Sie stieg durch die gelben Senfblüten hinab, vorbei an Felsbrocken, die sich angenehm warm anfühlten, und verschwand zwischen den Mastixsträuchern und den dornigen Bibernellen.

Sie ging schnell, stolperte fast wegen des Rucksacks vorwärts. Ihr wildes Haar wehte um ihr Gesicht. Ihr Mund war noch immer mit der entschlossenen Härte verkniffen, mit der sie zuvor den Busfahrer abgewiesen hatte. Nach einer Weile begann sie zu keuchen. Ihr Herz raste und düstere Gedanken kreisten in ihrem Kopf. Es ist das letzte Mal, dass ich allein herkomme, dachte sie. Das nächste Mal, das nächste Mal –

Wenn es ein nächstes Mal gab.

Jetzt erreichte sie das trockene Flussbett. Ab und zu schweifte ihr Blick gedankenverloren über die Hänge, als genieße sie die Natur. Sie verfolgte erfreut einen Eichelhäher bei seinem Flug und observierte in seinem Gefolge den Horizont. Dort gab es beispielsweise eine Stelle, an der sie vollkommen ungeschützt war. Wenn zufällig oben an der Bushaltestelle jemand stand, konnte er sie sehen.

Vielleicht würde ihm auffallen, dass sie auch gestern und vorgestern hier heruntergeklettert war.

Mindestens zehn Mal in diesem Monat.

Und er könnte ihr auflauern, wenn sie das nächste Mal kam –

Es wird ein nächstes Mal geben, redete sie sich angestrengt ein und war bemüht, nicht darüber nachzudenken, was sie bis dahin noch alles hinter sich bringen musste.

Als sie sich das letzte Mal hingekniet hatte, wie um die Schnalle ihrer Sandale zu schließen, hatte sie sich volle zwei Minuten nicht gerührt. Jeder Felsbrocken war überprüft, ebenso jeder Baum und jeder Strauch.

Und dann, wie durch einen Zauber, verschwand sie. War wie vom Erdboden verschluckt. Selbst wenn jemand ihr gefolgt wäre, hätte er nicht begriffen, was geschehen war: Eben ist sie doch noch da gewesen! Sie hatte den Rucksack endlich von den Schultern genommen und sich dagegen gelehnt, um ein wenig zu verschnaufen. Und nun strich der Wind über die Sträucher und das Tal war menschenleer.

Sie lief in die verborgene Schlucht und versuchte den Rucksack zu erwischen, der wie ein Stein die Böschung hinunterrollte und Hafer und Kratzdisteln zerquetschte. Erst der Stamm eines Mastixbaums hielt ihn auf. Der Baum ließ durch die Erschütterung seine trockenen Früchte fallen, die zu rötlich braunen Splittern zerfielen.

Aus einer Seitentasche des Rucksacks zog sie eine Taschenlampe. Geschickt schob sie ein paar entwurzelte, vertrocknete Büsche beiseite und legte ein tiefes Loch, wie das Tor zu einer Zwergenhöhle, frei.

Zwei, drei gebeugte Schritte mit lauschenden Ohren und weit aufgerissenen Augen, um jedes Geräusch und jeden Schatten wahrzunehmen. Sie witterte wie ein Tier, jede Zelle ihrer Haut war geöffnet, um die Dunkelheit zu lesen: War seit gestern jemand hier gewesen? Wird sich jäh ein Schatten lösen und auf sie stürzen?

Die Höhle wurde breit, groß und geräumig. Man konnte nun aufrecht stehen und ein paar Schritte von Wand zu Wand gehen. Schwaches Licht sickerte aus einer Öffnung an der Decke, die von Buschwerk bedeckt war.

Hastig kippte sie den Inhalt des Rucksacks auf eine Matte.

Konservenbüchsen. Eine Packung Kerzen. Plastikbecher. Teller. Streichhölzer. Batterien. Noch ein Hemd, noch eine Hose, die sie im letzten Moment kurz entschlossen eingepackt hatte. Ein Wasserkanister aus Kunststoff. Klopapier. Rätselhefte. Ein paar Tafeln Schokolade. Zigarettenschachteln der Marke Winston ... Nun war der Rucksack leer. Die Konservendosen hatte sie am Nachmittag gekauft. Bis Ramat Eshkol war sie gefahren, um keinem Bekannten über den Weg zu laufen. Trotzdem hatte sie eine Frau getroffen, die früher mit ihrer Mutter im Schmuckladen des King-David-Hotels gearbeitet hatte. Die Frau hatte sich freundlich mit ihr unterhalten und gefragt, wozu sie die vielen Büchsen kaufe. Und sie hatte ohne rot zu werden geantwortet, sie würde am nächsten Tag zu einer Wanderung aufbrechen.

Sie bewegte sich flink, ordnete und sortierte die mitgebrachten Sachen. Zählte zum hundertsten Mal die Wasserflaschen. Die Kunststoffkanister. Die Hauptsache war das Wasser. Über fünfzig Liter hatte sie schon hergeschleppt. Es musste für die ganze Zeit ausreichen. Für die Tage und die Nächte. Die Nächte würden das größte Problem sein, sie würde jede Menge Wasser brauchen. Wieder kehrte sie den Sand von dem steinigen Boden. Sie versuchte aus dem Ort so etwas wie ein Zuhause zu machen. Einmal, vor einer Million Jahren – bis vor etwa einem Monat –, war dies hier ihr Lieblingsversteck gewesen. Jetzt drehte sich ihr beim Gedanken an das, was sie hier erwartete, der Magen um.

Sie schob die dickere Schaumstoffmatratze an die Wand und streckte sich darauf aus, um zu testen, ob sie bequem war. Auch im Liegen erlaubte sie sich nicht, ein wenig zu entspannen. Ihr Gehirn summte ununterbrochen. Wie würde es sein, wenn sie ihn hierher brachte in ihren Fünfhundert-Ellen-Wald, ihr Restaurant am Ende des Universums? Was würde sie hier durchmachen? Mit ihm. Allein.

An der Decke über ihr strahlten die Spieler von Manchester United vor Glück über den gewonnenen Europapokal. Eine kleine Überraschung, mit der sie ihm eine Freude machen wollte. Wenn er es überhaupt bemerkt, lächelte sie zerfahren, und mit dem Lächeln kehrten die schlimmen Gedanken zurück und die Angst ballte wieder ihre Faust in ihrem Bauch.

Und wenn es ein schrecklicher Fehler ist?, dachte sie.

Sie stand auf und ging von Wand zu Wand, während sie die Hände fest gegen die Brust presste. Auf dieser Schaumstoffmatratze wird er liegen. Und hier, auf dem Klappstuhl wird sie sitzen. Sie hatte auch für sich eine dünne Isomatte hergebracht, aber sie machte sich nichts vor: Nicht mal für einen Augenblick wird sie in diesen Tagen ein Auge zumachen können. Drei, vier, fünf solcher Tage. Der Zahnlose im Ha-Atzma'ut-Park hatte sie gewarnt: »Wenn du ihn auch nur einen Moment aus den Augen lässt, ist er weg.« Sie hatte verzweifelt auf den hohlen, kichernden Mund gesehen und in die Augen, die sie und noch mehr den Zwanzig-Schekel-Schein verschlangen, den sie ihm hinhielt. »Erklär mir«, hatte sie ihn gedrängt, während sie versuchte, das Zittern in ihrer Stimme zu verbergen, »was du damit sagen willst, er ist weg. Warum sollte er abhauen?« Und er hatte unter dem dreckigen, gestreiften Umhang und der zottigen Felldecke, in die er sich trotz der Hitze kauerte, über ihre Naivität gegrinst: »Hast du schon mal von diesem Entfesselungskünstler gehört, Kleine? Der sich befreit hat, wo immer man ihn reingesperrt hat? Genauso wird er es machen. Steck ihn in eine Kiste mit hundert Schlössern, in einen Banksafe, in den Bauch seiner Mutter – er kommt raus. Er kann nicht anders. Er hat das nicht unter Kontrolle. Daran ändert kein Schwanz was!«

Wie sie das durchstehen sollte, wusste sie nicht. Vielleicht würden ihr durch ihre Aufgabe neue, ungeahnte Kräfte wachsen. Das war alles, worauf sie sich momentan zu stützen vermochte. Auf Hoffnungen, die auf derart wackligen Beinen standen. Ohnehin hatte die Sache wenig Aussicht auf Erfolg und wenn sie erst anfing, über Erfolgschancen nachzudenken, würde sie das Handtuch gleich werfen. Die Angst schüttelte sie in der niedrigen Höhle. Nicht nachdenken. Nur keine Logik.

Sie musste jetzt den Verstand ausschalten. Wie ein Soldat, der zu einem Selbstmordkommando aufbricht und alle Gedanken über mögliche Folgen verwerfen muss. Sie kontrollierte erneut, vielleicht zum zehnten Mal, die Vorräte. Wieder rechnete sie aus, ob die Nahrungsmittel reichen würden. Sie setzte sich auf den Klappstuhl neben der Isomatte und versuchte, sich in die Situation hineinzudenken. Was er zu ihr sagen würde, wie er sie von Stunde zu Stunde mehr und mehr hassen würde und was er alles anstellen würde, um ihr etwas anzutun. Dieser Gedanke ließ sie wieder aufschnellen. Sie eilte zu einer Nische im hinteren Teil der Höhle und kontrollierte das Verbandszeug. Pflaster und Jod waren da. Es beruhigte sie nicht. Sie schob einen großen Stein beiseite und legte ein flaches Brett frei. In einem kleinen Erdloch unter dem Brett lagen ein kleiner Elektroschocker und Handschellen, die sie in einem Geschäft für Campingbedarfsartikel besorgt hatte.

Ich hab sie nicht mehr alle, dachte sie.

Bevor sie ging, blieb sie noch einmal stehen und ließ ihren Blick durch die Höhle schweifen, die sie einen Monat lang ausstaffiert hatte. Hier hatten vor hunderten von Jahren Menschen gewohnt. Sie hatte Anzeichen dafür gefunden. Auch Tiere hatten darin gehaust. Jetzt würde die Höhle zu ihrem Schlupfwinkel. Und gleichermaßen zu einer Irrenanstalt und zu einem Krankenhaus, dachte sie. Vor allem zu einem Gefängnis. Schluss jetzt. Ich muss weg.

Einen Monat später hasteten ein Junge und eine Hündin durch die Straßen Jerusalems, sie waren einander fremd und dennoch mit einem Strick verbunden, als ob sie sich noch immer nicht eingestehen wollten, dass sie an ein und demselben zogen, und doch hatten sie schon beiläufig die eine oder andere Sache über den andern herausgefunden, wie die Ohren sich in aufregenden Momenten spitzten, die Wucht, mit der die Schuhe auf den

Asphalt aufschlugen, den Schweißgeruch und die Gefühls-
skala, die ein Schwanz zum Ausdruck zu bringen vermochte,
wie viel Kraft in der Hand steckte, die die Schnur hielt, und wie
heftig die Sehnsucht war, welche die Hündin antrieb ... Sie
hatten die laute Hauptstraße längst hinter sich gelassen und
waren in enge, gewundene Gassen eingetaucht und die Hündin
drosselte noch immer nicht ihr Tempo. Assaf hatte den Eindruck, ein gigantischer Magnet ziehe sie an, und gleichzeitig
das merkwürdige Gefühl, wenn er aufhören könnte zu denken,
wenn er seine Willenskraft samt und sonders ausschalten
könnte, würde er selbst von ihrem Ziel angesaugt; einen oder
zwei Augenblicke später erwachte er jäh aus seinen Gedanken,
denn die Hündin blieb vor einem grünen, in eine hohe Mauer
eingelassenen Tor stehen, setzte sich anmutig auf die Hinterläufe, drückte mit der Pfote die eiserne Klinke runter und öffnete. Assaf sah nach rechts und links. Niemand zu sehen. Die
Hündin hechelte und machte ein paar Schritte. Er folgte ihr
und war augenblicklich von einer tiefen Stille, wie sie auf dem
Meeresgrund herrscht, umgeben.

Ein geräumiger Hof.

Mit weißen Kieselsteinen bedeckt.

Reihen von Obstbäumen.

Ein hoher, runder, klobiger Bau.

Assaf bewegte sich langsam und vorsichtig vorwärts. Seine
Schritte knirschten auf den Kieseln. Es wunderte ihn, mitten in
der Stadt ein so herrliches, großes Grundstück vorzufinden. Er
kam zu einem runden Brunnen. Ein glänzender Eimer hing an
einem Seil und ein paar bauchige Tonbecher standen auf einem
Baumstumpf, als erwarteten sie einen Gast, der aus ihnen trinken würde. Assaf lugte in den Brunnenschacht und warf einen
Stein hinein. Es dauerte eine Weile, bis er das leise Rülpsen des
Wassers hörte. Ein wenig abseits stand in dichten Wein gehüllt
ein Unterstand, unter dem sich fünf Bankreihen befanden. Vor
jeder Bank lagen fünf mächtige, zu Kissen behauene Steine,
um müde Beine aufzunehmen.

Er blieb stehen und begutachtete das Gebäude. Eine Kletterpflanze mit violetten Blüten rankte sich an der Mauer empor bis zur Spitze des Turms und endete am Fuß des Kreuzes, das darauf prangte.

Eine Kirche, dachte er erstaunt. Der Hund gehört der Kirche. Kann es sein, dass sie sich Hunde halten? Er sah im Geist eine wilde Horde christlicher Hunde durch die Straßen Jerusalems wetzen.

Die Hündin benahm sich, als sei dies ihr Revier, und zog ihn schnurgerade zur Rückseite des Baus. In der Höhe des Turms spähte ein kleines, gewölbtes Fenster wie ein Auge aus der Bougainvillea. Die Hündin hob den Kopf und bellte kurz und laut.

Nichts tat sich. Dann hörte Assaf, wie oben in der Turmspitze ein Stuhl gerückt wurde. Etwas rührte sich dort. Das kleine Fenster wurde aufgerissen und eine Frauen- oder Männerstimme – es war schwer auszumachen, zu wem sie gehörte, denn sie war kratzig, als wäre sie lange nicht benutzt worden – stieß einen erregten, einsilbigen Laut aus. Vielleicht den Namen des Hundes. Der bellte und kläffte und wieder erklang die Stimme aus der Höhe und wurde schrill und fassungslos, als könne sie ihr Glück nicht begreifen. Assaf dachte, seine Spritztour mit dem Hund nähere sich nun ihrem Ende. Der Hund kehrt heim zu dem Turmbewohner. So schnell war es vorbei. Er wartete, dass jemand aus dem Fenster sah und ihn nach oben bat, aber anstelle eines Gesichts tauchte eine braune, schmale Hand auf – für einen Augenblick dachte er, es sei eine Kinderhand – und ein kleiner Korb wurde an einem Strick herunterlassen. Das Körbchen schaukelte am Ende des Seils wie einst Moses auf dem Nil. Bis es direkt vor seiner Nase hielt.

Die Hündin geriet außer Rand und Band. Solange der Korb sich gesenkt hatte, hatte sie gebellt, in der Erde gescharrt und war zwischen Kirchentür und Assaf hin- und hergerannt. In dem Körbchen fand Assaf einen großen, schweren Eisenschlüssel. Er zögerte. Wo ein Schlüssel war, war auch eine Tür: Was erwartete ihn dahinter? (In gewisser Hinsicht war er der richtige Mann für dieses Problem. Es lagen hunderte von Trainingsstunden hinter ihm, die ihn auf haargenau diese Situation vorbereitet hatten: ein großer Eisenschlüssel, ein hoher Turm, ein geheimnisvolles Schloss und ein Zauberschwert, ein verhexter Ring, eine Schatztruhe und ein geldgieriger Drache, der sie bewachte, und fast immer – drei Türen, zwischen denen man sich entscheiden musste. Hinter zwei von ihnen lauerte ein ansehnliches Sortiment qualvoller Todesarten.) Doch hier standen nur ein einziger Schlüssel und eine einzige Tür zur Auswahl. Assaf folgte dem Hund und öffnete.

Er fand sich an der Schwelle zu einer großen, düsteren Halle und hoffte, der Hausbesitzer würde endlich von seinem Turm heruntersteigen. Aber nichts tat sich. Kein Ton war zu hören. Er machte ein paar Schritte in die Halle, als die Tür langsam hinter ihm zufiel. Er wartete. Die Halle malte sich ihm in der Dunkelheit allmählich aus: Hohe Schränke und Kommoden standen an den Seiten, Tische in der Mitte. Und er sah Bücher über Bücher. Es mussten tausende sein. Längs der Wände stauten sie sich in den Regalen, in und auf den Schränken. Sie türmten sich auf den Tischen und stapelten sich auf dem Boden. Große Bündel mit dünner Kordel zusammengebundener Zeitungen lagen überall herum. Auf jedem Bündel klebte ein Zettel mit einer Jahreszahl: 1955, 1957, 1960 ... Die Hündin zerrte nun wieder an der Leine und Assaf wurde Schritt für Schritt weitergezogen. Auf einem Regal sah er Kinderbücher. Er stutzte. Was hatten Kinderbücher hier verloren? Seit wann las man in Kirchen Bilderbücher?

Mitten in der Halle stand eine große Kiste. Assaf ging um sie herum. Vielleicht ein Sarg, vielleicht auch ein Altar. Er bildete sich ein, über sich ein Geräusch zu hören. Leise, hastige Schritte und das Klirren von Besteck. An den Wänden hingen Bilder, die Männer in Kutten zeigten, um deren Köpfe ein Heiligenschein leuchtete und deren tadelnde Augen direkt auf Assaf gerichtet waren.

Im Innern des Saals hallten die Geräusche wider, verdoppelten jede seiner Bewegungen und die des Hundes, jedes Hecheln und jedes Kratzen der Krallen auf dem Boden. Die Hündin zog Assaf zu einer Holztür am Ende der Halle, doch Assaf versuchte, sie zurückzuhalten. Er hatte das deutliche Gefühl, das dies die letzte Gelegenheit war, sich aus dem Staub zu machen und sich womöglich vor irgendetwas Unbekanntem in Sicherheit zu bringen. Der Hündin mangelte es an Geduld für seine Ängste. Sie roch jemanden, den sie liebte. Der Geruch war im Begriff, sich in einen Körper, eine Berührung zu verwandeln, nach der sie sich mit der ganzen Tiefe ihrer Hundeseele sehnte. Die Leine spannte sich und vibrierte. Die Hündin hatte nun die Tür erreicht, stellte sich auf, scharrte mit den Pfoten und winselte. Auf den Hinterläufen stehend war sie beinahe so groß wie Assaf, der zum zweiten Mal bemerkte, wie wohlgeformt sie unter dem Dreck und den Fellbüscheln war. Ein kleiner Stich durchfuhr ihn, weil es ihm im Grunde nicht gelungen war, ihr Zutrauen zu gewinnen, sein Leben lang hatte er sich einen Hund gewünscht und seine Eltern bearbeitet, doch wegen des Asthmas seiner Mutter war die Sache aussichtslos geblieben und nun hatte er beinahe einen Hund besessen, wenn auch nur für kurze Zeit und nur im Dauerlauf.

Was soll ich hier überhaupt?, fragte er sich und drückte auf die Klinke. Die Tür sprang auf. Er stand in einem gewundenen Gang, der um die Kirche herum zu führen schien. Ich habe hier nichts verloren, dachte er und rannte dennoch hinter der Hündin her, die nicht mehr zu bremsen war, vorbei an drei verschlossenen Türen, er sauste schnell wie der Wind an weiß getünchten dicken Mauern entlang, bis er zu einer breiten Steintreppe kam. Wenn mir jetzt etwas zustößt, dachte er – er sah den Flugkapitän ernst aus dem Cockpit auf seine Eltern zugehen und ihnen etwas zuflüstern –, würde keine Menschenseele je auf den Gedanken kommen, mich hier zu suchen.

Am Ende der Wendeltreppe war noch eine Tür. Sie war klein und blau. Die Hündin bellte und winselte, es war beinahe, als würde sie sprechen, sie schnupperte und kratzte am Türschlitz, und hinter der Tür erklangen fröhliche, jubelnde Laute, die ein wenig an Hühnergegacker erinnerten, jemand verkündete dort in altertümlichem Hebräisch mit einem merkwürdigen Akzent: »Hier, hier, mein Seelchen. Das Tor wird sich bald öffnen. In Bälde!«

Ein Schlüssel drehte sich im Schloss und als die Tür einen Spalt breit aufklaffte, schoss die Hündin hindurch. Assaf blieb vor der Tür stehen, die im Begriff war, wieder zuzufallen. Irgendwie ist es wie immer, dachte er bitter. Immer war er es, der zu guter Letzt vor Türen zurückblieb, die sich vor ihm schlossen. Gerade darum nahm er dieses Mal seinen Mut zusammen, schob die Tür ein wenig auf und lugte in das Zimmer. Er sah einen gebeugten Rücken, auf dem ein langer, aus einer runden, schwarzen Wollkappe ragender Zopf baumelte, und für einen Moment dachte er, der Zopf, der zu einer kleinen, zierlichen Gestalt in grauer Kutte gehörte, sei ein Kinderzopf, genauer gesagt ein Mädchenzopf, doch dann erkannte er, dass die Zopfträgerin eine alte Frau war, die lächelte und ihr Gesicht in den Hals der Hündin grub, sie mit knochigen Armen streichelte und in einer fremden Sprache auf das Tier einredete, und Assaf wartete, denn er wollte nicht stören, bis die Frau die Hündin lachend wegschob und rief: »Das genügt, meine *skandaliarissa*. Lass mich Tamar willkommen heißen!« Sie drehte sich um und das breite Lächeln auf ihrem Gesicht erstarb blitzartig.

»Wer –«, sie tat einen Schritt zurück, »wer bist du?«, fauchte sie, während ihre Hände ihr Gewand unter dem Kinn rafften. Ihr Gesicht verzog sich in einer Mischung aus Enttäuschung und Panik. »Was suchst du hier?«

Assaf dachte kurz nach. »Keine Ahnung«, sagte er.

Die Nonne schreckte noch ein wenig weiter zurück und presste den Rücken gegen die Bücherregale. Die Hündin stand zwischen ihr und Assaf und sah beide abwechselnd an. Verlegen und bekümmert fuhr sie sich mit der Zunge über das Maul. Assaf hatte den Eindruck, dass auch sie enttäuscht war. So hatte sie sich das Zusammentreffen nicht vorgestellt, als sie ihn hergeführt hatte.

»Tschuldigung, ähm – ich weiß echt nicht so genau, was ich hier soll«, sagte Assaf wieder und spürte, dass er nur noch mehr Verwirrung stiftete, wie immer, wenn es angebracht war, eine Sache mit Worten zu klären. Er hatte keine Ahnung, was er tun sollte, um die Nonne zu beruhigen, damit sie aufhörte, so zu keuchen und die Furchen auf ihrer Stirn sich ein wenig glätteten. »Ich bring die Pizza«, sagte er leise, zeigte mit den Augen auf den Karton in seinen Händen und hoffte, sie damit ein wenig zu besänftigen. Eine Pizza hatte nichts Verfängliches. Sie war eindeutig. Doch die Alte drückte sich noch fester gegen die Bücher und Assaf fühlte, dass er zu lang und zu massig war und dass seine Körpermaße offenbar eine Bedrohung darstellten, jede Bewegung konnte nur ein Fehler sein, es war rührend, wie die Nonne vor dem Bücherbord stand und sich wie ein kleiner, ängstlicher Vogel aufplusterte, um den Eindringling in die Flucht zu schlagen.

Jetzt bemerkte er, dass der Tisch gedeckt war: Zwei Teller und zwei Becher, große Blechgabeln. Die Nonne erwartete einen Gast. Assaf konnte sich die Panik und die Enttäuschung, ja dieses nahezu gebrochene Herz nicht erklären.

»Ich geh jetzt«, sagte er behutsam. Doch da war noch die Sache mit dem Formular und das Knöllchen. Er wusste nicht recht, wie er es anstellen sollte. Wie man eine Nonne bat, eine Strafe zu zahlen.

»Du willst fortgehen?«, zeterte die Alte. »Und was ist mit Tamar? Wo steckt sie?«

»Wer denn?«

»Tamar! Tamar! Meine Tamar, ihre Tamar!« Sie wies ungeduldig dreimal auf die Hündin, die den Dialog aufmerksam verfolgte und deren Blick hin und her hastete, als verfolge sie ein Tischtennisturnier.

»Ich kenne keine Tamar«, grummelte Assaf, der sich gern verkrümelt hätte. »Ehrlich, ich kenn sie nicht.«

Es herrschte langes Schweigen. Assaf und die Nonne sahen einander an wie zwei Fremde, die auf die Dienste eines Dolmetschers angewiesen sind. Der Hund begann anzuschlagen und beide blinzelten, als erwachten sie aus einem bösen Fluch, der auf ihnen gelastet hatte. Ein Gedanke bahnte sich langsam einen Weg durch Assafs Hirn: Tamar musste jene »junge Dame« sein, von der der Pizzabäcker gesprochen hatte. Die mit dem Fahrrad. Vielleicht lieferte sie ja Pizza an kirchliche Einrichtungen. Jetzt ist mir alles klar, dachte er und wusste doch, dass überhaupt nichts klar war. Aber das hier war wirklich nicht mehr sein Bier.

»Sehen Sie, ich bringe Ihnen nur...«, er legte die weiße Schachtel auf den Tisch und zuckte sofort zurück, sie sollte um Himmels willen nicht auf die Idee kommen, er wolle sich hier zum Essen niederlassen, »Ihre Pizza.«

»Pizza, Pizza!«, platzte die Nonne aufgebracht heraus. »Was kommt er mir mit einer Pizza! Ich frage ihn nach Tamar und er erzählt mir etwas von einer Pizza! Woher kennst du sie? Sprich!«

Er zog den Kopf ein, während ihre Angst im Nu verflog und ihre Fragen eine nach der andern auf ihn niederprasselten, als hiebe sie mit ihren kleinen Fäusten auf ihn ein: »Wie kommst du zu der Behauptung, sie nicht zu kennen? Bist du denn kein Gefährte, Kamerad oder Kumpan? Sieh mir endlich in die Augen!« – Er hob die Augen zu ihr und kam sich aus einem unerfindlichen Grund unter ihrem stechenden Blick wie ein Lügner vor. – »Hat sie dich etwa nicht gesandt, um mich ein wenig zu erbauen, weil ich mich so um sie sorge? Augenblick mal! Ein Schreiben! Ich bin ja nicht recht gescheit, sicher ist eine Botschaft darin!« Sie stürzte sich auf die Schachtel, klappte sie auf, hob die Pizza an, suchte darunter und studierte mit befremdender Sehnsucht den Werbeaufdruck der Pizzeria, als forsche sie zwischen den Zeilen nach einem Hinweis, und ihr Gesicht verfinsterte sich.

»Keine Botschaft«, flüsterte sie enttäuscht und nestelte nervös an einer silbernen Haarsträhne herum, die unter der Mütze hervorlugte. »Möglicherweise hast du eine mündliche Nachricht für mich? Hast du mir etwas mitzuteilen? Eine Meldung, die du im Kopf behalten solltest. Versuch dich zu erinnern. Ich bitte tunlichst darum. Es ist von überaus großer Bedeutung: Sicher hat sie dich beauftragt, mir eine Nachricht zu überbringen, nicht wahr?« Ihre Augen hingen an seinen Lippen, als versuche sie mit ihrer Willenskraft die ersehnten Worte auf seine Lippen zu projizieren: »Vielleicht solltest du mir ausrichten, dass alles dort seine Ordnung hat? Nicht wahr? Dass die Gefahr gebannt ist? Waren das ihre Worte? Habe ich Recht?«

Assaf wusste: Sein Gesicht hatte den Ausdruck angenommen, über den seine Schwester Relli einmal meinte: »Du hast einen Vorteil, Assafi, mit dieser Fratze kannst du einen nur noch positiv überraschen.«

»Moment mal«, die Augen der Nonne verengten sich, »vielleicht bist du ja, Gott steh mir bei, einer von denen. Einer der Halunken. Sag, bist du einer von ihnen? Du musst wissen, junger Mann, dass ich mich nicht vor dir fürchte!« Sie stampfte mit dem Fuß vor ihm auf und Assaf fuhr zurück. »Hat es dir die Sprache verschlagen? Hast du ihr ein Leid angetan? Mit diesen beiden Händen werde ich dich in Stücke reißen, wenn du der Kleinen auch nur ein einziges Haar gekrümmt hast!«

Auf einmal begann die Hündin jämmerlich zu winseln und Assaf kniete sich neben sie und streichelte sie mit beiden Händen. Aber sie jaulte weiter, ihr Körper bebte schluchzend und sie sah wie ein Kind aus, das in einen Streit zwischen seinen Eltern geraten ist und die Situation nicht länger erträgt. Assaf streckte sich in Windeseile neben dem Tier aus, streichelte und liebkoste und umarmte es und flüsterte ihm etwas ins Ohr, er schien vollkommen vergessen zu haben, wo er sich befand, den Ort samt Nonne, und ergoss seine Zärtlichkeit samt und sonders über den verschreckten, niedergeschlagenen Hund. Und die Nonne – sie wurde still und sah verdutzt den hochgeschossenen Jungen an, vertiefte sich einen Moment in sein ernstes, kindliches Gesicht mit dem schwarzen Haar, das ihm in die Stirn fiel, und den Pickeln, die auf seinen Wangen blühten, und geriet in Aufruhr, als sie fühlte, was da hemmungslos aus seinem Körper über die Hündin floss.

Aber nun drangen die eben gefallenen Worte zu Assaf vor, er hob den Kopf und fragte: »Der Kleinen?«

»Wie? Was? Ja, ich sagte ›der Kleinen‹. Doch sie ist längst kein Kind mehr. Sie hat wohl etwa dein Alter ...« Sie suchte ihre verloren gegangene Stimme wieder zu finden, erfrischte sich das Gesicht, indem sie es mit ihren Fingerkuppen beträufelte, und sah zu, wie er die Hündin weiter tröstete und versöhnte, ihre Kummerfalten zart und geduldig bügelte, bis er sie vollends geglättet hatte und das Funkeln in die braunen Augen zurückkehrte.

»Ist ja gut, ist ja gut, siehst du, alles in Ordnung«, sagte Assaf und stand auf. Und wieder stülpte sein Blick sich nach innen, als er sah, wo er sich befand, und ihm einfiel, in welche Lage er geraten war.

»Erläutere es mir wenigstens«, seufzte die Nonne. Ihr Seufzen klang schon ganz anders als zuvor und enthielt nicht nur Trauer und Enttäuschung. »Wenn du sie nicht kennst, wieso bringst du mir dann die Sonntagspizza? Und wie hast du die Hündin dazu gebracht, sich von dir an der Leine führen zu lassen? Mit Ausnahme von Tamar würde sie das keiner Menschenseele gestatten! Oder bist du etwa ein Nachfahre König Salomons, der mit den Tieren sprach?«

Sie reckte ihm ihr kleines spitzes Kinn entgegen und ihr Gesicht verlangte nach einer Antwort und Assaf verneinte zögernd, wie sollte er es ihr bloß erklären ... um die Wahrheit zu sagen, er hatte sie auch nicht ganz verstanden. Sie redete wie ein Wasserfall und noch dazu in einem merkwürdig kehligen Hebräisch, wie es die alteingesessenen Jerusalemer sprachen. Und sie wartete so gut wie nie auf seine Antworten, sondern bombardierte ihn mit Fragen über Fragen.

»Vielleicht machst du endlich den Mund auf«, stieß sie ungeduldig aus, »*panaghia mu*! Wie lange gedenkst du noch zu schweigen?«

Da, endlich, kam er zu sich und erzählte ihr in den für ihn typischen kurzen, knappen Worten, dass er bei der Stadtverwaltung arbeite und am Morgen –

»Gemach, gemach«, unterbrach sie ihn, »mit einem Mal redest du wie ein Buch. Ich verstehe nur Bahnhof. Du bist doch viel zu jung, um dein Brot schon selbst so hart zu verdienen.« Assaf grinste innerlich und sagte, er habe bei der Stadtverwaltung jede Menge Freiheiten. Und sie sagte: »Freiheiten? Ihr arbeitet dort in Freiheit? Wo ist das, wo man in Freiheit arbeitet?« Assaf sagte, er habe damit sagen wollen, sein Ferienjob bei der Stadtverwaltung sei echt locker. Nun war es an ihr zu lächeln: »Das ist ja wunderbar. Fahr nur fort. Erzähl mir, wie du an solch eine exquisite Arbeit gekommen bist.« Assaf wunderte sich über die Frage. Was hatte das alles mit dem Hund zu tun? Und was interessierte es sie, womit er sich die Zeit vertrieben hatte, bevor er bei ihr aufgekreuzt war? Aber sie schien es wirklich genau wissen zu wollen. Sie zog einen kleinen Schaukelstuhl heran, ließ sich nieder und begann sich sanft zu wiegen. Dabei spreizte sie ein wenig die Beine und ließ die Hände auf ihren Knien ruhen. Sie fragte, ob er die Arbeit bei der Stadtverwaltung wahrhaftig rundum genieße. Und Assaf sagte, nicht wirklich, er sei dort dafür zuständig, die Beschwerden der Bürger aufzunehmen, vor deren Häusern Hydranten geplatzt waren. Aber die meiste Zeit sitze er einfach herum und träume –

»Du träumst?«, sagte die Nonne und sprang auf, als habe sie an einem fremden Ort einen Verbündeten gefunden. »Du sitzt herum und gibst dich deinen Träumen hin? Und dafür zahlen sie was? Und ich hatte dich für tumb gehalten. Wovon träumst du denn dort? Du musst es mir einfach erzählen«, sagte sie und schlug außer sich vor Glück die Knie zusammen. Assaf war die Sache peinlich und er erklärte postwendend, er träume nicht wirklich, sondern denke einfach über alles Mögliche nach ...

»Und worüber denkst du nach? Das ist doch die Frage!«, sagte die Nonne, die ihre schmalen Augen, in denen etwas Verschmitztes aufflackerte, weit aufriss, während ihr Gesicht eine so große Ernsthaftigkeit und ein solches Interesse ausdrückte, dass Assaf ganz durcheinander geriet und es ihm schier die Sprache verschlug. Sollte er ihr etwa erzählen, dass er an Dafi dachte, diese Dafi, und wie er sie loswerden sollte, ohne es sich mit Roi zu verderben? Er sah sie an. Ihre dunklen Augen hingen an seinen Lippen, warteten auf seine Worte und einen verrückten Moment lang dachte er daran, tatsächlich ein wenig zu plaudern. Was hindert mich daran?, dachte er. Nur so zum Spaß. Sie würde ihn ohnehin nicht verstehen. Tausende von Lichtjahren trennen meine und ihre Welt. Und die Nonne sagte: »Ja? Du verstummst ja schon wieder, mein Süßer. Ist dir die Zunge geschrumpft? Bring doch, Gott behüte, keine Geschichte zum Versiegen, die gerade erst geboren wurde!«

Assaf murmelte, es wäre eine blödsinnige Geschichte. »Nein, nein!«, klatschte die kleine Frau in die Hände. »Blödsinnige Geschichten gibt es nicht. Schreib dir hinter die Ohren, dass jede Geschichte in ihren Tiefen mit irgendeiner großen Wahrheit verbunden ist. Auch wenn wir sie nicht immer erkennen!«

»Diese Geschichte ist wirklich ätzend«, versicherte ihr Assaf felsenfest überzeugt und musste grinsen, denn sie zog auf einmal eine Schnute. »Nun gut«, sagte sie, seufzte gekünstelt und verschränkte die Arme vor der Brust. »Her jetzt mit dieser ätzenden Geschichte. Warum stehst du? Hat man so etwas je gesehen?« Sie sah sich bestürzt um. »Die Hausherrin macht es sich bequem und der Gast muss stehen!« Flink sprang sie auf und bot ihm einen hohen Stuhl mit steifer, unbequemer Lehne an. »Nimm Platz. Ich werde dir einen Krug Wasser und ein paar Leckereien holen. Was hältst du davon, wenn ich uns eine frische Gurke und einen Paradeiser aufschneide?« Mit Paradeiser meinte sie wohl eine Tomate. »Schließlich sucht mich nicht alle Tage ein bedeutender Repräsentant der Stadtverwaltung auf! Mach Platz, Dinka. Du weißt, dass du auch nicht leer ausgehen wirst.«

»Dinka?«, fragte Assaf. »Ist das der Name des Hundes?«

»Ja, Tamar nennt sie Dinki. Ich –«, sie beugte sich zu der Hündin hinunter und rieb ihre Nase an deren Schnauze, »ich nenne sie mein Querköpfchen, mein Trotzköpflein, meine Herzallerliebste, mein Goldfellchen, *skandaliarissa* und ich habe noch hunderteinundzwanzig andere Namen für sie, nicht wahr, mein Augäpfelchen?«

Die Hündin sah sie liebevoll an und ihre Ohren bewegten sich, wann immer einer ihrer Namen fiel. Etwas Unbekanntes, sanft wie ein weit entferntes Kitzeln, zuckte auch in Assaf: Dinka und Tamar, dachte er. Tamars Dinka und Dinkas Tamar. Für den Bruchteil einer Sekunde sah er die beiden vor sich, wie sie sich zu einem weichen, runden Knäuel aneinander schmiegten. Und wenn schon, was geht es mich an?, dachte er und löschte entschlossen das Bild.

»Und du?«

»Was ist mit mir?«

»Wie heißt du?«

»Assaf.«

»Assaf, Assaf, der Psalm Assafs ...«, trällerte sie und begab sich eilig, beinahe im Laufschritt, zur Kochecke. Er hörte, wie sie hinter dem blumigen Vorhang summend etwas klein hackte. Dann kam sie zurück und stellte einen großen Glaskrug auf den Tisch, in dem Zitronenscheiben und Pfefferminzblätter trieben, und daneben einen Teller mit aufgeschnittenen Gurken, Tomaten, Oliven, Zwiebelringen und Schafskäsewürfeln, die sie mit dickflüssigem Olivenöl begossen hatte. Dann setzte sie sich vor ihn, wischte sich die Hände an der Schürze, die sie über ihre Kutte gebunden hatte, ab und reichte ihm die

Hand: »Theodora von der griechischen Insel Lyxos. Die letzte Bewohnerin dieser unglücklichen Insel sitzt mit dir zu Tisch. Greif tüchtig zu, mein Junge!«

Tamar blieb eine Weile vor der Tür des kleinen Friseursalons in Rehavia stehen und traute sich nicht hineinzugehen. Es war gegen Abend, am Ende eines trägen Julitages. Etwa eine Stunde lang war sie vor dem Salon auf und ab gegangen. Sie hatte ihr Spiegelbild in dem großen Schaufenster betrachtet und dem alten Friseur zugesehen, der nacheinander drei Männern in seinem Alter das Haar schnitt. Ein altmodischer Herrenfriseur, dachte Tamar. Besser hätte ich es nicht treffen können. Hier kennt mich niemand. Zwei Männer warteten noch darauf, dass sie drankamen. Einer las Zeitung, der zweite, fast vollkommen kahl – was hatte der hier überhaupt verloren? –, mit wässrigen runden Augen, sprach ununterbrochen auf den Friseur ein. Tamars Haar schmiegte sich an ihren Rücken, als ginge es um sein Leben, um ihr Leben. Seit sechs Jahren, seit sie zehn Jahre alt war, hatte sie es nicht mehr schneiden lassen. Auch in den Jahren, in denen sie am liebsten vergessen hätte, dass sie ein Mädchen war, hatte sie es nicht über sich gebracht, auf ihre lange Mähne zu verzichten. Sie war ihr ein willkommener Vorhang und mitunter ein kleines Zelt, in dem sie sich verkroch. Und gelegentlich, wenn ihr Haar wild und locker um sie herumwirbelte, war es ihr Freiheitsschrei. Alle paar Monate, wenn sie eine ihrer seltenen Anwandlungen hatte und sich schick machen wollte, flocht sie es zu dicken Zöpfen, die sie über dem Kopf drapierte. Dann fühlte sie sich erwachsen, feminin und cool. Und beinahe hübsch.

Schließlich stieß sie die Tür auf und betrat den Laden. Düfte nach Seife, Shampoo und Rasierwasser schlugen ihr zusammen mit den Blicken der wartenden Kunden entgegen. Es herrschte tiefes Schweigen. Sie setzte sich tapfer, ohne jemanden anzusehen. Den großen Rucksack stellte sie zu ihren Füßen ab, den schwarzen, riesigen Kassettenrekorder postierte sie auf dem Nachbarstuhl.

»Hast du gehört«, der Mann mit den Murmelaugen versuchte vergebens, die Unterhaltung mit dem Friseur wieder in Gang zu setzen, »was meine Tochter mir präsentiert hat? Sie haben beschlossen, mein neugeborenes Enkelkind Beverly zu nennen. Und wozu dieser Quatsch? Weil ihre älteren Schwestern es so wollen –«

Aber seine Worte blieben leer in der Luft hängen, wo sie wie mit Kälte in Berührung kommender Wasserdampf kondensierten. Der Murmeläugige wurde verlegen, verstummte und befühlte seine Glatze, als hätte er einen Tropfen abbekommen. Die Männer sahen scheu das Mädchen und dann einander an. Ihre Blicke webten zarte Fäden des Verständnisses. Mit der stimmt was nicht, sagten sie. Sie gehört hier nicht her. Der Friseur arbeitete stillschweigend weiter und hob hin und wieder einen Blick zum Spiegel. Wenn er ihre blauen, stillen Augen sah, wich die Kraft aus seinen Fingerknöcheln.

»Schluss jetzt, Schimek«, sagte er mit sonderbarer Müdigkeit zu dem wartenden Kunden, der längst von selbst verstummt war. »Erzähl mir das später.«

Tamar zog ihre Haare vor Nase und Mund, kostete ihren Pferdeschwanz, schnupperte an ihm und küsste ihn zum Abschied. Schon jetzt vermisste sie seine warme, mitunter kitzelnde Berührung, sein Gewicht und das Gefühl, dass ihre Haarpracht sie größer machte. Ihre Existenz. Ihre Anwesenheit auf der Welt.

»Alles abschneiden!«, sagte sie zu dem Friseur, als sie an die Reihe kam.

»Alles?!« Seine spitze Stimme krümmte sich am Ende vor Staunen.

»Alles!«

»Ist doch schade drum, oder nicht?«

»Ich sagte bereits: abschneiden!«

Zwei ältere Herren, die den Laden nach ihr betreten hatten, strafften sich. Der dritte, jener Schimek, bekam einen Hustenanfall.

»Mädel«, seufzte der Friseur, während sich leichter Niederschlag auf seine Brillengläser legte, »vielleicht gehst du nach Hause und fragst erst mal deine Eltern.«

»Sagen Sie mal«, fuhr sie ihn wie aus der Pistole geschossen an und ihr komplettes Wesen ballte sich vor ihm zur Faust, »ist das hier ein Friseurgeschäft oder eine pädagogische Beratungsstelle?« Ihre Blicke duellierten sich einen Moment lang im Spiegel. Ihre Schärfe war ihr neu und unsympathisch, doch an den Orten, an denen sie sich in der letzten Zeit herumgetrieben hatte, von großem Nutzen gewesen. »Ich habe Sie gebeten, alles abzuschneiden – und nichts weiter. Um Ihr Geld brauchen Sie sich keine Sorgen zu machen.«

»Aber dies hier ist ein Herrensalon«, versuchte der Friseur zu protestieren.

»Dann rasieren Sie mir eben den Schädel«, sagte sie rabiat. Sie verschränkte die Arme unter ihrer Brust und schloss die Augen.

Hilflos sah der Friseur in die Runde. Sein Blick sagte: »Ihr seid Zeugen, dass ich es versucht habe. Von nun an geht alles, was hier passiert, auf ihr eigenes Konto!« Und die Männer nickten zustimmend mit den Augen. Der Friseur ließ seine Hand über sein schütteres Haar gleiten und zuckte die Achseln. Dann nahm er die große Schere. Er schnippte ein-, zweimal in die Luft und spürte, dass etwas an seinem Schnippen zu wünschen übrig ließ. Es klang zu hohl und zu schwach. Darum legte er einen Zahn zu, bis er den gewünschten Laut hörte, den Spaß-an-der-Arbeit-Laut. Er nahm eine Strähne zwischen Zeige- und Mittelfinger, sie war dicht, lockig und pechschwarz, seufzte tief und machte sich ans Werk.

Sie öffnete die Augen auch dann nicht, als er zu der feineren Schere überging und als er später den elektrischen Rasierapparat anstellte und auch nicht zum Schluss, als er mithilfe eines scharfen Rasiermessers die letzten Flocken abschabte. Die runden Augen der Männer sah sie nicht. Einer nach dem andern legte die Zeitung aus der Hand, beugte sich vor und sah gleichermaßen angezogen und abgestoßen auf den freigelegten Schädel, der allzu rosa war, wie der eines Kükens, und sich mehr und mehr von den schwarzen Locken lichtete. Der Boden war von den gekappten Haarbüscheln übersät. Der Friseur war peinlichst bemüht, sie nicht zu zertreten. Es war heiß und stickig in dem Salon, doch sie fühlte, dass es um ihren Kopf kühler wurde. Vielleicht ist es nicht so schlimm, dachte sie und für einen Moment musste sie lächeln, denn sie hörte Halina, ihre alte Gesangslehrerin, die sie hin und wieder tadelte, dass sie sich nicht genügend pflege. »Auch das Haar braucht a bissl Zuwendung, Tamile. Wenn du es pflegst, wirst du selbst auch a bissl fröhlicher. Was ist daran so eine große Sache? Man macht eine Spülung, eine Kur. Es ist keine Schande, a bissl schön zu sein ...«

»Fertig«, flüsterte der Friseur, säuberte das Rasiermesser mit einem in Alkohol getauchten Wattebausch und beschäftigte sich mit seinem Scherenetui, um ihr den Rücken zuzuwenden, wenn sie die Augen öffnete.

Sie schlug sie blitzartig auf und sah ein kleines, hässliches, erschrockenes, ja entsetztes Mädchen vor sich. Sie sah ein Heimkind, ein Straßenkind, eine Irre. Das Mädchen, das ihr entgegenschaute, hatte viel zu spitze Ohren, eine abscheulich lange Nase und Augen, die riesig waren und seltsam weit voneinander abstanden. Es war ihr nie aufgefallen, wie merkwürdig ihre Augen aussahen. Jetzt jagten sie ihr Angst ein mit ihrem nackten, stechenden Blick. Ihr erster Gedanke war, dass sie auf einmal die im letzten Jahr gealterten Gesichtszüge ihres Vaters hatte. Ihr zweiter Gedanke war, dass nicht mal ihre Eltern sie so, und dann auch noch in einem entsprechend zerlumpten Kleidungsstück, erkennen würden, wenn sie ihr zufällig auf der Straße begegneten.

Noch immer rührte sich niemand. Sie betrachtete sich lange

und schonungslos. Der nackte Kopf sah wie ein entblößter Stumpf aus. Sie hatte das Gefühl, jeder könne fortan ihre Gedanken lesen.

»Du wirst dich daran gewöhnen«, hörte sie aus der Ferne den Friseur mitleidig murmeln. »In deinem Alter wächst das Haar schnell nach.«

»Machen Sie sich um mich keine Sorgen«, sagte sie abweisend, denn sie schreckte vor jeder Freundlichkeit, die sie aus der Bahn werfen könnte, zurück. Ohne Haare schien ihr selbst ihre Stimme verändert, höher, als habe sie eine neue Färbung gewonnen und käme von einem anderen Ort.

Als sie den Friseur bezahlte, nahm er das Geld mit den Fingerspitzen. Er sah aus, als habe er Angst, sie könne ihn berühren. Sie ging bedächtig und kerzengerade, als balanciere sie einen Krug auf dem Kopf. Jede ihrer Bewegungen erweckte neue Gefühle in ihr und das gefiel ihr. Die Luft vollzog einen seltsamen Tanz um ihren Kopf, als käme sie näher, um nachzusehen, wer sie war, zöge sich dann zurück und käme abermals näher, um sie zu befühlen.

Sie hievte den Rucksack auf die Schultern, nahm den Kassettenrekorder und verließ das Geschäft. An der Tür blieb sie einen Moment stehen. Ein alter Hase im Showgeschäft, wie sie es war, wusste, dass sie hier einen grandiosen Auftritt gehabt hatte. Dass sie eine abstoßende und dennoch faszinierende Nummer abgezogen hatte. Und sie konnte der Versuchung nicht widerstehen: Sie richtete sich auf, warf den Kopf in den Nacken, als schüttele sie eine gewaltige Opernmähne, und mit einer überwältigenden, markerschütternden Geste, wie Tosca im letzten Akt unmittelbar vor dem Sprung vom Dach, hob sie die Hand und ließ sie in der Luft verweilen und erst dann ging sie hinaus und schlug die Tür hinter sich zu.

»Champignons oder Oliven?«

Er wusste nicht, wann genau es passiert war: wann Theodora ihr Misstrauen abgelegt hatte und wie es dazu gekommen war, dass er nun mit der großen Gabel in der Hand vor ihr saß und sich dem Verzehr der Pizza widmete. Dumpf begriff er, dass es einen solchen Moment gegeben hatte. Wenige Minuten zuvor hatte sich in der Kammer etwas zugetragen. Ein neuer Blick war durch Theodoras Augen gehuscht und sie schien ihm in ihrem Innern eine kleine Tür geöffnet zu haben.

»Hat dich wieder ein Traum heimgesucht?«

Assaf sagte: »Champignons und Zwiebeln.« Sie kicherte: »Tamar isst am liebsten Oliven und du Pilze. Sie mag Käse, du die Zwiebeln. Sie ist klein und du bist ein Riese. Sie spricht, du schweigst.«

Er wurde rot.

»Und jetzt erzählst du mir alles lückenlos. Du saßest dort und träumtest –«

»Wo?«

»Na, bei der Stadtverwaltung! Wo denn sonst! Du enthältst mir noch immer vor, von wem du geträumt hast.«

Er glotzte sie an. Die Bilder, die ihre Falten malten, versetzten ihn in Erstaunen. Ihre Stirn war runzlig wie Baumrinde, auch das Kinn. Falten säumten ihre Lippen, die Unterlippe war ein wenig nach unten gestülpt. Aber ihre Wangen waren glatt, rund und rein. Und färbten sich unter seinem Blick mit leichter Röte.

Die Röte verwirrte ihn. Er richtete sich auf und beeilte sich, das Gespräch in offizielle Bahnen zu lenken: »Dann kann ich den Hund also hier lassen und Sie übergeben ihn dieser Tamar?«

Es war ihm klar, dass sie etwas vollkommen anderes erwartet hatte. Etwas über Tagträume beispielsweise. Sie schüttelte sofort den Kopf und bestimmte entschieden: »Aber nein! Nein, nein! Das ist ausgeschlossen.« Er fragte überrascht, wieso, und sie antwortete prompt und mit einem Anflug von Zorn: »Nein,

nein. Ich wünschte, ich könnte es. Lass die Dinge ruhen, die zu hoch für dich sind! Hör zu.« Ihre Stimme wurde sanft, als sie sah, dass sie ihn enttäuscht hatte. »Liebend gern würde ich meine allerliebste Dinka hier bei mir behalten. Aber man muss doch mit ihr Gassi gehen, nicht wahr? Hin und wieder mit ihr durch den Hof oder durch die Straßen spazieren. Sicher wird sie auch wieder loslaufen, um nach Tamar zu suchen. Und dann? Ich kann diesen Ort ja nicht verlassen.«

»Warum denn nicht?«

»Warum nicht?« Sie wackelte betulich mit dem Kopf, als denke sie nach. »Willst du das wahrhaftig wissen?«

Assaf nickte. Vermutlich eine Erkältung, dachte er. Vielleicht eine Sonnenallergie.

»Und was, wenn die Pilger aus Lyxos ankommen? Was glaubst du, was geschieht, wenn ich nicht hier bin, um sie willkommen zu heißen?«

Der Brunnen, dachte Assaf. Und die Holzbänke, die Tonbecher und die Steine für die Füße.

»Hast du auf dem Weg nach oben nicht den Schlafsaal der Pilger gesehen?«

»Nein.« Dinka hatte ihn mit einem Affentempo hinter sich hergezogen.

Und nun stand die Nonne Theodora auf, nahm seine Hand, sie hatte eine schmale, aber kräftige Hand, und führte ihn hinter sich her. Sie rief nach Dinka und alle drei stiegen flugs die Stiegen hinab. Assaf bemerkte eine große, wachsgelbe Narbe auf ihrem Unterarm.

Vor einer breiten, hohen Tür blieb sie stehen: »Hier verweilst du! Warte bitte und schließ die Augen.«

Er schlug die Augen zu und fragte sich, wer ihr wohl Hebräisch beigebracht hatte und in welchem Jahrhundert das gewesen sein mochte. Er hörte, wie die Tür aufging: »Jetzt darfst du sie öffnen.«

Vor ihm lag ein kleiner, runder Saal mit hohen Eisenbetten, die sich paarweise reihten. Auf jedem Bett lagerte eine dicke, nackte Matratze, auf der ein Kissen und sorgfältig gefaltet ein Laken und eine Decke ruhten. Und oben auf dem Paket, wie ein Punkt am Ende eines Satzes, prangte ein kleines schwarzes Buch.

»Alles ist für sie bereit«, flüsterte Theodora.

Assaf betrat wie von Geisterhand gezogen den Saal. Seltsam berührt ging er durch die Reihen der Betten und jeder seiner Schritte wirbelte eine kleine Staubwolke auf. Licht rieselte aus hohen Fenstern ins Innere. Er schlug ein Buch auf und sah unbekannte Buchstaben. Er versuchte, sich den Saal voller geschäftiger Pilger vorzustellen. Die Luft war hier kühler und feuchter als in der Kammer der Nonne. Sie schien regelrecht nach ihm greifen zu wollen. Aus einem unerfindlichen Grund wurde Assaf unruhig.

Als er die Augen hob, sah er Theodora an der Tür stehen und für den Bruchteil einer Sekunde durchfuhr ihn das sonderbare Gefühl, dass es ihm nicht gelingen würde, zu ihr zurückzugehen. Dass er in einer gelierten Zeit erstarrt war. Beinahe im Laufschritt eilte er auf sie zu. Eine Frage brannte ihm auf den Lippen. »Diese Pilger...«, er sah ihren Gesichtsausdruck und wusste, dass er sich jedes Wort gut überlegen musste, »wann kommen sie ... ich meine, wann erwarten Sie sie? Noch heute? In dieser Woche?«

Scharf und kühl wie ein Zirkel machte sie eine halbe Drehung um die eigene Achse: »Komm, mein Junge, wir gehen zurück. Die Pizza wird kalt.«

Konfus und nachdenklich stieg er hinter ihr die Stufen hoch. »Meine Tamar«, sagte sie noch auf der Treppe, während ihre Bastlatschen vor seinen Augen auf und ab schlappten, »macht im Schlafsaal sauber. Sie kommt einmal die Woche, scheuert tüchtig und wischt und nun – du hast es selbst gesehen – ist alles verstaubt.«

Wieder saßen sie am Tisch, aber etwas zwischen ihnen hatte sich verändert, hatte sich getrübt, und Assaf wusste nicht, was es war. Etwas Unausgesprochenes, das über ihren Köpfen schwebte, machte ihn nervös. Auch die Nonne war geistesabwesend und sah ihn nicht an. So in sich selbst abgetaucht, stachen ihre Wangenknochen noch mehr vor. Mit ihren schmalen, länglichen Augen sah sie wie eine alte Chinesin aus. Sie aßen eine Weile schweigend oder taten wenigstens so, als kauten sie. Hin und wieder schaute Assaf sich um. Ein kleines, von Bücherbergen umringtes Bett stand an der Wand. Auf einem Tischchen sah er ein schwarzes, uraltes Telefon mit Wählscheibe. Noch ein Blick und Assafs Augen verfingen sich in einem Gegenstand aus gerolltem, rostigem Eisendraht, der wie die Skulptur eines Esels aussah.

»Nein, nein, nein!«, schäumte die Nonne auf einmal vor Wut und hämmerte mit beiden Fäusten auf den Tisch. Assaf hörte sofort auf zu kauen. »Das geht zu weit. Man kann doch nicht zu Tisch sitzen, ohne einen Ton zu sprechen. Wir käuen hier wie zwei Rinder, ohne über Herzensangelegenheiten zu sprechen. Wie soll denn, bitte schön, eine Pizza schmecken ohne ein Gespräch?« Sie schob ihren Teller von sich.

Er schluckte rasch den Bissen, den er gerade im Mund hatte, hinunter und wusste nicht, was er dazu sagen sollte: »Und mit Tamar...«, er verschluckte sich ein wenig bei diesem Namen, »unterhalten Sie sich beim Essen?« Seine Stimme kam ihm eine Spur zu schrill, beinahe gekünstelt vor.

Natürlich bemerkte sie seinen armseligen Versuch, einem Gespräch über sich selbst auszuweichen, und warf ihm einen spöttischen Blick zu. Da war er in etwas hineingeraten und wusste nun nicht, wie er anständig wieder rauskam. Überhaupt – die Kunst der lockeren Unterhaltung ging ihm vollkommen ab. (Wenn er mit Roi, Mejtal und Dafi zusammen war und wenn Redegewandtheit und Schlagfertigkeit angesagt waren oder einfach ein paar witzige Bemerkungen, fühlte er sich meist wie einer, der im Wohnzimmer einen Panzer wenden musste.)

»Tamar kommt also jede Woche her?«

Er sah, dass sie keine große Lust hatte, ihm zu antworten,

doch weil er Tamar erwähnt hatte, kehrte der Funke in ihre Augen zurück. »Schon seit einem Jahr und zwei Monaten kommt sie«, sagte sie und strich sich mit leichtem Stolz über den Zopf. »Sie betätigt sich ein wenig, weil sie Bares braucht. In der letzten Zeit sogar viel Bares. Von ihren Eltern nimmt sie selbstverständlich nichts.« Assaf bemerkte das leichte Naserümpfen, als sie Tamars Eltern erwähnte, aber er verzichtete darauf, nachzuhaken. Was ging es ihn an? »Und bei mir gibt es Arbeit im Überfluss. Du konntest dich selbst davon überzeugen. Es gilt den Schlafsaal zu putzen, die Möbel abzustauben und Woche für Woche in der Küche die Töpfe zu scheuern ...«

»Wozu denn?« Er fiel ihr regelrecht ins Wort. »Wozu diese vielen Betten und Pötte? Wann kommen die Pilger denn –« Klugerweise hielt er nun die Klappe und sagte nichts mehr. Er spürte, dass er sich gedulden musste. Ein vertrautes Gefühl begann die Flügel zu schlagen. In der Dunkelkammer hatte er einen Lieblingsmoment: wenn sich auf dem Bild langsam die Konturen abzuzeichnen begannen. Auch hier gewannen die Worte, die er gehört hatte, und das, was er sich dazureimte, langsam an Form. Noch ein, zwei Minuten und er würde begreifen.

»Und nach getaner Arbeit legen wir die Schürzen ab, waschen uns die Hände und verzehren die Pizza –« Sie kicherte. »Die Pizza! Tamar hat mir das Aroma der Pizza geschenkt ... Und dann plaudern wir. Wir erbauen uns an den Worten. Über Gott und die Welt spricht die Kleine mit mir.« Wieder meinte er einen leichten Stolz in der Stimme der Nonne wahrzunehmen und fragte sich, was an dieser Tamar, einem Mädchen seines Alters, so Besonderes war, dass Theodora derart stolz darauf war, mit ihr befreundet zu sein. »Zuweilen streiten wir auch wie Feuer und Schwefel. Aber stets wie Freundinnen.« Für einen Moment kam sie ihm selbst wie ein junges Mädchen vor. »Wie sehr gute Freundinnen.«

»Was habt ihr euch denn so viel zu sagen?« Die Frage war ihm mit einer peinlichen Dringlichkeit entfahren und sein

Herz zog sich vor unbestimmter Eifersucht zusammen. Vielleicht, weil er daran dachte, was Dafi ihm erst vor zwei Tagen aufgetischt hatte: Wenn er den Mund aufmache, verspüre sie immer den seltsamen Drang, auf die Uhr zu sehen. »Über Gott?«, fragte er, hoffte er. Denn wenn sie nur über Gott sprachen, war es logisch, war es erträglich.

»Gott?«, wunderte sich Theodora. »Wieso ... natürlich ... selbstverständlich ... ja, zuweilen auch über Gott.« Sie verschränkte die Arme vor der Brust, sah Assaf fragend an, wägte ab, ob sie sich nicht in ihm getäuscht hatte, er kannte diesen Blick zur Genüge und hätte alles dafür gegeben, ihn in ihren Augen ungeschehen zu machen. »Ich werde dir die Wahrheit gestehen ... über Gott rede ich nicht gerne. Wir sind keine Freunde mehr, Gott und ich, er kümmert sich um seinen Kram, ich mich um meinen. Aber sind da nicht genug Menschen auf der Welt, über die man palavern kann? Und die Seele? Und die Liebe? Bedeutet die Liebe dir denn gar nichts, Jungchen? Oder bist du ihren Rätseln längst selbst auf den Grund gegangen?« (Assaf lief rot an und schüttelte heftig den Kopf.) »Täusche dich nicht. Wir erörtern hier, bei der Pizza, auch philosophische Fragen, *popo*!« Sie stieß einen kurzen, vermutlich griechischen Freudenschrei aus und wedelte mit einer Hand. »Und dann diskutieren wir wieder, was das Zeug hält. Bis sich die Balken biegen! Und du willst wissen, worüber?« (Assaf verstand, dass er eine Frage stellen sollte, und nickte energisch.) »Die Frage müsste lauten: worüber nicht? Über Gut und Böse und darüber, ob wir genügend Entscheidungsfreiheit haben –«, sie grinste ein wenig herausfordernd, »unseren Weg selbst zu wählen. Oder ob er von vornherein bestimmt ist und man uns nur führt. Und über den Rocksänger Jehuda Poliker lassen wir uns aus, von dem Tamar mir alle Aufnahmen bringt. Vor allem seine Sirtakis. Ich habe sie alle mit meinem Kassettenrekorder aufgenommen! Und wenn sie einen besonders wertvollen Film im Kino zeigen, beauftrage ich sie: Sieh ihn dir für mich an, Tamar, hier hast du das Geld dafür. Nimm eine Freundin mit und komm bald zu mir zurück und schildere ihn mir haarklein, Bild für Bild. Und so hat sie den Genuss und ich den Profit.«

Ein Gedanke erwachte in ihm: »Und Sie? Haben Sie selbst schon einmal einen Film gesehen?«

»Nein. Und auch nie ferngesehen.«

Die Teile begannen sich zusammenzufügen: »Sie haben gesagt, Sie gehen hier nie raus, stimmt's?«

Sie nickte, sah ihn lächelnd an und verfolgte den Gedankenfötus, der sich in ihm zu entwickeln begann.

»Das heißt . . . Sie gehen hier nie raus?«, sagte er wieder erstaunt.

»Nicht mehr seit dem Tag, an dem ich in das Heilige Land kam«, bestätigte sie mit leichtem Stolz. »Als junges Zicklein hat es mich hierher verschlagen. Ich zählte zwölf Lenze. Fünfzig Jahre sind seither ins Land gegangen.«

»Und Sie sind schon fünfzig Jahre hier drinnen?« Seine Stimme kam ihm plötzlich wie die eines Kindes vor. »Und sind niemals –? Moment mal, nicht mal in den Hof?«

Wieder schüttelte sie den Kopf. Mit einem Mal wurde ihm das Zimmer in dem Turm unerträglich. Er hätte am liebsten das Fenster aufgerissen oder wäre hinaus auf die laute Straße gelaufen. Entsetzt sah er die Nonne an und dachte, dass sie im Grunde gar nicht so alt war. Kaum älter als sein Vater. Es musste an dem eingesperrten Leben liegen, dass sie wie ein junges Mädchen wirkte, das mit einem Schlag gealtert war, ohne das Leben durchlaufen zu haben.

Sie wartete geduldig, bis er seine Überlegungen über sie beendet hatte. Dann sagte sie leise: »Tamar hat in einem Buch einen unsäglich schönen Satz für mich gefunden: ›Glücklich ist, wer fähig ist, mit sich allein in einem stillen Raum eingesperrt zu sein.‹ Danach bin ich ein überglücklicher Mensch.« Ihre Mundwinkel gingen ein wenig nach unten. »Überglücklich.«

Assaf rutschte auf dem Stuhl hin und her. Sein Blick suchte die Tür. Ihm brannten die Füße. Nicht dass er nicht allein in einem Zimmer sein konnte! Er konnte es sogar stundenlang.

Aber unter der Bedingung, dass darin ein moderner, gut aus-
gerüsteter PC mit dem neuen Quest stand und dass keiner in
der Nähe war, der ihm vorlaut die Lösungen verriet. Ja, so hielt
er es locker vier, fünf Stunden in seinem Zimmer aus, sogar
ohne etwas zu essen. Aber so zu leben, für immer, das ganze
Leben lang? Tag und Nacht, Woche für Woche, Jahr für Jahr?
Fünfzig Jahre lang?

»Danke, dass du schweigst«, sagte die Nonne. »Der Weise
schweigt . . .«

Assaf wusste nicht, ob er noch eine Frage stellen oder lieber
bis zum Ende seines Besuchs einen weisen Eindruck machen
sollte.

»Und nun«, sagte sie und füllte ihre Lungen mit Luft, »nun
ist die Reihe an dir. Geschichte für Geschichte. Aber unterbrich
dich nicht ständig und sei nicht immer derart auf der Hut, *panaghia mu*! Wieso hast du so viel Angst, etwas über dich selbst
preiszugeben? Bist du etwa so prominent?«

»Was denn? Was soll ich denn erzählen?«, fragte er in Be-
drängnis, denn über Gott wollte er nicht sprechen und über
Jehuda Poliker wusste er nicht viel und sein Leben war stink-
normal und überhaupt, er redete nicht gerne über sich selbst.
Was gab es da schon groß zu erzählen?

»Wenn du mir eine Geschichte aus deinem Herzen zum Besten gibst«, seufzte sie, »gebe ich dir eine aus meinem Herzen
retour.« So sprach sie und lächelte ein wenig schmerzlich. Und
auf einmal lief es.

Achtundzwanzig Tage bevor Assaf Theodora begegnete, als er
noch nicht bei der Stadtverwaltung angefangen hatte und nicht
einmal ahnte, dass es jemanden namens Theodora gab, geschweige denn Tamar, ging Tamar auf die Straße. Wie immer in
den Ferien lag Assaf an diesem Tag bis mittags im Bett. Dann
stand er auf, machte sich ein leichtes Frühstück, drei, vier

Scheiben Brot, ein Omelett aus zwei Eiern, und las die Zeitung. Danach schickte er eine E-Mail an einen niederländischen Housten-Fan und beteiligte sich an einem hitzigen Quest-for-Glory-Forum. Mittendrin kam ein Anruf von Roi oder jemand anderem aus der Klasse (er selbst rief für gewöhnlich niemanden an) und sie überlegten krampfhaft, was sie abends unternehmen könnten, zermarterten sich verzweifelt das Hirn und kamen zu dem Schluss, dass sie später noch einmal telefonieren würden. Auch seine Mutter rief von der Arbeit an, um ihn daran zu erinnern, die Wäsche von der Leine zu nehmen, die Spülmaschine auszuräumen und Mucki um 14 Uhr aus der Ferienbetreuung abzuholen. Zwischendurch schaltete er die Glotze ein, den National Geographic Channel, machte seine tägliche Gymnastik und setzte sich wieder vor den Computer. Die Stunden zogen sich wie Gummi, ohne dass etwas passierte.

Genau zu dieser Zeit schloss Tamar sich in eine Zelle ein, deren Wände mit schweinischen Sprüchen und Zeichnungen übersät waren. Es war das Busbahnhofsklo. Hastig zog sie sich aus. Schlüpfte aus der Levi's und der dünnen Indienbluse, die ihre Eltern ihr aus London mitgebracht hatten. Sie streifte die Sandalen ab und stellte sich drauf. Nun trug sie nur noch Slip und BH. Sie ekelte sich vor dem Gestank, der sich im Nu auf ihre Haut setzte. Aus ihrem großen Rucksack zog sie einen kleineren, dann ein Shirt und eine unförmige Latzhose, die hoffnungslos zerrissen und verdreckt war. Ich werde mich daran gewöhnen, dachte sie, und schlängelte sich hinein. Sie hielt einen Moment inne, dann machte sie das schmale Silberarmband ab, das sie zur Bat Mizwa geschenkt bekommen hatte. Es konnte ihr gefährlich werden: Ihr kompletter Name war darauf eingraviert. Sie kramte ein paar Turnschuhe heraus und zog sie an. Sie hätte viel lieber wieder die Sandalen getragen, aber sie ahnte, dass sie in den kommenden Wochen Schuhe, die ihr Halt und Standfestigkeit verliehen und dafür sorgten, dass sie schnell vorwärts kam, wenn man hinter ihr her war, gut gebrauchen konnte.

Da waren noch die Tagebücher. Sechs gebundene Kladden, die in einer Packpapiertüte lagen. Das erste Tagebuch, dessen Einband mit bunten Orchideen, Bambis, Vögeln und von Pfeilen durchbohrten Herzen bekritzelt war und das aus der Zeit stammte, in der sie zwölf war, war dünner als die übrigen. Die letzten schmucklosen Bände waren dick und eng beschrieben. Sie wogen schwer in dem Rucksack und waren Ballast, aber sie hatte sie aus der Wohnung schmuggeln müssen, da ihre Eltern sie sonst sicher lesen würden. Jetzt vergrub sie sie tief in dem großen Rucksack, aber schon im nächsten Moment konnte sie nicht umhin, das erste Buch wieder herauszufischen und die Seiten mit der kindlichen Schrift durch die Finger gleiten zu lassen. Gedankenverloren setzte sie sich auf die Klobrille. Sie war in der siebten Klasse und zum ersten Mal von zu Hause ausgerissen. Sie war mit zwei Freundinnen nach Tsemah zum Strand getrampt, um in ein Rock-Konzert zu gehen. Was für eine verrückte Nacht! Sie blätterte weiter. *Liat kam in einem schwarzen Paillettenkleid zur Party. Sie sah einfach super aus.* Oder: *Liat hat mit Gilli Paposchdo getanzt. Sie sah so schön aus, dass ich am liebsten geheult hätte.* Alte Wunden heilen nie ganz und warten nur darauf, jeden Moment wieder aufzubrechen. (Sie musste langsam hier weg.) Sie nahm ein anderes Tagebuch, das sie vor zweieinhalb Jahren geführt hatte: *Es nervt sie, dass sie fetter wird.* Und später: *Sie pubertiert. (Abartiges Wort!!!) Darauf hat sie keinen Bock.* Sie stockte. Sie versuchte sich zu erinnern, warum sie über sich in der dritten Person geschrieben hatte. Verdrossen verzog sie das Gesicht: Klar! Diese ausgeflippten Ideen damals, mit denen sie sich abhärten wollte. Sich ein dickes Fell zulegen wollte. Sie hatte trainiert, Kitzeln auszuhalten. Sie hatte Pulli, Jacke und Bluse ausgezogen, wenn es draußen kalt war. Sie war barfuß über Straßen und Felder gelaufen. Auch das Schreiben in der dritten Person gehörte zu diesem Bereich: *Sie mag kleine, enge Räume. Zum Beispiel den Spalt zwischen Schrank und Wand in ihrem Zimmer, in den sie sich noch vor einem Monat zwängen konnte. Sie dreht durch, wenn sie daran denkt, dass sie nie wieder hineinpassen wird!!!*

Auf der nächsten Seite hatte sie, warum auch immer, als ginge es um eine Strafarbeit, genau einhundert Mal – sie hatte es abgezählt – geschrieben: *Ich bin doof, ich bin doof, ich bin doof ...*

O Gott, dachte sie und lehnte den Kopf gegen den Druckspüler. Was für ein Scheiß!

Aber dann stieß sie auf ihre erste Begegnung mit »Auch eine Faust war einmal eine offene Hand« von Jehuda Amichai und versöhnte sich mit der, die geschrieben hatte: *Fischembryonen haben ihre Eiweißsäckchen. Und ich fühle, dass dieses Buch ein Leben lang mein Eiweißsäckchen sein wird.* Und eine Woche später entschlossen: *Wenn ich davon g. A. bekomme, gelobe ich von nun an bis zum Ende meines Lebens, die Welt staunend anzusehen.*

Sie lächelte bitter. In der letzten Zeit hatte die Welt sie buchstäblich dazu gezwungen, sie verstört, wütend und schließlich verzweifelt anzusehen. Das Einzige, was ihre Augen hatte groß werden lassen, war ihre Frisur.

Sie blätterte schnell vorwärts und rückwärts, schmunzelte und stöhnte hin und wieder. Es war gut, dass sie in dem Tagebuch las, bevor es losging. Sie sah sich aufgeklappt und entblättert vor sich, als führe ihr jemand einen kompletten Film aus einzelnen Bildern über jeden einzelnen Tag ihres Lebens vor. Sie müsste längst weg sein. Lea wartete im Restaurant mit dem Abschiedsessen, der Henkersmahlzeit, auf sie. Aber sie brachte es nicht über sich. Nur nicht wieder auf die Straße mit all den Blicken. Wie man sie angaffte, seit sie den Kopf rasiert hatte! Hier war sie wenigstens sicher. Allein zwischen vier Wänden. Nun war sie vierzehn und begann Geheimnisse in Spiegelschrift aufzuschreiben: *Arme Mama, sie hatte sich so sehr eine Tochter gewünscht, mit der sie alles teilen, mit der sie tuscheln kann und die sie in die Geheimnisse einer Frau einweiht und die sich weismachen lässt, wie herrlich es ist, eine Frau zu sein,*

ein regelrechtes Geschenk des Himmels. Und was hat sie be-
kommen? Mich.

Mutter. Vater. Sie schloss die Augen, schob die beiden beiseite, doch sie drängten sich gleich wieder in den Vordergrund.
Es gibt Situationen, in denen jeder Mensch sich selbst der
Nächste ist, hatte ihr Vater beim letzten Streit gesagt. Schluss
damit. Weg hier. Wenn alles vorbei war, konnte sie wieder an
ihre Eltern denken. Für mich ist diese Sache erledigt, hatte er
gesagt. Ich habe nicht die Absicht, auch nur einen Finger in
dieser Angelegenheit zu krümmen. Und er hatte sie mit ge-
spielter Gleichgültigkeit angesehen. Nur seine rechte Braue
hatte, wie ein Geschöpf mit Eigenleben, ununterbrochen ge-
zuckt. Langsam, energisch und konzentriert vertrieb sie ihre
Eltern aus ihrem Kopf. Jetzt nur nicht über sie nachdenken. Sie
würden ihr die Kraft nehmen und sie noch zum Aufgeben
bringen. Sie existierten jetzt nicht. Fiebrig entschied sie sich
für ein anderes Buch. Etwa anderthalb Jahre alt. Hier waren
Idan und Adi schon in ihr Leben getreten und alles hatte begonnen, sich zum Guten zu wenden. Hatte sie gedacht. Sie las
und konnte kaum glauben, was sie noch vor wenigen Monaten
beschäftigt hatte. Idan hat dies gemacht und jenes gesagt, er
hat sich einen Mittelscheitel frisieren lassen und sie und nicht
Adi zum Friseur mitgenommen, um dem auf die Finger zu sehen, denn du bist praktischer veranlagt, hatte er gesagt und sie
wusste nicht, ob das aus seinem Mund ein Kompliment oder eine
Beleidigung war, und hatte verblüfft zur Kenntnis genommen,
dass es einen gab, der sie für praktisch veranlagt hielt. Und die
Fahrt zum Festival in Arad – man hatte ihnen den Rucksack mit
allen drei Geldbeuteln geklaut. Zehn Schekel besaßen sie noch
zusammen. Idan hatte die Sache in die Hand genommen: In
einem Schreibwarenladen kaufte er für neun Schekel einen
Quittungsblock und schickte die beiden los, um Spenden für
die »Bürgerinitiative gegen das Ozonloch« zu sammeln.

Und das Glückskarussell, das sich damals in ihr drehte, weil
sie einen Betrug begingen, ein richtiges Verbrechen, und ihm

das ergaunerte Geld übergeben konnten, und was für ein Festmahl sie sich bereiteten, es blieb sogar noch etwas übrig, um Gras zu kaufen, doch sie hatte nichts davon gespürt. Und Idan und Adi hatten pausenlos irgendwelchen Quatsch gemacht und von ihrem Wahnsinnstrip geschwärmt. Und auf dem Rückweg hatten Adi und Idan im Bus zwei Bänke vor ihr gesessen und den ganzen Weg über hysterisch gelacht.

Und zwischen dem ganzen Mist hin und wieder ein paar beiläufige Bemerkungen, knappe Hinweise, denen sie damals keinerlei Bedeutung beimaß, die wie Geflüster waren, das sich allmählich zu einem Schrei formierte: Ihre Mutter und ihr Vater entdeckten, dass der afghanische Wandteppich hinter der Tür verschwunden war. Sie kündigten auf der Stelle der Putzfrau, die sieben Jahre lang bei ihnen sauber gemacht hatte. Später verschwanden ein paar Hundert- Dollar-Scheine aus Vaters Schublade und der arabische Gärtner musste seinen Hut nehmen. Dann passierte die Sache mit dem Auto, dessen Kilometerzähler eine lange Fahrt anzeigte, während die Eltern im Ausland Urlaub gemacht hatten. Und noch mehr Schatten, die niemand allzu stark anzustrahlen wagte, krochen über die Mauern ihres Elternhauses.

Jemand klopfte heftig gegen die Tür. Es war die Klofrau. Sie krächzte, dass sie den Lokus nun schon eine ganze Stunde lang blockiere. Tamar keifte zurück, dass sie so lange auf dem Klo sitzen bliebe, wie es ihr in den Kram passe. Sie holte tief Luft wegen der unsanften Störung.

Als sie das letzte Buch durchsah, wunderte sie sich. Sie hatte alles notiert. Detailliert und schonungslos: den Plan, die Höhle, die Lebensmittelliste, die zu erwartenden und die unvorhersehbaren Risiken. Dieses Tagebuch musste sie verschwinden lassen. Sie musste es vernichten. Es zu verstecken genügte nicht. Ihr Blick glitt hastig über die Seiten. Sie fand die Stelle, an der sie aufgehört hatte, Gefühle zuzulassen – das flüchtige nächtliche Treffen vor dem »Rif-Raf« mit dem lockigen Jungen, der einen so sanften Blick besaß und der ihr seine gebrochenen Finger zeigte und wegrannte, als traue er auch ihr zu, ihm so etwas anzutun – danach panzerte sie sich, geizte mit Worten und notierte wie die Protokollantin einer geheimen Militäreinheit: Aufgaben, Probleme, Risiken. Was erledigt war und was es noch zu tun galt.

Sie schlug das Buch zu. Ihre Augen wurden von einer ekelhaften Zeichnung auf der Klotür glasig. Sie wünschte, sie könnte das letzte Tagebuch mitnehmen. Es war ausgeschlossen. Aber wie sollte sie ohne das Buch zurechtkommen? Wie sollte sie sich Klarheit verschaffen, wenn sie nicht hineinschreiben konnte? Ohne Gefühl in den Fingerspitzen riss sie die erste Seite heraus, zerrupfte sie und warf sie zwischen ihren Schenkeln in die Schüssel. Noch ein Blatt und noch eins. Moment mal. *Früher weinte ich viel und war voller Hoffnung. Heute lache ich und bin verzweifelt.* Ab damit in die Toilette! *Immer muss ich mich in einen verlieben, der schon vergeben ist. Warum? Darum. Weil ich das Talent habe, in aussichtslose Situationen zu geraten. Jeder hat irgendeine Begabung.* Sie zerriss es. *Was mein Talent ist? Wenn du es genau wissen willst: Stirb den Augenblick.* Sie zerriss es. Sie stand auf und blieb einen Moment trunken stehen. Es waren nur noch die letzten Eintragungen übrig. Die endlosen Streitereien mit den Eltern, ihre Schreie und das Betteln und die schreckliche, schmerzhafte Erkenntnis, dass sie tatsächlich machtlos waren. Sie vermochten ihr weder zu helfen noch sie an ihrem Vorhaben zu hindern. Sie waren ausgelaugt und wie gelähmt angesichts der Katastrophe, die wie ein Fluch über sie gekommen war und die sie auszuhöhlen schien. Von ihren Eltern war nichts als die Hülle geblieben und jetzt war es an ihr, die Dinge in die Hand zu nehmen, wenn sie es nur wagte.

Dort, wo sie hin wollte, würde man sie sicher filzen. Es würde der Moment kommen, an dem man sie abtastete oder ihre Sachen durchwühlte und auf jede erdenkliche Weise ihre Identität herauszufinden versuchte. Wer bin ich? Was ist von mir geblieben? Sie drückte auf die Spülung und sah, wie die

Schnipsel durch die Schüssel trudelten, in die Tiefe gesogen wurden und verschwanden: niente.

Ohne das Tagebuch und ohne Dinka war sie aufgeschmissen.

Sie mischte sie sich unter den Strom der Reisenden, sah ihr Spiegelbild im Fenster der Cafeteria, in der Glasscheibe der Würstchenbude, in den Blicken der Menschen. Sie sah Lippen, die sich vor ihr spannten. Bis gestern hatte man sie mit anderen Augen angesehen. Bis gestern hatte sie andere Blicke heraufbeschworen, weil immer irgendein Augenzwinkern oder eine kleine, verführerische Aufforderung in ihrer Kleidung und in ihrem Blick gelegen hatte. Tamar wusste: Es war die Tollkühnheit der Unsicheren. Die ängstliche Tollkühnheit, die ihr wie ein Rülpsen entschlüpfte, ohne dass sie es kontrollieren konnte: wie die durchsichtige Bluse, die sie zur Abschlussfeier in der fünften Klasse trug. Oder die roten Schocker, Dorothys Schuhe aus dem »Zauberer von Oz«, zum Galakonzert der Musikhochschule. Und es gab noch andere Beispiele und unzählige Übergänge von Tagen der Nachlässigkeit und der Verwahrlosung – Halina hatte sie einmal angeschrien, sie verbiete ihr, wie eine Ultraorthodoxe herumzulaufen – zu Phasen der Äußerlichkeit und der übertriebenen Eitelkeit; ihre lila Periode, ihre gelbe, ihre schwarze ...

Sie deponierte den Trekkingrucksack bei der Gepäckaufbewahrung und presste den kleinen Rucksack eng an die Brust. Von nun an würde er ihr Zuhause sein. Der junge Mann am Schalter würdigte sie keines Blickes und war wie der Friseur darauf bedacht, dass seine Finger die ihren nicht berührten. Sie nahm das kleine metallene Schild mit der Nummer der Gepäckaufbewahrung entgegen.

Siehst du, das hast du übersehen: Was machst du jetzt mit der Plakette? Sie reagierte beinahe schadenfroh, als sie sich eingestand, dass es ihr nicht gelungen war, jedes Detail vorauszusehen und zu planen. Und wenn man sie bei dir findet? Was dann? Und wenn einer von ihnen den Rucksack abholt und den

Geldbeutel und die Tagebücher entdeckt? Du Idiotin, du grö-
ßenwahnsinnige, jämmerliche Idiotin.

Sie rannte weg. Es gefiel ihr, sich selbst zu peinigen. Es bereitete sie auf das vor, was sie erwartete. Wer weiß, was noch alles passieren wird, was sie sonst noch alles übersehen hat, was
ihre Vorstellungskraft überstieg – was ihr das neue Leben noch
bescheren wird und wie die Realität sie überrumpeln und verraten wird. Wie immer.

Und dann fing Assaf an zu erzählen. Von Anfang an. Er begann
mit dem Job bei der Stadtverwaltung, den sein Vater ihm mithilfe seiner Beziehungen zu Danoch, der ihm Geld für ausge-
führte Elektroarbeiten schuldete, verschafft hatte. Aber – Theodora unterbrach ihn wieder mit einer kleinen gebieterischen
Geste und wollte zuerst etwas über seinen Vater und seine
Mutter hören. Assaf musste das Thema wechseln und erzählen, dass seine Eltern und seine kleine Schwester womöglich schon in Arizona gelandet waren, und er bemerkte, dass sie
ziemlich überstürzt abgereist waren, weil seine große Schwester Relli angerufen und gebeten hatte, sie sollten auf der Stelle
kommen. Nun wollte die Nonne etwas über Relli hören und
warum sie so weit weg von zu Hause wohnte und Assaf musste,
zu seiner Überraschung, auch von Relli sprechen. Er beschrieb
sie in groben Zügen. Wie super sie war. Er erzählte, sie sei
Goldschmiedin, eine wahre Künstlerin, und dass sie eine eigene Silberschmuckkollektion entworfen habe, die im Ausland
gerade ausgezeichnet angelaufen sei. Er benutzte das Vokabular seiner Schwester und merkte, wie fremd es ihm war. Vielleicht, weil ihr neuer Erfolg ihm insgesamt exotisch vorkam,
vielleicht, weil ihr gesamter Umzug etwas Beängstigendes für
ihn hatte. Und mit einem Hauch von Feindseligkeit fügte er
hinzu, dass sie, Relli, mitunter auch echt ätzend sein konnte
und verwies auf ihre Prinzipien in allem und jedem, angefan-

gen bei der Nahrung, die sie zu sich nahm oder besser gesagt nicht zu sich nahm, bis zu ihrer Einstellung über die Beziehungen zwischen Arabern und Juden und über den Staat überhaupt, und so ergab es sich, dass er unentwegt über Relli sprach, wie sie im letzten Jahr geradezu aus Israel geflohen war, weil sie Freiräume vermisste, ein Wort, das Assaf hasste, weshalb er sich beeilte, es zu ersetzen, und erklärte, Relli hätte das Gefühl, in Israel zu ersticken. Und Theodora lächelte vor sich hin und er verstand dieses Lächeln sofort, zwischen ihnen knisterte ein wortloses Verständnis, denn es gibt Menschen, die nicht einmal nach fünfzig Jahren in ein und demselben Zimmer ersticken, und es gibt andere, denen ein ganzes Land nicht genügt. Dann wollte sie auch etwas über Mucki hören, die mit den Eltern geflogen war, weil man sie beim besten Willen nicht zu Hause lassen konnte. Und Assaf sprach auch von ihr und lächelte und seine ohnehin roten Wangen wurden noch röter, selbst die Pickel hoben sich kaum noch ab; denn sobald er »Mucki« sagte, stieg ihm – wie immer – der Geruch ihres frisch gewaschenen Haars in die Nase und er lachte auf und sagte, es wäre zum Schreien, wie sie schon, seit sie drei ist, auf ein und dasselbe Shampoo bestehe und darauf beharre, eine Spülung zu benutzen. Ehrlich, seit sie drei ist, dabei fühlt sich ihr blondes Haar ohnehin wie Watte an – er lachte und Theodora lächelte –, und stundenlang steht sie vor dem Spiegel, diese kleine Kröte, und bewundert sich und bildet sich ein, die ganze Welt liegt ihr zu Füßen. Und immer wenn er oder Relli sich über diesen Personenkult ereifern, sagt ihre Mutter, sie sollen sie in Ruhe lassen, soll sie es doch genießen, es könne in diesem Haus ruhig einen geben, der sich hemmungslos liebe – und Assaf, der auf einmal merkte, dass er schon eine ganze Weile ununterbrochen redete, erschrak und sagte, mehr ist nicht. Wir sind eine hundsgewöhnliche Familie. Nichts Besonderes. Und Theodora meinte: »Eine prachtvolle Familie, mein Jungchen. Ihr müsst überglücklich sein.« Und er sah, dass sie wieder in sich selbst versank, es war, als ob das Licht in ihr erlosch, und er fragte sich, wie es überhaupt dazu gekommen war, dass er so offen zu ihr gesprochen hatte. Er dachte, vielleicht weil ihre Einsamkeit ihn berührt hatte, sie hatte sicher lange mit niemandem geredet, jedenfalls nicht richtig freiheraus, und dann dachte er: Ach ja? Und du?

Und es fiel ihm unweigerlich wieder ein, was ihn heute Abend mit Roi und Dafi erwartete, und die Nonne beugte sich zu ihm hinüber und sagte: »Schnell, schnell, woran hast du gerade gedacht? Dein Gesicht, mein Lieber, *popo*! Eine dicke Wolke hat es überschattet.« – »Egal«, stieß er aus. – »Das ist es nicht!«, sagte sie sofort. Sie legte eine unglaubliche Neugier für seine albernen Geschichten an den Tag, vielleicht waren sie auch gar nicht so albern, wenn jemand sich derart dafür interessierte. »An nichts Besonderes …«, sagte er mit schiefem Mund und rutschte verlegen auf seinem Stuhl hin und her. Er hatte beim besten Willen nicht die Absicht gehabt, über diese Dinge zu reden. Bevor er hierher gekommen war, wäre ihm das im Traum nicht eingefallen. Schließlich kannten sie sich so gut wie gar nicht. Es war, als ob der Teufel ihn ritt und ihn veränderte, aber die Nonne warf mit einem jugendlichen Lachen den Kopf in den Nacken und er bemerkte, dass sie trotz ihres Alters auch jugendliche Züge hatte. Vielleicht, weil sie sie nie ausleben durfte, und auf einmal dachte er: Warum soll ich nichts sagen? Sie ist nett und sie ist einsam und es tut gut zu reden.

Und so erzählte er ihr unverblümt von Dafi Kaplan und von Roi und dessen Mejtal und die Nonne lauschte aufmerksam, hing an seinen Lippen, während ihr Mund lautlos seine Worte wiederholte. Und ziemlich schnell, nach etwa fünf Sätzen, hatte sie verstanden, dass es gar nicht in erster Linie um Dafi ging. Assaf konnte kaum glauben, dass sie unverzüglich erkannte, was ihn am meisten störte: »Lass die arme Kleine für einen Augenblick beiseite«, winkte sie ungeduldig ab. »Sie ist eine Blume ohne Duft. Der Junge nimmt mich gefangen: Erzähl mir von diesem Knaben, diesem Roi, der dir nicht mehr zugetan ist, wenn mich nicht alles täuscht.« Und Assafs Augen fielen einen Augenblick zu, denn sie hatte ihn genau an der schmerzenden Stelle berührt, und wie vor einem langen Tauchgang holte er tief Luft und erzählte, wie er, seit sie vier waren, mit Roi befreundet war, dass sie wie zwei Brüder waren und wie sie einmal bei dem einen und einmal bei dem andern übernachteten, und auch von dem Baumhaus. Roi war der Kleinere und Schwächere und Assaf beschützte ihn vor den großen Jungs. Die Kindergärtnerinnen nannten ihn Rois Leibwächter. Und so ging es bis etwa zur siebten Klasse, sagte Assaf hastig und übersprang damit acht Jahre, wurde jedoch sanft und entschieden an den Ausgangspunkt zurückgeschubst: »Was geschah in dieser Zeit?«, wollte die Nonne wissen. Und er musste von der Grundschulzeit erzählen, als Roi ihn samt und sonders in Beschlag nahm und ihm nicht mehr erlaubte, sich mit einem anderen Kind anzufreunden, und eine Skala von Strafen erfand, die er Assaf immer dann aufbrummte, wenn er den geringsten Verdacht hegte, Assaf hätte ihre Freundschaft verraten. Die schlimmste war die Schweigestrafe, sie dauerte Wochen, in denen er sich weigerte, Assaf zu antworten, ohne ihm jedoch von der Seite zu weichen. Und es gab Rois markerschütternde Wutausbrüche, als Assaf zu den Pfadfindern gehen wollte, auf die er schließlich schweren Herzens verzichtete, und selbst damals hatte es ihm noch geschmeichelt, dass einer ihn so unsäglich brauchte und liebte. Er schwieg einen Augenblick, schluckte und dachte nach. »Und so ging es weiter bis zur Mittelstufe«, fuhr er fort, »dann wurde alles anders. Die Einzelheiten sind nicht wichtig.« – »Sie sind überaus wichtig«, sagte die Nonne. Er hatte gewusst, dass sie das sagen würde, und grinste sogar herausfordernd. Sie spielten schon ein kleines Spiel. Die Nonne ging zur Kochnische, um Kaffeewasser aufzusetzen, und rief von dort, er solle fortfahren. Und Assaf erzählte, wie die Mädchen in der siebten Klasse, vor etwa drei Jahren, bemerkten, wie geil Roi aussieht. Tatsächlich hatte Roi damals einen Schuss in die Höhe und in Richtung Schönheit gemacht. »Sie fingen reihenweise an, sich in ihn zu verlieben, und er war in alle gleichzeitig verknallt und spielte mit ihren Gefühlen«, sagte Assaf und gab sich Mühe, nicht zu scheinheilig zu wirken. Und die Nonne in der Kochecke grinste die blaurote Tapete an. »Aber er kam damit durch«, sagte Assaf erstaunt, stützte die Ellbogen auf den Tisch und sprach jetzt eher zu sich selbst, »mehr noch. Stellen Sie sich vor, die Mädchen haben auch noch um seine Liebe gewetteifert, sie hockten in den Pausen zusammen und schwärmten, wie super er aussieht, was ihm steht, welche Frisur er sich kämmen solle, und wie toll er sich bewegte, wenn er Basketball spielte.« Assaf saß einmal aus purem Zufall hinter dem Mädchenbaum im Hof und traute seinen Ohren nicht. Sie sprachen über Roi, als wäre er eine Art Gott oder zumindest ein Filmstar. Ein Mädchen erzählte, wie sie kaltblütig plante, sich in Mathe runterstufen zu lassen, um mit ihm im gleichen Kurs zu sein. Und eine andere gestand, sie bete manchmal, dass Roi krank werden sollte, damit sie in die Poliklinik gehen und sich auf die Pritsche legen könne, auf der er untersucht wurde!

Assaf sah die Nonne an und wartete darauf, dass sie mit ihm über die Dämlichkeit dieser Mitschülerin lachte. Aber Theodora lachte nicht. Sie bat nur darum, er solle weitersprechen, und er wünschte sich, er würde langsam zum Ende kommen, aber er hatte es nicht mehr unter Kontrolle, das, was aus ihm herausbrach wie eine dicke Spule, die sich mehr und mehr abwickelte. Seit Jahren hatte er nicht mehr so mit einem Fremden gesprochen und auch mit keinem Bekannten. Es muss an diesem Kloster liegen, dachte er verwirrt. Oder an dieser kleinen Kammer, die ihn an den Beichtstuhl erinnerte, den er einmal in einer Kirche in Ein Kerem gesehen hatte. Er würde in seine Welt zurückkehren und gänzlich vergessen, dass er einmal in einem Zimmer unter dem Dach eines Turms gesessen und einer wildfremden Nonne diesen Käse unter die Nase gerieben hatte. Und Theodora sagte: »Assaf, ich warte!« Und er erzählte, wie Roi in der achten Klasse durch die Mädchen – wie soll ich sagen? – der Klassenking wurde. Und Assaf wollte ihr erklären, was das bedeutete, aber sie winkte ungeduldig ab und sagte: »Ja, ja, ich weiß schon, der Klassenking. Weiter!« Und Assaf erriet blitzartig, dass sie so etwas schon von Tamar gehört hatte, solche Geschichten über Jungs und Mädchen, und dachte, vielleicht genießt sie es, ihm zuzuhören, weil es sie an ihre Treffen mit dieser Tamar erinnert. Und bei diesem Gedanken regte sich wieder jenes warme, neue Kitzeln und er stellte sich vor, Tamar wäre unsichtbar irgendwo im Zimmer. Sagen wir – sie sitzt auf dem Boden neben der schlafenden Dinka und streichelt behutsam ihren Kopf. Und vielleicht spricht er ja jetzt auch zu ihr und erzählt ihr, wie Roi mit Rotem ging, das erste Königspaar der Mittelstufe. »Es ist Jahre her«, murmelte Assaf. Nach Rotem hatte Roi noch vier oder fünf andere, zur Zeit war es Mejtal und wegen ihr verlangte Roi, dass er sich in Dafi verknallte, weil Mejtal es so wollte. Roi hatte sogar angedeutet, es wäre die Voraussetzung für eine weitere Freundschaft. Schluss jetzt, es ist nicht wichtig, schüttelte sich Assaf. Es ist nichts, Blödsinn, Kinkerlitzchen, und wieder fühlte er sich verlegen und zu Tode verwirrt, dass er all diese Dinge preisgab. »Es ist unsäglich wichtig«, sagte Theodora sanft. »Begreifst du es noch immer nicht, *agori mu*?! Wie soll ich dich ohne diese ›Kinkerlitzchen‹ kennen lernen? Wie soll ich dir etwas aus meinem Herzen erzählen?« Und als sie sah, dass er nicht überzeugt war, suchte sie seinen Blick und zwang ihn geradezu, die Augen zu ihr zu heben: »Denn auch Tamar wollte am Anfang nicht alles erzählen. Ist doch unwichtig, interessiert kein Schwein, und ich habe sie mit großer Mühe gelehrt, dass wir nichts Wichtigeres haben als diese Kinkerlitzchen, als dieses Sammelsurium von Knöpfen und Münzen. Und sie, sollst du wissen, ist noch ein größerer Querkopf als du!« Nach dieser Bemerkung gab Assaf mit einem Mal seinen Widerstand auf. Es war, als ob ein Gewicht von seiner Kehle genommen worden wäre. Sogar seine Stimme veränderte sich, als lösten sich sämtliche Knoten, und er erzählte schließlich doch von Dafi, dass von ihr alles bewertet und berechnet wurde, in Geld oder Ehre oder Erfolg, und je mehr er sprach, desto deutlicher wurde ihm, warum ihm das Zusammensein mit ihr so unangenehm war. Sie lag ständig mit aller Welt in einem Konkurrenzkampf, ganz gleich mit wem, prüfte unentwegt Erfolgs- und Misserfolgskurven, Gewinn und Verlust, und wenn man ihr Glauben schenkte, hatte man das Gefühl, dass tatsächlich jeder zu jedem Zeitpunkt danach trachtet, etwas gegen einen anderen auszuhecken, sich auf jemanden zu stürzen und ihn zu verschlingen, sobald der die geringste Schwäche zeigt … »Es gibt solche Menschen auf der Welt«, sagte die Nonne, die sofort spürte, dass er im Begriff war, vor ihren Augen zu verglimmen. »Aber es gibt auch andere, nicht wahr? Und stimmt es nicht, dass es sich lohnt, für diese anderen zu leben?« Und Assaf lächelte und richtete sich erfreut auf, als ob sie mit ihren knappen Worten ein höchst kompliziertes Problem gelöst habe, das ihn schon lange quälte, und dann fügte er hinzu, auch wenn Dafi ein ganz und gar anderer Mensch wäre, wäre er dennoch nicht in sie verliebt, und überhaupt denke er, er werde sich nie verlieben, wenigstens nicht vor der Militärzeit, sagte er und staunte über seinen Mut, denn etwas Ähnliches hatte er bisher nur zu einem einzigen Menschen auf der Welt gesagt, nämlich zu Nashorn, Rellis Freund, und auch das nur in äußerst seltenen Fällen, und die Nonne kannte er erst eine knappe Stunde, was war denn heute los mit ihm?

Er verstummte und die beiden sahen einander an, als erwachten sie aus einem gemeinsamen Tagtraum. Theodora ließ beide Hände über ihren Kopf gleiten, als versuche sie, etwas in ihn hineinzustopfen. Die große, gelbe Brandnarbe glänzte auf ihrem Unterarm. Einen Augenblick herrschte vollkommene Stille im Zimmer. Nur die Atemzüge der schlafenden Dinka waren zu hören.

»Und jetzt«, flüsterte Theodora lächelnd, »erzählst du mir vielleicht endlich, was dich zu mir geführt hat.«

Und erst da berichtete er. Kurz und bündig. Wie Danoch ihn am Morgen zu dem Hundezwinger geführt hatte und von Formular Nummer 76 und von der Pizza, und auf einmal kam er ihm komisch vor, der verrückte Lauf ins Ungewisse. Er musste grinsen. Auch Theodoras Gesicht weitete sich. Beide sahen sich an und brachen in Gelächter aus und die Hündin wurde wach, hob den Kopf und schlug mit dem Schwanz.

»Fantastisch ...«, seufzte Theodora und beruhigte sich allmählich, »Dinka hat dich zu mir geführt ...« Sie sah Assaf lange an, als erscheine er ihr mit einem Mal in einem neuen Licht. »Und du warst nichts als ein argloser Bote, ein ahnungsloser Gesandter ...« Ihre Augen funkelten buchstäblich. »Wer tut denn so etwas, hetzt hinter einem Hund her, investiert sein gutes Geld in eine Pizza und stellt seine eigenen Bedürfnisse hinter denen anderer zurück? Was für ein gewaltiges Herz, *agori mu*! Was für ein warmes, unschuldiges Herz du doch hast ...«

Assaf rutschte verlegen auf seinem Stuhl herum. Um ehrlich zu sein, hatte er sich die meiste Zeit wie ein Idiot gefühlt, wie er so hinter dem Hund herlief, und die neue Deutung seines Verhaltens verdutzte ihn mehr oder weniger.

Die Nonne schlang die Arme um ihren Körper und schüttelte sich vor Vergnügen: »Nun verstehst du, warum ich dich bat, mir die vollständige Geschichte zu erzählen? Nun bin ich ein wenig sorgloser, denn mein Herz sagt mir: Wenn es jemanden gibt, der mein Täubchen findet, dann du.«

Assaf sagte, dass er dies seit dem Morgen versuche und wenn sie ihm nun Tamars Adresse geben würde, wäre es kein Problem mehr für ihn.

»O nein«, sagte sie und sprang auf. »Zu meinem großen Kummer kann ich das nicht tun.«

»Nein? Wieso denn nicht?«

»Ich habe Tamar mein Wort gegeben.«

Sosehr er auch versuchte zu verstehen und so eindringlich er auch fragte, sie weigerte sich zu antworten. Nervös stolzierte sie durch ihre Kammer, murmelte ihr aufgeregtes »*popo*« und schüttelte den Kopf. »Nein, nein, nein«, rief sie und breitete hilflos die Arme aus. »Glaub mir, mein Guter, läge es in meiner Macht, hoffte ich sogar, dass du – nein! Schluss damit!«, und sie schlug sich hastig auf die Finger. »Sei jetzt still, Alte. Kein Wort kommt über deine Lippen!« Noch ein aufgeregtes Wirbeln durch das Zimmer und ein zorniges Prusten, dann stand sie wieder vor ihm: »Tamar hat mich ausdrücklich darum gebeten. Hör mir zu und sei mir nicht gram! Nur so viel kann ich dir sagen: Als sie das letzte Mal hier gewesen ist, bat sie darum und ich musste ihr unter Eid versichern, wenn jemand zu mir käme, der nach ihrer Anschrift frage oder auch nach ihrem Nachnamen und ihren Eltern, kurzum, wenn einer Nachforschungen über sie anstelle, und sei er noch so nett und freundlich – das waren nicht ihre Worte, es sind die meinen –, müsse ich um jeden Preis eine Antwort schuldig bleiben!«

»Warum denn? Warum?!«, rief Assaf aus und erhob sich aufgebracht. »Warum hat sie denn so einen Quatsch erzählt? Was kann denn schon passieren, dass –« Die Nonne schüttelte wieder den Kopf, als fürchte sie, er würde sie zum Reden zwingen, und beide hoben die Stimme und wiegten sich einer vor dem andern, bis sie einen Zeigefinger auf seine Lippen legte:

»Still jetzt!«

Und Assaf setzte sich betroffen.

»Ich darf nicht reden. Ich habe einen Eid abgelegt und meine Zunge ist gelähmt. Aber lass mich dir eine Geschichte erzählen, die dir womöglich ein wenig die Augen öffnet.«

Er blieb sitzen und trommelte mit den Händen auf den Knien. Es nervte ihn, dass er bei seiner Suche von vorne anfangen musste. Vielleicht sollte er aufstehen und gehen, um keine Zeit mehr zu verlieren. Aber das Wort »Geschichte« übte stets eine magische Wirkung auf ihn aus. Und der Gedanke, dass er aus ihrem Mund eine Geschichte hören würde, mit ihrer Mimik, mit dem Funkeln in ihren Augen –

»Ei der Daus! Du hast gelächelt, mein Junge! Mich führst du nicht hinters Licht. Die Alte weiß, was dieses Lächeln bedeutet! Geschichten scheinen dich hellauf zu begeistern! Ich sehe es auf einen Blick. Genau wie meine Tamar! Also werde ich dir meine erzählen. Als Gegengabe für deine, die du mir anvertraut hast.«

»Worauf stoßen wir an?«, fragte Lea und lächelte gezwungen. Tamar sah in den Wein und wusste, wenn sie ihren Wunsch laut aussprechen würde, würden ihre eigenen Worte sie in Panik versetzen.

Lea sagte an ihrer Stelle: »Wir trinken auf deinen Erfolg und dass ihr beide die Sache auf die Reihe kriegt.«

Sie stießen an, dann tranken sie und sahen einander in die Augen. Die Ventilatoren an der Decke kreisten leise und verbreiteten Kühle, doch neue Hitze drängte schon in den Raum.

»Ich kann kaum erwarten, dass es endlich losgeht«, sagte Tamar, »denn die Tage davor –«, sie holte tief Luft und ihre Augen weiteten sich unter dem rasierten Schädel, »sind grauenhaft. Ich schlafe schon seit einer Woche nicht mehr richtig. Ich kann mich kaum noch konzentrieren. Die Ungewissheit macht mich fix und fertig.«

Lea streckte ihre muskulösen Arme über den Tisch und sie drückten sich fest die Hände.

»Tami, Schätzchen, du kannst noch zurück. Kein Schwein macht dir daraus einen Vorwurf. Und ich bin die Letzte, die dich verpfeift.«

Tamar schüttelte den Kopf, verwarf jeden Gedanken an Aufgabe.

Samir kam zu Lea und flüsterte ihr etwas ins Ohr. »Bringt es in Tontöpfen auf die Tische!«, wies sie ihn an. »Und empfiehl einen Chablis dazu. Uns servierst du das Thymianhuhn.« Samir grinste Tamar zu und ging wieder in die Küche.

»Was hast du ihnen gesagt?«, fragte Tamar. »Was wissen die in der Küche?«

»Dass wir beide einen Grund zu feiern haben – Moment mal – was habe ich eigentlich gesagt? Dass du eine lange Reise machst. Wart ab, was sie alles für dich vorbereitet haben.«

»Ihr werdet mir fehlen«, seufzte Tamar.

»So ein Essen servieren sie dir dort jedenfalls nicht.«

»Sieh mal«, Tamars Gesicht wurde wieder hart, »in dem Umschlag hier sind die adressierten und frankierten Briefe –« Lea schob beleidigt die Unterlippe vor. »Lea, ich hab alles erledigt, damit du keine Arbeit damit hast.«

»Und weil du alles selbst machen musst, wie immer«, korrigierte Lea und schüttelte verzagt den Kopf.

Tamar sagte: »Lassen wir das jetzt, Lea. Du weißt noch, was du mit den Briefen tun sollst, oder?«

Lea rollte die Augen wie ein Schüler, der genötigt wird, einen verhassten Text wieder und wieder aufzusagen: »Dienstags und freitags. Hast du sie nummeriert?«

»Hier, an der Seite, auf dem runden Aufkleber. Bevor du sie einwirfst –«

»Mach ich den Aufkleber ab«, sagte Lea. »Sag mal, für wie doof hältst du mich eigentlich?« Sie kicherte übertrieben. »Für so doof, wie ich bin?«

Tamar überging den für Lea typischen Selbstvorwurf. »Es ist wichtig, dass du sie der Reihe nach einwirfst, denn ich habe eine Geschichte zusammengebastelt und mach darin Witze über die Leute, die mir begegnen. Es ist albern, aber sie sollen sich in Sicherheit wiegen, damit sie mir nicht in die Quere kommen.« Sie zog spöttisch den Mund zusammen. »Es ist eine Geschichte mit einer richtigen Entwicklung.«

»Ich fass es nicht, dafür hattest du den Kopf frei?« Als sie »Kopf« sagte, schlich Leas Blick zu dem nackten Schädel, den sie grässlich fand.

»Im Normalfall«, fuhr Tamar fort und dankte Lea innerlich dafür, dass sie eine Bemerkung hinuntergeschluckt hatte, »müssten die Briefe sie für einen Monat ruhig stellen. Das ist in etwa die Zeit, die ich brauche. Bis Mitte August. Zwei Wochen davon sind sie eh im Ausland. Du weißt schon, der heilige Urlaub«, grinste sie schief. »Dieses Jahr ist die Begründung: ›Trotz allem, das Leben muss weitergehen.‹«

Sie und Lea starrten einander einen Augenblick an, seufzten gleichzeitig, zuckten gleichzeitig die Schultern, waren überzeugt, dass so etwas nicht zu fassen ist. Tamar sagte wieder: »Hauptsache sie funken mir nicht dazwischen. Wenn sie bloß nicht nach mir suchen.«

»Ich hab auch so nicht das Gefühl, dass es ihnen unter den Nägeln brennt, etwas zu unternehmen«, murmelte Lea. Sie studierte die Umschläge, las mit ihren wulstigen Lippen die Adresse von Tamars Eltern. »Telma und Avner..., Mann, was für vornehme Namen«, kicherte sie, »wie im Kino.«

»Mein Leben gleicht in der letzten Zeit eher einer Seifenoper.«

Lea sagte: »Da fällt mir ein Spruch ein, den ich mal auf einer Mauer gelesen hab: ›Wenn meine Mutter mich noch mal zur Welt bringt, mache ich sie kalt!‹«

»Der hat was«, lachte Tamar.

Samir und Aviva trugen gemeinsam das Hauptgericht auf. Als Tamar die versilberte Glocke vom Teller hob, sah sie, dass um die gefüllten Weinblätter herum mit violetten Kirschen ihr Name geschrieben stand.

»Das ist von uns aus der Küche mit herzlichen Grüßen«, sagte Aviva, deren Gesicht von der Hitze der Töpfe gerötet war, »damit du uns auch nicht vergisst.«

Sie aßen schweigend und taten, als schmecke es, doch beide hatten keinen Appetit.

»Weißt du was?«, sagte Lea schließlich und schob den Teller beiseite. »Ich hab da einen kleinen Schuppen, etwa zwei Häuser weiter.« Tamar wusste davon. »Ich werde dir eine Matratze reinlegen. Sag nicht Nein!« Tamar schwieg. »Den Schlüssel versteck ich unter dem kleinen Blumentopf. Wenn du keinen Bock mehr hast, sagen wir, im Ha-Atzma'ut-Park zu pennen – weil dort zum Beispiel der Zimmerservice nicht deinen Ansprüchen genügt –, kommst du in meinen Schuppen und pennst mal in aller Ruhe. Okay?«

Tamar ging im Kopf alle erdenklichen Risiken durch. Jemand könnte sie beobachten, wie sie in den Schuppen ging, und nachforschen, wem er gehörte. Lea würde sie natürlich nicht verpfeifen, aber einer der Angestellten in der Küche könnte irrtümlich etwas ausplaudern und man würde herausfinden, wer sie ist, und ihren Plan auffliegen lassen. Traurig sah Lea die Falten an, die Tamars weiße Stirn schlug. Sie unterdrückte ein Seufzen. Wie sehr sie sich verändert hatte!

Aber die Matratze im Schuppen ist gar keine so schlechte Idee, dachte Tamar. Sie ist sogar ausgezeichnet. Sie würde nur aufpassen müssen, dass niemand ihr folgte, wenn sie hineinging. Es würde schon nicht schaden, wenn sie eine Nacht dort schlafen und sich wieder wie ein Mensch fühlen würde. Sie lächelte. Das spitze, angestrengte, pflichtbewusste Gesicht entspannte sich. Für einen Augenblick wurde es zuckersüß und Lea war gerührt: »Komm schon, Schätzchen, du knackst dort. Im Schuppen ist ein Wasserhahn und ein kleines Waschbecken. Du kannst dich wenigstens waschen. Ein Klo gibt es leider nicht.«

»Ich werd mir zu helfen wissen.«

»Es tut mir gut, dass ich etwas tun kann.« Lea war aufgeregt und wusste bereits, dass sie jeden Morgen in den Schuppen eilen würde, um nachzusehen, ob Tamar dort übernachtet hatte. Sie würde ihr kleine aufmunternde Nachrichten hinterlassen.

»Versprich mir«, bat Tamar, als sie die Nässe in Leas Augen sah, »wenn du mich auf der Straße siehst – egal ob ich arbeite oder in einer Ecke sitze –, kommst du nicht näher. Auch wenn du sicher bist, dass ich allein bin, zeigst du nicht, dass du mich kennst. In Ordnung?«

»Du bist brutal«, sagte Lea. »Aber wenn du es so willst, wird es so gemacht. Erklär mir nur, wie ich das durchhalten soll. Ohne dir etwas zu essen zu bringen. Und was ist, wenn Noa bei mir ist? Wie soll ich sie davon abhalten, auf dich zuzulaufen?«

71

»Sie wird mich nicht erkennen.«

»Ja«, sagte Lea leise, »so wird sie dich wohl kaum erkennen.«

Tamar suchte Trost in ihren Augen: »Ist es echt so krass?«

Du ..., du siehst so geschoren aus, dass es einem das Herz bricht, hätte Lea gern gesagt. »Für mich bist du die Schönste«, sagte sie schließlich. »Meine Mutter hat immer gesagt, wer schön ist, kann sich einen Schuh aufs Gesicht drücken, es wird ihn nicht verschandeln.« Tamar grinste dankbar, legte ihre Hand auf Leas und drückte sie voller Zuneigung. Denn jetzt schlug das kleine Segel der Trauer, das während des Essens zwischen ihnen gespannt war, für einen Moment in Leas Richtung aus, deren Mutter mit jenem Satz gewiss nicht an ihre Tochter gedacht hatte.

Tamar sagte: »Ich weiß nicht, wie ich mich beherrschen soll, wenn du mit Noa vorbeigehst. Weißt du was? Es ist das erste Mal, dass ich mich für so eine lange Zeit von ihr trenne.«

»Ich hab dir ein Bild von ihr mitgebracht«, sagte Lea. »Willst du es mitnehmen?«

»Lea ... ich kann nichts mitnehmen.« Sie griff nach dem Foto und ihr Gesicht wurde rund, weich und breit wie ein feuchtes Aquarell, dessen Konturen sich verwischen. »Was für ein süßer Fratz ... Ich würde es furchtbar gerne mitnehmen. Ich würd es hundertmal am Tag ansehen. Du weißt schon.«

Samir räumte die Teller ab, tadelte beide, dass sie nicht aufgegessen hatten, und warf einen verstörten Blick auf Tamars Glatze. Sie nahmen ihn fast nicht wahr. Sie sahen nur gerührt auf das Foto. Teilten ein gemeinsames Glück.

»In der Kinderkrippe«, erzählte Lea, »haben sie über Brüder und Schwestern gesprochen. Als man sie fragte, ob sie einen Bruder oder eine Schwester hat, was, glaubst du, hat sie gesagt?«

»Dass ich ihre Schwester bin«, sagte Tamar fröhlich, ließ sich den Stolztropfen wie einen guten Wein auf der Zunge zergehen und schluckte ihn hinunter. Noch lange betrachteten sie das kleine, elfenbeinfarbene Mädchen mit den Schlitzaugen. Wort für Wort erinnerte sich Tamar, was Lea ihr erzählt hatte, als sie sich näher kennen lernten. Dass sie in der Welt, in der sie bis zu ihrem dreißigsten Lebensjahr gelebt hatte, beinahe keine Frau gewesen war. »Sie haben mich respektiert«, hatte sie gesagt, »aber wie ein Mann, nicht wie eine Frau. Und ich selbst hab mich auch nicht als Frau gefühlt. Nicht die Bohne. Seit meiner Kindheit war ich nie wirklich ein Mädchen oder eine Frau und erst recht keine Mutter. Es gab nichts Weibliches an mir. Erst jetzt, mit fünfundvierzig, fühle ich mich wie eine Frau. Das habe ich Noa zu verdanken.«

Ein sehr dicker Mann mit weißem Haar und rotem Kopf sorgte an einem der Tische für Aufregung. Er stritt mit Samir, der ihm angeblich einen schlecht gekühlten Wein serviert hatte, und schrie ihn an, das sei eine Unverschämtheit und Samir habe keine Ahnung. Lea stürzte wie eine Löwin, die ihr Junges in Gefahr sieht, auf den Tisch zu.

»Wer sind Sie denn?«, zischte der Dicke. »Ich will mit dem Besitzer sprechen.«

Lea verschränkte ihre kräftigen Arme vor der Brust: »Nun, Sie sehen ihn vor sich. Kann ich etwas für Sie tun?«

»Soll das ein Witz sein? Sie?«

Tamar spürte, wie ihr bei dieser Beleidigung ihrer Freundin die Eingeweide vor Kälte erstarrten.

»Wie meinen Sie?«, sagte Lea gelassen und nur ihre Lippen wurden weiß und die langen Narben auf ihrer Wange stachen hervor. »Was für ein Besitzer darf es denn sein?«

Der Mann wurde röter. Die Flüssigkeit in seinen Augen trübte sich. Die Frau an seiner Seite, eine üppige, mit billigen Goldketten behängte Matrone, legte beruhigend die Hand auf seinen Arm. Lea, die über eine Stärke verfügte, die Tamar fehlte, fasste sich in Windeseile, überwand sich, schickte Samir in die Küche, um den Wein auszutauschen, und sagte, der neue Wein gehe auf Kosten des Hauses. Der Dicke knurrte noch einmal, dann verstummte er.

»So ein Blödmann«, sagte Tamar, als Lea sich wieder zu ihr setzte.

»Ich kenne ihn«, sagte Lea. »Er war irgendein hohes Tier in der Armee. Ein General a. D. oder so. Bildet sich ein, das ganze Land müsse nach seiner Pfeife tanzen. Ein alter Hosenscheißer! Zieht für sein Geld immer auch noch eine Show ab.«

Sie füllte hektisch ihr Glas und Tamar sah, dass ihre Hand zitterte.

»Man gewöhnt sich nie daran«, gestand Lea seufzend.

»Vergiss ihn!«, sagte Tamar, die wie immer darauf bedacht war, Lea zu trösten. »Denk immer dran, was du aus deinem Leben gemacht hast. Was du schon alles hinter dir hast und wie du dich da rausgeschafft hast. Wie du allein nach Frankreich gegangen bist. Und die drei Jahre Lehrzeit in dem Restaurant –«

Lea hörte ihr in einer seltsamen Mischung aus Resignation und Aufmerksamkeit zu. Die Narben auf ihren Wangen pulsierten wie gut durchblutet. »– und wie du das hier aufgebaut hast. Aus eigenen Kräften. Und wie du Noiku aufziehst. Es gibt keine zweite Mutter wie dich – was geht dich das Geschwätz dieser Witzfigur an?«

»Gelegentlich denke ich«, murmelte Lea, »wie gut es dem Lokal bekäme, wenn hier ein Mann wär. Einer, der diesen Haufen Scheiße am Kragen packen und zum Teufel jagen würde. So einer wie Bruce Willis –«

»Oder Nick Nolte«, kicherte Tamar.

»Aber mit einem weichen Herzen!«, sagte Lea mit aufgerichtetem Zeigefinger. »Ein richtiger Engel.«

»Ein Hugh Grant«, grölte Tamar, »der verrückt nach dir ist und dich auf Händen trägt.«

»Nein, von dem halte ich nichts. Das ist ein Lackaffe. Vor solchen Typen musst du dich in Acht nehmen. Du hast eine Schwäche für sie. Das ist nicht zu übersehen. Ich –«, lachte Lea und Tamar hüpfte das Herz vor Freude und Stolz, weil es ihr wieder einmal gelungen war, Lea auf andere Gedanken zu bringen, »– ich brauch einen Sylvester Stallone. Gefüllt mit Harvey Keitel, wie in ›Smoke‹.«

»So einen gibt es nicht«, seufzte Tamar.

»Es muss ihn einfach geben«, sagte Lea. »Dir täte so einer auch gut.«

»Mir? Im Moment steht mir nicht der Kopf danach.« An Liebe und Nähe konnte, durfte sie jetzt nicht denken. Es war zu gefährlich. Lea sah sie an und fragte sich, warum Tamar sich das antat. Warum machte sie sich in ihrem Alter kaputt? Jäh durchfuhr sie ein Gedanke. Mein Gott, sie wird diese Woche sechzehn! Kann das sein? Irrtum ausgeschlossen? Sie rechnete schnell im Kopf nach. Klar, diese Woche, und sie verliert kein Wort darüber. Sie wird den Geburtstag allein auf der Straße verbringen. Wie konnte sie bloß … Um ein Haar hätte Lea eine Bemerkung gemacht, aber Zion kam mit dem Dessert aus der Küche und Lea sagte nur: »Was ist denn los? Heute kommen nacheinander alle aus der Küche?« Zion grinste und sagte: »Es ist wegen Tamar.«

Tamar genoss das Honigeis mit Lavendel und es tat ihr Leid, dass es nicht möglich war, sich im Bauch Vorräte anzulegen, die sie in den nächsten Wochen nach und nach anzapfen konnte. Sie aß das Eis bis zum letzten Löffel und Lea folgte ihr geistesabwesend mit den Lippen.

»Lass hören, ob ich auch alles kapiert habe«, sagte sie später. »Wann gehst du zum ersten Mal auf die Straße?«

»Ich denke, jetzt, gleich nach dem Essen«, sagte Tamar und es überlief sie kalt. »Es geht sofort los.«

»Großer Gott!« Lea konnte ein tiefes Seufzen nicht unterdrücken. »Und wann rufst du an?«

»Im ersten Monat ruf ich niemanden an«, sagte Tamar und verhakte die Finger ineinander. »Erst später, etwa Mitte August, kommt drauf an, dann ruf ich an und bitte dich, mit deinem Käfer zu kommen.«

»Und wohin geht es dann?«

Tamar lächelte verkniffen: »Das sag ich dir, wenn es so weit ist.«

»Du bist mir eine«, sagte Lea und schüttelte den Kopf. Wenn

nur schon alles vorbei wäre und die vertraute Tamar wieder zum Vorschein käme.

Sie standen auf und gingen in die Küche. Tamar dankte allen für das köstliche Essen, umarmte und küsste den Koch, die Köchin, die Auszubildenden und die Kellner. Lea schlug vor, mit Tamar anzustoßen und ihr für die lange Reise alles Gute zu wünschen. Sie tranken. Alle sahen Tamar beklommen an. Sie sah nicht aus wie vor einem Urlaub, sondern wie vor einer schweren Operation.

Tamar, der sich von dem Wein langsam der Kopf drehte, sah sich in der engen, dunstigen Küche um, schaute in die liebevollen Gesichter. Sie dachte an die vielen Stunden, die sie in dieser Küche verbracht hatte, sah ihre Arme bis zu den Ellbogen in gehackte Petersilie getaucht oder ihre Hände Weinblätter mit Reis, Pinienkernen und Hackfleisch füllen. Vor zwei Jahren, als sie vierzehn wurde, hatte sie beschlossen, die Schule zu schmeißen und bei Lea in die Lehre zu gehen. Lea hatte sie eingestellt und Tamar hatte ein paar Wochen bei ihr gearbeitet, bis ihr Vater erfuhr, dass sie nicht mehr zur Schule ging. Er kam und schrie und drohte Lea, er schicke ihr das Gewerbeaufsichtsamt auf den Hals, wenn Tamar noch einmal einen Fuß in das Restaurant setze. Tamar sehnte sich beinahe nach dieser peinlichen Szene zurück: ihren Vater so energisch und entschlossen um sie kämpfen zu sehen! Sie war in die verhasste Schule zurückgekehrt und traf sich mit Lea nur in deren Wohnung, wenn sie auf Noa, ihren Liebling, aufpasste. Aber die Idee, Köchin zu werden, gab sie nie ganz auf. Nun räumte sie ihrer zweiten Karriere ohnehin keine große Chance mehr ein.

Lea begleitete sie nach draußen. In der Gasse roch es nach Jasmin. Ein eng umschlungenes Paar ging ein wenig schwankend und über irgendwas lachend vorbei. Sie sahen sich an und zuckten die Schultern. Lea hatte Tamar einmal gesagt, jedes Paar verbinde ein Geheimnis, das nur den beiden gehöre. Wenn zwei kein Geheimnis teilen, sind sie kein echtes Paar.

»Hör mal, Schätzchen«, sagte Lea. »Ich weiß nicht, wie ich es sagen soll. Aber ich will es versuchen. Du nimmst es mir nicht krumm, versprochen?«

»Lass hören«, sagte Tamar.

Lea verschränkte die Arme über der Brust: »Wenn du willst, kann ich dir dieses Chaos komplett ersparen. Warte, lass mich ausreden –«

Tamar zog die Augenbrauen hoch und schwieg, aber sie wusste längst, was Lea vorschlagen wollte.

»Sieh mal, ein Telefonat mit einem Kerl, den ich noch von früher kenne, würde genügen, wär kein Problem.« Tamar hob schon die Hand, um sie zum Schweigen zu bringen. Sie wusste, mit wie viel Kraftaufwand Lea sich aus ihrer früheren Welt herausgeboxt und sich von allem befreit hatte, wonach sie süchtig gewesen war – Stoff und Menschen –, und hatte nicht vergessen, was Lea einmal gesagt hatte, nämlich dass die geringste Berührung mit dieser Welt sie wieder rückfällig werden lassen könnte.

»Nein, danke«, sagte sie, doch das Angebot hatte sie aufgewühlt.

»Ein Anruf genügt«, fuhr Lea fort und gab sich Mühe, begeistert zu klingen. »Ich bin sicher, dass der, an den ich dabei denke, diese Schweine kennt. Es dauert keine Stunde und er ist fertig mit ihnen. Der nimmt sie mit zwanzig Mann auseinander, bevor sie auch nur begreifen, was ihnen passiert, und holt ihn dir da raus.«

»Danke, Lea.« Sie durfte diese Möglichkeit gar nicht erst in Erwägung ziehen. Die Versuchung war zu groß.

»Es gibt ein paar Leute, die nur darauf warten, mir einen Gefallen zu tun«, sagte Lea bedrückt in Richtung Boden.

Tamar umarmte sie. Sie reichte Lea bis zur Brust, an die sie sich jetzt schmiegte. »Du hast ein großes Herz«, sagte sie leise.

»Hab ich das?«, fragte Lea mit erstickter Stimme. »Große Titten wär'n mir lieber.« Sie legte schützend die Arme um Tamars kleinen, schmalen Körper. Teilnahmsvoll streichelte sie die vorstehenden Schulterblätter. Lange blieben die beiden stehen. Tamar dachte daran, dass dies ihre letzte Umarmung war, bevor sie sich auf den Weg machte, und Lea erriet ihre Gedanken und gab sich alle Mühe, die beste Umarmung der Welt, mütterlich und väterlich zugleich, zu liefern. »Gib bloß auf dich Acht«, murmelte sie stimmlos über Tamars Kopf. »Denn dort, ich weiß, wovon ich spreche, wird kein Hahn nach dir krähen.«

Kurz vor der Hauptstraße blieb Tamar stehen. Sie warf einen unschlüssigen Blick um die Ecke auf die Straße. Sie begutachtete ihre Arena, doch es fehlte ihr an Kraft, in den Ring zu steigen. Sie war wie eine Schauspielerin oder eine Sängerin, die kurz vor der Premiere nervös durch ein Loch im Vorhang äugt, um sich ein Bild von ihrem Publikum zu machen.

Plötzlich waren sie da, die Angst, die Einsamkeit und das Selbstmitleid, und allem, was sie monatelang peinlichst genau, mit kühlem Kopf und bis zur Selbstzerstörung geplant hatte, zum Trotz stieg sie in den Bus und fuhr, so wie sie war, kahl und zerlumpt, am helllichten Tag nach Hause, betrat den Garten ihres Elternhauses, betete, dass kein Nachbar sie sah und dass die Gärtnerin heute ihren freien Tag hatte, und wusste, dass ohnehin niemand sie erkennen würde.

Kaum dass sie das Tor geöffnet hatte, fühlte sie, wie sich die Luft um sie herum ein wenig erwärmte und wirbelnd zum Leben erwachte, ein geballter Haufen Lebensfreude und Zuneigung in goldenem Fell sprang auf sie zu, eine warme, raue, lange Zunge fuhr wieder und wieder durch ihr Gesicht. Ein Moment der Verblüffung und der Verlegenheit, aber was für eine Erleichterung, eine regelrechte Erlösung: Augenblicklich hatte die Hündin ihren Geruch, ihr Wesentliches, erkannt.

»Komm mit, Dinki, ich schaff das nicht allein.«

»Es war einmal«, begann Theodora und kicherte, denn Assaf hatte sich über ihre Erzählstimme erstaunt gezeigt. Sie korrigierte ihre Sitzhaltung, lutschte an einer Zitronenscheibe, um ihre Kehle zu ölen, und dann, in einem einzigen Wortschwall, von aufgeregten Gesten begleitet und mit funkelnden Augen, erzählte sie ihm die Geschichte aus ihrem Herzen, ihre eigene Geschichte und die einer Insel mit Namen Lyxos und von Tamar.

… Einmal, vor etwa einem Jahr, an einem Sonntag, als Theodora gerade ihr Mittagsschläfchen hielt, fuhr sie zusammen von dem lauten Radau, der unter ihrem Fenster in alle Himmelsrichtungen stob. Es dröhnte und knisterte, bis der Lärm sich langsam klärte und zu einer warmen Mädchenstimme wurde, die sie entschlossen aufforderte, ans Fenster zu kommen. Das heißt, nicht sie persönlich, sondern »den hochverehrten Mönch, der dort oben im Turm residiert.«

Sie schnellte hoch, trat an das von der Bougainvillea umrankte Fenster und erblickte direkt vor dem Zaun des Klosters auf dem benachbarten Schulhof ein Fass. Und auf dem Fass stand ein nicht gerade groß gewachsenes junges Ding mit wilder, schwarzer Mähne, das ein Megafon in der Hand hielt und das Wort an sie richtete.

»Lieber Mönch«, sagte die Schülerin höflich und verstummte verdutzt, als sie bemerkte, dass das zerknitterte Gesicht im Fenster zu einer Frau gehörte. »Liebe Nonne«, korrigierte sie sich zögernd, »ich möchte Ihnen ein Märchen erzählen, das Sie vielleicht schon kennen.«

Da fiel es Theodora wie Schuppen von den Augen: Sie hatte das Mädchen letzte Woche in der Krone ihres prächtigen Feigenbaums gesehen. Es hatte rittlings auf einem langen Ast gehockt, in ein dickes Heft geschrieben und sich gedankenverloren Feige um Feige einverleibt. Und Theodora, die längst auf diesen Moment vorbereitet gewesen war, hatte mit der Schleuder, mit der sie sonst diebische Vögel zu vertreiben pflegte, einen glatt polierten Aprikosenkern auf den Feigen-freund geschossen.

Und sie hatte getroffen. Sie durchlebte einen Moment des Triumphes. Wieder hatte sich herausgestellt, dass sie die Kunst des Schleuderschießens seit ihrer Kindheit, in der sie mit ihren Schwestern losgeschickt wurde, um den gierigen Krähen in den Weinbergen aufzulauern, nicht verlernt hatte. Theodora hörte das Mädchen, das der Kern am Hals getroffen hatte, vor Verblüffung und Schmerz aufschreien. Es streckte die Hand aus, um die schmerzende Stelle zu befühlen, verlor dabei das Gleichgewicht und glitt Ast um Ast hinunter, bis es auf die Erde plumpste. Theodora empfand tiefe Reue. Sie wäre am liebsten losgerannt, um erste Hilfe zu leisten und sich aus tiefstem Herzen für den Schuss zu entschuldigen und um das Mädchen und seine Kumpanen zu bitten, ihr doch bitte nicht länger ihr Obst zu stibitzen. Aber weil sie dazu verdonnert war, lebenslänglich in ihrem Haus zu hocken, rührte sie sich nicht vom Fleck und verbüßte eine kleine, schmerzhafte Strafe, in-dem sie es sich nicht ersparte zuzusehen, wie das Mädchen hinkend aufstand, ihr einen hitzigen Blick zuwarf, dann den Rücken zukehrte, sich mit einer abrupten Bewegung blitz-schnell die Hose herunterzog und ihr zu ihrem Entsetzen das nackte Hinterteil entgegenstreckte.

»Es war einmal in einem fernen Land ein kleines Dorf, in des-sen Nähe ein Riese wohnte«, begann das Mädchen eine Woche nach jenem bitteren Vorfall durch das Megafon zu erzählen. Die Nonne lauschte sprachlos, während ihr das Herz vor seltsa-mer Freude darüber, dass das Mädchen zurückgekommen war, in der Brust hüpfte. »Der Riese besaß einen großen Garten mit einer Menge Obstbäume. Aprikosenbäume, Birnbäume, Pfir-siche und Guaven, Feigen, Kirsch- und Zitronenbäume.«

Theodora ließ die Augen über die Kronen ihrer Bäume glei-ten. Die Stimme des Mädchens gefiel ihr. Sie enthielt keinerlei Feindseligkeit, sondern, ganz im Gegenteil, eine Art Einladung zu einem Gespräch. Theodora fühlte es sofort. Aber nicht genug: Die Schülerin sprach zu ihr, als erzähle sie einem kleinen Kind ein Märchen. Und ihre sanfte, beruhigende Stimme sickerte in die Tiefen der Erinnerung der Nonne, wo sie sich in Wellen auszubreiten begann.

»Die Kinder des Dorfes liebten es, im Garten des Riesen zu spielen«, fuhr das Mädchen fort. »Sie kletterten auf die Bäume, planschten in dem Bächlein, tollten über die Wiesen … Verzeihung, liebe Nonne, ich habe nicht einmal gefragt, ob Sie überhaupt Hebräisch sprechen.«

Theodora erwachte aus ihrem süßen Flug. Sie holte ein Blatt Papier vom Tisch, rollte es zu einem kleinen Sprachrohr zusammen und teilte mit ihrer krähenden Stimme, die klang, als habe sie seit Jahren keinen Laut mehr von sich gegeben, dem Mädchen mit, dass sie der hebräischen Sprache in Wort und Schrift mächtig sei, was sie in ihrer Jugend von einem gewissen Herrn Eliassaf gelernt habe, der in der Tahkemoni-Schule unterrichtet und seinen Lebensunterhalt mit Privatunterricht für jeden, der es wünschte, aufgebessert habe. Als sie ihre kurze und bündige Rede beendet hatte, bildete sie sich ein, in den Augen des Mädchens ein erstes Lächeln zu sehen.

»Du solltest sie sehen, wenn sie lächelt«, flüsterte Theodora Assaf zu. »Mit den kleinen Grübchen an der Seite«, sagte sie und huschte mit der Hand über seine Wange. Er erschauderte ein wenig, als habe er die Wärme jener Tamar, mit der er genau genommen nicht das Geringste zu schaffen hatte, auf seiner Wange gespürt. Was gingen ihn ihre Grübchen an? Theodora dachte bei sich: Ihr seid ja errötet, werter Herr! Und laut sagte sie: »Das Herz geht einem auf und fliegt ihr zu, wenn sie lächelt. Nein, lach nicht, ich pflege nie zu übertreiben! Das Herz geht einem auf und flattert mit den Flügeln!«

»Aber der Riese wollte nicht, dass die Kinder in seinem Garten spielen«, fuhr die Erzählerin auf dem Fass fort. »Er wollte nicht, dass sie das Obst von seinen Bäumen aßen, und es verdross ihn, dass sie seine Blumen pflückten oder in seinem Bach badeten. Und so zog er eine Mauer um seinen Garten, eine hohe, dicke Mauer.« Sie sah der Nonne direkt in die Augen. Ihr Blick war scharf und durchdringend, erwachsener, als es ihrem Alter entsprach, und Theodora spürte, dass in ihr ganz langsam sanfte Sehnsüchte durchgerührt wurden.

Auch Assaf hörte hypnotisiert zu. Er lächelte geistesabwesend, als sähe er das Bild vor sich: die hutzlige Nonne, die aus dem Fenster spähte, die große, vor Fruchtbarkeit strotzende Obstwiese, und hinter dem Zaun – das Mädchen auf dem Fass. Um die Wahrheit zu sagen, hatte er Manschetten vor Mädchen, die auf Fässer kletterten und solche Sachen machten. (Was für Sachen? So etwas Hemmungsloses, Ausgeflipptes, Herausforderndes. Geniales.) Ja, er erkannte sie schon von weitem und schlug vorsichtig einen Bogen um sie, um diese Mädchen, die wussten, was sie wollten, die entschlossen und selbstbewusst waren, die lebten, als gehöre ihnen die ganze Welt, und für die alles nur Spaß und Spiel war. Und die mit Sicherheit auf Jungs wie ihn, ungeschickt, ein wenig schwer von Begriff und ein wenig langweilig, herabsahen.

Aber Theodora sah das Mädchen auf dem Fass an und hegte vollkommen andere Gefühle. Sie zog den geschnitzten Holzstuhl, auf dem sie schon viele Jahre nicht mehr gesessen hatte, zum Fenster, den Stuhl der Wache und des Wartens auf die Pilger. Den Bücherhaufen, der sich auf ihm türmte, schob sie mit einer Handbewegung aufs Bett. Steif und verspannt setzte sie sich. Doch schon nach wenigen Minuten schmolz ihr Körper und bog sich wie von selbst in Richtung Fenster, bis ihre Augen über die Fensterbank lugten und ihr Kinn auf ihren Händen ruhte.

Theodoras Garten trennte eine Steinmauer von der Straße, doch von dem benachbarten Schulhof nichts weiter als ein hoher, hässlicher Maschendrahtzaun. Der Zaun vermochte die Invasionen gieriger Schüler, die der Geruch der reifen Früchte schier um den Verstand brachte, nicht aufzuhalten. Morgens waren es die Schulkinder, nachmittags die Chormitglieder, die in der Schule probten. Nassrian, Theodoras armenischer Gärtner, der auch ihr Hausmeister, Maler, Schreiner, Schlosser, Bote und Überbringer ihrer vielen Briefe war, musste immer wieder die Löcher im Zaun reparieren, von denen Morgen für Morgen neue klafften. Der Garten, der einst Theodoras Augenstern gewesen war, bereitete ihr inzwischen nichts als Kummer, sodass sie in Stunden der Verzweiflung immer wieder ernsthaft erwog, die Bäume alle miteinander fällen zu lassen – nach dem salomonischen Motto: Es sei weder mein noch dein.

Jetzt, wo das Mädchen ihr das Märchen erzählte, war ihr Verdruss wie weggeblasen. Sie kannte das Märchen nicht, aber beim Klang der klaren Stimme kamen ihr sonderbare Gedanken: Ausgerechnet an ihre Mutter musste sie denken, die immer emsig und immer müde war, die immer einen neuen Säugling auf dem Rücken und nie Zeit für Theodora hatte, nie Zeit allein für sie beide. Und dann, vielleicht zum ersten Mal in ihrem Leben, fuhr es ihr durch den Kopf, dass ihre Mutter ihr nie eine Geschichte erzählt und nie ein Lied vorgesungen hatte. Und nun wurden ihre Gedanken sehr sacht zu dem kleinen Dorf auf der Insel Lyxos getragen, zu den weiß getünchten Häusern und den Fischernetzen, den sieben Windmühlen und den winzigen Hütten mit den rautenförmigen, für die Tauben der Insel ausgesparten Luken. Und zu den dunklen Tintenfischen, die über Leinen zum Trocknen hingen ... Viele Jahre hatte sie das Dorf nicht so klar vor sich gesehen, die Höfe und die engen Gassen. Sie waren mit runden Steinen gepflastert, die bei den Inselbewohnern »Affenköpfe« hießen. Fast fünfzig Jahre hatte sie nicht mehr an diesen Namen gedacht. Fast fünfzig Jahre hatte sie sich nicht erlaubt, in ihren Gedanken auch nur für einen einzigen Augenblick dorthin zurückzukehren, hatte die gesamte Gegend mit Mauern verbarrikadiert, denn sie wusste, dass ihr das Herz sonst vor unerträglichem Heimweh und vor Trauer brechen würde.

»Nimm ein paar Trauben«, sagte sie leise zu Assaf, »süße Sultaninen, denn nun wird meine Geschichte bitter.«

Siebzig Jahre vor Theodoras Geburt beschloss Phanoreos, das Dorfoberhaupt, ein steinreicher Gelehrter, der in der Welt herumgekommen war, eine gewaltige Summe Geldes zu stiften, um den Bewohnern seiner Insel im heiligen Jerusalem ein Haus zu bauen. Phanoreos hatte 1871 eine Pilgerreise ins Heilige Land unternommen, wo er zwischen hunderten russischer Bauern in einer dreckigen Absteige, die Russland für seine Pilger errichtet hatte, hausen musste. Harte Wochen verbrachte er in der Gesellschaft von Menschen, die seiner Sprache nicht mächtig waren, deren Sitten und Gebräuche ihn abstießen, ja sogar anwiderten. Er wurde zur Beute der Willkür von Fremdenführern, die den arglosen Pilgern übel mitspielten und das wenige Geld aus der Tasche zogen. Als er krank wurde, fand er keinen Arzt, der die Beschreibung seiner Schmerzen verstand und ihn behandelte. Als er schließlich auf seine Insel zurückkehrte, an Typhus erkrankt und halluzinierend, diktierte er seinem Sekretär auf dem Todesbett seinen letzten Willen. Es sollte in der Heiligen Stadt ein Gebäude errichtet werden, in dem die ins Heilige Land pilgernden Bürger von Lyxos Unterkunft fänden, damit sie ein Dach über ihren müden Häuptern hatten und einen Ort, an dem sie sich nach der langen Reise die Hände waschen konnten, ein Haus, in dem man in ihrer eigenen Sprache, sogar mit dem speziellen Dialekt der griechischen Inseln, zu ihnen sprach. Eine Bedingung stellte er: In dem Haus sollte stets eine Nonne wohnen, eine junge Bewohnerin der Insel, auf die das Los fallen würde. Ihr jungfräuliches Leben sollte sie samt und sonders in dem Haus verbringen, es niemals verlassen, nicht einmal für ein Stündchen, und ihre Tage der Erwartung der Pilger und ihrer Betreuung widmen.

Das Mädchen auf dem Fass erzählte weiter, aber Theodora war längst von den sanften Strömungen, die sie erfasst hatten, abgetrieben worden. Sie dachte an den Tag, an dem die Alten sich im Haus des Enkels von Phanoreos versammelten, um zum dritten Mal seit der Fertigstellung des Jerusalemer Domizils das Los zu ziehen. Seit dem Tod des Phanoreos waren schon zwei Mädchen von der Insel dorthin geschickt worden: Die erste Insulanerin hatte nach fünfundvierzig Jahren den Verstand verloren. Daraufhin hatte man die kleine Amarilia mit den goldenen Zöpfen geschickt und nun bestand die dringende Notwendigkeit, die kranke Amarilia abzulösen, und das Gerücht besagte, dass sie ebenfalls keinem körperlichen Leid anheimgefallen war. Um die gleiche Stunde lag die zwölfjährige Theodora nackt und braun wie eine Pflaume auf einem Felsvorsprung in ihrer geheimen Bucht. Mit geschlossenen Augen dachte sie an einen Jungen, der ihr in der letzten Zeit, wo immer sie hinging, nachstellte, sich über ihr dreieckiges Gesicht und ihre ewig zerkratzten Beine lustig machte und sie mit »Hasenfuß« und »Zimperliese« beschimpfte. Und gestern, als sie allein vom Strand zurückkam, hatte er ihr den Weg versperrt und verlangt, sie solle vor ihm niederknien, bevor er sie passieren ließe. Sie war über ihn hergefallen und sie hatten lange schweigend miteinander gerungen. Ihr Stöhnen und Keuchen waren die einzigen Laute gewesen. Sie kratzte und biss wie eine Katze und schwor sich, ihn bis aufs Messer zu bekämpfen. Als er sie schließlich um ein Haar besiegt hatte, waren die Räder eines nahenden Fuhrwerks zu hören. Er sprang auf und rannte weg, aber als sie sich aufgerichtet hatte, sah sie, dass er etwas für sie dagelassen hatte: einen kleinen Esel, den er aus einem langen Stück Draht gebogen hatte.

Während sie auf dem warmen Felsvorsprung lag, fragte sie sich, was er ihr heute auf dem Nachhauseweg bescheren würde. Sie hatte den merkwürdig strengen Schweißgeruch, den sie an seinem Körper im Kampf wahrgenommen hatte, in der Nase, als sie aus der Ferne laute Stimmen hörte. Sie setzte sich auf und sah eine kleine laufende Gestalt, die von der Höhe des Berges aus voller Kehle schrie. Zunächst verstand sie die Schreie nicht. Dann begann sie etwas zu ahnen. Sie kniete sich hin. Die winzige Gestalt kam anscheinend aus dem Haus des Enkels von Phanoreos. Theodora folgte ihr mit dem Blick und erkannte einen Jungen. Ein kleines, halb nacktes Kind, das über den Horizont lief, mit den Händen fuchtelte und wie irr ihren Namen rief.

Es dauerte keine drei Tage, bis man sie wegschickte. Widerstand und Protest waren zwecklos. Jetzt kehrte die Kränkung zurück und gärte in ihr. Ihre Eltern nahmen die Nachricht so traurig auf wie sie selbst, aber es wäre ihnen nicht eingefallen, sich der Entscheidung der Inselältesten zu widersetzen. Theodora dachte an die Abschiedsfeier, die man für sie ausrichtete, die weiße, mit Blumen geschmückte Eselin, den Jerusalemer Turm aus geschmolzenem Zucker und auch an den Schwur, den sie ablegen musste, dass sie niemals, niemals die Herberge verlassen würde, deren Fenster sich nach Westen, Richtung Meer öffnete.

Die genauen Worte des Schwurs waren ihr entfallen. Aber wie in einem Albtraum sah sie wieder den schwarzen Bart des Dorfoberhauptes vor sich und die fleischigen Lippen des Popen, der ihre Hand packte und vor den Augen des ganzen Dorfes auf das glühende Eisen presste. Sie wusste, sie konnte sich ihre Freiheit erkaufen, wenn sie auch nur einen einzigen Schmerzensschrei, und sei es nur ein leichtes Stöhnen, von sich gab. Aber als sie ihre Augen hob, sah sie auf einem fernen Felsen über den Klippen die glühenden Augen jenes Jungen und ihr Stolz ließ sie verstummen.

Auf dem Fass sprach das fremde Mädchen weiter. Theodora holte tief Luft und in dem Beben, das sie erfasst hatte, hatte sie den Geruch der Schifffahrt – der ersten und letzten Reise ihres Lebens – bis zu dem armseligen Hafen von Jaffa in der Nase und die lange Reise nach Jerusalem in dem altersschwachen, hustenden Bus vor Augen. Sie erinnerte sich auch an das eigenartige körperliche Gefühl, als sie zum ersten Mal in ihrem Leben Land betrat, das keine Insel war.

Und schon in der späten Nachtstunde, als der alte Kutscher

sie mit ihren Bündeln vor dem Klostertor absetzte, wusste sie, dass ihr Leben damit beendet war. Schwester Amarilia öffnete ihr und Theodora erschrak beim Anblick des ausgemergelten, starren Gesichts, des Gesichts einer lebendig Begrabenen.

In den beiden Jahren, die sie mit Schwester Amarilia verbrachte, suchte nicht ein einziger Pilger das Jerusalemer Haus auf. Theodora wuchs zu einer Schönheit heran und Amarilia demonstrierte ihr Zug um Zug, was ihr selbst mit wachsendem Alter blühte. Den lieben langen Tag hockte Amarilia auf dem hohen Lehnstuhl am Fenster, das sich nach Westen richtete, wo sie den Hafen von Jaffa vermutete, und wartete. In den Jahrzehnten, in denen sie dort eingesperrt gewesen war, hatte sie sogar ihre Familie vergessen, das Alphabet und die Bewohner der Insel Lyxos, die sie hierher verbannt hatten. Sie war zu einem einzigen schmalen Strich geworden, einer Narbe des weißen, pupillenlosen Blicks.

Und einen Monat, nachdem sie starb und im Hof des Klosters begraben wurde, kam die Hiobsbotschaft: Es hatte im Ägäischen Meer ein Erdbeben gegeben, das große Erdbeben von 1951. Die Insel war in zwei Hälften zerbrochen und eine riesige Flutwelle hatte im Nu die Einwohner in die Tiefe gerissen.

Aber nein, nicht daran wollte sie jetzt denken, wo draußen, hinter den Obstbäumen, die klare, mutige Stimme erklang und sie in ihre Kindheit führte, die unter fünfzig Jahren und gewaltigen Wassermassen begraben lag. Sie wusste auch nicht, warum sie bereit war, der Versuchung dieser Stimme zu erliegen, die, wenn sie sprach, klang, als sänge sie. Sie presste die Fäuste kraftvoll gegen die Augen, als wolle sie vor dem Anblick des Mädchens auf dem Fass fliehen, und sah durch das Flimmern sich selbst. Die aufgeweckte, freche, ungestüme Theodora, Arm in Arm mit ihren besten Freundinnen hüpfend, und nun – wo bist du, meine fröhliche Alexandra, meine leichtfüßige Bergziege, Katharina, wo bist du, die du all meine Geheimnisse kanntest? Die Dorfbewohner tauchten auf und kamen auf sie zu, klopften gegen ihre geschlossenen Lider und bettelten, sie möge sich an sie erinnern: ihre Schwestern, ihre großen Brüder, die kleinen Zwillinge, die eines Tages erblindet waren, als sie während einer Sonnenfinsternis in die Sonne schauten. Auch sie waren nicht mehr. Auch nicht jener dumme, hübsche Junge.

Mit dem Ärmel ihrer Kutte wischte sie sich über die feuchten Augen, lenkte ihren Blick auf das Mädchen auf dem Fass und auf ihre Obstbäume und dachte, dass sie sich im Grunde töricht verhielt, wenn nicht sogar abscheulich. Die Bäume bogen sich unter der Last der Früchte, von denen niemand aß außer sie selbst. Denn trotz der täglichen Raubzüge der Schüler vergammelten noch massenweise Früchte an den Zweigen. Sie bekämpfte die Kinder, weil sie sie bestahlen, und das ertrug sie nicht. Und wenn sie ihnen nun erlaubte, ein wenig zu ernten, konnte dieser grässliche Krieg mit einem Schlag beendet werden ...

Die Stille riss sie aus ihren Gedanken. Die Schülerin war verstummt und wartete offenbar auf ihre Antwort.

Jetzt, wo das klobige Megafon nicht mehr die Hälfte ihres Gesichts verbarg, sah Theodora, wie reizend das Mädchen aussah. In dem ehrlichen, anmutigen Gesicht, den offenen Augen, die gleichermaßen schüchtern und herausfordernd waren, lag etwas Tapferes und Aufrichtiges, das Theodora durch alle Kalkschichten des Alters, der Zeit und der Einsamkeit durchbohrte. Sie nahm ihre Flüstertüte und verkündete mit einer Stimme, die sich um Ernsthaftigkeit bemühte, dass sie bereit sei, mit dem Mädchen in Verhandlung zu treten.

»Und so fing alles an«, kicherte Theodora leise und Assaf streckte sich, als erwache er aus einem seltsamen Traum. »Am nächsten Tag kamen sie und saßen hier bei mir – Tamar, ein Freund und eine Freundin, ihre Busenfreunde – und unterbreiteten mir einen ordentlichen, detaillierten Plan.«

Der Plan enthielt eine Liste der Bäume im Garten und die

Namen der Chormitglieder, die an einer Vereinbarung interessiert waren, sowie eine Tabelle mit einem ausgeklügelten Nutzungsplan, der die Bäume betraf, von denen man jeweils ernten durfte ...

»Und der Krieg war beigelegt«, kicherte Theodora, »binnen eines Tages.«

Jetzt ist es so weit, denkt Tamar, es gibt kein Zurück mehr. Sie schleppt sich vorwärts und kann sich nicht entscheiden, wo sie stehen bleiben soll, denn überall, wo sie anhalten will, scheint der Asphalt unter ihren Füßen zu glühen. Um sich selbst ein wenig zu beruhigen, ruft sie sich in Erinnerung, dass sie in den letzten Monaten jede Menge solcher Momente durchgestanden hat. Das erste Mal, als sie sich traute, in einem der Löcher in der Nähe des Marktes jemanden anzusprechen und ihm das Foto in ihrer Hand zu zeigen und nach ihm zu fragen. Und dann, als sie zum ersten Mal mit einem Dealer auf dem Zionplatz kalt und nüchtern verhandelt hatte – einem Zwerg mit gewaltigen Hinterbacken und einer bunten Wollmütze, für einen Moment hätte man ihn für einen liebenswerten Troll aus einem Märchen halten können. Niemand wäre auf die Idee gekommen, dass ihr Herz wie eine Pauke schlug, Geld und Ware hatten den Besitzer gewechselt, sie hatte ein Tütchen in die Socke gesteckt und gewusst, dass sie nun genug für die ersten Tage hatte –

Aber das hier ist trotz allem der schwierigste Moment. Mit einem Mal mitten in der Stadt, im dichtesten Gewühl, in der Fußgängerzone stehen zu bleiben, durch die sie Millionen Mal wie ein normaler Mensch, wie ein freier Mensch gegangen war –

Sie ging dort mit Idan und Adi spazieren und sie schleckten nach der Chorprobe ein Magnum oder setzten sich und tranken einen Cappuccino und lachten über den neuen Tenor, den jungen Russen, der es schamlos gewagt hatte, sich im Solo mit Idan zu messen. »Noch so ein begriffsstutziger Bauer aus dem Ural«, murmelte Idan in seine Tasse und bewegte leicht die Nasenflügel mit einer Geste, die für beide das Zeichen war, Tränen zu lachen. Auch Tamar lachte, sogar lauter als Adi. Vielleicht um zu übertönen, was sie selbst in diesem Augenblick über sich dachte. Und so grölte sie weiter, weil sie das Wunder nicht fassen konnte, dass sie zum ersten Mal im Leben auf der Seite der Spötter stand, dass sie zu dem kleinen, erlesenen Kreis gehörte, der schon seit einem Jahr und zwei Monaten, einer Woche und einem Tag zusammen war, drei junge Künstler, eine exquisite verschworene Gemeinschaft, deren Mitglieder einander treu verbunden waren. Wenigstens dachte sie das.

Und nun ging sie hier mutterseelenallein. Musste sich einen Platz in einem angemessenen Abstand zu dem alten russischen Akkordeonspieler suchen. In dem alltäglichen Fluss der Straße innehalten und an einem bestimmten Punkt stehen bleiben. Und schon ist da einer, der sie verdrießlich ansieht und ihr mit dem Ausdruck der Missbilligung ausweicht. Und sie fühlt sich sofort wie ein kleines Blatt, das beschlossen hat, gegen die Strömung zu treiben. Aber sie darf jetzt nicht zögern, darf nicht nachdenken, sich nicht vorstellen, jemand könnte sie erkennen, auf sie zukommen und sie fragen, was sie mit diesem Unfug bezwecke. Was für eine Naivität – oder Dummheit – zu glauben, dass die Glatze und die Latzhose sie unkenntlich machen könnten. Und außerdem, wenn sich jemand nicht sicher wäre, würde er Dinka sehen und wäre frei von jedem Zweifel. Was für ein Wahnwitz, Dinka mitzunehmen! Auf einmal sah sie all ihre Fehler vor sich, eine Kette von Leichtsinn und Fahrlässigkeit bei der Planung. Wie hatte ihr das passieren können? Du hast es verbockt! Für wen hältst du dich eigentlich? Du bist eine blöde Tussi, die ein bisschen James Bond spielt. Sie blieb geknickt und vornübergebeugt stehen. Als bezöge sie Prügel aus ihrem Innern. Wie ist es möglich, dass du übersehen hast, dass es so kommen würde? Dass sich im Moment der Wahrheit alle Nähte und Löcher zeigen würden? Denn so ist es doch immer, stimmt's? Er kommt stets, der Moment, an dem deine Fantasien schließlich die Realität berühren und der Ballon, der du bist, vor deiner Nase platzt ... Menschen überholten sie links und rechts, meckerten und rempelten sie an. Dinkas leises Bellen weckte Tamar aus ihren Gedanken. Sie richtete sich auf. Biss sich auf die Lippe. Schluss damit. Schluss mit dem Selbstmitleid. Du darfst nicht zögern, für einen Rückzieher ist es zu spät. Spring über deinen Schatten. Tu, was ich dir sage! Du stellst jetzt den Kassettenrekorder auf die Mauer, drückst auf den Knopf, drehst voll auf, lauter und lauter, das ist hier kein Zimmer, es ist die Straße, es ist die Fußgängerzone, du selbst nimmst dich zurück, du bist nur noch ein Instrument, von nun an bist du nichts als ein Werkzeug im Dienst deiner Aufgabe, nicht mehr und nicht weniger, konzentrier dich auf die Musik, auf den Klang, den du so liebst, Schajs Gitarrensound, stell dir sein langes, honigfarbenes Haar vor, wie es ihm in die Stirn fiel, wenn er dir in seinem Zimmer etwas vorspielte, lass dich von ihm einlullen, schmilz dahin, und im richtigen Augenblick, genau im richtigen –

Suzanne takes you down
To her place near the river
You can hear the boats go by
You can spend the night beside her
And you know that she's half crazy
But that's why you want to be there ...

Tagelang hatte sie überlegt, mit welchem Lied sie ihre Straßenkarriere beginnen sollte. Auch das wollte natürlich geplant sein, ebenso wie die Menge an Trinkwasser in der Höhle und die Anzahl Kerzen und Klopapierrollen. Am Anfang hatte sie in Erwägung gezogen, ein bekanntes hebräisches Chanson zu singen, etwas Warmes, Melodisches, Persönliches. Etwas, das sie selbst nicht stresste und sich auf der Straße gut machte. Andererseits spürte sie auch jenes Kitzeln, diese Versuchung, sie am Anfang mit etwas vollkommen Unerwartetem zu schocken, zum Beispiel mit der zweiten Arie des Cherubin aus »Figaros Hochzeit« von Mozart. Um schon im ersten Moment eine klare, starke Aussage über sich selbst und ihre Absichten auf dieser Straße zu machen, damit jeder wusste, auf der Stelle, wie sehr sie sich von allen andern hier unterschied und abhob ...

Denn in ihrer Fantasie kannte ihr Mut keine Grenzen. In ihren Tagträumen schickte sie ihre Stimme die Straße auf und ab und erfüllte jeden Spalt und jede Ritze mit ihr, ließ die Menschen hineintauchen wie in ein aufweichendes, reinigendes Lösungsmittel; in diesen Spinnereien entschied sie sich für eine hohe Stimme, hoch bis zur Lachhaftigkeit, wollte sie mit einer hohen Stimmlage gleich zu Beginn zum Zerbersten bringen und sich schamlos in dem Egotrip baden, der sie immer dann erfasste, wenn sie so sang, trunken vom Vergnügen am hemmungslosen Abheben aus ihrem tiefsten Innern hinauf zu den Schwindel erregendsten Höhen. Schließlich entschied sie sich für »Suzanne«, denn sie mochte das Lied und liebte die warme, gebrochene Stimme Leonard Cohens und vor allem dachte sie, es würde ihr zunächst leichter fallen, in einer fremden Sprache zu singen.

Aber sofort, nach ein oder zwei Sekunden, lief etwas falsch. Sie begriff, dass sie zu kraftlos, zu zaghaft begonnen hatte. Kein Charisma, urteilt Idan in ihrem Kopf vernichtend. Was ist denn los mit ihr? Wenn sie jetzt nur nicht alles in den Sand setzt. Gerade das Singen war der einzige Punkt in ihrem komplizierten Plan, der ihr keinerlei Kopfzerbrechen bereitet hatte. Und nun zeigte sich, dass auch das Singen viel schwieriger war, als sie gedacht hatte. Dass hier zu singen bedeutete, sich selbst bis in ihr Innerstes auf der Straße aufzuklappen. Sie kämpft mit sich selbst, überwindet sich und ist doch immer noch meilenweit entfernt von dem, was sie sich bisweilen zu erträumen wagte – dass auf einmal, vom ersten Ton an, die ganze Straße den Atem anhält und im Sturm von ihr erobert wird. Schließlich hat sie sich in allen Einzelheiten ausgemalt, wie der Fensterputzer im ersten Stock des Burger King seine melancholischen, kreisenden Bewegungen unterbrechen würde, wie der Saftverkäufer die Presse mitten im bittersten Wehklagen der Karotten abstellte ...

Aber Moment mal, warte, wirf doch nicht gleich das Handtuch! Dort vor dem Schuhgeschäft bleibt einer stehen und schaut zu dir rüber. Er steht noch immer in sicherem Abstand, bemüht, keine Verpflichtung einzugehen, und hört dir trotzdem zu. Sie schöpft einen Tropfen Mut. Sie strafft sich und füllt ihre Stimme:

> And she feeds you tea and oranges
> That came all the way from China
> And just when you mean to tell her
> That you have no love to give her
> Then she gets you on her wavelength
> And she lets the river answer –

Wenn ein in der Strömung treibender Ast sich am Ufer verankert, gesellen sich bald andere zu ihm. Das ist ein Gesetz, es ist die Physik der Bewegung in einem Fluss. Und zu dem Mann, der ihr unverbindlich vor dem Schuhgeschäft zuhört, kommt ein zweiter hinzu. Und noch einer. Und noch mehr. Schon sechs oder sieben sind nun versammelt. Jetzt schon acht. Und sie korrigiert ihre Atmung und unterdrückt den Taumel, von dem ihre Stimme mit einem Mal mitgerissen wird. Und sie traut sich, den Blick zu heben und flüchtig das kleine Publikum zu mustern, die zehn Zuhörer, die sich nun um sie gruppieren ...

> That you've always been her lover
> And you want to travel with her
> And you want to travel blind

»Leicht, leicht, nicht pressen, von unten atmen, aus den Zehen!«, hört sie Halina, die geliebte Sklaventreiberin. »Wehe dir, du presst die Stimme in der Kehle. Chchch! Du bist nicht Cecilia Bartoli …«

Tamar muss innerlich grinsen. Ihre Lehrerin fehlt ihr. Für sie erklimmt sie die vermeintlichen Stufen von der Gurgel bis zu dem geheimen Vogel in der Mitte ihrer Stirn; und Halina, die selbst ein wenig wie ein Vogel aussieht, springt flink vom Klavier auf, ihr zu enger Rock raschelt, während sie mit einer Hand weiterspielt und die zweite auf Tamars Stirn legt: »Da haben wir es ja! Bravo! Jetzt kann man es hören! Vielleicht kann man es auch a bissl beim Vorsingen hören?!«

Aber Halina bereitete sie auf Gesangsvorträge in Konzertsälen vor, auf feierliche Rezitative oder auf Workshops mit berühmten Dirigenten oder genialen Opernregisseuren, die aus dem Ausland anreisten, um hier in Israel kurz zu brillieren; oder auf die Auftritte des Chors zum Jahresende vor wohlwollenden Gästen und dem stolzen Blick ihrer Mutter (ihren lustlosen Vater im Schlepptau, den sie einmal während ihres Vortrages heimlich Papiere lesen sah); manchmal begleitete ein befreundetes Ehepaar die Eltern, Freunde, deren Gesichter aufleuchteten und weich wurden, wenn sie sang, das Mädchen, das sie von Kindesbeinen an kannten, das mit einem gewaltigen Schrei geboren wurde und dem die Hebamme eine Karriere als »Operndiva« prophezeite und von dem es ein Bild als Dreijährige gibt, wie es den Stecker des Bügeleisens in den Händen hält und singt …

Und nun kam er, der Absturz, was sonst, schade, zu rasch. Aber es war nicht verwunderlich, dass ihr das hier passieren würde, schließlich wollen wir nicht vergessen, liebe Freunde, liebe Eltern, dass sie es ist, die hier steht, dass auch für sie nichts voraussehbar ist; sie, die sich immer selbst verrät, wenn sie sich am dringendsten braucht. So ist das nun mal, mein liebes Dummerchen. Man kann sich auf niemanden wirklich verlassen. Nicht einmal auf sich selbst, schon gar nicht auf sich selbst.

Und mit dem Schreck kam das Erwachen. Ratzfatz! Die kleine Ratte der Ernüchterung in ihrem Bauch. Knabbert die Wände an. Sie singt weiter, wie macht sie das bloß, doch die schlechten Gedanken gerinnen in Windeseile zu anderen Worten, zu den schwarzen, vertrauten Hymnen. Wenn sie die nur nicht aus Versehen singt.

Nicht aufhören, nicht aufhören! Sie schreit angstvoll in ihrem Innern auf, wenn die Stimme wegen des rasenden Herzklopfens zu zittern beginnt. Der Körper duckt sich, die Muskeln spannen sich, sicher kann man hören, was ihr in ihrem Innern passiert, gewiss fällt die erschrockene, zitternde Mimik auf. Binnen Sekunden wird alles zusammenbrechen, sie weiß es, nicht nur der jämmerliche Auftritt hier, sondern auch, was davor lag, alles, was ohnehin wacklig und baufällig ist und an einem dünnen Faden hängt. Na prima, du blöde Kuh, du hast es verdient. Wann begreifst du endlich, was du dir da in deinem gestörten Hirn ausgedacht hast? Kapierst du, wo du dich hineinmanövriert hast? Erledigt bist du, erledigt. Jetzt nimmst du schön brav deine Siebensachen und gehst mucksmäuschenstill nach Hause. Nein, nein, sing weiter, fleht sie sich an. Bitte, bitte, sing, sie bettelt sich an, wie einen Fremden, wie einen Kidnapper, der sie überwältigt hat. Hätte sie wenigstens ein Instrument in der Hand, eine Gitarre, auch eine Trommel wäre hilfreich, oder hätte sie einen Schal wie Pavarotti, etwas, an das man sich klammern, wohinter man sich verstecken könnte. Das Herzklopfen verwandelt sich in einen linearen, inneren Trommelwirbel, jemand in ihrem Innern zieht mit teuflischer Emsigkeit alle Register, fährt sämtliche vernichtenden Geschosse auf. Alle missgünstigen Blicke, die man ihr je zugeworfen hat, jedes Getuschel, jede Peinlichkeit, jede zurückliegende Sünde und jede Kränkung, die sie erfahren hat. Die Rattenkarawane marschiert in Reih und Glied auf. Sieh nur, wie schnell es der Straße gelungen ist, die Lüge, die du bist, zu entlarven. Nein: wie schnell die Realität dich entlarvt hat, nicht deine übliche Realität aus Fantasien und Tagträumen, das hier ist das Leben, meine Liebe, das wahre Leben, das greifbare, das, von dem du immer wieder als gleichberechtigte Partnerin angenommen zu werden versuchst und das dich immer wieder abstößt wie der Körper ein fremdes Organ. »Du atmest schon wieder aus der Brust und nicht aus dem Zwerchfell«, sagt Halina trocken und bestimmt, zieht ritschratsch den Reißverschluss ihrer schwarzen Handtasche zu und wendet sich zum Gehen. »Deine Stimme fällt im Hals, ich habe dir tausendmal gesagt: Press nicht so in der Kehle! Ich will nicht, dass du klingst wie Mussolini auf dem Balkon!« Und was würde Idan sagen, wenn er hier vorbeikäme. »Durchgefallen!« Vergiss es, er kommt nicht vorbei. Und weißt du auch warum? Richtig, Idan reist ja gerade durch Italien, bloß jetzt nicht auch noch daran denken, bitte nicht, Idan und Adi und der gesamte Chor, einen Monat Tournee durch den Stiefel! Heute singen sie im Teatro della Pergola, genau in diesem Augenblick haben sie eine Probe mit dem Florentinischen Symphonieorchester. Lass das jetzt, konzentrier dich, stell dir vor, du müsstest auf diese Weise deinen Unterhalt verdienen. Dass du ohne Geld heute Abend nichts zu essen hättest. Bis gestern waren sie in Venedig, im Teatro la Fenice, wie es wohl gelaufen ist, ob sie später zur Seufzerbrücke gegangen sind und auf dem Markusplatz ein Eis geschleckt haben? Fast ein halbes Jahr lang hatten sie auf diese Reise hingearbeitet, alle drei. Sie hatte damals nicht geahnt, dass ihre Welt je so aus den Fugen geraten würde. Vergiss Venedig. Bleib bei »Suzanne«, widme dich dem Lied. Und wenn es Idan und Adi gelungen war, in Venedig zusammen zu schlafen, das heißt bei den gleichen Gasteltern, das heißt – Zimmer an Zimmer?

Dieser Gedanke schnürt ihr den Hals zu und sie verstummt mitten im Wort. Sie steht einfach stumm da. Die Gitarre in dem Kassettenrekorder macht allein weiter. Sie begleitet »Suzanne« ohne Suzanne. Tamar macht das Gerät aus und sinkt, den Kopf zwischen den Händen, auf das Pflaster. Die Leute sehen ihr noch kurz zu. Dann zucken sie die Achseln und gehen langsam weiter, schlüpfen schon im nächsten Augenblick wieder in die Häute der Fremdheit und Gleichgültigkeit der Straße. Nur eine alte, schwerfällige Frau in ärmlicher Kleidung kommt auf sie zu: »Bist du krank, mein Kind? Hast du heute überhaupt schon was gegessen?« Mitleid und Sorge liegen in ihrem Blick und Tamar gelingt es unter großer Anstrengung, mit dem Anflug eines Lächelns aus sich herauszuquetschen: Alles klar, mir war nur etwas schwindlig. Die Frau kramt zwischen benutzten Busfahrscheinen in ihrem Geldbeutel. Tamar begreift nicht. Die Frau holt ein paar Schekel heraus und legt sie auf die Mauer. »Nimm, Kleines, und kauf dir was zu essen. Das geht doch nicht.« Tamar schaut auf das Geld. Die Frau scheint viel ärmer zu sein als sie selbst. Sie fühlt sich wie eine Betrügerin, wie ein Schmarotzer. Sie ekelt sich vor sich selbst.

Aber dann denkt sie daran, dass sie im Dienst ist. Dass sie in einer Show auftritt, deren Autorin, Regisseurin und Hauptdarstellerin sie selbst ist. Und vor allem hofft sie mit ganzem Herzen, dass jemand in der Nähe ist, der sie heimlich beobachtet und genau das sieht, was er sehen soll. Und das Mädchen muss in dieser Szene die Münzen von der Mauer nehmen, zählen, in den Rucksack stecken, erleichtert lächeln, weil es genug ist, um etwas Essbares zu kaufen.

Dinka legt den Kopf auf ihre Knie und schaut ihr in die Augen. Ihr großer, mütterlicher Hundekopf. Ach, Dinka, jammert Tamar innerlich, mir fehlt der Mut für so was. Ich kann es vor Fremden nicht. Stell dich nicht so an, hechelt Dinka in Tamars Handfläche, erstens gibt es gar nichts, was du nicht kannst, und zweitens sag mir, wer war die Einzige der Klassenstufe, die sich am Schuljahrsende vor versammeltem Publikum im Schlusslied von »Hair« die Bluse vom Leib riss? Aber dort war es was anderes, sagt Tamar verlegen. Dort, wie soll ich es erklären? Dinka hebt ein wenig die Brauen, was ihrem Gesicht einen gewissen spöttischen Ausdruck verleiht, und Tamar denkt aufgebracht: Nicht mal du verstehst es? Damals war das nichts anderes als die Tollkühnheit des Feiglings, die Prahlerei der

Schüchternen. Das »jetzt erst recht« derer, die sich vor Angst in die Hosen macht. So ergeht es mir immer, ich meine diesen ständigen Wandel, den Schaj als »Slalom« bezeichnet und für den mir langsam die Kraft fehlt ... Dann vollzieh ihn, diesen Wandel, jetzt, bestimmt Dinka und befreit entschieden ihren Kopf aus Tamars Umklammerung, zeig ihnen, wie ein Schüchterner angibt, gib ihnen den Slalom; und wenn sie sich über meinen Gesang lustig machen?, fleht Tamar sie an, und was, wenn ich es wieder nicht bringe? Wer wird mich als Sängerin hören wollen?

Aber beide wissen, dass ihre größte Angst der Erfolg ist; was, wenn ihr Plan tatsächlich aufgeht und sie Schritt für Schritt in die Arme derer getrieben wird, denen sie in die Falle gehen will?

»Komm«, sagt Tamar mit plötzlichem Schneid, »wir zeigen es ihnen.«

Um zwei Uhr mittags, vier Wochen nach Tamars gescheiterter Premiere, verließ Assaf das Kloster. Die Sonne schlug ihm entgegen und er hatte das Gefühl, sich eine lange Zeit in einer fremden, fernen Welt aufgehalten zu haben. Theodora hatte ihn bis zu den Stufen, die aus ihrer Kammer hinabführten, begleitet, und ihn gedrängt Tamar zu finden, und zwar rasch. Er hatte ihr noch viele Fragen stellen wollen, aber er sah ein, dass sie keine weiteren Einzelheiten über Tamar herausrücken würde. Schließlich hatte er nicht mehr die Geduld, länger in dem geschlossenen Raum zu bleiben.

Sein Körper war angespannt und wie elektrisiert, ohne dass er wusste, warum. Dinka trottete neben ihm her und sah ihn ab und zu ungläubig an. Vielleicht wittern Hunde große Nervosität. Er begann zu laufen. Sie reagierte prompt und lief mit. Er war ein begeisterter Läufer. Das Laufen hatte eine beruhigende Wirkung auf ihn und regte ihn zum Nachdenken an. Sein Sportlehrer versuchte ihn hin und wieder zur Teilnahme an

Wettläufen zu animieren, meinte, er habe die richtige Atem-
technik, den geeigneten Puls und vor allem die nötige Aus-
dauer für einen Wettkampf. Aber Assaf mochte die Spannung,
die in einem Wettkampf herrschte, nicht und auch nicht die
Rivalität mit anderen Jungs, die er nicht kannte. Vor allem
hasste er Publikum. Das Witzige war, dass er bei Sechzigme-
terläufen immer als einer der Letzten ins Ziel lief (wegen der
Sache, die sein Lehrer als »Spätzündung« bezeichnete), aber
beim Zweitausend- und noch mehr beim Fünftausendmeterlauf hatte er keine Konkurrenz, auch nicht bei den Abiturien-
ten: »Wenn du erst mal auf Touren gekommen bist, dann läuft's
bis zum Ziel, daran ändert keiner was!«, hatte der Sportlehrer
einmal anerkennend bemerkt und diesen kleinen Satz hütete
Assaf in seinem Innern wie eine Medaille.

Und auch jetzt begann er zu fühlen, dass das Durcheinander vom Morgen endlich zu »etwas« wurde, zu einem echten,
stimmigen Lauf. Mit einem Rhythmus, der ihm lag. Er lief und
seine Gedanken wurden immer klarer. Er wusste, dass er irgendwie, ohne es zu wollen, in einen kleinen Wirbel geraten
war, nichts wirklich Gefährliches, aber trotzdem hatte er sich
offenbar auf ein Terrain dichter, unter Strom stehender Realität begeben.

Sie liefen Seite an Seite, locker und entspannt. Die Schnur
hing lose zwischen ihnen und Assaf war versucht, gänzlich auf
sie zu verzichten. Er dachte, dass es im Grunde das erste Mal
war, dass sie so miteinander liefen, ein Junge und sein Hund.
Er warf einen Blick auf Dinka und betrachtete sie genau, ihre
hängende Zunge, ihre funkelnden Augen und den aufgerichte-
ten Schwanz. Er passte seine Schritte den ihren an, und der Genuss ungekannter Harmonie gab ihm ein wohliges Gefühl. Es
schien ihm, dass sie das Gleiche fühlte wie er. Dass sie wusste,
sie waren Weggenossen. Er lächelte. Da war etwas, das er seit
Jahren nicht mehr wirklich gekannt hatte, wonach er sich nicht
einmal mehr sehnte, etwas wie Freundschaft.

Aber als er wieder an das Mädchen dachte, an diese Tamar,

verließ ihn der kurzfristige Seelenfriede und seine Schritte wurden mit einem Mal länger. Jede neue Einzelheit, die er über sie erfahren hatte, jede winzige Information, jedes beiläufige Detail schien ihm aus einem unerfindlichen Grund gewaltig und unfassbar und voller verborgener Bedeutungen (die überraschte Dinka hinter ihm rannte schneller); überhaupt, seit dem Morgen, von dem Moment an, in dem er das erste Mal von ihr gehört hatte, hatte er das Gefühl, dass sich eine neue Qualität gewaltsam in sein Leben zu drängen versuchte, sich in ihm festkrallte und eine Wurzel schlagen wollte. Assaf mochte diese Art von Überraschung im Grunde nicht, das normale alltägliche Leben schien ihm auch so unberechenbar genug. Außerdem, dachte er erschrocken und warf einen Blick auf die Uhr, sollte er allmählich ein bisschen Zeit auf seine privaten Angelegenheiten verwenden, sollte sich entscheiden, wie er mit dem Druck von Roi umgehen würde, eigentlich hatte er keinen Bock mehr, auf der Jagd nach einer Anonymen, mit der er nichts am Hut hatte und auch nicht haben würde, durch halb Jerusalem zu irren, was ging sie ihn an, es war nichts als ein seltsamer Zufall, dass sie in sein Leben getreten war, und überhaupt, Dafi kannte er wenigstens, an ihre Macken musste er sich nicht erst gewöhnen, und diese Neue, die unbestritten einen klasse Hund besaß und die auf Pizza mit Käse und Oliven stand ... Er konnte sich nicht erinnern, wie dieser Gedanke begonnen hatte.

Plötzlich überholte Dinka ihn und steigerte das Tempo. Er verstand nicht. Er hob den Kopf, ohne herauszufinden, wen sie im Visier hatte. Der einzige Läufer weit und breit war er selbst. Aber er wusste längst, dass er gut daran tat, sich auf ihren Instinkt zu verlassen, und erriet, dass sie bereits jemanden, der ihm selbst noch verborgen war, gesehen oder gerochen hatte. Sie schlug scharfe Haken durch Straßen und Gassen, als hätte sich ein starker, innerer Motor in ihr in Gang gesetzt, und stürmte in den Ha-Atzma'ut-Park, fegte wie ein Wirbelwind an Büschen und Rasenflächen vorbei, ihre großen Ohren wehten im Wind und Assaf segelte hinter ihr her und dachte an das Wunder des hündischen Geruchssinns und wie sie es fertig brachten, jemanden wahrzunehmen, ohne ihn zu sehen, und dachte auch darüber nach, was er diesem Jemand sagen würde, wenn er ihn erst einmal erwischte.

»Hab ich dich endlich!«, sagte jemand hinter ihm, warf sich mit großer Kraft auf ihn und schmetterte ihn zu Boden.

Er war so schockiert, dass er eine Weile regungs- und gedankenlos liegen blieb. Er spürte, dass der Mann ihm den Arm auf den Rücken drehte und beinahe brach, erst dann schrie er.

»Schrei du nur«, sagte der Kerl, der auf seinem Rücken saß, »du wirst noch Tränen weinen.«

»Was wollen Sie von mir?«, stöhnte Assaf unter Schmerzen. »Was hab ich Ihnen getan?«

Der Kerl presste ihm den Kopf gewaltsam auf den Boden. Erde drang ihm in Mund und Nase. Er spürte, wie er sich die Stirn blutig schrammte. Zwei kräftige Finger bohrten sich in seine Wangen und zwangen ihn, den Mund zu öffnen, andere Finger drangen in seine Mundhöhle, suchten dort hastig nach etwas, glitten wieder hinaus. Assaf lag entsetzt da und sah wie durch eine Lupe fleißige Ameisen und eine Zigarettenkippe vor sich.

Irgendwas, ein Papier oder ein Stück Pappe, wurde ihm unter die Nase geschoben. Er schielte danach. Er sah nichts. Es war zu nah. Sein Blick war von Tränen verschwommen. Der Typ, der auf seinem Rücken kniete, packte Assaf an den Haaren, riss ihm gewaltsam den Kopf hoch und hielt ihm wieder das Papier unter die Nase. Assaf dachte, dass ihm die Augen aus den Höhlen träten. Wie durch dichten Nebel sah er das Passfoto eines lächelnden, braun gebrannten jungen Mannes und eine Polizeimarke. Einen Moment lang war er erleichtert. Aber nur einen Moment.

»Los! Auf die Beine! Du bist verhaftet!«

»Ich? Wieso denn? Was hab ich denn verbrochen?«

Auch Assafs zweiter Arm wurde gewaltsam nach hinten gedreht und er hörte ein Klicken, dass er aus Filmen kannte. Handschellen. Man hatte ihm Handschellen angelegt. Seine Mutter würde einen Herzinfarkt bekommen.

»Was du getan hast?« Das tiefe Gurren eines Lachens hinter seinem Rücken. »Das wirst du mir gleich in allen Einzelheiten erzählen. Du Scheißkerl. Los, aufstehen!«

Assaf zog mit aller Kraft den Kopf zwischen die Schultern und schwieg. Seine Eingeweide waren in hellem Aufruhr. Er hatte Angst, in die Hosen zu machen. Mit einem Mal verließen ihn die Kräfte. (So war es immer. Wenn jemand mit derartiger Grobheit zu ihm oder zu einem andern sprach, verflog ihm einen Augenblick lang die Lust zu leben. Mit einem Mal war ihm zu Mute, als ginge er innerlich zur Neige.) Dinka war im Gegensatz zu ihm voller Kampfgeist. Sie stand ein wenig abseits und bellte mit ohrenbetäubendem Zorn aus Leibeskräften, aber sie wagte es nicht, näher zu kommen.

»Aufstehen, hab ich gesagt!«, brüllte der Typ und packte ihn wieder am Haar. Assaf blieb keine Wahl. Sein Haar wurde beinahe entwurzelt und der schneidende Schmerz ließ ihm dicke Tränen in die Augen steigen. Der Mann ließ seine Hände flink über Assafs Taschen gleiten, suchte sein Hemd ab, tastete mit hektischen Bewegungen über den Rücken und fuhr ihm zwischen die Beine. Anscheinend sucht er eine Waffe, dachte Assaf, oder sonst was. Er war so entsetzt, dass er sich nicht traute, eine Frage zu stellen.

»Nimm schon mal Abschied von der Welt!«, zischte der Kerl. »Los, beweg deinen Arsch! Wenn du Zicken machst, dreh ich dich durch den Fleischwolf! Ist das klar?« Er zog ein Funkgerät aus der Tasche und rief einen Streifenwagen. Assaf stieß er vor sich her zum Ausgang des Parks.

Assaf ging in Handschellen durch die Straßen Jerusalems. Er senkte den Kopf und betete, dass keiner der Gaffer ihn oder seine Eltern kannte. Wären seine Hände wenigstens vor dem Bauch gefesselt gewesen, hätte er sein Hemd angehoben und sein Gesicht darunter verborgen, wie es die Festgenommenen im Fernsehen taten. Dinka ging hinter ihnen und ließ ab und zu einen Schwall zornigen Gebells hören. Der Mann stieß jedes Mal einen Fluch aus und trat nach ihr. Assaf konnte noch immer nicht fassen, dass er es tatsächlich mit einem Polizisten zu tun hatte, denn der Kerl begegnete ihm und Dinka mit unglaublicher Brutalität und abgrundtiefem Hass.

Aber von der Polizei war er. Und er trieb ihn wie eine Ein-Mann-Sklavenkarawane zu der Funkstreife, die bereits auf dem Parkplatz in der Agron-Straße wartete. Sie brachten ihn zur Wache am Migrash-Ha-Rusim und die beiden Polizisten in dem Streifenwagen unterhielten sich mit dem Bullen, der ihn verhaftet hatte. Der prahlte: »Ich hab ihn sofort identifiziert. Den Köter hab ich an dem orangefarbenen Halsband erkannt. Die haben wohl gedacht, sie können mich reinlegen.«

Als sie die Wache erreichten, führte der Polizist ihn in einen Nebenraum. »Jugendvernehmung« stand in blauen Buchstaben an der Tür. Der Raum hatte dicke Wände und Assaf dachte, damit keiner meine Schreie hören kann, wenn sie mich foltern. Aber der Polizist ließ ihn mit Dinka allein und sperrte die Tür ab.

In dem Raum standen ein Metalltisch, zwei Stühle und an der Wand eine lange Bank, auf die Assaf zustolperte und auf die er sich setzte. Er musste dringend aufs Klo, aber niemand war da, den er hätte bitten können, ihn auf die Toilette zu lassen. An der Decke hing ein großer, träge kreisender Ventilator. Assaf zwang sich, an den Jungen zu denken, der auf einem Kamel durch die Sahara reitet. Seine Gedanken versuchten sich zu befreien, sich zu verselbstständigen, aber Assaf konzentrierte sie mit aller Kraft auf den jungen Kamelreiter in der Wüste: Genau in diesem Augenblick schreitet eine gewaltige Karawane durch die gewaltige Sahara, durch die unendlichen, horizontlosen Weiten. (Assaf schöpfte seine Ideen aus dem National Geographic Channel.) Auf einem Kamel am Ende der Karawane sitzt ein kleiner Junge, schwankt im Rhythmus des Tiers hin und her, sein Gesicht ist wegen des Sandsturms mit einem Tuch bedeckt, aus dem nur seine Augen lugen und in die Wüste spähen. Was sieht er, was geht ihm durch den Kopf? Assaf schaukelt mit dem Jungen auf dem Kamel, wird von der Stille der Wüste eingeholt. Selbst beim Zahnarzt flüchtete er sich vor dem Lärm des Bohrers dorthin. Und nicht nur dorthin: In brenzligen Momenten gab es immer einen isländischen Schiffsjungen auf einem großen, grauen Fischkutter, der die Nordsee durchkreuzt. Den ganzen Morgen hat er das Deck von den Resten toter Fische sauber geschrubbt. Jetzt lehnt er sich gegen die Reling und betrachtet die Eisschollen, die vor dem Bug wie Berge in die Höhe ragen. Liebt er lange Schiffsreisen? Fürchtet er den Kapitän? Wann wird er seine Heimat wieder sehen? Assaf vertiefte sich in diese Bilder. Er wusste nicht genau, wie sie ihm halfen, sich zu beruhigen, aber es funktionierte immer. So wie wenn er sich im Internet in einen Chatraum einloggte, nur ohne direkte Rede. Als ob sich alle einsamen Menschen auf der Erde in diesem Moment auf mysteriöse Weise ein geheimes Netz schufen und einander Kraft spendeten. Und auch jetzt klappte es. Wenigstens hatte sich das peinliche Rumoren in seinen Eingeweiden gelegt. Er richtete sich ein wenig auf. Es wird alles gut werden. Seine Mutter streichelte ihm sanft über den Rücken und massierte ihn ein wenig. Sie rief ihm in Erinnerung, dass alles gut ausgehen würde, dass in ihrem geheimen Vertrag mit Gott ausdrücklich vermerkt war, dass sich für ihn immer alles zum Guten wenden würde. Es gelang ihm sogar, Dinka anzulächeln. Es wird alles gut werden, du wirst schon sehen. Dinka stand auf und mit einer archaischen Geste, so alt wie die Freundschaft zwischen Mensch und Hund, zwischen ihr und Assaf jedoch etwas ganz und gar Neues, kam sie, legte den Kopf auf seine Knie und sah ihm in die Augen.

Mit den auf dem Rücken gefesselten Händen konnte er sie nicht einmal streicheln.

Tamar stand auf, blieb still und nachdenklich stehen und sah einen Moment aus, als hätte es sie an einen fernen Ort verschlagen, ihre Augen weiteten sich noch mehr und sahen ins Leere, und jemand, der an übernatürliche Dinge glaubt, hätte geschworen, dass ein Blitz ihr Hirn durchfuhr und ihr, ohne dass sie verstand, eine seltsame, verschlüsselte Nachricht geschickt hatte, dass sie in nicht allzu langer Zeit, vier Wochen später, Dinka verlieren würde und dass die Hündin durch die Straßen irrend gefunden und ein unbekannter Junge ihr durch ganz Jerusalem Schritt für Schritt folgen würde.

Nur ein Moment des Nebels und ein kleiner Funke, dann blinzelte Tamar, lächelte Dinka zu und vergaß. Sie hoffte, dass niemand sich an die letzten peinlichen Momente erinnerte. Sie spulte die Kassette zurück und fand die Musik, die sie suchte. Leise begann sie zu singen. Stellte das Gerät so auf, dass sich der Klang gut ausbreitete. Sie straffte sich.

Denn jetzt war es wieder so weit. Jetzt musste es passieren. Sie musste aus der Menge herausragen. Das heißt, sie musste sich gewaltsam über den anonymen, alltäglichen, genervten und schützenden Strom der Straße erheben, aus der Masse heraustreten. Um dich herum sind dutzende von Gleichgültigen. Und da ist der Geruch nach Kebab und verbranntem Fett und das Geschrei der Händler im Basar und das Akkordeon des Russen, der vielleicht auch einmal wie du war, ein Kind in irgendeinem Konservatorium in Moskau oder Leningrad, und der vielleicht auch eine Lehrerin hatte, die seine Eltern zu einem Treffen einlud und keine Worte fand, um ihre Aufregung zum Ausdruck zu bringen.

Sie hebt den Kopf und sieht sich um und richtet den Blick auf ihren Fixpunkt. Es ist kein Bild von Renoir, das im Proberaum des Chors hängt, und kein goldverzierter Lüster im Teatro della Pergola; es ist ein kleines Schild, das »Heilung für entzündete Venen, drei Monate Garantie« verspricht. Und das genau gefällt ihr und passt ihr in den Kram, sie schließt die Augen und singt es an.

Ich sah einen wunderschönen Vogel.
Und der Vogel sah mich.
Einen solch schönen Vogel werde ich nicht wieder sehen,
bis ich die Augen schließe.

Auch ohne die Augen zu öffnen, spürt sie, wie die Straße sich spaltet, nicht der Länge oder Breite nach, sondern in die Straße vor ihrem Gesang und die Straße danach. Es ist ihr klares, deutliches Gefühl, ein absolutes Selbstvertrauen. Sie braucht dazu nicht hinzusehen. Ihre Haut spürt es: Menschen verlangsamen ihre Schritte. Ein Teil macht kehrt und geht zu der Stelle zurück, von der die Stimme kommt. Sie bleiben stehen. Sie horchen. Sie vergessen alles um sie herum.

Natürlich gibt es auch viele, die sich nicht aufhalten lassen und nicht einmal bemerken, dass sich auf der Straße etwas verändert hat. Sie gehen, sie kommen wieder, sie sind geschäftig und verbissen. In einem Laden ertönt die Alarmanlage. Eine Pennerin schlurft mit einem alten, quietschenden Kinderwagen vorbei. Auch der Fensterputzer auf der Leiter im ersten Stock des Burger King unterbricht seine kreisenden Bewegungen nicht. Und dennoch gesellt sich ständig ein weiterer Zuhörer zu dem Kreis um sie, ein Ring umsteht sie bereits, noch ein Ring sammelt sich an und Tamar hat das Gefühl einer zweifachen Umarmung. Der Kreis bewegt sich unmerklich und unbewusst wie ein riesiges Geschöpf mit unzähligen Beinen. Die Leute kehren dem Lärm den Rücken und beschirmen sie vor der Straße. Sie stehen in verschiedenen Positionen, doch alle ein wenig nach vorne gebeugt. Jemand hebt zufällig den Kopf und begegnet den Augen seines Nachbarn. Sie lächeln kurz und diese zarte Geste enthält ein vollständiges Gespräch. Tamar nimmt all das dumpf wahr. Den Blick in den Augen der Zuhörer kennt sie von den Auftritten des Chors, von den guten Auftritten: Es ist der Blick eines Menschen, der sich an eine Sache erinnert, die er einmal besaß und die er verloren hat. Derer er gerne wieder würdig wäre.

Ein Sonnenschauer erfasste mich.
Ich sprach Worte des Abschieds.
Worte, die ich gestern sagte,
Sage ich heute nicht mehr.

Sie endet mit kaum hörbaren Tönen, die sich in die Länge ziehen wie ein dünn auslaufender Faden, der in den Lärm des um sie rotierenden Lebens gewoben wird. Nun, wo das Lied verstummt, schwillt der Lärm wieder an. Die Umstehenden spenden ihr lauten Applaus. Ein oder zwei Zuhörer seufzen tief. Tamar bewegt sich nicht. Ihr Hals ist gerötet und ihre Augen leuchten still und nüchtern. Sie bleibt mit hängenden Armen stehen. Am liebsten würde sie vor Freude und Erleichterung darüber, dass sie es getan hat, einen Luftsprung machen. Sie war drauf und dran gewesen, alles hinzuschmeißen. Aber selbst in diesem Moment vergisst sie nicht, dass sie nicht hier ist, um zu singen. Der Gedanke verstimmt sie: Ihr Gesang ist nur Mittel zum Zweck, nur Köder. Nein, das stimmt nicht: Tamar selbst ist der Köder. Sie sieht sich mit glänzenden, dankbaren, aber auch prüfenden Augen um. Sie hält Ausschau. Mit einem Blick erkennt sie, dass derjenige, der den Köder schlucken soll, nicht unter den Zuhörern ist.

Und nun bemerkt sie auch, dass sie vor lauter Lampenfieber vergessen hat, ihre Mütze hinzulegen. Sie muss sich in diesem unmöglichen Aufzug vor allen bücken und in ihrem Rucksack kramen, aus dem Kleider und Unterhosen quellen und in den Dinka auch noch unbedingt ihre Schnauze stecken muss, und ehe Tamar ihre Baskenmütze gefunden hat – bis vor einem Jahr hat sie gerne Mützen getragen, bevor Idan ihr sagte, was er davon hielt –, sind fast alle verschwunden.

Aber ein paar sind geblieben und kommen nun näher. Selbstbewusst oder schüchtern werfen sie ein paar Münzen in die zerknautschte Mütze.

Tamar zaudert, ob sie bleiben soll, um noch ein Lied zu singen. Sie weiß nun, dass sie es kann und dass sie sich traut. Sie hat sogar große Lust dazu. Das bekannte Gefühl des Triumphs und der Überlegenheit hat sie etwa in der Mitte des Liedes mit einer Heftigkeit erfasst, wie sie sie in geschlossenen Räumen nie erlebt hat. Wer hätte gedacht, dass ihre Stimme so gewaltig ist?

Aber sie weiß auch, dass sie gespürt hätte, wenn jener Mann oder einer seiner Vasallen in der Nähe gewesen wäre. Er hätte sicher in einem der äußeren Ringe um sie herum gestanden und sie mit prüfendem Blick gemustert, wie man eine arglose, unbekümmerte Beute beäugt; hätte eiskalt überlegt, wie er sie in die Falle locken würde.

Mitten in den goldenen Sonnenkaskaden, in denen sie stand, überlief es sie kalt. Hastig klaubte sie das Geld aus der Mütze und ging mit Dinka weiter. Ein paar Leute versuchten sie anzusprechen. Ein Jugendlicher ließ Hoffnung in ihr aufkommen, weil er nicht von ihr abließ und einen brutalen Zug um den Mund hatte, und für einen Moment blieb sie stehen, um ihm aufmerksam zuzuhören, aber als sich herausstellte, dass er sie nur anmachen wollte, wimmelte sie ihn ab und machte, dass sie wegkam.

An diesem Tag sang sie noch fünfmal. Einmal auf dem Vorplatz des Ha-Mashbir, zweimal neben dem Gerard-Bachar-Center und zweimal am Zionplatz. Jedes Mal fügte sie ein anderes Lied hinzu, doch sie war darauf bedacht, nie mehr als drei Lieder hintereinander zu singen. Und auch wenn sie heftigen Applaus und regelrechte Begeisterungsstürme erntete, weigerte sie sich, eine Zugabe zu geben. Sie verfolgte ein Ziel und wenn sie ihren Vortrag beendet hatte und das Erwartete ausblieb, schaltete sie den Rekorder ab, steckte das Geld in den Rucksack und zog weiter. Denn das Wichtigste hatte sie damit erledigt. Das Wichtigste war, dass sie gesehen und gehört wurde. Dass man über sie sprach. Sie musste sich ins Gerede bringen. Mehr konnte sie zu diesem Zeitpunkt nicht tun. Hoffen, dass die Kunde die Ohren des Jägers erreichte.

Er schloss die Augen, lehnte sich gegen die Wand und sah Dinka liebevoll an. Der Ventilator quietschte monoton. Draußen kamen und gingen Menschen – Polizisten, Kriminelle, Durchschnittsbürger. Assaf hatte keine Ahnung, wie lange man ihn hier sitzen lassen würde und wann sie kommen würden, um sich ihm zu widmen, ob sie überhaupt kamen. Dinka legte sich zu seinen Füßen auf den kühlen Fußboden. Er rutschte von der Holzbank und setzte sich neben sie auf den Boden. Beide schlossen die Augen.

Augenblicklich hallte wieder Theodoras Stimme in seinem Kopf und er versuchte, sich in sie zu vertiefen, Trost in ihr zu suchen. Die fieberhaften Sprünge ihrer Geschichte zwischen Zeiten, Ländern und Inseln verwirrten ihn noch immer. Aber er sah sie genau vor sich, wie sie nach Abschluss ihrer Geschichte krumm und in sich gekehrt dasaß und wie eine uralte knöcherne Wurzel aussah. Er fühlte mit ihr. Wäre sie seine Großmutter gewesen, wäre er aufgestanden und hätte sie ohne zu überlegen in den Arm genommen.

»Aber ich habe gelebt«, hatte sie gesagt, wie um auf die verborgene Reaktion seiner Seele zu antworten. »Trotz allem, hörst du, Assaf, habe ich mein Leben gelebt!« Und als sie den Zweifel in seinen Augen sah, hatte sie auf den Tisch geklopft und sich erhitzt: »Nein, nein, mein Lieber, bitte nicht diesen Blick!« In ihrem Zorn hatte sie sich ein wenig von ihrem Stuhl erhoben und jedes ihrer Worte betont: »Noch in derselben Nacht nach dem Einschlagen der bitteren Nachricht, als ich in der Morgendämmerung einsah, dass ich nicht vor lauter Trauer und Einsamkeit gestorben war, beschloss ich zu leben!«

Sie war noch ein Mädchen gewesen, vierzehn Jahre alt. Aber sie schätzte ihre Lage klar und vor allem ohne Selbstmitleid ein. Die Vergangenheit hinter ihr war gelöscht, eine bekannte Zukunft erwartete sie nicht. Sie kannte keine Menschenseele, weder hier noch sonstwo auf der Welt. Sie wusste nicht das Geringste über das Land, in dem sie sich befand, und beherrschte die Landessprache nicht. Assaf dachte, dass ihr Glaube ihr vielleicht half, aber sie erklärte ihm sofort, sie sei nie eine glühende Gläubige gewesen und schon gar nicht mehr nach der Katastrophe. Sie hatte ein großes, leeres Haus, ein großzügiges monatliches Budget, das ihr von einer Bank in Griechenland überwiesen wurde, und den strengen Schwur, den sie niemals brechen würde, und sei es nur, um die Toten, die sie hergeschickt hatten, zu ehren.

»Das war der Stand der Dinge«, sagte sie trocken und beherrscht, »und die Entscheidung lag allein bei mir, wie von jenem Moment bis zum Ende meiner Tage mein Schicksal aussehen würde.« Sie war aufgestanden und auf und ab gegangen. Schließlich war sie hinter seinem Stuhl stehen geblieben und hatte die Hände auf die Lehne gelegt. »Und ich fasste einen eindeutigen Entschluss, hörst du: Wenn es mein Los war, nicht mehr aus diesem Gemäuer herauszukommen, würde ich die Welt hineinholen.«

Und so geschah es. Der damalige Hausmeister des Klosters, Nassrians Vater, hatte künftig die Aufgabe, jedes griechische Buch, das er auftreiben konnte, heranzuschaffen. Er schleppte in erster Linie antike Bücher herbei, die in Kellern griechischer Klöster gelagert hatten und sie nicht interessierten. Darum machte sie sich zu ihrem fünfzehnten Geburtstag ein Geschenk: Sie nahm sich einen Privatlehrer, der sie in Alt- und Neuhebräisch unterrichtete. Sie begriff schnell und war wissbegierig und nach vier Monaten Studium bei Lehrer Eliassaf begann sie, aus der Buchhandlung Hans Fluger Bücher über das Land Israel, in dem sie ohne ihren Willen gelandet war, und über die Stadt Jerusalem, in der sie eingekerkert war, zu erwerben. Sie lernte alles, was die Bücher ihr über die Araber, die Juden und die Christen, die in ihrer Nähe und für sie unsichtbar in einer Stadt mit ihr lebten, vermittelten. Als sie sechzehn war, engagierte sie auch einen Arabischlehrer für literarisches und gesprochenes Arabisch und las mit ihm den Koran und die Geschichten aus Tausendundeiner Nacht. Aus den Buchhandlungen in Mea Shearim schickte man ihr Holzkisten mit Bänden der Mishna, des Talmuds und den Auslegungen, mit denen sie nicht viel anzufangen vermochte, aber mitunter fand sie auf dem Boden einer Kiste ein »unkoscheres« Buch über Erkenntnisse der Wissenschaft oder über das Leben der Ameisen oder über einen berühmten Maler des sechzehnten Jahrhunderts, die sie gierig verschlang. Als ihr der Bodensatz nicht mehr genügte, begann sie sich alte, abgewetzte Bände aus der zionistischen Bibliothek des Dr. Hugo Bergmann zu besorgen. Den Buchhändler Elieser Weingarten bezahlte sie großzügig dafür, dass er sie sofort mit jedem neuen Buch zu den Themen, die sie zu interessieren begonnen hatten, belieferte: die napoleonischen Kriege, Forschungsberichte, Astronomie, das Leben der Neandertaler und Reisetagebücher.

Das war natürlich nicht einfach, sie musste ihrem Vokabular jede Menge Begriffe hinzufügen, von denen sie nur eine Vorstellung hatte. Was war ein Teleskop? Und was der Nordpol? Was waren Bakterien, eine Oper, ein Flughafen und Basketball? »Kann sich ein Mensch vorstellen, dass ich erst im Alter von achtzehn erfuhr, dass New York eine Stadt ist und wer Shakespeare war?« Ihr Gesicht knitterte sich vor Bestürzung und sie flüsterte wie zu sich selbst: »Und dass ich seit meinem Einzug in dieses Haus vor fünfzig Jahren keinen Regenbogen mehr gesehen habe?«

Im Alter von neunzehn hatte sie eine Enzyklopädie für Jugendliche erworben, danach kamen andere in drei Sprachen und dutzenden von Bänden hinzu. Doch Theodora vergaß nie den Rauschzustand, der sie erfasste, als sie, in einem glücklichen Halbjahr, Tag für Tag, Stichwort um Stichwort, die Entstehungsgeschichte der Welt entschlüsselte.

Sie entwickelte einen gewaltigen Wissensdurst für die Gegenwart und ihr Hauptinteresse galt der internationalen Politik. Jeden Morgen schickte sie Nassrians Vater los, um eine arabische und eine hebräische Zeitung zu kaufen, die sie mithilfe von Wörterbüchern mit gefletschten Zähnen las. So machte sie die Bekanntschaft von David Ben Gurion und des ägyptischen

Machthabers Nasser, lernte, dass Rauchen Lungenkrebs verursacht, und verfolgte aufgeregt gemeinsam mit allen anderen Weltbürgern die Entwicklung des indischen Jungen Ragif, der bis zum Alter von neun Jahren von Wölfen großgezogen worden war. Langsam und mit großer Anstrengung begann sie sich einen Weg durch das Dickicht der Fakten und neuen Begriffe zu bahnen, sich ein Bild der Welt zu malen und, mehr als alles andere, ihren Wissensrückstand aufzuholen und die Unwissenheit einer Bewohnerin einer kleinen Kykladeninsel, der kleinsten und entlegensten in der Inselkette um Delos, auszugleichen.

»Und dennoch«, sagte sie zu Assaf, während ihre Finger über ihren Augenbrauen ruhten, als presse sie gegen einen keimenden Kopfschmerz an, »trotz aller Freude und Heiterkeit war ich betrübt und es fehlte mir etwas – denn alles war nur Wort, nichts als Wort!«

Assaf starrte sie an, ohne zu verstehen. Und wie immer, wenn die Geduld sie verließ, schlug sie mit der flachen Hand auf den Tisch: »Und wie willst du einem Blinden erklären, was Grün, Lila oder Purpur ist? Verstehst du?« Er nickte, aber sicher war er sich noch immer nicht. »Und so, *agori mu*, erging es auch mir: Ich leckte die Schalen aus, ohne in die Frucht zu beißen ... Denn wie riecht, beispielsweise, ein Baby nach dem Bad? Was fühlt ein Mensch, an dem ein Zug vorüberrast? Und wie schlagen die Herzen von Zuschauern bei einem schönen Theatertück im Einklang?« Allmählich begann er zu begreifen. Ihre Welt bestand nur aus Worten. Beschreibungen, erfundene Figuren, trockene Fakten. Sein Mund dehnte sich zu einem erstaunten Lächeln: Das genau war es, wovor seine Mutter ihn warnte, wenn er seine Zeit ausschließlich vor dem Computer verbrachte.

»In jenen Tagen rief ich in diesem Zimmer die Postrepublik aus.« Und sie erzählte ihm von der Korrespondenz, die sie seit mehr als vierzig Jahren mit Gelehrten, Philosophen und Schriftstellern aus aller Welt führte. Zunächst schickte sie ihnen einfache Fragen, die sich ihrer Unwissenheit schämten, sich für ihre Dreistigkeit entschuldigten. Mit der Zeit wurden ihre Fragen tiefer und weitgehender und auch die Antworten wurden detailliert, persönlich und herzlich. »Du musst wissen, dass ich, außer mit meinen Professoren, mit noch ein paar anderen unschuldig zu lebenslänglicher Haft verdonnerten Häftlingen korrespondiere.« Und sie zeigte ihm das Bild einer Holländerin, die bei einem schweren Unfall verletzt wurde und ihr Leben lang an ihr Bett gefesselt ist und die nur ein paar Zweige eines Kastanienbaums und ein Stück Steinmauer sieht; und das Foto eines Brasilianers, der so übergewichtig ist, dass er nicht mehr durch die Tür seines Zimmers passt, und der aus seinem Fenster das Ufer eines kleinen Sees (aber nicht das Wasser) sieht. Und einen alten Bauern aus Nordirland, dessen Sohn in England eine lebenslängliche Haftstrafe verbüßt, und der sich selbst, auf eigenen Wunsch, in einem Zimmer eingesperrt hat, bis sein Sohn wieder freikommt – und das waren bei weitem noch nicht alle.

»Mit zweiundsiebzig Menschen weltweit stehe ich in ständigem Briefkontakt«, sagte sie mit bescheidenem Stolz. »Die Briefe kommen und gehen, wenigstens einmal im Monat schreibe ich jedem von ihnen und sie antworten und sprechen von sich, geben mir sogar ihre tiefsten Geheimnisse preis ...« Sie gluckste und ihre Augen zwinkerten verschmitzt. »Sie halten mich für eine hutzelige, alte Nonne in der Zinne eines Jerusalemer Turms. Wem kann die schon ein Geheimnis ausplaudern?«

Und siehe da, nach vielen Jahre der Lektüre, des Studiums und der Reflexion kam ihr aus heiterem Himmel die Idee, Kinderbücher zu lesen. Der junge Nassrian (der inzwischen seinen Vater, dessen Beine müde geworden waren, abgelöst hatte) begann die entsprechenden Regale in den Buchhandlungen zu durchforsten. Mit fünfundfünfzig Jahren las sie zum ersten Mal »Pinocchio«, »Pu, der Bär« und »Luvungulu, der König von Zulu«. Es war nicht ihre Kindheit und es waren nicht die Landschaften, in denen sie aufgewachsen war, doch ihre eigene

Kindheit war auf den tiefen Meeresgrund gesunken und sie brachte es nicht über sich, zu ihr zurückzukehren. Eines Abends legte sie »Der Wind in den Weiden« aus der Hand und flüsterte verwundert und glücklich: »Jetzt wurde mir eine Kindheit geboren.«

»Im Übrigen musst du wissen«, lachte sie, »dass ich bis dahin nicht eine einzige Falte hatte! Bis ich damit begann, diese Bücher zu lesen, hatte ich ein Gesicht wie ein Säugling.«

Jetzt, wo sie eine Kindheit hatte, musste sie endlich erwachsen werden. Sie las »David Copperfield« und »Daddy Langbein«. Die Eisentür, die einst auf der Insel vor ihr zugeschlagen worden war, stand wieder sperrangelweit offen und Theodora, ein altes, wissbegieriges Kind, betrat ihre schlafenden, von Spinnweben bedeckten Säle. Die Seele, der Körper, die Leidenschaften, das Heimweh, die Liebe. Alles erwachte durch die Geschichten, in die sie eintauchte, erneut zum Leben. Und mitunter ließ sie nach einer fiebrig durchlesenen Nacht ihr Buch aus den Händen fallen und fühlte, wie ihre Seele in ihr stieg und sich wie kochende Milch im Topf blähte. »In solchen Stunden«, sagte sie stimmlos zu Assaf, »sehnte ich mich geradezu danach, dass ein erlösender Stich kommen möge, dass diese verdammte Haut, die die Worte über mich gezogen hatten, endlich gesprengt würde.«

»Und Tamar war dieser Stich?«, fragte Assaf ohne nachzudenken in einem jähen Gedankenblitz. Er bereute seine Worte sofort, denn Theodora begann zu zittern, als hätte er sie fahrlässig in der Tiefe ihrer Seele berührt.

»Was? Was hast du gesagt?«, fragte sie und starrte ihn eine Weile an. »Tamar? Ja, womöglich, wer weiß … Ich habe es nicht bedacht …« Aber etwas in ihr war mit einem Mal geknickt, als hätte Assaf sie ungewollt verdrossen, als hätte er ihr ausdrücklich gesagt: Sie hatten sich alles in ihre Kammer geholt, was man aus Büchern, Buchstaben und Worten lernen kann, als auf einmal dieses Mädchen aus Fleisch und Blut, mit heftigen Gefühlen und ihrer Jugend, hereingestürmt kam …

»Das genügt«, sie schüttelte sich, »wir haben lange genug geplaudert, mein Junge. Musst du dich nicht langsam auf den Weg machen?«

»Etwas hab ich noch immer nicht verstanden: Sie –«

»Geh und finde sie. Dann wirst du alles begreifen.«

»Erklären Sie es mir bitte!« Um ein Haar hätte er wie sie auf den Tisch geschlagen. »Was, glauben Sie, ist denn mit ihr passiert?«

Theodora holte tief Luft, zögerte einen Moment sagte dann: »Wie soll ich es dir sagen, ohne dir alles preiszugeben ...« Sie stand fahrig auf und stapfte im Zimmer auf und ab. Hin und wieder warf sie ihm einen prüfenden Blick zu, wie in den ersten Momenten ihrer Begegnung, um zu prüfen, ob er der Auskunft würdig war und um herauszufinden, ob man sich auf ihn verlassen konnte: »Hör mal, vielleicht ist es nur das Hirngespinst einer törichten Alten«, sie seufzte, »aber bei ihren letzten Besuchen machte sie grauenvolle Äußerungen.«

»Was für Äußerungen?« Jetzt kommt es, dachte Assaf.

»Sie behauptete, die Welt sei schlecht«, sagte sie und verbarg die Hände in ihrem Schoß, »von Grund auf schlecht. Man könne niemandem trauen, nicht einmal denen, die einem am nächsten stehen. Es gehe nur um Macht, Angst, Eigennutz und Bosheit. Und dass sie nicht hineinpasst.«

»Wo nicht hineinpasst?«

»Na, in diese Welt, dass sie nicht in diese Welt passt.«

Assaf schwieg. Er dachte an die kühne Sprecherin auf dem Fass, von der er sicher gewesen war, dass sie hochnäsig und giftig war. Sie ist auch ein wenig wie ich, dachte er erstaunt und holte sie zärtlich von dort oben herunter.

»Und ich habe, ganz im Gegenteil, immer wieder betont, wie schön und gut ihr Leben sein wird. Und dass sie jemanden lieben wird, der sie auch liebt, und dass sie Kinder mit fröhlichen Gesichtern haben werden. Und sie wird durch die Welt reisen und interessante Menschen kennen lernen und auf Bühnen singen. Man wird sie in Konzertsälen bejubeln ...«

Die Worte erkalteten in ihrem Mund. Wieder vergrub sie sich in ihrem inneren Verließ. Was weiß sie schon?, dachte Assaf mitleidig. Alles, was sie Tamar versprochen hat, hat sie doch selbst nicht erlebt. Fünfzig Jahre war sie in diesen Mauern eingekerkert. Was weiß sie schon?

Und er dachte an die Enttäuschung und den Kummer in ihrem Gesicht, als er hier ankam und sie feststellen musste, dass er nicht Tamar war. Er ahnte, wie wichtig Tamar für sie war. Nein, »wichtig« war nicht das richtige Wort: lebensnotwendig. Wie Wasser und Brot, der Geschmack des Lebens.

»Und in der letzten Zeit weiß ich nicht mehr, was mit ihr los ist. Sie öffnet mir nicht mehr ihr Herz. Sie kommt, arbeitet, sitzt da, schweigt. Seufzt. Enthält mir Geheimnisse vor. Ich weiß nicht, was mit ihr geschehen ist, Assaf …« Ihre Augen und ihre Nasenspitze erröteten zur gleichen Zeit: »Sie wurde mager und ihr Blick erlosch. In ihren schönen Augen ist kein Fünkchen Licht mehr.« Sie hob ihr Gesicht und er sah bestürzt, wie ein Tränenrinnsal sich durch ihre Falten schlängelte. »Was meinst du, mein Lieber, wirst du sie finden? Wirst du sie finden?«

Um neun Uhr abends kaufte sie zwei Portionen Schaschlik und eine Cola und setzte sich zum Essen in den Eingang eines Bürohauses. Sie gab Dinka eine Portion und verleibte sich die zweite ein und beide genossen das Mahl, stöhnten und seufzten schließlich gleichzeitig in sattem Glück. Als Tamar ihre Finger ableckte, dachte sie, dass ihr schon lange nichts mehr so geschmeckt hatte wie dieses Essen, das sie von dem mit ihrem Gesang verdienten Geld gekauft hatte.

Dann kamen wieder die Gedanken. Menschen gingen rasch an ihr vorbei und sie bemühte sich, sich zu einem kleinen, anonymen Paket zu falten. Jetzt wäre sie gern wieder die Tamar von vor einem Jahr gewesen. Auf dem Bauch auf ihrem Bett liegend, zwischen ihren Stofftieren, die sie begleiteten, seit sie auf der Welt war. Das Ohr an den Telefonhörer gepresst, die verschränkten Beine hinter ihrem Rücken schaukelnd – in den Filmen telefonierten die Mädchen immer so und deshalb tat sie es ihnen nach, endlich hatte sie jemanden, mit dem sie so telefonieren konnte –, und es machte so viel Spaß dazuliegen und mit Adi über Galit Edellitz zu tratschen, die gesehen wurde, wie sie mit Tom knutschte, mit Zunge und allem Drum und Dran, oder über Liana aus dem Chor, die ein Junge aus dem Boyer-Gymnasium gefragt hatte, ob sie mit ihm gehen wolle, und die eingewilligt hatte. Aus dem Boyer-Gymnasium, kannst du dir das vorstellen? Kein Künstler! Und beide erschauderten gründlich und bestätigten sich auf diese Weise ihre gemeinsame Treue zur Kunst, das heißt zu Idan.

Ein alter, auf einen Stock gestützter Mann in eleganter, altmodischer Kleidung ging langsam an ihr vorbei und sah sie an. Seine Lippen bewegten sich stumm und ungläubig wie die Lippen eines Fisches. Sie sah sich mit seinen Augen: ein viel zu junges Mädchen zu einer viel zu späten Stunde an einem falschen Ort.

Sie kauerte sich so gut es ging zusammen. Der Tag war lang und anstrengend gewesen, ihr erster Tag auf der Straße, aber sie musste aufstehen und noch ein paar Runden drehen, denn falls jemand sie schon heute bemerkt hatte und sie verfolgte, würde er sich im Schutz der Dunkelheit an sie heranmachen.

Nicht wenige machten sich an sie heran. Ständig wurde sie angequatscht, musste sich dumme Bemerkungen und zweideutige Angebote anhören. Noch nie war sie mit so vielen groben Worten beschmutzt und von so viel Fremdheit zerkratzt worden. Sie lernte, dass sie keine Antwort geben durfte. Nicht mal ein einziges Wort durfte sie sagen. Sich nur an ihrem Rucksack und dem großen Kassettenrekorder festhalten und weitergehen. Auch Dinka half ihr natürlich, aufdringliche Kerle zu vertreiben. Denn wenn sie aus dem Bauch heraus knurrte, aus den Eingeweiden, machte sich auch der dreisteste Anmacher aus dem Staub.

Aber der, auf den sie wartete, vor dem sie sich am meisten fürchtete, kam nicht.

Sie ging hinunter zum »Katzenplatz« und schlenderte durch die von Scheinwerfern beleuchteten Reihen der Stände, schmiegte sich verstohlen an die Kleiderständer mit Pluderhosen und indischen Blusen. Sie mochte den »Katzenplatz«, obwohl Idan und Adi bestimmt hatten, er sei nur ein »Piccadilly-Verschnitt«. Eine andere, kokette Gangart ließ sie die Hüften schwingen, als sie an den Ständen mit den Wasserpfeifen, ätherischen Ölen und bunten Steinen vorbeikam. Sie setzte sich bucharische Mützen auf und der fette Händler machte sich lustig über ihren eiförmigen, aschkenasischen Kopf. Ein Junge, eine internationale Koryphäe (nach seinen eigenen Worten), bot ihr an, ihren Namen auf ein Reiskorn zu ritzen und sie behauptete scherzhaft, sie heiße Brunhilde. Ein gut aussehender junger Mann in Shorts, der einen Turban auf dem Kopf trug, saß auf dem Boden und hielt den Fuß eines Mädchens, den er mit einem Henna-Tattoo bemalte. Tamar blieb stehen und sah neidisch zu. Sie musste sich regelrecht von dort wegreißen. Sie spazierte noch zweimal durch die Reihen mit den Ständen und atmete den leichten Duft nach Weihrauch und die Graswolken ein, die hie und da in den Himmel stiegen. Sie tat, als ob sie sich in den Stand mit den Kerzen in allen Formen und Farben vertiefte, und hoffte nach dem leichten Schauder im Rücken, den sie in den letzten Minuten verspürte, dass jemand auch sie prüfend ansah. Aber als sie sich umdrehte, war niemand zu sehen.

In der nahe gelegenen Yo'el-Moshe-Salomon-Straße hatte sich eine Menschenmenge versammelt. Ein Mädchen ihres Alters, mit einer bunten Wollmütze, aus der goldene Locken lugten, hielt zwei Schnüre in den Händen, an denen brennende Stofffetzen hingen und mit denen sie einen Tanz aufführte. Sie kreuzte die Schnüre und schwang sie in langen, kreisenden Bewegungen parallel nach vorne und hinten. Ein anderes Mädchen stand mit weit aufgerissenen Augen hinter ihr gegen die Fassade eines Geschäftes gelehnt und begleitete ihren Tanz mit einem monotonen Rhythmus auf einem Tamburin.

Das Mädchen war vollkommen auf die Bewegungen der Schnüre konzentriert und Tamar konnte sich nicht losreißen, denn sie war fasziniert von der vollkommenen Konzentration, die sie von sich selbst kannte. Sie wollte auch sehen, wie es wirkte, das heißt, was sie von außen sahen, wenn man innerlich völlig durchsichtig war. Was von dir ihren Blicken preisgegeben wird. Die Augen des Mädchens waren blau und schön und folgten den beiden kleinen Fackeln, während die Brauen in kindlicher Verwunderung auf und ab gingen. Tamar dachte, dass sie sich darin glichen, sie und das Mädchen, denn auch Tamar »sang mit den Brauen«. Die beiden kleinen Fackeln durchschnitten den nächtlichen Himmel und hatten etwas Rührendes, Mutiges und Hilfloses. Plötzlich fiel Tamar wieder ein, wo sie war und warum. Ohne sich vom Fleck zu rühren, sandte sie behutsam und systematisch ihre Blicke in alle Richtungen. Sie wusste nicht, nach wem sie suchte. Sie glaubte, dass es ein junger Mann war. Jedenfalls besagten das die Gerüchte, die sie in den vergangenen Monaten aufgeschnappt hatte. Dass es sich um eine Gruppe junger, brutaler Männer handelte. Einer von ihnen würde sie auf der Straße ansprechen und ihr vorschlagen, ihm zu folgen, natürlich unter der Bedingung, dass sie zuvor die Feuerprobe bestanden hatte. Das heißt, dass sie ein Publikum fesseln konnte. Und Tamar wusste, dass sie diese Hürde schon genommen hatte. Das war der größte und einzige Treffer, den sie heute gelandet hatte.

Der Mund des jungen Mädchens mit den Schnüren stand selbstvergessen ein wenig offen, sodass ihre weißen Zähne entblößt waren. Sie begann, ihr Tempo zu steigern, und das Tempo des Tamburins folgte ihr. Tamars Blick sprang vorsichtig von Zuschauer zu Zuschauer. Viele junge Männer waren darunter. Sie vermochte nicht zu sagen, ob einer von ihnen sie auf eine andere, auf eine besondere Weise ansah. Zwei Halbwüchsige mit rasierten Nacken sprangen Hals über Kopf aus dem Publikum vor die Feuerkünstlerin und schrien ihr etwas direkt ins Gesicht. Nicht einmal Worte waren es, nur grobe, tierhafte Laute. Für einen Moment ließ das Mädchen sich ablenken, die Schnüre verwirrten sich und fielen zu Boden. Das Mädchen zog traurig die Wollmütze ab und ihre goldenen Locken fielen ihr auf die Schultern. Ganz langsam wischte sie sich den Schweiß von der Stirn und blieb verloren stehen, als hätte man sie aus einem Traum geweckt. Das Publikum stieß einen vereinten Seufzer der Enttäuschung aus und verstreute sich. Nicht einer gab der Tänzerin etwas für die Mühe, die sie sich bis zu diesem Augenblick gemacht hatte. Tamar ging zu ihr hin und warf eine Fünf-Schekel-Münze, die sie heute verdient hatte, in die Mütze und das Mädchen lächelte sie müde an.

Auch der Zionplatz am Ende der Straße war überfüllt und voller Leben. Vor dem Bankgebäude fuhren ein paar Jungen Skateboard. Sie hatte keine Chance, dort zu singen, denn die Bratislava Chassidim mit dem riesigen Lautsprecher, aus dem vom Dach ihres Wagens chassidische Klänge dröhnten, waren dort. Tamar setzte sich in eine Ecke neben der Bank, legte den Arm um Dinka, zog sie an sich, kauerte sich zusammen und sah sich aufmerksam um. Dutzende von Jungen und Mädchen lungerten hier herum und irgendein unangenehmes Getuschel und Gewisper ging wie ein mechanisches Summen von ihnen aus, während sie wie über unsichtbare Gleise auf offenbar vorgegebenen Wegen den Platz überquerten. Sie gingen und kamen, schienen dringend nach etwas zu suchen. Einige von ihnen sprachen kurz mit einem bärtigen jungen Mann, der sich gegen das Eisengeländer lehnte. Sie sah den Liliputaner mit dem dicken Hintern und der bunten Wollkappe, der von einer Gruppe umrundet war, die ihn fast gänzlich verbarg. Hände befühlten Taschen. Finger schlossen sich schützend um etwas. Ein hoch gewachsener Junge in einer Jeanslatzhose wie ihrer eigenen, der unter den Trägern und Schnallen nackt war, kam auf sie zu. »Hi, Schwester«, sagte er und kniete sich vor sie hin. Sie sah, dass in seiner Brustwarze ein Ohrring steckte. »Brauchst du Stoff?« Sie schüttelte heftig den Kopf. »Nein, nein!« Sie hatte genug Stoff für die erste Woche. Er machte keine große Sache daraus, stand auf und ging. Sie wurde noch kleiner, nicht wegen seiner Worte, sondern wegen der Anrede. Sie schloss fest die Augen und schlug sie wieder auf. Der Platz war noch da. In der Mitte tanzten die Bratislava Chassidim. Sieben große Männer mit langem Haar und wehenden Bärten in schneeweißen Kleidern und mit weißen Kippas. Sie wusste von ihren früheren Abenden hier, dass sie bis Mitternacht ihre Tänze mit den unaufhörlichen inbrünstigen, ja wahnsinnigen Sprüngen aufführen würden. Zwei vollbusige Mädchen in bauchfreien T-Shirts gingen mit verschränkten Armen an ihr vorbei und blieben stehen, um den Tänzern zuzusehen: »Guck dir die an«, sagte eine der beiden, »und die sind nicht mal auf Ecstasy. Nur auf Glaube.« Dinka schmiegte sich an sie. Sie litt schrecklich unter der Geräuschkulisse. Sie drehte dem Platz den Rücken zu, rollte sich in Tamars Schoß und versuchte zu schlafen. Die Arme!, dachte Tamar, sie begreift gar nicht, was los ist. Für sie ist es der reinste Horrortrip.

Eine junge Frau kam auf sie zu. Sie trug eine Thermoskanne und einen Pappbecher und fragte, ob sie Tamar einen Tee einschenken solle. Tamar verstand nicht. Diese plötzliche Fürsorge. Als ob man sie in einer Fremdsprache angesprochen hätte. Die Frau kauerte sich neben sie auf den Bürgersteig. »Ich hab auch ein paar Kekse«, sagte sie lächelnd. Tamar richtete sich blitzartig auf. Ihr Herz begann zu rasen. Vielleicht war ihr Jäger ja eine Sie? Denn die Gerüchte besagten, dass es in dem Geschäft auch ein paar weibliche Wesen gab. Aber diese Frau wollte ihr wirklich helfen. Sie sagte, sie gehöre zu einer Gruppe ehrenamtlicher Helfer, die herkamen, um den jungen Leuten auf dem Platz beizustehen. Um mit ihnen in Kontakt zu bleiben. Sie goss ihr warmen Tee ein und Tamar umfasste die Tasse mit ihren beiden kalten Händen. Eine beinah peinliche Welle der Dankbarkeit stieg in ihr auf. Sie aß auch einen Keks, doch sie sagte nichts. Die Frau streichelte Dinka, kraulte sie genau so, wie die Hündin es mochte, und gab auch ihr einen Keks. »Ich hab dich schon mal hier gesehen«, erinnerte sich die Frau. »Kann es etwa zwei Wochen her sein?« Tamar nickte. »Und ich hab auch gesehen, dass du von dem Winzling was gekauft hast. Und dass der Drogenfahnder hinter dir her war. Sag mal, willst du dich vielleicht mit jemandem treffen, der all das auch durchgemacht hat?« Tamar kauerte sich noch mehr zusammen. Das hatte ihr gerade noch gefehlt. Dass man sie aus der Szene rettete, bevor es ihr überhaupt gelungen war hineinzukommen.

»Ich geb dir unsere Telefonnummer«, sagte die Frau und notierte etwas auf eine Serviette. »Wenn du dich aussprechen willst, wenn du etwas brauchst, wenn du dich mit deinen Eltern bei uns treffen willst. Wir sind für dich da.« Tamar sah sie an und verlor sich für einen Augenblick in den gütigen, grünen Augen. Beinahe hätte sie sich getraut, sie zu fragen, ob sie hier schon mal einen Gitarrenspieler gesehen habe, einen Jungen, dem sein langes, honigfarbenes Haar in die Augen fällt. Einen spindeldürren Jungen, hoch gewachsen und schrecklich unglücklich. Sie schwieg. Die Frau nickte, als habe sie etwas zu kapieren begonnen, das sie nicht bis zum Schluss verstand. Dann berührte sie Tamars Arm sanft, lächelte aufrichtig und ging und Tamar war wieder allein und einsamer als je zuvor.

Eine Gruppe Jugendlicher ließ sich in ihrer Nähe nieder. Sie trugen Unterhemden und tranken Dosenbier. War ihnen nicht kalt? Ein muskulöser, stämmiger Junge ging auf die Gruppe zu. »Hallo.« – »Wie geht's?« – »Super, ich such Stoff.« – »Geh in die Billardhalle. Der Araber ist dort.« Sie klatschten die Hände gegeneinander, umarmten sich, klopften sich zweimal auf den Rücken. Tamar beobachtete sie und prägte sich ein, was sie sah. Mit diesen Gesten lebte er nun schon mindestens ein Jahr. Sicher benutzte er die gleichen Sprüche. In welcher Sprache würde er mit ihr reden? Wie würde er sich verhalten, wenn er sie sah?

Und warum gesellt sie sich nicht einfach zu einer der Cliquen. Warum sitzt sie wie gelähmt und gefangen in der entlegensten Ecke des Platzes. Als sie die Sache geplant hatte, hatte sie gedacht, dass sie sich in dieser Phase irgendeiner Clique anschließen würde, die sie vielleicht hinführte, wo sie hin wollte. Von außen sah es so einfach aus, vor allem für ein Mädchen. Man drückt sich ein wenig am Rand herum, sie werden auf dich aufmerksam, man wechselt ein paar Worte, man lacht, man flirtet, raucht zusammen. Und schon ist man ein Teil von ihnen. Und dann legt man sich mit ihnen in irgendeinen Park oder auf ein Dach zum Schlafen.

Aber so kam es nicht. Nicht heute. Vielleicht morgen. Vielleicht auch nie. Sie würde es nicht schaffen, sich einfach jemandem anzuhängen. Sie zog die Knie an den Bauch. Die Gedanken krochen übereinander, stachen, bissen genau in die schmerzlichen Stellen. Vielleicht ist es auch meine Angst vor fremden Menschen, flüsterten ihre Gedanken. Vielleicht ist es nur wie immer; diese verdammte Schwierigkeit, mich zu integrieren, in einer Gruppe aufzugehen, mir eine gemeinsame Sprache anzueignen. »Nenn es ruhig Snobismus«, flüsterte sie plötzlich erregt in Dinkas Fell. »In Wahrheit ist es eine Armut. Glaubst du vielleicht, ich will es nicht? Ich kann nur nicht über meinen Schatten springen. Ich kann mich nicht unterordnen. Es geht einfach nicht. Als ob mit mir etwas nicht stimmt. Wie ein Legostein, der nicht zu den anderen Steinen passt. Am Ende bricht jedes Gebäude zusammen. Meine Familie, meine Freundschaften, einfach alles.«

Der Mann mit den roten, verzuckerten Äpfeln ging zum zehnten Mal vorbei und versuchte, ihr einen Apfel anzudrehen. Er war unermüdlich. Ein alter Mann mit einer Kippa und einem müden Lächeln. »Nimm einen Apfel, er kostet nur drei Schekel und ist gesund.« Sie lehnte dankend ab. Für einen Moment zögerte er und sah sie an. Was sah er? Was sah man, wenn man sie betrachtete? Ein kahl geschorenes Mädchen in einer Latzhose mit einem Rucksack, einem großen Kassettenrekorder und einem Hund. Vor den Mülltonnen wurde das Casino eröffnet: Ein ausgezehrter Mann in einer Dreiviertelhose und mit O-Beinen wie ein Seemann hatte einen Karton über eine Mülltonne gestülpt und mischte die Würfel in einem Pappbecher: »Wer setzt auf die Sieben? Wer geht auf sieben mal drei?« Ihre Einsamkeit ließ sie in sich zusammenfallen. Du gehörst zu niemandem mehr, quälte sie sich selbst. Nicht nach Hause, nicht zum Chor, nicht zu den besten Freunden, die du je hattest. Bald wirst du vollends von der Bildfläche verschwinden und niemand wird Notiz davon nehmen. Nein, nein, sie durfte jetzt nicht daran denken. Sieh nur, Dinki, ich denke gar nicht, dass sie wegen mir auf die Italienreise hätten verzichten sollen. Das ist es nicht. Auch wenn sie hier wären, könnten sie mir nicht helfen – sie grinste bei der Vorstellung, wie Idan auf dem Eisengeländer am Platz saß und jemanden umarmte: »Hi, Bruder, hi, man.« – Aber es war die Art, wie sie reagiert hatten, als sie es erfuhren, als ich versuchte, es ihnen zu erklären. Und wie ich auf einmal für beide – nur noch Luft war. Das waren die Worte, die ihr im Hals stecken blieben. Die Bratislaver Chassidim hatten eine andere Kassette aufgelegt. Jetzt spielten sie Trance-Musik, tanzten dazu wie wild gewordene Ziegenböcke und fuchtelten mit Händen und Beinen herum, die Bärte flogen in alle Himmelsrichtungen. Die Musik ließ den Boden unter ihr vibrieren. Der Platz begann sich zu drehen. Ein paar Jungen und Mädchen tanzten mit. Die Musik animierte sie. Tamar versuchte, sich den Schnellkurs des alten Albinos, den sie vor zwei Wochen im »U-Boot« getroffen hatte – er war mindestens vierzig – in Erinnerung zu rufen: »Trance läuft mit Chemie, mit LSD«, sein Hemd hatte bis zum Nabel offen gestanden und eine kahle, rote, buchstäblich gekochte Brust freigelegt, »und zu House nimmt man Ecstasy, denn die Scene ist high-class. Techno ist –« Sie hatte vergessen, was mit Techno war, und erinnerte sich hauptsächlich an seine schwammige Hand mit den Silberringen, die cool wirken sollten, an die Hand, die hartnäckig versucht hatte, an ihrem Schenkel hochzuklettern.

Die kleinen Kinder der Bratislaver Chassidim liefen begeistert zwischen den Tanzenden herum. Noch ein Mädchen kam auf Tamar zu. Sie setzte sich im Schneidersitz zu ihr und schwieg. Sie trug Jeans und einen weißen, selbst gestrickten Pulli, der sie ein wenig bieder aussehen ließ, aber ihre Turnschuhe waren zerrissen und ihre Pupillen geweitet. Tamar wartete ab. Vielleicht ist sie es. Vielleicht geht es jetzt los? »Darf ich?«, fragte das Mädchen schließlich mit dünner Stimme und begann, Dinka zu streicheln. Und Tamar wusste sofort, dass sie keine von ihnen war. Das Mädchen liebkoste Dinka lange und ausgiebig, atmete ihren Geruch ein, wobei sie sehnsuchtssüchtig summte. Einen wortlosen Augenblick war sie eins mit der Hündin. Dann stand sie schwerfällig auf und bedankte sich bei Tamar. Ihre Augen waren glasig. Tamar wusste nicht, ob vor Trauer oder Freude. Sie ging ein paar Schritte, dann machte sie kehrt: »Ich bin mal anschaffen gegangen, um meinen Hund auszulösen«, erklärte sie Tamar mit kindlicher, lang gezogener Stimme. »Ich machte hundert Schekel und hab damit sofort meinen Hund abgeholt, aber nach einer Woche ist er überfahren worden. Direkt vor meinen Augen.« Sie ging.

Tamar umarmte Dinka ängstlich. Hier wollte sie nicht eine Minute länger bleiben. Sie stand auf und machte sich auf den Weg, doch ihre Schritte waren langsam. Als sie die Mitte des Platzes erreicht hatte, blieb sie einen Augenblick möglichst auffällig stehen. Vielleicht passierte es jetzt. Jemand würde auf sie zukommen und ihr sagen, sie solle ihm folgen. Sie würde nichts fragen und nicht diskutieren. Sie würde seiner Aufforderung gehorsam nachkommen. Der Platz war voller Menschen, aber keiner schien sie wahrzunehmen. Vor dem Eisengeländer stand ein wenig gebeugt und vor sich hin murmelnd der lockige Junge, der Ex-Gitarrist, dem man die Finger gebrochen hatte. Sie kannte ihn aus seinem früheren Leben, als er in der Musikschule einmal eine Aufführung begleitete. Jetzt kam er fast jeden Abend her und drückte sich im Umfeld der Szene herum. Es hieß, dass er einmal, vor etwa anderthalb Jahren, das

Pik-Ass dieser Leute war, ein begabter Musiker, ihr Kassen-knüller, bis er begann, Schwierigkeiten zu machen und auszu-brechen versuchte. Als er bemerkte, dass sie ihn ansah, machte er, dass er wegkam. Seine Schultern berührten beinahe seine Ohren und Tamar seufzte, als sie daran dachte, dass Schaj dort sicher seinen Platz eingenommen hatte.

Sie verließ den hell erleuchteten lauten Platz. Sie atmete er-leichtert auf. In einem Hinterhof ging sie zwischen Stapeln von Bauholz in die Hocke und pinkelte. Dinka stand daneben und hielt Wache. Sie roch den warmen Dunst, der zwischen ihren Beinen hochstieg. Sie sah sich um und betrachtete die im Mondlicht bleichen Holzbohlen und die Müllberge. Der Lärm des Platzes drang bis hierher. Sie stand auf, zog sich die Hose hoch und widmete sich noch eine Weile dem bizarren Ort. Eine Fräsmaschine stand neben einem Betonmischer, sie sahen aus wie ein riesiges Insektenpaar. Wie konnte ein Hasenfuß wie ich sich nur auf so etwas einlassen?

Jetzt wollte sie sich nur noch hinlegen und schlafen. Ver-schwinden, auch vor sich selbst. Sie wünschte, sie könnte sich irgendwo waschen, diesen Tag von sich abspülen. Sie zögerte einen Augenblick: Lea hatte einen Schlupfwinkel für sie herge-richtet. Sie wusste, dass sie dort ein paar nette Überraschungen erwarteten – irgendein besonderer Leckerbissen, verpackt und warm gehalten, eine gute Tafel Schokolade zum Nachtisch und ganz bestimmt auch ein kleiner, witziger Brief und ein von Noiku gemaltes Bild. Etwas, das ihr ihre menschliche Gestalt zurückgeben würde. Aber Tamar hatte sich schon am Morgen entschieden, nicht hinzugehen. Alles, alles musste in ihrer Hand bleiben. Warum? Darum. Wie sagte Theodora immer: »Das ist zu hoch für dich.« Sie beschleunigte ihre Schritte. Ihre Lippen bewegten sich. Sie stritten mit ihr: Was spricht dage-gen, zu Leas Schuppen zu gehen? Keine Ahnung. Um Lea nicht mit reinzuziehen? Kein Kommentar. Oder um dich noch mehr davon zu überzeugen, dass es niemanden, niemanden auf der Welt gibt, auf den du dich verlassen kannst, außer dir selber?

Sie überquerte die King-George-Straße und ging um das hohe, verwahrloste Gebäude herum, in dem sich das Büro ihres Vaters befand. Die Straße war zum Glück menschenleer. Jetzt bewegte sie sich wie ein Roboter. Sie betrat das Gebäude, stieg die Stufen zum Kellergeschoss hinab und fand den Schlüssel, den sie über dem Sturz versteckt hatte. Sie öffnete die Eisentür. Dahinter warteten eine dünne Matratze und eine leichte Decke auf sie und noch etwas, über das sie sich lustig gemacht hatte, als sie es letzte Woche hergebracht hatte, und an das sie sich jetzt schmiegte, als könne es sie reinigen – ihr brauner Stoffbär mit dem abgerissenen Ohr, der seit ihrer Geburt jede Nacht bei ihr schlief.

Ein Schlüssel drehte sich im Schloss, Assaf sprang auf und setzte sich wieder auf die Bank. Der Polizist kam herein und registrierte Assafs erschrockene Reaktion. Assaf fühlte sich auf der Stelle schuldig. Mit dem Polizisten kam eine junge, hübsche Frau in Uniform. Sie nannte ihren Namen, Sigal oder Sigalit, er verstand sie nicht richtig und sie fügte hinzu, sie leite die Vernehmung, sie sei für Minderjährige zuständig, sie würde sich in Anwesenheit des Polizisten ein wenig mit ihm unterhalten. Sie fragte, ob man einen Erziehungsberechtigten informieren solle, damit der bei der Vernehmung anwesend wäre, und Assaf schrie erschrocken: »Nein!«

»Dann fangen wir jetzt an«, sagte die Frau freundlich. Sie sah wieder auf die Akte, die offen vor ihr lag, stellte Assaf ein paar allgemeine Fragen, notierte seine Antworten und klärte ihn ausführlich über seine Rechte auf. Nach jedem Satz, ob er oder sie ihn geäußert hatte, zog sie ihren Mund zu einem breiten Schlitz und Assaf fragte sich, ob sie Anweisung hatte zu lächeln. Schließlich sagte sie: »Vielleicht hören wir uns zuerst an, was Motti dir zu sagen hat?«

Der Fahnder, auf dessen Gesicht deutliche Abscheu über ihre

sanfte Methode lag, setzte sich ihr gegenüber, streckte die Beine aus und steckte den Daumen in den Gürtel: »Los«, brüllte er, »raus damit. Händler, Dealer, Menge, Stoff, Namen. Informationen will ich, kein Gesülze. Kapiert?«

Assaf sah die Frau an. Kapiert hatte er gar nichts.

»Antworte ihm bitte«, sagte die Polizistin, die sich eine Zigarette anzündete und darauf wartete, seine Aussage in die Akte notieren zu können.

»Was hab ich denn getan?«, fragte Assaf und schämte sich, weil sich seine Stimme zu einer Art Winseln duckte.

»Hör mal, du Hur...«, hob der Polizist an, doch die Frau räusperte sich und er leckte sich hektisch über die Oberlippe und schloss den Mund.

»Hör mir gut zu«, sagte er nach einer Weile, »ich bin seit sieben Jahren im Geschäft und es ist allgemein bekannt, dass ich ein fotografisches Gedächtnis habe. Und deinen stinkender Köter hab ich mir gemerkt. Es ist nicht ein Jahr her, nicht zwei Jahre, es ist erst weniger als einen Monat her. Es war ein Mädchen bei ihm, etwa fünfzehn, vielleicht sechzehn. Locken, schwarzes, dichtes Haar, etwa ein Meter sechzig, hübsches Gesicht.« Der Fahnder sprach nun hauptsächlich zu der Frau und versuchte sie zweifellos mit seinem Gedächtnis zu beeindrucken. »Ich hatte sie schon gepackt. Mitten in einem Deal mit dem Zwerg auf dem Zionplatz. Und wenn der Köter, dieser Drecks...«

Räuspern, Lippenlecken. Tiefes Durchatmen.

»Sieh dir das an!« Er krempelte sein Hosenbein hoch und legte eine muskulöse, haarige Wade frei, auf der eine Bisswunde, Nähte und Jod zu sehen waren.

»Bis auf den Knochen. Zehn Spritzen hab ich schon wegen deinem Miefköter gekriegt.«

Dinka bellte protestierend.

»Halt die Schnauze, Töle«, zischte der Polizist ihr zu.

»Aber was hab ich getan?«, versuchte Assaf es wieder. Auf einmal war er ganz unkonzentriert. Ein Meter sechzig? Das hieß, sie ging ihm bis zur Schulter. Schwarzes, lockiges Haar und ein hübsches Gesicht.

»Was hab ich getan, was hab ich getan?«, äffte der Polizist ihn spöttisch nach. »Du wirst gleich hören, was du getan hast: du, sie und der Hund, ihr steckt doch unter einer Decke. Bildest du dir ein, du hast es hier mit Schwachköpfen zu tun? Du rückst jetzt ihren Namen raus.« Er schlug laut auf den Tisch und Assaf sprang erschrocken auf.

»Ich weiß von nichts.«

»Du weißt von nichts.« Der Polizist ging durch den Raum und Assaf folgte ihm nervös mit den Augen. »Du bist einfach so über die Straße geschlendert, hast diesen Kläffer da gesehen, und der hat sich freundlicherweise bereit erklärt, mit dir spazieren zu gehen, ja?« Urplötzlich fiel er über Assaf her, packte ihn am Hemd und schüttelte ihn. »Rede, du Wichs...«

»Motti!«, schrie die Frau auf und der Kerl ließ los, warf ihr einen mürrischen Blick zu und verstummte, während die Wut weiter in ihm blubberte.

»Sieh mal, Assaf«, sagte die Frau gekünstelt, »wenn du wirklich nichts getan hast, warum bist du dann weggelaufen?«

»Ich bin nicht weggelaufen. Ich wusste gar nicht, dass einer hinter mir her ist.«

Der Polizist, dieser Motti, kicherte giftig: »Durch die halbe Stadt bin ich ihm auf den Fersen und jetzt stellt er sich blöd: Ich wusste gar nicht, dass einer hinter mir her ist!«

»Vielleicht«, übertönte die Vernehmerin den vor Wut kochenden Polizisten, »vielleicht sagst du uns jetzt, was du mit dem Mädchen zu tun hast? Was meinst du, Assaf?«

»Ich hab nichts mit ihr zu tun, ich kenn die überhaupt nicht«, schrie Assaf aus voller Kehle, sodass die Polizistin zum ersten Mal die Lippen spitzte.

»Wie kann das sein?«, fragte sie nach. »Du scheinst doch ein vernünftiger junger Mann zu sein. Willst du behaupten, der Hund ist dir zugelaufen und hat sich an die Leine nehmen lassen? Würde er das auch bei mir oder Motti machen?«

Sie zeigte auf Dinka, die sie zornig anknurrte. »Siehst du, es ist besser, du bleibst bei der Wahrheit.«

Die Wahrheit! Wieso hatte er nicht gleich daran gedacht! Vor lauter Angst, Stress und Demütigung wegen der Handschellen und vor allem – wegen eines Gefühls, das er aus anderen Situationen kannte, nämlich dass er, auch wenn er nicht wirklich schuldig war, eine gerechte Strafe für etwas bekam, von dem er nicht genau wusste, was es war, etwas, das er sicher irgendwann einmal angestellt hatte und für das er nun büßen musste ...

»In der Hemdtasche«, die Stimme versagte ihm und er versuchte es wieder, »in meiner Hemdtasche steckt ein Formular. Sehen Sie es sich an.«

Sie warf ihrem Kollegen einen Blick zu. Er nickte bestätigend. Sie suchte und fand das Papier.

»Was ist das?«, rief sie und las zweimal. Dann reichte sie es dem Polizisten. »Was ist denn das?!«

»Das ist Formular 76«, sagte Assaf und schöpfte Kraft aus seinen Worten. »Ich hab einen Ferienjob bei der Stadtverwaltung. Der Hund ist aufgegriffen worden und ich soll den Hundehalter suchen.« Zum Glück hatte er »Hundehalter« gesagt und nicht ausgeplaudert, wie er hieß, der lockige Hundehalter.

Die Frau drehte sich um und sah Motti an. Der kaute verbissen an seinen Lippen.

»Du rufst sofort bei der Stadtverwaltung an«, wies sie ihn an, »von diesem Apparat aus!«

Assaf gab ihnen die Nummer und riet ihnen, Abraham Danoch zu verlangen. Der Polizist wählte wütend. Es herrschte Stille. Assaf hörte Danochs grelle Stimme durch den Hörer.

Der Polizist sagte, er sei von der Jerusalemer Polizei und hätte Assaf in der Innenstadt mit dem Hund herumstreunend aufgegriffen. Danoch stieß sein bekanntes, knappes, bitteres Lachen aus und sagte ein paar Worte, die Assaf nicht verstand. Motti hörte zu. Er presste ein »Danke« durch die Lippen, legte den Hörer auf und starrte grimmig mit verkniffenem Mund an die Wand.

»Los, worauf wartest du noch«, zeterte die Polizistin. »Schließ sie ihm endlich auf!«

Der Polizist drehte Assaf unwirsch um und Assaf hörte das ersehnte Geräusch: das Klicken der sich öffnenden Handschellen.

Er massierte sich die Handgelenke, wie sie es immer in den Filmen machen. (Jetzt wusste er auch warum).

»Einen Augenblick«, sagte Motti. Er versuchte, seine Stimme hart klingen zu lassen, damit man ihm die Niederlage nicht anmerkte: »Hast du schon einen gefunden, der den Hund kennt?«

»Nein«, log Assaf ohne den geringsten Skrupel. Was auch immer sie getan hatte, er würde sie um keinen Preis ans Messer liefern.

»Hör mal, wir bedauern dieses Missverständnis außerordentlich«, sagte die Frau. Sie sah ihn nicht an. »Willst du vielleicht in der Cafeteria etwas trinken? Oder möchtest du jemanden anrufen? Deine Eltern?«

»Nein. Oder … doch. Ich möchte telefonieren.«

»Bitte«, sagte sie ausnahmsweise aufrichtig lächelnd. »Du musst die Neun vorwählen.«

Assaf wählte. Der Polizist und die Frau unterhielten sich währenddessen leise an der Seite. Dinka kam und stellte sich neben ihn. Ihre Schnauze berührte fast unmerklich sein Bein. Mit seiner freien Hand strich er ihr über den Kopf.

Jemand hob ab. Im Hintergrund war starker Lärm zu hören.

»Hallo«, schrie eine Stimme.

Assaf schrie zurück: »Nashorn?«

Der Polizist verließ den Raum. Die Frau starrte die Wand an, als höre sie nicht zu.

»Wer ist da? Assaf, bist du es?«, rief Nashorn und versuchte den Lärm der Maschinen zu übertönen. »Was geht bei dir ab, Mann?«

In dem Augenblick, in dem er ihn Mann nannte, fühlte Assaf, dass er im Begriff war zusammenzubrechen.

»Assaf, he, ich höre nichts! Assaf? Bist du noch dran?«

»Nashorn, ich … ich bin ein bisschen … Es ist was passiert. Ich muss mit dir reden.«

»Warte einen Moment.« Assaf hörte, wie er Rami, der bei ihm arbeitete, zurief, er solle einen Augenblick die Schleifmaschine abschalten.

»Wo steckst du?«, fragte Nashorn durch die neue Stille.

»Bei der Po… Es tut nichts zur Sache. Ich muss dich treffen. Kommst du ins Sima?«

»Jetzt gleich? Ich hab schon gegessen.«

»Ich nicht.«

»Warte, lass mal sehen.« Assaf hörte, wie er den Arbeitern Anweisungen gab. Assaf schnappte ein paar Worte auf, denen er entnahm, dass er Nashorn an einem stressigen Tag erwischt hatte. Dem Tag des Gusses. Er hörte zu, welche Aufträge Nashorn erteilte, und musste grinsen. Eine Herzl-Büste, eine Frau auf einem Schwan, drei große Buddhas und sechs israelische »Oscars«. »Okay«, sagte Nashorn, »in einer Viertelstunde bin ich da. Mach inzwischen keinen Quatsch. Ich komme.« Dann legte er auf.

Und schon begann der große Stein ein Stück von Assafs Herz zu rücken.

»War das ein Freund von dir?«, fragte die Frau herzlich.

»Ja. Nicht genau. Ein Freund meiner Schwester. Egal.«

Er hatte keine Lust, ihr die ganze komplizierte Geschichte zu erzählen. Sie begleitete ihn zum Ausgang und es war ein vollkommen anderes Gefühl, die Polizisten als freier Mensch zu passieren.

»Eine Frage«, sagte er, als sie sich draußen verabschiedeten, »Ihr Kollege hat behauptet, dass das Mädchen mitten in einem Deal war. Was hat er damit gemeint?«

Sie drückte den Ordner, den sie im Arm hielt, an die Brust. Sie sah nach rechts und nach links. Sie schwieg. Nun, da er frei war, bemerkte er, dass sie gar nicht schlecht aussah. Sie kann nichts dafür, dachte er. Sie macht nur ihren Job.

»Ich weiß nicht, ob wir darüber sprechen sollten«, sagte sie schließlich entschuldigend.

»Es ist wichtig für mich«, erwiderte Assaf ruhig und entschieden, »ich möchte wenigstens wissen, warum man mich verdächtigt hat.«

Sie vertiefte sich in ihre schwarzen Schuhspitzen. »Es hat mit Drogen zu tun«, sagte sie schließlich. »Sie hat in der Innenstadt Drogen gekauft. Und wie es aussieht, nicht wenig. Aber ich hab nichts gesagt, okay?«

Sie machte kehrt und ließ ihn stehen.

Assaf ging an dem Pförtnerhäuschen vorbei in Richtung Yafo-Straße. Seine Schritte waren langsam und er dachte langsame Gedanken. Alles in ihm war gebremst, nahezu erstarrt. Der lange Lauf am Morgen, Theodoras Geschichte und die leichte Erregung, die winzigen Hoffnungen, die ab und zu n ihm aufgekommen waren. Seine lächerlichen Illusionen. Er fühlte sich, als habe ihm jemand eine Faust in den Bauch gerammt. Manchmal passierte ihm so etwas beim Fotografieren: Er nahm einen Menschen auf, der auf einer Bank saß, ohne zu bemerken, dass hinter ihm ein Strommast stand. Erst beim Entwickeln entdeckte er dann den Mast, der aus dem Kopf des Mannes wuchs.

Und was für ein Mast! Dinka kam näher und rieb sich vorsichtig an seinem Schenkel, es sah beinahe so aus, als schäme sie sich wegen ihrer Komplizenschaft mit Tamar. »Dinka«, sagte er leise, damit nur sie es hörte, »wie passt das zu ihr ... Was hat sie damit zu tun ...?«

Von seinen Worten wurde ihm die Kehle bitter. Er trat so fest er konnte auf eine leere Bierdose. In seiner Klasse rauchten schon viele und fünf waren sogar auf frischer Tat ertappt worden, wie sie auf dem Klo Haschisch rauchten. Ständig gab es Gerüchte über andere, die nicht erwischt worden waren. Und es gab welche, die zu Trance-Partys in den Ben-Shemen-Wald oder an den Nitsanim-Strand gingen und in einer neuen Sprache zu sprechen begannen. Manchmal beschlich ihn der Verdacht, dass alle um ihn herum mehr oder weniger Erfahrungen in dieser Richtung hatten. Vielleicht sogar Roi, der schon seit zwei Jahren qualmte. Assaf wollte damit nichts zu tun haben. Er wollte nichts davon wissen. Der Gedanke war ihm unangenehm, dass Freunde, die er seit dem Kindergarten kannte, so etwas taten. Und nun Tamar, die er nicht kannte und die er doch ein wenig kannte –

»Nein, erklär es mir so, dass ich es verstehe.« Er ging weiter, kochte auf einmal vor Wut und fauchte Dinka an – es schien ihm, dass ihr diese Art von Straßenmonolog nicht fremd war: »Wie kann es sein, dass eine wie sie Drogen nimmt und dann noch in großen Mengen?« Was weißt du überhaupt von ihr?, antwortete er sich selbst. Du hast kaum etwas über sie gehört und schon warst du dir sicher, dass sie dir ähnlich ist? Wie immer hast du dir sofort eine kleine Geschichte über sie und dich zusammengereimt, stimmt's?

Dinka ging mit gesenktem Kopf und hängendem Schwanz. Wie sie so über den Bürgersteig schlichen, wirkten sie wie eine Trauergemeinde. Die Schnur zwischen ihnen schleifte über den Boden. Assaf öffnete die Hand und ließ die Leine los, aber Dinka blieb stehen, als könne sie es nicht fassen, wie über sein Vorgehen entsetzt, über die Absicht, die dahinter steckte, und Assaf bückte sich auf der Stelle und nahm sie wieder auf.

Schwerfällig und geschlagen ging er Richtung Markt ins Restaurant »Sima«. Mit dem Rest Willenskraft versuchte er, sich an das Bild von Tamar zu krallen, wie sie auf dem Fass stand und die Geschichte vom Riesen und seinem Garten erzählte. Je mehr Mühe er sich gab, desto mehr fühlte er, wie sie sich von ihm entfernte, dass er nicht in der Lage war, sich in sie hineinzuversetzen, dass er im Grunde gar nichts mehr mit ihr zu tun haben wollte.

Aber etwas an diesem Gedanken quetschte ihm das Herz zusammen. Vielleicht wegen Dinkas Blick, als er kurz zuvor die Schnur losgelassen hatte. Vielleicht weil er spürte, wenn er sich jetzt ausklinkte, das heißt, wenn er zur Stadtverwaltung zurückginge, Dinka zurückbrachte und Danoch berichtete, dass er es versucht und dabei Prügel eingesteckt habe und sogar verhaftet worden sei und dass er die Nase voll habe – wenn er das tun würde, würde er nicht nur auf die Möglichkeit verzichten, sie einmal zu Gesicht zu bekommen, diese Tamar, sondern dann könnte man sogar sagen, dass er sie im Stich ließ.

Auch an ihrem zweiten Tag auf der Straße geschah nichts. Dreimal sang sie in der Fußgängerzone und einmal am Eingang zum Klal-Gebäude und zwei weitere Male am Zionplatz, der tagsüber so anders und beinahe heiter wirkte. Aus der Menge begannen sich Gesichter abzuzeichnen: die Ladenbesitzer, die sie schon kannte, der Mann aus dem Saftladen, der ihr ein großes Glas Mango-Pfirsich-Saft rüberschickte und behauptete, von ihrem Gesang würden seine Früchte saftiger; die Soldatinnen, die schon auf sie warteten, der Russe mit dem Akkordeon, der ihr von seinem Konservatorium erzählt und sie gebeten hatte, sie solle mit ihrem Auftritt warten, bis er mit seinem Stück fertig war, denn sie bringe ihn um seinen Lebensunterhalt.

Nach ein paar Dutzend Darbietungen wusste sie nicht nur, wie sie zu singen hatte, sondern auch was. »Sixteen Going on Seventeen« aus dem Musical über die Trapp-Familie, das sie immer zu süßlich und schmalzig gefunden hatte, aber das die Leute hier gern hörten, denn es erntete viel Applaus und brachte Geld ein. Genauso das gute alte »Leaving on a jet plane« von Peter, Paul and Mary. Also sang sie diese Lieder immer wieder und ergänzte sie mit warmen, melancholischen Chansons. Als sie es dagegen einmal wagte, auf dem Vorplatz der alten Knesset die Arie der Barbarina aus »Figaros Hochzeit« zu singen, ihr Glanzstück beim Vorsingen, gingen die Menschen mittendrin weg, manche lachten ihr ins Gesicht und einige Jugendliche stellten sich hinter sie und äfften sie nach. Dennoch sang sie bis zum Schluss, obwohl die Zuhörer sich einer nach dem andern aus dem Publikum lösten wie Früchte aus einer Traube. Jeder, der ging, versetzte ihr einen kleinen Stich der Kränkung – als wäre sie nicht gut genug für ihn gewesen. Doch dann führte sie eine kurz angebundene, strenge Diskussion mit sich selbst (im Grunde mit Idan), ob sie sich um jeden Preis selbst treu bleiben oder sich dem Geschmack des Publikums anpassen sollte – »vor dem Mob kapitulieren«, korrigierte Idan –, und sie beschloss, dass man für ihren bestimmten Zweck ein paar Kompromisse eingehen, ein wenig flexibler sein (er trommelte mit seinen schlanken, blassen Fingern auf den Tisch, sah konzentriert in die Höhe und sagte nichts) und es sogar genießen durfte. Warum nicht?

In der Nacht schlief sie wieder in dem Luftschutzbunker. Diesmal war sie um ein Haar der Versuchung erlegen, in Leas Schuppen zu gehen, der sich ihr wie ein Palast voller Delikatessen, Springbrunnen, in denen man sich waschen konnte, und feinsten Seidenlaken auszumalen begann. Aber sie wusste, dass die Chance bestand, winzig, aber größer als am Vortag, dass der Jäger ihr auflauerte, er oder einer seiner Gehilfen. Es war denkbar, dass man sie heute Morgen singen hörte und dem Chef Bericht erstattet hatte, der den Auftrag erteilt hatte, herauszufinden, wer genau sie war und mit wem sie sich herumtrieb, mit wem sie sprach und ob sie nicht doch für die Polizei arbeitete.

Und wegen dieses winzigen Risikos suchte sie auch in der zweiten Nacht den schmutzigen Bunker auf und die Kakerlaken, die dort die ganze Nacht herumflitzten. Sie lag wach und dachte nach. Wanderte von Stadt zu Stadt über die Karte Italiens. Zählte mit den Fingern die Tage und wusste, dass morgen ihr Tag war. Sie hörte das Kriechen der Beinchen an den Wänden und auf dem Fußboden um sie herum und kämpfte mit aller Kraft gegen die Wellen des Selbstmitleids an, die sie zu überfluten drohten. Es gibt Situationen im Leben, erinnerte sie sich verbittert, in denen jeder Mensch auf sich gestellt ist. Bis zum frühen Morgen machte sie kein Auge zu.

»Sie im Stich lassen?«, brummte Nashorn mit vollem Mund. »Was heißt, sie im Stich lassen, du kennst sie doch gar nicht!«

»Ein bisschen kenn ich sie schon ...«

Assaf senkte das Gesicht über seinen Teller mit gefülltem Gemüse, damit Nashorn nicht sah, wie er plötzlich die Farbe wechselte.

»Ich fass es nicht«, stieß Nashorn hervor, »deine Eltern lassen dich zehn Minuten allein und schon fängst du mit Weibergeschichten an.«

»Tu ich nicht!«

Die Leute am Nachbartisch unterbrachen ihre politischen Debatten und sahen zu ihnen herüber.

»Tu ich nicht!«, flüsterte Assaf wütend.

Nashorn lehnte sich zurück und sah Assaf prüfend und mit neuer Bewunderung an. »Assaf«, sagte er, »du wirst dich bald rasieren müssen.«

»Wie kommst du darauf?«, sagte Assaf, fuhr sich hektisch über die Wange und fühlte den Flaum. »Das hat noch Zeit.«

»Aber wie gehen wir in dieser Angelegenheit vor?«, fragte Nashorn und machte sich daran, die Fleischstücke von seinem Schaschlikspieß zu streifen. Assaf sah ihm zu und dachte an Rellis Theorie, dass man bei jeder Mahlzeit nicht mehr als sechs »Münder voll« zu sich nehmen sollte, weil der Magen nach diesen sechs gesättigt sei, was jeden weiteren Bissen überflüssig mache und an Völlerei grenze. Nashorn langte für ein zweites Mittagessen wahrlich tüchtig zu.

»Ich werde weiter dem Hund hinterherlaufen«, sagte Assaf, »vielleicht finden wir sie irgendwann.«

»Eine Drogensüchtige, Assafi.« Nashorn sprach schwerfällig. Warf jedes Wort wie einen Zementsack in den Raum.

»Ich weiß. Aber –«

»Sie ist nicht einfach ein Mädchen, das hin und wieder kifft –«

»Ja schon, aber –«

»Sie ist eine, die sich bei den Dealern in der Stadt ihren Stoff besorgt. Tabletten, hast du gesagt, oder?«

»Ich weiß es nicht, woher soll ich das wissen? Ich versteh nichts davon.«

»Und was machst du, wenn du sie tatsächlich findest? Glaubst du, du sagst ihr, sie soll aufhören, und sie tut es?«

»Darüber hab ich mir noch keine Gedanken gemacht!«, sagte Assaf, der sich wand wie ein Aal. »Ich will ihr nur ihren Hund bringen. Das ist mein Job, oder etwa nicht?« Er versuchte vergeblich eine amtliche Miene aufzusetzen. Dinka lag neben ihnen, die Zunge hing ihr aus dem Maul und ihre Augen gingen zwischen den beiden hin und her.

»Hör mal«, Nashorn beugte sich über den Tisch und unterstrich seine Worte mit einer Ecke Fladenbrot in der Hand, »bei mir in der Werkstatt arbeiten zwei, die davon los sind. Weißt du, was das heißt, davon los sein? Es bedeutet, wenigstens dreimal clean gewesen und wieder rückfällig geworden zu sein und wieder clean und wieder rückfällig. Und jedes Mal ein Mordsaufstand und Rückschläge und immer wieder ein neuer Entzug, Chaos, Polizei, Erziehungsheime, und bis jetzt, bis zu diesem Moment bin ich mir nicht hundert Prozent sicher, dass sie es wirklich geschafft haben.« Das Fladenbrot wedelte vor Assafs Augen hin und her. Er rieb sich kräftig die Schläfen. Ihm wurde heiß. Nashorn hatte Recht. Es war das Beste, die Finger von der Sache zu lassen. Aber das Mädchen auf dem Fass. Wie sollte er auf sie verzichten?

»Assaf, hör auf mich. Vergiss sie und hör auf, von ihr zu träumen. Du hast keine Ahnung, was es bedeutet, bis ein Süchtiger wirklich davon los ist.« Nashorn legte Fladenbrot und Gabel aus der Hand und rieb sich die wuchtigen Pranken: »Ich kenn diese Geschichten von Kindesbeinen an. In unserem Viertel war die Hälfte aller Kids ständig auf Droge. Weißt du, was auf Turkey sein ist?«

»Ich hab davon gehört. Ich weiß es nicht richtig.« Alles, was Nashorn sagte, deprimierte Assaf und auch der plötzliche Redeschwall war ungewöhnlich für ihn. Gewöhnlich war er ziemlich maulfaul. Nashorn schnallte sich den Gürtel auf, um dem Essen und dem tiefen Atemzug, den er nahm, Platz zu schaffen. »Auf Turkey sein ist das, was in den ersten Entzugstagen passiert. Kannst du mir folgen? Ich spreche von den ersten vier, fünf Tagen. Wenn der Körper anfängt, vor Schmerz zu brüllen, weil er keinen Stoff mehr bekommt.« Er beugte sich wieder vor und redete leise mit zusammengekniffenen Augen. »Es ist, wie wenn man dich einen Monat lang hungern und dursten lässt. Es zerreißt einen von innen. Du hast noch nicht gesehen, wie ein Mensch grau wird und schwitzt, während seine Hände und Beine zucken –«

Während Nashorn sprach, schüttelte Assaf den Kopf, als versuche er die Worte von sich abzuschütteln.

»Was sagst du?«, fragte Nashorn, als er seine Rede beendet hatte. »Gibst du dich geschlagen?«

Assaf trank seine Cola in großen Zügen. Er stellte das Glas ab, ohne Nashorn anzusehen. Er brachte es einfach nicht über die Lippen.

Nashorn sah ihn verdutzt an. Sein breiter Brustkorb stieß die in ihm enthaltene Luft aus. »Verstehe«, sagte er seufzend. »Die Lage ist ernst.« Er nahm einen Bissen und hielt inne. Zwischen seinen Fingern wirkte die Gabel wie Kinderbesteck. Assafs Mutter, eine Expertin in Sachen Hände, behauptete, Nashorn habe die männlichsten Hände, die sie je gesehen habe.

»Und du«, wagte Assaf sich vor, »hast du nie was genommen?«

»Nie.« Nashorn lehnte sich zurück und der Stuhl knarrte.

»Ich war nahe dran, aber nein. Ich, ich hatte eine andere Sucht, du weißt schon.«

Und er erzählte Assaf zum x-ten Mal, aber es hatte etwas Vertrautes und Beruhigendes, wie er in seiner Kindheit, seit er sechs Jahre alt war, samstags mit seinem Vater zur Synagoge ging und sich sofort aus dem Staub machte, zu dem Baum neben dem Fußballstadion lief und dort von neun Uhr morgens an wartete, bis zum Anpfiff des Spiels um halb drei.

»Ich hab mir das Spiel angesehen, bin heimgelaufen, wurde von meinem Vater ordentlich vermöbelt und begann, auf den kommenden Samstag zu warten.« Assaf stellte sich ihn zwischen dem Laub des Baumes vor, klein und vor Aufregung glühend, und schmunzelte.

»Verstehst du?«, lachte Nashorn. »Heute denke ich, vielleicht hat das Spiel mich nicht so interessiert wie das Warten an sich. Fünf Stunden in dem Baum zu kauern und zu denken, gleich passiert es, jeden Moment ist es so weit. Darum ging es mir, das war meine Droge. Sobald das Spiel abgepfiffen wurde, fühlte ich mich leer, bis zur nächsten Woche. Aber wie sind wir überhaupt darauf gekommen?«

Assaf grinste: »Wie von selbst.«

»Gut, das reicht«, sagte Nashorn und Assaf hatte das Gefühl, dass er nur die Taktik änderte, »tut mir Leid, dass ich dich so hart angefahren habe. Als hätte diese Pfeife mit den Handschellen nicht schon genügt.«

Sie aßen noch ein wenig schweigend weiter. Nashorn stopfte große Mengen in sich hinein und trank dazu Wasser, aß und trank. Assaf vertilgte alles, was auf seinem Teller lag. Langsam beruhigten sie sich. Dann sahen sie einander an, satt und zufrieden, und lächelten. Normalerweise lief es am besten schweigend zwischen ihnen.

»Was erzählen die Alten?«, fragte Nashorn.

Assaf berichtete, dass sie gestern nicht angerufen hätten, aber es heute bestimmt tun würden.

»Ich wüsste gerne, ob deine Mutter —«

»– mit der Klotür im Flugzeug zurechtkam«, ergänzte Assaf und beide lachten. Sie hatte zu Hause mit dem Griff der Spülmaschine geübt. Nashorn hatte ihr gesagt, es sei das gleiche Prinzip, und ihre tiefe Besorgnis über die Tür wurde zu einem Familienwitz.

»Willst du damit sagen, dass du noch nichts von ihnen gehört hast?«, fragte Nashorn wieder und suchte irgendetwas in Assafs Augen.

»Nein, wirklich nicht.«

»Aha.«

Nashorn gefiel die Idee dieser Reise nicht. Er hatte den Verdacht, dass man ihm nicht die ganze Wahrheit gesagt hatte.

»Und Relli, was ist mit ihr?«, fragte er beiläufig.

»Ich glaube, alles okay.« Assaf bedauerte, dass er mit dem Essen fertig war und keinen vollen Teller hatte, auf den er sich konzentrieren konnte.

»Kommt sie mit ihnen zurück oder nicht?«

»Ich hoffe, sie kommt. Keine Ahnung. Vielleicht.«

Nashorn sah ihm forschend ins Gesicht, suchte nach einem Hinweis, aber da war nichts, was Assaf ihm hätte zeigen können. Er hatte selbst den starken Verdacht, dass in dieser Reise ein Geheimnis verborgen lag, das man ihm wegen seiner engen Beziehung zu Nashorn vorenthielt. Allzu leichten Herzens hatten sie ihn zurückgelassen und mit der versprochenen Canon bestochen.

»Denn ich«, Nashorn zündete sich eine Zigarette an und zog lustvoll daran, »die ganze Zeit hab ich so ein Gefühl.«

»Nein, nein«, sagte Assaf eilig, »du wirst sehen, dass alles gut wird.« Er erinnerte sich an die lange Zeit, in der Nashorn das Rauchen aufgegeben hatte, weil Relli es so wollte, und er wusste, dass diese Zigarette ein weiteres böses Omen war: »Mach dir keine Sorgen, sie fliegen hin, sprechen mit ihr und sie kommt zu uns zurück.«

»Zu uns« galt natürlich auch für Nashorn. Hauptsächlich für ihn.

»Sie hat dort einen gefunden«, sagte Nashorn mit seinem tiefen Bass und blies den Rauch nach oben. »Irgendeinen amerikanischen Schlappschwanz hat sie gefunden. Sie wird dort bleiben. Ich sag's dir. So etwas spür ich in den Knochen.«

»Das tut sie nicht«, sagte Assaf.

»Ich mach mir was vor.« Nashorn zerquetschte brutal die Zigarette, die er nur zu einem Viertel geraucht hatte. An der Menge Worte, die er während des Essens zum Besten gegeben hatte, sah Assaf, dass Nashorn sich in einem Ausnahmezustand befand. Es war ihm peinlich, Nashorn in seiner gesamten Größe und Stärke zu sehen, wie er solch eine Hilflosigkeit an den Tag legte, und Assaf verstand mit einem Mal, dass Nashorn sich nicht mehr im Griff hatte: »Sieh mich an, wie viele Jahre ich mir nun schon Illusionen mache«, sagte Nashorn bedächtig, als genieße er es, sich selbst wehzutun. »Du siehst ja selbst, was Liebe ist.«

Und beide schwiegen erschrocken. Assaf fühlte, wie das Wort, das Nashorn einfach so in den Raum geworfen hatte, ihm eine Brandblase verursachte, vielleicht weil es nie, kein einziges Mal, in ihren bisherigen Gesprächen gefallen war.

Und aus heiterem Himmel war es da, das Wort, zappelte wie eine lebendige Kreatur, ein Küken, das von Nashorns Schoß gefallen war und das jemand aufheben musste.

»Dieses Mädchen«, murmelte Assaf ohne nachzudenken, »das von dem Hund, hat eine Freundin, eine Nonne, die schon fünfzig Jahre –«, und er verstummte, denn er fühlte, dass es ein wenig unsensibel war, so über seine eigenen Angelegenheiten zu sprechen, während Nashorn sich vor ihm verzehrte. »Du wirst sehen, sie kommt zurück«, sagte er mit einer seltsamen Schwäche, denn was sollte er sonst noch sagen, außer ein und dieselben Worte ständig wie ein Gebet oder einen Schwur zu wiederholen: »Wo sollte sie noch einen wie dich finden? Auch meine Eltern sagen das, das weißt du ja.«

»Ja, wenn es nur an deinen Eltern läge …« Nashorn schüttelte langsam den Kopf. Dann straffte er sich der ganzen Länge nach. Er sah an die Decke, nach den Seiten und seufzte. »Sieh mal, dein Hund pennt«, sagte er.

Tatsächlich war Dinka eingeschlafen. Während des Essens hatte Assaf ihr Fleisch und Pommes unter den Tisch geschmuggelt. »Normalerweise dürfen Hunde hier nicht rein«, hatte der Kellner zu Nashorn gesagt, »aber für Herrn Zachi . . .« Assaf und Nashorn blieben sitzen, redeten über Gott und die Welt und entfernten sich von dem, was zuvor zwischen ihnen stattgefunden hatte. Nashorn erzählte von der neuen Plastik, die heute gegossen wurde, von jenem berühmten, aber bekloppten Bildhauer, der sich mit allen Gießereien im Land verkracht hatte und der sich auch mit Nashorn jedes Mal in die Wolle kriegte, hin und wieder bis zur Schlägerei. Bei jeder Plastik war es das Gleiche, aber wenn er nach einem Jahr wieder in die Gießerei kam und mit einem schiefen Lächeln sagte, dass er eine neue Arbeit habe, brachte Nashorn es nicht fertig, ihn abzuweisen. »So sind Künstler nun mal«, lachte Nashorn, »du kannst nicht mit ihnen diskutieren, das können sie selbst nicht mal. Sie haben keinen Gott. Sie erhalten ihre Befehle nur aus ihrem Innern. Soll man sich vielleicht mit so jemandem anlegen?« Sein Lachen erlosch schnell, vielleicht dachte er daran, dass ein Goldschmied auch ein Künstler war.

Die Menschen an den umliegenden Tischen standen auf. »Einen türkischen Kaffee, Herr Zachi?«, fragte der Kellner. Nashorn bestellte zwei.

»Nein«, sagte Nashorn, als die kleinen Tässchen kamen, »du hast es immer noch nicht gelernt. So trinkt man den –«, und er schlürfte pfeifend den Kaffee. Seine Lippen, die wülstig und beinahe violett waren, spitzten sich wie zu einem Kuss. Assaf versuchte es ihm gleichzutun, aber er sog nichts als Luft ein. Nashorn lächelte. Assaf sah ihn an. Es ist dieses Lächeln, dem keine Frau widerstehen kann, meinte seine Mutter immer und ärgerte sich, dass nur ihre dumme Relli immun dagegen war. Stein, Stein, ein Herz aus Stein.

»Was werden wir nun in der Angelegenheit unternehmen?«,

sagte Nashorn und zeigte auf Dinka. »Du hast nicht die Absicht, auf die Kleine zu verzichten, oder?«

»Ich werde noch bis heute Abend mit dem Hund durch die Stadt laufen. Dann sehen wir weiter.«

»Warum nicht bis morgen?«, lächelte Nashorn. »Oder bis du sie findest, was?«

Assaf zuckte die Achseln. Nashorn sah ihn lange an und zog seine Wangen in die Mundhöhle. Im Golfkrieg hatte er ein Puzzle der Schweizer Alpen mit zehntausend Teilen gekauft und es Relli und ihren Eltern gebracht, um den Abendstunden zwischen den Sirenen ein wenig die Anspannung zu nehmen. Als Erste hatte Relli das Handtuch geworfen, schon am ersten Abend. Zwei Tage nach ihr gab Assafs Mutter auf, die behauptete, ihr seien sogar Sadam Husseins Raketen lieber als diese Schweizer Folter. Sein Vater machte noch eine Woche lang weiter, Nashorn noch einen Monat lang, aus Prinzip, und er hörte erst auf, als er den Verdacht hegte, eine leichte Farbenblindheit zu entwickeln, vor allem, was die verschiedenen Schattierungen von Blau anbelangte. Assaf, der noch keine acht Jahre alt gewesen war, hatte das Puzzle eine Woche nach Kriegsende fertig gestellt.

»Hör mir zu.« Nashorn dachte einen Augenblick nach. Er fummelte an der Kette mit seiner Armee-Kennnummer herum, die um seinen Hals hing. Die Säume seines Unterhemds waren grün vom Staub oxydierter Bronze. »Mir gefällt es nicht, dass du so durch die Stadt rennst. Deine Eltern machen mir die Hölle heiß, wenn dir auch nur ein Haar gekrümmt wird. Stimmt's?«

»Stimmt.« Assaf wusste, dass auch Nashorn es sich nie verzeihen würde, wenn ihm etwas passierte.

»Bis jetzt hast du Schwein gehabt und bist nur einem sadistischen Bullen in die Hände gefallen. Das nächste Mal kann es anders ausgehen.«

»Aber ich muss sie suchen«, wiederholte Assaf stur und dachte bei sich: sie finden.

»Pass auf, was wir machen.« Aus seiner verdreckten Latzhose zog Nashorn den roten Textmarker, mit dem er die Plastiken markierte. »Ich schreib dir meine Handynummer und meine Nummern zu Hause und in der Werkstatt auf.«

»Die kenn ich.«

»Sie sollen aber alle auf einem Zettel stehen. Hör mir gut zu, sag später nicht, du hättest es nicht gehört: Wenn du das geringste Problem hast, das geringste, was auch immer es ist – jemand setzt dir zu, jemand folgt dir im Abstand von einem halben Meter oder eine Visage gefällt dir nicht, gehst du sofort zur nächsten Telefonzelle, versprichst du mir das?«

Assaf machte ein Gesicht, das sagen sollte: Bin ich denn ein Baby?, aber in seinem Innern hatte er nicht wirklich etwas dagegen.

»Hast du eine Telefonkarte?«

»Meine Eltern haben mir fünf, sogar sieben dagelassen.«

»Hast du eine bei dir, meine ich?«

»Nein.«

»Nimm die hier. Genier dich nicht, mich auszunehmen. Wer zahlt eigentlich das Essen?«

»Machen wir es wie immer?«

Sie schoben die Teller beiseite und stemmten die Unterarme gegeneinander. Assaf war stark, er machte jeden Tag – in zwei Runden – hundertzwanzig Liegestütze und hundertvierzig Bauchübungen. Jetzt stöhnte und keuchte er, er hatte gegenüber Nashorn noch immer keine Chance.

»Aber es wird schwerer«, sagte Nashorn ritterlich und zahlte die Rechnung. Sie standen auf und gingen. Dinka lief zwischen ihnen und Assaf genoss im Stillen diese Dreierkombination, er, Nashorn und sie. Vor dem Restaurant kniete Nashorn sich auf den schmutzigen Bürgersteig und sah Dinka in die Augen. Sie sah ihn kurz an und wendete den Blick ab, als sei er ihr zu nah gekommen – zu viele Gefühle.

»Wenn du die Kleine nicht findest, bringst du den Hund zu mir. Er ist gescheit und in meinem Hof wird er nicht allein sein.«

»Und was ist mit dem Strafzettel …?«

»Den übernehm ich. Soll der städtische Veterinär ihm lieber eine Spritze geben?«

Dinka streckte die Zunge raus und leckte ihm über das ganze Gesicht.

»He, he«, lachte Nashorn, »wir kennen uns doch kaum.«

Er stieg auf sein Motorrad. »Wohin gehst du jetzt?«, fragte er näselnd, denn der Helm quetschte ihm für einen Augenblick die Nase ein.

»Wohin sie will.«

Nashorn sah ihn an und lachte herzlich. »Was soll ich sagen, Assafi, so ein Satz aus deinem Mund … Der Hund hat Erfolg, wo deine Eltern und Relli versagt haben. ›Wohin sie will‹ … Es geschehen noch Zeichen und Wunder!« Er ließ das Motorrad mit einem lauten Dröhnen an und die Straße vibrierte. Er fuhr mit einem ausgestreckten Bein los, winkte und weg war er.

Auf einmal waren sie wieder allein, Dinka und Assaf.

»Was nun, Dinka?«

Sie sah Nashorn nach, bis er gänzlich verschwunden war. Dann schnupperte sie. Vielleicht wartete sie, dass sich der Benzingestank verflüchtigte. Sie drehte sich um. Stand mit gestreckten Beinen da, reckte den Hals und hob die Schnauze witternd in die Luft. Ihre Ohren richteten sich ein wenig nach vorne, in Richtung auf etwas, das hinter den die Marktstraße säumenden Häusern lag. Assaf verstand ihre Gesten allmählich.

»Wuff!«, bellte sie und trabte los.

Am dritten Tag ging Tamar wieder müde und mit nach der schlaflosen Nacht im Luftschutzbunker schweren Beinen auf die Straße, bevor die Büros in dem Gebäude, das ihr als Versteck diente, geöffnet wurden. In der Konditorei Dell arte kaufte sie für sich und Dinka ein Frühstück, das sie auf einem leeren Schulhof verspeisten. Tamar tat Dinka Leid, die völlig verwahrlost aussah. Der Glanz ihres Fells war erloschen, die goldenen Wellen waren verschwunden. Arme Dinki, ich habe dich, ohne dich zu fragen, in diese Lage gebracht. Und du vertraust mir blind. Ich wünschte, ich wüsste selbst genau, was ich hier tue und wohin das alles führt.

Aber als sie vor ihrem Publikum stand, schöpfte sie neue Energie.

Sie sang in der Lunz-Straße und die Leute, die sich um sie versammelt hatten, wollten sie gar nicht gehen lassen und baten um mehr und mehr. Ihre Augen funkelten: Von einem Auftritt zum nächsten verstärkte sich in ihr der bekannte Drang – sie hätte nicht gedacht, dass er selbst hier auf der Straße mit einer solchen Wucht erwachen würde –, die Zuhörer zu fesseln, sie vom ersten Ton an für sich zu gewinnen. Unverzüglich, wie könnte es anders sein, hörte sie in ihrem Innern Adis und Idans Aufschrei: Ein Kunstwerk muss sich langsam entwickeln, es muss reifen, Instant-Kunst gibt es nicht! Und sie dachte, dass die beiden keine Ahnung hatten, wovon sie sprachen, denn hier gab es keine goldenen Lüster und samtene Wände. Niemand würde hier warten, bis sie »reif« war: Die Straße war voller Verlockungen, die die Passanten ebenso stark anzogen wie sie selbst; alle zwanzig Meter stand jemand mit einer Geige, einer Flöte oder mit Fackeln, die in die Luft geschleudert wurden, und alle waren sie wie sie selbst darauf versessen, gehört, entdeckt, geliebt zu werden; und dazu kamen noch hunderte von Ladenbesitzern, fliegende Händler, Falafelanbieter und Kebab-Bräter, Verkäufer und Kioskinhaber, Kellner in den Cafés, Losverkäufer und Bettler, und jeder von ihnen schrie beharrlich, verzweifelt und tonlos: »Kommt zu mir, nur zu mir!«

Auch im Chor gab es Machtkämpfe, Neid und Konkurrenz über die besten Rollen, und wann immer die Leiterin einem Sänger ein Solo zuteilte, meldeten sich drei, die ihren Austritt aus dem Chor verkündeten. Doch mit einem Mal, im Vergleich zur Straße, kam ihr das kindisch vor. Gestern beispielsweise,

als sie bemerkt hatte, dass der Kreis um die drei Irinnen mit
den silbernen Flöten größer war als der um sie selbst, hatte die
Eifersucht ihr einen viel heftigeren Stich versetzt, als sie ihn
damals empfunden hatte, als Atalia von der Manhattan School
of Music in New York aufgenommen worden war.

Und heute? Als sie sich graziös vor den erfreuten Augen der
Zuhörer verbeugte, vor den Händen, die ihr begeistert applaudierten, wusste sie, dass sie dieses Spiel nach den hiesigen Regeln spielen musste und mutig, faszinierend und wie für die
Straße geschaffen um ihr Publikum kämpfen wollte. Die Erkenntnis, dass die Straße eine permanente Kampfarena war,
dass unter der fröhlichen, bunten, zivilisierten Schale ein
Krieg auf Leben und Tod geführt wurde, erregte sie und sie begriff, dass sie sich, wenn sie hier überleben wollte, unwiderruflich von ihrem delikaten Sinn für Ästhetik verabschieden und
wie eine Stadtguerillakämpferin vorgehen musste. Und darum
verließ sie die Lunz-Straße und stellte sich ins Zentrum der
Fußgängerzone. Innerlich zwinkerte sie Halina zu, die im-
merzu jammerte, in ihr stecke kein Tröpfchen von dem Ehr-
geiz, den jeder Künstler brauche, und dass sie verwöhnt sei
und sich weigere, sich ihre Position zu erkämpfen, und jeder
Herausforderung aus dem Weg gehe, und nun sieh mich an,
wie ich im Zentrum der Galaxis stehe, hättest du mir das zu-
getraut?

Und sie sang mit der klarsten und vollsten Stimme, die sie
aufbrachte, seit sie auf der Straße war, das »God bless the
child« von Billie Holliday, doch als sie gerade ein zweites Lied
anstimmen wollte, spielte der russische Akkordeonspieler plötzlich ein lautes »Happy birthday to you« und die Irinnen mit
den Flöten von der Straßenecke fielen ein und auch der blinde
Geiger aus der Lunz-Straße, der vermeintliche Zigeunermusik
spielte, und zu ihrem Erstaunen sogar die drei Musiker aus
Paraguay mit den verschlossenen Mienen und den exotischen,
melancholischen Instrumenten. Alle kamen, stellten sich um
sie auf und spielten ihr ein Lied und sie stand mit rasendem

Herzen in ihrer Mitte, verstieß gegen jede Vernunft, gegen sämtliche Vorsichtsmaßnahmen, lächelte glücklich dem Publikum, das sie umringte, zu, den fremden Gesichtern, die ihr plötzlich mit echter Zuneigung entgegenstrahlten und die Verneigungen des Russen verstanden, und sie dachte mal nichts Destruktives, sondern daran, wie sie ihren letzten Geburtstag mit Idan und Adi gefeiert hatte, in dem Turm auf dem Scopus-Berg, wie sie sich um Mitternacht hineingeschmuggelt hatten und bis zum Sonnenaufgang durchgemacht hatten ...

Und als das kleine Konzert vorüber war, sang sie nichts mehr. Sie verabschiedete sich entschuldigend von den Zuhörern und der Russe erzählte ihr, was sie längst geahnt hatte, nämlich dass gestern ein Koloss von einer Frau mit einem Narbengesicht fünfzig Schekel springen ließ, damit wir dir heute ein Ständchen singen. Nun, jedem einen Fünfziger in Hand gedrückt, da fragt man nicht viel. Er sah sie bekümmert an: »Was ist denn, Tamarutschka, hab ich denn nicht schön gespielt?«

»Klasse hast du gespielt, Leonid.«

Sie ging weiter und dachte, dass die Welt vielleicht doch gut war, dass sie zumindest die Anlage dazu hatte, solange es Menschen wie Lea gab; und sie dachte daran, wie Leonid Lea beschrieben hatte, und wunderte sich, dass sie, Tamar, die Narben in Leas Gesicht, die Lea selbst ihre »Abnäher« nannte, fast nicht mehr sah, und sie dachte auch, dass ihr zumindest eine Qual heute erspart geblieben war: neben dem Telefon zu sitzen und zu warten, ob jemand anrief und ihr gratulierte.

In Gedanken verloren war sie automatisch zum Vorplatz vom Ha-Mashbir gegangen. Dort trat sie nicht gerne auf. Sie liebte den Platz nicht sonderlich, denn hier herrschte ständiges Gedränge und es war laut wegen der Händler und der Infostände und der vielen Busse. Sie machte kehrt und wollte wieder zur Fußgängerzone gehen, doch sie blieb stehen. Etwas, von dem sie nicht wusste, was es war, hielt sie fest. Auf einmal war sie nervös und angespannt. Weil sie Geburtstag hatte und weil irgendetwas Neues, Unerklärliches in ihr aufgewühlt wurde. Sie machte ein paar Schritte, empfand den Drang zurückzugehen. Jetzt erwachte auch die Wut auf Lea in ihr, die ihr vor den Augen aller Leute ein Geburtstagsfest inszeniert hatte. Und was war, wenn später, wenn die Dinge komplizierter geworden waren, jemand nachzuforschen begann, wer die vernarbte Frau war, die Leonid und die andern bezahlt hatte? Mit wachsendem Zorn lief sie ziellos herum. Diesen Geburtstag konnte sie in ihrer jetzigen Situation, wo es um viel Wichtigeres ging, absolut nicht gebrauchen.

Unwillig beschloss sie, ein Lied, nur ein Einziges, nicht mehr, zu singen, und sich dann wieder davonzumachen. Und gerade dort geschah es, ohne dass sie darauf vorbereitet war. Sie, die so gut gerüstet war und diesen Moment so angespannt erwartet hatte und unzählige Spekulationen angestellt hatte, wie er aussehen würde, wer er sein würde, der Bote ihres Jägers, stand auf dem Schlauch, als es tatsächlich so weit war.

Sie beendete ihren Vortrag und sammelte die Münzen ein. Die Leute liefen auseinander und sie blieb mit dem bereits vertrauten Gefühl zurück, der seltsamen Mischung aus Stolz über den gelungenen Auftritt und darauf, dass es ihr wieder gelungen war, sie zu erobern, und gleichzeitig der Fadheit, die sich in ihr breitmachte, wenn alle gegangen waren und sie auf einmal mit dem Bewusstsein, Fremden etwas höchst Intimes preisgegeben zu haben, mitten auf der Straße stand.

Zwei alte Leute, ein Mann und eine Frau, die während ihres Vortrags auf einer Steinbank am Rand gesessen hatten, standen auf und kamen mit schleppenden Schritten auf sie zu. Sie hatten sich untergehakt, der Mann stützte sich auf die Frau. Beide waren von kleinem Wuchs und trugen Kleider, die für den heißen Tag viel zu dick waren. Die Alte lächelte Tamar verschämt und beinahe zahnlos an und fragte: »Darf ich?« Tamar wusste nicht recht, was sie meinte, und nickte. Es rührte sie, wie die beiden so nah aneinander geschmiegt dastanden.

»Wie wunderschön du singst! Ach herrje! Herrjemine!« Sie schlug die Hände gegen die Wangen. »Wie sie in der Oper singen! Wie der Kantor in der Synagoge!«, sagte sie und ihr Brustkorb hob sich keck. Sie berührte Tamars Arm und glitt aufgeregt darüber und Tamar, die normalerweise nicht mochte, dass ein Fremder sie berührte, spürte, wie ihre Seele von der sanften Berührung angezogen wurde.

Die Alte zeigte mit den Augen auf ihren Mann. »Mein Josef sieht kaum noch aus den Augen und seine Ohren wollen nicht mehr. Ich bin ihm Augen und Ohren, aber dich hat er gehört. Habe ich Recht, dass du sie gehört hast, Josef?« Sie stieß ihn sanft mit der Schulter an. »Stimmt es, dass du sie singen gehört hast?«

Der Mann sah zu Tamar und lächelte leer, sodass sich sein gelber Schnurrbart teilte.

»Entschuldige, dass ich frage«, sagte die Frau süßlich, während sie ihr schwammiges, fettes Gesicht Tamar näherte, »was ist mit deinen Eltern, wissen sie überhaupt, dass du dich allein auf der Straße herumtreibst?«

Tamar begriff noch immer nichts und hegte keinen Verdacht. Sie sagte, sie sei von zu Hause abgehauen. »Wir hatten Probleme.« Sie lächelte entschuldigend, weil sie gezwungen war, eine unbescholtene alte Frau in die harten Tatsachen des Lebens einzuführen. »Aber es geht mir gut. Machen Sie sich keine Sorgen.« Die Alte sah sie dennoch durchdringend an, schnappte mit ihrer teigigen Hand nach Tamars Handgelenk und umklammerte es mit unerwarteter Kraft. Und für einen Moment flackerte in Tamar ein Bild auf – die Hexe prüft, ob Gretel fett genug ist –, flackerte auf und verschwand sofort vor dem aufgedunsenen, freundlichen Gesicht.

»Das ist nicht gut«, murmelte die Frau und sah sich mit flinken Blicken um. »Es ist nicht gut, ein Mädchen so allein auf der Straße. Hier gibt es alle Sorten von Menschen. Und keiner passt auf dich auf? Und wenn dir einer was klauen will? Oder, Gott behüte, noch Schlimmeres antun will?«

»Ich komm gut zurecht, Oma«, lachte Tamar und wollte schon gehen. Die Besorgnis, die die Alte zum Ausdruck brachte, störte sie, denn sie brachte all ihre schmerzhaften Saiten zum Schwingen.

»Hast du denn keine Freunde oder Brüder, die ein Auge auf dich werfen?«, flüsterte die Alte. »Und wo schläfst du heute Nacht? Das geht doch nicht!«

An dieser Stelle erwachte zum ersten Mal etwas in Tamar, ein Wispern im Bauch, das ihr leise riet, vorsichtig zu sein. Sie schenkte dem Wispern keine Beachtung; die Alten sahen so arglos und freundlich aus. Trotzdem änderte sich Tamars Lachen und wurde angestrengt. Sie sagte nochmals, es bestehe kein Grund zur Sorge, und wollte sich auf den Weg machen. Aber die Alte krallte sich buchstäblich an ihr fest. Tamar staunte, mit welch großer, brutaler Kraft die krummen Finger sie umfassten. Die Alte fragte, ob Tamar auch genug esse, du siehst so mager aus, mein Schätzchen, nur Haut und Knochen, und Tamar, die wegen des »Schätzchens« hellhörig wurde, sagte, sie könne auf sich selbst aufpassen. Die Alte schwieg einen Moment, Tamar sah, wie ihre Lippen eine letzte Frage kneteten, und dann kam es, scharf und schneidend: »Sag mal, meine Kleine, willst du denn nicht, dass einer auf dich aufpasst, wenn du hier stehst und singst?!«

Tamar hatte sich schon einen halben Schritt entfernt, denn sie fühlte sich allmählich richtiggehend belästigt. Die Alten drückten sich an sie, umzingelten sie geradezu, doch die letzte Frage war anders, kam von einer vollkommen anderen Stelle. Tamar blieb stehen, sah beide mit großem Staunen an, während sich in ihrem Hirn endlich der Gedanke auszubreiten begann, dass sie die Richtigen sein mussten. Und so unglaublich es auch sein mochte, es war nicht ausgeschlossen, dass dies die Leute waren, die sie erwartet hatte, seine Boten.

Konnte das sein? Sie schüttelte sich, grinste über den Blödsinn, den sie da gedacht hatte, sieh sie dir doch an, zwei arme Flüchtlinge. Doch sie hatten die richtige Frage gestellt. Nein, unmöglich. Sieh doch genau hin, eine Großmutter und ein

Großvater, gutmütig und besorgt. Welche Verbindung war zwischen ihnen und dem grausamen Kerl vorstellbar?

»Was wollen Sie damit sagen?«, fragte sie mit großen Augen. »Ich verstehe nicht.« Sie wusste, sie musste jetzt klug und äußerst wachsam sein. Nicht übereifrig und nicht zu ängstlich. Wenn nur ihr Herz nicht gewesen wäre. Sicher sah man es unter der Latzhose pulsieren.

»Josef und ich kennen einen guten Schlafplatz, er ist wie ein Zuhause. Dort könntest du wohnen, gutes Essen haben, Freunde und immer gute Laune. Stimmt doch, Josef?«

»Was sagst du?«, fragte Josef, der immer wieder hinter seinen dunklen Brillengläsern einzuschlafen drohte und nur, wenn sie ihn anstieß, aufzuwachen schien.

»Dass es bei uns leckeres Essen gibt.«

»Ja, ja. Henja kocht wunderbar«, erklärte er und zeigte mit dem Kopf auf seine Frau. »Das Essen ist lecker, es gibt genug zu trinken und ein Plätzchen zum Schlafen findest du dort auch. Wir haben es richtig gemütlich!«

Tamar hatte keine Eile. Etwas in ihr weigerte sich noch immer zu glauben. Oder wagte es nicht. Sie flehte die beiden mit den Augen an, ihr zu beweisen, dass sie sich irrte. Denn wenn es wirklich stimmte, wenn sie wirklich seine Gesandten waren, würde es jetzt losgehen und sie würde keine Kontrolle mehr über die Ereignisse haben und auf einmal wurde ihr klar, dass ihr der Mut fehlte.

»Was meinst du, Schätzchen?«, fragte die Frau. Tamar sah, dass ihre Lippen gierig zitterten.

»Ich weiß nicht recht«, stieß Tamar aus. »Wo ist dieser Schlafplatz denn? Weit von hier?«

»Im Ausland ist er nicht«, krächzte die Alte und ihre Hände begannen aufgeregt vor ihren Augen herumzufuchteln. »Er liegt direkt hier um die Ecke. Einen Katzensprung entfernt. Aber wir nehmen uns ein Taxi oder jemand wird uns hinbringen. Du brauchst nur Ja oder Nein zu sagen. Wir kümmern uns um den Rest.«

»Aber ich … ich kenne Sie doch gar nicht.« Tamar schrie beinahe ihre Angst heraus.

»Was gibt es da zu kennen? Ich bin eine alte Frau und er ist ein alter Mann! Wir haben einen Sohn mit Namen Pessach. Der kümmert sich um alles. Er ist ein guter Junge. Du kannst mir ruhig glauben, er ist ein Goldschatz!« Tamar sah sie verzweifelt an. Nun war es so weit. Es war der Name, den Schaj genannt hatte, als er sie von dort anrief. Pessach. Der Mann, der ihn geschlagen hatte. Der ihn beinahe totgeprügelt hatte. Die Alte fuhr fort: »Und er hat eine Zufluchtsstätte geschaffen für Kinder wie dich.«

»Für Kinder wie mich?« Tamar stellte sich dumm. »Sind denn da noch andere?«

»Aber sicher! Was hast du denn gedacht? Dass du dort allein sein wirst? Nein, da, wo wir dich hinbringen, sind noch ein paar andere junge Leute. Wunderbare Schauspieler! Und Akrobaten wie im Zirkus. Musiker mit Geigen und Gitarren und ein Pantomime. Einer kann Feuer schlucken und ein Mädchen läuft auf den Händen, eujeujeu!« Sie nickte begeistert mit dem Kopf. »Du wirst dort viele Freunde finden. Und was für Freunde! Du wirst dich köstlich amüsieren.«

Tamar zuckte die Schultern. »Klingt nicht schlecht«, logen ihre Lippen, ohne dass man es ihrer Stimme anhörte.

»Gehen wir?« Der Mund der Alten zitterte und ihr Gesicht wurde vor lauter Gier ganz rot. Tamar konnte sie auf einmal nicht mehr ansehen. Wie eine fette Spinne kam sie ihr vor, eine Spinne, die hastig ihre Fäden um die Fliege webte, die sie selbst war.

Die Alte hakte sie unter und so gingen sie gemeinsam durch die Fußgängerzone. Wegen des blinden Josef kamen sie nur langsam voran. Die Alte sprach ununterbrochen, als versuche sie, Tamar mit Worten einzulullen, damit sie nicht verstand, was hier ablief. Tamars Fersen brannten. Es wäre so einfach gewesen, ihren Arm aus der Umklammerung der Alten zu befreien und abzuhauen. Ihr für immer den Rücken zu kehren und nie wieder gezwungen zu sein, diese kalte, schlaffe Haut zu spüren, und sich nicht länger in den Fäden, die sie absonderte, zu verwirren.

Und nie in dieses Haus zu gelangen, zu dem sie seit Monaten Zugang suchte.

Tamar sah traurig nach den Seiten, als wäre es das letzte Mal, dass sie durch diese Straße ginge und als müsse sie für immer von den Geschäften, den Menschen und dem Alltag Abschied nehmen. Selbstmitleidig dachte sie: Alles Gute zum Geburtstag und vielen Dank für das gelungene Geschenk.

»Der Hund? Muss der Hund sein?«, gackerte die Alte unzufrieden, als sie bemerkte, dass Dinka, die hinter ihnen hertrottete, zu Tamar gehörte.

»Ja, sie kommt mit!«, schrie Tamar auf und hoffte insgeheim, sie würden sagen, Hunde seien verboten, und ihr eine gute Ausrede liefern, sich aus ihren Klauen zu befreien.

»Sie? Ist sie ein Weibchen?« Die Alte verzog den Mund. »Ich seh es schon deutlich vor mir. Sie wird trächtig, dann wirft sie und wir haben die Bescherung.«

»Sie ist schon ... Sie ist schon alt. Sie wirft nicht mehr«, flüsterte Tamar und bedauerte Dinka, die in ihrem Alter eine solche Demütigung hinnehmen musste.

»Was kümmert sie dich dann noch?«, versuchte die Frau Tamar zu überreden. »Lass sie laufen. Was willst du mit einem Hund? Du musst ihm zu fressen geben, schließlich wird er dir krank und dann der ganze Dreck ...«

»Sie kommt mit!«, schnitt Tamar ihr das Wort ab. Für einen Moment sahen sie und die Alte einander in die Augen und Tamar bemerkte etwas, was bis zu diesem Augenblick unter dem breiten Lächeln und den mütterlichen Fettfalten verborgen gewesen war – einen messerscharfen, viel sagenden Blick, grau wie Stahl –, doch die Alte senkte als Erste die Augen: »Schrei doch nicht so. Was hab ich dir denn getan? Warum bist du so frech und herrschst mich an? Wir tun dir doch bloß einen Gefallen ...«

Und Tamar wusste, wusste, wusste, dass sie reif war.

Sie gingen noch ein paar Minuten schweigend weiter. Als sie den »Katzenplatz« erreicht hatten, setzte sich langsam ein blauer, staubiger, rundum verbeulter Wagen in Bewegung und folgte ihnen. Tamar bemerkte ihn nicht gleich. Doch dann begann sie sich zu fragen, warum der blaue Subaru so dicht hinter ihnen herfuhr. Sie wurde von heftiger Angst gepackt, als der Wagen neben ihnen anhielt. Die Alte spähte flink nach rechts und links.

Der Fahrer, ein junger, schwarzhaariger Mann, dessen Stirn in der Mitte von einer tiefen Falte zerfurcht war, stieg aus. Er warf Tamar einen kurzen, verächtlichen Blick zu und öffnete der Alten die Beifahrertür, als sei seine Karre ein Rolls-Royce. Die Alte wartete, bis ihr Mann sich auf den Rücksitz gewuchtet hatte, dann stieß sie Tamar in den Wagen.

»Auf dem schnellsten Weg zu Pessach«, befahl sie, der Fahrer löste die Handbremse und der Wagen schoss los. Tamar drehte sich um und warf einen letzten Blick auf die Straße, die sich hinter ihnen verjüngte und sich schließlich wie ein Reißverschluss zuzog.

»Wie ein verrückter Vogel«

Der bullige Mann in dem schwarzen Netzunterhemd kaute an einem Zahnstocher und sprach gleichzeitig in zwei Telefone. In den einen Hörer schrie er: »Ich hab's dir schon hundertmal erklärt. Du musst jeden Morgen in dem Sack im Kofferraum nachsehen, ob er die Messer eingepackt hat!« Und in das Handy sagte er: »Woher soll ich einen Glaskasten nehmen, kannst du mir das verraten?« Als er den Kopf hob, sah er Tamar, und ohne den Blick von ihr zu wenden, ließ er den Zahnstocher in seinem Mund langsam von links nach rechts gleiten.

Tamar war steif wie ein Stock. Ihre Hände krallten sich an die Nähte der Latzhose. Ihr waren in den letzten Wochen mancherlei zweifelhafte, finstere Typen über den Weg gelaufen und wann immer sie es mit der Angst zu tun bekam, beruhigte sie sich mit dem Gedanken, dass sie nur ein Vorgeschmack waren und sie sich ihre Panik für den entscheidenden Augenblick aufheben musste. Jetzt, als sie vor ihm stand, wunderte sie sich, dass er beinahe harmlos wirkte, wie ein überdimensionaler, dicker, schwitzender Teddybär. Trotzdem bekam sie das Zittern ihrer Knie nicht in den Griff.

An einem seiner Finger steckte ein schwarzer, protziger Ring und Tamar starrte wie hypnotisiert auf seinen kleinen Finger mit der langen Geierkralle. Sie fragte sich, ob der Anruf, der der Grund für ihre Anwesenheit war, von dem Apparat auf diesem Schreibtisch gekommen war, und ob hier, in diesem Raum, die Fäuste geschwungen worden und die Schmerzensschreie ausgestoßen worden waren.

Die beiden Alten, seine Eltern, postierten sich links und rechts von ihm, und noch während er telefonierte, stellten sie ihm viel sagend lächelnd Tamar vor, als überreichten sie ihm ein kostbares Geschenk. Noch im Sitzen überragte er die beiden und füllte mit seinem massigen Körper geradezu den Raum aus. Er gab Tamar das sonderbare Gefühl, lächerlich klein zu wirken. An der Goldkette, die auf seiner fleischigen Brust hing, baumelte ein Anhänger mit den Aufschriften »Meir« und »Jakob«, vermutlich die Namen seiner Söhne – und etwas, das wie ein langer Tierzahn aussah. In den einen Hörer sagte er: »Du darfst ihn nicht aus den Augen lassen, wenn er wirft. Vorgestern hat er in Akko jemanden verletzt.« Und in das Handy knurrte er: »Und in eine einfache Obstkiste oder einen Karton aus dem Supermarkt kann sie nicht steigen, diese blöde Tusse?«

Dinka lag unruhig zu Tamars Füßen. Ab und zu stand sie auf, änderte die Position und stellte sich schließlich, gegen ihre sonstige Art, wenn es zu warten galt, auf die Beine. Tamar sah sich vorsichtig um: Rechts von ihr stand ein großer Metallspind. Das Fenster war vergittert. An der Wand hing ein zerrissenes Spruchband mit der Aufschrift: »Du wolltest high sein, jetzt bist du down.« Der Mann beendete eines der Gespräche und sagte: »Ich warne dich zum letzten Mal: Du musst dafür sorgen, dass niemand hinter ihm steht und aus Versehen ein Messer im Kopf hat.« Er hatte eine rote Halbglatze und im Nacken einen langen Zopf. Schwere, dunkle Tränensäcke blähten sich unter seinen Augen. Als er den Hörer auflegte, bewegten sich unter der Haut seiner Arme wie Brotlaibe geformte Muskeln. In das Handy sagte er: »Geh in eine Tierhandlung irgendeines Einkaufszentrums und kauf ihr ein Aquarium. Dann steigt sie eben in ein Aquarium. Mal sehen, ob sie das gepeilt bekommt. Und vergiss nicht, dir eine Quittung geben zu lassen.« Er stöhnte tief, als wolle er sagen: »Immer hängt alles an mir«, sah Tamar an und fragte sie, was sie könne.

Tamar schluckte. Singen konnte sie.

»Lauter, ich hör nichts!«

Singen konnte sie. Sie sang schon drei Jahre lang im Chor. Sie durfte Solos singen. Wenigstens vor der Italienreise, verbesserte sie sich in ihrem Innern.

»Ich hab gehört, du singst in der Ben-Yehuda-Straße, ist das richtig?«

Sie nickte. An der Wand hinter ihm hingen zwei verkratzte Fotos. Sie zeigten ihn zwanzig Jahre jünger, beinahe splitternackt, wie er rot und glänzend, wohl bei einem Ringkampf, mit einem zweiten Mann kämpfte.

»Und was ist los mit dir? Bist du abgehauen?«

»Ja.«

»Gut, gut, du brauchst nichts zu sagen. Ich will es nicht wissen. Wie alt?«

»Sechzehn.« Seit heute.

»Bist du auf eigenen Wunsch hier?«

»Ja.«

»Keiner hat dich gezwungen, habe ich Recht?«

»Ja.«

Aus der überquellenden Schreibtischschublade zog er Papiere und dicke Hefte und wühlte, bis er ein Formular mit verblassten Buchstaben fand. Die Fotokopie einer Fotokopie. Sie las: Ich, der Unterzeichner, bestätige, dass ich dem Künstlerheim von Herrn Pessach Beth Halevi auf eigenen Wunsch und ohne jeglichen äußerlichen Druck beigetreten bin. Ich verpflichte mich, die Hausordnung zu respektieren und der Direktion Folge zu leisten.

»Unterschreib hier«, zeigte er ihr mit seinem dicken Wurstfinger. »Vor- und Familienname.«

Ein Moment des Zögerns. Tamar Cohen.

Pessach Beth Halevi las angewidert: »Alle hier heißen auf einmal Cohen. Los, her mit deinem Ausweis.«

»Ich hab keinen«.

»Dann irgendein anderes Papier. Irgendetwas.«

»Ich hab nichts. Ich bin weggelaufen, ohne etwas mitzunehmen.«

Er legte den Kopf ungläubig auf die Seite. Nach einer Weile beschloss er, sich geschlagen zu geben. »Okay. Lassen wir das. Du bekommst hier eine Unterkunft, ein Bett und zwei Mahl-

161

zeiten pro Tag, Frühstück und eine warme Mahlzeit am Abend. Das Geld, das du mit deinem Gesang einnimmst, gibst du ab für Kost und Logis. Von mir bekommst du dreißig Schekel am Tag für Zigaretten, Getränke und Taschengeld. Ich warne dich im Guten, versuch nicht, mich zu verarschen. Warum, glaubst du, rate ich dir das?«

Tamar fragte, warum.

Er schob den Kopf ein wenig in den Nacken und lächelte sie hinter dem Zahnstocher an. »Du scheinst zimperlich zu sein. Besser, wir gehen nicht ins Detail. Kurzum: Pessach kann man nichts vormachen. Haben wir uns verstanden?« Für den Bruchteil einer Sekunde sah Tamar, was Schaj gemeint hatte, den raschen, kaum wahrnehmbaren Wechsel zwischen zwei vollkommen verschiedenen Menschen in seinem Innern. »Nicht, dass man es nicht versucht hätte.« Er dehnte sein Grinsen um einen Millimeter aus und warf einen kalten Blick in ihre Seele, in die Dunkelheit ihres Geheimnisses. »Es gibt immer einen Schlaumeier, der sich einbildet, er sei gescheiter als die andern –«, für einen Moment sah sie den lockigen Jungen an dem Geländer am Platz, wie er sich mit gebrochenen Fingern, innerlich vollkommen leer, langsam vorwärts schleppte –, »aber wer es versucht hat, sagen wir, der versucht es kein zweites Mal. Der versucht gar nichts mehr.« Seine Augen, dachte Tamar erschrocken, etwas stimmt nicht mit seinen Augen. Sie hatten keine Verbindung nach innen. Sie wusste nicht, wie sie es anstellen sollte, das peinliche Zittern ihrer Knie abzustellen.

»Decke und Matratze nimmst du dir in der letzten Kammer am Ende des Flurs hinter dem Sicherungskasten und dann suchst du dir ein Zimmer. Ein paar stehen leer. Um neun Uhr abends wird im Speisesaal im ersten Stock Essen gefasst. Um Punkt zwölf ist Zapfenstreich. Übrigens, was ist das für ein Köter?«

»Er gehört mir.«

»Dann lass ihn nicht aus den Augen. Ich will nicht, dass er hier einen beißt. Ist er geimpft?«

162

»Ja.«

»Und was ist mit seinem Fressen?«

»Ich kümmer mich drum.«

»Gut, haben sie dir erklärt, was du zu tun hast?«

»Nein.«

»Wir werden später drauf zurückkommen. Eins nach dem andern.« Er wählte eine neue Nummer, hielt inne: »Moment mal, noch etwas: Nimmst du was?«

Erst verstand sie nicht, dann verstand sie.

»Nein.« Wenn er bloß nicht ihren Rucksack durchsuchte. Sie bewahrte den Fünferpack in einer Plastiktüte auf.

»Fehlte gerade noch, dass du hier fixt. Wenn ich dich auch nur einmal erwische, liefer ich dich den Bullen aus.«

Seine Mutter, die neben ihm stand, nickte beflissen.

»Ich nehm nichts.« Er hatte sie verunsichert. Sie hatte gedacht, hier würden alle Drogen nehmen. Schaj hatte so was am Telefon gesagt, als er ihr von hier erzählt und gefleht hatte, sie solle ihn rausholen.

»Uns«, Pessach hob unerwartet die Stimme, »geht es um die reine Kunst. Der ganze Siff – der läuft hier nicht! Haben wir uns verstanden?« Tamar schien es plötzlich, dass er nicht zu ihr sprach, sondern zu jemandem, der vielleicht im Zimmer versteckt war oder am Fenster stand und lauschte.

»Moment, Moment«, wieder legte er den Hörer auf und sah sie prüfend an: »Bist du immer so?«

»Wie denn?«

»Na, dass du keinen Pieps von dir gibst.«

Tamar breitete verschämt die Hände aus.

»Wie willst du denn singen, wenn du keinen Ton rausbringst?«

»Ich singe einfach, ich singe«, sie hob die Stimme und versuchte, lebendiger zu werden.

»Lass mal was hören!« Er streckte seine langen Beine aus.

»Hier? Jetzt?«

»Klar hier. Meinst du, ich hab Zeit, in ein Konzert zu gehen?«

Für einen Moment straffte sie sich verdutzt, nahezu beleidigt: Vorsingen? Hier? Doch sogleich dachte sie wieder an ihren Plan und schlug den kleinen Aufstand in sich nieder. Sie schloss die Augen und horchte in sich hinein.

»Los, Baby, wartest du etwa auf eine Vorgruppe? Ich hab nicht den ganzen Tag Zeit.«

Und dann sang sie ihm vor. Ohne zu zögern: »I'm not your baby« von Sinéad O'Connor. Sie hätte besser ein anderes Lied gewählt, aber sie hatte keinen Augenblick lang nachgedacht, ehe das Lied aus einem unkontrollierbaren Drang aus ihr herausbrach wie ein Schrei. Weil er sie so verächtlich »Baby« genannt hatte. Sie wäre nie auf die Idee gekommen, solch ein Lied ohne Begleitung, vollkommen nackt, zu singen. Und dennoch. Gerade wegen der Wut, die in ihr aufflammte, sang sie vom ersten Moment an fantastisch und ihr durchdringendes Schweigen zwischen den Versen begleitete sie so gut wie ein komplettes Orchester; sie sang temperamentvoll, bewegte sich richtig, atmete korrekt und wusste, dass dies ihr erster gravierender Fehler war und wollte aufhören und wusste gleichermaßen, wenn sie aufhörte, würde sie sich um die Chance bringen, hier zu bleiben; aber sie hätte niemals ein Lied mit einem so direkten, trotzigen Bezug wählen dürfen. Während sie sang, fochten ihre und seine Augen einen Kampf miteinander aus, als hätte sie ihm den Krieg erklärt. Denn als sie das Lied von der Frau sang, die nicht bevormundet sein will, war es, als hätte sie ihm preisgegeben, dass mehr in ihr steckte als das zarte, kleine Mädchen, das vor ihm stand; dass sie einen doppelten Boden hatte. Warum, verdammt noch mal, hat sie kein anderes Lied gewählt, warum hat sie nicht irgendein leises, melancholisches »Zwischen den Zypressen sinkt die Sonne« gesungen? Musste sie denn unbedingt schon im ersten Augenblick sein Misstrauen erregen? Das ist wieder dieser Fluch, dachte sie erschüttert, wieder die Großspurigkeit des Angsthasen. Der kopflose Mut des Feiglings. Denn als er sie mit seinem »Baby« behandelte, als wäre sie jemand Gewöhnliches, musste sie ihm die erstaunliche Veränderung demonstrieren, die sich in ihr vollzog, wenn der Gesang sie entfachte, wenn jene unerschrockene Sängerin entflammte wie das Feuer einer Fackel ...

Und wohl wegen jener Sängerin verzieh sie sich schon im nächsten Augenblick und gab sich dem Galopp des Liedes hin, der bitteren Kraft, die es enthielt, sie tanzte und wand sich und entbrannte mit geschlossenen Augen, stieß die Arme kraftvoll nach den Seiten und ging ungestüm in die Knie, ohne dass sie sich von der Stelle bewegte. Sie peilte die tiefste Stelle in ihrem Innern an, die Stelle, die am weitesten von dem roten Dickwanst entfernt war, der sich mit dem Zahnstocher zwischen den Lippen auf seinem Stuhl zurücklehnte und mit verdutztem Blick und dem Anflug eines Lächelns die Hände in den Nacken legte.

Als sie fertig war, erstarb sie wieder, auf der Stelle. Auf eigenen Wunsch. Sie hatte keine Lust, strahlend und ohne ihren Panzer vor ihm zu stehen. Sie war überzeugt, dass alles, was sie verbergen wollte, längst offen lag. Der Raum hallte noch ein paar Sekunden von ihren Schwingungen wider.

»Nicht schlecht ...«, sagte Pessach Beth Halevi, zog den Zahnstocher aus seinem Gebiss, lutschte ihn ab, während er sie mit einer Mischung aus Argwohn und amüsiertem Respekt musterte. Dann sah er seine Mutter an, die während des gesamten kurzen Auftritts mit ihrem zahnlosen Mund gelächelt und beifällig genickt hatte.

»Was meinst du, Mutti? Die Kleine hat was, oder?«

Sein Vater döste indes auf der Bank hinter ihr. Tamar gab sich Mühe, das Gespräch zwischen Mutter und Sohn nicht zu verfolgen. Sie sehnte sich nach einer Dusche. Er ist nichts weiter als ein mieser, kleiner Ganove, rief sie sich immer wieder aufmunternd Schajs Worte ins Gedächtnis, die er wahrscheinlich in diesem Raum ins Telefon gesprochen hatte. Nur ein mieser Ganove, der in der Unterwelt eine kleine, ungewöhnliche Nische gefunden hat, aber mein Leben – seufzte Schaj in dem Gespräch – hat er ruiniert.

»Kurzum«, fasste Pessach zusammen, »mal sehen, wo wir dich morgen früh hinbringen.«

»Wie bitte? Ich versteh nicht ganz?«

»Lass das unsere Sorge sein. Geh und richte dich ein. Mach es dir gemütlich. Bis jetzt magst du eine ruhige Kugel geschoben haben. Morgen beginnt der Ernst des Lebens. Du wirst schon noch erfahren, in welcher Stadt du morgen bist.«

»Bleib ich denn nicht in Jerusalem?«, fragte sie plötzlich erschrocken. An diese Möglichkeit hatte sie nicht gedacht.

»Du wirst dort sein, wo wir dich hinschicken. Haben wir uns verstanden?«

Wieder seine leeren Augen. Die Augen eines Toten. Sie schwieg.

»Los, Baby. Deine Zeit ist um.« Und er verscheuchte sie aus seinem Blick, aus seinen Gedanken und griff wieder zum Telefon.

Sie verließ Pessachs Büro. Dinka folgte ihr. Sie wusste noch immer nicht, wo sie sich befand. Was das für ein Ort war. Der Boden im Korridor bestand aus gesprungenen Steinplatten, die sich gesenkt hatten und zwischen denen hie und da die Erde zum Vorschein kam, aus der Gräser und Disteln wucherten. Es war ersichtlich, wie von dem Moment an, in dem die Menschen das Gebäude aufgegeben hatten, die Natur ihre Tätigkeit wieder aufgenommen hatte. Sie musste plötzlich an ihre Familie denken. Der Flur zog sich in die Länge. An den Wänden hingen Schilder: »Ambulanz«. »Notaufnahme«. »Chirurgie«. »Innere Kinderabteilung«. Sie lugte hinter eine halb geöffnete Tür und sah ein Eisenbett, auf dem eine Matratze und ein Stapel zusammengerollter Decken lagen. Vielleicht schlief dort jemand, vielleicht auch nicht. Auf dem Boden hatten viele Betten rostige Spuren hinterlassen. Von der Decke hingen Rohre und Kabel herab. »Sauerstoff« stand auf einem Schild, neben dem ein zerrissenes Poster von Madonna hing. Sie fand die Kammer am Ende des Flurs. Um die Tür zu öffnen, musste sie gegen den Druck der dahinter gestapelten Matratzen ankämpfen. Innen war die Luft staubig und schlecht. Sie zog eine gestreifte Matratze von dem Stapel, sie war schwer und mit großen Flecken übersät. Tamar versuchte, sie zurückzulegen und gegen eine andere zu tauschen, aber der Vorgang ließ sich nicht mehr rückgängig machen. Auf den Matratzen lagen die Decken. Sie kletterte auf den Matratzenberg, zog zwei Decken aus dem Haufen und versuchte, nicht daran zu riechen. Jede Bewegung wirbelte Staubwolken und Uringestank auf. Laken gab es keine. Sie würde diese Decken berühren und in ihnen schlafen müssen. Der Geruch würde sich auf ihre Haut legen. Macht nichts, ermahnte sie sich verzweifelt. Die Hauptsache war, ihn hier rauszuholen. Und dafür musste sie selbst erst einmal reinkommen. Richtig reinkommen. Mit Haut und Haar.

Sie schleppte die Matratze durch den Flur. Sie wog beinahe so viel wie sie selbst. Sie wuchtete sie auf den Rücken, bog sich unter der Last und zog sie wie eine schlampige Schleppe hinter sich her. Sie dachte, dass die Sache einen Vorteil hatte: So würde sie Schaj wenigstens nicht unvorbereitet von Angesicht zu Angesicht gegenüberstehen. Dinka hüpfte um sie herum und versuchte jaulend, unter die Matratze zu kriechen, von der sie jedes Mal zurückgestoßen wurde. Ab und zu hielt Tamar an, öffnete eine Tür und lugte unter ihrem Buckel in ein Zimmer. In jedem Raum standen ein, zwei Betten und es war offensichtlich, dass jemand sie belegt hatte. In einem Zimmer sah sie eine gegen die Wand gelehnte Gitarre und ihr Herz schlug höher. Vielleicht war das sein Quartier. Das Zimmer war leer und auf eine Wand war mit Kohle geschmiert: »Wenn die Welt mich nicht versteht, pfeif ich auf die Welt«. Sie dachte, das passt zu ihm. Aber die Jeans, die auf dem Boden lag, kam ihr für seine langen Beine zu kurz vor. Sie schloss die Tür. Öffnete die nächste. Leere Bierdosen und dutzende von Zigarettenkippen. An den Wänden hingen zwei gekreuzte grüne Schals von Makkabi Haifa. Jemand kehrte ihr den nackten Rücken zu. Den weißen, schmalen Rücken eines Jungen, der in einen Gameboy vertieft war und nicht bemerkte, dass die Tür auf und zu ging.

Es zieht dich magisch an, hatte Schaj bei dem Telefonat gesagt, es hat eine übernatürliche Anziehungskraft, du willst dich davon aufsaugen und in deine kleinsten Einzelteile zerlegen lassen, dich zerschmettern lassen. Es ist, als ob du dir beweisen willst, wie tief du sinken kannst. Es ist ein Drang, der die Oberhand über dich gewinnt, bis du keinen eigenen Willen mehr hast, nichts mehr, eh du dich versiehst, geht alles in die Brüche, Watson ... Als er sie bei ihrem geheimen Spitznamen genannt hatte, hatten sich ihre Augen in unbeschreiblicher Wonne geschlossen und alles, was er einen Moment zuvor gesagt hatte, schien gelöscht: Monatelang hatte er sie nicht mehr bei diesem Namen genannt und sie hatte gar nicht gewusst, wie heftig sie sich danach gesehnt hatte. Im nächsten Augenblick hatte sie die erste Ohrfeige gehört und danach – die Schläge, die Fäuste, die Schreie.

Sie schloss die Tür. Als sie unter der Last ihrer Matratze gebückt weitergehen wollte, sah sie vor ihren gesenkten Augen zwei große Füße, barfuß und dunkel, die zu einem Mädchen mit dicken großen Zehen und glänzenden lila Fußnägeln gehörten. Eine laute lachende Stimme sagte: »Du bist ja total unter ihr begraben. Komm, wir tragen sie zusammen.«

Sie sah das Gesicht nicht. Sie fühlte nur, dass jemand hinter sie trat, sich bückte, die Matratze packte und dass ihr leichter wurde.

»Wohin gehen wir?«, fragte Tamar.

»Erster Stock.«

Tamar schwieg. Ihre Füße tasteten nach den Stufen. Sie nahm eine, zwei, die Matratze auf ihrem Rücken geriet in Bewegung. Das Mädchen und sie wankten unter der Schwere der Last vorwärts und rückwärts, sie traten nochmals zurück auf den Flur und blieben einen Augenblick regungslos stehen.

Dann versuchten sie erneut, schwankend die Treppe zu nehmen, und Tamar hörte hinter sich schallendes Gelächter: »Weißt du, woran mich das erinnert? Vor zwei Jahren haben wir in der Schule ›Don Quichotte‹ aufgeführt. Drei von uns waren der Gaul. Wir mussten genauso geduckt gehen, eine mit dem Kopf am Hintern der andern, und auf einmal ist das Laken heruntergefallen und alle haben uns gesehen.« Die Erinnerung ließ das rollende, ansteckende Lachen anschwellen und die Matratze schwankte und rutschte zurück und es dauerte nicht lange, bis sie stürzten und unter ihr begraben wurden. Sie krochen heraus und legten sich, ohne sich anzusehen, Schulter an Schulter darauf und lachten, bis ihnen die Puste ausging. Auch Tamar. Sie plätscherte ganz und gar im Lachen des fremden Mädchens.

»Schelli«, sagte das Mädchen, wischte sich mit dem Handrücken die Tränen aus den Augen und rieb ihren Arm an Tamars Arm.

»Tamar.«

»Hallo, Tamar.«

»Und das ist Dinka.«

»Hallo, Dinka.«

Tamar sah das große, lachende, von Windpockenkratern gezeichnete Gesicht neben sich an, phosphorgrünes, krauses Haar, breite Lücken zwischen den Zähnen und ein sympathisches Lachen.

»Komm, lass es uns noch mal versuchen.« An jedem ihrer Ohrläppchen hingen vier silberne Kreolen und ein silberner Knopf glänzte auch auf ihrer Nase. Ein großer Ring steckte über ihrem Auge und als sie aufstand, legte sie das Tattoo eines Schützen auf ihrer Hüfte frei. Sie reichte Tamar ihre kräftige Hand und zog sie hoch. Jetzt zeigte sich, dass sie Tamar um mehr als einen Kopf überragte.

»Da hast du mich in voller Lebensgröße«, sie hob die Schultern in einer Art Entschuldigung für ihre Länge, »komplett, ohne Kürzungen und Aussparungen. Los, ran an den

Frondienst!« Und beide krochen wieder unter die Matratze und hoben sie zusammen an. Ungefähr zehn Minuten dauerte es, bis es ihnen gelang, die Matratze die Treppe hinaufzuwuchten. So heftig lachten sie. Sie stolperten, standen auf, stöhnten und lachten Tränen, und als sie den ersten Stock erreichten, waren sie völlig erschöpft und einander schon ziemlich nah gekommen. Schelli öffnete die Tür. Das Zimmer war kleiner als die übrigen. Auch hier waren die Bodenfliesen zerbrochen und nicht mehr vollständig und von der Decke hingen Plastikrohre und Elektrokabel. Aber unter dem Fenster stand ein gemachtes Bett und die Decken, die darauf lagen, waren ordentlich zusammengelegt. Über die Wand war ein bunter mexikanischer Stoff gespannt. Auf dem Bett lag »Der Seelenvogel«. Unter dem Fenster befand sich eine Art Regal, ein Brett, das auf roten Backsteinen ruhte, und darauf ein paar bunte Steine, eine dicke, rote Kerze und Bücher, die sich gegeneinander lehnten und auf die Tamar gierig den Blick heftete.

»Gefällt's dir hier?«, fragte Schelli lächelnd.

»Willst du die Wahrheit hören? Nicht besonders«, antwortete Tamar.

»Also willst du nicht bleiben?«

»Doch, doch, gerne«, lächelte Tamar, »denn die Gesellschaft ist mir angenehm«, und erntete dafür von Schelli ein breites Lächeln, das wie eine Umarmung war.

»Willkommen in der Hölle«, sagte Schelli. »Fühl dich wie zu Hause. Wie lange läuft es schon so?«

»Wie lange läuft was?«

»Wie lange lebst du schon nicht mehr zu Hause?«

Für einen Moment zögerte sie. Schelli war so großzügig zu ihr, dass Tamar beinahe versucht war, sie einzuweihen.

»He, he, wir sind hier nicht bei den Bullen. Du musst nichts sagen.« Aber Tamar sah, dass sich der Glanz in den lustigen Augen ein wenig trübte.

Dabei wäre sie liebend gern alles losgeworden. Auf einmal

hatte sie das Gefühl, an ihrem lästigen Geheimnis beinahe zu ersticken. Aber sie hatte keine Wahl: »Schelli, sei mir nicht böse. Ich brauch ein bisschen Zeit.«

»Take your time, baby. Wir werden noch eine Weile hier sein. Das ganze Leben, wenn du mich fragst.«

Tamar, die begonnen hatte, eine Decke über ihre Matratze zu breiten, hielt inne. »Warum das ganze Leben?«

Schelli legte sich auf ihr Bett, zündete sich eine Zigarette an und legte ihre Füße auf die Eisensprossen am Fußende.

»Warum? Warum?« Schelli zog die Lippen zusammen und glotzte die längs und quer mit Rissen durchpflügte Decke an. »Unsere Hörerin Tamar aus Jerusalem will wissen, warum? Schlicht und ergreifend, warum. Warum hat meine Mutter mit fünfundvierzig beschlossen, dieses Ekel zu heiraten? Warum ist mein richtiger Vater gestorben, als ich sieben war? Ist das vielleicht in Ordnung? Und warum hausen Wanzen am liebsten in Matratzen?«, sagte sie und schlug auf ihre braun gebrannten Schenkel.

»Nein, wirklich«, sagte Tamar und ging zu Schellis Bett, »warum hast du gesagt, ein Leben lang?«

»Du hast Schiss, was?«, sagte Schelli ruhig und teilnahmsvoll. »Mach dir nichts draus, am Anfang geht es jedem so. Bei mir war es auch nicht anders. Man glaubt, man kommt für ein, zwei Wochen. Wie in ein Ferienlager, eine Künstlerkolonie. Zusammen mit lauter braven Kindern, die von Mamas Schürze weggelaufen sind. Später bleibt man. Man bleibt und bleibt und auch wenn man abhaut – am Ende kommt man wieder. Es lässt einen nicht los. Das ist schwer zu kapieren für einen, der gerade erst angekommen ist. Es ist wie ein Albtraum, aus dem man nicht mehr wach wird.«

Tamar setzte sich auf ihr eigenes Bett.

»Ich beneide dich nicht«, sagte Schelli, die sich mit gespreizten Beinen ebenfalls setzte. »Du bist noch in der Phase, in der es wehtut. In der man Heimweh hat, wenn plötzlich so ein Geruch in der Luft liegt und man an das Spiegelei denkt, das

Mama einem zusammen mit einem feinen Salat zubereitet hat. Stimmt's?«

Tamar senkte den Kopf. Bei ihr war es nicht der Salat. Wann hatte ihre Mutter zum letzten Mal in der Küche gestanden? Wann hatte sie zum letzten Mal einen Satz gesagt, den Tamar nicht im Voraus erahnt hätte und der nicht in irgendeiner Seifenoper im Fernsehen gefallen wäre? Wann war sie überhaupt je da? Richtig da, ohne in ihr Selbstmitleid gehüllt zu sein und ohne mit jedem Ausdruck und jeder Geste über ihr Schicksal, das ihr die Familie bescherte, zu jammern, wann hatte sie aufrichtig ihre Meinung vor Tamars Vater vertreten und wann, verdammt noch mal, war sie »all diesen Tamars«, wie sie es mit künstlichen, süßlichen Seufzern nannte, zuletzt eine richtige Mutter gewesen? All diesen sehnsüchtigen Tamars, die miteinander verkracht waren? Und urplötzlich packte sie heftige Sehnsucht nach ihrem Vater und für einen Moment, buchstäblich gegen ihren Willen, denn sie hatte noch eine lange Rechnung mit ihm offen, war sie in ihren Gedanken bei ihren abendlichen Spaziergängen, nur sie und er, mit raschen Schritten, schweigend, es bedurfte einer Menge Zeit, bis er sich anschickte, seine kindische Arroganzschale ein wenig für sie abzuschälen, und endlich aufhörte, sie zu ärgern und jeden ihrer Sätze mit sarkastischen Bemerkungen zu kommentieren. Und erst dann begegnete sie für den Bruchteil einer Sekunde dem Mann, den er tief in sich, brutal und mit System begraben hatte; plötzlich fiel ihr ein, wie er sie einmal, vor einem Jahr – nein, es musste länger her sein –, bevor sie wieder ins Haus gingen, bei der Hand nahm und hastig sagte: »Mit dir zu reden war wie ein Gespräch von Mann zu Mann.« Und sie wusste, dass das aus seinem Mund das größte Kompliment war, und musste sich beherrschen, um ihn nicht zu fragen, warum er eigentlich keinen einzigen Freund hatte, einen Mann, dem er sein Herz ausschütten konnte.

»Ich hab's schon hinter mir, Gott sei Dank«, sagte Schelli aus weiter Ferne. »Ich hab sie vollkommen ausradiert. Beide. Von mir aus können sie krepieren. Ich bin jetzt meine eigene Mutter und mein eigener Vater. Ach was, ein vollständiger Elternabend bin ich!« Und wieder warf sie den Kopf in den Nacken und prustete ihr glockenhaftes Lachen in die Luft. Doch es klang ein wenig zu schrill. Sie kramte nervös in einem ihrer Rucksäcke und zog eine frische Packung Marlboro heraus.

»Stört es dich, wenn ich rauche?«

»Nein. Stört dich meine Hündin?«

»Warum sollte sie mich stören? Sie heißt Dinka, sagst du? Von mir aus.« Sie spitzte ihre Lippen in Richtung Hund. »Komm, Dinka.« Dinka stand auf und ging auf sie zu, als seien sie alte Bekannte. »Komm zu Mama. Und zu Mamas Mama und zu Papas Mama ...« Sie zündete sich eine Zigarette an und blies den Rauch aus dem Mundwinkel zur Seite. »Was für Augen sie hat«, flüsterte sie. »Sie versteht alles.« Und auf einmal verbarg sie ihr Gesicht in Dinkas Fell und für eine Weile bewegte sich niemand im Zimmer, nur Schellis Schultern zitterten ein wenig. Dinka blieb ganz ruhig stehen. Schön und majestätisch schaute sie geradeaus. Tamar sah zum Fenster. Durch die kaputten Fliegengitter fielen schräg Lichtstrahlen, in denen tausende von Staubkörnchen wirbelten. Schelli wandte sich ab und saß nun mit dem Rücken zum Zimmer. »Es ist ansteckend«, sagte sie schließlich mit gebrochener Stimme. »Wenn jemand Neues kommt, an dem noch der Geruch von zu Hause klebt, überkommt es einen. Es bringt einem das ganze Immunsystem durcheinander.«

Tamar saß auf dem Bett und spielte mit ihren Zehen. Jäh warf sie sich mit einer heftigen Bewegung auf das Bett und streckte sich der Länge nach aus. Sie fühlte die Löcher und Täler der Matratze. Und das Kratzen und Stechen der groben Decke.

»Herzlichen Glückwunsch«, sagte Schelli. »Das ist der schwierigste Schritt hier. Wie in kaltem Wasser weiterzugehen, wenn es einem bis, du weißt schon wo, steht.«

»Sag mal«, fragte Tamar, »wieso sind keine Leute auf den Zimmern?«

»Sie treten auf.«

»Wo denn?«

»Im ganzen Land. Sie kommen spät wieder. Manche sind ein, zwei Tage weg. Doch auch die kommen zurück. Und freitagabends sind alle hier.« Sie formte einen runden Rauchkringel, durch den sie grinsend sagte: »Dann sind wir vereint wie jede große Familie.«

»Aha.« Tamar verdaute die neue Information. »Und was für Leute sind das hier so?«

»Es gibt alle Sorten. Ein paar sind echt krass, vor allem die, die Musik machen. Ein paar sind total im Arsch, die meisten sind einfach schräg drauf. Sie werden nicht mit dir sprechen. Kein Wort werden sie mit dir reden. Sie werden gar nicht merken, dass du da bist. Sie sind fast immer high, und wenn nicht«, sie schüttelte die Hand mit der Zigarette, »ist es besser, sich von ihnen fern zu halten. Wenn du sie nervst, verschlingen sie dich bei lebendigem Leib.«

»Sie sind high? Aber Pessach hat mir gesagt –«

»– dass Drogen hier verboten sind. Aber sicher doch!« Sie stieß einen langen, vulgären Laut aus. »Der bringt doch nur seinen Arsch in Sicherheit.«

»Echt?«

»›Echt‹? Du bist echt naiv.« Schelli sah sie einen Moment prüfend an. »Du passt hier nicht her, weißt du das? Hier geht es nicht zu wie –«, sie suchte nach einem passenden Wort und Tamar ergänzte sauer in ihrem Innern: »wie in deinen Büchern«. Aber Schelli wollte sie nicht verletzen. Sie lächelte und umging geschickt das Schlagloch. »Und wer, glaubst du, verkauft den Leuten hier den Stoff zu überhöhten Preisen? Wer wohl? Und wer kümmert sich darum, dass es hier immer Shit und Papers gibt. Etwa nicht er? Etwa nicht seine Bulldoggen?«

»Wer sind denn seine Bulldoggen?«, fragte Tamar unbeholfen.

»Die Fahrer, die uns bei den Auftritten bewachen. Du wirst noch reichlich Gelegenheit haben, sie kennen zu lernen. Und er weiß von nichts. Verstehst du? Er ist sauber. Er kümmert sich nur um die Kunst und darum, uns von der Straße zu holen und den armen Waisen eine warme Mahlzeit am Tag zu geben. Er ist eine Art Janucz Korczac. Aber es vergeht kein Tag, an dem sie nicht versuchen, mir etwas anzudrehen. Und bei dir werden sie es auch versuchen.« Schelli legte den Kopf schief und sah Tamar an. »Vielleicht nicht gleich. Zuerst probieren sie herauszukriegen, wer und was du bist. Sag mal, nimmst du was?«

»Nein.« Damals, auf dieser Fahrt nach Arad, hatte sie geraucht, danach nie wieder. Auch wenn man ihr hie und da etwas anbot, hatte sie abgelehnt und konnte selbst nicht genau sagen, warum. Es hatte mit der Verbindung zwischen inneren Gefühlen und fremden Stoffen zu tun.

»Dein Glück. Ich auch nicht. Ich hab mich im Griff. Ich lass die Finger davon. Einmal in der Woche ein bisschen Gras, nur so, um die Seele zu lüften. Und manchmal, wenn es richtig, aber richtig knüppeldick kommt, ein wenig Kristall. Das ist alles. Aber H? Auch wenn man mir hier eine Million Dollar hinstellen würde, ich würde es nicht anrühren. Nicht mal mit einem zwei Meter langen Stock. Nada! Mein Leben ist auch so im Arsch. Wenigstens will ich bei klarem Verstand bleiben, um jede Stufe auf dem Weg nach unten genau mitzubekommen.«

Tamar wollte nach Schaj fragen. Ob Schelli ihn schon mal gesehen hatte. Ob sie vielleicht wusste, in welcher Verfassung er war. Ob er überhaupt noch lebte. Sie konnte es sich nur schwer verbeißen. Denn obwohl Schelli nett war, quälte Tamar der Gedanke, Pessach könnte sie auf sie angesetzt haben, um etwas über sie herauszufinden. Es war zwar ekelhaft, Schelli so zu verdächtigen, aber in den letzten Monaten hatte sie sich darauf trainiert, ihren Mitmenschen mit Misstrauen zu begegnen, um nicht den kleinsten Fehler zu machen; dabei war Tamar schmerzhaft klar, dass Schelli die dünne Haut, die sie gerade um sich zog, sehr wohl bemerkte.

»Aber etwas versteh ich nicht«, sagte Tamar nach langem Schweigen. »Warum tut dieser Pessach das? Was hat er davon?«

»Die Kunst«, gluckste Schelli und blies eine Säule der Verachtung Richtung Decke. »Er hat seine eigene, private Produktionsfirma mit eigenen Künstlern. Er organisiert, er plant Aufführungen, er fährt herum und kontrolliert das ganze Land. Handy, big boss, big impressario de la Schrott. Er steht drauf. Und du darfst nicht vergessen, dass er dabei von früh bis spät tüchtig absahnt.«

»Wie meinst du das?«

»Knete.« Schelli befühlte imaginäre Banknoten und ließ imaginären Speichel triefen. »Money... Dinare ... Kohle.« Sie hatte das Talent, bei jeder ihrer Bewegungen komisch zu wirken, und Tamar musste lachen, obwohl ihr der Sinn gar nicht danach stand.

»Aber es ist nicht ... Sicher steckt noch etwas andres dahinter. Oder? Was soll das Ganze sonst?« Tamar wies mit der Hand auf das Zimmer in dem verlassenen Krankenhaus. »Es kann doch nicht sein, dass er das Theater hier für die paar Schekel, die wir auf der Straße kassieren, inszeniert?« Denn selbst wenn Pessach sich damit begnügte, ein »kleiner, erfolgreicher Ganove« zu sein, fehlte noch immer ein Teil in dem Puzzle, in dem sie steckte. Sie hatte keine Erklärung, was es war. Etwas, was mit der Arbeit und dem Gewinn zusammenhing. Irgendein Widerspruch zwischen dem gewaltigen Aufwand – die Organisation, das große Haus und die Transporte in die verschiedenen Städte – und zwischen dem Geld, das man aus den auf Bürgersteigen liegenden Hüten einnehmen konnte.

Schelli schwieg einen Augenblick, schürzte die Lippen um die Zigarette und brummte: »Jetzt, wo du es sagst ...« Tamar war sich mit einem Mal nicht mehr sicher, ob Schelli die Wahrheit sagte.

»Was denn, hast du noch nie darüber nachgedacht?«

»Was weiß ich. Vielleicht hab ich, vielleicht auch nicht. Was spielt das für eine Rolle? Vielleicht am Anfang. Bestimmt. Am Anfang macht man sich eine Menge Gedanken. Das Gehirn arbeitet auf Hochtouren. Später, ich hab's dir schon gesagt, lässt man sich treiben.« Sie zog die Knie an den Bauch und kauerte sich zusammen: »Du stehst morgens auf und sie bringen dich zu einem, ach, was sag ich, zu zwei, zu zehn Orten, an denen du auftrittst. An einem einzigen Tag kommst du von Tel Aviv nach Holon, nach Ashkelon, nach Nes Ziona, nach Rishon Le-Zion. Du gibst dir Mühe, den Fahrern, seinen Wachhunden, nicht zuzuhören. Wenn sie den Mund aufmachen, würde man am liebsten Darwin anrufen und ihm sagen: Du bist einem Irrtum aufgesessen. Der Mensch stammt nicht vom Affen ab, sondern der Affe vom Menschen.« Sie machte perfekt einen Affen nach, der sich die Brust kratzt, sich eine Laus angelt, sie interessiert betrachtet und zwischen seinen wulstigen Lippen knackt. »Ein-, zweimal am Tag kaufen sie dir was zu futtern. Du isst auf der Straße, in einem öden Hinterhof, im Auto, zwischen den Auftritten. Du pennst, sie wecken dich, du trittst auf. Du weißt nicht, ob du in Bat Yam oder in Netanya bist. Überall die gleiche Scheiße. Ein Platz ist wie der andere. Jedes Publikum ist identisch, alle Jungs heißen Dean, alle Mädchen Ifat, außer den Russen, die heißen Boris und Maschinka. Alle andern sind einfache, namenlose Knicksäcke. Vorgestern hat mir so ein Saftsack einen Zwanzig-Schekel-Schein in die Mütze gelegt und hat sich gebückt, um sich fünfzehn Schekel Wechselgeld herauszunehmen. Kannst du dir das vorstellen? Er hatte Glück, dass ich ihm nicht in den Arsch getreten habe. Nach ein paar solchen Tagen weißt du nicht mehr, ob es Morgen oder Abend ist, ob du kommst oder gehst, du bist fix und alle, sie klatschen, du sammelst die Kohle ein, gehst zurück zum Treffpunkt, der Wagen wartet auf dich oder er wartet in einer anderen Stadt auf jemand andern und du musst eine Stunde in der Sonne verdorren −« Je länger sie sprach, desto enger und hasserfüllter wurde ihr Gesicht und viel zu erwachsen für ihr Alter. »Am Ende kommt der Wagen, deine Limousine, dein Lamborghini, der beschissene Subaru, du steigst ein und machst dich so klein wie möglich und pennst noch eine Stunde, damit der Gorilla auf dem Vordersitz dir kein Gespräch über die Relativitätstheorie aufdrückt. Am Abend weißt du nicht mehr, wo du warst, was du gemacht hast und wie du heißt, und wenn sie dich nachts herbringen, hast du kaum die Kraft, das Kartoffelpüree herunterzuwürgen, das Mutti Pessach hat anbrennen lassen. Du verkriechst dich in deine Koje. Siehst du?« Sie lächelte breit. »Ich habe gesprochen: Das war das glanzvolle Leben der Megastars, die prächtige Welt der Boheme!« Sie blinzelte dreimal und machte zum Abschluss ihrer Vorstellung eine kleine Verbeugung.

Tamar schwieg lange. Sie fühlte, wie ihre Muskeln sich verhärteten, so als ob sie sich für die Schläge der kommenden Tage rüsteten. »Und wie kommt es, dass du heute hier bist?«, fragte sie.

»Heute hatte ich einen Termin mit meiner Bewährungshelferin«, lachte Schelli. »Irgendeine Tussi mit Diplom, die sich einbildet, die größte göttliche Erfindung seit dem Toaster zu sein. Aber wenigstens hab ich einmal im Monat frei, um mir ›Aber sag mal, Schelli, warum lässt du dir denn nicht helfen?‹ anzuhören.«

»Wieso hast du eine Bewährungshelferin? Was hast du denn angestellt?«

»Was ich angestellt habe? Was hab ich denn nicht angestellt?« Sie zögerte einen Moment und lachte: »Gottchen, man sieht wirklich, dass du neu bist ... hier stellt keiner solche Fragen. Hier wartet man, bis einer von selbst zu quatschen beginnt. Wenn einer nichts sagt, stellt man keine dämlichen Fragen. Na ja, du hast gefragt, dann sage ich es dir halt: Ich hab keiner Fliege was zu Leide getan, außer ein paar Schachteln Marlboro, die ich ohne zu zahlen zu meinem Eigentum erklärt habe. Fällst du jetzt von der Bettkante?«

»Nö. Du hast also Zigaretten geklaut?«

»Mein Geldbeutel ist mir schon am ersten Tag, an dem ich von zu Hause abgehauen bin, geklaut worden. Schon am Hauptbahnhof von Holon. Ich hatte nichts mehr. Ohne Kippen geht bei mir gar nichts, ich brauch sie mehr als was zu essen und zu

trinken. Woher sollte ich wissen, dass sie dort Kameras angebracht haben und dass Bullen herumlaufen und all so was?«

Dinka kläffte. Ein Schatten fiel in das Zimmer. Pessach stand
in der Tür, die er mit seinem Körper ausfüllte. Tamar dachte erschrocken, dass er sie womöglich schon eine Weile belauschte.
Er zog den Kopf ein, um in das Zimmer zu treten. Seine Augen
musterten feindselig die beiden Mädchen auf den Betten, die
ihre Knie umfassend einander gegenübersaßen.

»Habt ihr schon einen Club aufgemacht?«, meckerte er.

»Ist das etwa verboten?«, stieß Schelli aus.

Er schnüffelte. »Pass auf, was du sagst. Und verbrenn mir
nicht die Matratze.«

»Warum nicht? Brauchst du die Wanzen noch? Moment
mal! Vielleicht willst du ja einen Wanzenzirkus aufmachen wie
Charlie Chaplin.« Und sie imitierte genial eine Wanze, die von
Hand zu Hand hüpft.

»Du ...«, Pessach lehnte sich gegen die Wand, an der er sich
fast unmerklich den Rücken rieb. Tamar verkrampfte sich der
Magen. »Du lernst deine Lektion wohl nie?« Er sprach wieder
ganz langsam, als buchstabiere er jedes Wort. »Eines Tages,
meine Gnädige, eines schönen Tages wirst du den Bogen über-
spannt haben, nur so viel.« Er machte ein Zeichen mit zwei
Fingern. »Und eh du dich versiehst, wirst du dich in einer unangenehmen Lage befinden, in einer höchst unangenehmen
Lage.«

Jetzt sah sie genau, wie es geschah: wie sich, ohne dass eine
echte Veränderung an ihm zu erkennen war, der pummelige
Teddy in einen Grizzly mit langen Krallen verwandelte. Seine
Haut, dachte sie erstaunt. Es ist, als ob die Haut in seinem Gesicht mit einem Mal vertrocknet.

»Worauf wartest du noch?«, keuchte Schelli und drehte ihm
den Nacken zu. Tamar bewunderte sie.

»Glaub mir, es dauert nicht mehr lange. Gar nicht mehr
lange. Irgendwann hast du mir den letzten Nerv geraubt und
dann werden wir sehen, was für 'ne Heldin du bist. Wie da-

mals, als du nachts hergekrochen bist, blutig und voller blauer Flecke, und gewimmert hast, wir sollen dich wieder aufnehmen. Weißt du es noch oder hast du es schon vergessen?«

Schelli vertiefte sich in die Zigarette. Ihr Blick folgte den Rauchkringeln, die sie an die Decke blies.

»Halt dich klein und verdirb mir die Neue nicht. Ich empfehle euch beiden, in die Küche zu gehen und Mutti beim Abendessen zur Hand zu gehen.«

»Beim Püree«, korrigierte ihn Schelli. Er warf ihr einen mörderischen Blick zu und ging.

»Dass du keine Angst vor dem hast!«, sagte Tamar.

»Was kann er mir schon anhaben? Er braucht mich. Er wird nicht auf mich verzichten.«

»Warum nicht?«

»Weißt du, wie viel ich ihm jeden Tag einbringe? Bestimmt fünfhundert Schekel.«

»Fünfhundert?«, sagte Tamar außer sich. »Nur mit Gesang?«

»Ich singe nicht«, sagte Schelli fröhlich, »ich imitiere Sängerinnen.«

»Warum arbeitest du dann nicht für dich selbst? Warum lieferst du ihm dein Geld ab?«

»Allein auf der Straße, das ist kein Zuckerschlecken. Zwei, drei Tage geht es noch. Alle sehen dich nur von weitem prüfend an. Vergewissern sich, dass du kein V-Mann bist oder so was. Aber dann geht es richtig tierisch ab. Glaub mir, ich hab's versucht. Du hast ja gehört, was er gesagt hat. Auf allen vieren bin ich zurückgekrochen.«

Tamar dachte über Schellis Worte nach. Nach einem Moment bat sie: »Mach mal Madonna nach.«

»Du willst eine Privatvorstellung?«, sagte Schelli. »Null Problemo.« Sie stellte sich auf das Bett und holte tief Luft. Tamar begann zu lächeln.

Schelli machte Madonna nach. Singen konnte sie nicht. Idan hätte sich geschüttelt. Aber sie war ein fröhliches, sprudelndes Talent und hatte eine erfrischende, natürliche Frechheit. Und

Tamar lachte Tränen und dachte, mit Idan und Adi war es immer ein anderes Lachen, es ging vom Kopf aus.

Dann wurde Schelli müde und zog sich von einer Minute zur andern zurück. Sie streckte sich auf ihrem Bett aus, sagte »Nacht«, zerrte die Decke über den Kopf und schnarchte eine Minute später.

Tamar, die das schnelle Ende verstörte, blieb noch eine Weile auf der Bettkante sitzen. Dann winkte sie Dinka mit dem Kopf heran und flüsterte: »Wir gehen.« Sie hatte sich entschieden, in der Küche zu helfen, weil sie sich ein wenig vor Pessach fürchtete und auch, weil sie dachte, je mehr sie in diesem Haus herumlief, desto besser war sie auf das, was sie hier erwartete, vorbereitet.

Am nächsten Morgen wurde sie um sechs geweckt. Ein schmächtiger junger Mann mit breiten Koteletten schüttelte sie unsanft. »Los, aufstehen. Noch eine halbe Stunde und es geht los.«

Sie hatte das Gefühl, dass sie kein Auge zugetan hatte. Bis drei Uhr morgens hatte sie immer wieder auf die Uhr gesehen und auf das Geräusch des sich öffnenden Außentors gewartet. Sie dachte, vielleicht kommt er spät. Vielleicht ist er in einer anderen Stadt aufgetreten. Jetzt zog sie sich müde an. Plötzlich hielt sie inne. Sah nachdenklich auf ihren Rucksack. Prüfte die Stelle, wo sie ihn gestern hingestellt hatte. Sah die leichte Veränderung. Vorsichtig untersuchte sie den Inhalt. Die Schekelmünze, die sie gestern zwischen zwei Socken versteckt hatte, war nicht mehr da. Sie tastete und fand sie am Boden des Rucksacks. Nun wusste sie, dass jemand in der Nacht den Rucksack nach Hinweisen durchsucht hatte. Zum Glück hatte sie die Tüte mit dem Fünferpack in ihrer Unterhose versteckt. Gott sei Dank hatte sie daran gedacht, das Armband mit ihrem Namen bei der Gepäckaufbewahrung zu lassen.

Schelli schlief noch immer und hatte sich, so gut es ging, zusammengerollt. Vielleicht träumte sie davon, klein und zierlich zu sein. Tamar sah sie an, erinnerte sich, wie Schelli sie gestern aufgenommen hatte, mit welcher Selbstverständlichkeit sie sie mit in ihre Bude genommen, mit ihr gesprochen und sie aufgemuntert hatte, wie sie keine große Sache aus Tamars Misstrauen gemacht hatte, und vor allem ohne die Hemmungen, die Tamar selber hatte, wenn sie jemanden kennen lernte. Ich mag Menschen, die so locker sind, dachte sie, als sie ihre Schnürsenkel zuband.

Sie ging mit Dinka ins Erdgeschoss. Dort liefen schon ein paar Leute herum, die sie beim Abendessen gesehen hatte. Im Flur herrschte Kommen und Gehen. Pessach stolzierte wie ein Feldmarschall vor dem Gefecht durch den Korridor. In der Hand hielt er ein rotes, dickes Notizbuch, in dem er immer wieder blätterte. »Du da«, er zeigte auf den Mann, der sie geweckt hatte, den Schmächtigen mit den Koteletten und der Elvis-Frisur. »Den mit den Stelzen bringst du mir nach Netanya. Eine halbe Stunde in der Fußgängerzone. Neben der alten Post. Du weißt schon. Wo früher das Sharon-Kino war. Schön. Und dann ab mit euch nach Kfar Saba, zu dem Platz vor dem Einkaufszentrum. Dort zieht er seine Show ab und dann geht es nach Herzliya zum, wie heißt es noch, zum Bürgerhaus. Dort bringst du ihn hin. Wehe dir, ihr seid auch nur eine Minute nach halb zwölf da. Hast du verstanden? Weiter. Du bleibst fünfundzwanzig Minuten mit ihm da, nicht eine Minute länger. Ihr braucht nicht mehr. Wie lange kann einer auf Stelzen gehen? Und von dort, wie eine Rakete, ab zum Ordea-Platz in Ramat Gan. Wie viele hast du jetzt? Vier? Das ist nicht genug. Warte einen Moment!«

Er wählte und sagte in sein Handy: »Hallo, Hemi, bis wie viel Uhr bist du mit der Schnepfe in Herzliya im Bürgerhaus? Wie lange? Wieso? Wie lange braucht sie, um sich ein paar Tücher aus der Nase zu ziehen? Verstanden. Hör mal, mir gefällt das nicht. Zauberei hin, Zauberei her, Punkt zwölf verpisst ihr euch. Nicht eine Sekunde später. Warum? Um halb stell ich schon jemand andern dorthin und ich brauch mindestens eine halbe Stunde Pause dazwischen. Warum? Weißt du immer noch nicht, warum? Ist der Groschen endlich gefallen? Na bravo, dann diskutier nicht, mach dich auf die Socken.« Und so organisierte er weiter, schickte Jungs und Mädchen und die Fahrer los, erinnerte jeden daran, was er mitnehmen musste, und rannte hinter dem Messerschlucker her, der wie üblich den Rucksack mit den Messern stehen gelassen hatte, befahl dem Mädchen, das Luftballons zu allen denkbaren Figuren drehte, sie solle einen Kassettenrekorder aufstellen, damit es dem Publikum nicht langweilig wurde, klopfte dem blassen Jungen mit der Geige auf die Schulter und sagte ihm, er solle sich bemühen, wenigstens einmal die Stunde zu lächeln, denn die Kunden stehen nicht auf Trauermienen. Der Flur leerte sich, bis Tamar allein zurückblieb und schon befürchtete, noch einen weiteren Tag an diesem düsteren Ort verbringen zu müssen.

»Jetzt kommen wir zu dir. Dich schicken wir nach Haifa. Komm her, Miko, heute hast du eine Sonderfahrt. Bring sie zuerst ins Karmelzentrum, such einen guten Platz für sie, denn es ist ihr erster Auftritt außerhalb der Stadt und sie ist große Klasse.« Pessach zwinkerte ihm zu. »Du behandelst sie wie ein rohes Ei, hast du gehört? Dann bringst du sie nach Neve Sha'anan zum Siv-Center.« Er redete und Tamar hörte ihm nicht mehr zu. Sie hatte ein inneres System, nicht hinzuhören, wenn es draußen dornig wurde. Ihre Mutter brachte sie damit auf die Palme. Wo bist du bloß mit deinen Gedanken, wenn du so schaust? Was meinst du mit »so«? Wenn du deine Marmormiene aufsetzt. Wenn deine Augen wie die der Papageien mit einer Haut überzogen sind.

»Und wenn ihr dann noch Zeit habt, schiebt auf dem Rückweg noch einen in Zihron Ya'akov ein. Auch in der Fußgängerzone«, hörte sie Pessach aus der Ferne. »Wie lange dauert deine Vorstellung in etwa, Baby? He, wach auf, wo bist du mit deinen Gedanken?«

Tamar sagte, etwa eine halbe Stunde.

»Kommst du nicht mit einer Viertelstunde aus? Gut. Heute gibst du eben eine halbe Stunde. Du sollst ein gutes Gefühl dabei haben. Morgen sehen wir weiter. Das wär's. Vier Auftritte. Für den Anfang reicht das.«

Miko war der Kerl, der sie gestern mit Pessachs Eltern hergebracht hatte. Er ging wortlos zu dem Subaru und sie folgte ihm. Sie wusste nicht, wo sie sich hinsetzen sollte. Neben ihn oder hinter ihn. Sie entschied sich für den Rücksitz und wusste, dass sie ihm so das Gefühl eines Taxifahrers gab. Egal. Dinka streckte den Kopf aus dem Fenster und atmete vergnügt die kühle Luft ein.

Tamar war froh, Jerusalem zu verlassen, unterwegs, in Bewegung zu sein. Sie hatte sogar ein gewisses Gefühl der Wichtigkeit. Als wäre sie eine berühmte Künstlerin, die man mit einem Privatwagen zu einem Auftritt brachte. Sie winkte innerlich den Fans, die sich links und rechts des Wegs aufgestellt hatten, und warf ihnen Orchideen aus ihrem Strauß zu.

Sie fuhren, ohne ein Wort miteinander zu wechseln. Tamar fragte sich, wann er ihr endlich alles Notwendige erklären würde. Doch es kam kein Ton über seine Lippen. Dafür drückte er ununterbrochen auf seinem Handy herum. Unharmonische, abgehackte Melodien wechselten einander ab. Fast eine Stunde lang blätterte er so zwischen den Dutzenden von Klingelsorten, die sein Gerät bot, bis Tamars Kopf zu zerbersten drohte. Ein-, zweimal stellte sie ihm eine Frage, die er einfach überhörte. Als Tamar sechs Jahre alt gewesen war, wohnten sie in der Nähe der Bahngleise und sie teilte die Welt in zwei Parteien – in die, die einem kleinen Mädchen, das an den Gleisen stand, zurückwinkten, und die, die es nicht taten. Miko gehörte zu denen, die es nicht taten. Ab und zu sah er sie im Rückspiegel an. Seine Augen waren schwarz und brennend. Er verabscheute sie, doch sie wusste nicht warum. Irgendwann wurde es ihr egal.

»Jetzt hör mir gut zu«, sagte er unfreundlich, »die Sache läuft so. Ich park den Subaru in einer Seitenstraße. Du wartest zehn Minuten, dann fängst du an. Wenn du mich im Publikum siehst, tust du, als würden wir uns nicht kennen. Vor allem wenn dich einer nach mir fragt, stellst du dich blöd. Du bist gestern Abend mit dem Bus nach Haifa gekommen, hast am Busbahnhof übernachtet und mit keinem gesprochen. Klar?«

Tamar nickte, ohne ihn anzusehen.

»Wenn du fertig bist mit deinem Gesang – du singst doch, oder?«

»Ja.«

»Wenn du fertig bist, nimmst du das Geld und läufst noch fünf, zehn Minuten herum, nicht länger, und du hältst dich nur in Seitenstraßen auf. Nicht in der Hauptstraße. Kapiert?«

»Ja.«

»Sind die zehn Minuten vorbei, kommst du zum Auto. Auch klar?«

»Klar.«

»Noch mal: Wenn du einen Bullen siehst oder sonst etwas Verdächtiges, kommst du nicht zum Wagen. Du gehst dann an mir vorbei, als würdest du mich nicht kennen. Als wär ich Luft. Erst wenn alles klar ist, steigst du ein. Das ist alles.«

Sie kamen in eine kleine, ruhige Straße, die zum Meer führte. Tamar sah niedrige Häuser und eine von Zypressen und Kiefern beschattete Allee. Miko parkte, löste sogar einen Parkschein und Tamar vermutete, dass er jede Konfrontation mit der Polizei ausschließen wollte. »Das hier ist die Broshim-Straße, merk dir den Namen. An der Ecke ist ein Supermarkt und ein Fitness-Center. Vergiss das nicht. Los jetzt.«

Und so machte sie sich auf den Weg.

Als sie zu singen begann, versagte ihr die Stimme, und sie musste ein paar Minuten aussetzen. Wieder war sie im Begriff, sich selbst alles zu verderben. Als ihre Kehle langsam klar wurde, fiel ihr ein, dass man nicht singen sollte, ohne vorher die

Stimme aufzuwärmen. Auf lange Sicht war es ungesund. Aber die Worte »auf lange Sicht« kamen ihr nun leer vor und ohne Zusammenhang zu ihr, denn sie – sie lebte jetzt nur für die »kurze Sicht«. Sie setzte wieder an und sang zwei hebräische Chansons, doch ihr Gesang gefiel ihr selbst nicht. Sie hatte keine Beziehung zum Text. Und sosehr sie sich auch bemühte – es sprang kein Funke über. Das machte ihr Angst. Sie befürchtete, Pessach könnte über Miko davon erfahren und sie wegschicken. Das fehlte noch: dass sie womöglich vom sachkundigen Urteil dieses Miko abhängig war! Sie kannte den Grund für ihren Schiffbruch genau: Als sie in Jerusalem gesungen hatte, hatte die Straße sie fast immer animiert. Auch wenn sie ihr Ziel nicht für einen Moment aus den Augen verloren hatte, sang sie dort freiheraus. Jetzt, wo sie den gesamten Apparat Pessachs hinter sich hatte, fühlte sie sich wie ein eingesperrter Kanarienvogel.

Zum Schluss sang sie auf Ladino »Los biblicos«. Die einfache, warme Melodie beflügelte sie. Die Menschen, die um sie herumstanden, begannen zu lächeln, etwas Bekanntes begann wieder in ihr zu sprudeln und darum sang sie außer der Reihe »Marionetten« von Lea Goldberg, das sie von einer CD von Noa, ihrer Lieblingssängerin, kannte, und ihre Stimme machte gewagte Sprünge.

Sie lächelte einen jungen, barfüßigen Mann an, der dastand und ihre Stimme aufzusaugen schien. Er war von ihrem Lächeln völlig fasziniert und fühlte sich gewaltig zu ihr hingezogen. »Vielleicht ist sie nur eine Puppe«, sang sie und rundete ihre Augen, »eine Marionette, an deren Schnüren jemand zieht …« Die Zuhörer klatschten begeistert, baten um mehr, aber sie hatte keine Lust auf eine Zugabe. Sie wollte weiterfahren, verstehen, was um sie herum geschah, sehen, in welcher Show sie mitwirkte und welche Rolle genau sie spielte.

Als sie fertig war, kam der junge Mann, fast noch ein Kind, auf sie zu. Er war zart und mager, trug ein arabisches Gewand, hatte kleine Perlen im Haar und feurige Augen. Er sagte, er müsse sie sofort mitnehmen nach Galiläa. Dort gäbe es eine

Höhle mit einer göttlichen Akustik, die wie für ihre Stimme gemacht sei, er müsse sie einfach dort hören. Als er »Höhle« sagte, sah sie für einen Augenblick ihre eigene Höhle vor sich, mit dem Klappstuhl und der gegen die Wand gelehnten Gitarre, wer weiß, ob sie es je bis dorthin schaffen würde. Wer weiß, ob es ihr gelingen würde, Schaj dorthin zu bringen. Sie lächelte höflich und schüttelte den Kopf. Er ließ nicht locker. »Du musst sie dir ansehen –«, seine Hand packte unvermittelt ihren Arm und befummelte ihn ein wenig. »Gott hat sie nur für deine Stimme geschaffen. Was sagst du also, meine Rose? Sing mir dort nur ein einziges Lied vor ...« Tamar schüttelte seine Hand gewaltsam ab. Die graublauen Augen bekamen einen metallischen Glanz. »Lass mich los, sag ich dir!« Er warf ihr einen Blick zu, sah dort etwas, schreckte zurück und machte sich davon.

Nach einer Weile suchte sie durch Nebenstraßen den Weg zum Auto. Sie hatte das Gefühl einer Gefangenen auf dem Transport zu einem neuen Gefängnis. Menschen gingen vorüber und unterhielten sich, Autos fuhren, der Alltag war zum Greifen nah. Sie musste nur die Hand ausstrecken und ihn berühren; doch es war, als trenne sie eine gläserne Wand. Im Auto sah Miko sie nicht an. Sie gab ihm die Tüte mit dem Geld. Er wog sie mit den Händen:

»Ist das alles?«

»Mehr haben sie mir nicht gegeben«, sagte sie und war ärgerlich auf sich selbst. Wieso rechtfertige ich mich vor dem?

»Wenn du dir was rausnimmst, wirst du mich kennen lernen. Mach dir keine Illusionen. Wir haben unsere Wege, um es zu kontrollieren.«

»Ich hab nichts genommen«, sagte sie ruhig und sah ihm direkt in die Augen, bis er gezwungen war, den Blick zu senken.

Er ließ den Motor an. Sie fuhren schweigend. Tamar dachte nach. Während der Vorstellung hatte sie ihn hin und wieder gesehen, wie er durch die Reihen der Zuhörer ging. Sie hatte keine Ahnung, vor wem er sie eigentlich bewachen sollte und wieso er so große Angst vor der Polizei hatte. Und warum Pessach heute Morgen jemandem am Telefon erklärt hatte, dass eine halbe Stunde Abstand zwischen zwei Vorstellungen liegen müsse. Ihr Gehirn lief auf Hochtouren: Als der Kerl mit der Höhle in Galiläa sie belästigt hatte, hatte Miko sich nicht blicken lassen, um ihr zu Hilfe zu kommen. Was war dann seine Rolle bei ihren Auftritten? Es ergab keinen Sinn. Man fuhr sie nach Haifa, man warnte sie, man jagte ihr Angst ein, sie sang, nichts Auffälliges ereignete sich und nun karrte man sie zu einem zweiten Auftritt. Was sollte das Ganze?

Sie rief ihren Vater zu Hilfe. Wenigstens in Angelegenheiten, von denen er etwas verstand, sollte er ihr helfen. Aufwand und Ertrag gegenüberstellen. Rentabilität. Profit. Seine Mantras. Seine kleinen Schutzschilder. Sie dachte an die fünfhundert Schekel, die Schelli täglich verdiente. Sagen wir, dass nicht jeder so viel einnimmt wie Schelli. Sagen wir, im Schnitt verdient jeder Künstler – sie begann zu rechnen, kam durcheinander. Mit Zahlen hatte sie es nicht. Ihr Bauch lehnte sich gegen diese Beschäftigung auf. Doch sie riss sich zusammen. Sie schloss die Augen und rechnete. Sie verdoppelte die Anzahl der Jungen und Mädchen, die sie am Morgen im Flur gesehen hatte. Ihre Augen weiteten sich: Sie kam auf etwa 10 000 Schekel pro Tag. Ein schöner Batzen Geld. Und dennoch fehlte etwas.

Auch die Vorstellung im Siv-Center lief gut. Hier sang sie zwar noch schlechter, denn sie war in die quälenden Rätsel vertieft, und doch war die Begeisterung des Publikums noch größer. Sie hatte keine Erklärung dafür. Es war mal so und mal so. Und immer war es reichlich deprimierend, denn wenn die Leute jubelten, bewies ihr das nur einmal mehr, wie groß die Diskrepanz war zwischen dem, was sie in ihrem Innern fühlte, und dem, was man von außen sah. Das kannte sie zur Genüge. Die eigentümliche Niedergeschlagenheit nach einem Auftritt, wenn sie fühlte, dass die Liebe, die man ihr entgegenbrachte, ihre Einsamkeit nur noch verstärkte, und das Gefühl, das sie am meisten niederschlug: dass man sie nicht verstand.

Schaj hatte es vor zwei Jahren, nach irgendeinem laienhaften Auftritt, auf den Punkt gebracht: »Manchmal kränkt es einen mehr, wenn man aus den falschen Gründen geliebt wird, als wenn man aus einem treffenden Grund gehasst wird.« Wie immer kamen Leute zu ihr, schüttelten ihr aufgewühlt die Hand, stellten ihr Fragen, waren besorgt und sie genoss die entgegengebrachte Fürsorge.

Ein Polizist stand ein wenig abseits, doch er war mit einem eleganten Herrn beschäftigt, der seine Worte aufgeregt mit fuchtelnden Händen begleitete und vermutlich eine unangenehme Begebenheit schilderte. Der Polizist hörte zu, machte sich Notizen und schenkte ihr keinerlei Beachtung.

»Diesmal ist es besser gelaufen«, stieß sie aus, als sie Miko das Geld aushändigte, und schämte sich im selben Atemzug, wie versessen sie darauf war, ihn zufrieden zu stellen.

Während der ganzen Fahrt quälte sie sich wegen des Satzes, der ihr herausgerutscht war: »Diesmal ist es besser gelaufen.« Was ist denn besser gelaufen, kannst du mir das sagen? Dass du mehr Geld eingenommen hast? Der Auftritt davor war doch um ein Vielfaches besser gewesen. Soll das etwa heißen, dass dein Gesang weniger wert ist, wenn man dir weniger dafür zahlt? Und wenn du weniger als Schelli einnimmst, zählst du dann weniger als sie? Du Schleimerin.

Zum ersten Mal, seit sie auf der Straße auftrat, fühlte sie, in welch hohem Maße sie sich verkaufte. Sie schwor sich, sich nie, nie wieder dafür zu entschuldigen, wenn sie wenig Geld eingenommen hatte. Nicht bei Miko oder Pessach und Konsorten, und überhaupt – bei niemandem auf der Welt. Sie richtete sich auf dem Rücksitz auf und reckte das Kinn vor. Diese Geste ließ sie an Theodora denken und sie schöpfte Kraft aus ihr und sagte sich, dass ihre Aufgabe, ihre Bestimmung, im Singen bestand. Der Rest – deren Sache.

An der schönen Promenade von Bat Galim sang sie auf Portugiesisch »Es ist süß, am Meer zu sterben«. Sie hatte noch nicht viel an diesem Stück gearbeitet, aber als sie das Meer aus der Nähe sah, kam ihr die Melodie in den Sinn und sie ließ sich treiben und sang vollkommen frei, eine erfahrene reife Sängerin, die ein Lied vorträgt, und dann, mit einer scharfen Wendung in dem bekannten Slalom, machte sie mit einem fetzigen Lied weiter, streckte die Arme wie Flammen in die Höhe und tanzte und wiegte sich, wie sie es noch nie auf einer Party gewagt hatte, und sie wurde zu Tina Turner, mit deren Wildheit und stürmischen Leidenschaft ... Ein junger Mann und ein junges Mädchen, nicht viel älter als sie, vielleicht zwei Soldaten auf Urlaub, begannen begeistert zu tanzen. Sie sang ihnen vor und tanzte mit ihnen. Endlich verstand sie, was Halina ihr jahrelang vergeblich beizubringen versuchte – nicht wegzulaufen vor den Gefühlen, die sie auslöste. Nicht über sie hinweg in die Leere zu starren, als hätte sie mit dem, was sie entfachte, nicht das Geringste zu tun; und tatsächlich wagte sie, seit sie den Schritt auf die Straße gemacht hatte, von Auftritt zu Auftritt mehr. Sie schreckte nicht davor zurück, den Leuten direkt in die Augen zu schauen, zu lächeln, etwas aus sich selbst in sie hineinzustrahlen; und es war ihr schon mehr als einmal passiert, dass sie ohne das geringste Schamgefühl ein komplettes Lied für einen Menschen sang, der vor ihr stand und ihr gefiel und von dem sie dachte, er würde sie verstehen. Sie sah ihn an, fixierte ihn, flirtete ein wenig und spürte gelegentlich, dass sie ihn mit ihrem erwachsenen, durchdringenden Blick in Verlegenheit brachte.

Und der Gedanke, der Eindruck, dass jeder herauszufinden versuchte, was und wer sie wirklich war, erregte sie ebenfalls. Was sie für eine Geschichte hatte. Und auch das war etwas ganz und gar anderes als die Auftritte im Chor zwischen den all braven Sängerinnen in der Einheitskluft. Denn während eines Vortrags auf der Straße konnte sie mit ihrem Körper, ihrer Gänsehaut fühlen, wie die Menschen sie anstarrten, forschend in sie drangen und wie deren Fantasien ihr abenteuerliche Geschichten auf den Leib nähten: Sie ist ein armes Waisenkind, das seinen Lebensunterhalt auf diese Weise verdienen muss; sie ist eine Rocksängerin aus einer englischen Provinzstadt, die in einen jungen Israeli verliebt war, der sie verlassen hat, und die sich nun das Geld für den Rückflug zusammensingen muss; sie ist die neue Entdeckung des Jugendworkshops der Pariser Oper, die eine anonyme Reise in andere Länder unternimmt, um sich für ihre Karriere abzuhärten; sie hat Krebs und beschlossen, ihr letztes Jahr mit stürmischem Straßenleben zu verbringen. Sie ist eine Nutte, die tagsüber mit dieser reinen Stimme singt ...

Dieser Auftritt am Meer hatte durch die Fantasien, die sie anfeuerten, etwas Mitreißendes. Durch das, was sie mit ihrer Stimme wagte. Plötzlich bemerkte sie, es war das erste Mal in ihrem Leben, dass sie vom Singen ins Schwitzen geriet. Sie genoss ihren Gesang so sehr, dass sie, auch als Miko ihr ein-, zweimal zu verstehen gab, sie solle Schluss machen, beschloss, noch ein weiteres Lied zu singen, seinen mörderischen Blick einfach ignorierte und »Du blöde Kuh« von Etti Ankri sang. Sie schlang die Arme um sich und wiegte sich im Rhythmus der Wellen und der weichen, trügerischen Melodie, die in sich den Wespenstachel der Worte verbarg. »Du blöde Kuh, sieh nur, wo du gelandet bist ...«

Und Tamar tänzelte leichtfüßig um sich selbst, selbstvergessen und voll bitterer Freude.

Als das Publikum sich verstreut hatte, sah sie eine alte, schwerfällige Frau, die an der Stelle, an der sie gesungen hatte, aufgeregt hin und her lief und auf der Erde, zwischen den Büschen und unter den Bänken nach etwas suchte: »Hier, hier ich habe gestanden«, murmelte sie, als sie die Augen hob und Tamar ansah. »Vielleicht er ist runtergefallen. Vielleicht jemand hat ihn mir weggenommen. Aber wie ist das bloß passiert? Ich stehe hier und höre zu und auf einmal merke ich, er ist weg, er ist weg!«

»Wer ist weg?«, fragte Tamar und ihr Herz rutschte ihr langsam in die Hose.

»Mein Geldbeutel mit Geld und Papiere.« Sie hatte ein rotes, dickes Gesicht, Äderchen verzweigten sich auf ihrer großen Nase und auf ihrem Kopf schwankte ein Turm aus glänzendem, blond gebleichtem Haar. »Heute ich habe dreihundert Schekel von meinem Chef für Hochzeit meiner Tochter bekommen. Dreihundert! Noch nie er hat mir so viel gegeben. Und dann ich habe dich gehört. Und was mache ich Idiotka, bleibe, nur fünf Minuten. Und jetzt – alles futsch. Alles weg!« Ihre Stimme erstarb vor Kummer und Erschütterung.

Tamar gab ihr ohne zu zögern alle Münzen, die in ihrer Mütze lagen. »Nehmen Sie.«

»Um Gottes willen, nein! Das geht doch nicht.« Sie schreckte zurück und berührte herzlich Tamars mageren Arm. »Das geht nicht. Du musst ... So klein bist du ... nur halbe Portion. Und du mir willst etwas geben? Nein, nein, nicht gut ...«

Tamar drückte ihr das Geld in die Hand und rannte weg. Wie eine Sturmböe fegte sie über den Strand. Als sie in den Wagen stieg, sagte sie sofort: »Ich hab kein Geld mehr. Nichts. Ich hatte etwa siebzig Schekel. Ich hab sie der Frau gegeben.«

Seine Augen funkelten schwarz: »Was für einer Frau?«

»Der Russin, die du bestohlen hast.«

Plötzlich herrschte Totenstille. Dann drehte er sich um. Langsam, bis sie sein volles Gesicht vor sich sah. Alles schien in Zeitlupe abzulaufen. Sie sah die tiefe Falte auf seiner jungen Stirn. Sein geschorenes, krauses Haar, seine schmalen Lippen.

Und dann schlug er zu. Eine Ohrfeige und noch eine. Sie kippte einmal nach rechts und einmal nach links. Dinka stellte sich auf ihrem Sitz auf und begann drohend zu knurren. Tamar legte ihr die Hand auf den Kopf. Um sie zu beruhigen, um sich zu beruhigen. Die Welt drehte sich um sie, zerfiel und fügte sich nur schwerfällig wieder zusammen. Sie hörte, dass sie losfuhren. Die Landschaft raste an ihr vorbei. Sie sah Mikos muskulösen Rücken, presste die Lippen mit aller Kraft zusammen und spannte die Bauchmuskeln an und dennoch liefen ihr die Tränen über die Wangen. Sie wischte sie nicht ab. Sie leugnete sie einfach. »Du blöde Kuh, deine Weichheit ist geronnen …«, summte sie immer wieder, verwandelte die Worte in ihrem Innern zu einem einzigen anhaltenden Ton, einer Sirene, dann zu einem Schrei. Draußen war nichts zu hören. Sie tauchte in sich ab, ignorierte alles, was um sie herum geschah, den unerträglichen Haufen, der auf ihr lastete. Sie lief davon, ohne dass einer es bemerkte. Sie rannte weg und schloss sich mit einem Klavier und mit Halina in ein Zimmer ein. Das war die Zufluchtsstätte, die sie jetzt brauchte. Die kleine Halina mit der Brille, die ihr auf die Nasenspitze rutschte, und dem strengen Blick, der über ihre Schülerin huschte. Halina, die ihre winzige, gebieterische Hand zur Faust ballt und Tamar befiehlt, mit ihrer Stimme die Daumenspitze mit dem rot lackierten Nagel anzupeilen: »L-a!«, summt Tamar in ihrem Innern mit höchster Konzentration. »N-a!«, summt Halina vor ihr. »Mein Nagel spürt dich nicht! L-ha. Mehr Re-so-nanz…« Und es hilft, es massiert ihr die Hohlräume in ihrem Kopf und lässt die Klänge wie heißes Blut sie durchfließen, es beruhigt sie und erinnert sie daran, wohin sie in Wahrheit gehört, wo sie mit sich selbst eins ist.

Im nächsten Augenblick fühlte sie seinen stechenden Blick im Rückspiegel: »Das ist das letzte Mal, dass du dieses Wort in den Mund genommen hast, das letzte Mal, dass du es auch nur gedacht hast. Du schuldest Pessach siebzig Schekel. Das regelst du gefälligst mit ihm selbst – aber wenn du dir noch einmal das Maul darüber zerreißt, hast du bei mir verschissen. Wenn ich mit dir fertig bin, kennt deine Mutter dich nicht wieder.«

Danach fuhren sie wortlos weiter. Ihr Kopf schmerzte von den Schlägen und ihre Seele brüllte, ihre Wangen glühten von den Ohrfeigen und vor Scham. Seit etwa zehn Jahren hatte niemand sie mehr geschlagen. Als sie klein war und ihre Mutter ihr, wenn sie nervös war, eine runterhaute, beeilte sich ihr Vater, sich zwischen sie und ihre Mutter zu stellen. Einmal, als ihre Mutter völlig die Nerven verlor (Tamar wusste nicht mehr, was sie angestellt hatte, das solch einen Ausbruch nach sich zog) und drohend hinter ihr herrannte, hörte sie, wie ihr Vater aus seinem Arbeitszimmer schrie:»Nicht ins Gesicht, Telma!« Und durch die Angst fühlte sie ein warmes Sprudeln der Dankbarkeit, weil er versuchte, sie zu beschützen.

Jetzt dachte sie, vielleicht hatte er nur Angst, die Leute könnten es ihr ansehen.

Seine größte Angst war immer das, was die Leute sagen könnten.

Sie zwang sich, nicht mehr an die Backpfeifen zu denken. Sie wusste, wenn sie es nicht schnell verdrängen würde, kämen ihr wieder die Tränen. Sie zwang sich zu handeln. Beschäftigte ihr Hirn mit hektischen Berechnungen: Wenn Miko bei jedem ihrer Auftritte zwei oder drei Geldbeutel entwendete; wenn sie jeden Tag vier- oder fünfmal auftrat und es sogar Tage mit zehn Auftritten gab; wenn im Heim zwanzig oder dreißig oder sogar fünfzig Jugendliche wohnten; wenn in jedem Geldbeutel hundert oder zweihundert Schekel waren, manchmal sogar ein Tausender – ihr Kopf begann sich zu drehen. Ein kleiner, mieser Ganove. Vielleicht war er gar kein so kleiner Ganove. Mit ihrem groben Überschlag kam sie auf zehntausende Schekel pro Tag. Sie konnte es kaum fassen, aber auch als sie noch einmal nachrechnete, kam sie zu demselben Ergebnis. Ihre Hände begannen zu schwitzen. Sie versuchte sich die Sache in eine verständlichere Sprache zu übersetzen. Sie sagte sich, Pessach Beth Halevi verdient in einer halben Stunde mehr als ich in einem Jahr bei Theodora.

Um fünf Uhr nachmittags erreichten sie Zihron Ya'akov. Tamar war schlapp und niedergeschlagen. Sie vermochte kaum aus dem Wagen zu steigen und konnte sich nicht vorstellen, vor Fremden zu singen, ohne in Tränen auszubrechen.

Und doch verließ sie den Wagen. Sie hatte einen Auftritt und sie hatte keine Wahl. Es ging hier nicht um Miko oder Pessach und nicht um den Dreck, in den sie sie ziehen wollten. Du hast einen Auftritt, also wirst du auftreten. In jedem Zustand wirst du auftreten. Und wenn es aus eigener Kraft nicht geht, dann schöpf Kraft aus Halina. Sie wird dir nicht verzeihen, wenn du aufgibst. »Fühlt sich ein Schauspieler, der sich daheim mit seiner Frau verkracht hat, etwa wie Hamlet? Und doch spielt er den Hamlet!«

Sie schleppte sich zur Fußgängerzone und lief dort ein paar Minuten herum, sah sich die eleganten Schaufenster an, spiegelte sich in ihnen, ein mageres, kahles Mädchen mit großen Augen und einem Mund, der heute Nachmittag wie eine umgedrehte Sichel aussah.

Sie ging durch die Reihen der Menschen, vorbei an kleinen und großen Familien. Ein leichter Abendwind kam auf. Kinder tollten herum, jagten einander, die Eltern störten sie gleichmütig. Tamar tauchte verstohlen in diese winzige Idylle. »Sieh nur, wo du gelandet bist, du blöde Kuh, deine Weichheit ist geronnen.« In einem Straßencafé saßen ein junger, gut aussehender Vater und ein fünf- oder sechsjähriger Junge. Der Junge bat seinen Vater, er solle ihm die Zeitung, die auf dem Tisch lag, zu lesen geben. Aber er wusste nicht, wie man eine Zeitung umblätterte und kam mit den großen Seiten nicht zurecht, bis sie ihm im Gesicht klebten. Er quietschte vor Vergnügen und der Vater erklärte ihm geduldig, wie man es richtig machte, zeigte ihm immer wieder die richtigen Handgriffe.

Ein Faden der Liebe verband die beiden und Tamar wäre am liebsten auf sie zugegangen, um den Vater zu bitten, er solle sie für alle Ewigkeit als Kindermädchen für den Jungen engagieren. Sie könne ihm auch jedes Lied aus »Die Trapp-Familie« vorsingen. Die Sehnsucht nach Noiku quälte sie. Nach Noikus ansteckender Lebensfreude und ihren Pfirsichwangen. Sie dachte daran, wie sie mit ihr herumtollte und wie die Küche aussah, als sie Lea einen Überraschungskuchen backten, und wie sie auf Leas Bett auftraten, die Musik in voller Lautstärke aufdrehten, Gesichter wie zwei hartgesottene Rockmusikerinnen aus einem Frauengefängnis in Ohio machten, und Noiku war doch erst drei! Wie toll würde sie sein, wenn sie erst sieben war oder siebzehn. Tamar konnte ihre beste Freundin werden, ihre Schwester, ihre Weggenossin, ihre engste Vertraute. Sofort notierte sie in ihrem Kopf ein paar dringende Fragen, die sie an Theodora hatte, Fragen, wie man sie nur Theo stellen konnte: Wenn ein Mensch, wer auch immer, beschließt, einen Panzer um sich herum zu errichten und sich zu verbarrikadieren und sich und seine Seele, wenn auch nur für eine gewisse Zeit, hermetisch abdichtet, um irgendeine schwierige Aufgabe zu lösen, war es dann denkbar, dass dieser Mensch nach Beendigung seiner Mission wieder derjenige wäre, der er vorher war?

Mit Verspätung und müden Beinen erreichte sie die Stelle, für die sie sich entschieden hatte. Den Bürgersteig gegenüber dem Aharonson-Haus neben einem großen Tonkrug, in dem ein Rebstock wuchs. Sie suchte ein angenehmes Plätzchen, an dem Dinka sich ausruhen konnte, und achtete darauf, sie im Auge behalten zu können. Dann stellte sie sich in die Mitte eines imaginären Kreises, senkte den Kopf und begann sich in die Atmosphäre eines Auftrittes zu versetzen. Es fiel ihr fast so schwer wie beim ersten Mal vor einer Million Jahren in der Fußgängerzone von Jerusalem.

Und dann, vollkommen überraschend, auch für sie selbst, öffnete sie den Mund und sang.

Sie sang kräftig, sogar lauter als gewöhnlich. Ihre Stimme war jenseits von ihr und von allem, was ihr passiert war. Sie war so klar und rein geblieben, dass Tamar es beinahe nicht für möglich hielt. Sie glaubte es kaum, dass ihre Stimme sich so sehr von dem, was sie selbst durchmachte, abhob. Die ersten beiden Lieder sang sie wie durch dichten Dunst, in erster Linie darum bemüht, sich ihrer Stimme zu nähern, sich ihrer wieder zu bemächtigen. Eine sonderbare Erfahrung. Zum ersten Mal in ihrem Leben empfand sie eine Art Feindseligkeit gegen ihre Stimme, die scheinbar sauber bleiben wollte, während sie selbst

sich beschmutzte. Fast automatisch änderte sie ihren ursprüng-
lichen Plan und ging dazu über, ein Lied von Kurt Weill zu singen – Halina nannte seine Lieder »menschenhassende Songs« –,
sie sang von Jenny, dem missbrauchten Zimmermädchen, der
melancholischen Dirne, die von einem Schiff mit acht glänzenden Segeln träumt und fünfundfünfzig Kanonen und dutzenden von Piraten, das zum Kai ihrer Stadt kommt, vor die elende
Spelunke, in der sie arbeitet, den Anker wirft und mit einem
Feuersturm die Stadt, das Hotel und alle, die ihr Böses getan
haben, vernichtet. Es war nicht das erste Mal, dass sie dieses
Lied sang, aber jetzt packte es sie mit einem Mal an ihren Wur-
zeln und sie wusste sofort, dass sie aus einer neuen Stelle in
ihrem Innern sang, aus dem unteren Bauch, aus der Erde. Sie
sang mit Marianne Faithfull, die ihr beigebracht hatte, die See-
räuberjenny zu singen, Marianne Faithfull, die Schaj liebte,
vor allem die Lieder nach ihrer Drogenzeit; in seinem Zimmer
lauschten sie beide ihrer verrauchten, versengten Stimme, und
Schaj sagte, dass nur eine, die wirklich vom Leben verbrannt
wurde, so singen könne. Und Tamar dachte damals traurig, dass
sie wohl nie so singen würde, denn was konnte ihr in ihrem
Leben schon groß passieren.

Ihre Hände begannen sich zu bewegen, ihr Gesicht wurde
wieder ausdrucksvoll, dieses Gesicht, das Prügel bezogen hatte.
Ihre Stimme floss wie ihr Blut durch ihren Körper, belebte die
Hände, den Bauch, die Beine. Die etwas schwere Brust. Warme
Kreise wanden sich auf ihrem Körper und sie bewegte sich ver-
führerisch in leichtem Rausch. Sie sang für sich, für sich selbst,
sie hatte kaum einen Bezug zu den umstehenden Menschen
und sie fühlten es und wollten gerade deshalb unbedingt in
ihr Inneres blicken; doch sie schenkte ihnen keine Beachtung,
nur zufällig standen sie um sie herum. Sie sang und rollte die
Stimme tief in ihrem Innern durch ihre dunkelsten Gänge. Sie
hatte es nie gewagt, aus diesen Stellen zu singen, mit solch hässlicher Heiserkeit, versengt und krächzend. Jetzt war sie tief
unten in ihrem Innern, suhlte sich in ihrer Stimme, verdreckt

und unter erstickten Tränen, einsam und vergiftet, bis sie fühlte, dass ihre Stimme von dort unten aufstieg, aus ihr herausgezogen und erlöst wurde und sie selbst mit an die Oberfläche zog – langsam, langsam, so wie sie jetzt war – und auch etwas, was sie im letzten Jahr verloren hatte, und das, was jetzt nach und nach in ihr wuchs, trotz allem.

Durch den Nebel bemerkte sie, dass sich mehr und mehr Menschen um sie versammelten. Eine große Menschenmenge. Sie hatte noch nie solch ein großes Publikum gehabt. Sie sang schon über eine halbe Stunde und konnte sich nicht losreißen – nicht von ihnen, sondern von der neuen Stelle, die sie entdeckt hatte.

Zum Schluss sang sie das Solo, das man ihr weggenommen hatte, ihr geliebtes Solo aus »Stabat mater« von Pergolesi. Ausgerechnet dafür entschied sie sich, um ihren Auftritt zu beenden. Mit den reinen Klängen, durchsichtig wie Kristall. Und kein Mensch lachte diesmal und der Gesang war wieder zu ihrem einzigen, absoluten Ding geworden, dem Ding, das sie war. Tausend Unterrichtsstunden hatten ihr nicht diese greifbare Erkenntnis vermittelt: Ihre Stimme war ihr Platz auf der Welt. Das Haus, aus dem sie fortging und zu dem sie zurückkehrte und in dem sie sie selbst sein durfte und wo sie hoffen durfte, dass man sie wegen allem, was sie ausmachte, liebte, trotz allem. Müsste ich zwischen Glück und einem guten Lied wählen, hatte sie einmal in ihr Tagebuch geschrieben, als sie vierzehn war, bestünde kein Zweifel daran, wofür ich mich entscheiden würde.

Ein wundersamer Moment der Ruhe und der inneren Versöhnung. Und dann begann sie zu erwachen und es fiel ihr ein, wo sie sich befand. Sie sah Mikos Krauskopf langsam durch die Reihen streichen und schloss fest die Lider und sang und wusste, dass ihre Stimme jetzt im Publikum einen Menschen dazu brachte, sich für einen Moment zu vergessen, und sie wusste, was es bedeutete, dachte stotternd »Komplizin« und sang weiter.

Nach dem letzten Ton fiel sie beinahe um, so schwindlig war ihr, so erregt war sie. Wie in Zeitlupe legte sie die Mütze auf den Boden. Sie kniete sich einen Moment neben Dinka, klammerte sich an sie und schöpfte neuen Mut. Menschen standen um sie herum und riefen »Bravo!«. Die Mütze füllte sich mit Münzen und zum ersten Mal in ihrer Karriere grünte dort auch ein Zwanzig-Schekel-Schein. Sie schüttete das Geld in den Rucksack und schickte sich zum Gehen an, doch die Leute baten um mehr. Sie riefen im Takt: »Zugabe! Zugabe!«

Tamar hatte keine Kraft mehr. Zu viele Gefühle durchströmten sie und die Menschen sahen es und gaben dennoch nicht auf. Sie wussten, sie würden nun das Letzte von ihr bekommen, das Gelee royale. Sie war verwirrt, ihr Gesicht war rot und glänzte wie mit Tau besprüht. Das Publikum jubelte und sie lachte. Jetzt war sie in einem anderen, für jeden erkennbaren Gemütszustand, aufgedreht und ekstatisch, was gefährlich für sie war; denn wenn sie mit dem Chor auftraten, waren sie abgeschirmt, dann blieben die Aufgelöstheit und die Peinlichkeit, die zu solchen Momenten gehörten, dem Publikum verborgen. Wenn in den Sälen der Vorhang fiel, wurde der Rausch des »Danach« den Zuschauern vorenthalten. Hier gab es keinen Vorhang. Sie stand mitten unter ihnen und sie wollten ihren Anteil an der Ekstase, zu der sie beigetragen hatten. Und sie forderten es so vehement, dass Tamar einen Augenblick Entsetzen packte, ob sie nicht schon zu viel von sich selbst gegeben hatte und ihr etwas unwiderruflich abhanden gekommen war.

Und darum sang sie als Zugabe ein kleines, bescheidenes Lied, ein französisches Kinderlied über einen Hirten und eine Hirtin, einen Hirten, der im Tal ein Zicklein findet und der Hirtin für einen Kuss auf die Wange zurückbringt. Dieses Lied ernüchterte sie, brachte sie wieder zurück in die Realität. Sie sah, wie Miko sich mit vollen Taschen aus dem Staub machte. Ihre Augen sahen forschend ins Publikum. Woher kam diesmal der Schrei? Ein Stich der Schuld in ihrem Herzen. Wie sollte sie es ertragen und nicht hier und jetzt vor allen beichten? Aber sie hatte eine Aufgabe. Sie spielte eine Rolle. Diese Worte sagte sie sich immer wieder, während sie das belanglose Lied sang, und nur mithilfe dieser Worte gelang es ihr, unschuldig, süß und anziehend zu wirken; und nur dank ihrer nun schon reichen Erfahrung brachte sie es fertig, zurückzuhalten, was jemand in ihrem Innern lauthals schrie: Wie kannst du nur, du mit deinen Prinzipien und deiner Kritik an der ganzen Welt ...

»Nicht übel«, kicherte Miko, als sie ihm die Tüte reichte, als ginge eine ansteckende Krankheit von ihr aus. »Du hast was gelernt, nur fass dich das nächste Mal kürzer.«

Er zählte wortlos. Nur seine Lippen bewegten sich. »Mein lieber Schwan«, sagte er in den Rückspiegel. »Hundertvierzig Schekel hast du gemacht. Weiter so.«

Sie drehte den Kopf angewidert ab und dachte, gleich muss ich kotzen. Auf dem Sitz neben ihm lag eine braune, offene Geldbörse. Für den Bruchteil einer Sekunde sah sie dort ein Passfoto – das Foto jenes lachenden Jungen aus dem Café.

Sie begann schon daran zu zweifeln, ob sie Schaj jemals begegnen würde. Eine Woche, nachdem sie in das verlassene Krankenhaus gekommen war, hatte sie begriffen, wovon Schelli am ersten Tag gesprochen hatte. Sie war in den Sog geraten: Es gab Stunden, in denen sie nicht einmal mehr darüber nachdachte, warum sie hier war und für wen. Sie dachte beinahe gar nicht mehr an ihr früheres Leben: Wie ein Seiltänzer, der nicht nach unten, in den Abgrund unter sich schauen darf, verwarf sie jeden Gedanken an ihre Eltern, die Menschen, die sie liebte, an den Chor und auch an Idan. Sie fuhr tausende von Kilometern quer durch das ganze Land, zählte neun verschiedene Fahrer, die sie begleiteten, kam nach Be'er Sheva, Tsefat, Afula, Arad und Nazareth. Sie lernte, während der Fahrt zu essen, ohne von der vertrauten Übelkeit heimgesucht zu werden, und wie ein zusammengeknüllter Lumpen auf dem Rücksitz liegend zu schlafen. Sie lernte, fünf-, sechs-, siebenmal am Tag zu singen, ohne sich die Stimme zu ruinieren, und vor allem lernte sie, den Mund zu halten. Ihren großen Mund.

Miko hatte mit seinen Ohrfeigen begonnen, sie dazu zu erziehen. Später kapierte sie, dass sie auch den Jungen und Mädchen nicht alles erzählen durfte, und wie Schelli sie gleich zu Beginn gewarnt hatte, musste man auch mit Fragen äußerst zurückhaltend sein; jeder, der in dieser Kolonie lebte, war auf die eine oder andere Art verletzt worden. Jeder war vor irgendeinem Unglück geflohen. Und bei all dem Vulgären und trotz des Geschreis, das in der großen Gruppe herrschte, hielt man sich behutsam an Benimmregeln, die viel Mitleid und Edelmut enthielten. Jede Frage nach dem Zuhause, aus dem einer gekommen, weggelaufen oder weggejagt worden war, löste neue Schmerzwellen aus und riss Wunden auf, die vielleicht schon mit einer dünnen Kruste überzogen waren. Und jede Frage, was wird aus dir, wohin gehst du von hier aus, was erwartet dich im Leben, weckte Verzweiflung und Angst. Sie verstand intuitiv sehr schnell, dass Vergangenheit und Zukunft hier »verbotenes Terrain« waren: Pessachs Heim existierte in einer ewigen, andauernden Dimension der Gegenwart.

Es kam ihr gelegen, denn auch sie lebte in der Angst, jedes überflüssige Wort könne sie ans Messer liefern. Vielleicht war das der Grund, warum ihre Freundschaft mit Schelli distanzierter und befangener wurde. Hie und da, früh am Morgen oder spät am Abend – bevor Schelli nach ihren eigenen Worten »wie eine zermatschte Tomate auf dem Bett lag« – wechselten sie ein paar Worte, tauschten Erfahrungen des vergangenen Tages aus, fühlten beide, dass sie eigentlich mehr sagen und über die wirklichen Dinge des Lebens sprechen wollten, und beherrschten sich und wussten: Sie waren, wie alle, die hier gelandet waren, von denjenigen, die ihnen am nächsten standen, verraten worden und hatten ihre Lektion gelernt: Es gibt Situationen, in denen man sich auf nichts und niemanden verlassen kann. Wie war das? Jeder ist sich selbst der Nächste. Und in solchen Momenten wurden schmerzliche, wortschwangere Blicke zwischen ihnen gewechselt. Du und ich sind einsame Guerillakämpferinnen, versuchen auf feindlichem Gebiet zu überleben, achten darauf, unser Geheimnis keinem Fremden anzuvertrauen. Und jeder andere ist ein Fremder. Selbst wenn er so nett ist wie du Tamar, wie du, Schelli. Tut mir Leid. Mir auch. Wirklich schade. Vielleicht irgendwann. Hoffentlich. In einem anderen Leben, nach einer Wiedergeburt ...

Nicht alle waren so einsam wie Tamar. Sie bemerkte, dass es auch Freundschaften und Paare gab. Es gab sogar drei »Familienzimmer« und größere und kleinere Cliquen hatten sich gebildet. Neben dem Speisesaal lag ein Zimmer, das als eine Art Clubraum diente und in dem Tischtennis und Backgammon gespielt wurde. Pessach hatte eine Kaffeemaschine spendiert und versprochen, demnächst einen Computer anzuschaffen, mit dem man sogar komponieren konnte. Sie hörte, dass nachts manchmal Partys gefeiert wurden, und wusste, dass irgendwo im Haus gemeinsam geraucht und musiziert wurde; aus ihrer gewohnten Außenseiterposition beobachtete sie, wie erfreut sich einige Bewohner abends im Speisesaal wieder sahen. Wie sie aufeinander zugingen, sich umarmten. Sie registrierte Arme, die sich um Rücken legten, Schulterklopfen und »Hi, Bruder, wie steht's, alles easy?«. Und mitunter war sie in ihrer Einsamkeit richtig neidisch.

Aber die Sache, wegen der sie hergekommen war, war noch immer fern und unerreichbar wie am ersten Tag.

Als sie noch zu Hause wohnte und erst in der Planungsphase steckte, war sie sicher gewesen, dass sie zu diesem Zeitpunkt unentwegt handeln, grübeln, entdecken, kombinieren würde. Aber von dem Moment an, als sie in das Heim gekommen war, war ihr Hirn langsam, träge und begriffsstutzig geworden. So begriffsstutzig, dass sie gelegentlich in Panik geriet und dachte, sie müsse für immer hier bleiben, würde in den magischen

Kreis aus Auftritten und Schlaf gerissen und mit der Zeit vergessen, wozu sie überhaupt gekommen war.

Sie musste sich gewaltsam von diesem verzweifelten, hypnotischen Hirngespinst losreißen. Langsam und mühevoll setzte sie das Mosaik zusammen: Hier lebten Künstler, zwanzig, dreißig oder sogar fünfzig. Es war schwer zu sagen, wie viele es waren. Sie kamen und gingen, verschwanden tagelang und tauchten plötzlich wieder auf. Manchmal kam sie sich wie auf einem geschäftigen Bahnhof oder wie in einem Flüchtlingslager vor. Sie wusste nicht, ob es die andern auf die gleiche Weise wie sie selbst hierher verschlagen hatte. Den Informationen, die sie aufschnappte, entnahm sie, dass die anderen Heimbewohner, wie sie selbst, Gerüchte über den Ort gehört hatten und versessen darauf gewesen waren, von Pessachs »Talentsuchern« entdeckt zu werden. Sie war überrascht festzustellen, dass man überall über diesen einzigartigen Ort tuschelte, den eine romantische Aura umgab und der als alternativ und inspiriert galt. Leute aus Tiberias, aus Eilat, aus Gush Etsyon, aus Kfar Gil'adi, auch aus Taibe und Nazareth redeten über dieses Künstlerheim. Wenn man dort aufgenommen würde, würde man hunderte Male im ganzen Land auftreten, Erfahrungen sammeln und Selbstsicherheit gewinnen und ein richtiger »Bühnenprofi« werden, mehr als nach vier Jahren in irgendeiner aalglatten Kunstschule. Keiner von ihnen sprach je laut über Miko, seine Kumpanen und deren Job. Die Künstler lebten unter einem Dach mit Verbrechern, verbrachten täglich viele Stunden mit ihnen, aßen mit ihnen und fuhren mit ihnen herum, traten in ihrer Nähe auf, und es war, als sähen sie nichts, hörten sie nichts und sagten sie nichts über das, was sich in ihrer Umgebung zutrug. Tamar fühlte, wie es ihr ebenso erging, wie sie sich dazu dressierte, wie die drei Affen zu sein. Einmal, als sie nachts von einem Auftritt in Nes Ziona zurückfuhren und sie sich hungrig auf dem Rücksitz zusammenrollte, dachte sie, dass sie allmählich begriff, wie Menschen sich daran gewöhnten, jahrzehntelang unter Tyrannei und Unterdrückung zu leben. Wie sie sich von dem, was um sie herum geschah, abkapselten, weil sie vor Scham vergehen würden, wenn sie sich ihre Lage vor Augen führten und sich aufrichtig eingestanden, womit sie kooperierten.

Weil sie die Anwesenheit Mikos und seiner Kumpanen nicht aushielt, konzentrierte sie sich auf die Künstler. Es gab Pantomimen und Zauberer, Geiger und Flötisten. Eine Cellistin lebte unter ihnen, ein Mädchen mit melancholischem Gesicht, eine Brillenträgerin, die einen schmalen, roten Hut mit hoher Krempe trug, den sie nie absetzte; Tamar fragte sich, wie man mit einem Cello von zu Hause weglaufen konnte. Es gab einen jungen Russen, der Hochrad fuhr, und Tamar erinnerte sich daran, dass er einmal in der Fußgängerzone neben ihr aufgetreten war. Zwei Brüder aus Nazareth führten Kunststücke auf hohen Stelzen vor und ein Äthiopier malte Bilder von schwarzen Engeln und goldenen Einhörnern auf die Bürgersteige. Ein junger Amerikaner, ein gescheiterter Talmudschüler, karikierte mit Kohle brutal und treffend die Passanten und zeichnete auch alle Heimbewohner, die an seinen nervösen Stift längst gewöhnt waren; ein religiöser Rothaariger aus Gush Etsyon, ein wenig vertrottelt und mit trübem Blick, konnte Feuer spucken und schlucken. Zwei Mädchen aus Be'er Sheva, die ihr wie Schwestern, sogar wie Zwillinge vorkamen, konnten Gedanken lesen, das jedenfalls behaupteten sie, und Tamar achtete darauf, ihnen nicht zu nahe zu kommen. Es lebten nicht weniger als zehn Jongleure in dem Heim, die Bälle, Stöcke, Keulen, Äpfel und Fackeln und Messer warfen und fingen. Ein großer Junge mit verlogenen Augen hatte seine eigene Kunstform entwickelt. Er imitierte die Körpersprache, Gesten und Gangarten der Passanten auf der Straße: Er marschierte hinter ihnen her, wenn sie den Kreis seiner Zuschauer durchquerten, schmiegte sich fast an ihre Rücken und imitierte sie unter dem Jubel des Publikums, ohne dass sie es bemerkten. Eines Abends entdeckte Tamar beim Abendessen, dass vor ihr das Mädchen saß, das sie einmal am »Katzenplatz« gesehen hatte, es war das

Mädchen mit den zwei brennenden Schnüren. Es gehörte auch eine Schlangenfrau zu der Truppe, eine junge Frau mit zornigem Gesicht aus einem Kibbuz im Norden, die Tamar einmal nach dem Abendessen am Freitagabend bestaunte, als sie ihren langen Körper in einen Colakasten faltete. Ein junger Kerl, fast noch ein Kind, der wie Walter aus »Wo ist Walter?« aussah, blies kunstvolle Seifenblasen in allen Formen und Größen. Ein Jerusalemer mit blassem Gesicht und schwarzem, öligem Haar nannte sich Straßendichter. Innerhalb von Sekunden reimte er auf Bestellung und gegen Geld. Es gab auch Sänger und Sängerinnen wie sie selbst, mit einer von ihnen wechselte sie einmal auf der Fahrt nach Aschkelon ein paar Worte und sie stellten fest, dass sie sogar die gleichen Lieder sangen (jedenfalls die hebräischen). Und es gab Rapper, die auf leeren Farbeimern trommelten, einen, der eine Säge spielte und einen, der ganze Musikstücke auf Weingläsern interpretierte, indem er mit seinen Fingern über die Ränder strich. Es waren mindestens fünf Gitarristen unter ihnen, wie Schaj, aber nach dem, was sie hörte, wenn sie durch die Flure ging, spielte keiner so wie er. Ab und zu erwähnte jemand seinen Namen mit gewisser Ehrfurcht, doch begleitet vom Echo der Trauer, als ginge es um einen, der nicht mehr ist.

Ihn selbst, Schaj, hatte sie noch immer nicht getroffen.

Eines Nachts wachte sie auf und hörte Geräusche und Schreie. Einen Moment blieb sie verstört liegen. Sie dachte, sie sei zu Hause, versuchte vergeblich die Schatten bekannten Gegenständen zuzuordnen. Die Schreie schwollen an. Sie wurde unruhig. Sie sah auf die Uhr: zwei Uhr dreißig. Plötzlich wusste sie wieder, wo sie war. Sie sprang auf die Beine und rannte zum Fenster. Unten stand ein Wagen, aus dem drei Männer einen Menschen zu zerren versuchten, der sich auszusteigen weigerte. Er krallte sich mit den Händen an der Tür fest. Sie zogen und zogen und schlugen auf seine Hände ein. Einer der Schläger war Miko und sie erkannte auch Schischko, den Elvis-Verschnitt. Sie presste die Stirn gegen das Fenster, versuchte jede Einzelheit zu erkennen, aber die Männer umstanden den Wagen und verdeckten das Geschehen mit ihren Körpern. Sie fluchten leise und schlugen ab und zu durch die Fenster mit den Fäusten in das Wageninnere, versuchten anscheinend den Wageninsassen außer Gefecht zu setzen. Tamar schrie lautlos und ohne es zu bemerken biss sie sich die Faust blutig. Dann kam Pessach aus dem Gebäude gerannt. Er warf einen besorgten Blick in Richtung der Fenster. Dann ging er zurück in den Bau und knipste die Lampe über dem Eingang aus. Jetzt war es schwerer, das Geschehen zu verfolgen. Pessach ging auf den Wagen zu, blieb einen Moment vor der offenen Tür stehen, lehnte die Stirn gegen das Dach und Tamar hoffte, dass er auf den Typ im Wagen einsprach und versuchte, ihn im Guten zum Aussteigen zu überreden. Doch dann schwang er mit einer langsamen, beinahe lässigen Bewegung den Ellbogen zurück und boxte in das Wageninnere. Sofort war es totenstill. Tamar stand zitternd am Fenster. Einer der Kerle zog etwas aus dem Auto, einen Gegenstand, der wie ein gerollter Teppich aussah. Er warf ihn sich leicht über die Schulter und trug ihn ins Haus. Als er kurz vor der Eingangstür war, sah Tamar für einen Moment die Hände dessen, den er auf dem Rücken trug. So lange Finger hatte nur einer.

Die Tage vergingen. Wer weiß, wo der Junge, der in Assafs Gedanken durch die Sahara ritt, gerade vorbeikam. Assaf nahm in diesen letzten Julitagen seinen Job bei der Stadtverwaltung auf. Acht Stunden täglich hockte er in dem leeren Büro bei den Wasserwerken und drohte zu verblöden, nahm Telefonate entgegen, gab die spärlichen Informationen, die er hatte, weiter, vertrieb sich die Zeit mit dem Aufstellen seiner Traummannschaft für Fifa 99 und hatte keine Ahnung, dass in wenigen Tagen eine verirrte Hündin in sein Leben treten und in ihren Fußstapfen ein Mädchen auf ihn einstürmen würde, ebenfalls verirrt, und dass er sich von dem Moment an nicht mehr fragen würde, was der Schiffsjunge auf dem Kahn im Nordmeer gerade trieb, sondern sich einzig und allein dafür interessieren würde, wo diese Tamar steckte.

Und an einem dieser Abende, an denen Assaf mit Dafi Kaplan durch die Straßen latschte und gequält über Rois schweinische Witze kicherte und die Minuten zählte, bis er nach Hause gehen konnte, kehrte Tamar zurück in das Heim, und das Abendessen war schon in vollem Gang. Sie kam aus Bat Yam oder Netanya, sie wusste es nicht mehr genau. Sie ging schnell in ihr Zimmer und zog sich um. Wie immer ließ sie Dinka dort zurück. Falls sie Schaj zufällig beim Essen traf, war es besser, wenn Dinka nicht bei ihr war und vor aller Augen auf ihn zusprang.

In dem rußigen Waschbecken im Zimmer wusch sie sich das Gesicht. Sie sah in den dreieckigen Spiegelsplitter, der an der Wand verblieben war. Ihr Haar war wieder etwas gewachsen. Kleine, kohlrabenschwarze Stacheln sprossen auf ihrer Kopfhaut. Sie fand, dass es ihr gut stand, und für ein, zwei Momente beschäftigte sie sich, entgegen ihrer sonstigen Gewohnheit, mit Gedanken über ihr Aussehen und mit der Sehnsucht nach einem gemütlichen Bad, duftenden Cremes und nach Halina, die mit aller Kraft versuchte, eine schöne Frau aus ihr zu machen. Als sie in den Speisesaal kam, lag noch immer ein unvorsichtiges Lächeln auf ihrem Gesicht und es traf sie vollkommen unvorbereitet.

Denn in dem Augenblick, als sie hineinging, sah sie ihn und wurde von Entsetzen gepackt, so ausgemergelt und heruntergekommen sah er aus. Wie eine verblasste Kopie seiner selbst. Sie ging weiter und mit versteinerten Bewegungen an ihm vorbei, den Blick auf den Boden geheftet, während ihr Gesicht leichenblass wurde. Schaj glotzte sie an, ohne sie zu sehen.

Vielleicht war er in Gedanken, vielleicht stand er unter Drogen, eins stand jedenfalls fest: Er erkannte sie nicht. Das war ein unerwarteter Schlag, der schwerer wog als alles andere: Nicht einmal er vermochte sie aus der Entfremdung zu erlösen. Er saß in sich versunken und wiegte sich wie zum Gebet. Sie registrierte, dass er den blauen Pullover trug, der ihr so gut gefiel und der nun schmutzig und zerlumpt war. Er stocherte mit der Gabel in seinem Püree. Tamar brachte die kalte Portion, die man ihr auf den Teller geklatscht hatte, kaum herunter (Mutti war sauer, wenn man zu spät kam). Sie hatte den Eindruck, dass der ganze Raum mit einem Mal in Stille getaucht war und alle Augen auf sie beide gerichtet waren.

Schelli stürmte aufgeregt in den Saal. Mit ihren neuen gelben Doc Martens wirkte sie noch größer als gewöhnlich. Ihr Haar leuchtete grün auf und schlagartig brachte sie Leben in die Bude. Sie eilte erfreut auf Tamar zu, ewig mit der gleichen, frischen Freude:»Lass mich neben dich. Los, verzieh dich einen Zentimeter Richtung Norden. Ich hab dir was Phänomenales zu berichten.«Und sie schickte sich an zu erzählen, als sie Tamars fernen Blick sah und mit einem leichten, schmerzlichen Zucken verzichtete, null Problemo. Sie hielt einen Moment still und begann in ihrem fröhlichen Überschwang mit dem Jungen zu ihrer Rechten zu plaudern: Heute, während ihres Auftritts in Ashdod, kam ein hohes Tier, ein Regisseur beim Offenen Kanal, auf sie zu und bot ihr einen Dreijahresvertrag an, mit der Option, nach New York zu reisen … Aber während sie erzählte, begann sie sich zu fragen, was die Amerikaner an Imitationen von Igi Wachsmann und Sarit Hadad finden könnten und ihre Miene verdüsterte sich. Tamar kaute ununterbrochen den Kartoffelbrei. Dann hob sie vorsichtig den Kopf und blinzelte ihm zu. Er sah sie an, weil sie neu war. Doch dann weiteten sich langsam seine Pupillen und seine Gesichtszüge schienen zu kollabieren.

Sie senkte sofort den Kopf. Niemand durfte bemerken, dass es zwischen ihnen eine Verbindung gab, dass sie sich aus einem früheren Leben kannten. Sie probierte etwas von dem kalten Omelett und schob es an den Tellerrand. Schelli neben ihr ärgerte sich über ihre eigene Dummheit. Sie zischte, sie sei so blöd wie Schifferscheiße, dass sie auf dieses Arschloch reingefallen war. Er wird sie einen Dreck nach Amerika mitnehmen. Eine Visitenkarte mit gestanzten, goldenen Buchstaben hatte er ihr unter die Nase gehalten, hatte sie mit seinem Gerede eingelullt und sie war ihm aufgesessen. Eine Stunde hatte sie mit ihm in irgendeinem ungelüfteten Hotel verbracht. Zur Strafe würde sie noch mal von hier abhauen, nach Lifta gehen und wie ein Hund enden, wie sie es verdient hatte. Der Junge neben ihr versuchte, sie zu beruhigen. Es war sehr laut im Speisesaal. An ein paar Tischen flogen Brotscheiben durch die Luft. Die Heimbewohner waren heute Abend ausgelassener als gewöhnlich, vielleicht weil Pessach nicht da war und auch keine Bulldogge zu sehen war. An dem Tisch an der Tür wurden ein paar Jungs besonders laut und fingen an, Lieder zu grölen. Alle stimmten ein und klopften mit Löffeln und Gabeln auf den Tischen den Takt dazu. Mutti schrie und drohte, sie würde Pessach alles erzählen, der Imitator sprang auf und nahm sie zum Tanz in den Arm, beugte sich zu ihr herab und schmiegte seine Wange an ihre, bis er ihr ein Lächeln abrang. Tamar fuhr sich an die Stirn. Dann ließ sie ihren Finger über ihre linke Wange gleiten. Sie blinzelte zweimal. Sie berührte die rechte Wange. Dann, wie zufällig, streckte sie einen Zeigefinger in die Luft. Sie berührte ihre rechte Ohrmuschel, tippte sich zweimal ans Kinn. Noch fünf oder sechs solcher Bewegungen machte sie bedächtig und langsam, obwohl ihr Herz raste.

Schaj ließ kein Auge von ihr. Seine Lippen bewegten sich, als lese er laut. Er las tatsächlich. Es war das erste Wunder, auf das sie gehofft hatte: dass er sich erinnerte. Dass er trotz der langen verstrichenen Zeit und trotz allem, was er mitgemacht hatte, und trotz der Drogen noch immer ihre geheime Zeichensprache beherrschte.

»Ich bin hier, um dich rauszuholen«, sagten ihre Finger.

Er vergrub seinen Kopf auf dem Tisch. Sie sah, wie schütter sein schönes, welliges Haar geworden war. Wie schmal seine Handgelenke waren.

Dann richtete er sich auf. Er sah einen Augenblick zur Decke. Sie bemerkte, dass er sich zu erinnern versuchte. Er fuhr sich zögernd an die rechte Wange. Berührte sein Kinn, die Nasenspitze. Er vertat sich einmal und radierte wie vereinbart durch das Spannen der Lippen aus. Dann schrieb er ihr wieder Buchstabe um Buchstabe:

»Sie bringen uns beide um.«

Zu ihrer Rechten ereiferte sich der Junge, der mit Schelli sprach, der Sägenmusiker:»Nach Lifta? Zu den russischen Junkies? Hast du sie nicht alle? Die sind doch total durchgeknallt!«

»Na also, was ist dann anders als hier?«, fragte Schelli und begann zu lachen. Etwas an ihrem Benehmen war heute merkwürdig, überspitzt und launisch. Aber Tamar konnte sich nicht drum kümmern.

»Die haben ›Wint‹«, erklärte der lange, behaarte Junge, der eine affenartige Oberlippe hatte.»›Wint‹ heißt auf Russisch Schraube, weil es sich dir direkt ins Hirn bohrt, trrr, wie eine Schraube.« Schelli schüttelte ungläubig den Kopf. Auch ihr grünes Haar, das ein leuchtender Punkt im Saal war, wackelte. »Doch, Schelli, es ist Phosphor mit Hustensaft und flüssigem Sauerstoff vermischt. Das ist die krasseste Droge, die es gibt. Heroin ist Gras dagegen. Aber es ist eine irre Bombe, die allerbilligste.«

»Nie im Leben rühr ich so was an«, sagte Schelli und lachte schrill.»Ich schnüffle höchstens mal.«

Mitten in der Angespanntheit des Dialogs mit Schaj erinnerte sich Tamar daran, dass Schelli an dem Tag, an dem sie sich begegnet waren, behauptet hatte, sie lasse die Hände von Heroin und rauche nur Gras.

Sie schrieb mit den Fingern:»Ich habe einen Plan.«

Er begann ihr zu antworten. Ein Mädchen wurde auf seine

seltsamen Bewegungen aufmerksam und tippte ihrer Freundin an die Schulter, damit auch sie es sich ansah. Tamar beugte sich über ihren Teller, stopfte das kalte Omelett in ihren Mund; Schaj sah aus, als spielte er mit seinen Fingern.

Er sagte: »Ich bin auf Droge.«

Tamar antwortete sofort, fast ohne den Kopf vom Teller zu heben: »Du woll aufhö.« Du wolltest doch aufhören. Sie sprachen nun in Abkürzungen, verstanden sich auch mit halben Worten. Auch das war ein ermutigendes Zeichen. Es war wie in ihrer Kindheit, als man ihnen hin und wieder verbot, beim Essen zu sprechen, als man versuchte, ihr unendliches Abtauchen in ihre fremde verschlossene Welt einzuschränken. In jenen Tagen begnügten sie sich mit den Wortanfängen: I wi ins Be geh! oder: Wa fü ei Fra!

Schaj wartete zwei Minuten, bevor er antwortete: »Schaff ni allein.«

»Zusammen.«

Er stützte den Kopf auf die Hände und es sah aus, als wiege er eine Tonne. Tamar erinnerte sich an ein Lied, dass sie mit dem Chor sangen, die Worte waren von Emily Dickinson und es hieß: »I felt a funeral in my brain.«

Seine Finger zitterten so stark, dass Tamar befürchtete, er würde sich verraten. Er schrieb: »Du schaff e nich.«

Und sie antwortete: »Doch.«

Und er: »Hau ab.«

Und Tamar: »Nur mit dir.«

Plötzlich stöhnte er. Ein tiefer Klagelaut. Er stand schnell auf und als er versuchte, sich am Tisch festzuhalten, stieß er ein Glas um. Tiefe Stille breitete sich aus. Er versuchte, das Glas wieder hinzustellen, aber seine Finger spielten nicht mit. Das Glas entglitt ihm, als wäre es mit Öl beschmiert und wollte sich vor seiner Hand in Sicherheit bringen. Er musste es mit zwei Händen packen, um es hinzustellen. Es dauerte vielleicht drei Sekunden, die ihr wie eine Ewigkeit vorkamen. Alle Augen waren auf ihn gerichtet. Er war groß und spindeldürr und wackelte wie ein Schilfrohr im Wind. Schweiß strömte ihm plötzlich über das Gesicht. Alle hörten auf zu essen und sahen ihn an. Er machte einen Schritt zurück, stieß den Stuhl um, machte eine Geste der Resignation und der Verzweiflung und floh aus dem Raum.

Tamar stopfte sich Püree, Omelett und Brot in den Mund. Nur nicht den Kopf heben und die Blicke der anderen sehen. Jemand sagte leise: »Wenn der nicht bald davon wegkommt, ist er im Eimer.« Die Luft war zum Zerreißen gespannt. Vielleicht, weil die Zukunft erwähnt worden war, die Zukunft, von der man nicht sprechen durfte, die Zukunft, die es nicht gab.

Ein Mädchen, das anscheinend erst vor nicht allzu langer Zeit gekommen war, fragte, wer der Typ sei, der da rausgegangen ist, und jemand antwortete, er sei eine wandelnde Schramme. »Und wer war er, was hat er gemacht?«, fragte die Neue weiter und Tamar wurde auf ihrem Stuhl zu Stein. Wer war er, was hat er gemacht? Man hielt schon einen Nachruf. Es verletzte sie zu sehen, wie leicht ein Mensch wie Schaj ihrem Tratsch zum Fraß vorgeworfen wurde. Wie sollte man Schaj beschreiben, wie sollte man mit zwei Sätzen das fantastische Dickicht, das er war, und all die Widersprüche, die er war, beschreiben? »Aber er sagt nie was, stimmt's?«, fragte die Neue in der typischen Dreistigkeit und ein paar Stimmen antworteten ihr. Tamar fühlte, wie versessen sie darauf waren, über ihn zu sprechen, was für ein fesselndes Rätsel er für sie darstellte. Am Anfang dachten sie, er wäre stumm. Aber er spielt Gitarre wie der Teufel. Nur nicht ohne Stoff, aber wenn er was genommen hat und spielt, fließt das Geld. Sie wollten ihn sogar schon mal für's Fernsehen haben. Dudu Topas höchstpersönlich hat ihn per Zufall auf der Straße gehört und wollte ihn für seine Show engagieren. Aber Pessach hat es nicht erlaubt, hat behauptet, er sei nicht reif für so eine große Publicity...

»Er ist Pessachs Jimi Hendrix«, sagte einer der übrigen Musiker und Tamar hörte aus seiner Stimme den bekannten Neid heraus. Immer lag ein Anflug von Neid in der Stimme, wenn jemand über Schaj sprach. »Und auch Jim Morrison, ein Wahnsinnstalent, aber fix und fertig, eine Horrorgestalt.«

Sie brachte keinen Bissen runter, nicht mal, um ihre Gefühle zu verbergen. Sie saß erstarrt da und hoffte, niemand würde sie ansehen. Ihr Schock war nicht nur so groß wegen Schajs Zustand, sondern wegen seiner Weigerung, sich von ihr helfen zu lassen. Genau die Sache, vor der Lea sie gewarnt hatte: dass er nicht bereit und gar nicht in der Lage war, ihr zu helfen oder zu kooperieren. Aber er hat mich doch um Hilfe gebeten, hatte Tamar zornig erwidert, als sie bei Lea saß: Er hat angerufen und gebettelt, jemand solle kommen und ihn da rausholen. Und Lea erklärte immer wieder, die geringste Veränderung in seinem kaputten Leben jage ihm Todesängste ein, vor allem die Vorstellung, die Sicherheit regelmäßigen Stoffs zu verlieren. In Tamars Hirn begann die Angst zu rauchen: Sie hatte es einfach nicht vorausgesehen. Wie sollte sie ihn hier rausholen, ohne dass er mithalf, vielleicht sogar gegen seinen Willen? Etwas in ihrem Bauch stürzte und stürzte in unendliche Tiefen. Da hast du es, meine Liebe, die du »unter den Lilien weidest«, die du in den Wolken lebst. Da hast du ihn, den größten Schwachpunkt deines megalomanischen Plans.

Denn sie hatte alles geplant, Detail für Detail, monatelang. Mit wahnsinniger Präzision hatte sie sich vorbereitet und versucht, im Voraus die jeweils zu erwartende Stufe zu erahnen und die Probleme, die auftauchen würden, bis sie herkam und ihn traf; und mit der gleichen kompromisslosen Pingeligkeit hatte sie geplant, wie sie sich um ihn kümmern würde, wenn sie ihn erstmal hier rausgeholt hatte, und berechnet, wie viele Streichholzschachteln und Kerzen sie in der Höhle brauchte, und an einen Korkenzieher und eine Salbe gegen Mückenstiche gedacht und an Verbandszeug, doch eine einzige, winzige Sache hatte sie übersehen: Wie brachte sie ihn hier raus, wenn er selbst dazu weder Kraft noch Mut hatte?

Das Staunen über ihre Blindheit erschlug sie. Wie konnte das passieren? Wie hatte sie alle Warnungen in den Wind schlagen können, es war, als ob sie sich mit Absicht zum Scheitern gebracht hatte! Sie stand auf und stellte den Teller in den Spülstein. Draußen im Hof saßen schon ein paar Jugendliche auf der Erde. Sie sah, wie Schellis grüne Borsten sich gegen die Schulter eines großen, breiten Jungen lehnten. Ein anderer Typ mit dem Gesicht eines Indianers und einem langen Zopf hatte eine Gitarre geholt und begann zu singen. Sie öffnete das Fenster, um ein wenig frische Luft zu schnappen, und das Lied hüllte sie ein. Sie konnte seinem melancholischen, düsteren Rhythmus nicht widerstehen:

»Billiges weißes Extasy,
oder teures blaues LSD,
wir pfeifen auf die Kohle,
wir üben Anarchie ...«

Und die Jungs und Mädchen um ihn herum summten mit:

»Anarchie, jetzt oder nie ...«

Und der Junge:

»Wir glauben nicht an Wunder,
uns fehlt die Illusion,
wir sind schon am Verrecken,
doch vorher – die REVOLUTION ...«

Und wieder sang er in einem monotonen Rhythmus und sie stand da und bewegte sich, stahl sich Kraft aus der Musik, geriet außer sich: »Jetzt oder nie, jetzt oder nie ...«

Es deprimierte sie, zu erkennen, wie stark die Kraft war, die sie in ihrem Innern zum Scheitern brachte, ihre Rattenkarawane. Die fünfte Kolonne. Sie wusste nicht, was sie jetzt tun sollte. Auf alles verzichten? Nach Hause gehen, mit eingezogenem Schwanz? Eine weitere schwarze Ratte machte sich frei, hüpfte durch alle bekannten Stationen, rieb sich den Hintern an jedem Problem und jubelte ihr laut pfeifend zu: Nicht eine Sache gelingt dir mal im Leben! Du Träumerin! Du Spinnerin! Immer geht etwas schief bei der Durchführung, bei der Berührung zwischen deinen Hirngespinsten und dem wahren Leben ... Jetzt versammelten sich schon ihre Freunde im Chor um sie herum, ein wildes Pfeifkonzert: Und genau darum wirst du keine ernsthafte Karriere als Sängerin machen, denn du wirst dir in entscheidenden Momenten immer selbst ein Bein stellen! Bestenfalls die Nebenrollen wirst du bekommen! Das ganze Leben wirst du allein und armselig in städtischen Laienchören verbringen. Im besten Fall wirst du den Chor dirigieren. Und übrigens, du wirst dich auch nie wirklich verlieben, daran besteht kein Zweifel, und der Grund ist jener Legostein, der dir in der Seele fehlt. Und Kinder wirst du auch keine haben, das steht fest. Du kannst uns glauben ...

Und siehe da, gerade dieser Gedanke brachte sie wieder zu sich. Auf einmal unterbrach Tamar den Rattentanz, mobilisierte ihre Reste an Energie, wehrte sich. Sie versuchte, ihren Fehler logisch nachzuvollziehen, dachte offen und aufrichtig und ohne gegen sich selbst gerichtete Brutalität nach und im nächsten Moment antwortete sie sich einfach: Wenn sie zu Hause daran gedacht hätte, dass Schaj nicht mitmachen könnte, wäre sie vermutlich nicht hier.

Sodass es im Grunde gut war, dass sie es übersehen hatte. Das hieß, dass ihr Gehirn ihr geholfen hatte, als es sie diese Hürde übersehen ließ ... Merkwürdig. Sie richtete sich auf und holte tief Luft: Eigenartig, wie es ihr gelang, diese Depression zu überwinden, wie sie sich selbst aus ihren Zähnen befreite. Das war etwas Neues. Der Hauch eines unbekannten Friedens strich über sie. Annähernd Selbstsicherheit. Sie würde sicher gleich wieder verschwinden, aber sie würde sie in sich aufbewahren, würde sich an die Stelle des Körpers, von der sie kam, erinnern und würde versuchen, dorthin zurückzukehren, sie wieder aus sich zu schürfen, wenn der nächste Anfall kam.

Doch inzwischen durfte sie nicht vergessen, dass sie hier festsaß, vollkommen auf sich gestellt, ohne einen Verbündeten, und sie musste für beide denken, das hieß die Situation schaffen, in der Schaj mit ihr fliehen würde. Sie musste ihn vor vollendete Tatsachen stellen. Diese Gedanken erfrischten sie ein wenig. Sie hatte das Gefühl, nach tagelangem Schlaf wieder ins Leben zurückzukehren. Sie fragte sich, wo Schaj hingegangen war. In welches Zimmer. In welcher lichtlosen Toilette er kniete und seine Dosis vorbereitete, die ihn über die Nacht brachte.

Schelli grinste ihr aus dem Hof zu, zu breit, und rief, sie solle kommen und auch Fun haben. Schellis Augen waren aufgerissen und etwas an ihrer natürlichen Freude war scharf und glasig. Tamar fühlte, dass sie nicht die Kraft hatte, heute Abend unter Menschen zu sein. Sie musste allein sein. Dumpf dachte sie, dass sie jetzt Schelli als ihre Freundin mit aufs Zimmer nehmen sollte. Auf sie aufpassen sollte, dass sie sich nicht so gehen ließ und sich so lächerlich machte. Aber sie konnte nicht mehr. Sie machte Schelli ein Zeichen, das sagen sollte, ich geh schlafen, und zwang sich zu einem schiefen Lächeln. Sie ließ sich, so wie sie war, in Kleidern, ohne sich von dem ganzen Tag reinzuwaschen, sogar ohne Dinka zu streicheln, auf das Bett fallen und streckte sich aus.

Was ist bloß geschehen?, dachte sie erschöpft. Wie hat das alles angefangen? Wie ist das nur zu meiner Realität und zu meinem Leben geworden? Es kann passieren, dass du einen winzigen Schritt von deinen vertrauten Pfaden abweichst, und schon musst du auch den zweiten Fuß setzen und bist von deinem Weg abgekommen. Und jeder weitere Schritt entwickelt sich mehr oder weniger logisch aus dem vorherigen, und mir nichts, dir nichts erwachst du mitten in einem Albtraum.

Ein, zwei Stunden vergingen. Sie konnte nicht einschlafen. Ihr Gehirn schlug hohe Wellen. Du bist hier in meiner Nähe, murmelte sie in spiralförmigen Gedanken, wie in einem Fieberanfall. Ich hol dich hier raus. Sie sandte ihm stille Botschaften und hoffte, er könne ihre Gedanken lesen, ich habe keine Ahnung wie, aber du wirst sehen, ich hol dich hier raus, ob du willst oder nicht. Ich hol dich raus und pass auf dich auf. Ich mach dich clean und mach dich wieder zu dem, was du einmal warst, mein Bruder, mein Bruder.

»Wie ein Blinder folge ich dir.«

Nach dem Essen mit Nashorn führte Dinka ihn in ein unbekanntes Viertel hinter dem Markt. Sie kamen an weiß getünchten Häusern mit kleinen Vorhöfen vorbei. Assaf lugte durch ein Holztor und sah eine riesige, rot leuchtende Geranie in einer alten Zinkwanne und beschloss, irgendwann, wenn alles überstanden war, wieder herzukommen: Sein geübter Blick musterte das Spiel zwischen Licht und Schatten, wählte Ausschnitte, bis er auf eine schwarze Katze fiel, die zwischen orangefarbenen, wie Drachenschuppen anmutenden Glasscherben auf einer Mauer lag. In den Höfen standen ausgediente Sessel an den Hauswänden, hie und da lag auch eine Matratze und auf den Fensterbänken reihten sich fein säuberlich Gläser mit eingemachten Gurken. Assaf und Dinka stießen auf eine Synagoge, wo Gläubige in Arbeitskleidung mit einer Melodie, die Assaf von seinem Vater und seinem Großvater kannte, ihr Nachmittagsgebet verrichteten. Sie passierten einen hässlichen Betonklotz – einen öffentlichen Bunker, der mit bunten Kinderzeichnungen übersät war –, noch eine Synagoge und gelangten schließlich in eine engere Gasse, über die sich wie ein Baldachin eine Trauerweide breitete –

Hier blieb Dinka stehen, schnupperte und sah in den Himmel wie ein Mensch, der ohne Uhr die Zeit feststellen will.

Jäh fasste sie einen Entschluss. Sie legte sich neben eine Bank unter dem Baum und ließ ihre Schnauze auf die Pfoten sinken, während ihre Augen gespannt geradeaus schauten. Sie wartete auf jemanden.

Assaf ließ sich auf der Bank nieder und wartete ebenfalls. Auf wen und warum, wusste er nicht, aber derartige Situationen kannte er ja bereits zur Genüge. Es würde schon irgendein Mann vorbeikommen, irgendeine Frau auftauchen. Etwas

Neues geschehen. Und er würde etwas über Tamar herausfinden.

Er wusste nur nicht, über welche der beiden Tamars – die von Theodora oder die von der Polizei? Vielleicht gab es ja noch eine, eine dritte?

Es verging eine Weile, eine Viertelstunde, eine halbe Stunde, ohne dass sich etwas ereignete. Die Sonne stand schon tief am Himmel. Sie brachte noch immer die letzte Glut der Sommertage hervor, doch durch die enge Gasse wehte bereits ein Lüftchen. Assaf registrierte auf einmal, wie müde er war. Seit dem Morgen war er auf den Beinen und die meiste Zeit war er gerannt. Doch die Müdigkeit kam nicht nur vom Laufen. Körperliche Anstrengung hätte ihn niemals derart erschöpft. Da war noch etwas, die anhaltende Erregung, ein Brennen in seinem Innern wie bei Fieber.

»Dinka«, sagte er leise, ohne die Lippen zu bewegen, denn es kamen Leute durch die Gasse und er wollte nicht, dass sie dachten, er führe Selbstgespräche. »Weißt du, wie spät es ist? Es ist gleich sechs. Und weißt du auch, was das bedeutet?« Dinka stellte ein Ohr auf. »Es bedeutet, dass Danoch vor zwei Stunden sein Büro zugemacht und auch der Tierarzt längst Feierabend hat. Ich kann dich heute nicht mehr zurückbringen. Das heißt, dass du bei mir übernachten musst.« Während er redete, wuchs seine Freude. »Es gibt nur ein Problem. Meine Mutter ist gegen Hundehaare allergisch. Zum Glück sind meine Eltern nicht zu Hause. Aber du musst auf dein Fell Obacht geben –«

Dinka bellte und stand auf. Ein magerer, irgendwie windschiefer junger Mann trat aus dem Schatten der Trauerweide. Assaf straffte sich. Der junge Mann sagte mit piepsiger Stimme: »Dinka!«, und lief, ein Bein hinter sich herziehend, auf sie zu. Auch seine Kopfhaltung hatte etwas Sonderbares, es war, als werfe er den Kopf permanent in den Nacken. Womöglich sah er nur auf einem Auge. Er hatte eine schwere Plastiktüte mit der Aufschrift »Jehuda Matzen« bei sich. Als er

Assaf bemerkte, hielt er abrupt inne und beide schreckten voreinander zurück.

Der junge Mann, der offenbar mit Tamar gerechnet hatte und nun vor Assaf stand, und Assaf, weil er das Gesicht des jungen Mannes sah. Die linke Gesichtshälfte war von einer rotvioletten Brandnarbe überzogen. Die Wange, das Kinn und der linke Teil der Stirn. Auch die Lippen sahen, wenigstens bis zur Mitte, unnatürlich aus, sie waren dünn, gespannt und heller als die übrige Hälfte. Als hätte man sie bei einer Operation neu modelliert.

»Verzeihung«, murmelte der junge Mann und begann sofort den Rückzug anzutreten. »Ich war sicher, dass ich den Hund kenne.« Er wandte Assaf den Rücken zu und entfernte sich hinkend, während seine schwarze Kippa im Abendlicht glänzte.

»Moment mal!« Assaf hastete hinter ihm her, dicht gefolgt von Dinka, und der junge Mann erhöhte sein Schritttempo, ohne sich umzudrehen, doch Dinka überholte ihn, sprang an ihm hoch, bellte erfreut und wedelte begeistert mit dem Schwanz. Er hatte keine Wahl, sie begrüßte ihn so freudig, er musste einfach stehen bleiben, in die Knie gehen und ihren großen Kopf zwischen seine Hände nehmen. Sie leckte ihm das Gesicht ab und er lachte mit seiner eigenartig dünnen, glucksenden Stimme.

»Wo ist Tamar?«, fragte er sie leise, vielleicht auch Assaf, und Assaf sagte aus dem Hintergrund, dass er sie suche, und der junge Mann stand auf und ging auf Assaf zu, stand wieder mit der gleichen, schrägen Haltung vor ihm und fragte, was er damit sagen wolle.

Assaf erzählte ihm die Geschichte. Das heißt nicht die vollständige, nur die gekürzte, die von der Stadtverwaltung und dem Tierheim. Der junge Mann stand da und hörte zu. Während Assaf redete, drehte er sich kaum merklich, mit einer minimalen Bewegung, immer weiter um, bis er vollends im Profil stand und Assaf seine unversehrte Seite zuwandte. Er tat, als betrachte er zerstreut die Zweige der Weide, und nutzte seine naturkundliche Beobachtung, um Schlüsse zu ziehen.

»Es muss ein harter Schlag für sie sein, dass sie ihren Hund verloren hat«, sagte er schließlich aufgewühlt. »Was wird sie ohne Dinka anfangen, wie soll sie ohne Dinka klarkommen?«

»Ja«, sagte Assaf tastend, »sie hängt sicher an ihr.«

»Sie hängt an ihr?« Der junge Mann lachte schallend, als hätte Assaf gerade den größen Mumpitz verzapft. »Was heißt hier ›an ihr hängen‹? Sie kriegt keinen Meter ohne sie auf die Reihe!«

Assaf versuchte, gleichgültig zu klingen, als er ihn fragte, ob er eine Idee habe, wo Tamar stecke.

»Ich? Woher soll ich das wissen? Sie erzählt mir ja nichts. Sie hört mir nur zu.« Er trat mit dem Fuß gegen den Bordstein. »Sie – wie soll ich sagen – man redet und sie hört zu. Man hat gar keine Wahl, man sprudelt einfach drauflos.« Seine Stimme, dachte Assaf, er hat die wimmernde Stimme eines Babys. »Du erzählst ihr Dinge, die du sonst niemandem auf die Nase binden würdest, weil sie dir, verdammt noch mal, zuhört. Verstehst du? Dein Leben interessiert sie.«

Assaf fragte ihn, woher er Tamar kenne.

»Na, von hier. Von wo denn sonst?« Er wies mit der Hand auf die Bank. »Sie kam manchmal um diese Uhrzeit mit Dinka vorbei, wenn ich auf der Bank saß. Ich geh erst abends vor die Tür. Es ist besser so«, sagte er und verschluckte hastig die Worte, »ich vertrage die Hitze nicht.«

Assaf schwieg.

»Vor ungefähr drei Monaten hockte sie dort, als ich kam. Sie hat mir aus Versehen meinen Platz streitig gemacht. Sie kannte mich ja nicht. Ich wollte schon kehrtmachen und heimgehen, da rief sie nach mir«, – er zögerte –, »sie hat mir eine Frage gestellt. Sie hat jemanden gesucht.« Er zögerte wieder. »Aber das tut nichts zur Sache. Es ging um was Privates. Wir quatschten über dies und jenes und danach kam sie jede Woche, ab und zu sogar zweimal. Wir saßen da, redeten und verspeisten, was meine Mama immer für uns backte.« Er zeigte auf die große Plastiktüte in seiner Hand. »Ich hab auch was für Dinka dabei. Ich sammle die ganze Woche. Soll ich ihr was geben?«

Assaf dachte, dass Dinka nach dem Restaurantbesuch satt sein müsste, doch er wollte den jungen Mann nicht kränken. Der fischte ein Päckchen aus der Tüte und wickelte einen kleinen Napf aus, in den er einen Mischmasch aus Kartoffeln und Knochen gab. Dinka sah abwechselnd Assaf und das Futter an. Assaf klimperte aufmunternd mit den Wimpern und sie machte sich über das Fressen her. Er hegte keinerlei Zweifel, dass sie ihn verstanden hatte.

»Sag mal, möchtest du vielleicht einen Schluck Kaffee?«

Es wäre schon sein dritter heute und er war im Grunde kein Kaffeetrinker, doch er rechnete sich aus, dass mit dem Kaffee ein paar Worte fließen würden. Der junge Mann zog eine Thermoskanne aus der Tüte und füllte zwei Plastikbecher. Dann breitete er eine kleine, geblümte Tischdecke aus, auf die er eine Schale mit Salzgebäck, Waffeln und einen Teller mit Pflaumen und Nektarinen stellte.

»Ich rechne jeden Tag mit ihr«, lächelte er entschuldigend.

»War sie letzte Woche da?«

»Nein. Auch nicht vor zwei Wochen und nicht vor drei. Sie ist schon einen Monat lang nicht mehr hier gewesen. Ich mach mir allmählich Sorgen. Denn sie ist keine, die einen wortlos fallen lässt, verstehst du? Ich zerbrech mir den Kopf, was mit ihr passiert sein könnte.«

»Und du hast keine Adresse oder sonst was?«

»Ein guter Witz! Nicht mal ihren Nachnamen weiß ich. Ich hab sie ein paar Mal danach gefragt, aber was ihre Privatsphäre anbelangt, bleibt sie eisern. Leute wie sie sind in diesen Dingen äußerst empfindlich.«

Assaf verstand nicht. »Was meinst du mit ›Leute wie sie‹?«

»Leute in ihrem Zustand.« Die Drogen, dachte Assaf, und sein Herz rutschte ihm in die Hose. Er stellte sie sich in einem

»Zustand« vor, wie Nashorn ihn beschrieben hatte. Trost suchend knabberte er an dem Salzgebäck.

»Genau wie sie«, gluckste sein Banknachbar vergnügt, »sie ist auch total scharf auf dieses Gebäck.« Er hatte etwas Nacktes, wie ein Kind, das die Distanz, die üblicherweise zwischen Fremden herrscht, noch nicht kennt. Der junge Mann zögerte einen Augenblick, dann reichte er Assaf seine fleischlose, kraftlose Hand.

»Mazliach!«

»Wie bitte?«

»Das ist mein Name, Mazliach. Greif nur zu, das hat alles meine Mama gebacken.«

»Meine Mama« hatte er gesagt, mit einer gewissen Wärme und Nähe. Die Situation war sonderbar, doch Assaf fühlte sich in Mazliachs Gesellschaft wohl auf der Bank unter der Weide. Er nahm noch einen Keks. Er stand eigentlich nicht auf Salziges, aber der Gedanke, dass Tamar diese Kekse liebte, dass sie sich haargenau solch einen Keks in den Mund gesteckt hatte ...

Dinka leckte die Schüssel peinlichst sauber und streckte sich schwer und lang aus.

Mit einem Mal ging Assaf ein Licht auf: »Kommst du etwa jeden Tag mit Kaffee und Gebäck her und wartest auf sie?«

Der junge Mann sah zur Seite und zuckte die Achseln. »Nicht jeden Tag. Wie kommst du auf jeden Tag? Denk bloß nicht, ich komm jeden Tag.« Es herrschte langes Schweigen. Dann sagte er wie nebenbei: »Meinetwegen auch jeden Tag. Ich will für ihren Besuch gerüstet sein.«

»Und das geht schon einen Monat so?«

»Na und? Zufällig hab ich gerade keinen Job. Also hab ich Zeit. Was soll es mir schon ausmachen, am Abend vorbeizuschauen und ein wenig zu warten? So vertreibe ich mir die Langeweile.«

Ein Mann kam näher. Mazliach bemerkte ihn lange vor Assaf und Dinka. Augenblicklich wandte er den Kopf ab und verdrehte seinen Körper, bis praktisch nur noch sein Rücken der

Straße zugekehrt war. Der alte Mann ging gedankenverloren vorbei, ohne Notiz von den beiden zu nehmen.

Assaf wartete, bis seine Schritte verklungen waren. »Und Tamar und du, ihr sitzt hier und unterhaltet euch?«

»Und ob wir das tun.« Mazliach breitete stolz die Arme aus, als verweise er auf ein weites Meer. »Glaub mir, mit niemandem auf der Welt kann man reden wie mit ihr. Die meisten Menschen sehen einen doch sofort schief an, hab ich Recht? Sie denken gleich, der ist so oder der ist nicht so, sie sehen nur das Äußere, aber nimm mich zum Beispiel. Das Äußere interessiert mich nicht die Bohne. Nicht die Bohne! Meinst du nicht, dass nur zählt, was in einem drin steckt? Weißt du, ich hab keine Freunde und ich pfeif auch drauf.«

Hastig schob er sich noch zwei Kekse zwischen die gerissenen, genähten Lippen. »Für mich persönlich«, sagte er dann, »für mich zählt nur Wissen. So viel Wissen wie möglich. Deshalb studiere ich. Du glaubst mir nicht, was?«

Assaf sagte, doch, er glaube ihm.

»Ich meine nur, weil du so komisch geglotzt hast. Am meisten interessier ich mich für die Gestirne.«

»Für Horoskope?«, fragte Assaf zögernd.

»Was für Horoskope, von welchen Horoskopen redest du?« Mazliach kicherte lange und leise, während er sich mit der Hand die Hälfte seines Mundes zuhielt. »Ich rede von den Sternen. Sag mal, hast du je über die Sterne nachgedacht? Ich meine, richtig darüber nachgedacht?«

Assaf gestand, dass er das nicht getan hatte. Mazliach schlug sich mit den Händen auf die Schenkel, als habe er den tausendsten Beweis für die himmelschreiende Kurzsichtigkeit der Menschheit vor sich: »Hast du gewusst, dass es noch eine Million anderer Sonnen gibt? Und mehrere Galaxien? Ist dir bewusst, dass es im Universum noch eine Million davon gibt? Ich rede nicht nur von einem erbärmlichen Planeten, wie die Erde einer ist, und auch nicht von einem System wie unserem Sonnensystem, ich rede von Galaxien!«

Er geriet mächtig in Fahrt und auch seine zweite Wange, die gesunde, färbte sich rot. Drei Jungs, die in ein Ballspiel vertieft waren, kamen durch die Gasse. Schnell drehte Mazliach sich um und senkte, scheinbar nachdenklich, den Kopf.

»Hallo, Mazliach, wie steht's?«, sagten sie.

»Alles klar.« Er verharrte hartnäckig in seiner Denkerstellung. »Was machen die Sterne? Wie geht's der Milchstraße?«

»Alles klar«, sagte Mazliach düster.

»Zähl die Dinger nur ordentlich«, riet ihm einer der Jungs und ließ den Ball direkt neben Mazliachs Bein aufticken, »damit dir auch keiner durch die Lappen geht.« Plötzlich wandte er sich an Assaf. »Weißt du, warum er nie nach Wimbledon fährt?« Assaf schwieg. Es würde Ärger geben.

»Weil er Angst hat, den Kopf hin und her zu drehen!«, grölte der Junge, der demonstrierte, was er meinte, und seine Kumpanen fielen in sein Gelächter ein. Dann streckte er die Hand aus, grapschte sich eine Nektarine, biss kräftig hinein und die drei zogen lachend weiter.

»Ich hab sämtliche Fachzeitschriften abonniert«, sagte Mazliach unvermittelt zu Assaf, als wäre ihr Gespräch nicht unterbrochen worden. Er blähte sich ein wenig auf, um seine verletzte Ehre zurückzuerobern. »Auch die englischen. Glaubst du mir nicht? Ich hab zwei Jahre lang Englisch an der Fern-Uni gelernt. Per Korrespondenz. Tausendfünfhundert Schekel. Meine Mama hat es mir bezahlt. Man muss dafür nicht aus dem Haus gehen. Nur zu den Prüfungen muss man erscheinen. Aber das habe ich mir geschenkt. Was soll ich mit ihren Prüfungen und Noten? Komm mal zu mir und sieh dich in meinem Zimmer um, ich hab alle Hefte von ›Wissenschaft‹ und ›Galileo‹, der Reihe nach fein säuberlich geordnet. Es sind schon zweieinhalb Regale! Nächstes Jahr wird Mama mir, so Gott will, einen Computer kaufen. Dann hab ich auch Internet. Dort verwalten sie das gesamte Wissen. Du brauchst keinen Schritt mehr vor die Tür zu machen. Alles liefern sie dir komplett ins Haus. Wahnsinn, was?«

Assaf nickte stumm. Er dachte, wenn es nicht um Tamar ginge, wäre er vermutlich an diesem Mazliach vorbeigegangen, hätte in sein Gesicht gesehen und ihn, vielleicht ein wenig angewidert, bemitleidet, und damit basta.

»Und darüber sprichst du mit Tamar?«, fragte er schließlich, »über die Galaxien und all das?«

»Na k-l-a-r!« Das Lächeln erstreckte sich über sein ganzes Gesicht bis in den lila Fleck hinein. »Sie ... sie will es immer wieder hören. Von den Quasaren und den Zeitlöchern und den pulsierenden Sternen und von der Ausdehnung des Universums. Und noch viel mehr, verstehst du? Die Kleine hat in ihrem Leben noch keinen einzigen Stern gesehen – vielleicht ist das der Grund, was meinst du? Vielleicht hat es was mit ihrer Psychologie zu tun, vielleicht interessiert es sie deshalb so brennend, was meinst du?« Assaf dachte, irgendwie hab ich einen Satz nicht richtig mitbekommen. Mazliach war nicht zu bremsen: »Sie sitzt eine halbe Stunde, eine Stunde hier und lässt nicht locker. Wenn ich danach heimkomme, bin ich fix und alle. Ich leg mich sofort ins Bett. Gut«, er lachte gekünstelt und entblößte für einen Moment seine schiefen Zähne, »vielleicht liegt es daran, dass ich an das viele Reden nicht gewöhnt bin, denn meine Mama – die Wahrheit ist, dass sie sich nicht sonderlich für die Wissenschaft interessiert.«

Assaf hinkte nun schon mehrere Sätze hinterher. Es lag irgendetwas Befremdendes in Mazliachs Worten, etwas Verwirrendes.

»Weißt du«, sagte Mazliach und beugte sich zu Assaf hinüber, »als ich ein Kind war, als ich noch klein war, hatte ich einen kleinen Unfall, nichts Ernstes.« Wieder sprach er wie ein Wasserfall, aber mit einem gewissen Gleichmut, als rede er über jemand Fremden, nicht Anwesenden. »Mama hat Suppe gekocht und mir aus Versehen den kochenden Topf übergeschüttet. So was kommt vor. Es war nicht ihre Schuld. Und dann war ich ein Jahr im Krankenhaus, wurde dauernd operiert und was sonst noch alles. Aber seit damals kenn ich die

Menschen. Ich schwör dir, ich bin ein echter Psychologe, und das ganz von allein! Ohne Bücher und all das Drumherum. Und darum kann ich sie von innen verstehen und ihr helfen, ohne dass sie etwas davon bemerkt. Klar?«

Assaf schüttelte den Kopf.

»Leute wie sie haben ihren Stolz. Man muss mit ihnen reden, als ob nichts wäre. Als wär es das Normalste von der Welt, dass du mit ihnen auf der Straße sitzt und ihnen die Wissenschaft erklärst, verstehst du?«

Assaf fragte vorsichtig, wer »Leute wie sie« denn seien. Er kannte die Antwort zwar bereits, aber es war, als ob er sie wieder hören und tief in seinem Bauch den Schmerz spüren müsste.

»Na, die, die dieses Problem haben. Du musst ihren Stolz respektieren. Unter uns gesagt, was haben sie auch groß, außer ihrem Stolz?«

»Hast du sie schon mal . . . in einem schlimmen Zustand erlebt?«

»Nein.« Mazliach lachte auf. »Das ist sie von Geburt an. Sie kennt es nicht anders.«

»Wovon redest du?« Assaf erwachte endlich und schrie. »Was ist sie von Geburt an?«

»Blind.«

Assaf sprang auf. Er sprang auf und blieb stehen: »Blind? Tamar ist blind?«

»Hat man es dir nicht gesagt? Sieh dir den Hund an. Eindeutig ein Blindenhund.«

Assaf sah Dinka an. Es stimmte. Sie sah tatsächlich wie ein Blindenlabrador aus. Oder beinahe. Nicht wirklich. Im Grunde gar nicht. Er öffnete den Mund, um etwas zu sagen, aber es schien ihm, dass Dinka einen besonders tiefen Blick auf ihn heftete und nicht von ihm ließ, als versuche sie, ihm etwas zu sagen. Ihn zu warnen. Assaf dachte, gleich dreh ich durch. Blind? Und Theodora hatte kein Wort darüber verloren? Und der Pizzabäcker hatte doch behauptet, sie fahre Fahrrad? Und wie war sie dem Polizisten entkommen?

Mazliach lächelte zufrieden: »Jetzt bist du platt, was?«

Aus der Entfernung war eine Frauenstimme zu hören: »Mazliach, es ist gleich sieben, komm rein!«

»Das ist Mama«, sagte Mazliach, stand sofort auf und begann die verbliebenen Kekse einzusammeln. Den Kaffeerest schüttete er aus und packte alles zusammen. Becher, Teller, Tischdecke. Dinkas Napf. Assaf rührte sich noch immer nicht. Er war wie vom Donner gerührt.

»Ich muss jetzt los.« Mazliach hängte sich die Tüte über die Schulter. »Hast du Lust, morgen wiederzukommen? Ich bin da. Dann plaudern wir wieder, ja?«

Assaf glotzte ihn an.

»Noch ungefähr eine Stunde«, sagte Mazliach und zeigte mit dem Finger in die Höhe, »dann musst du in den Himmel sehen. Dort siehst du die größte Show der Welt!«

Assaf fragte, welche Sterne man als Erste ausmachen könne. Er wollte Zeit gewinnen. Er hatte das Gefühl, ganz langsam etwas zu erahnen. Mazliach hob die Hand und zeigte, wo die Venus auftauchen würde, der Polarstern, der Große Bär. Assaf hörte nicht zu. Etwas Großes, ganz und gar Wundersames begann sich ihm zu erschließen. Etwas, das mit Tamar zu tun hatte. Und mit ihrem Mut, hin und wieder die verrücktesten Sachen zu machen, als ob sie vollkommen private, eigene Gesetze erließe. Mazliach erklärte und Assaf schielte nach unten und begegnete Dinkas verbündetem Blick. Folgsam sah er wieder in den Himmel. Er dachte an Tamars Großzügigkeit gegenüber Theodora und nun auch gegenüber Mazliach; es war keine materielle Großzügigkeit, es war schwer zu erklären, es war eine Großzügigkeit anderer Art.

»Mein Traum«, sagte Mazliach irgendwo neben ihm, »ist, dass es, so Gott will, eines Tages möglich ist, ins Weltall zu reisen. Dass Raumschiffe wie Busse an Bahnhöfen abfahren.« Er formte die Hände vor dem Mund zu einem Trichter und verkündete laut: »Das Raumschiff zum Merkur startet in zehn Minuten! Das Raumschiff zur Venus ist startklar!«

»Würdest du dann mitfahren?«, fragte Assaf.

»Vielleicht, vielleicht auch nicht. Kommt drauf an.«

»Worauf?«

»Wie ich gelaunt bin.« Er streichelte Dinka wieder. »Ich bin schon weg. Wenn du sie findest, sag ihr, Mazliach sammelt noch immer wissenschaftliche Informationen für sie. Sagst du es ihr? Du vergisst es doch nicht? Mazliach heiße ich.«

Als er nach Hause kam, fiel das Leben über ihn her. Das heißt die Dinge, denen er einen Tag lang entronnen war. Auf dem Anrufbeantworter waren fünf Nachrichten von Roi, eine von Danoch, eine von Nashorn und eine von seinen Eltern, die ihm Bescheid gaben, dass sie gut gelandet waren. Assaf setzte sich zuerst einmal in Ruhe aufs Klo und las vollkommen unkonzentriert eine halbe Seite in »Game Star«. Dann duschte er und rief Danoch zu Hause an. Er erzählte ihm, dass er den ganzen Tag der Hündin hinterhergelaufen war (»Hündin?«, wunderte sich Danoch, »er ist ein Weibchen?«) und bat um die Erlaubnis, noch einen Tag weiterzumachen. Die erhielt er. Dann rief er Nashorn an, den er beruhigte, dass er noch lebe, und dem er gestand, dass er noch immer keine bedeutenden detektivischen Erfolge vorzuweisen hatte, aber – und das vermochte er Nashorn aus einem unerfindlichen Grund nicht zu sagen – er hatte das Gefühl, dass er Tamar immer näher kam, dass er sie mehr und mehr erreichte.

Während er mit Nashorn sprach, bekam er einen Schreck, denn es fiel ihm etwas ein, was Mazliach gesagt hatte. Eine äußerst wichtige Information, die Assaf im Lauf des Gesprächs noch klären wollte, wenn sie sich ein wenig angefreundet hätten, die er bei all den Wendungen des Gesprächs jedoch aus dem Gedächtnis verloren hatte.

»Assaf, bist du noch da?«

»Ja, das heißt nein. Mir ist gerade was eingefallen, was ich vergessen hatte.« Sie sucht jemanden, hatte Mazliach gesagt und dann war ihm mit Bestürzung bewusst geworden, dass er ein Geheimnis ausgeplaudert hatte und er hatte etwas von »privat« gefaselt. Wen sucht sie? Wieso hab ich nicht nachgehakt? Wie konnte ich das nur verschwitzen?

»Hast du schon was von den Alten gehört?«, fragte Nashorn kleinlaut.

»Nicht direkt«, sagte Assaf zerstreut und legte auf. Er war froh, vor dem anstehenden Telefonat mit seinen Eltern Nashorn gesprochen zu haben.

Dinka war satt. Assaf richtete ihr ein Lager her, legte sich neben sie und spielte mit ihrem Fell, während er sich den Kopf darüber zerbrach, wen Tamar wohl suchte. Sie nickten beide ein, schliefen völlig erschöpft zwei Stunden lang. Als sie erwachten, war die Wohnung stockfinster und das Echo eines Anrufs verklang gerade. Assaf wärmte sich eine Portion Linsen, legte ein Paar Würstchen mit Ketchup dazu und nahm sich eine halbe Wassermelone. Irgendwie hatte er keine Lust, etwas von dem zu essen, was seine Mutter ihm vorgekocht hatte. Er genoss es, sich selbst zu versorgen, verstieß gegen die Hausordnung, indem er seinen Teller ins Wohnzimmer trug, und schaltete den Sportkanal ein. Er sah sich die Wiederholung eines Ligaspiels von vor zwei Monaten an und ließ den Strudel des Tages zur Ruhe kommen. Dreimal klingelte das Telefon. Er wusste, dass es Roi war, und hob nicht ab, bis es zum Ausgehen beim besten Willen zu spät war, erst dann ging er dran.

»Assaf, du Penner, wo steckst du?«

Assaf hörte im Hintergrund laute Musik und Gelächter. Er sagte, er sei bei der Arbeit aufgehalten worden. Roi befahl ihm, er solle auf der Stelle seinen Arsch ins Café rüberschieben, denn Dafi könne ihn kaum erwarten.

»Vergiss es«, sagte Assaf.

»Wie bitte?« Roi traute seinen Ohren nicht. »Hör mir gut zu, du Arschgeige. Seit drei Stunden ziehen Mejtal und ich mit deiner Dafi, die heute übrigens affengeil aussieht – sie hat einen blauen Fummel und so ein schwarzes Top an – um die Häuser. Komm mir jetzt nicht mit deinem Job! Was machst du dort schon, außer dir die Eier zu kratzen?«

»Roi«, erklärte Assaf ruhig, mit einer Gelassenheit, die ihn selbst erstaunte. »Ich komm nicht. Sag Dafi, dass es mir Leid tut. Es liegt nicht an ihr. Ich hab im Moment einfach keinen Bock.«

Es herrschte Stille. Er hörte, wie sich in Rois Hirn die Räder drehten. Er wusste, wie sie funktionierten. Roi kam ihm etwas angesäuselt vor, aber er hatte noch all seine Sinne beisammen und begriff, dass Assaf noch nie in diesem Ton mit ihm gesprochen hatte.

»Hör mir gut zu«, zischte Roi gifttriefend und Assaf dachte, dass ihn heute schon einmal einer so angemacht hatte. Keine Ahnung, wer, er wusste nur noch, dass derjenige ihm nichts Gutes wollte. Na klar, der V-Mann! »Wenn du nicht in einer Viertelstunde hier bist, ist das dein Ende, hast du kapiert, Kleiner? Verstanden? Wenn du nicht gleich hier bist, bist du reif.«

Assaf blieb eine Antwort schuldig. Sein Herz hämmerte. Seit zwölf Jahren waren sie zusammen. Roi war sein erster richtiger Freund. Assafs Mutter erzählte oft, dass Assaf im ersten Kindergartenjahr, vor der Roi-Zeit, so einsam war, dass sie froh war, als er einmal mit Läusen nach Hause kam, weil das der Beweis war, dass er wenigstens mal mit einem einzigen anderen Kind Kontakt gehabt hatte.

»Du wirst sehr allein sein«, flüsterte Roi mit einem Hass, dessen Wucht Assaf verblüffte. Wo hatte der all die Jahre gesteckt? »Keiner in der Klasse, in der ganzen Stufe, wird dich mehr mit dem Arsch ansehen. Und weißt du auch, warum? Willst du es wirklich wissen?« Assaf duckte sich ein wenig vor dem Schlag. »Weil ich nicht mehr dein Freund sein werde.«

Es tat nicht weh.

»Hör mal, Roi«, sagte Assaf. Er redete nun wie Nashorn, ruhig und gewichtig, mit einer Bestimmtheit, die man nicht widerlegen konnte, »du bist doch schon lange nicht mehr mein

Freund.« Er legte auf. Das war's, dachte er ohne Gefühl. Es ist vorbei.

Er ging zu Dinka und setzte sich neben sie. Sie sah ihn ausdrucksvoll an. Dann streckte er sich auf dem Teppich aus, legte den Kopf auf sie und spürte, wie sie atmete. Er fragte sich, womit er nun zu rechnen hätte und ob er tatsächlich in der Schule eine Veränderung zu spüren bekommen würde. Er konnte es sich nicht vorstellen. Er dachte daran, dass er im Grunde die ganzen letzten Jahren einsam gewesen war. Er steckte immer mit Roi und den anderen zusammen, ging mit ihnen auf Partys, lachte über ihre Witze und spielte stundenlang mit ihnen Basketball. Freitagabends zog er mit ihnen los und sie hockten stundenlang in verqualmten Kneipen und in muffigen Räumen. Was trieben sie eigentlich an diesen endlosen Abenden? Sie tranken ein paar Bier und auch mal einen Wodka, machten Mädchen an, pafften jede Menge Zigaretten und er steuerte hin und wieder zu ihren Gesprächen über die Lehrer, die Eltern und Mädchen ein paar Sätze bei, und wenn sie eine Wasserpfeife rauchten, zog er schon mal dran und tat, als würde es ihm schmecken, und wenn sie tanzten, klebte er für gewöhnlich mit einem der Jungs an der Wand und quatschte mit ihm, bis der andere Mut fasste und ein Mädchen zum Tanzen aufforderte und nicht mehr zu sehen war. Und in den Ferien dasselbe hoch drei. Endlose Runden durch die Stadt, von Café zu Café, von Kneipe zu Kneipe. Und er, wie ging es ihm eigentlich dabei? Die meiste Zeit war er damit beschäftigt, vor ihnen zu verbergen, was er tatsächlich fühlte, tat nur das Nötigste, um den Schein zu wahren, und nach solch einem leeren, hirnverbrannten Abend fühlte er sich wie ein Fußsack, gefüllt mit tausenden von Styroporkugeln. Seltsam, im Grunde war er einsam, es war ihm nur nie aufgefallen. Die Einsamen waren andere. Nir Charmaz beispielsweise, der keinen einzigen Freund in der Klasse hatte, oder die hochnäsige Sivan Eldor; sie hatten Assaf stets Leid getan, weil sie so wenig dazugehörten, doch was war mit ihm selbst?

Er dachte daran, dass er mit Roi so gut wie nie über sein

Hobby sprach. Dabei wusste Roi genau, dass Assaf jeden zweiten Samstag, nun schon seit drei Jahren, mit dem Fotokurs unterwegs war in die Judäische Wüste, in den Negev und in den Norden und dass sie gemeinsam ihre Fotos ausstellten (obwohl er mindestens zehn Jahre jünger war als die anderen). Und Roi hatte nie gefragt oder irgendein Interesse gezeigt und hatte natürlich auch nie eine Ausstellung besucht. Und es war auch merkwürdig, dass Assaf nie auf die Idee gekommen war, Roi zu erzählen, wie viel Freude er über ein gelungenes Foto empfand, wie er drei, vier Stunden in einem Weizenfeld wartete, bis der Schatten genau auf eine alte Bushaltestelle in der Nähe von Mihmoret fiel, mit dem verwitterten Beton und dem Kapernstrauch, der aus den Rissen wucherte. Irgendwie hatten diese Dinge nie Platz in den Gesprächen mit Roi, schon gar nicht, wenn sie zu viert waren. Dann dachte er an Tamar, dachte, dass er ihr gern davon erzählen würde, beschreiben würde, welch enorme Veränderung das Fotografieren in sein Leben gebracht hatte, wie es ihm die Augen geöffnet hatte für seine Umgebung und die Menschen und die Schönheit, die in kleinen, scheinbar langweiligen Dingen, lag. Einfach einmal mit ihr an einer schönen Stelle zusammensitzen und sich mit ihr unterhalten. Ein richtiges Gespräch führen.

Aber er wusste auch, da machte Assaf sich nichts vor, dass der Sturm, den sie in seinem Leben ausgelöst hatte, sich legen würde, sobald sie sich begegneten, wenn er die übliche Prüfung der Konversation, der Schlagfertigkeit, der Sticheleien, des scharfen Humors, des Coolseins und der Lockerheit zu bestehen hätte. Er wusste – seit Jahren war es ihm vollkommen klar –, dass es auf der Welt, im gesamten Universum, nur eine Situation gab, in der er eine Chance hatte, dass sich ein Mädchen in ihn verliebte, und das wäre, wenn sie zufällig beim Fünftausendmeterlauf neben ihm liefe. Vielleicht musste er tatsächlich die Taktik ändern, dachte er jetzt, auf das Bohren seines Lehrers eingehen und an Wettläufen teilnehmen; vielleicht würde er ja unter den Langläuferinnen eine finden.

Diese Gedanken machten ihn unruhig. Er stand auf, trank drei Glas Wasser und ging zerstreut die Post durch. Auf einmal spannte er sich: ein grüner Umschlag des Kultusministeriums – das Prüfungsamt. Zwei Monate hatten sie darauf gewartet und jetzt, wo seine Eltern nicht da waren, trudelte er ein! Mit zittrigen Fingern riss er den Umschlag auf: »Liebe(r) Schü-ler(in), wir freuen uns, Ihnen mitteilen zu können, dass Sie die Reifeprüfung bestanden haben …«

Er stieß einen Freudenschrei aus und im selben Moment klingelte das Telefon, er befürchtete schon, dass es wieder Roi sein würde, aber es war sein Vater, der ihm über Kontinente und Meere hinweg zujubelte: »Assafi, mein Lieber, wie geht es dir?«

»Papa! Ich hab grade an euch gedacht! Wie ist es dort? Wie war der Flug? Kam Mama mit der Tür im –?«

Sie sprachen gleichzeitig, wie immer, brüllten und lachten. Jede Sekunde kostet ein Vermögen, dachte Assaf und es machte ihn nervös, dass er das Gespräch nicht uneingeschränkt zu genießen vermochte. Eine Minute entspricht bestimmt einem halben Tagesgehalt seines Vaters, sagen wir – dem Montieren von zwei Deckenventilatoren und der Reparatur von wenigstens drei Toastern. Egal. Zum Teufel mit dem Geld. Er wollte sie umarmen, sie riechen, eins mit ihnen sein. Und ohnehin geht das Telefonat sicher auf Rellis Kosten, die ja auf einmal jede Menge Kohle hat, stimmt's? Und dieser Gedanke befreite ihn und er lachte bis nach Arizona. Und sein Vater erzählte abenteuerliche Dinge über den Flug und die Reise und Assaf sagte, hier ist alles klar, macht euch keine Sorgen, ich esse ordentlich und pass auf das Haus auf, plötzlich kehrte er in seiner Gefühlswelt ein paar Jahre zurück, als er samstagmorgens in ihr Bett kroch, um mit ihnen zu kuscheln. »Papa, hör mal, heute sind die Ergebnisse vom Kultusministerium gekommen …«

»Moment, Assafi, sag nichts. Sag es direkt deiner Mutter!«

Und das Geräusch des Hörers, der neben den Apparat gelegt

wurde, und die sich entfernenden Schritte, es musste ein großes Haus sein; nur das Rauschen des Ozeans zwischen ihnen, und Assaf versuchte sich vorzustellen, welche Gespräche zur selben Zeit durch die parallelen Leitungen flossen, vielleicht bittet gerade jemand aus Alaska um die Hand einer Türkin? Vielleicht bietet Phil Jackson von den Lakers gerade in diesem Augenblick Pappi Turdjemann von Hapo'el einen Vertrag für die kommende Saison an? Und dann war seine Mutter am Apparat, mit ihrem fülligen Körper, ihrer üppigen Seele und dem rollenden Lachen. »Assafi, mein kleiner Mops, ich hab solche Sehnsucht nach dir. Wie soll ich das zwei Wochen aushalten?!«

»Mama, du hast das Abi bestanden!«

Stille, dann eine Explosion von Kreischen und Jubelrufen. »Ist der Brief gekommen? Ein offizielles Schreiben? Hast du den Stempel überprüft? Und sie sagen, dass ich bestanden habe? Schimon, hast du das gehört? Ich hab's gepackt! Ich hab das Abitur! I have the Abitur!«

Und während sie dort in Arizona tanzen und sich umarmen und ein halbes Gehalt auf den Kopf hauen, schleicht sich die kleine Mucki ans Telefon. »Assafi«, sagt sie vorsichtig prüfend, ob die erstaunliche Entfernung, die sie zurückgelegt hat, ihn nicht verändert hat. »In welchem Land bist du?«

Und er erklärt ihr, dass er sich nicht vom Fleck gerührt hat, dass sie es ist, die eine Reise gemacht hat, und sie erzählt von dem Flug und wie ihr die Ohren wehtaten und welches Puzzle sie von der Stewardess bekommen hat und was es in Amerika alles gibt, hier gibt es ein Eichhörnchen. Und sie erzählt ihm ausführlich davon, Herden von Eichhörnchen könnte man für den Preis solch eines Telefonats nach Israel importieren, aber Relli zahlt ja und vielleicht nicht nur Relli allein, gleich werden wir es erfahren, und Assaf entspannt sich und hört Mucki zu, die von den »Guatemalen« erzählt, die sie dort geschenkt bekam, winzige Stoffpüppchen, die die Kinder in Guatemala unter die Kopfkissen legen und denen sie ihre Sorgen erzählen, die dann am Morgen verschwunden sind. Und Assaf, der seine Sorgen liebend gern solch einem Wunderguatemalen überlassen hätte, bittet Mucki sanft, ihm wieder seine Mutter zu geben, weil er noch eine wichtige Sache mit ihr zu besprechen hat.

»Was soll ich dir sagen, Assafi«, bemerkt seine Mutter behutsam, »wir haben ihn getroffen.« Schweigen. Assaf wartet. Er hat verstanden.

»Er ist wunderbar, Assafi. Zärtlich und so charmant. Und wie es aussieht, ist seine Mutter zur Hälfte eine von uns. Sie passen zusammen wie ein Ei zum andern. Er hat ein bombastisches Haus, du solltest es sehen. Mit einem echten Swimmingpool und einem Whirlpool und er hat eine Mexikanerin, die für ihn kocht und der Relli beigebracht hat, wie man unseren Shabbeteintopf zubereitet. Er ist ein hohes Tier in einer Computerfirma ...«

Assaf fällt in sich zusammen. Er muss sich setzen. Seine Finger krallen sich in Dinkas Fell. Wie soll er das Nashorn beibringen? Wie soll Nashorn damit fertig werden? Mit diesem totalen Verrat? Nashorn hatte geahnt, dass das der Zweck ihrer Reise war. Dass sie Rellis neuen Macker kennen lernen wollten.

»Assafi? Bist du noch da?«

»Ja.«

»Assafi, mein Möpschen, ich weiß, was du jetzt denkst und was du fühlst. Was dir lieber gewesen wäre. Aber das ist wohl vorbei. Bist du noch dran?«

»Ja.«

»Ich brauch dir ja nicht zu sagen, wie sehr wir Zachi zugetan sind. Er wird immer wie ein Sohn für uns sein. Wie ein richtiger Sohn. Aber Relli hat sich entschieden. Was sollen wir machen? Es ist ihr Leben und ihr Wunsch und wir müssen ihn respektieren.«

Assaf hätte am liebsten gebrüllt, Relli angeschrien und sie geschüttelt, um sie daran zu erinnern, wie Nashorn sich in ihren schlechten Zeiten um sie gekümmert hatte, als sie noch nicht so geil aussah, er hatte sie blind geliebt, seit sie aufs Gymnasium gingen und den ganzen Militärdienst hindurch und dann noch zwei Jahre länger, mit all ihren Spinnereien und mit den ganzen Freiräumen, die sie braucht, und wie er langsam zum großen Bruder in ihrer Familie wurde und seinem Vater half, wenn es auf der Arbeit viel zu tun gab, und auch Mutter zur Hand ging, bei allem, was anfiel, angefangen bei den Einkäufen bis hin zum Streichen des Hauses, aber das war es ja, was Relli um den Verstand brachte, sie hatte das Gefühl, dass ihm mehr an ihren Eltern gelegen war als an ihr; und Assaf dachte nun bitter, dass seine Eltern – gut, man konnte nicht sagen, dass sie Nashorn ausgenutzt hatten, aber sie hatten sich in tausendundeiner Sache von ihm helfen lassen und Nashorn hatte bereitwillig alles erledigt, und Assaf dachte daran, dass Nashorn sogar auf eine Teilhaberschaft im Gutachterbüro seines Vaters verzichtet hatte und die Gießerei aufmachte, vor allem, weil Relli zunächst von dieser männlichen, physischen Arbeit begeistert war, die einen starken Bezug zur Kunst hat, und überhaupt – wie war es möglich, zehn Jahre einfach auszulöschen, und zu allem Übel verliert Assaf jetzt, wo Relli sich endgültig entschieden hatte, nicht nur sie, was ja noch im Bereich des Erträglichen liegt, sondern auch Nashorn, denn Nashorn würde seine Beziehungen zur Familie kappen, so viel war sicher, um nicht hundertmal am Tag an sie denken zu müssen, würde er alle Zelte abbrechen und auch Assaf aus seinem Leben verdrängen.

Er wusste nicht mehr, wie das Gespräch zu Ende ging, sicher weniger fröhlich, als es begann. Dann zog er den Stecker raus, denn er befürchtete, dass Nashorn wieder anrufen würde, um herauszufinden, ob er schon mit ihnen gesprochen hatte. Er wusste nicht, was er ihm sagen, wie er ihm die Nachricht so sanft wie möglich beibringen sollte. Er mochte nicht lügen. Er war jetzt ein richtiges Nervenbündel. Er stand auf. Setzte sich. Lief durch die Zimmer. Dinka sah ihn erstaunt an.

In solchen Nervenkrisen kommt seine Mutter gewöhnlich

auf ihn zu oder jagt ihm durch die Wohnung hinterher, fängt ihn mit ihren prallen Armen, sieht ihm tief in die Augen und fragt, wohin sie schauen, seine schönen Augen. Und wenn er ihrem Blick ausweicht, sagt sie:»So schlimm?« Und umgehend befiehlt sie ihm:»Such mich in meinen Geschäftsräumen auf!« Und sie zieht ihn mit Gewalt in ihr kleines Zimmer, schließt die Tür und lässt nicht locker, bis er ihr genau erzählt, was ihn quält; aber in dieser fatalen Situation spielte sie selbst anscheinend eine zwielichtige Rolle und alles war so verworren, falsch und quälend und er musste etwas unternehmen, etwas, dass das Blatt wenden würde, von Grund auf, etwas, das alles wieder – und sei es nur ein kleines bisschen – ins Lot bringen würde, alles, was auf der Welt aus den Fugen geraten war, etwas, was Tamar womöglich in solch einer Situation gemacht hätte, er brauchte eine von diesen Tamar'schen Ideen.

Dann durchfuhr ihn ein Gedankenblitz, auf einmal wusste er, entdeckte er, erfand er: Er stieg auf den Speicher, holte einen Eimer weißer Farbe, der vom letzten Streichen übrig geblieben war, und eine große Rolle. Aus der Speisekammer nahm er die Leiter und hängte sie sich über die Schulter. Er pfiff nach Dinka und verließ mit ihr das Haus, ging hastig, ohne nach rechts und links zu sehen, zu seiner Schule und stieg durch das Loch im Zaun neben den Wasserhähnen in den Hof.

Letztes Jahr hatten sie einem Lehrer, einem gewissen Chaim Assrieli, einem älteren, freundlichen Junggesellen, die Hölle heiß gemacht. Roi war der Anführer gewesen und Assaf hatte mitgemacht. Er hatte nie etwas besonders Gemeines getan, aber er hatte sich am allgemeinen Gespött beteiligt. Dabei mochte er diesen Lehrer, der ihm, als er entdeckte, dass Assaf sich für griechische Mythologie interessierte, ein Buch mit Göttersagen schenkte, das Assaf noch nicht kannte.

Am letzten Schultag schrieben sie für diesen Lehrer dick und fett einen Spruch an die Außenwand der Schule. Sie kamen zu zehnt am Vorabend der Abschlussfeier; Assaf war die Leiter und Roi kletterte hoch und schrieb mit schwarzer Farbe.

Seit damals sah Assaf jedes Mal, wenn er in den Ferien dort vorbeikam, die Schrift an der Wand, jeder, der vorbeikam, konnte sie sehen, natürlich auch Chaim Assrieli, der zwei Straßen weiter wohnte.

Jetzt rührte er die Farbe, verdünnte sie ein wenig, kletterte auf die Leiter. Der Hof lag verlassen im Scheinwerferlicht. Dinka saß auf den Hinterbeinen und ihre Schnauze folgte der Rolle, die Wort für Wort die Aufschrift mit weißen, glänzenden Linien überstrich:

»Putz dir mal die Zähne, Chaim Assrieli!«

Am nächsten Morgen fühlte er sich rein und erfrischt und machte sich leichten Herzens mit dem Fahrrad auf den Weg.

Mitten in der Nacht hatte er auf einmal einen großen, warmen und nicht besonders sauberen Körper gespürt, der zu ihm ins Bett kroch und sich an ihn schmiegte. Und ohne die Augen zu öffnen und als ob es nie anders gewesen wäre, umarmte er Dinka und machte Bekanntschaft mit ihrer Lieblingsschlafstellung – ihren Rücken zu einem Halbmond gegen seinen Bauch gebogen; ihre Nase stieß sanft den Atem in seine offene Handfläche und sie zitterte ab und zu, als träume sie von der Jagd. Am Morgen schlugen beide die Augen auf und grinsten einander an.

»Schlaft ihr beide so zu Hause?«, fragte er sie und wartete nicht auf eine Antwort. Er sprang gut gelaunt aus dem Bett, pfiff auf dem Klo, kämmte sich sorgfältig und tat etwas, das er schon seit Monaten nicht mehr gemacht hatte (gerade weil seine Mutter ihm ständig damit auf die Nerven ging) – er schmierte sich einen dicken Klecks Antipickelcreme ins Gesicht.

Das Fahrrad – ein altes Raleigh, das er von Nashorn geerbt hatte – hatte er schon gestern aus dem Schuppen geholt. Seit Monaten hatte er es nicht mehr benutzt. Er musste die Reifen aufpumpen, die Kette ölen und eine dicke Staubschicht von der

Lampe und vom Rücklicht wischen. Als er sich in der frühen, klaren Morgenstunde auf das Rad schwang, war er glücklich, pfiff nach Dinka und trug ihr im Innern aus voller Kehle ein Lied vor. Sie trabte neben ihm, überholte ihn, kam zurück und warf ihm liebevolle Blicke zu. Die lange Schnur hatte er schon am Vortag abgeschnitten und beide genossen die neue Beweglichkeit zwischen ihnen: Sie rannte vor, verschwand sogar für einen Moment hinter einem parkenden Auto und kehrte auf eigenen Wunsch zu ihm zurück.

Er überließ ihr, keine Frage, die Führung. Pfeifend trat er in die Pedale und stellte fest, wie geübt sie darin war, neben einem Fahrrad herzulaufen, und in seinen Gedanken sah er sie schon zwischen zwei Rädern auf einem einsamen Pfad durch eine weite grüne Wiese rennen und beide Radler mit dem gleichen sehnenden Blick anschauen.

Und dennoch schien es ihm, dass sie heute Morgen kein genaues Ziel verfolgte. Sie versuchte es mal hier, mal da, machte kehrt ... Nicht dass es ihn gestört hätte, durch gähnende, erwachende Straßen hinter ihr herzufahren, vorbei an Milchkästen und verschnürten Zeitungsbündeln auf den Bürgersteigen und dem Wasserstrahl der Ladenbesitzer, die den Bürgersteig vor ihren Geschäften säuberten, vorbei an einer Hundebabysitterin, die mit fünf Hunden an der Leine Gassi ging, die im Chor neidvoll kläfften –

Ohne Eile führte Dinka ihn in Richtung Stadtgrenze. Assaf fragte sich, geht es jetzt nach Tel Aviv, oder was? Sie rannte in leichtem Galopp an seiner Seite, schien Spaß daran zu haben, sprang wie die schaukelnden Gäule auf einem Karussell abwechselnd auf die Vorder- und Hinterpfoten und änderte auf einmal die Richtung. Assaf sah genau, wie es dazu kam. Ihre Nase empfing ein einziges, aufschlussreiches Staubgefäß, einen von tausenden Gerüchen und Hinweisen, die die Luft erfüllten. Ein solcher Staubfaden hatte anscheinend stärkere Signale gesendet als die übrigen. Sie hielt an, kehrte zu der Stelle zurück, an der sie ihn wahrgenommen hatte, blieb stehen und schnupperte, entschlüsselte die Information in ihrem Innern, in der Dunkelkammer ihrer Nase, und dann schlug sie energisch und in rasendem Tempo einen neuen Weg ein.

Die Gegend war ihm fremd und wie immer hatte er keine Ahnung, warum Dinka ihn hergebracht hatte. Manchmal hatte er im Bus auf dem Weg nach Tel Aviv das Tal gesehen, das sich unterhalb der Straße erstreckte, aber er wäre nie auf die Idee gekommen, dass es dort etwas gab. Oder jemanden. Er stieg den steilen Weg hinab, schob das Rad und trug den kleinen, voll gepackten Rucksack auf den Schultern, denn wer weiß, wann und wo er das nächste Mal etwas zu essen bekommen würde. Dinka war sich hier unten ihrer Sache weniger sicher. Sie rannte vor, kam zurück, beschrieb große Kreise, die ihm willkürlich und zaudernd vorkamen. Hin und wieder machte sie Halt und witterte, unglücklich und unentschieden, in alle vier Himmelsrichtungen. Einmal stürmte sie außer sich vor Freude auf einen von Sträuchern und Unrat bedeckten Sandhügel zu, doch als sie ihn erreichte, blieb sie überrascht stehen, sah nach rechts und nach links, um schließlich langsam und mit hängendem Schwanz zu Assaf zurückzukehren.

Auf einmal versperrte ein Geröllhaufen den Weg. Assaf versteckte das Rad hinter einem Busch und deckte es mit einem großen, herumliegenden Karton zu. Er kletterte über die Steine und überquerte eine kleine Lichtung, auf der dichte Fenchelkrautsträucher so hoch gewachsen waren, dass Assaf beinahe dahinter verschwand und Dinka nur noch eine bewegliche Linie auseinander gebogener Büsche war. Schließlich stand er vor einer Ansammlung verfallener Häuser.

Sie waren aus großen, schweren Steinen gebaut und wilde Sträucher wucherten aus ihren Mauern. Assaf ging schweigend weiter. Nur das Zwitschern der Vögel war zu hören. Grashüpfer sprangen vor seinen Schritten auf. Er stieg durch Türbogen über kleine Stufen, die die Häuser verbanden, in die er lugte. Er vermutete, dass er sich in Lifta, einem verlassenen arabischen Dorf befand, dessen Einwohner im Unabhängigkeitskrieg geflohen (nach Nashorns Worten) oder brutal verjagt worden waren (Relli). In den Häusern lagen leere, kühle, schattige Zimmer, in denen sich Müll und Kot türmten. Jedes Zimmer hatte ein Loch in der Decke und ein weiteres großes Loch im Boden. Assaf sah sich genauer um und stellte fest, dass unter jedem Bodenloch eine Art Kammer lag, vielleicht eine Zisterne.

Er ging wie auf Zehenspitzen ehrfürchtig durch das Geisterdorf. Hier haben einmal Menschen gelebt, dachte er. Über diese Wege sind sie gegangen und haben geplaudert, während ihre Kinder herumtollten, und sie haben nicht geahnt, dass ihre Welt einmal dermaßen aus den Fugen geraten würde. Assaf war stets darauf bedacht, nicht allzu tief über diese Dinge nachzudenken, vielleicht weil in seinem Kopf, wann immer er sich politischen Themen näherte, das Konzert der endlosen Streitereien zwischen Nashorn und Relli einsetzte; und auch hier waren sie präsent, augenblicklich, und diskutierten schäumend. Relli zischte, jedes dieser verlassenen arabischen Dörfer sei eine offene Wunde im Herzen der israelischen Gesellschaft, und Nashorn erwiderte ihr geduldig, wenn der Krieg anders ausgegangen wäre, wäre es nun so um ihr eigenes Haus bestellt. Was sei ihr lieber? Und wie um die übliche banale Schlussfolgerung seiner Mutter zu unterstreichen, die stets den Streit beenden und die Gemüter beruhigen wollte, flog eine gesprenkelte, fette Taube über Assafs Kopf. Sie landete auf dem Geländer eines Balkons, der an einer einsamen, frei stehenden Mauer in der Luft hing, und als ihre Krallen das Geländer berührten, spannte sich Assaf: Er befürchtete, dass ihr Gewicht den Balkon mitsamt der Mauer zum Einsturz bringen würde.

»Die Kamera«, dachte er, »wieso hab ich vergessen, sie mitzunehmen!«

Vor einer der Ruinen sah er ein paar Turnschuhe, die an einer Schnur an einem Mauervorsprung hingen. Er stieg die Stufen hoch und sah in das verfallene Haus, in dem zwei Jungen lagen und schliefen.

Blitzschnell zog er sich zurück. Dann blieb er einen Augenblick erstaunt stehen. Was hatten sie hier verloren? Wie konnte man in diesem Dreck leben?

Er stieg zwei Stufen hinunter und wieder eine hinauf. Er hatte ein bisschen Angst und außerdem war es ihm peinlich, sie so zu begaffen. Als er wieder in der Tür stand, sah er, dass es tatsächlich zwei Jungen waren. Beide waren unsäglich mager. Einer der beiden war in eine mit weißen Gipsflecken beschmierte Decke gerollt, der andere war beinahe nackt. Sie lagen auf gelben Schaumstoffmatratzen, die an den Rändern angekokelt und rußig waren. Leere Wodkaflaschen lagen verstreut herum und es wimmelte von Fliegen. Hunderten von Fliegen. Die Luft war von ihrem Summen erfüllt. Über die große, ausgehobene Grube in der Mitte des Raums hatten sie ein umgestoßenes Eisenbett geschoben, wohl um nicht in das Wasserloch zu fallen.

Die Jungen lagen links und rechts von dem Loch, dicht an der Wand. Auf den ersten Blick schienen sie wenigstens drei Jahre jünger zu sein als er. Er dachte: Es darf nicht wahr sein, dass Kinder so ein Leben führen.

Er wandte sich ab und schickte sich zum Gehen an. Dies hier überstieg seine Kräfte. Außerdem – wie hätte er ihnen helfen sollen? Als er sich umdrehte, trat er auf eine herumliegende Blechschüssel und stülpte sie um. Er sprang über sie hinweg und brachte dabei einen Eisenbügel, der auf der Fensterbank lag, zu Fall und löste damit noch eine Kette weiterer kleiner Missgeschicke aus, die lauten Lärm machten. Der Junge, der in der Nähe des Eingangs lag, schlug die Augen auf. Er sah Assaf kurz an und schloss sie wieder. Dann öffnete er erneut unter großer Anstrengung die Lider, seine Hand verschwand unter der Matratze und kam mit einem Messer wieder zum Vorschein.

»Was willst du.«

Es war die Stimme eines Kindes. Der Junge sprach langsam, kaum hörbar und mit russischem Akzent. Seine Frage endete ohne Fragezeichen. Er hatte nicht einmal den Kopf von seinem Lager erhoben.

»Nichts.«

Schweigen. Der Junge lag auf dem Rücken. Seine weiße, glatte Brust war entblößt. Ausdruckslos stierte er Assaf an, ohne Angst, ohne Drohung, ohne Hoffnung.

»Hast du Essen?«, fragte er.

Assaf schüttelte den Kopf, doch dann fielen ihm die beiden Stullen ein, die er sich am Morgen belegt hatte. Er ging auf den Jungen zu. Der stand nicht auf, sondern streckte nur seine Hand aus. In der anderen hielt er weiterhin das Messer.

Assaf machte einen Schritt zurück. Der Junge setzte sich langsam auf. Jede Bewegung strengte ihn an. Seine Hände zitterten. Er stopfte beinahe die ganze Schnitte auf einmal in den Mund. Erst dann bemerkte er, dass das Brot in Butterbrotpapier eingeschlagen war, zog es wieder aus dem Mund, entfernte so gut es ging das Papier und stopfte das Brot erneut in den Mund. Dann schloss er die Augen und kaute lange und seufzend. Seine Füße lugten unter der Decke raus. Die Zehen waren kohlrabenschwarz. Auf dem Zementboden neben der Matratze lag ein russisches Buch in einem bunten Einband. An den Wänden türmten sich Zeitungen, Klopapier und Erdnussflipstüten. Jede Menge leerer Erdnussflipstüten und eine Spritze.

Der Junge hatte das Brot aufgegessen und tupfte sich nun, mit einer in der allgemeinen Verwahrlosung unbegreiflichen Geste, das Papier auf den Mund.

»Danke.«

Dann sah er auf das zweite Brot, das Assaf in der Hand hielt. Seine Lippen bewegten sich kauend. »Leg es neben ihn«, sagte er zu Assaf und zeigte auf den schlafenden Jungen.

Assaf schlängelte sich vorsichtig an dem Loch vorbei und deponierte das Brot neben dem Schläfer. Als er sich bückte, bemerkte er hinter der Matratze am Kopf des Jungen eine Pistole. Er sah sie nur kurz und war sich nicht sicher, ob sie echt oder ein Spielzeug war. Der Schlafende öffnete die Augen nicht einen Spalt.

Assaf ging zurück und blieb am Eingang stehen. »Ich heiße Assaf.«

»Sergej.« Stille. Ein schwerfälliges Nicken wie von einem Greis: »Kleiner Sergej. Es gibt auch noch großen Sergej. Schläft dort. Hast du noch Essen?«

Assaf schüttelte wieder den Kopf. Dann dachte er, vielleicht würden die Kaugummis weiterhelfen. Er reichte dem Jungen die ganze Packung und die beiden Schokoriegel dazu. Wieder wollte der Junge mit seinem Freund teilen.

Neben der Matratze des großen Sergej lagen ein Silberpapier aus einer Zigarettenschachtel, sorgfältig geglättet, zwei Strohhalme und ein paar angesengte Blätter Toilettenpapier. Assaf starrte das Arrangement an. Letztes Jahr waren ein paar Schüler der zwölften Klasse auf dem Klo erwischt worden, die angeblich Heroin nahmen. Auch Assaf hatte das Gerücht weiter verbreitet, doch für ihn waren es nur leere Worte gewesen. Später erklärte ihnen jemand aus der Zwölf im Hof die Sache mit der Alufolie und dem Klopapier, das man darunter anzündete, worauf sich das Heroin wegen der Hitze auf der Alufolie zusammenrolle und man es einatmen könne.

Die Wände waren mit langen Sätzen in riesigen, grellen, kyrillischen Buchstaben beschrieben. Jeder Satz in einer anderen Farbe. Assaf fragte, was dort stand.

»Das? Ist Geschichte. Hat einer geschrieben, der mal hier gewohnt hat. Ist schon tot.«

Dinka, die die ganze Zeit suchend um das Haus herumgestrichen war, kam die Treppe herauf. Sergej hörte ihre Schritte und griff nach dem Messer. Als er sie sah, lächelte er: »Hund«, sagte er und in seiner Stimme wehte eine erste Wärme. »In Russland hatte ich auch Hund.« Dann legte er sich wieder hin und sah Dinka mit aufgerissenen Augen an. Assaf wusste nicht, wie er das sterbende Gespräch am Leben erhalten sollte. »Was ist das für ein Buch?« Er zeigte auf das Buch neben der Matratze.

»Das? Drachengeschichte, ›Dungeon and Dragons‹.«

»Echt?«, fragte Assaf begeistert. »Gibt es das auch auf Russisch?«

»Auf Russisch es gibt alles«, sagte der Junge, »in meiner Heimat hatte ich D & D -Gruppe ...«

»Wirklich?«

»Ja, D & D-Gruppe ...« Seine Augen fielen zu.

»Einen Moment«, sagte Assaf.

Wer bist du, was tust du hier, was ist mit dir passiert, was hast du letzte Woche außer Erdnussflips gegessen, vielleicht bist du krank, du siehst krank aus, wo sind deine Eltern, wissen sie überhaupt, wo du bist, wieso setzen sie nicht alle Hebel in Bewegung, um dich zu finden, was wird morgen aus dir werden, wo bist du in einem Monat, falls du überhaupt noch bist?

»Ich suche ein Mädchen«, sagte er stattdessen. Er hatte noch immer die schwache Hoffnung, dass Dinka ihn mit Absicht hergeführt hatte. »Sie ist klein und hat lange schwarze Haare. Sie hatte diesen Hund dabei.«

Sergej öffnete langsam die Augen. Er sah Assaf an, als hätte er ihn schon vergessen. Er stützte sich auf seine Ellbogen und blinzelte in das Lichtquadrat, wo Dinka saß. Assaf hatte den Eindruck, dass sein Blick sich blitzartig schärfte.

Dann ließ er sich wieder fallen, die Arme hielten dem Gewicht des Kopfes nicht länger stand. Er schloss die Augen. Er rührte sich nicht. Fliegen setzten sich in seine Mundwinkel und machten sich über die Brotkrümel her. Assaf wartete enttäuscht noch eine Weile. Durch den Fensterbogen sah er den hellblauen Himmel, den Hang und ein paar Kiefern. Dann drehte er sich um und dachte an den Rückweg.

Die Stimme des Jungen hielt ihn auf. »Sie hier war«, sagte er mit geschlossenen Lidern und die Haare auf Assafs Nacken sträubten sich. »Vor ungefähr einem Monat, vielleicht zwei. Weiß nicht. Sie sucht einen. Vielleicht Kind, einen Jungen. Sie kam mit Foto. Wollte wissen, ob wir kennen ihn. Vielleicht ihr Freund. Keine Ahnung.«

Assaf hörte schweigend zu. Sein Mund war vollkommen ausgetrocknet. In seinem Herzen begann ein dumpfer Schmerz zu surren.

»Und hier es einen gab, heißt Paganini«, der Junge sprach träumerisch, als schwebe er. »Er spielte Geige. Spielte und spielte, bis Gaskocher in seiner Hand explodierte und Spiel war aus.« Er schwieg wieder lange. Assaf befürchtete, er würde erneut einschlafen, aber der Junge fuhr mit geschlossenen Augen fort. »Paganini hat Freund in Fußgängerzone mit Gitarre gesehen.«

»Kannte Paganini ihren ... Freund?«

»Nein ... nicht direkt. Woher denn? Ihr Freund sehr gut spielen. Sehr gut. Paganini hat gesagt.«

Assaf wusste, dass er noch nicht über das Gehörte nachdenken durfte. Nur empfangen. Jenen Freund, den guten Gitarristen, jetzt völlig vergessen.

Der Junge füllte sich mit ein wenig Leben. Er versuchte sich wieder aufzurichten, was ihm für einen Moment gelang: »Freund spielt dort nicht allein, spielt mit andern. Spielen zusammen wie Artisten auf Straße. Wie Band. Sind alle noch jung. Kinder. Aber auch wie Mafia. Ich weiß nicht. Großes Durcheinander ...« Er ergab sich seiner Schwäche, legte sich hin und murmelte weiter: »Ich erinnere sie.« Seine Stimme ging in das regelmäßige Atmen des Schlafes über: »Klein, hat keine Angst, ist allein gekommen, hat gerufen, aufstehen, aufstehen, seht euch Bild an ...«

Er schnarchte leise. Assaf wartete noch ein paar Minuten. Vorsichtig, beinahe auf den Zehenspitzen verließ er die Ruine. Er verbot sich noch immer zu grübeln oder etwas zu fühlen. Sie hat einen Freund. Na und. Sie sucht ihn. Anscheinend rennt sie auf der Suche nach ihm durch die ganze Stadt. Was ist schon dabei? Mir doch egal. Ich muss ihr nur ihren Hund bringen. Komm, Dinka, wir gehen.

Doch seine Schultern sanken auf einmal herab und die Lust verließ ihn.

Ich muss Nashorn anrufen, dachte er, während er hinter Dinka hertrottete. Die Sache wurde zu kompliziert. Dieser Sergej hatte etwas von der Mafia gesagt. Was für eine Mafia meinte er? Wieso überhaupt Mafia? Das ist eine Nummer zu groß für mich. Ich hätte mich gar nicht erst drauf einlassen sollen.

Als sie die Lichtung mit dem hohen Fenchelkraut erreichten, blieb Dinka stehen. Abermals sah Assaf, wie es passierte: als ob ein transparenter, durch die Lüfte segelnder Duftschmetterling aus heiterem Himmel auf ihrer Schnauze rastete und wieder abhob, um ihr den Weg in eine andere Richtung zu zeigen.

Sie schlug einen scharfen Haken nach rechts, setzte sich in Trab, blieb stehen, sah Assaf erwartungsvoll an, wedelte heftig mit dem Schwanz. Wenn sie plötzlich ein »Folge mir«-Schild gehoben hätte, hätte es nicht deutlicher sein können.

Der kurvige Pfad wurde zu einem gestampften, steinigen Weg, an dessen Seiten Granatapfelbäume, Zitronen- und Feigenbäume und hohe Hecken aus Kakteen wuchsen. Ein kleiner Bach floss daneben. Es war fast unglaublich, dass hier solch eine Schönheit herrschte, während ein paar Meter weiter zwei Kinder im Dreck lagen.

Hinter dem dichten Buschwerk glitzerte ein kleines Wasserbecken, offen wie ein gutmütiges Auge, blau und grün im Sonnenlicht. Ein Windhauch verursachte leichten Wellenschlag und das klare Wasser stieg über die Ränder und ergoss sich in den Bach, an dem Assaf vorbeigekommen war.

Dinka ließ Assaf nicht aus dem Auge und bellte fröhlich. Sie sah abwechselnd ihn und das Wasserbecken an. Dann bellte sie wieder.

»Dinka«, sagte er, »ich hab keine Lust auf Ratespiele. Du musst schon deutlicher werden.« Er trat an den Rand des Wasserbeckens, auf die glitschigen Steine, die es säumten. Vielleicht gibt es hier etwas, das Tamar gehört, dachte er. Jäh wurde er von heftiger Angst gepackt. Vielleicht ist sie ja selbst hier.

Er lugte wieder vorsichtig. Die Angst malte ihm markerschütternde Dinge auf den Grund des Gewässers. Aber hier war nichts und niemand.

Dann suchte er die Sträucher ab. Schob Zweige auseinander. Sah hierhin und dorthin. Er fand zwei alte Spritzen, Zeitungsschnipsel, ein Handtuch und die vergammelten Schalen einer Wassermelone. Dinka scharwenzelte die ganze Zeit um ihn herum, sprang an ihm hoch, lief ihm zwischen die Beine, sodass er zweimal fast ins Wasser fiel, bellte in auffälliger Inbrunst, als ob sie ihn von der Verdrossenheit, die ihn überfallen hatte, befreien wollte.

Er kniete sich vor sie hin und so verharrten sie, Nase an Nase, sie bellte, er breitete die Hände aus, griff nach ihrem Kopf, sah ihr mit gekünstelter Verzweiflung in die Augen und rief in ihr Bellen:»Was ist denn los, was ist denn, was?«

Sie schüttelte ihn ab und befreite ihren Kopf aus seinen Händen, stand am Beckenrand, sah ihn an, als wolle sie sagen, wenn du mich absolut nicht verstehen willst – und sprang hinein.

Eine Fontäne, eisige Tropfen rieselten auf ihn herab. Dinka tauchte kurz unter, ihr Kopf kam wieder hoch und kreiste über dem dunklen, voll gesogenen Körper durch das Wasser. Sie kreuzte mit den kräftigen, hektischen Bewegungen schwimmender Hunde, mit dem angestrengten, konzentrierten Blick, den sie beim Schwimmen aufsetzen, als ginge es um harte Arbeit, durch das kleine Becken.

Das also wolltest du? Ich soll auch ins Wasser springen? Und was, wenn einer kommt und mich sieht? Und er gab sich selbst die Antwort, wer soll schon kommen, die beiden Sergejs schlafen, können sich kaum von der Stelle rühren, und hier ist es herrlich, es wird mir nicht schaden, wenn ich mal fünfe gerade sein lasse. Und gleich streifte er sich die Kleider vom Leib, behielt nur die Unterhose an und sprang.

Sofort fror er wie ein Schneider und schnellte brüllend in die Höhe, sodass der halbe Körper herausragte, sog die Luft des kompletten Tals ein, tauchte und berührte den Boden, die glatten Steine, die dort lagen, und stieg wieder an die Oberfläche, um Sonne zu tanken.

Dinka schwamm in kleinen Kreisen um ihn herum und er fühlte, dass sie es bedauerte, nicht über mehr Ausdrucksmöglichkeiten für ihre Freude zu verfügen. Ihr Schwanz durchpeitschte das Wasser wieder und wieder, benetzte Assaf mit eisigen Tropfen und Assaf – dessen Mutter behauptete, er habe eine übermenschliche Fähigkeit, sich zu erholen und zu regenerieren, wobei er nie so genau wusste, was sie damit meinte – fiel über sie her und tauchte sie unter, sie befreite sich und rammte ihm die Schnauze in die Brust und sie jagten einander von Rand zu Rand, kreuz und quer durch das Becken, Assaf nahm einen runden Stein vom Beckenrand und schleuderte ihn ins Wasser, und Dinka tauchte danach und brachte ihn in ihrem Maul hoch, hechelte und keuchte Wasser versprühend, und beide umarmten sich wie zwei Brüder, die sich dreißig Jahre lang nicht gesehen haben.

»Kommt ihr beide hierher?«, fragte Assaf. Sein Gesicht klebt an ihrem Kopf und die Haare fallen ihm in die Stirn. »Kommt sie hierher, wenn sie allein sein will? Und dann schwimmt ihr beide? Oder ist sie nur einmal ins Wasser gesprungen, nachdem sie diese beiden Sergejs ausgefragt hat? He, wo ist der Stein?«

Sie war eine Hündin, er ein Junge. Sie hatten keine hoch entwickelte gemeinsame Sprache, aber in der Tiefe seines Herzens fühlte er, dass sie ihm mit diesem Bad ein Geschenk machen wollte und dass dies in ihrem Hundehirn womöglich der Weg war, ihm dafür zu danken, dass er nicht aufgab und weiter nach Tamar suchte.

Dann schloss er die Augen und schwamm auf dem Rücken, während die Sonne ihm hell durch die Lider schien. Es gibt da eine, dachte er behaglich dösend, es gibt da ein Mädchen auf der Welt. Ich wüsste zu gerne, was sie von mir hält, wenn wir uns erst begegnen.

Es gibt da eine, dachte er und seine Lider wurden schwer,

eine, die in diesem Wasser geschwommen ist. Es umgab ihre Haut, so wie es jetzt mich berührt.

Er legte sich auf das Wasser und gab sich erneut seinem sonnigen Traum hin. Etwas bereitete ihm Unbehagen, eine neue Sachlage, von der er unlängst erfahren hatte, vor wenigen Augenblicken, aber wie immer gelang es ihm, den Gedanken daran in die Warteschlange zu schieben. Es hatte Zeit. Es lief ihm nicht weg. Er versuchte sich wieder vorzustellen, wie Tamar aussah. Er kombinierte, was er von Theodora und von dem Polizisten über sie erfahren hatte. Er hörte Dinka hechelnd aus dem Wasser steigen und wieder trafen ihn eisige Tropfen. Die Kälte riss ihn aus seinen Träumereien. Sie suchte einen Jungen. Ein Schatten huschte über seine Augen und verbarg für einen Augenblick die Sonne. Was dachtest du denn, zischte eine gallige Stimme in seinem Innern, dass sie auf dich wartet? Eine wie sie ist keinen Moment allein. Sicher ist sie ständig umlagert. Nicht nur, dass sie einen Freund hat, nein, er ist auch noch Gitarrist. Und Assaf sah ihn vor sich, vom Kopf bis zu den Saiten. Ein Lackaffe mit einem Kinolächeln, ein Roi-Verschnitt, schlagfertig und affektiert, der die Mädchen zum Lachen brachte und ihnen mit seiner Gitarre den Kopf verdrehte.

Okay, sagte er sich mit geschlossenen Lidern und versuchte vor der flammenden Eifersucht, die auf einmal in seinem Herzen loderte, nicht gänzlich zu kapitulieren. Okay, dann hat sie halt einen Freund. Na und? Was juckt es mich? Ich suche sie, um ihr Dinka zu überbringen. Freund oder kein Freund, was geht es mich an?

Er tauchte auf den Grund und blieb, so lange er konnte, unten, versuchte, das Gift in seinem Blut zu kühlen, verstand nicht, was mit ihm los war; warum tat der Gedanke, dass sie einen Freund hatte, so weh? Und dann dachte er verbittert, dass es wohl immer so sein musste. Einer sucht eine, die sucht aber einen anderen. Nashorn will Relli und Relli will den Ami. Warum konnte man der Welt nicht einen kleinen Arschtritt verpassen, so wie man gegen einen Werkzeugkasten tritt, um

Nägel und Schrauben an ihre Plätze zu verweisen? Kurz bevor er erstickte, als die Kälte auch seinen neuen Schmerz schrumpfen ließ, stieg er an die Wasseroberfläche und überließ es der Sonne, ihn zu trösten.

Sie wärmte ihm den Bauch. Sie liebkoste ihm die Brust. Die Gedanken begannen sich wieder in sanften Kreisen auszubreiten. Vielleicht werde ich sie wochen-, monate-, ja sogar jahrelang suchen. Angenommen, ich finde sie in zwanzig Jahren, klopfe an ihre Tür, in irgendeinem piekfeinen Villenviertel, der Butler öffnet und fragt: Wer sind Sie? Ich werde sagen, ich habe etwas für Tamar. Sie?, wird er wissen wollen. Was haben Sie mit Tamar zu schaffen? Tamar empfängt nicht jeden Dahergelaufenen. Sie beschäftigt sich rund um die Uhr mit tiefsinnigen Gedanken über Gut und Böse und ob der Mensch genügend Entscheidungsfreiheit hat. Überdies ist sie schlechter Laune, da sie sich gerade von ihrem ersten Ehemann getrennt hat, jenem berühmten Gitarristen ...

»**Hast du** seinen Body gesehen?«

»Boah, da kriegt man ja richtig Appetit!«

»Sag mal, seit wann treiben sich Schwule hier rum?«

Assaf schlug die Augen auf und sah drei Halbstarke, die sich um das Wasserbecken gruppierten.

»Guten Morgen, Süßer, hast du gut geschlafen?«

»Hast du davon geträumt, wie wir es dir gestern besorgt haben?«

Endlich vollzog er die notwendige Bewegung, um sich Boden unter den Füßen zu verschaffen. Das Wasser reichte ihm bis zum Hals. Er fror. Er versuchte, an den Rand zu schwimmen, aber einer der Kerle war vor ihm dorthin gehinkt, und als Assaf seine Hände auf die Steine legte, um sich herauszuwuchten, stellte der Kerl seinen Schuh drauf und trat zu. Assaf schwamm auf die andere Seite, aber auch dort wartete schon jemand mit erhobenem Fuß. Er schwamm wieder und wieder von Seite zu Seite. Er sah ein, dass er keine Chance hatte, dass sie ihn nicht rauslassen würden, aber er konnte keinen vernünftigen Gedanken mehr fassen. Inzwischen stand die arme Dinka ein wenig abseits und bellte wie verrückt, sie war gefangen, denn einer von ihnen, der der Älteste der drei zu sein schien, hielt sie am Halsband und presste sie gegen sein Bein, sodass sie den Kopf nicht drehen, nicht zubeißen und sich nicht rühren konnte.

Sie spielten noch ein paar Minuten wortlos mit ihm. Immer stand einer an der Stelle, an der er aus dem Wasser steigen wollte. Als er schon ziemlich verzweifelt war, traten sie schließlich zurück und erlaubten ihm, das Becken zu verlassen. Er kletterte hinaus und stand beinahe nackt und vor Kälte zitternd in ihrer Mitte. Es sah übel für ihn aus. So übel, wie es noch nie für ihn ausgesehen hatte. Er hatte keine Ahnung, was sie ihm antun würden. Und was sie mit Dinka anstellen würden.

Der Längste der drei machte einen Schritt auf ihn zu. Er hielt Dinka so kurz, dass sie sich winselnd regelrecht hinter ihm herschleppte.

»Hast du vielleicht gedacht«, er grinste Assaf an, »du sitzt in einem Whirlpool? Hast dich einfach so in unserem Privatpool gesuhlt?«

Assaf senkte den Kopf. Er machte sein blödestes Gesicht.

»Sag mal, du Schwuchtel«, fragte der Typ mit einer allzu sanften, rücksichtsvollen Stimme, »hast du vielleicht auch in unseren Pool gepisst?«

Assaf schüttelte heftig den Kopf. Er murmelte, dass er keine Ahnung hatte, dass das hier ein Privatgrundstück sei.

Der Kerl stieß ein langes, staunendes Pfeifen aus. »Und du hast das Schild ›Triebtäter, die den Pool unbefugt betreten, haben mit der Todesstrafe zu rechnen‹ nicht gesehen?«

Assaf schüttelte nun den ganzen Körper. Er hatte wirklich kein Schild gesehen.

»Was du nicht sagst!«, sagte der Lange ungläubig. »Er hat kein Schild gesehen! Avi, tu mir den Gefallen und hilf dieser Tunte auf die Sprünge.«

Der Kerl, den sie Avi nannten, steckte den Finger unter Assafs Kinn und bohrte ihn hinein, bis Assaf gezwungen war, den Kopf zu heben.

»Mach die Augen auf, Kleiner! Siehst du das Schild mit dem Goldrahmen und dem Bild von Cindy Crawford jetzt? Das Glitzern auf ihrem Badeanzug?«

Er sah nichts. Doch er nickte.

»Sollen wir ihn reinwerfen, Herzl?«, schlug Avi, der Kleinwüchsige mit der verkehrt herum aufgesetzten Kappe, vor.

»Vielleicht ziehen wir ihm den Schlüpfer runter?«, meinte der Dritte, der Lahme mit den vielen Muttermalen im Gesicht.

»Wozu denn, Kefir? Willst du ihn vernaschen?«

Beide Typen grölten. Assaf rührte sich nicht. Das ist mein Ende. Sie werden mich vergewaltigen.

»Nein«, sagte der Lange, der Ältere, dieser Herzl. »Ich hab einen besseren Vorschlag für Perverse wie ihn. Warum gebt ihr ihm nicht seine Klamotten? Aber vorher seht ihr nach, ob ihr in seinen Taschen eine symbolische Entschädigung für das Bad in einem Privatpool inklusive Verdacht auf Pissen findet.«

Der Lahme hob die Kleider auf. Fieberhaft kramte er in der Hosentasche und fand die dreihundert Schekel, die für den Mittagstisch in der Kantine bis zur Rückkehr seiner Eltern gedacht waren und die er verbissen für das 300-Millimeter-Teleobjektiv zu der neuen Canon gespart hatte.

Die Kleider trafen ihn mit voller Wucht. Die Gürtelschnalle verletzte ihn an der Lippe. Er fühlte das warme Blutrinnsal auf seinem Kinn. Ohne sich den Mund abzuwischen, schlüpfte er in die Hose. Er konnte seine Füße nur mit Mühe durch die Hosenbeine fädeln. Die Kerle standen um ihn herum und sahen ihm zu. Ihr Schweigen machte ihm Angst. Es war eine Art Feuerpause, aus der sich alles Mögliche entwickeln konnte, und Assaf wusste, dass der wirklich harte Teil noch vor ihm lag.

Die Ärmel seines Hemdes waren so verheddert, dass er darauf verzichtete, es überzustreifen, und halb nackt, das Hemd über dem Arm, vor ihnen stehen blieb. Er schluckte und wusste nicht, wie er es anstellen sollte, wie er sich zum Reden bringen sollte.

»Sieh zu, dass du Land gewinnst, du Arschloch«, sagte der Lange und presste Dinka noch fester gegen seinen Schenkel, »wieso bist du noch hier, in unserem Blickfeld?«

»Mein Hund«, sagte Assaf, ohne ihn anzusehen.

»Wie bitte?!«

»Meine Hündin.« Er hatte nicht den Mut, den Kopf zu heben. Seine Stimme kam nicht aus den Stimmbändern, sondern flötete von einer anderen Stelle, ungefähr aus der Gegend des Ellbogens.

Die beiden Halbwüchsigen verstummten und glotzten Assaf fassungslos an. Dann schauten sie zu dem Langen und rissen kichernd die Münder auf. Sie warteten auf eine Anweisung, was sie davon halten sollten.

Der Lulatsch stieß einen langen, ruhigen Pfeifton aus. »Hündin, sagst du. Ich dachte, es sei ein Rüde. Eine Hündin passt uns noch besser in den Kram.« Er ließ den Finger über das orangefarbene Halsband gleiten. »Sie hat sogar eine Hundemarke. Vielen Dank für die Mühe.«

»Ich will meinen Hund«, sagte Assaf noch einmal. Er hatte die Worte aus einem erfrorenen Brocken, der seine Bauchhöhle füllte, regelrecht herausgemeißelt.

Dinka sah ihn an, ihr gesenkter Schwanz schlug zaghaft aus.

Die beiden Kerle entdeckten einen Funken in Herzls Augen und prusteten los. Sie hielten sich die Bäuche und schlugen sich auf die Schenkel. Herzl hob die Hand – nicht die Hand, einen Finger – und sie verstummten.

»Sag mal, du Wichser«, sagte er mit echtem Staunen, »ist es nicht schade um deine hässliche Fresse? Wäre es nicht bedauerlich, wenn wir zuließen, dass Kefir sich an dir vergeht? Wo er doch nur auf Bewährung draußen ist?«

»Los ... lass uns um sie kämpfen«, murmelte Assaf und fragte sich, ob er den Verstand verloren hatte. Er hatte keine Ahnung, wie ihm dieser Satz herausrutschen konnte.

Der Lange tat einen Schritt auf ihn zu und legte die Hand hinter das Ohr: »Ich hab nicht richtig verstanden«, sagte er und grinste dünn.

»Wir beide gegeneinander«, flüsterte Assaf und seine Lippen färbten sich weiß. Er konnte das Weiß fühlen. Sein ganzer Körper war weiß. »Lass uns um sie kämpfen. Der Gewinner soll sie haben.«

Wieder brachen die beiden Kurzgeratenen in Gelächter, Gejohle und Gekreische aus, umarmten sich und schlugen die Handflächen gegeneinander. Sie hüpften um ihn herum und grölten und kamen ihm wie zwei Tierjunge vor, junge Geparde oder Wölfe, deren Vater ihnen gerade demonstrierte, wie man eine lebende Beute zerfleischte.

Herzl übergab Dinka an Avi und kam näher. Er überragte Assaf um Haupteslänge und war mindestens eine Schulter breiter. Assaf ließ das Hemd, das er noch immer hielt, zu Boden fallen. Herzl stand vor ihm. Er breitete die Arme wie zum Willkommensgruß aus.

Assafs Beine bewegten sich kaum, aber er begann fröstelnd, einen stockenden Kreis um den Kerl zu beschreiben. Herzl drehte sich mit ihm. Assaf sah, wie sich die Muskeln auf den langen Armen vor ihm bewegten. Er hoffte, dass es schnell vorbei sein würde, wie auch immer es ausging, dass es schnell vorbei und nicht zu schmerzhaft sein würde und dass seine Erniedrigung sich im Rahmen hielte. Es störte ihn, dass er halb nackt war. Er erinnerte sich dunkel daran, dass der Körper im Augenblick der Gefahr Adrenalin ausstößt, um die Muskeln zu stärken und die Reaktion zu beschleunigen, und dachte traurig, dass ihm dieser Stoff wohl vollkommen fehle. Im Gegenteil, er wurde immer zerstreuter und hatte das Gefühl, dass er sich geradezu einschläferte, vielleicht, um die kommenden Schmerzen nicht zu fühlen und vor allem nicht die Schmach.

Der Gegner streckte die Hand aus, wie um Assaf zu reizen, ihn zum Leben zu erwecken, und Assaf fuhr zurück und wäre um ein Haar gestürzt. Die beiden Zuschauer quietschten vor Vergnügen. Sie beschrieben enge Kreise um die Kämpfer und machten Luftsprünge. Einer von ihnen boxte Assaf in den Nacken. Der Lange hielt sofort inne, machte seine berüchtigte Geste, wie ein Bandenchef im Kino, und drohte, wenn einer sich einmische, würde er, Herzl, eigenhändig Mus aus ihm machen. In seiner flauen Angst fühlte Assaf, wie diese seltsame Fairness sein Herz anrührte.

Doch in diesem Augenblick huschte der Lange vor, nicht einmal besonders schnell, im Gegenteil, nur mit professioneller Sachlichkeit, und seine Pranke erwischte Assafs Hals mit einer eisernen Kraft, die Assaf, der selbst stark war, nicht kannte, von der er nicht einmal wusste, dass es sie gab. Der Lange begann Assaf langsam hinunterzudrücken. Assaf fühlte die Wärme des fremden Körpers neben sich, wie aus einem Ofen stieg sie hoch, der Geruch nach Verbranntem strömte aus der Achsel und Assafs Genick begann zu knirschen, langsam entwich das Leben aus seinem Leib und seine Augen hörten auf zu sehen.

Dann ließ der Typ schlagartig von ihm ab, Assaf stand vor Schmerz benebelt da, trunken vor Atemnot, und fühlte nur noch, wie der andere ihn behutsam umdrehte, damit Assaf mit dem Gesicht zu ihm stand; wie eine Krankenschwester in der Poliklinik, die demonstriert, wie man den Arm für die Spritze halten soll, richtet der Kerl mich her, stellt mich zurecht für etwas, das gleich folgt, dachte Assaf und war nicht im Stande, es zu ändern, sich zu rühren oder abzuhauen, und dann verpasste ihm der Lange einen sauberen Tritt mit dem Knie in die Eier. Und als Assaf sich mit einem tiefen Stöhnen nach vorne beugte, stieß er erneut gegen dasselbe Knie, das ihm diesmal die Nase polierte.

Später, wer weiß, wie viel später, verband sich die seltsame Skizze, die sich vor seinen Augen bewegte – die am Anfang aussah wie das Gekritzel eines schwer erziehbaren Kindes auf hellblauem Papier – langsam mit den Zweigen des Busches, unter dem er lag.

»Wieso tot?«, hörte er eine ferne Stimme sagen. »Nur die Fresse ist im Eimer.«

»Nicht die Fresse, du Hirni. Die Nase. Sieh nur, wie sie blutet.«

Assaf hob den Arm. Einen der Arme, die dort neben ihm lagen. Der Arm wog unsäglich schwer. Assaf trennte ganz langsam die Finger, es dauerte eine Weile, und fuhr sich an die Nase. Die Nase war nass und voller unbekannter Erhebungen. Dann fand er die Löcher und den Rest. Auch der Mund war in Mitleidenschaft gezogen. Die Oberlippe schmerzte und brummte. Ein oberer Eckzahn schien etwas zu locker.

Doch aus irgendeinem Grund und ohne jegliche Logik war er erleichtert.

Vielleicht weil er sich sein Leben lang vor einer Prügelei mit solch einem Schlägertyp gefürchtet hatte. Mit jemandem, der keinen Gott kennt, wie Nashorn es in einem andern Zusammenhang ausgedrückt hatte. Vor lauter Angst hatte er sich mit der Zeit vor jedem Halbstarken gefürchtet, sogar vor denen, die viel kleiner und schwächer waren als er. Als hätte er sich im Voraus damit abgefunden, dass er keine Chance gegen sie hatte und sie ihm jederzeit eine Niederlage beibringen würden. Obwohl Assaf sich schon öfter mit Jungs aus seiner Klasse geprügelt hatte, wusste er, dass sie nicht anders waren als er. Und dass es immer ein letztes Gesetz geben würde, das sie in einem Kampf niemals überschreiten würden; aber diese Sorte von Typen – auf der Straße schlug er einen weiten Bogen um sie und freitags in den Kneipen hielt er sich tunlichst von ihnen fern und bot ihnen auch nicht die Stirn, wenn sie ihn und seine Freunde anmachten. Er hatte sich diesen Gang zugelegt, den durchsichtigen, unbeleidigten, wenn er auf der Straße an ihnen vorbeiging, und einmal im Bus stand er auf und stieg aus, weil einer von denen ihn dazu aufgefordert hatte. Er hatte nicht einmal eine Bemerkung fallen lassen. Er war aufgestanden und ausgestiegen. Und es gab keinen Tag in seinem Leben, an dem er sich nicht an jenes glühende Gefühl der Erniedrigung erinnert hatte.

Und nun, ohnmächtig und zu Kleinholz verarbeitet, hatte er es trotz allem hinter sich, und es war, als wäre er ein wenig davon befreit. Er verstand nicht genau, was passiert war, nur dass etwas passiert war und dass irgendeine große Hürde genommen war, die ihm das Leben vergällt hatte.

»Los«, sagte der Lange, »scheißt euch nicht in die Hosen. Wir machen die Flatter.« Sie waren im Begriff zu gehen. Assaf stand auf. Das heißt, er hob mühsam den Oberkörper, bis er beinahe saß. Ein verrückter Motorradfahrer fuhr durch seinen Schädel, an der Innenseite, wie durch die Todesspirale.

»Ich will meinen Hund zurück«, sagte jemand in seiner näheren Umgebung mit bedächtiger, verdickter Stimme, wohl auf Hebräisch, eventuell sogar er selbst.

»Was höre ich da?«, sagte der Lange und blieb stehen. Er machte eine langsame Drehung. Assaf versuchte, den Blick zu schärfen. War der Lange nun zu zweit? Die Langen wandten sich ihm zu und wurden ganz allmählich zu einem einzigen Kleiderschrank. Assaf strengte sich an und erkannte Dinkas Halsband, das in der wuchtigen Pranke steckte. Dinkas Kopf war regelrecht an das Bein des Langen genagelt.

»Komm – her – wir – kämpfen – weiter – um – sie«, sagte der, der für Assaf, der ganz anderer Meinung war, sprach.

Das leichte Grinsen wurde breiter. »Habt ihr den Knirps gehört?« Er sah seine Kumpanen an, die ihn schleimig angrienten. »Der Gnom will Revanche.«

Assaf stand auf. Seltsam, dass er die Angst überwunden hatte. Er verstand ganz und gar nicht, was mit ihm los war. Sturheit krallte sich in ihm fest. Als ob er nun, wo er die Furcht bezwungen hatte, sich stellen konnte, wenn einer daherkam, der ihn bis zum bitteren Ende fertig machen wollte.

Herzl kam näher. Wieder begann der Tanz, in dem Assaf und er sich wiegten. Assaf hörte seinen rasselnden Atem wie bei einem Taucher unter Wasser. Gedankenfetzen sausten durch sein Hirn. Etwas über Magie. Und wie schade es war, dass er sie hier nicht einsetzen konnte. Es gab einen höchst wirkungsvollen Befehl, man klickte auf »Zauber«, markierte das Ziel und ein magischer Strahl brachte einem den gekennzeichneten Gegenstand. In diesem Fall Dinka. Es gab auch eine Zauberformel mit Namen »Shrink«, die den Gegner auf die Hälfte schrumpfen ließ. Und wo war das alles, wenn man es brauchte?

Plötzlich registrierte er eine flinke Bewegung. Er erkannte nicht, was es war, fühlte nur, dass man ihm einen Fausthieb auf die Brust, direkt neben das Schlüsselbein versetzte, nicht einmal einen heftigen Stoß, eher eine Art abschätzigen Hieb zum Aufwärmen, zur Begrüßung gewissermaßen. Aber in seiner Lage genügte es. Assaf strauchelte schwerfällig und fiel. Fallen war ganz einfach. Man musste nur vor dem Gravitationsgesetz, vor dem Gesetz der Schwerkraft kapitulieren, vor dem Naturgesetz, das bestimmte, dass einer wie der einen wie ihn immer besiegen würde. Der Lange griff nicht an. Er wartete, dass Assaf aufstand. Als es dem endlich gelang, sich zu sammeln und wieder auf die Beine zu kommen, stolperte er über ein paar Zweige und fiel erneut. Seine Knie klappten ihm einfach weg, er hatte keine Kontrolle mehr über sie. Er lag auf dem Boden und atmete schwer. Allmählich wurde es lachhaft. In Rückenlage wartete er auf den Schlag, auf den Tritt. Auf etwas, das ihm den Rest gab. Eine Fliege summte über seiner Nase. Schmerz durchflutete ununterbrochen seinen Rücken. Das kam von dem Tritt in die Eier. Der Lange trat auf ihn zu, reichte ihm die Hand und half ihm auf die Beine. Sie sahen sich einen Moment direkt in die Augen. Es war das erste Mal, dass Assaf ihn wirklich sah, nicht durch die Angst. Der Lange war mindestens drei Jahre älter als er, hatte ein längliches Gesicht, finster und wohlgeformt, sah eigentlich ganz gut aus, hatte eine hübsche Nase und einen schmalen Mund.

»Was ist los, Kleiner?«, sagte er. »Haben wir heute unseren Kakao nicht ausgetrunken? Hat Mama uns keinen Grießbrei gemacht?«

Assaf versuchte, nach ihm zu treten. Ein jämmerlicher Versuch. Er sah sich selbst von außen zu. Sah, wie er sich in Zeitlupe bewegte. Wie er ein Höchstmaß an Energie aufbringen musste, um das Knie ein wenig zu heben. Doch Herzl fing seinen Fuß problemlos am Knöchel und warf Assaf ohne Anstrengung um. Assaf kam mit dem Rücken auf. Die Luft war aus seinen Lungen entwichen, als er rücklings auf die Erde geknallt war. Seine Knochen prallten gegeneinander. Herzl stürzte sich auf ihn und drehte ihn mit dem Gesicht zu Boden. Er setzte sich auf sein Steißbein und drehte ihm den Arm um. Assaf bekam keine Luft mehr. Er würgte, schluckte Erde, brüllte, vielleicht weinte er auch.

Herzl flüsterte ihm merkwürdig gelassen ins Ohr: »Wenn du nicht auf der Stelle die Schnauze hältst, kannst du dich von deinem Arm verabschieden.« Assaf röchelte etwas. »Ich versteh nicht«, sagte Herzl.

»Ich«, flüsterte Assaf stimmlos, »will den Hund.«

Der Lange zog den Arm noch einen Zentimeter zurück. Assaf meinte, das Poing! Poing! zu hören, wenn die Sehnen und Bänder und was es sonst noch dort gab zu reißen beginnen.

»Schnauze!«, sag ich dir.« Die Stimme über ihm verwandelte sich langsam in ein heiseres Brummen. »Ich geb dir eine letzte Chance.« Herzl keuchte ihm ins Ohr und zum ersten Mal nahm Assaf auch bei ihm eine gewisse Anstrengung wahr.

»Bring mich doch um. Ist mir egal.« Seine Stimme kam ihm seimig und lang gezogen vor, wie bei einer defekten Kassette. »Aber – ich – will – den – Hund. Nicht – ohne – den – Hund.«

Die Antwort blieb aus. Mit einem Mal wurde es leicht. Assaf schien in der Luft zu schweben. Er spürte, dass ihn nichts mehr daran hindern würde abzuheben.

Er hörte ein sonderbares Kichern, als feixe jemand irgendwo im Universum: »Ich fass es nicht.«

Der Druck auf den Arm ließ nach. Assaf dachte, dass es nun geschehen war, dass er ihm den Arm ausgerissen hatte und dass er sich in dem Augenblick, in der Sekunde, bevor der Schmerz das Gehirn erreicht, befand.

Aber der Kerl thronte nicht mehr über ihm und Assafs Arm ruhte, mit seinem Körper verbunden auf dem Rücken. Er begann ihn wieder zu fühlen, wie er mit einem Gefolge beißender Ameisen zu ihm zurückkehrte. Er hörte Worte. Dann etwas wie eine lautstarke Diskussion. Und er dachte, dass wie im Film jemand von außen dazugekommen sein musste, der ihm im letzten Augenblick das Leben gerettet hatte. Er hörte nicht hin. Die Schmerzen sandten aus allen Körperteilen Ströme und Schwingungen aus, die allesamt in seinem Schädel gegeneinander prallten. Er schloss die Augen und wartete resigniert. Es schien ihm, dass er dauernd jemanden in seiner Nähe hörte, der lallte, er wolle irgendeinen Hund.

»Ich befehl es dir«, hörte er, wie Herzl ein Stück weiter weg in die Luft ging. »Ich hab so entschieden, kapiert, du Schwachkopf?«

»Aber wie soll ich das denn machen?«, jammerte die andere Stimme, vermutlich war es dieser Avi. »Wenn ich loslasse, schnappt er zu.«

»Tut er nicht«, sagte Herzl beinahe tonlos. Er stellte eine Tatsache fest: »Der Hund wird zu ihm gehen.« Später stützte Assaf sich auf seine Ellbogen. Dinka stand neben ihm, über ihm, er sah, wie ihre Zunge näher kam und ihm das Gesicht ableckte. Wieder legte er sich hin, bewegte sich nicht, und genoss ihre Berührung. In angemessener Entfernung sah er die drei die Böschung hochklettern. Sie hatten ihn bereits vergessen. Die beiden Halbwüchsigen schienen in ein Spiel vertieft. Sie hoben große Steine, fast schon kleine Felsbrocken auf, schmetterten sie gegeneinander und wichen triumphierend den Splittern aus. Der Ältere, der Assaf zerlegt hatte, ging ein Stück vor den anderen her, aufrecht, abwesend, nachdenklich.

Assaf packte Dinka, stützte sich auf sie und stand auf. Er taumelte zu dem Wasserbecken und wusch sich das Gesicht. Er sah sein Spiegelbild im Wasser und hoffte sehr, dass ihm bis zur Rückkehr seiner Eltern ein dichter Bart wachsen würde. Dinka spiegelte sich neben ihm im Wasser, rieb sich an seinem Körper und winselte so herzzerreißend, wie er es noch nie von ihr gehört hatte. Wie um ihn zu trösten. Er setzte sich schwerfällig an den Rand des Beckens und sie machte neben ihm Platz. Er versuchte die klopfenden Schmerzen zu ignorieren. Es gelang ihm nicht. Schon im nächsten Augenblick kehrte ein Satz Herzls in sein Gedächtnis zurück. Etwas, das mit einem Dankeschön zusammenhing. Herzl hatte ihm für etwas gedankt. Wofür denn bloß? Er wusch sich noch einmal das Gesicht und stöhnte über den erneuten Schmerz. Seine Hand, die über Dinkas Rücken wanderte, hielt jäh inne. Das war es, Herzl hatte die Marke entdeckt und sich für die Mühe bedankt. Aber Danoch hatte behauptet, die Hündin sei ohne Marke aufgegriffen worden. Assaf kehrte aus den Nebeln des Schmerzes in die Wirklichkeit zurück. Seine Gedanken bahnten sich den Weg wie durch ein verqualmtes Zimmer. Er wühlte in Dinkas Fell, fand ihr Halsband, fasste an das Metallschild. Seit gestern, seit er Dinka übernommen hatte, hatte er es mehrmals berührt und war gar nicht auf die Idee gekommen, dass es ihre Hundemarke sein könnte. Und ohne diesen Herzl –

Er befreite das Metallschild aus dem feuchten Fell und hielt es ins Licht. Dinka stand geduldig da. Sie drehte den Kopf zur Seite und ließ ihn gewähren. Er schloss ein Auge und schärfte den Blick.

»Busbahnhof – Gepäckaufbewahrung – 12988«

Er sah Dinka verstört an: »Und das hast du mir die ganze Zeit vorenthalten?«

Hinter einem Pfeiler des Zentralen Busbahnhofs versteckte sich Assaf und beobachtete die Schlange. Drei junge Männer hasteten hinter einem breiten Schalter hin und her, diskutierten lauthals, scherzten miteinander und mit den Wartenden und teilten emsig die Gepäckstücke an diejenigen aus, die mit einer Marke, wie er sie hatte, warteten. Einer der drei, der eine Kontrolleurmütze trug, machte ihm Kummer. Er war der Ernstere und Gewissenhaftere der drei und bevor er jemandem ein Gepäckstück gab, bat er um einen Ausweis. Das heißt, er nahm den Ausweis entgegen und verglich ihn sorgfältig mit dem Namen auf einem Block, auf dem ein getrockneter Tomatenspritzer leuchtete. Die beiden anderen waren lockerer: Sie nahmen die Metallschilder, begaben sich zu den hohen Regalen im Hintergrund des Raums, zogen das gewünschte Gepäckstück heraus und händigten es dem Abholer ohne eine weitere Frage aus.

Assaf stellte sich am Ende der Schlange an. Sieben Leute warteten vor ihm. Es ging schnell voran und Assaf war klar, dass sein Glück ihn so oder so direkt in die Arme des Mützenträgers treiben würde. Er hatte nicht den blassesten Dunst, was er tun würde, wenn dieser seinen Ausweis verlangte und feststellte, dass er nicht mit dem notierten Namen identisch war. Assaf wartete und versuchte nicht mehr an die Ereignisse am Wasserbecken zu denken. Er wusste, bei dem geringsten Gedanken daran, an die Prügel, die er bezogen hatte, an seine geraubte Barschaft, an den Traum von dem Teleobjektiv, in dem er um Monate zurückgeworfen worden war, würde er vor Verzweiflung und Wut ausrasten. Er spannte seine schmerzenden Muskeln an. Er riss sich zusammen. Verdrängte entschieden die nahe Vergangenheit und Zukunft. Jetzt war er im Einsatz. Er hatte eine Aufgabe. Und inzwischen diskutierten die drei Angestellten hinter dem Schalter lauthals über das Lokalderby am kommenden Samstag. Der mit der Mütze war ein Fan von Hapo'el und die beiden anderen, Anhänger von Bejtar, versuchten ihn hochzunehmen und meinten, auch am kommenden Samstag, wie schon das ganze Jahrtausend, hätte Hapo'el nicht die Spur einer Chance. »Wieso nicht?!«, antwortete der Kollege ihnen immer wieder mit wachsender Wut. »Es hängt nur davon ab, ob Danino bis Samstag wieder fit ist. Wer ist der Nächste bitte? Wer ist jetzt an der Reihe?!«

»Es kommt auch darauf an, ob Danino Abukassis decken kann«, lachte der Zweite. »Und ob Danino nicht die rote Karte bekommt«, gesellte sich der Dritte zu den Sticheleien. »Kurzum, das kannst du vergessen!« Jetzt waren noch zwei vor ihm. Assaf verließ die Schlange und ging zum Zeitungskiosk. Er hatte noch ein paar Münzen in der Tasche, einen armseligen Rest dessen, was einst darin gewesen war. Er kaufte sich eine Zeitung, warf die Schlagzeilen in den Papierkorb, stellte sich ein wenig abseits und las auf der Sportseite den Artikel über das kommende Spiel. Bei seinem geschwollenen Gesicht tat es gut, sich einen Moment hinter einer Zeitung zu verbergen. Er las den Artikel zu Ende, las ihn noch mal und noch mal. Er bedauerte zutiefst, dass die Angestellten der Gepäckaufbewahrung sich nicht für Basketball, sein Spezialgebiet, interessierten. Dann suchte er die öffentliche Toilette auf, tauchte sein Gesicht lange in kaltes Wasser und brachte es ein wenig in die bekannte Form zurück.

Als er zu der Schlange zurückkehrte, waren sechs Personen vor ihm. Er rieb an dem Metallschild, bis es warm wurde, in der Hoffnung, es bringe ihm Glück. Er war überzeugt, dass ihm jeder die Anspannung ansah. In seinem geliebten »Drachenfeuer« gab es vier Hauptfiguren. Einen Magier, einen Kämpfer, einen Paladin und einen Dieb. Der Kämpfer war er am Morgen gewesen, nun war er der Dieb. Als er an die Reihe kam, streckte ihm der mit der Mütze die Hand entgegen. »Tempo, bald ist Feierabend!«

»Sicher«, jubelte Assaf, »um zwei trainieren sie!«

Die Hand erstarrte vor der Plakette und der Typ musterte misstrauisch das geschlagene Gesicht: »Für welchen Verein bist du?«

»Für die Roten natürlich. Und du?«

»Wir sind Genossen!« Er zwinkerte Assaf zu. »Und was, wenn wir am Samstag wieder eins draufkriegen? Wie stehe ich dann vor den beiden da?« Er zeigte mit dem Kopf auf seine Kollegen. »Und was, wenn Danino nicht einläuft?«

»Am Mittwoch ist der letzte medizinische Check«, berichtete Assaf sachkundig, »vielleicht haben wir ja eine Chance, was meinst du?« Er gab sich Mühe, seine fanatischste Miene aufzusetzen.

»Schwer zu sagen«, der Typ kratzte sich den Schädel, als läge Danino vor ihm auf dem Tisch und erwarte sein Urteil: »Wenn es ein Bänderriss ist, sind wir verratzt.« Er nahm das Schild und ging zu den Regalen. Fünf, zehn, fünfzehn Schritte. Assaf trommelte mit den Fingern auf den Schalter. Der Angestellte suchte und suchte, verschob Taschen und Koffer, ohne fündig zu werden. Assaf kraulte hektisch Dinkas Kopf. Magier, Kämpfer, Paladin, Dieb. Der Dieb verlässt sich auf seine Flinkheit und Gewandtheit. Und auf seine klugen Schachzüge. Wähl den Dieb, wenn du List und Beweglichkeit anwenden willst, um deinen Helden vor Schwierigkeiten zu bewahren.

»Wann hast du es aufgegeben?«, rief der Typ aus dem Hintergrund der Halle.

»Meine Schwester hat es vor einiger Zeit hier deponiert.«

Das war keine gute Antwort. Er hatte keine bessere.

»Da haben wir ihn.« Er wühlte einen schweren, grauen Trekkingrucksack hervor, den er unter großer Anstrengung zwischen zwei Koffern befreite. »Der liegt sicher schon einen Monat hier. Habt ihr ihn vergessen, oder was? Zeig mir noch deinen Ausweis.«

Assaf bot ihm ein süßliches Lächeln an und schielte zur Seite, um sich einen Fluchtweg zu sichern. Der Rucksack prangte nun auf dem Schalter, zehn Zentimeter von ihm entfernt. Tamar in greifbarer Nähe. Er zog seine letzte Karte: »Aber vielleicht spielt Schandor von Bejtar auch nicht.«

»Was?! Was sagst du da?!«

Die Augen des Mannes leuchteten hoffnungsvoll und vor Nächstenliebe triefend auf:»Ist Schandor verletzt?«

»Hast du es noch nicht gehört?«

»Was? Grundgütiger! Habt ihr das gehört? Ihr seid im Arsch!«, schrie er den beiden anderen zu und schob Assaf schwungvoll und mit einem Schrei der Freude den Rucksack zu.»Schandor ist raus!«

»Schandor?«, grölte einer der Kollegen.»Wie kommst du denn darauf? Gestern hat er noch trainiert. Ich hab's selbst gesehen!«

»Er hat eine Muskelzerrung«, sagte Assaf wichtigtuerisch, trat einen Schritt zurück und presste den kostbaren Rucksack an sein Herz.»Es ist nach dem Training passiert. Ihr könnt es selbst in der Zeitung lesen.« Der Hapo'el-Fan griente breit und bediente schon den nächsten Kunden. Um die Wahrheit zu sagen, war Assaf sich nicht ganz sicher, ob es Schandor oder Jakobi war, der sich nach dem Training in der Garderobe verletzt hatte, aber einer hatte sich dort tatsächlich eine Zerrung zugezogen und warum auf die Gelegenheit verzichten, einen Menschen glücklich zu machen?

Er machte sich schleunigst mit Dinka aus dem Staub, umfasste den Rucksack mit beiden Armen und bemühte sich, mit dem schmerzverzerrten Gang und dem Gesicht nicht aufzufallen. In der letzten Stunde hatte er es mit der Angst zu tun bekommen, nicht richtig mit der Angst, er war eher besorgt, dass jemand ihn verfolgen könnte. Er hatte zwar keinen Anlass zu dieser Vermutung, aber trotzdem, vielleicht war es wegen diesem Sergej aus der Ruine und vielleicht, weil er endlich zu verstehen begann, dass Tamar bis zum Hals in einer echt gefährlichen Sache steckte. Hin und wieder hatte er das Gefühl, dass sein Nacken juckte, als würde ihn jemand fixieren, hie und da hörte er Schritte hinter sich, doch wenn er sich umdrehte, war niemand zu sehen.

Auf dem Platz vor dem Messegelände wartete sein Fahrrad auf ihn, weiß vom Staub in Lifta. Er sperrte das Schloss auf und begann langsam in die Pedale zu treten. Jede Bewegung tat ihm weh. Der Rucksack hing jetzt an seinem Rücken und um seine Schmerzen zu vergessen, stellte er sich vor, es wäre Tamar, die da ohnmächtig und arglos hing und ihm blind vertraute. Dinka lief vor und zurück und zu den Seiten und schnüffelte aufgeregt die Signale, die der Rucksack ihr sandte. Als sie zum Sakerpark kamen, stieg er vom Rad, sah sich gründlich um und ließ seinen Blick über das Grün wandern. Keine Menschenseele. Trotzdem wartete er. Er folgte mit den Augen einem Wiedehopf, der über den Rasen flog, und sondierte dabei langsam und sorgfältig das Gelände. (Dinka sah ihm erstaunt zu. Sie legte den Kopf auf die Seite, als wundere sie sich, wer auch Assaf all diese Vorsichtsmaßnahmen beigebracht hatte.) Dann schlug Assaf sich so unbemerkt wie möglich in die Büsche, ließ das Fahrrad fallen und drang tiefer in das Dickicht ein.

Er setzte sich auf die Erde. Legte den Rucksack vor sich hin. Er beschloss, sich Zeit zu lassen. Er wollte diesen Moment auskosten, denn dies war nicht zuletzt eine Art erstes Rendezvous. Zunächst las er den Zettel, der an den Rucksack gebunden war, mit dem Datum der Gepäckaufgabe. Er rechnete nach. Es war vor etwa einem Monat, ein bisschen weniger. Sie musste den Rucksack, kurz bevor sie untertauchte, abgegeben haben. Aber warum hatte sie ihn nicht zu Hause gelassen? War vielleicht etwas drin, das ihre Eltern nicht finden durften? Jetzt fiel ihm Theodoras Naserümpfen ein, als sie Tamars Eltern erwähnt hatte. Aber was genau hatte sie gesagt? Er schloss die Augen und sandte einen scharfen Strahl der Erinnerung in sein Inneres, aus dem er sogleich Wort für Wort schürfte: »... sie braucht Geld und von ihren Eltern nimmt sie selbstverständlich nichts.« Er dachte noch einen Augenblick nach, durchkämmte sein Gehirn nach allem, was er über sie gehört hatte. Er suchte nach Hinweisen, die ihm erklären würden, warum sie sich nicht von ihren Eltern helfen ließ. Er fand keine. Er musste die Sache in der Abteilung offener Fragen belassen.

Dann versuchte er herauszufinden, was er selbst an dem Tag, an dem sie den Rucksack abgab, getrieben hatte. Der Gedanke amüsierte ihn, dass es einmal eine Zeit gegeben hatte, in der er nichts von ihrer Existenz wusste. Wie, sagen wir, die langen Jahre, in denen seine Mutter und sein Vater in ein und derselben Stadt wohnten, ohne dass einer etwas vom anderen auch nur ahnte, sie sich vielleicht sogar zufällig auf der Straße oder im Kino trafen und nicht den blassesten Dunst hatten, dass der Tag kommen würde, an dem sie zusammen drei Kinder haben würden.

Aber was hatte er damals tatsächlich getan, an dem Tag, an dem sie die Gepäckaufbewahrung aufgesucht hatte? Wieder überprüfte er das Datum. Es war zu Beginn der Sommerferien gewesen. Was konnte er schon groß getan haben? Gähnend leer kam ihm sein Leben nun vor im Vergleich zu den letzten beiden Tagen, die von Tamar elektrifiziert waren.

Und nicht nur leer: Bevor sie in sein Leben trat, hatte er scheinbar nur mechanisch, automatisch gehandelt, ohne groß nachzudenken und ohne wirklich etwas zu fühlen. Und nun? Was ihm seit gestern alles passiert war, jeder Mensch, dem er begegnete, jeder seiner Gedanken – alles war miteinander verbunden und stand in Verbindung mit irgendeinem tiefen, lebendigen Mittelpunkt.

Er öffnete den Rucksack. Er ließ sich Zeit. Es erregte ihn, die Schnallen aufzumachen, weil sie es war, die sie geschlossen hatte. Er dachte, dass er gleich etwas aus ihrem Leben zu Gesicht bekommen würde. Es war zu viel für ihn. Alles war zu viel. Er ließ den Rucksack einen Augenblick offen vor sich liegen.

Dinka verlor die Geduld. Sie hechelte, warf den Rucksack hin und her, strich um ihn herum, stampfte auf und scharrte in der Erde. Ununterbrochen versuchte sie die Nase hineinzustecken. Da fuhr er mit der Hand hinein. Spürte die zerknautschten Kleider, die lange eingesperrt waren. Mit einem Mal begriff er, was er da tat und hielt verlegen inne. Durfte er eigentlich so ohne weiteres in ihre Intimsphäre eindringen?

Rasch, bevor er zu zweifeln begann, zog er eine Levi's heraus. Eine bunte, hoffnungslos zerknitterte indische Bluse, leichte Sandalen. Sorgfältig legte er alles auf die Erde und gaffte es wie hypnotisiert an. Diese Kleider hatten sie berührt. Hatten auf ihrem Körper gelegen. Hatten ihren Geruch aufgesogen. Wenn er sich nicht vor Dinka geschämt hätte, hätte er wie sie, vor Sehnsucht winselnd, an ihnen geschnuppert.

Warum eigentlich nicht?

Er sah sofort, dass sie tatsächlich klein geraten war. Ein Meter sechzig, hatte der Polizist gesagt. Wie er es sich gleich gedacht hatte: Sie würde ihm etwa bis zur Schulter reichen. Er straffte sich und warf sich in die Brust. Dann faltete er die Beine unter sich. Von den Kleidern ließ er kein Auge. Konnte sich nicht satt sehen. Jäh – wie hätte seine Mutter es beschrieben? – fühlte er, dass er sich vom Scheitel bis zu den Zehennägeln mit Freude füllte.

Seine Hände wanderten behutsam zwischen die übrigen Sachen in dem Rucksack. Er ertastete eine Papiertüte. Fischte sie raus. Legte sie beiseite. Kramte weiter. Fand ein zartes Silberarmband. Ließ einen Finger darüber gleiten. Wäre er ein wenig erfahrener in detektivischen Fragen oder in Mädchenangelegenheiten gewesen, hätte er das Armband zwischen den gravierten Blumen, die es schmückten, auf Hinweise untersucht. Gerade er, mit Rellis Erfahrung in Goldschmiedearbeiten, hätte genauer hinsehen müssen. Aber wer weiß, vielleicht gerade wegen Relli schob er das Armband sofort beiseite, legte es wieder in den Rucksack und verpasste so Tamars vollen Namen, der auf das Armband graviert war.

Später, viele Wochen später, als er seine seltsame Reise in ihren Fußstapfen zu rekonstruieren versuchte – bei einer jener endlosen Rekonstruktionen, bei denen man sich sagt: Hätte ich dies oder jenes getan, wäre es so und so gekommen –, dachte er, dass es ein Glück war, in jenem Augenblick den Namen übersehen zu haben. Denn wenn er ihn entdeckt hätte, hätte er die Adresse ihrer Eltern im Telefonbuch gesucht und wäre zu ihnen gefahren. Ihre Eltern hätten die Strafe für Dinka bezahlt, ihm Dinka abgenommen und damit wäre die ganze Sache aus und vorbei gewesen.

Aber in jenem Augenblick dachte er nur an eins. Vor ihm, in der Papiertüte, lag etwas. Er wagte es nicht, in die Tüte zu sehen, denn er fühlte, erriet, hoffte, dass sie etwas Wichtiges enthielt, was Tamar unbedingt verstecken wollte. Er tastete. Er dachte, es seien Bücher. Vielleicht ihre Fotoalben? Dinka winselte. Er hatte jetzt keine Zeit. Er sah in die Tüte und seufzte. Es waren Hefte. Fünf Hefte. Die einen dünner, andere dicker. Er stapelte sie neben sich und streckte dann die Hand danach aus, die ihm mit einem Mal fremd war. Er nahm sich ein Heft vor, blätterte, ließ die Seiten durch die Finger gleiten, die er sich nicht zu lesen traute. Mit einer kleinen, verschnörkelten, schwer lesbaren Handschrift bedeckte Seiten.

»Tagebuch« stand auf dem Einband des ersten Heftes zwischen witzigen Bambi-Aufklebern, durchbohrten Herzen und Vögeln. Die Buchstaben waren kindisch und dreimal rot unterstrichen stand dort: *Nicht lesen! Privat! Bitte!!!*

»Was meinst du?«, murmelte Assaf, »glaubst du, dass es eine Situation gibt, in der man das Tagebuch eines andern lesen darf?«

Dinka wandte den Blick ab und ließ die Zunge über ihr Maul gleiten.

»Ich weiß. Aber vielleicht kann ich so herausfinden, wo sie steckt? Hast du eine bessere Idee?«

Wieder fuhr sie mit der Zunge über ihr Maul. Sie saß aufrecht und nachdenklich da.

Assaf schlug das Heft auf. Auf der ersten Seite sah er einen roten, doppelten Rahmen, der einen regelrechten Schrei enthielt: *Papa und Mama, bitte, auch wenn ihr dieses Heft findet, bitte nicht lesen!!!*

Und darunter stand in großen Buchstaben: *Ich weiß, dass ihr schon ein paar Mal in meinen Heften rumgeschnüffelt habt. Ich habe es gemerkt. Aber ich flehe euch an, dieses Heft nicht*

*anzurühren. Ich bitte euch, einmal im Leben meine Privat-
sphäre zu respektieren. Tamar.*

Er klappte das Heft zu. Die Bitte war so herzzerreißend und
eindringlich, dass er sie nicht abschlagen konnte. Überdies erschütterte ihn der Gedanke, dass ihre Eltern es fertig gebracht
hatten, ihr Tagebuch zu lesen. Bei uns zu Hause, dachte er ein
wenig überlegen, könnte ich ein Tagebuch (wenn es eins gäbe)
offen auf dem Tisch liegen lassen; meine Eltern würden nicht
im Traum daran denken, auch nur einen Blick hineinzuwerfen.

Seine Mutter führte auch Tagebuch, und das beinahe täglich. Hin und wieder fragte er sie – in der letzten Zeit selte-
ner –, was sie dort eigentlich hineinschrieb. Was hatte sie so
viel zu notieren, was ereignete sich schon groß in ihrem Leben?
Und sie erwiderte ihm, sie schreibe ihre Gedanken und Träume
auf und auch ihre Sorgen und Freuden. Als er kleiner war,
hatte er sie unzählige Male gefragt, ob er mal darin lesen dürfe,
und sie hatte gelächelt, das Heft an die Brust gepresst und
geantwortet, ein Tagebuch sei etwas höchst Privates, ganz Persönliches. Darf nicht mal Papa es lesen?, hatte er erstaunt gefragt. Stell dir vor, nicht mal Papa. Assaf dachte nun daran, dass
dieses rätselhafte Tagebuch ihn jahrelang beschäftigt hatte:
Was schrieb sie da hinein, das keiner sehen durfte? Vielleicht
ging es darin auch um ihn? Natürlich hatte er sie gefragt, ob
auch er darin erwähnt wurde. Sie hatte ihr rollendes, kräftiges
Lachen hören lassen, mit zitternden Locken den Kopf in den
Nacken geworfen und gesagt, dass sie ihm alles, was sie über
ihn schrieb, ohnehin sage. Mit dem größten Vergnügen. Und
wozu schreibst du es dann auf?!, hatte er ärgerlich gerufen.
Um mein Glück zu fassen.

Und wenn seine Mutter »mein Glück« sagte, meinte sie da-
mit, dass er, Relli und Mucki auf der Welt waren. Denn seine
Mutter war bis ins fortgeschrittene Alter (wenigstens ihrer
Meinung nach) eine alte Jungfer gewesen und als sie seinen
Vater kennen gelernt hatte, hatte sie längst in dem Glauben ge-
lebt, dass sie keinen mehr abbekommen würde, und aus heite-

275

rem Himmel, wegen eines Kurzschlusses und Problemen mit einer Steckdose, hatte sie ihren Süßen kennengelernt, den rundlichen, freundlichen Installateur, der bereit war, auf der Stelle zu kommen, beinahe mitten in der Nacht, und den Schaden zu beheben, und als die Reparatur sich in die Länge zog, hatte sie das Bedürfnis gehabt, ihn zu unterhalten, sie hatte sich zu ihm gesellt und ihm ein oder zwei Fragen gestellt und war sehr verblüfft gewesen, als er begann, ihr von seiner Mutter zu erzählen, das heißt, er hatte ganz vorn angefangen und ihr gestanden, dass er schon lange zu Hause ausziehen und sich eine eigene Wohnung mieten wollte, aber dass seine Mutter geradezu die Fingernägel in ihn krallte, er hatte sie dabei nicht angesehen und war ihr schüchtern und unerfahren im Umgang mit Frauen vorgekommen und darum hatte sie seine Offenheit bewundert (die ihn selbst überraschte), denn in dem Moment, in dem sie ihm eine richtige Frage gestellt hatte, eine Frage, die aus dem Herzen kam, war mit einem Mal ein Strom von Worten, Gedanken und Erwägungen geflossen, der jahrelang in ihm verschlossen gewesen sein musste. Sie stand neben ihm, vor dem offenen Sicherungskasten, ein Stück größer und ein wenig breiter als er, mit einer Kerze in der Hand und gespürt – und das war das Zeichen für Assaf, Relli und seit dem letzten Jahr auch für Mucki, wie aus einem Mund zu brüllen: wie ihm all ihre Sicherungen entgegensprangen.

Mit den Jahren hatte Assaf nicht mehr an ihr Tagebuch gedacht. Er hatte sich gezwungen, sich nicht mehr das Hirn darüber zu zermartern. Und so hatte er sich allmählich daran gewöhnt, seine Mutter, meist in den Abendstunden, in ihrem kleinen Zimmer, ihren »Geschäftsräumen«, in ihrer weiten Pluderhose und in einem weiten, fließenden Kasak auf ihrem abgewetzten Sofa sitzen zu sehen, gegen die hohen Kissen gelehnt, nach ihren eigenen Worten wie eine »schwere Orientalin«, die allerdings wie ein Schulmädchen an ihrem Stift kaute und schrieb.

Und nun gärte es aus einem unerfindlichen Grund wie früher in ihm: Vielleicht hatte sie dort schon vor Wochen und Monaten hineingeschrieben, was Relli ihr im Geheimen aus Amerika anvertraut hatte? Vielleicht wusste ihr Tagebuch schon von Rellis neuem Freund, bevor ich und Nashorn überhaupt einen Verdacht geschöpft haben?

Er schlug das Heft erneut auf. Dinka warf ihm einen knappen Blick aus den Augenwinkeln zu. Es schien ihm, dass er ein leichtes drohendes Knurren hörte. Er klappte das Heft wieder zu.

»Ich bin nicht ihre Eltern«, erklärte er ihr und sich selbst. »Ich kenn sie nicht einmal. Es kann ihr doch Wurst sein, ob ich es gelesen habe oder nicht?«

Schweigen. Dinka sah in den Himmel.

»Im Grunde tu ich ihr einen Gefallen. Schließlich will ich dich ihr zurückbringen, stimmt's?«

Schweigen. Aber ein wenig weicher. Ja, dieser Gedanke schien ihm logisch. Er konnte bei dieser Strategie bleiben. »Um sie zu finden, muss ich alles Material auswerten. Jeden Hinweis, jede Information!«

Jetzt winselte Dinka leise, scharrte mit den Pfoten, wie immer, wenn sie in Verlegenheit war. Er drang noch tiefer in sie: »Sieh mal, sie wird gar nichts davon wissen. Ich werd sie finden, dich übergeben und basta.« Seine Überzeugungskraft beflügelte ihn. »Man könnte noch weitergehen. Sie wird mich nie mehr zu Gesicht bekommen. Wir werden Fremde sein. Fremde fürs Leben!«

Auf einmal hörte Dinka auf zu graben. Sie drehte sich um, bis sie frontal vor ihm stand. Ihre braunen Augen fixierten ihn forschend. Assaf rührte sich nicht. Solch einen Blick hatte er nie zuvor in Hundeaugen gesehen. Er sagte ihm mit einem schrägen Hundelächeln: »Also wirklich!« Assaf blinzelte als Erster.

»Gut, dann lese ich!«, verkündete er und kehrte ihr demonstrativ den Rücken zu. Zunächst blätterte er das Heft durch, um sich gedanklich mit seinem Vorhaben vertraut zu machen. Er bildete sich ein, den leichten Duft einer Handcreme wahrzunehmen. Dann überflog er eilig ein paar Zeilen. Ohne zu lesen. Nur so, damit er und ihre Handschrift sich aneinander gewöhnten. Sie war kindlich, kleine Bleistiftzeichnungen, Schnecken und Labyrinthe zierten die Ränder.

Und dann, ohne lange zu fackeln, hechtete er hinein: ... *wie können Mor, Liat und die anderen behaupten, dass sie jetzt schon wissen, was sie einmal werden, womit sie einmal ihr Geld verdienen und wen sie heiraten, während sie selbst sich die ganze Zeit mit ihrem Quatsch und ihren Träumen beschäftigt und keine Ahnung hat, was sie tun muss, damit endlich ihre Zukunft beginnt! Sie befürchtet, dass die Frau in ihrem Traum Recht hat, dass jeder, der träge und verträumt ist wie sie, am Leben vorbeilebt!!!*

Er legte das Heft auf die Knie. Er verstand nur Bahnhof. Von wem redete sie? Doch der Inhalt – die Worte an sich, das Tempo der Gedanken und der Schrei am Schluss – berührten ihn merkwürdig. Er blätterte weiter. Viele knappe Eintragungen. Die Beschreibung eines Verrückten, den sie auf der Straße gesehen hatte. Die Geschichte eines verwaisten Katzenjungen, das Dinka adoptiert hatte. Eine Seite, die eine einzige Zeile enthielt: *Wie kann man weiterleben, wenn man vom Holocaust weiß.* Plötzlich erschienen Buchstaben in einer fremden Sprache. Er sah genauer hin. Es war Spiegelschrift. Er hatte nicht genug Zeit, den Text zu entschlüsseln. Aber als er umblätterte, dachte er, dass sie einen besonderen Grund gehabt haben musste, das, was sie sagen wollte, zu chiffrieren. Geduldig und konzentriert las er: *Gelegentlich denkt sie, vielleicht gibt es eine Welt* – er würde Stunden brauchen, um die ganze Seite zu lesen. Er ging zu seinem Fahrrad und mit einem kleinen Schraubenzieher, den er immer dabeihatte – »Ein Schraubenzieher ist wie ein Taschentuch«, hatte ihm sein Vater eingetrichtert, »man kann nie wissen, wann man ihn braucht.« –, montierte er den Rückspiegel ab. Er kehrte zu dem Tagebuch zurück und las nun fließend: ... *vielleicht gibt es eine Welt, in der die Menschen morgens zur Arbeit oder zur Schule gehen und in der am Abend jeder in ein anderes Haus zurückkehrt, um dort, in einem fremden Haus, seine Rolle weiterzuspielen, die Rolle des »Vaters« oder der »Mutter« oder des »Kindes«, der »Oma« und so weiter. Und dann sprechen, lachen, streiten sie dort den ganzen Abend, sehen fern und jeder verhält sich seiner Rolle entsprechend. Dann legen sie sich schlafen, am Morgen stehen sie auf, gehen wieder zur Arbeit oder zur Schule und am Abend kehren sie wieder in ein anderes Haus zurück. Und dort beginnt alles von vorne. Der Vater ist der Vater einer anderen Familie, das Mädchen ist die Tochter einer anderen Familie und weil sie im Laufe des Tages vergessen haben, was am Vorabend war, scheint es ihnen immer, dass sie in ihrem eigenen Haus sind. In dem richtigen. Und so läuft es das ganze Leben lang.*

Langsam legte er das Heft aus den Händen. Tamars Gedanke erfüllte ihn mit Unruhe. Unweigerlich dachte er an sein eigenes Elternhaus. Und wenn es so etwas tatsächlich gäbe? Was war, wenn er tatsächlich jeden Abend in ein anderes Haus ginge und vollkommen fremde Menschen Mutter und Vater nennen würde? Nein. Er verwarf die Idee und schob sie weit von sich. Für ihn kam das nicht infrage. Den Geruch seiner Mutter würde er unter tausenden von anderen Müttern herausriechen. Und die Berührung seines Vaters und seine permanenten nervigen Witze würde er erkennen, ganz zu schweigen von Mucki, die er mit geschlossenen Augen unter allen Sechsjährigen ausmachen würde.

Er schlug ein anderes Heft auf, ein späteres. Blätterte, klappte zu. Ihre seltsame Idee ließ ihn nicht los. Vielleicht war es ja doch vorstellbar. Denn wenn sie wirklich nur gesponnen hatte, warum spürte er dann eine dumpfe Brandwunde in seinem Innern?

Er blätterte die Seite um: *Aber sie ist nicht hübsch. Egal was die anderen sagen. Warum belügen sie sie? Liat hat mal zu ihr* gesagt, es ist etwa zwei Jahre her: Heute siehst du beinahe hübsch aus. Es war ihr größtes Kompliment, denn das »fast« bewies, dass sie es ehrlich meinte. Aber wenn sie jetzt darüber nachdenkt, würde sie am liebsten aufschreien, weil die äußere Schönheit ihr Schicksal bestimmen wird??? (Natürlich ist sie hübsch, protestierte Assaf, der daran dachte, wie Theodora sie beschrieben hatte, selbst der V-Mann hatte gemeint, sie sähe gut aus. Sie tat ihm Leid. Gleichzeitig fühlte er eine seltsame Erleichterung, gerade weil sie vielleicht keine makellose Schönheit war.)

... Nach der Schule ist sie ins Café Atara gegangen. Dort saß eine ältere, etwa vierzigjährige Frau. Sie hatte glattes Haar bis zum Kinn, fürchterliche Haut und trug eine dicke, altmodische schwarze Brille. Sie rührte mindestens eine halbe Stunde lang in ihrem Kaffee, ohne zu trinken. Doch sie träumte nicht. Sie sah eher genervt aus. Dann zog sie ein Buch heraus, ich dachte, es wäre ein englisches, und las noch etwa eine halbe Stunde, aber als ich an ihr vorbeiging und einen Blick darauf warf, sah ich, dass es ein hebräisches Buch war, dass sie von hinten nach vorne las! Ich notiere zur Erinnerung, dass die Welt voller Rätsel ist. Ich bin nicht mehr so naiv wie früher, in meiner Kindheit, und ich weiß, dass jeder auf der Welt seine geheimen Spielchen spielt. Und noch ein Gedanke von heute aus der Turnstunde: Angenommen, es würde auf der Welt eine Mutation stattfinden und alle Kleider verschwinden, lösen sich in Luft auf, es gibt sie einfach nicht mehr! Und jeder muss nackt herumlaufen. In Restaurants, in der Schule, in Konzerten. Brrr! Übrigens, sie hielt die Frau in dem Café für eine Journalistin oder Richterin. Sie ist sich sicher, dass sie ihr in etwa fünfundzwanzig Jahren ähneln wird, eine kluge, traurige Richterin, neben der keiner sitzen will.

Assaf wurde verlegen. Es war eine Sache, ein Tagebuch von jemandem zu öffnen, um nach Hinweisen zu suchen, die zu ihm führen könnten, aber es war etwas vollkommen anderes, so in eine Seele zu schauen. Doch der Blick in die Seele hatte schon seine Wirkung getan. Es lag etwas darin, in den Worten, in der Traurigkeit und Einsamkeit, von dem Assaf sich nicht losreißen konnte. Er schlug ein anderes Heft auf, ein dickeres. Hätte er ein paar ruhige Tage vor sich, würde er sitzen bleiben und den vollständigen Text lesen. Vom Anfang bis zum Schluss, um sich von ihrem Leben absorbieren zu lassen. Aber Dinka war wieder unruhig geworden und er selbst war wegen des Gelesenen noch gespannter und stärker darauf bedacht, sie endlich zu finden. Darum blätterte er hastig, nahm ein anderes Heft, sah, dass die Handschrift sich veränderte, erwachsener wurde, es gab nun keine Schneckenbilder mehr am Rand. Er verweilte vor einer weiteren Spiegelschriftseite: *3. 3. 98 A. und I. lachen die ganze Zeit über jeden Scheiß. Sie sind von einer Unbeschwertheit, die ihr abgeht. Früher war sie auch so, als sie klein war, sie ist sich sicher, dass es so war. Und auch A. und I. waren nicht immer so heiter. Es ist denkbar, dass sie »die Rolle der Fröhlichen« nur spielen. Vielleicht können sie es, weil sie nicht die Probleme haben, die sie hat. Heute sind die Gedanken besonders schwarz. Ratten überall. Was ist passiert? Nichts. Braucht man dafür einen Grund? Gestern hat sie Theo besucht und sie sprachen über »Der Himmel über Berlin«. Ein göttlicher Film! Wenn sie erwachsen ist, wird sie surrealistische Filme machen, in denen alles Mögliche passieren kann. Diese Idee, dass Engel neben Menschen gehen und ihre Gedanken lesen können. Schrecklich gut. (Auch in echt schrecklich.) Sie diskutierten lang und breit, ob es ein Leben nach dem Tod gibt oder nicht. T. glaubt nicht an Gott und dennoch ist sie sicher, dass es so etwas gibt. Sie sagt, ihr Leben im Jammertal sei ohne Sinn, wenn es nicht die Aussicht auf ein Leben danach gäbe. Ich saß ruhig dabei, bis sie fertig war, und dann erklärte ich ihr, bei mir wäre es genau umgekehrt! Das heißt, ich muss wissen, dass das Leben nur hier stattfindet und dass es, Gott behüte!, keine Seelenwanderung gibt!! Allein der Gedanke, das alles noch einmal durchzumachen!*

Er schlug das Buch ruckartig zu. Als hätte er in eine offene

Wunde gesehen. Die atemlosen Übergänge zwischen »ich« und »sie« irritierten ihn nicht mehr. Diese Tamar, sie ist so – er suchte, aber fand kein Wort. So klug, klar. Und traurig. Sehr traurig und desillusioniert. Sie fasst mit bloßen Händen an den Strom. Ihre Trauer war nicht die übliche, die auch er kannte, sagen wir wegen einer Niederlage seines Basketballvereins oder einer schlechten Note. Es war eine Trauer von einer anderen Sorte, wie von sehr alten Menschen, die alles über das Leben wissen. Auch in Assaf flackerte sie ab und zu kurz auf, diese Trauer, doch er hätte nicht gewusst, wie er sie in Worte fassen sollte, und zog es vor, es nicht einmal zu versuchen, denn wenn man sie beim Namen nannte, blieb sie. Es war wie ein Urteil gegen einen selbst. Aber wenn Tamar hier wäre, hätte er nun frei von Angst mit ihr darüber gesprochen und versucht, dieses Ding endlich zu benennen, jene Sache, die immer hinter dem dünnen Vorhang des Lebens, des Alltags und der Familie lauert, selbst hinter der kräftigsten Umarmung seiner Mutter. Er mochte diese Gedanken nicht. Sie überfielen ihn ab und zu, wenn er allein in seinem Zimmer saß oder bevor er einschlief. Dann wurde er schlagartig von einem eisigen Gedanken umklammert und fiel, als würde er in gewetzte Klauen stürzen.

Und Tamar – er fühlte, dass sie genau davon sprach. Und dass sie der einzige Mensch auf der Welt war, der ihm jemals etwas so klar und nüchtern über diese schleimigen, Furcht erregenden Dinge sagte. Er rutschte unruhig hin und her und schlug sich mit den Fäusten auf die Schenkel, schlug immer wieder das Heft auf und zu, als wolle er eine Schleuse öffnen und schließen, um die Flut, die in den Heften und in ihm stieg, zu regulieren. Und obgleich sich um ihn herum nichts verändert hatte, war Assaf in der Welt hinter den Büschen plötzlich entsetzlich verloren, schwebte im All wie eine einsame menschliche Flocke, die dringend erfahren musste, dass es irgendwo noch eine in den endlosen Weiten schwebende Flocke gab mit Namen Tamar.

Und er wusste auch, da machte er sich nichts vor, dass der Unterschied zwischen ihr und ihm darin bestand, dass diese Gedanken ihr anscheinend keine Angst machten, dass sie zumindest nicht vor ihnen floh, nicht wie er, der nur kurz hinsah, weglief, sich erinnerte und vergaß. Sie sprach über ihre finsteren Gedanken, über die Rattenbande, wie über alte Bekannte. Mitunter sogar mit einem Lächeln. Er hatte fast den Eindruck, dass sie einen seltsamen Genuss dabei empfand, sich in ihnen zu suhlen. Und als er die Seite sah, auf die sie hundertmal, wie für eine Strafarbeit, das Wort »abnormal« geschrieben hatte, hatte er Lust, sie mit einem großen X durchzustreichen und mit »außergewöhnlich« zu überschreiben. Wie glücklich sie sein wird, dachte er, wenn ich ihr Dinka zurückbringe! Und er fühlte, dass er noch mehr für sie tun wollte. Viel mehr.

Er stand auf. Er setzte sich. Klappte zu, klappte auf. Sein ganzer Körper juckte und brannte. Dinka verfolgte ihn mit ihren Blicken. Es schien ihm, dass ihre Augen die seinen suchten: Verstehst du jetzt, wovon ich die ganze Zeit rede? Plötzlich hatte er das Bedürfnis aufzustehen und zu gehen. Er musste laufen. Das Brodeln in seinem Blut zersetzen. Auch eine Menge Worte hatte er auf einmal. Sie blubberten in seinem Kopf. Denn sie war auch noch etwas anderes, Tamar. Mehr als klug, traurig und außergewöhnlich. Sie war überwältigend. Das war das Wort, das er gesucht hatte und das mit einem Mal präsent war. Das seine Mutter gerne benutzte, wenn sie einen guten Film gesehen hatte: »Ach, es war überwältigend!« Und dieses Wort aus dem Wortschatz seiner Mutter hatte ihn schon immer beschäftigt, lange bevor er es verstand. Und in dem, was Tamar schrieb, fühlte er genau diese »Überwältigung«, als käme jemand und durchrührte tüchtig alles, was er im Herzen hatte, im Kopf, in den Eingeweiden.

Dinka bellte. Keine Zeit, keine Zeit! Er fuhr fort, zwischen den Heften hin und her zu springen, sein Herz wurde schwer, da er erkannte, dass er nicht genug Zeit haben würde, alles zu lesen. Er kam zu der fünfzehnjährigen Tamar: Mit einem Mal lüfteten sich die Dinge. Die lastende Wehmut löste sich auf. Nun stieß er auf ein fröhliches Mädchen. Sogar auf ein übermütiges. Wie schön, freute er sich, und kühlte sofort ein wenig ab: Anscheinend war es wegen ihrer Freundschaft mit Idan und Adi. Die Namen füllten die Seiten, besonders der des Jungen: Idan hat dies gesagt, Idan hat jenes gemacht, Idan hat beschlossen ... Idan, Idan!; er vermutete, dass dieser Idan der Gitarrist war, den sie suchte. Sie schien bis über beide Ohren in ihn verknallt zu sein. Er las weiter und je mehr er las, desto mehr spürte er zwischen den Zeilen, dass Idan ihr nicht wirklich treu war und dass er ein wenig mit ihr spielte und vielleicht auch mit der anderen, dieser Adi, und wenn er überhaupt jemanden liebte, dann höchstens sich selbst, und Assaf fragte sich, wie es sein konnte, dass Tamar das nicht fühlte, wieso sie nicht las, was sie schrieb! Sag mir, Dinka, wie ist es möglich, dass sie, mit ihrem kritischen Verstand, so begeistert von diesem Idan sein kann?!

Als er das Datum am Ende des letzten Heftes sah, stellte er fest, dass das Tagebuch genau vor einem Jahr endete. Er überprüfte schnell die Daten der anderen Hefte. Ordnete sie fein säuberlich der Reihe nach und erkannte, falls es ein weiteres Heft gab – das vom letzten Jahr, das ihm hätte verraten können, weshalb Tamar verschwunden war –, so war es nicht vorhanden.

Einen Moment war er enttäuscht, verwirrt von lauter widersprüchlichen Gefühlen. Aber er hatte keine Zeit, sich in der Ernüchterung zu baden. Er musste weiter. Seltsam: Es war nichts geschehen, das diese neue Eile ausgelöst hätte, und dennoch hatte er seit einer Weile das Gefühl, dass irgendwo irgendeine große Sanduhr zur Neige ging und dass die Dinge jetzt schneller rollten und sich ihrem Höhepunkt näherten.

Er warf alles zurück in den Rucksack. Kleider, Sandalen, Hefte. Er wusste nicht, wohin er jetzt gehen sollte. Vielleicht in die Fußgängerzone, um diesen Gitarristen zu suchen, von dem Sergej gesprochen hatte? Er hatte keine Lust, ihm zu begegnen. Es stand ihm auch nicht der Sinn danach, etwas so Simples zu tun wie durch eine überfüllte Straße zu gehen oder fremde Menschen zu sehen oder alltägliche Worte in den Mund zu nehmen. Er fühlte, dass in der kurzen Zeit, in der er zwischen den Büschen versteckt gesessen hatte, etwas Neues, Feierliches geschehen war. Nicht nur ihm selbst, sondern der ganzen Welt. Unmöglich, dass alles wie noch vor einer Stunde seinen Lauf nahm. Auf einmal hatte er es sehr eilig, sie zu finden und ihr alles zu erzählen. Vielleicht würde er ihr gar nichts sagen müssen, vielleicht verstand sie schon in diesem Moment, dort, dort, wo sie sich jetzt befand, ohne irgendetwas von ihm zu wissen.

»Wie kann es sein, dass ein einziger Stern es wagt.«

Sie hatte keine Ahnung, wann sie Schaj wieder sehen würde. An dem Tag nach dem ersten Treffen war er nicht zum Abendessen erschienen. Tamar wusste nicht, ob er in Jerusalem war oder in einer anderen Stadt zum Übernachten geblieben war oder ob er ihr nur aus dem Weg ging. Sie saß über dem täglichen Püree, doch ihr Blick hing an der Tür. Am nächsten Tag betrat Schaj den Speisesaal, setzte sich und hob den Kopf bis zum Ende der Mahlzeit nicht mehr. Er reagierte nicht auf ihre durchdringenden Blicke und die Schreie, die sie ihm mit den Händen zuwarf. Er aß und ging. Am nächsten Tag blieb er wieder weg.

Dafür kam Pessach Beth Halevi und setzte sich zu ihnen, um mit ihnen zu essen. Er war bester Laune. Seine kurze Hose spannte über seinen Schenkeln und Tamar dachte, dass er sie nie wechselte und auch sein Netzunterhemd niemals gewaschen wurde. Er machte Witze und erzählte Geschichten aus seiner Militärzeit – er war beim Versorgungsdienst der Armeekapelle gewesen – und prahlte mit Geschichten über Ringkämpfe, an denen er in seiner Jugend teilgenommen hatte. Und Tamar dachte, wenn sie noch länger darauf warten müsste, bis Schaj bereit war mitzumachen, wenn sie nicht sofort handelte, würde sie irgendwann den Verstand verlieren.

Sie sah verstohlen in Pessachs ungehobeltes Gesicht und war ein wenig gebannt von den krassen Widersprüchen, die sie darin fand. Seine fleischigen Lippen wiesen auf Bestechlichkeit hin und hatten etwas Viehisches. Das üppige Fleisch in seinem Gesicht, seine toten Augen, wirkten tyrannisch, doch gleichzeitig drückten sie eine schwerfällige Freundlichkeit und eine offenkundige Versessenheit aus, als »anständiger Kerl« zu gelten und von allen geliebt und bewundert zu werden. Er stand auf, klopfte auf die Taschen seiner Shorts und sagte, er habe sein Päckchen im Auto vergessen, wer gibt ihm eine Kippe? Und sofort wurden ihm von allen Seiten Zigaretten angeboten, die Anbiederei ekelte Tamar an. Doch dann dachte sie blitzartig daran, was sie sah, als er seine Hosentaschen abklopfte, und ihr Herz begann zu rasen: leere Hosentaschen und ein Netzunterhemd ohne Taschen! Jetzt oder nie!

Sie wartete, bis ein Hausbewohner, irgendein glücklicher Gewinner, ihm eine Zigarette anzündete und er den ersten Zug lustvoll einsog. Dann stand sie auf, sagte laut zu Schelli, sie müsse mal, man solle ihren Teller nicht abräumen. Sie verließ den Speisesaal und rannte so schnell sie konnte.

Der Flur war menschenleer. Eine Birne, die an einer Schnur hing, schaukelte Schatten an die Wände. Tamar drückte auf die Klinke. Sie war sicher, dass die Tür verschlossen war. Die ganze Sache war ein riskantes, gewagtes Unternehmen. Die Tür sprang auf.

Pessachs Büro war dunkel und sie musste sich vortasten. Sie ging an einem Stuhl vorbei, stieß gegen einen andern, fand den Schreibtisch, auf den dünnes Mondlicht fiel. Sie zog die oberste Schublade auf. Ordner und Papiere türmten sich in einem großen Durcheinander, aber Tamar suchte nur das rote Notizbuch. Bis zu diesem Abend hatte sie Pessach nie ohne dieses Büchlein gesehen. Sie kramte hastig, trotz allem darauf bedacht, die gewisse Ordnung der Unordnung nicht zu zerstören. Das Notizbuch war nicht da. Was hast du denn gedacht? Es steckt bestimmt in einem geheimen Gürtel unter seiner Hose. Sie zog die zweite Schublade auf. Sie enthielt alte Ordner und Terminkalender und Bündel mit Parkausweisen verschiedener Städte.

Vor der Tür, im Flur, hörte sie Geräusche. Jemand ging vorbei. Vielleicht waren sie zu zweit. Sie hatten es eilig. Tamar duckte sich und versuchte, sich hinter dem Schreibtisch zu verstecken. Lieber Gott, dachte sie, obwohl ich nicht an dich glaube, obwohl Theo sich über mich lustig machen wird, dass ich in einem Moment der Angst klein beigegeben und dich angerufen habe, mach bitte, dass sie nicht reinkommen.

»Du wirst sehen, dass ich ihn schließlich dazu bringe zu verkaufen!«. Sie konnte Schischko identifizieren. »Ich will diesen beschissenen Rekorder um jeden Preis für mein Auto.«

»Blätter ihm einen Tausender hin, dann wird er verkaufen«, sagte die zweite Stimme, die sie nicht kannte. »Im Handumdrehen.«

Die Schritte gingen an der Tür vorbei und verloren sich im Flur.

Sie wartete noch eine Weile. Die Angst hatte sie vollkommen fertig gemacht. Die untere Schublade hatte ein Schloss. Was denn sonst? Deshalb hatte er das Notizbuch nicht mitgenommen. Er begnügt sich mit dem Schlüssel. Tamar zog ohne die geringste Hoffnung an der Schublade. Dann glotzte sie einen Moment und traute ihren Augen nicht: Zum ersten Mal in meinem Leben, dachte sie, habe ich mehr Glück als Verstand.

Dort lag das Notizbuch, rot und dick, und sein Einband war rissig und fettig von Pessachs Fingern.

Am Anfang verstand sie nichts. Die Seiten waren überfüllt mit Reihen und Zeilen. Abkürzungen, Namen und Zahlen. Alles war in einer winzigen Handschrift notiert, erstaunlich bei der Größe der Hand des Schreibers. Sie hielt die Seiten unter das Fenster und versuchte, noch etwas Licht zu erhaschen. Ihr Blick raste über die Zeilen, ihre Mundwinkel sanken immer mehr. Es sah aus, als wären die Notizen in einer verschlüsselten Geheimschrift verfasst, und sie wusste, dass ihr die Zeit fehlte, den Code zu knacken. Sie klappte das Notizbuch zu und schloss die Augen. Doch dann riss sie sich zusammen. Als sie die Augen aufschlug, stellte sie fest, dass die Zeilen Städtenamen enthielten und die Spalten die Daten der Auftritte. Die Spalten und Reihen schnitten einander und schufen so Quadrate. Ihr Blut pulsierte in ihren Schläfen, in ihrem Hals, sogar hinter den Augen. Sie suchte die Spalte mit dem heutigen Datum. Sie fand sie. Dann kreuzte sie sie mit der Zeile »Tel Aviv«. In dem Quadrat, in dem sie sich trafen, entdeckte sie ihren

Namen. So entzifferte sie die Abkürzungen: D. P. war der Dizengoffplatz, an dem sie am Morgen aufgetreten war. Und S. D. war das Suzanne-Delal-Zentrum. Das Notizbuch zitterte in ihren Händen. Sie versuchte alles, was hinter der Tür lag, zu vergessen. Jeden, der den Raum betreten konnte. Erst jetzt verstand sie, welchen Mut Schaj aufgebracht hatte, als er sich traute, von hier aus anzurufen. Oder wie verzweifelt er gewesen sein musste. Es war um zehn Uhr abends und ihre Eltern waren nicht zu Hause, einen Moment sah es aus, als würde sie in Ohnmacht fallen, als sie nach so langer Zeit seine Stimme hörte. Er sprach erstickt, beinahe hysterisch. Er erzählte von einem Unfall, in den er verwickelt war, sie verstand ihn kaum. Er bettelte, sie sollten ihn hier rausholen und retten, aber ohne Polizei. Wenn sie die Polizei informieren würden, wäre es um ihn geschehen. Sie hatte damals in der Küche gesessen, am Abend vor einer Mathearbeit, und einige Zeit gebraucht, um zu verstehen, was er da sagte. Seine Stimme war so anders gewesen. Melodie und Rhythmus waren verändert. Er war ein Fremder. Er sagte, er sei an einem schrecklichen Ort, in einem Gefängnis, es sei nicht für alle gleichermaßen schlimm, aber er sitze hier lebenslänglich in der Falle. Und im gleichen Atemzug sagte er, sie solle seinen Vater um Verzeihung bitten und ihm sagen, die Schläge gingen nur auf das Konto eines momentanen Wahnsinnsanfalls. Von diesem Pessach, der hier der Boss ist, hatte er gesagt, hab ich ein halbes Jahr lang nicht geschnallt, ob er der Satan oder ein Engel ist, man blickt bei ihm nicht durch, er hat etwas völlig Kaputtes –

Und während er sprach, hörte sie das Quietschen einer Tür hinter ihm. Sie, in der Küche zu Hause, hörte es, doch Schaj hörte es nicht. Er redete noch einen Moment weiter, dann wurde er still und begann tief und zittrig Atem zu holen, dann stöhnte er: »Nein, nein … nein …« Und dann hatte sie eine andere Stimme wahrgenommen, eine unmenschliche, etwa wie das Brüllen eines springenden Raubtiers, etwas, das tief aus den Eingeweiden hochstieg, und dann waren die Schläge gekommen, einer nach dem andern, wie ein Sack voller Erde, der gegen eine Wand geworfen wird. Immer wieder. Und Schreie und Wimmern, von dem sie im ersten Augenblick nicht ausmachen konnte, ob es von einem Menschen oder einem Tier stammte.

Von hier aus, aus diesem Zimmer.

Nur nicht dran denken. Sie blätterte weiter, um die nächsten Tage zu überprüfen. Sie suchte in den Reihen, in denen »Jerusalem« stand. Dann durchforschte sie die Spalten nach ihrem und seinem Namen. Sie fand sie nicht. Sie fand sie nicht. Von oben hörte sie das Scheppern der Gabeln und Löffel. Sie hatten angefangen, den Tisch abzuräumen. Ihr blieben vielleicht noch ein, zwei Minuten. Ihr Finger raste über die Eintragungen. Er hielt am kommenden Sonntag an. Sie fand nur ihren Namen in der Zeile »Jerusalem«. Schaj würde in Tiberias sein. Der Finger raste weiter. Blieb am darauf folgenden Donnerstag hängen. Ihre Augen weiteten sich. Sein und ihr Name nebeneinander. Schaj würde an einem Platz, der mit H. begann, auftreten, sie war für Z. P. eingetragen. Beide zwischen zehn und elf Uhr morgens. Sie schloss das Buch und legte es in die Schublade zurück. Am ganzen Körper zitternd blieb sie einen Moment stehen: in neun Tagen. Sie hatte noch eine Woche und zwei Tage. Er würde vor dem Ha-Mashbir auftreten, sie am Zionplatz. Eine Entfernung von mehreren hundert Metern. Wie sollte sie es hinkriegen, dass sie sich trafen? Sie würde das sicher nicht schaffen. Doch! In neun Tagen holt sie ihn hier raus.

Jetzt weg hier, schrien all ihre Sinne. Mindestens fünf Minuten waren vergangen, seit sie den Speisesaal verlassen hatte. Ihr Teller stand noch dort und Pessach würde vielleicht jemanden losschicken, um nachzusehen, wohin sie verschwunden war. Aber sie war noch nicht fertig. Sie eilte zur Tür, öffnete sie einen Spalt und sah hinaus. Der Flur war leer. Die nackte Birne schaukelte und verstreute gelbe, trübe Schatten. Tamar schloss die Tür leise und ging wieder in das Büro zu dem Schreibtisch, zum Telefon. Ihre Finger zitterten so sehr, dass sie nicht richtig wählen konnte. Sie versuchte es noch einmal. Irgendwo klingelte es. Hoffentlich ist sie zu Hause, betete sie mit aller Kraft. Hoffentlich ist sie da.

Lea hob ab. Ihre Stimme war angespannt und wach, als ob sie neben dem Apparat gestanden und darauf gewartet hätte.

»Lea . . .«, flüsterte Tamar.

»Tami, Liebes, was ist mit dir? Wo steckst du? Soll ich kommen?«

»Lea, nicht jetzt. Hör mir zu. Nächsten Donnerstag zwischen zehn und elf warte mit dem Auto –«

»Moment, nicht so schnell. Ich notiere . . .«

»Nein, ich hab keine Zeit. Merk dir: nächsten Donnerstag.«

»Zwischen zehn und elf. Und wo?«

»Wo? Moment mal –«

Leas gelber Käfer blitzte vor ihren Augen auf. Sie versuchte die kleinen Straßen des Zentrums vor sich zu sehen. Sie wusste nicht, welche von ihnen für Autos befahrbar waren und welche Einbahnstraßen waren und welcher der günstigste Ort für Schaj war, damit er nicht so lange laufen musste.

»Tamar? Bist du noch da?«

»Ich denk nach. Moment.«

»Darf ich dir was sagen, wo du gerade nachdenkst?«

»Ich bin so froh, dich zu hören, Lea.« Die Worte blieben ihr im Hals stecken.

»Und ich sitz hier und kau an den Nägeln. Seit drei Wochen sieht und hört man nichts von dir! Und Noiku macht mich verrückt. Wo ist sie? Wo ist sie? Sag mir, hat es geklappt, mein Schatz? Bist du da drin?«

»Lea, wir müssen Schluss machen.« Im Flur waren Schritte zu hören. Sie legte auf und duckte sich zu einem kleinen erschrockenen Häuflein Elend hinter dem Schreibtisch. Sie wartete noch ein paar Herzschläge. Völlige Stille. Anscheinend hatte die Angst ihr einen Streich gespielt. Wenigstens war es ihr gelungen, Lea die Nachricht zu übermitteln. Jetzt musste sie sehen, dass sie heil rauskam.

Aber als sie auf Zehenspitzen zur Tür ging, überfiel sie der enorme Drang, noch jemanden anzurufen. Es war Irrsinn. Der überflüssigste Slalom zwischen Vernunft und Wahnsinn. Aber die Lust, noch jemand aus ihrem früheren Leben anzurufen, begann in ihr aufzuflammen. Sie stand schon an der Tür, hatte die Klinke in der Hand und war eine Weile hin- und hergerissen. Ich muss hier raus. Wen sollte sie anrufen? Die Eltern? Das war noch tabu. Mit ihnen zu sprechen, würde ihr den Boden unter den Füßen wegreißen. Idan und Adi waren zur Zeit in Turin, und auch wenn sie schon zurück wären, was hätte sie ihnen sagen sollen? Wer blieb da noch übrig? Halina und Theo. Halina oder Theo? Wie eine Schlafwandlerin ging sie zurück zum Telefon. Lea, Halina und Theo. Ihre drei Freundinnen, ihre drei Mütter. »Theo ist die Mutter meines Hirns«, hatte sie einmal in ihr Tagebuch geschrieben. »Lea die des Herzens und Halina die der Stimme.« Ohne nachzudenken hob sie den Hörer ab. Wilde Alarmsirenen kreischten in ihren Ohren, aber sie kamen gegen diese Gier nicht an. Das Gespräch mit Lea hatte alles in ihr geweckt, was sie in den letzten Wochen tief in ihr Inneres verbannt und begraben hatte, und Tamar wurde mitgerissen und überspült und erinnerte sich wieder an ihr anderes Leben, den Alltag, die Freiheit und Leichtigkeit, und wie man alles machen konnte, ohne siebenmal nachzudenken, ob man auch nicht bespitzelt wurde, ob einem niemand folgte, und wie es war, einfach drauflos zu sprechen, einfach zu sagen, was einem in den Sinn kam. Und wie eine Träumerin, wie eine Süchtige, die dringend Wärme und Liebe brauchte, wählte sie noch eine Nummer.

Es klingelte. Tamar stellte sich den schwarzen, altmodischen Apparat mit der runden Wählscheibe vor und die weichen, schnellen Schritte in den Filzpantoffeln:

»Hallihallo?«, fragte die scharfe Stimme mit dem tiefen, antiken Akzent. »Wer bitte schön ist am Apparat? Tamar? Meine Tamar?«

Eine Hand, rot, schwer und mit einem schwarzen, goldgerahmten Siegelring legte sich auf das Telefon und unterbrach das Gespräch. »Das hätte ich nicht von dir gedacht«, sagte Pessach, knipste eine Lampe an und das Zimmer wurde in Licht getaucht. »Gerade du? Private Gespräche vom Telefon des Heims? Und wem galt die Ehre? Jemandem, den wir kennen, dem Papa, der Mama? Oder einem ganz anderen? Setzen!« Er brüllte, stieß sie gewaltsam auf seinen Stuhl und begann hinter ihr auf und ab zu gehen. Ihr Nacken versteinerte. Eine Katastrophe. Genau wie es Schaj ergangen war. Im gleichen Raum.

»Jetzt gibt es zwei Möglichkeiten. Entweder du sagst uns im Guten, mit wem du gesprochen hast, oder wir zwingen dich dazu. Wofür entscheidest du dich?« Er lehnte sich mit dem ganzen Gewicht auf den Schreibtisch vor ihr. Gewalt strömte von ihm zu ihr wie starke Hitzewellen. Und die Muskeln seiner Arme zuckten unter der Haut wie Tierjunge im Bauch des Muttertiers. Tamar schluckte. »Ich hab meine Oma angerufen«, sagte sie leise.

»Deine Oma, so, so. Dann haben wir jetzt noch zwei Möglichkeiten«, sagte er langsam und Tamar sah erstaunt, wie binnen weniger Sekunden das viele Fett in seinem Gesicht von innen angesaugt wurde, sodass die Knochen wie bei einem von Geisterhand gemalten Totenschädel sichtbar wurden. »Entweder ich bitte dich um die gewählte Nummer und du gibst sie mir im Guten –«

Tamar schwieg.

»Oder ich drück die Wahlwiederholung.«

Sie sah ihn ausdruckslos an. Ihm nur nicht zeigen, dass ich Angst habe. Das Vergnügen gönne ich ihm nicht.

Pessach drückte die Wahlwiederholungstaste. Er presste den Hörer an sein Ohr. Es herrschte Stille. Dann ertönte das Klingelzeichen. Gleich darauf hörte Tamar leise das scharfe »Hallihallo« Theodoras, das nun besorgt und ängstlich klang. Pessach schwieg und lauschte aufmerksam. Theodora rief wieder: »Hal-

lihallo? Hallo!! Wer ist denn da? Tamar? Tami? Bist du es?«
Dann legte er auf.

Sein Mund zog sich zweifelnd zusammen.

»Gut«, sagte er schließlich und verzog nun angewidert das
Gesicht. »Klang tatsächlich nach einer Oma.« Tamars Schultern sanken erleichtert nach unten. Wie solch ein dämlicher
Fehler zu einem Rettungsring werden konnte! Verdammt noch
mal, dachte sie sofort, ich hab vergessen, Lea einen Treffpunkt
zu nennen. Ihre Fingernägel krallten sich in ihre Handflächen:
Tag und Stunde hatte sie durchgegeben. Nur nicht den Straßennamen! Was für ein grober Fehler . . . Pessach strich nachdenklich um sie herum. Dann beugte er sich wieder in seiner
ganzen Wucht und Brutalität über sie: »Steh auf! Diesmal hast
du Schwein gehabt. Hier ist was faul, aber wir lassen es dabei. Jetzt sperr mal gut deine Ohren auf.« Sie saß regungslos
da, dachte daran, wie leichtsinnig sie sich hier vom ersten
Augenblick an verhalten hatte, als sie ihm das »I'm not your
baby« vorgesungen, Miko einen Dieb genannt und der Russin
ihre Einkünfte ausgehändigt hatte. Immer wieder hatte sie im
Affekt gehandelt und völlig im Widerspruch zu ihrem Vorhaben und Ziel. »Wenn du mir noch einmal in die Quere kommst,
kannst du dich auf was gefasst machen. Selbst wenn du wie
Chava Alberstein und Jehoram Ga'on zusammen singst. Wenn
ich mit dir fertig bin, wirst du im Leben keinen Pieps mehr von
dir geben. Mein Wort drauf. Hör mir genau zu, Baby.« Baby
nannte er sie, wie denn sonst? »Ich bin mir nicht sicher, was du
hier für eine Rolle spielst, verstehst du. Etwas an dir ist nicht
ganz koscher. Ich hab da so ein komisches Gefühl. Und in diesen
Dingen irr ich mich selten.« Sie fühlte, wie in ihr jener mysteriöse Stoff, der Glieder und Gesichtszüge stabilisiert und zu-
sammenhält, von Minute zu Minute mehr schmolz. »Schreib
dir hinter die Ohren, der Mensch, der Pessach Beth Halevi ver-
arscht, ist noch nicht geboren. Haben wir uns verstanden?«

Tamar nickte.

»Und jetzt zieh Leine.«

Als das letzte Lied verklang, klatschten die Zuhörer, riefen Bravo und gingen auseinander. Ein paar Leute kamen auf sie zu, lobten sie, dankten ihr auch oder fragten nach diesem oder jenem Lied, das sie gesungen hatte. Anders als gewöhnlich antwortete sie breit und ausführlich. Aus dem Augenwinkel sah sie, wie Miko zu einer Kebab-Bude in der Nähe ging. Blitzschnell musterte sie die Umstehenden. Wer war am besten geeignet, wem konnte sie vertrauen? Zwei junge Touristinnen aus einem skandinavischen Land, die Englisch mit rollendem R sprachen, kamen nicht infrage. Ein großer, hagerer Mann mit Bärtchen und chinesischen Gesichtszügen beugte sich zu ihr herunter und ließ sich über die Reinheit ihrer Stimme aus. »Diese Reinheit!«, sagte er. »Als Sie zu singen begannen, war ich auf der anderen Straßenseite und dachte, ich höre eine Flöte.« Aber etwas an ihm kam ihr gekünstelt vor. Vielleicht schreckte sie auch deshalb vor ihm zurück, weil er ihr vor Augen führte, dass sie sich selbst verstellte. Eine gertenschlanke Frau mit durchsichtiger Haut, die sich mit verhaltener Aufregung immer wieder die Hände rieb, meinte, sie habe ihr etwas ganz und gar Wunderbares zu erzählen, aber sie werde geduldig warten, bis sie an der Reihe wäre. Dann sah sie den rundlichen, älteren Herrn mit der braunen, abgewetzten Aktentasche. Er sah wie ein gewissenhafter, pflichtbewusster Beamter aus. Gütige Augen, groß und rund, die hinter Brillengläsern lagen. Kleiner hängender Schnurrbart, breite, aus der Mode gekommene Krawatte, Hemd über der Hose. Sie sah, dass er zögerte, doch dafür hatte sie keine Zeit. Sie wandte sich an ihn und lächelte strahlend. Er sprang sofort darauf an, strahlte zurück und erzählte, er sei »blutiger Laie, was den Gesang anbelangt«, aber als er ihre Stimme gehört habe, habe er etwas gefühlt, das er schon seit vielen Jahren nicht mehr empfunden habe, seine Augen wurden ein wenig feucht und er ergriff mit seinen beiden Händen ihre Hand; schnell, bevor er noch etwas über ihre Reinheit bemerken konnte, reichte sie ihm ihre zweite Hand, ihr Blick bohrte sich in seinen und flehte ihn an.

Sie sah, wie das Staunen seine Augen plättete und wie seine Brauen sich rafften, als er den Zettel fühlte, den sie ihm zugesteckt hatte. Über seinem Rücken, in etwa zehn Meter Entfernung, hob Miko das Fladenbrot an die Lippen und schleckte die tropfende, gelbliche Soße ab. Seit dem Morgen hatte er sie nicht aus den Augen gelassen und ihr war klar, dass Pessach ihn nach dem gestrigen Vorfall dazu angewiesen hatte. Der kleine Dicke verstand nun anscheinend ihre Verzweiflung und kam zu sich. Er schloss die Hand um das Papier und lächelte starr. »Auf Wiedersehen«, sagte sie betont und ihre Hände schoben ihn beinahe weg.

Der Mann hatte kapiert. Er ging eilig weiter. Tamar folgte ihm ängstlich mit dem Blick. Die schlanke Frau, die geduldig gewartet hatte, fiel nun über sie her: Tamars Gesang hatte sie an etwas erinnert. »Du müsstest es hören, dann würdest du verstehen, was ich meine. Es gab einmal eine große Sängerin. Sie hieß Rosa Reisa. Sie war Jüdin und floh als Mädchen aus Bialistok. Damals hieß sie noch Rosa Bruchstein. Lach nicht. Viele hielten sie damals für die größte Sängerin der Welt. Größen wie Puccini und Toscanini wollten sie engagieren –« Sie hörte durch die Frau hindurch, sah durch sie hindurch. Nickte wie an einem auf und ab steigenden Faden hängend. Hinter der Frau sah sie, wie der kleine Mann sich mit energischen Schritten entfernte. Er ging nun dicht an Miko vorbei, ohne dass einer Notiz vom anderen genommen hätte. Die runde Glatze war vor Anstrengung oder Aufregung gerötet. Sie betete, dass sie sich für den Richtigen entschieden hatte. Dass sie auf den richtigen Menschen gesetzt hatte. Vor ihr gurgelte jemand vor Lachen. Die gazellenhafte Frau schüttelte sich vor Vergnügen über die Anekdote, die sie zum Besten geben würde: »Eines schönen Tages ist Rosa Reisa mit dem Zug durch Mexiko gereist, als Panchovilla mit seinen Gangstern den Waggon überfiel und unter Beschuss nahm. Sie beschwor ihn, sie sei nur eine Sängerin, doch sie glaubten ihr nicht. Und als sie den Mund öffnete und mitten in dem Eisenbahnwaggon, während des Raubüberfalls,

›El Guitarrista‹ sang, ließen sie sie nicht nur gehen, sondern spendierten ihr, bevor sie abzogen, auch noch einen mexikanischen Tequila …«

Tamar lächelte abwesend, dankte ihr, sammelte das Geld ein, nahm den Kassettenrekorder, rief Dinka und begab sich zu dem vereinbarten Treff mit Miko. Aus dem Augenwinkel sah sie, dass der Mann mit der braunen Aktentasche schon das Ende der Straße erreicht hatte. Es gefiel ihr, dass er nicht gleich stehen geblieben war, um den Zettel zu lesen, ja dass er sich nicht einmal umgesehen hatte. In der Tasche hatte sie noch zwei weitere Zettel, die sie gestern Abend geschrieben hatte. Sie hatte die Absicht, sie drei verschiedenen Personen in die Hand zu drücken, doch von allen Leuten, denen sie heute vorgesungen hatte, vertraute sie ihm allein. Sie hatte das deutliche Gefühl, dass er der Richtige war.

Mosche Honigmann, Gerichtsstenograf a. D. und allein stehender Rentner, war seit vierzig Jahren verwitwet. Neben seiner reichlich eintönigen Karriere hatte er ein paar bescheidene Leidenschaften entwickelt: Er sammelte alte Landkarten, Reisereportagen über Erez Israel und Schallplatten mit Blasmusik. Er spielte Briefschach mit Laien in der ganzen Welt und hatte es sich zur Gewohnheit gemacht, jedes Jahr eine andere Sprache so weit zu erlernen, bis er zu einer einfachen Konversation fähig war. Er war ein einsamer, enthusiastischer, im Zustand ständiger Erregung lebender Mensch, den das Alter sozusagen inmitten der Kindheit überrascht hatte. Neben all seinen Aktivitäten war er auch noch ein eingefleischter Liebhaber von Kriminalromanen, die man für fünf Schekel in den kleinen An- und Verkaufsläden erwerben und mit deren Hilfe man für zwei Stunden am Tag unmögliche Sehnsüchte vergessen konnte.

Gerade bog er eilig in eine von der Fußgängerzone abzweigende Gasse. Sein altes Herz pochte wild, doch er erlaubte sich keine Verschnaufpause. Er sah noch immer die flehenden Augen des Mädchens vor sich, die ihm bewiesen, dass dieses Kind in enormen Schwierigkeiten stecken musste. Je weiter er ging, desto klarer lagen seine Gedanken, fein säuberlich und systematisch, vor ihm: Er hatte begriffen, dass jemand sie beschattete, vor dem sie ihr seltsames Anliegen an ihn hatte verbergen müssen. Wenn er besonders aufgeregt war, pflegten ihm die Beine schwach zu werden, sodass er sich zur Langsamkeit zwingen musste. Mit jedem Schritt wuchs seine Gewissheit. Fünfzig Jahre unablässigen Kontakts mit dem Verbrechen – zu den Büchern, die er verschlang, hatte er die langen Jahre als Gerichtsstenograf vorzuweisen – ließen ihn nun mit erstaunlicher Selbstverständlichkeit handeln. Ab und zu hielt er vor einem Schaufenster an, züchtigte die wenigen verbliebenen Strähnen und beobachtete aufmerksam, ob sich hinter seinem Rücken die Umrisse eines Verfolgers spiegelten.

Beflissen und auf den Fall gespannt, in den er geschlittert war, streifte Honigmann durch die Straßen, sein Gehirn arbeitete fieberhaft und er reimte sich haarsträubende Geschichten zusammen, die in dem Augenblick gipfelten, in dem das Mädchen das Wort an ihn gerichtet hatte. Zwischen einer Geschichte und einem Gedanken freute er sich über das Glück, dass ihm sein normales, durchschnittliches, Vertrauen erweckendes Äußeres beschert hatte. Deshalb bemühte er sich, noch mittelmäßiger und alltäglicher auszusehen, und setzte ein gefrorenes, schauderhaftes Lächeln auf, das ihm nach eigenem Gutdünken das Aussehen eines harmlosen, kurzsichtigen Großvaters verlieh.

Nachdem er eine Stunde so herumgelaufen war und die Aufmerksamkeit der meisten Passanten erregt hatte, ging er ins Café Rimon, bestellte sich einen Käsetoast und vertauschte seine Fern- mit der Lesebrille. Aus seiner Aktentasche fischte er eine Zeitung, breitete sie heftig gestikulierend aus, verbarg sich restlos dahinter und entfaltete erst dann den Zettel.

Lieber Herr oder liebe Dame, stand dort geschrieben. *Mein Name ist Tamar und ich brauche dringend Ihre Hilfe. Ich weiß, dass es sonderbar klingt, aber ich bitte Sie, mir zu glauben, dass es um Leben und Tod geht. Bitte helfen Sie mir. Zögern Sie* keinen Augenblick. *Rufen Sie jetzt, jetzt gleich, bitte!, die Nummer 6255978 an. Wenn niemand abhebt, versuchen Sie es bitte später noch einmal. Bitte verlieren Sie den Zettel nicht!!! Verlangen Sie Lea. Ich flehe Sie an, ihr zu erzählen, wie Sie zu dem Zettel gekommen sind, und vor allem richten Sie ihr bitte, bitte Folgendes aus: Tamar lässt sagen: an dem verabredeten Tag, in der Shamaistraße, vor dem Taxistand. Dann vernichten Sie den Zettel bitte.*

Über die Zeitung stieg ganz langsam ein rundes, verwundertes Gesicht. Donnerwetter, er hatte sich also nicht geirrt! Die Kleine steckte wirklich in der Bredouille! Er las wieder und wieder. Er versuchte herauszufinden, von was für einem Block der Zettel gerissen war. Er hielt ihn ins Licht und suchte nach einem weiteren Hinweis.

»Ihr Toast«, sagte der Ober. Honigmann sah ihn entsetzt an. Toast? Jetzt? In dieser Notlage? Er nahm seine Aktentasche, warf einen Geldschein auf den Tisch und verließ im Laufschritt das Lokal. An der Straßenecke fand er eine Telefonzelle und wählte die Nummer.

»Ja bitte?«, fragte eine Frauenstimme bestimmt und trocken. Im Hintergrund hörte er ein Gemisch aus klappernden Töpfen, fließendem Wasser und geschäftigen Menschen.

»Frau Lea?«, sagte Honigmann zittrig.

»Ja. Wer ist am Apparat?«

Er holte tief Luft, sprach schnell und leise: »Hier ist Honigmann Mosche. Zum gegenwärtigen Zeitpunkt habe ich zu meinem Leidwesen nicht die Gelegenheit, mich ordnungsgemäß vorzustellen. Aber ich habe eine außergewöhnliche Nachricht für Sie. Eine Nachricht von –«, er warf einen Blick auf den Zettel, »– von einer gewissen Tamar. Haben Sie vielleicht einen Augenblick Zeit?«

Fünf Minuten später, schwindelig von den Ereignissen, schwebte Honigmann wieder in das Café, nötigte den Kellner, ihm den noch warmen Toast auszuhändigen, und ließ sich mit einem Ausdruck des Staunens und Glücks wieder auf den

Stuhl plumpsen. Binnen einer Minute wurde er unruhig, denn Lea war noch immer nicht eingetroffen. Er stand auf, begab sich zur Tür, ging zurück und seufzte laut. Immer wieder sah er auf die Uhr. (Er besaß eine Armbanduhr, wie man sie in Erez Israel zur Zeit des britischen Mandats produzierte. Statt der Stunden tauchten auf dem Zifferblatt die Namen der zwölf Stämme Israels auf. Jetzt war es zwanzig nach Sebulon und er fragte sich, wie er es bis zehn vor Naftali aushalten sollte.) Ununterbrochen studierte er den Zettel, liebkoste ihn mit Blicken, als wäre er das Gewinnlos in der Klassenlotterie. Und las immer wieder die letzten Worte:

Ich danke Ihnen im Voraus für Ihre große Hilfe. Ich wünschte, ich könnte Ihnen auch etwas Gutes tun. Oder wenigstens den Anruf bezahlen. Ich hoffe, dass Ihnen schon bald etwas Wunderbares widerfährt, das Sie für Ihre Gutherzigkeit entlohnt. Danke und mit vorzüglicher Hochachtung. Tamar.

Nur sechs Tage blieben bis zur Flucht und sie hatte noch immer keine Ahnung, wie sie es anstellen sollte, dass Schaj und sie sich in der Mitte zwischen ihren beiden Standorten trafen. Sie war so von Angst gepackt, dass sie keinen klaren Gedanken fassen konnte, weder während der langen Fahrten noch nachts in ihrem Bett. Es war unlogisch und unverantwortlich, aber es wollte ihr einfach nicht gelingen, die Nebelwand zu durchdringen, die sich unverzüglich über sie senkte, wenn sich die Gedanken der Gefahrenzone näherten.

Am Freitag nach dem Abendessen stellten sie die Stühle an den Wänden des Speisesaals auf. Pessach und zwei seiner Helfer stießen zu ihnen und setzten sich in die Runde. Diesmal war Pessachs Ehefrau dabei, eine schmächtige, wortkarge Person, die Pessach bewundernd ansah und deren Lippen auch dann nicht auseinander gingen, wenn sie lächelte. Auch Schaj schlürfte hinter Pessach her und setzte sich auf den Stuhl, den

Pessach ihm zuwies. Es entstand ein großer lockerer Kreis. Die Gespräche plätscherten dahin. Ein Mädchen mit Namen Ortal, eine Zauberin, sagte, der Stuhlkreis erinnere sie an die Schule, wo man sich auf den Stühlen den Rücken verdarb, und auf einmal sprachen sie über Lehrer, Schule und Wandertage. Für ein paar Momente ging es wie in einem Ferienlager zu. Wie Schelli es einmal formulierte – in einer Ferienkolonie für künstlerisch hoch begabte Jugendliche.

Schaj kauerte sich zusammen. Hartnäckig wich er Tamars Blick aus. Ein achtzehn Jahre alter Greis. Sie saß ihm gegenüber und aus einer Gewohnheit, die ihr zur zweiten Natur geworden war, sprang sein Elend auch auf sie über. In kürzester Zeit verdorrte sie vor ihm und ihr Körper duckte sich in der gleichen gebrochenen Haltung. Sie waren sich in diesem Augenblick so ähnlich wie ein Kartenpärchen in einem Memoryspiel. Hätte sie jemand beobachtet, hätte er sicher Verdacht geschöpft. Tamar dachte an die Freitagabende zu Hause, bevor Schajs Katastrophe über sie hereingebrochen war. Sie erinnerte sich an die unerschütterlichen Versuche ihrer Mutter, wenigstens einmal die Woche ein friedliches Abendessen zu organisieren, ohne Diskussionen und Streitereien. Einmal die Woche eine Familie sein! Sie probierte sogar ein paar Wochen lang, Schabbatkerzen anzuzünden und den Segen zu sprechen und wollte eine »Zeremonie« wieder zum Leben erwecken, in der jedes Familienmitglied von einem »aufregenden Erlebnis« erzählte, das es in der vergangenen Woche erlebt hatte ... Auf einmal, zum ersten Mal, seit sie von zu Hause weg war, hatte Tamar Sehnsucht nach ihrer Mutter, nach ihrem übereifrigen guten Willen, den sie alle gnadenlos im Keim erstickten, nach ihren herzerweichenden, törichten Kraftakten ... Mutter, die so wenig in diese zänkische, ätzende Familie passte und die das Zusammenleben mit ihnen verbittert und mürrisch gemacht hatte, was vielleicht gar nicht ihrem Wesen entsprach ... Tatsächlich, dachte Tamar in einer neuen Erkenntnis, arme Mama, sie hat ihr ganzes Leben auf feindlichem Territorium verbracht –

immer in der Angst, dass man sich über die Dinge lustig machen wird, die sie in völligem, abgrundtiefem Ernst von sich gibt, und sie kämpft ohne die geringste Aussicht auf Erfolg gegen Papas sarkastischen Panzer, Schajs Genialität und meine Verweigerung, ihr eine Freundin, Schwester und ein Schoßtier zu sein... Für einen Moment vergaß sie sich und ihre Umgebung. Eine Welle des Mitleids und der Traurigkeit überschwemmte sie, der Trauer über die große irreparable Zerrüttung dieser Familie, dieser vier einsamen Menschen, vier Menschen – und jeder nur sich selbst der Nächste. Und auf einmal erwachte in ihr das enorme Bedürfnis, offen mit jemandem darüber zu reden, mit einem Außenstehenden, der nicht zur Familie gehörte, mit dem sie die Last, die ihr jetzt das Herz brach, teilen konnte.

Schaj seufzte. Sie hörte sein leichtes Stöhnen durch den Lärm im Raum und auch ihr entfuhr ein Seufzen. Sie sahen einander an. Wer weiß, was unsere Eltern gerade tun, dachte sie. Allein daheim. Zu beiden Seiten des großen Tisches in der Essecke. Vor ein paar Tagen waren sie aus dem Urlaub zurückgekommen. »Dieses Jahr werden wir erst recht nicht darauf verzichten!«, hatte ihr Vater brutal und gequält, aber entschieden verkündet. »Das Leben geht weiter. Punkt, aus, amen!«, hatte er einen Schlussstrich gezogen, während seine rechte Augenbraue wie der Schwanz einer Eidechse zuckte und sein verschlossenes Gesicht Lügen strafte. Inzwischen waren sicher die ersten Briefe, die sie Lea gegeben hatte, eingetroffen. »Sucht nicht nach mir«, stand in jedem von ihnen unter den nichts sagenden, beruhigenden Geschichten, die sie erfunden hatte. Und am Ende jedes Briefes: »Mir geht es gut, wirklich, macht euch keine Sorgen. Lasst mir einen Monat. Mehr brauche ich nicht. Dreißig Tage. Wenn ich zurück bin, werde ich euch alles erklären. Es wird alles gut, ihr werdet schon sehen. Verlasst euch auf mich. Ich verspreche es euch.«

»Jetzt mach dich auf was gefasst«, flüsterte ihr Schelli zu und weckte sie aus ihren Gedanken. »Immer wenn Adinalein hier ist, hält er eine feierliche Rede. Du kannst schon mal dein Taschentuch zücken.«

»Meine Lieben«, begann Pessach und hob das Weinglas für den Segen. »schon wieder ist eine Woche ins Land gegangen und wir sind glücklich, uns hier wie eine große, herzliche Familie zusammenzufinden und die Königin Schabbat willkommen zu heißen.«

»Amen«, flüsterte Schelli und Tamar stieß sie mit dem Knie an, damit sie mit dem Unfug aufhörte.

»Auch diese Woche hat jeder von uns seine Arbeit verrichtet, hat sich angestrengt und sein Bestes gegeben und seine Schabbatruhe ehrlich verdient.« Tamar sah Pessach an und er kam ihr schon wieder verändert vor. Wie von einem pädagogischen Heiligenschein umgeben, geradezu nobel. »Die älteren Bewohner kennen bereits das Motto, von dem ich überzeugt bin, nämlich dass Kunst maximal zwanzig Prozent Talent und achtzig Prozent harte Arbeit ist.«

»Und fünfzig Prozent Profit«, flüsterte Schelli und jemand zu ihrer Rechten prustete vor Lachen. Pessach warf ihr einen düsteren, tadelnden Blick zu.

»Und ich möchte nochmals wiederholen, wie stolz und glücklich ich bin, euer Mäzen zu sein. Ich weiß, dass es unter uns ein paar Freunde gibt, die momentan schwere Zeiten durchmachen, und bei uns mischt man sich bekanntlich nicht in fremde Angelegenheiten ein und respektiert die Privatsphäre. Und dennoch, als eurem Begleiter und Lehrer erlaubt mir die Bemerkung, dass jeder hier ein Profi ist, der seine Arbeit erstklassig erledigt, und dass wir stets die goldene Regel vor Augen haben: the show must go on, ob einem eine Laus über die Leber gelaufen ist oder ob man ganz im Arsch ist, Hauptsache, das Publikum merkt es nicht.«

»Jetzt kommt Rubinstein und dann ist Schluss«, zischte Schelli ihr aus dem Mundwinkel zu.

»Und wie ein großer Künstler, Arthur Rubinstein, einmal sagte –«

»Gelobt sei sein Name«, fuhr Schelli fort und ein paar Stimmen antworteten mit einem geflüsterten »Amen«.

»Schließlich ist die Kunst der Glücksfaktor Nummer eins des Menschen!«, zitierte Pessach. »Und ihr wisst, meine Lieben, dass jeder von euch in meinen Augen das Zeug hat, einmal ein Rubinstein zu werden. Adina, meine Ehefrau, kann bezeugen, dass ich ihr jeden Morgen und Abend sage –«, seine Frau mit dem gelöschten Gesicht nickte schon voreilig energisch, »– dass es sich vielleicht eines schönen Tages herausstellen wird, dass einer unserer Heimbewohner der Rubinstein des 21. Jahrhunderts wird!« Ein paar Anwesende applaudierten und grölten Beifall, Pessach brachte sie mit einer Handbewegung zum Schweigen. »Und ich bin mir sicher, dass er sich dann daran erinnern wird, dass er die gesunden, wichtigen Fundamente, nämlich wie man auftritt, wie man ein Publikum begeistert und wie man um jeden Preis, um jeden Preis, Professionalität bewahrt, hier gelernt hat, in unserer bescheidenen, familiären Künstlervereinigung. Schabbat Schalom und Prosit!«

»Und auf den Ruhm des Staates Israel!«, fasste Schelli zusammen und atmete erleichtert auf.

Pessach trank sein Glas aus, wobei sein Adamsapfel auf und ab ging. Ein paar Jugendliche klatschten übertrieben und prosteten ihm zu.

»Was für ein Schmalzdackel«, flüsterte Schelli Tamar zu. »Ich kann ihn nicht mehr sehen. Letzte Woche war ich in seiner Wohnung, um die Hefezöpfe für den Schabbat abzuholen. Er hat mir voller Stolz sein Zimmer gezeigt. Du kannst es dir nicht vorstellen, Tami, die Bude eines Teenies aus den Siebzigern. Ein Riesenposter von Jimi Hendrix klebt über die halbe Wand. Nichts fehlt, nicht der Totenkopf aus Plastik mit roten Lichtern in den Augen und auch nicht die lange getrocknete Distel in einer Patronenhülse. Alles erste Sahne. Und erst seine Bilder, die Ringerpokale und die alte Klampfe, die er sicher der Armeekapelle geklaut hat ...«

»Und nun«, sagte Pessach, nachdem er sein verschwitztes Gesicht mit einem frisch gebügelten Taschentuch abgetupft hatte, »gehen wir zum lustigen Teil über. Du da, die Neue, Tamar –«

Sie erstarrte wie ein Hase im Scheinwerferlicht. Was wollte er von ihr? Seit er sie vor ein paar Tagen in seinem Büro erwischt hatte, hatte er sie unaufhörlich mit seinen argwöhnischen Blicken verfolgt.

»Sing uns was vor! Die Leute hier haben dich noch nicht gehört.«

Sie machte sich klein, lief rot an, zuckte die Achseln. Es war ihr klar, dass er ihr eine Falle stellen wollte, dass er eine List anwandte, um ihr geheimes Vorhaben aufzudecken. Ein paar Jungs begannen »Ta-mar! Ta-mar!« zu rufen und in die Hände zu klatschen. Die Schlangenfrau mit dem bösen Gesicht zischte feindselig: »Lasst diese hochmütige Gans doch in Ruhe. Sie ist sich zu fein dazu, uns etwas vorzusingen.« Tamar war wie versteinert. Sie brachte keine Antwort über die Lippen. Sie wusste, dass sie nicht beliebt war und man sie für hochnäsig und unnahbar hielt. Trotzdem schockierte es sie, den Hass im Gesicht des Mädchens zu sehen. Schelli kam ihr sofort zu Hilfe: »Was fällt dir ein, du Gummischlange?!«, krakeelte sie zurück und ihre Stimme wurde plump und grob. »Hast du vergessen, wie du dich aufgeführt hast, als du hergekommen bist? Hast du etwa nicht zwei Monate lang schwachsinnig in der Ecke gekauert und dein stinkendes Maul nicht aufgekriegt?«

Die Schlangenfrau zog sich zurück und sagte kein Wort mehr. Sie zuckte lediglich noch ein paar Mal erschrocken mit den Lidern. Tamar sah Schelli dankbar an, aber irgendwie deprimierte sie deren Grobheit noch mehr.

Pessach hob seinen langen Arm und beruhigte alle mit einem Schmunzeln. Er streckte die Beine aus, legte den Arm um seine Frau, die unter der schweren Last beinahe zermatscht wurde, und sagte: »Was soll das denn? Sind wir nicht alle eine Familie? Sing etwas, damit wir dich ein wenig besser kennen lernen!« Und seine kleinen Raubtieraugen observierten sie listig und ausgiebig, als wüsste er schon etwas über sie.

»Gut«, sagte sie und stand auf, tunlichst darauf bedacht, ihn nicht anzusehen.

»Sing uns was von Beethoven vor«, rief irgendeine Stimme und ein paar Leute johlten.

»Ich werde ›Starry, starry night‹ singen«, sagte Tamar leise. »Es ist ein Lied über Vincent van Gogh.«

»Was haben wir bloß verbrochen?«, flüsterte der abtrünnige Orthodoxe zur allgemeinen Belustigung.

»Psst!« sagte Pessach voll überschwappender Freundlichkeit »Lasst die Kleine singen!«

Es fiel ihr schwer, war beinahe unerträglich. Den Kassettenrekorder mit der Begleitung (von Schaj) hatte sie nicht dabei und unter Pessachs Blick fühlte sie sich splitternackt. Um sie herum wurde gekichert und gefeixt und Tamar sah ein paar, die ihre Gesichter in den Händen vergruben und deren Schultern vor Lachen bebten. (So war es immer, wenn sie anfing, wenn sie zu ihrer Singstimme überging, die so anders war als ihre Sprechstimme.) Aber schon im nächsten Augenblick überwand sie sich, wurde vollkommen ruhig, wurde rein.

Sie sang für einen einzigen Menschen, der sie schon lange nicht mehr singen gehört hatte. Der ihren Gesang amateurhaft und zaghaft in Erinnerung hatte, eine Stimme, die sich noch nicht entschieden hatte, was sie sein wollte.

Während sie sang, sah sie ihn kein einziges Mal an, aber es war auch nicht nötig, um zu wissen, dass er da war und ihr mit jeder Zelle seines gepeinigten Körpers zuhörte. Sie sang von van Gogh, für den diese Welt nicht geschaffen war, doch sie erzählte Schaj mit ihrer reichen Stimmfarbe, mit ihren zarten Tupfen, was sie in der letzten Zeit durchlebt hatte; sie sang von ihrem Erwachsenwerden, das er verpasst hatte, und davon, was sie gelernt hatte, seit er verschwunden war, von anderen und von sich selbst. Schicht für Schicht schälte sie die raue Haut der Enttäuschungen und Ernüchterungen von sich ab und kam zu der Stelle, an der es nichts mehr zu schälen gab, zu ihrem bloßen Kern. Und von dort sang sie ihm die letzten Töne vor.

Die ganze Zeit sah er sie nicht an. Er saß da, den Kopf auf eine Hand gestützt, die Augen geschlossen und das Gesicht in einem offenbar unerträglichen Schmerz verzogen.

Als sie fertig war, herrschte Stille. Ihre Stimme schwebte noch einen Augenblick im Raum und zuckte wie ein lebendiges Wesen. Pessach sah sich um und war drauf und dran zu meckern, weil der Applaus ausblieb, aber selbst er hatte etwas begriffen und schwieg.

»Mann, sing weiter!«, bat Schelli leise.

Andere stimmten ihr zu.

Schaj stand auf. Tamar erschrak und war enttäuscht. Er geht. Warum geht er? Pessachs Augen blitzten auf und er bewegte eine Augenbraue in Richtung Miko, der hinter Schaj hereilte. Schaj zog müde die Beine nach und schlurfte an ihr vorbei, ohne sie anzusehen.

Sie hatte keine Lust weiterzusingen. Aber wenn sie jetzt aufhörte, würde Pessach vielleicht einen Zusammenhang zu Schajs Aufbruch herstellen. Sie hatte den Eindruck, dass er ihre Reaktion mit einem besonders durchdringenden Blick verfolgte. Sie streckte sich ein wenig. Was hatte er gesagt? Selbst wenn du ganz im Arsch bist – the show must go on.

Dann sang sie »You've got a friend«. Jetzt kicherte keiner mehr. Alle saßen aufrecht da und sahen sie an. Pessach kaute nachdenklich an dem Zahnstocher in seinem Mundwinkel und ließ ebenfalls kein Auge von ihr. »You just call out my name«, sang sie, »and you know, wherever I am I'll come running …« Ihr Schmerz floss aus jedem Wort, denn ihre eigenen Freunde waren ihr nicht zu Hilfe geeilt. Sie hatten ihr nur mit verhaltener Freundlichkeit gewunken und waren nach Italien geflogen. »Close your eyes and think of me and soon I will be there«, sang sie, »to brighten up even your darkest nights«, beweinte sie sich selbst, ihre verlorene Lebensfreude, und sie war so sehr in sich vertieft, dass sie nicht bemerkte, wie der ganze Raum sich ihr zu Füßen legte: Für einen Moment war der Alltagsstaub wie weggeblasen, fiel die Grobheit der Straßen, in denen sie Tag für Tag standen, von ihnen ab, die schwachsinnigen, unbedarften Bemerkungen der Passanten, die Gleichgültigkeit, das Unverständnis und die Erniedrigung, die in der mechanischen Routine von Drei-Liedern-und-es-geht-weiter lag oder von Drei-Fackeln-und-ab-in-den-Subaru. Etwas an Tamars Konzentration und Innensicht erinnerte sie an etwas, was sie hier schon um ein Haar vergessen hatten: dass sie trotz der vorübergehenden kümmerlichen Umstände ihres gegenwärtigen Lebens Künstler waren. Diese Erkenntnis strömte nun aus jeder Pore Tamars zu ihnen zurück und verlieh ihrer schwierigen Situation irgendeine neue tröstliche Dimension. Neben der Angst, die in jedem von ihnen nistete – dass ihr Leben vielleicht ein schrecklicher, irreparabler Fehler war –, zeigte sie ihnen auch die Flucht von zu Hause in einem neuen Licht, die Einsamkeit und ihre ständige Außenseiterrolle, immer und überall, und die Extreme ihrer Charaktere, die jeden von ihnen hierher gebracht hatten; mit einem Mal schienen die Dinge sich zu verbinden.

Als sie fertig war, schlug sie die Augen auf und sah, dass Schaj zurückgekommen war. Er lehnte sich gegen den Türrahmen und sah sie an. Er hatte seine Gitarre dabei.

Was sollte sie jetzt tun? Sich setzen oder weitersingen und ihn spielen lassen? Sie fühlte, wie die neue Erregung ihrer Mitbewohner um sie herum hohe Flammen schlug. Schelli flüsterte jemandem zu, dass Schaj noch nie für sie gespielt hatte. »Der ist doch noch nie auf die Idee gekommen, seine Zeit mit uns zu verplempern.« Und Pessach sagte, was sie gehofft und auch befürchtet hatte. »Vielleicht könnt ihr ja zusammen auftreten?«

311

Es war eine Gelegenheit, die sie nicht verpassen durfte. Und doch war es auch der Moment, in dem die ganze Sache auffliegen konnte. Sie wandte sich an Schaj und betete, dass ihre Stimme sie nicht verriet:»Was ... was soll ich singen?« Wahrhaftig, sie hatte mit ihm gesprochen, und das vor aller Augen! Er setzte sich. Hob den müden Kopf von der Gitarre.»Was du willst. Ich begleite dich.« Begleitest du jedes Stück von mir? Begleitest du mich bei allem, was ich vorhabe? Schaffst du das?

»Kannst du ›Imagine‹ von John Lennon?«, fragte sie und sah ein Lächeln in seinen Augen. Ein leichter Wellenschlag in grauen, vergessenen Seen.

Er schlug die Saiten an, stimmte sie. Mit geneigtem Kopf und dem leichten traumwandlerischen Lächeln, das in einem Winkel seines Mundes schwebte. Als höre er die Töne wie kein anderer.

Für einen Moment vergaß sie sich. Er warf ihr nur einen kurzen Blick zu und begann zu spielen. Tamar räusperte sich. Entschuldigung. Sie ist noch nicht bereit. Das Zusammensein mit ihm überwältigte sie. Sie starrte ihn an: ihn, mit allem, was sie über ihn wusste. Den Jungen, der ohne Haut geboren wurde, mit seiner liebevollen Art und dem irren Humor, mit seiner Angst zu ersticken, wo immer er sich befand, in jedem denkbaren Rahmen, manchmal war er sich selbst der Rahmen, aus dem es wild und brutal auszubrechen galt; und mit seiner herzerweichenden Zärtlichkeit ihr gegenüber und der unvermittelten gewalttätigen Aggressivität gegen jeden, auch gegen sie. Und der unerträglichen Arroganz, die er in den letzten Jahren in sich züchtete, wie die Schuppen eines Panzers auf der nicht vorhandenen Haut. Und seine ständige Angespanntheit, das ewige Vibrieren der Seelensaiten, das sie hie und da wahrnahm wie ein kontinuierliches Summen, das aus ihm drang.

Er hob ungläubig den Kopf zu ihr. Wo bist du? Was ist los? Sie träumte noch immer: Unter dem argwöhnischen Blick Pessachs träumte sie. Schaj überwand seine Schwäche für einen Augenblick und kam ihr, seiner kleinen Schwester, zu Hilfe. Er rief sie mit dem Geheimcode, seine Augen flackerten den Kosenamen, der nur ihm und ihr gehörte, und ihr Herz sprang ihm durch die Latzhose zu.

Wieder spielte er die ersten Akkorde, öffnete ihr die Tür, lud sie ein, sich ihm anzuschließen. Sie begann leise, fast stimmlos; ein dünner Klangfaden, der sich in seine Melodie stickte. Als ob ihre Stimme nur noch eine Saite seiner Gitarre zwischen seinen Fingern war. Sie musste Acht geben, dass man nicht sah, wie sich ihr Gesicht veränderte. Aber sie wollte nicht vorsichtig sein. Im Grunde konnte sie es nicht. Er spielte und sie sang für ihn und in ihrem Innern schmolzen immer mehr Eisbrocken, brachen und fielen in das erfrorene Meer zwischen ihnen, die Dinge, die ihm und ihr passiert waren, die Welt, die über beiden zusammengebrochen war, alles, was sie noch vor sich hatten, wenn sie es nur wagten, wenn sie nur an die Möglichkeit glaubten.

Als sie verstummten, herrschte atemlose Stille. Dann brach lauter Applaus los. Sie schloss für einen Moment die Augen. Schaj hob den Kopf, sah sich erstaunt um, als habe er vergessen, dass es dort noch jemanden außer ihnen beiden gab. Er lächelte knapp und verschämt, ein Grübchen vertiefte sich in seiner Wange. Er und Tamar waren darauf bedacht, einander nicht anzusehen.

Pessach, ein wenig verwirrt und einer Sache misstrauend, von der er nicht wusste, was es war, und dennoch verzaubert von dem, was er erlebt hatte, lachte: »Jetzt mal ehrlich, wie viele Jahre habt ihr zusammen geprobt?!«

Alle lachten.

Schelli sagte: »Ihr beide seid eine andere Klasse. Ihr solltet richtige Konzerte geben.«

Und in die peinliche Stille rief Pessach zu laut, als wolle er die Schuld, dass er die Jungen und Mädchen auf den Straßen auftreten ließ, von sich abschütteln: »Los, noch eins!«

Und Tamar dachte: Nur nicht »Yesterday«.

Schaj sah sie nicht an. Er stimmte eine Saite und bewegte den Kopf, wie um eine Strähne von seinem rechten Auge zu schütteln, doch sein Haar war nicht mehr, was es einmal war, allein die Geste war geblieben, charmant und anmutig, und dann fragte er die Luft: »Kannst du ›Yesterday‹?«

Er beugte den Kopf über die Gitarre und schlug die Saiten an. Wie lang seine Finger waren. Sie hatte immer gedacht, dass er einen zusätzlichen Knochen in jedem Finger haben musste. Sie holte tief Luft. Wie sollte sie dieses Lied singen, ohne dass ihr die Tränen kamen?

»Yesterday, all my troubles seemed so far away...«

Die andern saßen still da, ernst und in Gedanken verloren. Als das Lied beendet war, flüsterte ein Mädchen: »So schön hab ich es noch nie gehört.«

Schelli stand auf und nahm Tamar in den Arm und Tamar schmiegte sich an sie. Beinahe einen Monat lang hatte niemand sie mehr so berührt, nicht mehr, seit Lea sie in der Gasse umarmt hatte. Mit ihrer ganzen Seele presste sie sich gegen die Freundin, schlug die Arme um sie, wie sie sie nicht um ihren Bruder, den nahen, den unerreichbaren, schlingen durfte.

Schelli wischte sich über die Augen und sagte: »Ist mir echt peinlich. Mensch, ich heul Rotz und Wasser!« Und das Mädchen mit der roten Mütze und dem pickligen Gesicht, die Cellistin, sagte: »Ihr solltet damit auftreten. Selbst wenn es nur auf der Straße ist, was meinst du, Pessach?«

Tamar und Schaj sahen einander nicht an.

Pessach erwiderte: »Vielleicht gar keine so schlechte Idee, oder, Adina?« Er wandte sich an seine Frau und die älteren Heimbewohner wussten bereits, dass sie mit einer nichts sagenden Geste die Achseln zucken und erschrocken lächeln würde und dass Pessach eigentlich schon seine Entscheidung getroffen hatte.

Tatsächlich zog er das rote Notizbuch aus seiner Tasche und blätterte darin. Hoffentlich, flehte Tamar innerlich. Hoffentlich ist er einverstanden, hoffentlich ist er einverstanden!

»Nächsten Donnerstag«, sagte Pessach und korrigierte etwas in seinem Buch, »gäbe es eine Gelegenheit. Ihr seid beide in Jerusalem ... Wir könnten es mal versuchen, warum nicht? Ihr könntet auf dem Zionplatz auftreten.«

Tamars Arme versteiften sich zu beiden Seiten ihres Körpers. Sie versuchte, durch das breite, pummelige Lächeln Pessachs zu dringen. Sie hatte Angst, dass er ihr eine Falle stellte. Dass er sich erhoffte, dass dort, bei einer gemeinsamen Darbietung, die Wahrheit über Tamar ans Tageslicht käme. Schaj zeigte keine Reaktion, als hätte er nicht zugehört. Tamar sah, dass ihm das Spielen die letzten Tropfen an Lebendigkeit abverlangt hatte.

»Aber nur, wenn ihr beide dort euer Bestes gebt!«, sagte Pessach frohlockend. »Genau wie eben, ja?«

Ein paar Leute grölten Beifall. Schaj stand auf. Er war so dünn, dass er jeden Moment umzufallen drohte. Nur mit großer Anstrengung konnte er die Gitarre tragen. Tamar bewegte sich nicht. Die andern sahen sie an, als erwarteten sie, dass sie ihn begleitete. Es war beinahe zwingend, dass sie gemeinsam den Saal verließen. Doch sie blieb stocksteif stehen. Schaj ging und Miko folgte ihm auf seinen leisen Tigerpfoten. Jemand schaltete das Radio an. Der Raum erbebte von Jungle-Music. Ein Junge mit einem roten Seeräuberkopftuch knipste das Licht aus und an. Pessach stand auf und reichte seiner Frau die Hand: »Komm, Schätzchen, jetzt ist die Jugend dran.« Er erteilte zwei der älteren Jungs ein paar Anweisungen, tuschelte kurz mit Schischko und ging.

Einige Paare begannen zu tanzen. Das Mädchen mit der roten Mütze stand auf, schlang die Arme um sich selbst und wiegte sich zur Musik. Noch nie hatte sie so frei gewirkt. Tamar sah ihr zu und dachte, dass sie sie gerne kennen lernen würde; sie sah klug und gütig aus und passte so gar nicht auf die Straße, sogar noch weniger als Tamar selbst. Schelli tanzte schon mit einem ihrer hartnäckigen Verehrer, dem langen Typ mit dem Affengesicht, der die Säge spielte. Sie streckte ihren braunen Arm Tamar entgegen und schrie, sie solle kommen, sie würden zu dritt tanzen. Tamar sah sie an und für den Bruchteil einer Sekunde fiel ihr ein anderes Dreiergespann ein. Seltsam, dass sie schon zwei Wochen lang nicht mehr daran gedacht hatte. Sie schüttelte den Kopf, lächelte falsch. Sie hatten nie zu dritt getanzt, denn Idan hasste es zu tanzen, wahrscheinlich konnte er es gar nicht. Überhaupt, sie hatten einander nie berührt, als sie noch zu dritt waren. Wenigstens hatte sie das gedacht. Nicht einmal eine Umarmung, auch nicht vor Freude. Es bestand eine stillschweigende Übereinkunft, damit keine der beiden Freundinnen gegenüber Idan im Nachteil war. Wer weiß, vielleicht übernachteten sie nun schon seit zwei Wochen in Zimmern-mit-herrlicher-Aussicht. Jetzt stieg es wieder in ihr hoch, lebendig und ätzend. Sie schenkte sich ein Glas Sprite ein und trank es in einem Zug aus, um das Brennen zu löschen, das sich jäh in ihr entzündet hatte. Es half nicht. Sie hatte wieder die letzten Wochen, die sie mit den beiden verbracht hatte, vor Augen: Während ihr immer klarer wurde, dass sie wegen Schaj in Israel bleiben musste, waren die andern in ihre Reisevorbereitungen vertieft. Sie machte ihre ersten Schritte in die neue, fremde Welt, trieb sich an Orten herum, an denen sie eine Chance sah, ihn zu finden, führte Gespräche mit fremden Männern in öffentlichen Parkanlagen, mit Backgammon- und Billardspielern und Türstehern in Clubs, ohne Idan und Adi. Es war merkwürdig: Sie ging weiter fünf Nachmittage die Woche zur Chorprobe, der ganze Chor war schon von Reisefieber erfasst, und die Drohungen der Chorleiterin Scharona wurden zunehmend nervöser und alle lernten italienische Sätze auswendig, aus dem »Italienisch für Touristen«, das man ihnen gegeben hatte, denn dass sie die Arien des Cherubin und der Barbarina singen konnten, würde ihnen in den Restaurants und auf den Märkten kaum weiterhelfen; sie selbst arbeitete weiterhin ununterbrochen an ihrem geliebten Solo und beantragte einen Reisepass, studierte Reiseführer und lernte fleißig: »Dove si comprano i billeti?«, aber im Grunde war sie schon meilenweit von ihnen entfernt. Scharona war die Erste, die bemerkte, dass Tamar gar nicht anwesend war. »Wo bist du denn mit deinen Gedanken und wo ist, verdammt noch mal, dein Zwerchfell? Du vergisst, von unten zu stützen! Wie soll man dich auf dem sechsten Rang hören?!« Wenn sie nach den Proben durch die Fußgängerzone gingen, versuchte sie ihnen zu erzählen, wo sie an den letzten Abenden gewesen war und mit wem sie gesprochen hatte, ihr würdet es nicht glauben, welche Menschen hundert Meter von hier herumschleichen, was für Gestalten, hatte sie gesagt und noch immer die Stimme und Sprache ihres Dreiergespanns benutzt, das heißt die Sprache Idans, aber sie war schon im Begriff zu verstehen, dass diese leichten Spottböen gegenüber jedem, der anders war als sie, langsam die Richtung zu änderten und sich gegen sie selbst zu richten begannen. Als wäre sie kontaminiert oder als brächte sie einen unangenehmen Geruch in das gemeinsame Haus; und dann kam der Tag, nachdem sie bei den Russen in Lifta gewesen war und diesen jungen Sergej gesehen hatte, mit dem kindlichen Gesicht und dem zerbrechlichen Körper, und ein so großes Bedürfnis empfand, mit jemandem zu sprechen, ihre Trauer über das Erlebte mit jemandem zu teilen; aber Idan unterbrach sie und meinte, es falle ihm schwer, gleichzeitig Italienisch und die Drogensprache zu lernen, und Adi kicherte und stimmte ihm zu: »In der letzten Zeit benutzt du ein paar neue Vokabeln, die schwer verständlich sind.« Und sie hatte das goldene Vlies auf ihrem Kopf geschüttelt und Tamar hatte augenblicklich begriffen, dass sie gar nicht mehr zu ihnen gehörte und dass sie sie um etwas bat, was sie ihr nicht geben konnten oder wollten. Sie wurde still, ging schweigend und niedergeschlagen neben ihnen her und das Gespräch der beiden entfachte sofort wieder, ohne sie, als ob es lediglich von einer kleinen Böe gestört worden wäre. Sie ging tapfer weiter, lächelte weiter über ihre Witze, während eine scharfe, kühle Schere ihre Konturen ausschnitt und sie aus dem Bild entfernte.

Der Speisesaal leerte sich und der Hof füllte sich mit Tanzenden. Die Musik erfasste alle. Leichte Graswölkchen schwebten in der Luft. Der Kerl mit dem langen Zopf, in den bunte Bänder geflochten waren, spielte Gitarre und in allen Ecken des Hofes begannen Heimbewohner mitzusingen.

»As soon as you're born they make you feel small«, sang er mit tiefer, heiserer Stimme und sie summten leise mit: »by giving you no time instead of this all«. Sie hoben die Arme, wiegten sich und sangen: »till the pain is so big you feel nothing at all«.

Tamar stand am Fenster des halb geleerten Speisesaals und sah nach draußen.

»... they hurt you at home and they hit you at school,
they hate you if your're clever and they despise a fool
till you're so fuckin' crazy you can't follow their rules ...«

Auf einmal stieg es aus allen Ecken des Hofs und der Tanzfläche. Immer wieder »a working class hero is something to be«, wie ein Gebet, wie ein verzweifeltes Gebet, und schließlich summte auch Tamar mit, grölte mit den andern, und währenddessen verkehrte sich das Bild und Tamar fühlte plötzlich, wie Recht sie hatten, wie ehrlich sie zu sich selbst waren, wie sie es wagten, sich aufzulehnen, gegen die Konventionen zu leben, ihren Schrei lauthals herauszubrüllen.

Und was bin ich im Vergleich zu ihnen?, dachte Tamar. Ein braves, zahmes Mädchen, mit einem Bein hier und einem Bein dort. Wie mutig sie sich weigerten, Teil des zynischen, heuchlerischen Spiels der Welt zu sein, der Leistungsgesellschaft und des Gesetzes des Stärkeren ... Für einen Moment beneidete sie sie – um die Freiheit, den Mut, alle Spielregeln zu brechen, die Verzweiflung bis zum bitteren Ende auszuleben und die Sicherheit eines Elternhauses, der Familie aufzugeben, die sich ohnehin als große Illusion herausstellte, eine andere Form von Angst stillenden Tranquilizern …

Als sie im Begriff war, den Speisesaal zu verlassen und auf ihr Zimmer zu gehen, stellten sich ihr ein paar Mitbewohner in den Weg. Sie tänzelten spaßeshalber vor ihr, fielen vor ihr auf die Knie und baten sie zu bleiben. Ein kleiner lockiger Typ, einer der drei Jongleure, flehte sie an: »Beim Leben meiner Mutter, ich hab dich bisher gar nicht gesehen. Ich wusste nicht einmal, dass es dich gibt.« Er hatte ein hübsches Gesicht und eine piepsige Stimme, wie die von Steve Erkel. »Aber als du gesungen hast, habe ich mich sofort in dich verliebt! Bleib noch, schenk uns deine Zeit, verrate uns, wer du bist.«

Tamar lachte: nein.

Der Straßendichter kam und kniete vor ihr nieder:

»Tamar, Tamar / heute Nacht bist du der Star, / Tamar, / du bist so wunderbar, / für dich mach ich mich gern zum Narr. / Warum nur machst du dich so rar? / Tamar, Tamar, / bleib und wir werden ein Paar …«

Sie lachte: nein.

Zwei Mädchen tauchten vor ihr auf. Hübsch, braun gebrannt, geheimnisvoll. Die Zwillinge, die Gedanken lesen konnten: »Hast du was dagegen, dich mal kurz zwischen uns zu stellen? Gib uns einen Augenblick die Hand, beiden gleichzeitig … Nur einen Moment. Warum denn nicht?«

Sie erschrak. Das hatte ihr gerade noch gefehlt. Sie lächelte verkniffen. Die ganze Gruppe stand nun um sie herum, redete auf sie ein, machte ihr Zeichen. Tamar schob sie beiseite und ging hinaus. Sie wollte allein sein.

Schelli kam nach zwei Stunden zurück ins Zimmer. Sie war aufgekratzt und roch nach Qualm. Vielleicht war sie betrunken. Sie polterte zur Tür herein, und als es ihr nicht gelingen wollte, das Kleid auszuziehen, weckte sie Tamar, die ihr die Ösen am

Rücken öffnen sollte. Sie entschuldigte sich. Erzählte, dass sie Papers geleckt hatte. Tamar, die noch ganz verschlafen war, fragte zaghaft, was sie damit meine. Schelli prustete los: »Du bist schon einen Monat hier und verstehst es immer noch nicht?«

Weder Italienisch noch die Drogensprache.

»Papers mit LSD. Übrigens, du und dieser Typ, dieser Schaj …?«

»Was ist mit ihm?« Sofort war Tamar hellwach.

»Was springst du da gleich auf? Zwischen euch läuft doch was!«

»Zwischen uns?«

»Komm schon! Geile Blicke. Die ganze Zeit. Meinst du, ich seh so was nicht? Zusammen seid ihr völlig abgehoben. Du fummelst dir im Gesicht rum und er sich in seinem … Ein richtiges Tänzchen führt ihr da auf! Und heute Abend. Wie du mit ihm gesungen hast.«

»Ich kenn ihn ja gar nicht«, sagte Tamar mit übertriebener Entschlossenheit.

»Aber vielleicht kennt ihr euch aus einem früheren Leben? Ich glaub ja an so was.«

»Mag sein«, sagte Tamar.

»Hast du sein geiles Grübchen gesehen?«, eiferte sich Schelli. »Er ist sicher schon ein Jahr hier und ich hab es heute zum ersten Mal entdeckt.«

»Ja«, flüsterte Tamar. »Er ist süß.«

»Verknall dich bloß nicht in ihn. Denk dran, der Typ ist fertig. Der ist immer high. Der lebt kaum noch.«

Tamar goss Beton um die vibrierenden Saiten ihrer Stimme: »Wieso wird er eigentlich so scharf bewacht? Warum geht immer einer von ihnen mit ihm? Es wird doch sonst keiner hier so kontrolliert?«

Schelli saß in Unterhose auf dem Bett. Wie immer juckte ihre Nacktheit sie kein bisschen. Sie ging mit ihrem knochigen Körper genauso leicht und selbstverständlich um wie mit jedem Fremden. Sie lachte: »Du bist mir eine! Wenn man dich sieht, denkt man, du bist total weltfremd. Und am Ende zeigt es sich, dass du auf jeden Pieps achtest ... Die Bulldogen folgen ihm, weil er mal die Flatter machen wollte.«

»Die Flatter machen wollte? Was heißt das? Ich dachte, wer gehen will, der geht ... Oder?«

Schelli schwieg. Sie kratzte ein wenig lila Nagellack von einem Zeh.

»Schelli!«

Stille.

»Schelli, komm schon. Sag was!«

»Sieh mal«, seufzte Schelli schließlich. »Wer mittelmäßig ist, ich mein auf der Straße, den lässt Pessach sausen. Natürlich erst, wenn er ihm alle Schulden zurückgezahlt hat.«

»Schulden?« Tamar spannte sich. Sie erinnerte sich daran, dass Schaj am Telefon etwas über Geld, das er schulde, gesagt hatte.

»Er hat diese Rechnungen. Sie stehen in dem schwarzen Notizbuch. Da hat er aufgeschrieben, was wir ihm schuldig sind für die Bude, den Fraß und sogar für den Strom. Wenn du Scheiße bist und raus willst, zahlst du ihm die Schulden zurück, du haust deine Eltern an, denen du durchgebrannt bist, dass sie für dich zahlen, pumpst Freunde an, beklaust alte Weiber auf der Straße, kleine Kinder, bis du ihm Kopeke für Kopeke zurückgezahlt hast. Dann lässt er dich laufen.« Sie zündete sich eine Zigarette an und atmete tief ein. »Wenn du allerdings was wert bist, kommst du so schnell nicht mehr weg. Denn Pessach hat so hohe Rechnungen, dass dich nicht mal ein Anwalt rausholen kann. Bis ans Ende der Welt jagt er dir hinterher. Es gab da schon ein paar Geschichten.«

Der Junge mit dem irren Blick, dachte Tamar. Die Höcker auf seinen Fingergelenken. »Und der Typ mit der Gitarre, dieser Schaj ist nicht schlecht, was?«

»Kommst du mir schon wieder mit ›dem Typ mit der Gitarre‹!« Schelli blinzelte, dann sah sie Tamars Gesicht und wurde sofort ernst. »Er ist der Beste. Der ist echt was wert.

Sogar in seiner Verfassung ist er top. Du hast ihn ja gehört. Aber da war mal was. Er hat versucht, Pessachs Auto zu klauen. Einen funkelnagelneuen Mitsubishi.«

»Wollte er mit dem abhauen?«

»Ich weiß nicht. Um seine Person kursieren jede Menge Gerüchte. Es heißt, dass er gegen eine Mauer gedonnert ist oder gegen einen Zaun – Totalschaden. Und jetzt sitzt er im Gulag, bis er den Wagen abbezahlt hat.« Sie stieß eine lange Rauchfahne aus: »Das schafft er in diesem Leben nicht mehr, so viel steht fest.«

Tamar starrte an die Decke. Wer weiß, was sie am Tag dieses Unfalls gemacht hatte. War es denkbar, dass sie in dem Augenblick, in dem Schaj mit dem Wagen gegen eine Mauer knallte, zum Beispiel mit Idan und Adi im »Aroma« saß und laut ihren Milkshake vom Boden des Glases schlürfte?

»Weißt du, was ich gedacht hab, als du gesungen hast?«, fragte Schelli zärtlich. »Dass bei dir alles so tief ist. Alles scheint bei dir von ganz unten zu kommen. Doch, wirklich, ich beobachte dich schon eine Zeit lang: Bei allem, was du tust oder sagst, wie du sprichst oder nicht sprichst, du bist immer hundert Prozent du selbst. Und ich? Sieh mich an! Alles Fassade. Nein, sag jetzt nichts. Sieh mal – ich mach Madonna nach, Whitney Houston, Tina Turner, immer andere, die ich selbst nicht bin.« Sie schwieg einen Moment. »Auch hier gehöre ich nicht richtig hin.« Ihre Stimme war plötzlich brüchig. »Es war mir nicht vorbestimmt, so zu enden, in diesem Loch, den Kopf zugeknallt, eine komplette Vollidiotin.« Plötzlich riss die Bruchstelle und wurde zu einem Weinen. Sie schluchzte. Tamar, die von dem schnellen Übergang zwischen Lachen und Weinen ein wenig überrollt wurde, eilte zu ihr und streichelte ihr die steifen, gefärbten Haare.

»Schelli«, flüsterte sie ihr zu und drückte sie fest. Sie redete ihr zu, wie sehr sie doch sie selbst sei. Wie großzügig und liebevoll Schelli war und wie sie ihr gleich bei ihrer Ankunft geholfen hatte. Aber Schelli wollte ihr nicht zuhören.

»Mann, was ist bloß los mit uns?« Ihre Stimme wurde trotz der Tränen und der vollen Nase wieder heiter. »Sollen wir uns mit unseren Problemen für eine Talkshow im Fernsehen melden? Also, abgemacht, du vergisst es, dich in ihn zu vergaffen. Hier gibt es Kandidaten, die tausendmal besser sind, das kannst du mir glauben. Einen Teil hab ich getestet.«

»Mach dir keine Sorgen«, sagte Tamar, »ich werde mich nicht in ihn verlieben. Ich singe nur mit ihm.«

»Klar«, lachte Schelli mit feuchten Augen, »nennt man das jetzt ›singen‹?«

»Wenn ich Kissen hätte, würde ich dich jetzt bombardieren.« Tamar wartete auf das Glockenlachen, aber es herrschte kurzes Schweigen, dann sagte Schelli mit Bedacht: »›Kissen‹ ist ein Wort wie ›Mutters Spiegelei‹. Ist aus dem Wörterbuch gestrichen.«

Sie legte sich hin und schlief ein.

Tamar fand keinen Schlaf mehr. Nicht nur wegen der Dinge, die sie über Schaj gehört hatte, auch nicht wegen der Informationen über Pessachs Rechnungssystem, gerade jener arglose Satz »Zwischen euch läuft doch was!« stach sie auf eine unerwartete Weise, rief ihr mit einem Mal alles in Erinnerung, was ihr geraubt worden war und wovon sie sich selbst verbannt hatte; ihr Herz zog sich schmerzhaft zusammen, tat ihr richtig weh – sie wünschte sich in diesem Augenblick so sehr, dass es einen auf der Welt gab, vielleicht einen Jungen, ja, einen Jungen, keine zweiundsechzig Jahre alte Nonne, auch nicht Lea, jemanden, der in ihrem Alter war, sodass man über sie beide sagen konnte: Zwischen euch läuft doch was!

»Vergiss diesen Blödmann von Idan«, sagte Lea sofort in Tamars Kopf, als hätte sie nur auf eine Gelegenheit gewartet. »Vergiss ihn einfach und basta. Er ist nicht mal das Schwarze unter deinem Fingernagel wert!« Tamar wickelte sich in die

Decke und kehrte mit Wonne zurück zu dem letzten Gespräch mit Lea über die Liebe. »Nein, unterbrich mich nicht. Ich muss es mal loswerden!«

»Du hast es schon tausendmal gesagt«, lächelte Tamar und zog die Knie an den Bauch.

»Dein Fehler ist, dass du einen Kerl suchst, der auch was mit Kunst am Hut hat, stimmt's?«

»Angenommen, es stimmt.«

»Aber wozu braucht eine wie du so eine Pfeife? Was soll diese Gülle mit der Seelenverwandtschaft? Brauchst du echt einen, der genauso durchgeknallt ist wie du? Im Gegenteil, weißt du, was du brauchst?«

»Was denn?« Tamar konnte ihr Grinsen nicht mehr unterdrücken. Sie zog die Decke über den Kopf, damit niemand sie sah.

»Du brauchst einen Typ mit einer großen Pranke«, beschloss Lea, »und weißt du auch warum?«

»Warum?« Sie wusste, dass nun ein Bild kam.

»So einen, der den Arm wie die Freiheitsstatue ohne zu zittern in die Luft strecken kann, natürlich ohne diese Eistüte in der Hand. Nur seine Hand in der Höhe und du –« Lea hob ihre eckige, raue Hand mit den abgeknabberten Fingernägeln in die Luft und flatterte wie ein kleiner Vogel damit herum, »– du wirst von weitem, überall auf der ganzen Welt diese Hand sehen und wissen, dass du dort landen und ein wenig verschnaufen kannst. Stimmt es oder etwa nicht?«

»Ach, Lea.«

Am nächsten Tag sah sie Schelli nicht und auch nicht am darauf folgenden Tag. Wegen des engen Terminkalenders der beiden war daran nichts Merkwürdiges. Aber am zweiten Abend vermisste Tamar sie plötzlich so sehr, dass sie jemanden im Speisesaal fragte, ob er Schelli gesehen hätte. Er sah sie an, als käme sie vom Mond, und fragte: »Hast du es denn noch nicht gehört?

Sie ist gestern Morgen mit der Säge abgehauen und noch nicht zurück.«

Tamar war bestürzt. Sowohl über die Tat an sich als auch darüber, dass Schelli am Vorabend ihres Vorhabens keine Andeutung gemacht hatte.

Im Lauf des Tages kamen mehrere Gerüchte auf. Man habe sie in Rishon Le-Zion gesehen. Sie saß in Kushis Kneipe auf dem Weg nach Eilat. Eine der Bulldogen, der die drei Jongleure begleitet hatte, hatte sie dort erkannt, aber sie war mit ein paar zwielichtigen Typen aus Eilat unterwegs und er hatte sich nicht getraut, sie anzusprechen. Schelli hatte sogar die Dreistigkeit besessen, auf ihn und die Jongleure zuzugehen, ein paar Gags zu reißen und Pessach und den anderen einen schönen Gruß auszurichten. Es hieß, sie sei vollkommen high gewesen. Beim Abendessen gelang es Tamar, sich neben einen der Jongleure zu setzen, dem wieder einfiel, dass er sie und Dinka ebenfalls von Schelli grüßen sollte. Tamar bat ihn eindringlich, ihr alles zu erzählen, was er gehört und gesehen hatte. »Was gibt's da groß zu erzählen?« Er zuckte die Achseln. »Schelli baut dort gerade die größte Scheiße ihres Lebens.« Tamar bettelte, er solle sich genau daran erinnern, was sie gesagt hatte. Es kam ihr auf jede Kleinigkeit an. »Was soll sie denn gesagt haben?« Der Junge kratzte sich sein borstiges Haar. »Sie meinte, sie hätte massenweise Papers geschluckt. Sie lässt da draußen die Sau raus. Treibt sich überall rum. In den Bergen, bei den Beduinen, bei den Kriminellen, schmeißt Trips, vögelt mit jedem.« – »Warum hast du ihr nicht gesagt, sie soll damit aufhören?«, stieß Tamar aus und quälte sich, dass sie sich nicht selbst eingemischt hatte, als es noch möglich war. Der Junge sah sie verächtlich an. Womit aufhören? Was denn, was ist denn los mit dir, was hab ich damit zu tun? Tamar dachte, gleich verlier ich den Verstand.

Am nächsten Morgen kam ein Streifenwagen und zwei Polizisten mit ernsten Mienen betraten Pessachs Büro, die schon nach wenigen Minuten wieder abfuhren. Pessach kam blass und verstört heraus. Niemand hatte ihn jemals so gesehen. Er schickte sie völlig verwirrt zur Arbeit. Die Bewohner des Wohnheims tuschelten und flüsterten. Schreckliche Gerüchte gingen um. Tamar gab sich Mühe, nichts zu hören. Es wurde ihr schlimmster Tag auf der Straße. Am Ende der Allenbystraße neben dem Einkaufszentrum hatte man sie ausgebuht, und zwar völlig zu Recht, und sie war tränenüberströmt weggelaufen. Als sie gegen Mitternacht zurückkam, sah sie fassungslos, dass Schellis Sachen aus dem Zimmer verschwunden waren. Ihre Bücher, die gelben Schuhe, der Rucksack. Schellis Bett war nackt und leer. Tamar ging aus dem Zimmer und lief durch die Flure, aber das ehemalige Krankenhaus war dunkel und still. Als hätte es sich schweigend zusammengerollt. Sie betrat fremde Zimmer, knipste das Licht über Augenlidern an, die sich nur noch fester vor ihr verschlossen. Keiner beschwerte sich. Keiner sagte ein Wort. Tamar blieb die ganze Nacht auf ihrem Bett sitzen, umarmte Dinka und weinte.

Am andern Morgen hörte sie es gleich um sechs Uhr früh. Und später – auf dem Weg zwischen zwei Auftritten in Ashdod – sah sie Schelli auf einem Foto von einer Zeitung lächeln. Unter dem Foto stand ein kleiner Artikel: In Eilat war Schelli einem älteren Drogenhändler in die Fänge gegangen, der sie zu einer kleinen, intimen Party in seine Strandhütte einlud. Es war schwer zu rekapitulieren, was sich dort ereignet hatte. Der Polizeioffizier wurde zitiert:»Beide Opfer waren vermutlich stark alkoholisiert oder standen unter Drogen. Bei Eintreffen des Krankenwagens waren sie nicht mehr zu retten.«

Bis zum Abend rannte sie ziellos herum. Sie dachte daran, ihren Fluchtplan aufzugeben, war überzeugt, keinen einzigen Tag länger bleiben zu können, wusste, dass sie Schaj auch nicht eine Minute länger dort lassen durfte, doch woher sollte sie die Kraft nehmen wegzulaufen und ihn mitzunehmen? Am nächsten Tag sah sie ihn nicht – das Abendessen verlief stiller als üblich und niemand erwähnte Schelli auch nur mit einem Wort – und auch nicht am Morgen des Donnerstags, dem Tag des geplanten gemeinsamen Auftritts. Die Künstler versammelten sich im Flur vor Pessachs Büro und warteten auf ihre Anweisungen. Nur Schaj war nicht da. Tamar lief mit offenkundiger Nervosität herum, absolut sicher, dass in letzter Minute etwas ihren Plan zum Scheitern bringen würde. Dass Schaj es mit der Angst zu tun bekommen und eine Ausrede erfunden hatte, um heute nicht aufzutreten, oder dass Pessach im letzten Augenblick seine Meinung geändert und den gemeinsamen Auftritt gestrichen hatte. Vielleicht hatte sich wegen Schelli auch die Hausordnung geändert oder –

Als sie kurz davor war, zu verzweifeln, sah sie seine langen Beine Schritt für Schritt die Treppe herunterkommen, den breiten Gürtel, der seine Hüfte fast zweimal umschlang, seinen dünnen, ausgemergelten Körper, Knochen für Knochen, und sie hegte keinen Zweifel mehr daran, dass er im entscheidenden Augenblick schlappmachen würde.

»Ihr zwei da, das Wunderpärchen«, rief ihnen Pessach zu, »ihr fahrt mit Miko und Schischko. Ihr gebt eine Bombenvorstellung, ist das klar?«

Sie nickten.

»Seht euch die an!«, grölte Pessach. »Schämen sich wie der Jeschiwaschüler und das Weib, mit dem er verkuppelt wurde. Seht euch ruhig an, lacht mal! Das Publikum steht auf Liebespärchen!«

Tamar beförderte ein Lächeln an die Oberfläche. Sie dachte ängstlich: zwei. Er schickt zwei mit uns. Das schaffen wir nie.

In dem Subaru saßen sie nebeneinander und starrten geradeaus. Miko und Schischko unterhielten sich laut über eine Bar Mizwa, zu der sie am Vorabend eingeladen waren.

Schaj bückte sich und streichelte Dinka. Sie leckte ununterbrochen seine Hand und sah ihn winselnd liebevoll an, drehte und wendete sich, so gut es in dem Wagen ging, und wollte ihren Kopf einmal auf seinen und einmal auf Tamars Schoß legen. Tamar hoffte, dass Dinkas Aufregung nicht die Aufmerksamkeit der beiden Aufseher erregte. Schajs Fuß bewegte sich leicht und berührte ihren Fuß. Ein Stromstoß durchfuhr sie. Vorsichtig öffnete sie die Hand. Hoffte, dass der Angstschweiß die Buchstaben nicht verwischt hatte. Schaj bemerkte die Hand, die vor ihm aufging, nicht. Schischko sagte:»Ich hab am liebsten ein Büfett. Jeder nimmt sich, was er will, und es kommt kein Kellner und knallt einem irgendeinen Mist auf den Tisch, da ist der Reis, da sind die Pommes.« Tamar öffnete und schloss die Hand immer wieder, bis Schaj verstand, dass etwas auf der Handfläche geschrieben stand. Sie sah, wie er sich anstrengte. Sie bekam es mit der Angst zu tun. Vielleicht hatte sie zu klein geschrieben? Sie hob, so weit es ging, hinter der Lehne des Vordersitzes die Hand. Schaj las:»Heimatkunde, dritte Strophe, lauf mir hinterher.«

Tamar sah aus dem Fenster. Draußen war die Yafo-Straße, bunt zusammengewürfelt, völlig verwahrlost und in ihrer Armseligkeit irgendwie rührend. Sie befeuchtete ihren Finger mit Speichel und wischte die Tinte ab. Schaj starrte aus dem Wagenfenster. Sie konnte seine Angst sehen, ja förmlich riechen. Sein Adamsapfel hüpfte ununterbrochen auf und ab. Er öffnete und schloss den obersten Knopf seines Hemdes, knöpfte ihn wieder auf. Auf einmal hörte sie das Summen in seinem Innern. In ihrem früheren Leben konnte sie Schaj nach diesem Summen in der Wohnung ausmachen. Bisweilen dauerte es Tage an und brachte jeden im Haus schier um den Verstand, bis es sich schließlich in Form einer neuen, herrlichen Melodie entlud oder in einem neuen Lied, das er schrieb, oder aber in einem Zornes- und Panikausbruch. Sein langer dünner Körper warf sich dann auf den Boden, gegen den er Kopf, Arme und Beine schlug. Und nur sie war in der Lage, ihn zu beruhigen, indem sie ihn in den Arm nahm und ihm gut zuredete.

Sie kamen zum Zionplatz und fuhren noch ein Stück weiter bis zur Heleni-Ha-malka-Straße. Miko zeigte ihnen, wo er parken würde und wohin sie später zurückkommen sollten. Schischko stieg aus, um das Gelände zu sondieren. Sie sah ihn, wie er in seinem katzenhaften Gang hin und her lief und sich mit der Hand durch seine Elvis-Tolle fuhr. »Alles roger«, informierte er nach einer Weile Miko per Handy. »Nur ein paar Soldatinnen und eine Hand voll Bullen, die aber bloß die Araber im Visier haben.«

»Los, an die Arbeit!«, schickte Miko sie los. »Pessach verlässt sich drauf, dass ihr heute einen großen Coup landet.«

Schaj holte die Gitarre aus dem Kofferraum. Tamar und er gingen nun nebeneinander, ihre Schulter neben seiner Brust. Dinka sprang ausgelassen vor ihnen her. Sie rannte vor, kam zurück, scharwenzelte um sie herum. Von diesem Augenblick an, Tamar wusste es genau, hatten sie drei Minuten zusammen, in denen sie frei waren, scheinbar frei waren.

Und dennoch, in der Sphäre, in der ihre Körper sich bewegten, in dem Kreis, den Dinka um sie beschrieb, waren sie tatsächlich frei und vereint. Und für einen Moment konnte man sich sogar eine gewisse Normalität vorstellen. Bruder und Schwester spazierten mit ihrem Hund durch die Stadt.

Schaj zischte aus dem Mundwinkel: »Es wird schief gehen. Sie werden uns schnappen.«

Und Tamar antwortete, ebenfalls ohne die Lippen zu bewegen: »Ungefähr in einer Viertelstunde wartet jemand in der Shamai-Straße auf uns. Eine Freundin von mir mit ihrem Wagen.«

Schaj schüttelte den Kopf: »Sie werden mich bis ans Ende der Welt verfolgen. Du hast ja keine Ahnung.«

»Ich hab einen Schlupfwinkel, wo dich keiner findet.«

»Und wie lange soll ich mich dort verstecken, etwa das ganze Leben?«

Seine Stimme wurde dünn und jämmerlich: »Am Ende findet er mich doch. Er folgt mir auf Schritt und Tritt.« Sie kannte diesen weinerlichen Ton und verabscheute ihn. Es konnte vorkommen, dass er sich am Morgen auf diese Weise beklagte, nur weil die richtigen Cornflakes ausgegangen waren oder er keine saubere Unterhose fand. »Ich schwör dir, der macht mich kalt. Du kannst es mir ruhig glauben.«

Darauf hatte sie keine Antwort. Noch ein erschreckendes Loch in ihrem Plan. Schaj bohrte weiter: »Wie kommst du dazu, dir so was total Irres auszudenken? Hältst du dich etwa für James Bond? Du bist ein Mädchen, das sechzehn ist, und das hier ist das Leben. Wach endlich auf! Hier sind wir nicht in einem Film über das Unternehmen Entebbe. Wir sind auch nicht in einem deiner Romane. Lass mich doch in Ruhe!« Er hatte nicht die Kraft, gleichzeitig zu gehen und zu sprechen, darum blieb er stehen und holte Luft. Plötzlich wurde seine Stimme weicher: »Siehst du denn nicht, in welcher Verfassung ich bin? Merkst du nicht, was mit mir los ist? Ich kann nicht ohne Stoff. Watson, das Spiel ist aus, gib mich auf.«

Sie schluckte: »Ich hab genug für die ersten Tage. Genug, um dich erst mal ruhig zu stellen, bis wir richtig loslegen.«

»Du hast – was?!«

Er warf ihr einen fassungslosen Blick zu. Seine Schultern sackten herunter, als hätte jemand ihm eine schwere Last aufgeladen. Sie liefen schweigsam noch ein paar Schritte weiter. Wieder waren sie in der Yafo-Straße. Sie gingen langsam, wie in Zeitlupe. Es blieb ihnen noch eine Minute Freiheit, mehr nicht.

»Und dieses Versteck?«, sagte Schaj ein wenig demütiger. »Wie lange werde ich da bleiben müssen?«

»Bis du clean bist.«

»Clean?« Vor Bestürzung blieb er abrupt stehen. Jemand rempelte ihn von hinten an und die Gitarre gab einen dumpfen Ton von sich.

»Aber du hast es gesagt, du hast es selbst gesagt. Du hast drum gebeten«, brauste Tamar mitten auf der Straße auf. Sie hatte Schischko vollkommen vergessen, der sie womöglich von einer Straßenecke beobachtete, sie war wütend wie ein kleines Kind. »Du hast es damals am Telefon gesagt!«

»Klar, hab ich. Natürlich hab ich es gesagt ...«, kicherte er und ging weiter, indem er schwerfällig die Beine hinter sich herzog. Allmählich kehrte die Erinnerung an seine Schwester zurück, als sie acht Jahre alt war und ihr Vater sie losschickte, um Brot aus dem Laden an der Ecke zu holen, weil Schnee gemeldet war und man nicht wusste, wie doll es schneien würde, und als sie in das Geschäft kam, war kein Brot mehr da und die ersten Flocken fielen schon, und Tamar ging in einen anderen, etwas abseits gelegenen Laden, eine dicke Schneedecke lag schon auf der Straße, und auch dort gab es kein Brot, und Tamar beschloss direkt in die Angel-Brotfabrik zu gehen und rannte zu Fuß vielleicht drei Kilometer durch den Schnee, der ihr fast bis zu den Knien reichte. Dann ging sie den ganzen Weg zurück und kam gegen sieben Uhr abends an, und es fiel ihm wieder ein, wie sie plötzlich in der Tür stand, blau gefroren, mit tropfnassen Stiefeln aber mit einem Laib Brot in der Hand.

»Du schaffst das nicht ... Man kann das nicht allein durchziehen. Es gibt spezielle Kliniken dafür, die –« Seine Stimme erstarb. »In eine Klinik geh ich nicht. Vergiss es. Dort werden sie mich zuerst suchen. Der hat seine Flossen überall drin.« Wellen des Weinens liefen unter der Haut seines Kinns und seiner Wangen auf und ab. Und Tamar dachte, dass, seit sie sich erinnern konnte, im Grunde immer sie die große Schwester gewesen war. »Gib auf, Watson.« Er winselte stimmlos, ausdruckslos. »Hau ohne mich ab, auf der Stelle, lauf los, solange du noch kannst. Dich wird er gehen lassen. Dich hat er nicht am Wickel.«

Er nannte sie immer noch Watson, wie früher.

»Aber warum sollten wir es nicht schaffen?«, flüsterte sie aufgeregt. »Ich hab alles vorbereitet. Ich hab alles darüber gelesen. Ich hab monatelang geplant. Ich hab mich umgehört. Ich bin ein echter Experte –«, Sie wusste nicht, wie sie ihm klarmachen sollte, was sie alles unternommen hatte. »Schaj, lieber Holmes, es wird nicht einfach, es wird sogar furchtbar, aber du wirst sehen, Menschen haben es allein durchgezogen, mit Freunden, mit Verwandten, und sie haben es geschafft, ich kann es auch. Ich hol dich da raus. Lass ihn nicht gewinnen!« Jetzt sahen sie den Platz schon vor sich. Es wäre geschickter gewesen zu schweigen, aber beide waren zu aufgeregt. Schaj sah sie nicht an. Er ging vornübergebeugt mit schlurfenden Beinen. Er schüttelte den Kopf, als könne er es nicht fassen: »Du bist übergeschnappt. Du scheinst nicht zu kapieren, in was du uns da reinziehst. Hier geht es nicht um eine Bibelstunde, auf die man sich vorbereitet und in der man dann Erfolg hat. Du kannst dir nicht vorstellen, was ein Turkey ist. Für Stoff wär ich im Stande jemanden umzubringen.«

Sie blieb stehen, packte ihn an den Schultern und drehte ihn in ihre Richtung: »Mich würdest du umbringen?«

Er sah sie lange an und seine Gesichtszüge begannen zu zittern, als er ein Weinen unterdrückte: »Tami«, sagte er schließlich mit gebrochener Stimme, »ich hab das nicht im Griff.«

Am Zionplatz fanden sie eine schattige Stelle vor dem Bankgebäude. Schaj zog die Gitarre raus und legte die Hülle auf die Erde. Dann setzte er sich auf die kleine Steinbank und stimmte die Saiten.

Als er zu spielen begann, füllte ihre Seele sich trotz allem mit Freude.

Die Leute blieben vor ihnen stehen. Es waren welche darunter, die sie von früheren Auftritten kannten, andere hatten ihn schon einmal gehört, und schon bevor sie richtig anfingen, war eine größere Menge als gewöhnlich versammelt. In der Nähe des Geländers standen zwei Polizisten, die unter ihren Schirmmützen wie Zwillingsbrüder aussahen. Tamar war froh, sie zu sehen, und lächelte ihnen mit den Augen zu. Beide lächelten zurück. Einer der beiden stieß seinen Kollegen leicht an und sie kamen langsam näher. Tamar beschloss, »Suzanne« zu singen, das Lied, mit dem sie ihre kurze Karriere als Straßensängerin begonnen hatte. Und wie immer, von dem Moment an, als ihre Stimme erklang, blieben zunehmend mehr Leute stehen und schon war ein Kreis mit vier oder fünf Ringen entstanden. Sie sah, wie Mikos kariertes Hemd sich zwischen den beiden letzten Reihen in Bewegung setzte. Schischko entdeckte sie nicht, und das machte ihr Sorgen.

Das Lied war zu Ende und sie verbeugte sich vor dem Applaus. Ein paar Leute kamen und warfen Münzen in die Gitarrenhülle. Ein Elternpaar schickte einen kleinen Jungen in einer Dreiviertelhose mit einer Fünf-Schekel-Münze. Der Kleine schämte sich und ging zurück zu seinen Eltern, wurde wieder nach vorn geschubst, bis er das Geld unter dem Applaus der Umstehenden in die Hülle warf. Tamar zwang sich, süßlich zu lächeln, aber sie fieberte mit Haut und Haar dem kommenden Moment entgegen. Schaj zeigte keinerlei Reaktion. Sie hatte den Eindruck, dass er sich vollkommen abkapselte, jeden eigenständigen Willen aufgegeben hatte und sein Schicksal nun in ihre Hände legte – oder wegwarf. Ihr Blick ruhte auf ihm und sie dachte verzweifelt, ich muss die Sache allein durchziehen. Dinka stand auf, streckte ihre Glieder, legte sich wieder hin, stand wieder auf. Sie fand keine Ruhe. Sicher empfing sie Tamars nervöse Schwingungen.

»Heimatku. . .«, sagte Tamar erstickt, »Heimatkunde.«

Schaj spielte die ersten Akkorde. Sie fühlte, wie ihre Stimme in ihrem Hals schrumpfte und vor Angst gänzlich verschwand. Sie räusperte sich und Schaj begann noch einmal. Diesmal verpasste sie ihren Einsatz nicht. Sie sang von dem Bauer, der die Erde bestellt, auf dem alten Bild im Klassenzimmer, von den Zypressen und dem vor Hitze blassen Himmel. Der Bauer sorgt für Brot, damit wir groß und stark werden.

Sie beendete die erste Strophe und hörte die Gitarre und merkte nicht einmal, wie Schaj sich von der bekannten Melodie löste und ein, zwei Akkorde lang improvisierte. Als flüstere er ihr etwas zu, spielte er eine noch ruhigere, noch melancholischere Melodie, wie eine private Elegie innerhalb des Sehnsuchtsliedes nach dem unschuldigen kindlichen Land, das es nicht mehr gab, das es vielleicht nie wirklich gegeben hatte;

und langsam und zärtlich führte er sie zurück zu dem Lied, sie hob den Kopf und befeuchtete die Lippen und sah mit einem seltsamen Gefühl der Ohnmacht, wie Miko sich hinter eine ältere, elegante Frau stellte: Sie hatte eine aufrechte Haltung und ihr silbernes Haar war auf ihrem Scheitel zu einem Dutt gewunden. Ihr sonnengegerbtes Gesicht wurde von tiefen Charakterfalten durchfurcht und ihre Augen waren blau und strahlend. Tamar stellte sich vor, wie Mikos Finger den Verschluss ihrer Tasche öffneten und in ihr herumtasteten. Die Zeitung, die er hielt, verdeckte seine Hand vor den Nachbarn. Verzweifelt wandte Tamar den Blick ab und suchte Schischko. Wo steckte er? Wo lauerte er?

Und unsere Fantasie
vermehrte die Wund ...

Mitten im Wort hörte sie auf und schrie so laut sie konnte: »Haltet den Dieb! Ein Taschendieb! Der mit dem karierten Hemd! Polizei! Dahinten! Dahinten!«

Mikos Augen weiteten sich entgeistert und hasserfüllt und richteten sich mit verächtlichem, bitterem Spott auf sie. Niemand rührte ihn an. Niemand wagte es. Aber er war zwischen den Umstehenden eingekeilt, die sich nun enger um ihn drängten, bis die Polizisten auf ihn losstürmten. Die Leute begannen zu kreischen, liefen auseinander, rempelten und schubsten einander. Tamar gab Schaj die Hand und zog ihn hoch. Er stand schwerfällig auf. Dinka lief verstört durch die Beine der Menge. Tamar rief Schaj zu, er solle laufen. Er ging. Zu langsam. Als wolle er erwischt werden. Dinka bellte laut und Tamar rief sie und hoffte, sie würde ihnen folgen. Der Platz um sie herum war in Aufruhr und es entstand ein gewaltiger Tumult. Die Leute stoben in alle Himmelsrichtungen. Tamar hörte eine Pfeife, dann eine Sirene. Sie liefen. Das heißt, sie lief und Schaj versuchte es, doch schon nach zehn Schritten rang er laut nach Luft. Sie nahm die Gitarre. Sie meinte, Schritte hinter sich zu hören. Sie betete, dass ihre Nachricht Lea erreicht und jener freundliche Herr die ganze Sache nicht zum Platzen gebracht hatte. Aber als sie Schaj einen Blick zuwarf, dachte sie, dass er es in seinem Zustand nicht mal bis zur Straßenecke schaffen würde. Sein Gesicht war gelb und schweißgebadet. »Bleib nicht stehen. Wir sind gleich da. Noch ein Stück, ein paar Meter...« Er konnte nicht mehr. Er stöhnte, spie dunklen Schleim und rannte nicht mehr, taumelte nur noch, stolperte über die eigenen Füße. »Lauf weiter! Ich kann nicht mehr!« – »Doch, du kannst!« Sie schrie ihn buchstäblich an. Die Passanten musterten das seltsame Paar. Das kleine Mädchen mit dem geschorenen Haar und den Jungen, der sie überragte und sehr krank aussah.

Sie lehnte die Gitarre gegen einen Caféhausstuhl und ließ sie stehen. Dann schlang sie ihren Arm um seine Hüfte und hob und schob ihn mit ihrer ganzen Kraft vorwärts. Es muss sein. Ihr Herz schlug und hämmerte die Worte. Es muss sein. Es geht nicht anders. Sie schleppte ihn, sie kniff ihn, sie zischte ihm zu, er müsse durchhalten, sie verfluchte ihn durch ihre zusammengebissenen Lippen, ihre Augen verschleierten sich vor Anstrengung, von weitem sah sie einen kleinen, gelben Punkt, auf den sie zulief, Leas gelber Käfer, sie ist da, sie hat meine Nachricht erhalten. Tränen überschwemmten ihre Augen, verschwommen sah sie Lea mit den Händen am Lenkrad sitzen, mit ernster Miene, auf dem Sprung, mit dem in vertrauter Heiserkeit laufenden Motor und schon im nächsten Augenblick werden sie die Freiheit berühren.

»Aha«, ihr dachtet also, ihr entwischt uns?«

Schischko. Gegen die Mauer gelehnt. Auch er keuchte. Er verstellte ihr den Weg: »Und Miko habt ihr auch noch eins reingewürgt! So etwas tut man aber nicht.« Sein Gesicht spannte und spitzte sich vor Hass: »Los. Schluss mit den Spielchen. Ihr schleicht euch jetzt zu dem Subaru. Pessach wird es euch schon heimzahlen. Das wird euch noch Leid tun.«

Ihre Beine knickten unter ihr beinahe ein. Der letzte Rest an Kraft verflog. Das ist nicht fair. Es ist nicht fair, so kurz vorm Ziel zu verlieren. Schaj begann zu weinen. Er schluchzte hemmungslos, als sähe er sein Ende vor sich.

Plötzlich bleibt die Zeit stehen und Dinge ereignen sich in einer neuen, unbegreiflichen Dimension: Schischko stolpert auf sie zu, nicht aus eigenem Willen, er fällt um ein Haar auf sie und als er sich mordlustig und kampfbereit umdreht, reißt er ungläubig die Augen auf.

»Beiseite, Mister Kinderschänder«, sagt ein Unbekannter, ein kurz geratener, rundlicher Zeitgenosse. »Aus dem Weg mit Ihnen, Sie verkommenes Subjekt. Ihr Spiel ist aus!«

Schischko geht zur Seite, denn obgleich die Stimme zittert und sich vor Spannung überschlägt, hält der Dicke ein Gewehr mit langem Lauf in Händen, das Schischko nur aus dem Fernsehen kennt, er quetscht sich an die Mauer, fährt sich fahrig durch die durcheinander geratene Tolle und wartet auf den geeigneten Augenblick, um sich auf den Kerl zu stürzen und ihm die Waffe zu entreißen. Aber gerade die Lächerlichkeit, die der Mann bei ihm ausgelöst hat, verwirrt ihn. Und er ist sicher, dass es sich um eine Falle handelt: Jemand hat diesen Klops als Köder ausgelegt, der ihn zu übereiltem Handeln verleiten soll, damit er den Fehler seines Lebens begeht. Darum zögert Schischko einen Moment, und das ist haargenau, was Tamar braucht, um Schaj in den Wagen zu stoßen und ebenfalls einzusteigen. Und in dem Wagen sitzt die kleine Noa und erkennt sie nicht. Und der rundliche Mann, der Tamar irgendwie bekannt vorkommt, sie weiß nur nicht mehr woher, setzt sich auf den Beifahrersitz, langsam und mit Grandezza, als habe er alle Zeit der Welt. Sein Gewehr zielt mitten auf Schischkos Herz.

»Hör mal, fuchtel nicht so mit dem Ding rum«, sagt Schischko verlegen kichernd, »das ist kein Spielzeug.«

»Sprechen Sie nur, wenn Sie gefragt sind!«, bläht der Knirps sich vor ihm auf und seine Glatze errötet.

»Fahr zu, Lea!«, sagt er kultiviert und der Wagen fährt los, lässt einen verdutzten, blindwütigen Schischko zurück, der nach rechts und links sieht, auf der Suche nach den durchtriebenen Komplizen des bewaffneten Dreikäsehochs oder den Leuten von der versteckten Kamera.

»Tami!«, jubelt Noa plötzlich und streckt die Arme aus dem Kindersitz. »Tami, ich hab dich so vermisst! Wo sind denn deine Haare?«

»Ich dich auch, mein Schatz«, flüstert Tamar, verbirgt ihren Kopf am Hals der Kleinen und atmet ihren Geruch ein.

»Die Kinderfrau hat mich im Stich gelassen«, erklärt Lea, »im letzten Augenblick. Mir blieb nichts andres übrig, als sie mitzubringen. Ist alles klar mit dir, Tami?«, sagt sie und schaltet so heftig, dass alle nach vorn und zurück geworfen werden.

»Ich hab's überlebt«, murmelt Tamar, schmiegt sich an Noikus reine Haut, saugt ihren unschuldigen, lachenden Blick in sich hinein. Sie muss an Schelli denken. Die auch einmal solch ein Baby war. Die vielleicht einmal so geliebt wurde. Schaj sieht Noa ausdruckslos an. Nicht mal für einen Ausdruck hat er ein Fünkchen Kraft. Tränen hängen noch immer in seinen langen Wimpern. Noa wirft ihm ab und zu einen vorsichtigen Blick zu. Etwas an ihm gefällt ihr nicht. Er spürt ihre Zurückhaltung und dreht das Gesicht zum Fenster. Lea sieht Noas Reaktion im Rückspiegel. Sie hat einen magischen Glauben an das Urteilsvermögen ihrer Kleinen und ihre Stirn furcht sich. Tamar küsst ausgiebig Noas rechtes und ihr linkes Auge und ihre kleine Nase und fällt zurück in den Sitz. Sie kann ihren eigenen Schweiß riechen. Sie träumt von einer Dusche bei Lea. Vom Schlaf in einem weichen Bett. Davon, ein paar Stunden lang nirgendwo zu sein. Alles ging so schnell. Sie kann kaum glauben, dass es schon vorbei sein soll, aber irgendwie, denkt sie, hat es geklappt, hat ihr Plan funktioniert, das heißt, ihr Plan, sich dort einzuschmuggeln und ihn da rauszuholen, ist aufgegangen. Nicht wahr? Sie sucht im Spiegel Leas Augen, braucht die endgültige Bestätigung, jemand muss ihr sagen, dass es wahrhaftig passiert ist, dass ihre Fantasien die Realität berührten ... Aber Lea ist ganz auf den Verkehr konzentriert und warum hat Tamar das Gefühl, dass etwas nicht stimmt, warum hat sie solch ein Jucken in der Tiefe der Erinnerung, nicht klar, wo, als ob ihr jemand etwas zu sagen versucht oder es noch eine dringende Angelegenheit zu erledigen gilt.

»Wohin fahren wir?«, fragt Lea.

»Zu dir«, weist Tamar sie an. »Wir bleiben zwei, drei Tage bei dir, kommen zur Ruhe, erholen uns ein wenig und dann fahren wir weiter an einen anderen Ort.«

»Wohin genau?«, fragt der kleine Mann.

»Darf ich vorstellen«, sagt Lea mit einem ersten Lächeln, »das ist Honigmann Mosche, er hat mir deinen Zettel gebracht und beschlossen, bis zum Schluss mitzumachen und zu helfen.« Ihre Hand klopft liebevoll auf seinen Schenkel. »Dieser Stallone, den du mir da geschickt hast, ist die reinste Nervensäge, aber eine sehr liebe.« Und sie zwinkert Tamar im Spiegel zu.

Honigmann hört ihr nicht zu. Er gibt die Rolle des Leibwächters nur äußerst ungern auf, sein Blick durchkämmt wachsam die Straßen und seine Lippen murmeln ununterbrochen in seine Faust, als verberge er darin ein kleines Funkgerät.

Tamar verfolgt sein seltsames Gebaren, beginnt zu verstehen und wirft Lea einen aufgeregten Blick zu. Lea zuckt die Achseln: »Wir sind ein perfektes Einsatzkommando, was?«

»Wo ist Dinka?«, fragt Noa.

»Dinka!«, zuckt Tamar zusammen. »Wir haben Dinka vergessen!«

In dem ganzen Tumult, im Dickicht der Passantenbeine steht Dinka und bellt. Sie ist verwirrt. Sie hat sie verloren.

Wir müssen umkehren, denkt Tamar hektisch. Ich kann sie nicht im Stich lassen. Wie soll sie ohne mich zurechtkommen? Ich muss zurück! Aber als sie Schaj ansieht, dessen Kopf hilflos und ohne Lebensgeist nach unten sinkt, weiß sie, dass sie jetzt nicht umkehren darf, dass sie niemals umkehren darf. Eine schwere Hand schließt sich um ihre Gurgel und drückt gewaltsam zu. Wie konnte sie ihre Hündin vergessen? Wie konnte sie sie so verraten?

Schwere Stille legt sich über sie. Selbst Noiku fühlt etwas und schweigt. Lea sieht Tamars Gesicht. Wir finden sie, mach dir keine Sorgen, flüstert sie ungläubig.

»Nein, wir finden sie nicht mehr«, sagt Tamar. Sie lehnt sich zurück und schließt die Augen. Sie weiß, dass etwas Schreckliches geschehen ist, dessen Bedeutung sie nicht mal im Ansatz versteht. Dinka, die sie seit ihrem siebten Lebensjahr begleitet hat, ihre echte Freundin, ihre zweite Hälfte, ist weg. Weg. Ein Gedanke quält sie: Als ob sie ein Opfer bringen musste, um Schaj zu befreien, und Dinka war das Opfer.

Eine Hand tastet nach ihrer Hand. Schaj hat die Augen geschlossen und atmet schwer. Er zieht sie zu sich heran. Sie legt das Ohr an seinen Mund und er flüstert kaum hörbar: »Es tut mir Leid, Tamar. So Leid.«

Honigmann dreht sich um: »Wir müssen deinen Freund zum Arzt bringen.«

»Ich werd mich selbst um ihn kümmern«, antwortet Tamar kurz und plötzlich sagt Schaj mit dem Rest seiner Stimme: »Ich bin nicht ihr Freund. Sie ist meine Schwester.« Und sein Kopf fällt auf Tamars Schulter und er flüstert: »Sie ist alles, was ich auf der Welt habe.« Und seine Finger halten kraftlos ihre Finger.

»Meine Geliebte,
alle Nomaden habe ich
schon befragt.«

Vier Tage, nachdem Tamar mit Schaj geflohen ist und Dinka verloren hat, ging Assaf eilig durch die Ben-Yehuda-Fußgängerzone. Er rannte beinahe und versuchte ohne große Hoffnung diesen Gitarristen ausfindig zu machen, ihr Rucksack auf seinem Rücken wog mit einem Mal schwer, war voller Leben, wimmelnd von Gedanken und Hilferufen. Er kam an einem Menschenauflauf vorbei, der sich um eine Zauberin gruppierte, und hielt kurz an, um dem Spiel eines sehr jungen Geigers – beinahe noch ein Kind – zuzuhören, dann sah er einen weiteren Jugendlichen an eine Mauer gelehnt sitzen und ein Instrument, das an eine Sitar erinnerte, mit einem Bogen spielen, den er mit den Zehen hielt. Es war ihm früher nicht aufgefallen, dass es so viele Straßenkünstler gab. Es wunderte ihn auch, wie jung sie alle waren – die meisten waren mehr oder weniger in seinem Alter –, und er sah sie an und versuchte herauszufinden, ob sie etwas mit der Mafia zu tun haben konnten, die Sergej erwähnt hatte.

Und dann kam ein erschreckender hektischer Augenblick: Unten in der Fußgängerzone hatte sich noch ein weiterer enger Kreis versammelt, Menschen umstanden eine Künstlerin, die auf einem Stuhl hockte und Cello spielte. Assaf verstand wenig von Musik und dennoch wunderte er sich, dass es jemandem einfiel, dieses Instrument auf der Straße zu spielen. Die Cellistin war klein und trug eine Brille. Auf dem Kopf hatte sie eine rote Mütze und Assaf spürte, dass sich die Menschen nicht nur wegen der Musik um sie versammelten, wegen der traurigen Musik, sondern auch, weil sie selbst – mit dem großen Cello – eine Art seltsame Darbietung war.

Assaf und Dinka hatten den Kreis schon hinter sich gelassen, als die Hündin anhielt, so als habe ihr Körper eine unsichtbare

Erschütterung erfahren. Sie drehte sich um, war verwirrt, schnüffelte fieberhaft, machte auf einmal kehrt und drängelte sich hartnäckig durch die Reihen der Zuhörer. Assaf zwängte sich hinter ihr her, er hatte keine Wahl, er bahnte sich einen Weg durch die Umstehenden und fand sich vor dem Mädchen im Zentrum des Kreises wieder.

Die Cellistin spielte mit geschlossenen Augen, ihr Gesicht wechselte dauernd den Ausdruck wie in einem schnellen Traum. Dinka bellte laut. Das Mädchen riss erstaunt die Augen auf und starrte sie ungläubig an. Assaf schien, dass sie erblasste. Sofort richtete sie sich auf ihrem Stuhl auf, warf unruhige Blicke in alle Richtungen und spielte weiter, doch nun strich sie nur noch ohne Gefühl über die Saiten. Dinka stürmte mit aller Kraft voran. Assaf zog sie zurück. Die Menschen, die den Kreis um sie schlossen, begannen zu meckern, er solle Leine ziehen, er solle seinen Köter nehmen und nicht länger stören, und er erschrak, als er bemerkte, dass alle Augen auf ihn gerichtet waren, dass er und Dinka nun die eigentliche Attraktion waren ...

Die Cellistin fasste sich als Erste. Sie unterbrach ihr Spiel, beugte sich vor und flüsterte Assaf hastig und beinahe tonlos zu: »Wo ist sie? Sag ihr, dass sie große Klasse ist. Dass alle sie Spitze finden! Einsame Spitze! Und jetzt mach, dass du wegkommst.«

Und sie lehnte sich wieder auf ihrem Stuhl zurück und schloss sofort fest die Augen, als radiere sie den verstrichenen Moment aus ihrer Erinnerung, und fuhr fort zu spielen und ihren melancholischen Zauber über das Publikum zu breiten.

Assaf hatte nur Bahnhof verstanden. Vor allem hatte er keine Ahnung, warum er verschwinden sollte. Dinka verstand vor ihm. Blitzschnell preschte sie los und zog seine Hand, die ihr Halsband hielt, mit sich. Assaf fühlte, dass sie ihn mit ihrer ganzen Kraft von dort befreite. Augenblicklich kam er zu sich. Sie durchstießen die Reihen, die das Mädchen umstanden, und brachen aus dem Kreis aus. Er meinte jemanden zu hören, der ihm zurief, er solle stehen bleiben. Er ging weiter. Hätte er zurückgeschaut, hätte er einen kurzen, breiten Mann gesehen, der ihm nachsah und eilig auf sein Handy drückte. Assaf rannte und dachte, sie kennt Tamar, so viel steht fest. Sie hat Dinka erkannt und lässt Tamar ausrichten, dass sie Spitze ist. Jetzt gilt es schnell nachzudenken. Die Leute behaupten, sie ist Spitze. Aber was hat sie getan? Und wo ist sie? Er rannte, sein Hirn raste, sammelte, selektierte, setzte Mosaiksteine zusammen, stellte alle möglichen Vermutungen an. Er wusste es und wusste es doch nicht. Sein Herz sagte ihm, dass er auf dem richtigen Weg war; er liegt richtig, er tut etwas, das am besten zu ihm passt, am allerbesten, er ist mitten in einem Fünftausendmeterlauf. Er war in sich selbst versunken, lauschte einer Geschichte, die in seinem Innern allmählich erraten wurde, und währenddessen bewegte er sich in völligem Gleichschritt mit Dinka. Ohne einander anzusehen, bahnten sie sich einen Weg durch die Menschenmenge, durch den dichten Verkehr, überquerten die Straße wie früher, wie zu Beginn ihrer Freundschaft. (Gestern? O Gott, o Gott, erschrak Assaf. Kann das sein, dass es erst gestern war?!) Aber nun, ohne irgendeinen Strick, der sie verband, nur hin und wieder ein kurzer Blick, ein Sich-Versichern, eine Bestätigung, eine stillschweigende Ermutigung, ich bin bei dir, du hast die Kurve gut genommen, Dinka, danke, Assaf, wo bist du, zehn Schritte hinter dir, Dinka, zwischen uns sind ein paar Leute, aber keine Sorge, ich folge dir, lauf weiter, ich höre, dass uns jemand verfolgt, Assaf, ich höre nichts, Dinka, aber bieg ab in die nächste Gasse, nein, Assaf, nicht hier hinein, ich wittere etwas, wo, Dinka, Moment mal, Assaf, lauf einfach weiter, ich wittere etwas Gutes, bleib bloß nicht stehen, machst du Witze, Dinka?, sei still Assaf, du bringst mich aus dem Konzept, Dinka, ich hoffe, du weißt, was du tust, klar, Assaf, und du wirst es auch gleich wissen, he, Dinka, die Gegend kommt mir bekannt vor, ich meine, in dieser Gasse waren wir schon mal, vor dieser hohen Mauer, sperr die Augen auf, Assaf, erst gestern waren wir hier, du hast Recht, Dinka, es ist das –, na endlich, Assaf, schnell, hier ist es.

Sie raste auf das grüne Tor zu, stellte sich auf die Hinterläufe und drückte mit beiden Pfoten auf die Klinke. Beide rannten hinein. Assaf sah über die Schulter zurück, kein Mensch zu sehen, die Verfolger waren noch nicht hinter ihnen, er schlüpfte in den Hof, rannte über die Kieselsteine, vorbei an dem Brunnen, an den Ästen, die sich unter der Last der Früchte bogen, wurde unverzüglich von der bekannten, tiefen Stille umhüllt.

Aber bevor er zur Rückseite des Gebäudes eilte, zu der Luke, die Richtung Westen schaut, und zu dem Körbchen, das wie Moses auf dem Nil schaukelnd mit dem Schlüssel herabgelassen würde, hatte er ein komisches Gefühl und spürte, wie die Luft um seine Ohren mit einem Schlag abkühlte: Die Haustür stand offen und bewegte sich im Wind.

Er rannte hinein, Dinka dicht hinter ihm, beide blieben gleichzeitig stehen und sperrten entsetzt die Augen auf.

Die Katastrophe war flächendeckend. Die Eingangshalle sah aus, als wäre ein Wirbelsturm über sie hinweggefegt. Der Boden war mit Büchern übersät. Hunderte von Büchern, offen, zerrissen, entweiht. Die hohen Schränke waren umgeworfen und zerschmettert, wie mit der Axt zerhauen. Selbst der Altar war von seinem Platz gerissen worden und hatte ein helles Rechteck im Fußboden hinterlassen. Anscheinend hatte ihn jemand verrückt, um nachzusehen, ob sich darunter einer verbarg.

Er dachte »Theodora« und für einen Moment schreckte er davor zurück, die Stufen hinaufzulaufen, denn um zur Tür zu gelangen, musste er auf die Bücher treten. Aber er stolperte über sie hinweg und erriet sofort, dass das, was hier passiert war, auch mit ihm zu tun hatte, mit seinem Besuch bei ihr. Schnell und finster erklomm er die Wendeltreppe und sein Gesicht malte sich die Gräuel aus, die ihn oben erwarteten, die ihm aus Horrorfilmen und den grausamsten Computerspielen bestens bekannt waren. Ein verängstigtes Kind begann in seinem Kopf zu weinen und Assaf kämpfte mit sich, um ihm nicht nachzugeben. Theodora ist so klein, sie ist wie ein Küken, wie soll sie nach solch einem brutalen Anschlag weiterleben? Im Laufen spähte er in den Schlafsaal. Die Betten waren umgeworfen, die Matratzen aufgeschlitzt. Der Hass der Täter lag noch in der Luft. Mit anderthalb Schritten nahm er die letzten sechs Stufen, riss die blaue Tür auf und zwang sich, die Augen nicht gleich vor Angst zuzukneifen.

Im ersten Augenblick übersah er sie zwischen den Trümmerhaufen, die sich im Zimmer türmten, erst dann entdeckte er sie: Sie saß mit geöffneten Augen in ihrem Schaukelstuhl und sah wie eine Stoffpuppe aus, die achtlos auf einem Stuhl vergessen worden war. In ihren Augen war kein Fünkchen Leben. Nach einer Ewigkeit öffnete sich ihr Mund und ihre Augen wanderten zu ihm.

»Assaf«, murmelte sie stimmlos. »Bist du es, *agori mu*? Ergreife die Flucht, mit der größtmöglichen Geschwindigkeit.«

»Was ist denn passiert, Theodora? Was hat man Ihnen getan?«

»Mach dich aus dem Staub, bevor sie wiederkehren! Mach dich auf und finde sie. Behüte sie!« Ihre Augen schlossen sich.

Er eilte zu ihr. Kniete sich vor ihr hin und nahm ihre Hand. Dann sah er die offene Wunde, die von ihrer Schläfe bis zu ihrem Mundwinkel klaffte.

»Wer hat das getan?«

Sie atmete langsam und hob drei winzige Finger: »Drei«, zeigte sie ihm, und plötzlich umklammerte ihre Hand eisern seinen Arm. »Bestien waren es! Vor allem der Riese, dieser Aschmedaj.« Sie wurde schwächer und schwieg, aber der Griff um seinen Arm wurde stählern, als wäre ihre gesamte Persönlichkeit darauf konzentriert. »Behalte es ewig im Gedächtnis: Er hat eine Glatze – o Satanas! – und einen Zopf im Genick. Soll er daran erhängt werden! Amen.« Wieder fielen ihre Augen zu, als wäre sie kollabiert, aber auch mit geschlossenen Augen kochte sie weiter vor Zorn und Assaf bemerkte erleichtert, dass ihr Mundwerk nicht lebensbedrohlich verletzt war: »Von Tamar wollte er hören, diese Fledermaus, dieser tollwütige Ochse, dieses Scheusal. Und als ich schwieg, boing! Auf die Wange! Aber sei unbesorgt, mein Liebster.« Ein verwaschener Hinweis auf das bekannte Lächeln des aufrührerischen Mädchens zeichnete sich tief in ihrem Innern ab:»Ich habe ihn gebissen und er wird mein Gebiss so schnell nicht vergessen.«

»Was wollten sie?«

Sie schlug die Augen auf und lächelte erschöpft:»Sie.«

»Wie haben sie denn hierher gefunden?«

»Kannst du es mir nicht sagen?«

Seine langen Wimpern flatterten und schlossen sich einen Moment voller Schmerz. Er war es, der sie hergeführt hatte. Aber wie? Anscheinend hatte ihn jemand gesehen, als er gestern hier rausging, hatte Dinka erkannt und war sicher, dass Tamar sich in dem Haus versteckte.

Theodora stöhnte und gab ihm zu verstehen, dass sie aufstehen wollte. Assaf glaubte nicht, dass sie die Kraft dazu haben würde. Doch sie erhob sich und stellte sich auf die Beine. Sie hielt sich schwankend an ihm fest, wie eine kleine Flamme der Willenskraft. Eine Weile rührten beide sich nicht. Dann, ganz langsam, kehrte die Farbe in ihr Gesicht zurück.

»Jetzt geht es besser. In der Nacht war es schlecht um mich bestellt. Ich dachte schon, ich gebe den Löffel ab.«

»Wegen der Schläge?«

»Nein. Er hat mir nur eine einzige Backpfeife gegeben. Es war die pure Verzweiflung.« Assaf verstand. Ein Finger bewegte sich auf seinem Handgelenk:»Und wenn man dich auf dem Weg zu mir gesehen hat?«

»Hat man«, gestand er.»Ich bin verfolgt worden. Ich bin ihnen entkommen, aber vielleicht halten sie sich noch in der Gegend auf.« Während er sprach, wurde ihm klar, was er bis zu diesem Augenblick nicht zu verstehen gewagt hatte: Die Verfolger Tamars waren überzeugt, dass er ihr Komplize war.

»Wenn das so ist«, sagte sie mit klarem Verstand,»wird es ihnen in ein, zwei Minuten wie Schuppen von den Augen fallen, dass du mich erneut aufgesucht hast, und nun sind sie dir auf den Fersen, nicht mir. Und mit dir werden sie weniger sanft verfahren. Du musst aufbrechen, Geliebter.«

»Wenn ich jetzt rausgehe, haben sie mich.«

»Wenn du hier verweilst, haben sie dich siebenfach.«

Sie schwiegen bestürzt. Beide hielten das eigene Herzklopfen für Schritte im Flur. Dinka sah sie mit glänzenden Augen an, zitternd vor Nervosität.

»Es sei denn«, sagte Theodora.

»Es sei denn was?«

»Es sei denn, etwas lenkt sie ab.«

Assaf verstand nicht: »Was könnte sie denn –«

»Ruhe bitte! Stör mich nicht.«

Sie begann auf und ab zu gehen, bahnte sich einen Weg über die Bücherhaufen, über die zusammengebrochenen Regale, zertrat Scherben. Stapfte über Stapel dicht beschriebener Briefe, die mit gelben, dicken Gummibändern zusammengehalten wurden.

Assaf fragte sich, woher sie die Kraft nahm, sich zu bewegen, sich das Hirn zu zermartern, sich um ihn zu sorgen, während ihr ganzes Leben sich zerschmettert über den Boden ergoss.

Ein Holzschränkchen lag umgekippt am Eingang zur Kochecke. Sie öffnete die Schranktür und holte ein weißes Sonnenschirmchen mit dünnem Holzgestell heraus.

»Auf Lyxos«, erklärte sie ernst, »ist die Sonne sengend.« Assaf straffte sich und seine Lippen wurden weiß. Jetzt ist sie übergeschnappt, dachte er, der Schock hat sie den Verstand gekostet.

Theodora sah ihn an und erriet seine Gedanken. »Nun, mein Liebster, sei unbesorgt. Ich bin nicht meschugge.«

Sie versuchte das Schirmchen zu öffnen. Die Holzspeichen bewegten sich mit leisem Knarren, der weiße zarte Stoff zerfiel, sobald der Schirm sich öffnete, und rieselte ihr wie Schneeflocken auf den Kopf.

»Es scheint, dass ich auf meine Markise verzichten muss. Doch wo sind die Schuhe abgeblieben?«

Sie sprach in einem ungewöhnlich sachlichen Ton, als reduziere sie sich völlig auf die kleinen Handgriffe, die vor ihr lagen. Aus einer geheimen Schublade zog sie ein winziges Paar schwarzer Schuhe, die in eine vergilbte Zeitung gewickelt waren und die Größe von Kinderschuhen hatten. Sie blies den Staub weg, der in Wölkchen aufstob, wischte und polierte sie mit dem Ärmel ihrer Kutte. Dann setzte sie sich auf die Bettkante und versuchte sie anzuziehen. Er sah, wie ihre Finger sich in den Schnürsenkeln verhedderten.

»Was für eine ungeschickte Alte deine neue Freundin doch ist«, sie hob einen schüchternen Blick zu ihm, »sie hat fünfzig Jahre lang keine Schuhe mehr getragen und vergessen, wie man sie bindet.«

Er kniete sich vor ihr hin und ehrfürchtig wie Aschenputtels Prinz zog er ihr die Schuhe an.

»Sieh nur, mein Fuß hat sich seit damals kaum verändert«, sagte sie mit offenem Stolz, schüttelte ihren Fuß vor ihm und vergaß für einen Moment die schreckliche Lage.

Sein Gesicht war nun mit ihrem auf einer Höhe. Auf der Höhe der Ohrfeige. Das geronnene Blut malte eine Küstenlandschaft auf ihre Wange. Sie sah seinen entsetzten Blick. »Unergründlich sind die Wege der Welt«, seufzte sie, »fünfzig Jahre lang berührte keine Menschenseele mein Gesicht, und dann – eine Watsche.« Ein kurzes Weinen fuhr durch ihre Augen und wurde an der Nasenspitze aufgehalten. Sie sagte: »Des Guten genug! Jetzt sag mir schnell, wie sieht es aus?«

»Nicht gut«, erwiderte er, »die Wunde muss versorgt werden.«

»Papperlapapp, ich meine dort! Dort!«, und sie zeigte hinter ihre Schulter nach draußen.

»Dort?« Er zögerte. Was sollte er ihr sagen? Wie konnte man die Welt da draußen in einer halben Minute beschreiben?

»Man muss es sehen, um zu verstehen«, flüsterte er.

Ihre etwas ängstlichen Augen versenkten sich tief in die seinen. Niemand sprach ein Wort. Assaf wusste, dass noch eine lange Zeit vergehen würde, bis er die Sache verdaut haben würde, deren Zeuge er hier wurde.

»Ich werde aus dem Tor schreiten und die Richtung dieser Hand einschlagen«, verkündete Theodora und atmete tief. Er verstand, dass sie nicht einmal wusste, wo links und wo rechts war. »Und du, warte noch einen oder zwei Momente in der Wohnung. Wenn sie dort lauern, werden sie hinter mir hereilen, um zu sehen, welche List die Alte ausgeheckt hat ...«

»Und wenn man Sie erwischt?«

»Das ist es ja gerade. Ich will, dass sie mich erwischen und nicht dich.«

»Und wenn sie zuschlagen?«

»Was sollten sie mir antun, was sie mir noch nicht angetan haben?«

Er sah sie an und ihr Mut überwältigte ihn. »Haben Sie denn keine Angst?«

»Angst? Aber ja doch. Aber nicht mehr vor ihnen. Nur das Unbekannte ängstigt.« Sie senkte den Kopf und sprach zu irgendeinem widerspenstigen Fädchen am Ärmel ihrer Kutte. »Sag mir – wenn ich rauskomme, wenn ich das äußere Tor passiere, was sehe ich da, was ist das Erste, was es dort draußen gibt?«

Assaf versuchte es zusammenzubringen. Sie wohnte in einer ruhigen Nebenstraße. Autos parkten und fuhren durch sie hindurch. An der Ecke gab es eine Bankfiliale und einen Elektroladen mit einem eingeschalteten Fernseher im Schaufenster. »Nichts Besonderes«, murmelte er und verstummte. Er sah ein, dass er Blödsinn verzapft hatte.

»Und der Lärm, was ist mit dem Lärm? Vor allem fürchte ich den Lärm und das Licht. Hast du vielleicht eine Sonnenbrille für mich?«

Er hatte keine. »Es könnte am Anfang ein wenig schwierig werden«, sagte er und empfand das enorme Bedürfnis, sie zu beschützen, in Watte zu packen. »Geben Sie nur auf den Verkehr Acht. Schauen Sie immer schön nach rechts und nach links, und wenn die Ampel rot ist, dürfen Sie nicht über die Straße gehen.« Je länger er sprach, desto mehr erschrak er über den Gedanken, wie viel sie zu lernen hatte, um in der Lage zu sein, auch nur fünf Minuten in der Stadtmitte zu überleben. Sie gingen die Treppe hinunter. Das Gehen fiel ihr immer noch schwer und sie lehnte sich an seine Schulter. Ganz langsam gingen sie über die Wendeltreppe und Assaf spürte, dass es für sie auch eine kleine Reise der Trennung und der Trauer über etwas sein würde, das unwiederbringlich dahin war. Mit großen Augen sagte sie wie zu sich selbst:»Als die Mauern der Altstadt fielen, verließ ich nicht meine Unterkunft. Ich ging auch nicht hinaus, als Bomben auf der Straße und am Markt explodierten, obgleich ich sehr gerne Blut gespendet hätte. Und ich ging auch nicht, als Izhak Rabin, sein Andenken sei gesegnet, ermordet wurde und ich wusste, dass das ganze Volk an seinem Sarg vorbeischritt. Und nun, plötzlich ... *christos k' apostolos*!« murmelte sie, als sie die Verwüstung in der Eingangshalle sah. Assaf dachte, jetzt spätestens würde sie in Ohnmacht fallen, aber im Gegenteil, sie befreite sich von seinem stützenden Arm und richtete sich zu ihrer vollständigen kleinen Größe auf, und als er den harten Zug sah, der sich von ihrer Nase bis zum Kinn erstreckte, wusste er, dass kein Mensch auf der Welt sie bezwingen würde. Er versuchte, ihr einen Weg durch die verstreuten Bücher zu schaffen, aber sie sagte, dazu sei keine Zeit, und mit grazilem Gang schritt sie über sie hinweg, berührte sie fast nicht, schwebte geradezu drüber hinweg.

Vor der Tür zum Hof blieb sie stehen und rieb sich nervös die Hände.

»Hören Sie«, stieß Assaf aus,»vielleicht ist es gar nicht notwendig. Ich komme prima allein zurecht. Ich bin ein guter Läufer, sie werden mich schon nicht schnappen.«

»Still!«, befahl sie.»Hör mir zu und tue, was ich sage: Geh zu Lea, vielleicht ist sie eine Hilfe. Ist diese Lea dir ein Begriff?«

Assaf zögerte. In den Tagebüchern war er mehrmals auf ihren

Namen gestoßen. Er erinnerte sich, dass es ein mysteriöses Zaudern von ihr gab, das mehrere Monate gedauert hatte, und dass viele Gespräche zwischen Tamar und Lea in dieser Angelegenheit stattgefunden hatten, es hatte mit einem Kind, mit Ängsten und Abwägungen zu tun und endete, wenn ihn nicht alles täuschte, mit einer Vietnamreise. Aber natürlich konnte er nicht zugeben, dass er Tamars Tagebücher gelesen hatte.

Er fragte, wo er Lea finden würde, und Theodora breitete verärgert die Hände aus: »Das ist ja die Misere, dass sie mir nicht alles sagt! Einmal hat sie mir erzählt, dass es da eine Lea gibt. Sehr schön, habe ich erwidert. Vielleicht ein halbes Jahr später sagte sie, diese Lea sei die Eigentümerin einer Gastschänke. Guten Appetit, sagte ich, aber wo und wie und was? Was ist mit ihr und was hast du mit ihr? Aber sie schwieg. Und was nun? Was bleibt uns übrig?« Sie sah ihn bekümmert an, dann bückte sie sich zu Dinka, streichelte ihre Ohren, schob ein Ohr beiseite und flüsterte ihr etwas in die Muschel. Assaf schnappte nur ein paar Worte auf: »Zu Lea ... In ihre Schänke ... Verstanden? Schnell wie ein Pfeil, auf dem kürzesten Weg!« Dinka sah sie aufmerksam an. Assaf dachte, Theodora ist wirklich nicht recht bei Trost, wenn sie glaubt, dass Dinka sie versteht. Plötzlich nahm Theodora seine Hand in ihre beiden Hände. »Du wirst Tamar natürlich erzählen, dass ich auf die Straße gegangen bin. Sie wird es nicht fassen«, kicherte sie glücklich. »Sie wird einen schönen Schreck bekommen! Aber hör mir gut zu, enthalte ihr auf jeden Fall vor, dass ich es für sie tue. Ich möchte nicht, dass sie sich zermürbt. Sie hat auch ohne mich genug zu leiden, *popo!* Selbst dieses Wort ›gegangen‹ hat einen völlig neuen Geschmack in meinem Mund: ›Ich gehe, ich werde gehen, ich bin im Begriff zu gehen.‹«

Sie öffnete die Tür und sah in den geräumigen Hof. »Diese Ecke kenne ich hinlänglich. Wenn Nasrian die Wäsche reinholt oder die Einkäufe vom Markt liefert, stehe ich hier und luge durch den Türspalt. Doch ab hier –«, sie machte einen

Schritt über die Schwelle und ihr Atem stockte: »Wie wunderbar, diese Weite.«

»Sieh einer an, sieh sich das einer an«, murmelte sie zu sich selbst und ließ plötzlich einen griechischen Redefluss hören. Die Worte rollten übereinander und ihre Hände fassten sich an den Kopf, als stünde er kurz vor einer Explosion. Dann trugen ihre Füße sie wie von allein. Assaf dachte, er müsste ihr hinterherlaufen, aber er hatte Angst, das Grundstück zu verlassen. Vielleicht lauerte ihm ja tatsächlich jemand vor dem großen Tor auf. Er dachte an Muckis erste Schritte, wie er Angst um sie hatte und was für ein Wunder es war, dass sie allein vom Bett zum Tisch gelangte.

Theodora entfernte sich schon wie eine Jolle, die von einem gewaltigen Strom mitgerissen wurde. Sie öffnete das Tor zur Straße und sah nach rechts und links. Sie schien niemanden zu sehen, denn als sie Assaf das Gesicht zukehrte, lächelte sie breit und entrückt. Wenn man es recht bedenkt, dachte Assaf, wenn dort niemand ist, muss sie gar nicht raus! Moment mal! Warten Sie doch! Sie können zurückkommen!

Aber keine Macht der Welt hätte sie mehr aufhalten können und das Tor fiel hinter ihr ins Schloss. Assaf stand nun allein in dem leeren Hof. Er stellte sich vor, wie sie über die Straße ging. Ihre Augen, die sich immer mehr weiteten. Er hatte Angst um sie und dachte, dass er sie gleich wieder sehen würde, wie sie von Panik erfasst zurückgerannt käme und sich für weitere fünfzig Jahre in ihrer Kammer verbarrikadieren würde. In seinen kühnsten Fantasien hätte er sich das Glück nicht vorstellen können, das angesichts der Wellen des Alltags über sie schwappte. Alle Schmerzen und Wehwehchen verflogen in Windeseile. Ihre Beine führten sie zur Yafo-Straße. Vor fünfzig Jahren war sie in einer lauen Nacht in einem alten Bus hergekommen und dann hatte die Kutsche eines Bucharen sie vor dem Tor ihres Gefängnisses abgesetzt. Jetzt stand sie mit weit geöffneten Sinnen vor den Wundern der Straße. Ihr Gesicht erzitterte in tausenden von Ausdrücken. Tausend Herzen schlugen in ihrer Brust. All die Gerüche, all die Farbe, all die Stimmen und der Lärm – sie hatte keine Namen für die Dinge, die sie sah, sie hatte keine Namen für die neuen Gefühle. Die ihr bekannten Worte zerplatzten eins nach dem andern, und wenn man vor lauter Leben sterben kann, dann war dies solch ein Moment.

Sie ignorierte die vielen Autos, die Menschenmenge und auch Pessachs Männer, die sie entdeckten, sobald sie in die Hauptstraße bog. (Guck mal, Schischko, da ist deine verrückte Nonne. Ruf sofort Pessach an und folg ihr.) Sie ging schnurgerade auf die Fahrbahn zu, blind vor Glück, und vollkommen gleichgültig gegenüber den Hupen, die um sie herum erklangen, und dem Quietschen der Bremsen kniete sie mitten auf der Yafo-Straße nieder, faltete ihre Hände und zum ersten Mal nach fünfzig Jahren betete sie mit dankbarem Herzen zu Gott.

Fünf Minuten später rannte er schon in Todesangst um sein Leben. Seine Hände ruderten wild durch die Luft und seine Augen sahen beinahe nichts. Zum ersten Mal, seit er mit dem Hund aufgebrochen war, bekam er seinen Atem nicht unter Kontrolle. Dinka fühlte sofort die Veränderung, die mit ihm vorgegangen war, drehte ab und zu den Kopf um und sah ihn voller Sorge an. Er hatte keine Ahnung, wie furchtbar es sein würde. Jedes Augenpaar, das auf ihm ruhte, löste Panik in ihm aus. Er hatte das Gefühl, über die ganze Stadt wären Menschen verstreut, die ihm auflauerten. Und er täuschte sich nicht. Seit vier Tagen waren alle Männer Pessachs allein mit der Jagd nach Tamar beschäftigt und seit gestern – auch mit der Jagd nach ihm. Alle Darbietungen außerhalb Jerusalems waren gestrichen. Die Künstler hatten den Auftrag, die Augen offen zu halten und Bericht zu erstatten – das Gerücht im Heim sprach von einem Lohn von 2000 Schekel, nicht weniger, für den Überbringer wertvoller Informationen –, und die Bulldogen hatten den ausdrücklichen Befehl, ihre gewohnten Beschäftigungen auszusetzen, durch die Straßen zu patrouillieren und Tamar oder den unbekannten, groß gewachsenen jungen Mann zu suchen, der aus dem Nichts aufgetaucht war und mit Tamars Hündin durch die Stadt lief, seine Nase in alle Angelegenheiten steckte und Pessach und seinen Leuten immer einen Schritt voraus war.

Und so geschah es, dass Assaf, der aus Theodoras Haus kam und sich Mühe gab, sich nur in Seitenstraßen zu bewegen, ohne es zu wissen sofort eine Schleppe der Aufmerksamkeit hinter sich herzog. Er folgte Dinka, legte ihr Schicksal in ihre Hände, in ihre Beine, und es war ihm gleich, wohin sie rannte, solange sie sie beide aus der gefährlichen Gegend des durchwühlten Hauses brachte. Er war so damit beschäftigt, zu verschwinden, dass auch das, was er sah, aus seinem Blick verschwand. So verpasste er den kleinen Fettwanst, der an der Falafelbude an der Kreuzung King George / Agripastraße stand und seit gestern, so sah es aus, versuchte, einen Subaru mit offener Motorhaube zu reparieren. In diesem Augenblick klingelte dessen Handy. Ein Armamputierter in der nahen Ha-Histadrut-Straße, der in einer Losbude saß, gab ihm Bescheid, dass er gerade einen Jungen und einen Hund gesehen hatte, auf die die Beschreibung passte, und berichtete, in welche Richtung sie gelaufen waren. Der Dicke sagte kein Wort und wählte sofort eine Nummer. Jemand, der nicht die Geduld hatte, auch nur ein Klingelzeichen abzuwarten, antwortete sofort. Der Dicke gab ihm die Information weiter. Der Mann hörte zu und legte auf. Und in ebendiesem Moment liefen zu seiner Verwunderung der Junge und die Hündin an ihm vorbei. Assaf bemerkte in seinem Lauf auch nicht den unterernährten Mann mit den breiten Koteletten, der sich hinter ihm in Bewegung setzte, schnell, beinahe rennend, und der wählte und leise in den Apparat sprach: »Sie erreichen gleich die Schlangenfrau. Der Hund bleibt stehen, was ist los? Moment – sie betreten den Kreis, von hier aus seh ich sie nicht, sag allen, sie sollen herkommen, schick auch einen Wagen, ich hab sie fast in der Hand, wir haben es gehört, schrei nicht so, was geht denn da vor?«

Was da vorging, war, dass die Schlangenfrau Dinka erkannt hatte. Es war kurz bevor es ihr gelungen war, ihren biegsamen Körper in das große Aquarium zu winden, und man den Deckel schließen konnte. Plötzlich wurde ihr Blick starr, der völlig glasig und ganz nach innen gerichtet war, ihr etwas bitteres Gesicht spannte sich in Windeseile, sie befreite sich aus sich selbst mit schnarrenden, knackenden Knochen, löste Knoten für Knoten, befreite flink ein Bein unter der Achsel und einen Arm um den Knöchel, stellte sich hin und schrie: »Schischko! Der Hund! Ihr Köter!«

Ein Tumult entstand. Menschen schreckten zurück und rannten nach allen Seiten, rempelten sich an, stießen gegen vier Männer mit trübem Blick, die aus vier verschiedenen Gassen stoben und versuchten, den Kreis zu stürmen. In dem ganzen Durcheinander entschlüpften Assaf und Dinka wie entzweit, drei Straßen weiter vereinten sie sich wieder, fanden sich allein auf Grund ihres Gespürs, auf Grund eines tiefen, inneren Wissens, erschrocken, denn die ganze Welt jagte sie, die Stadt war ein einziges Jagdrevier, jeder Mensch um sie herum ein verkleideter Jäger. Jetzt hing alles nur noch an Dinka, denn Assaf war beinahe gelähmt vor Angst, allein hatte er keine Chance. Sie zog ihn hinter sich her, rief ihn, und preschte mit überhündlichen Kräften vorwärts. Sie war ein Schlittenhund, ein Bernhardiner, eine Blindenhündin, eine Wölfin. In einer engen Sackgasse tauchte sie mit ihm in einem kleinen Hof unter und beide warteten, sich angstvoll umarmend, und sie sahen den Unterernährten, der Assaf an einen gequälten Elvis Presley erinnerte, wie er an ihnen vorbeizog und verschwand. Dinka knurrte und fletschte die Zähne. Assaf legte ihr die Hand auf die Schnauze. Einen Moment später verließen sie die Gasse in der entgegengesetzten Richtung. Noch ein Moment des verrückten Laufs, keine Chance, dachte Assaf, an der nächsten Kreuzung haben sie mich – und dann ein kurzes, fröhliches Bellen und vor seinen Augen ein Tor mit einem Schild: »Bei Lea«. Er stieß einen Schrei des Erstaunens aus. Dinka stellte sich auf und öffnete das Tor, er warf einen letzten Blick zurück und fiel beinahe vor Erleichterung stöhnend in den Hof.

Mitten in dem kleinen Innenhof stand eine junge Tamariske. Ein paar Tische und Stühle waren aufgestellt und zum Essen gedeckt. Ein älteres Paar saß an einem der Tische, unterhielt sich leise und hob nicht mal den Kopf nach ihm. Assaf und Dinka überquerten den Hof, stiegen drei Stufen hoch und kamen in einen großen Raum. Auch dort standen gedeckte Tische und beinahe an jedem saßen speisende Gäste. Assaf schüttelte sich und wusste nicht, was er tun, an wen er sich wenden sollte. Die Leute sahen ihn an. Er fühlte sich schmutzig, struppig und abstoßend, doch Dinka zog ihn durch die Tischreihen, trennte eine Schwingtür in zwei Teile und plötzlich fand Assaf sich mitten in der Küche wieder.

Seine Sinne nahmen zu viele Eindrücke gleichzeitig auf. Ein Koch, ein großer blubbernder Topf, der Duft nach einem unbekannten Gericht, zischende Pfannen, jemand, der von draußen durch eine kleine Luke rief: »Einmal Chicorée mit Roquefort!« Ein Junge, der einen Berg Tomaten zerschnitt, ein kleiner, rundlicher Mann, der in der Ecke stand und ganz und gar nicht hierher zu gehören schien, und eine große, abweisende Frau, die sich ruckartig in seine Richtung wandte und deren Gesicht von langen, schlecht geheilten Stichnarben überzogen war; sie stellte sich mit verschränkten Armen vor ihm auf und knurrte, was er, verdammt noch mal, in ihrer Küche zu suchen habe.

Und dann sah sie Dinka und ihre Augen begannen zu strahlen: »Dinka, Dinki!«, rief sie und kniete sich hin, umarmte sie und zog sie an sich. Genauso hat Theodora sie umarmt, dachte Assaf und versuchte, wieder Atem zu schöpfen. »Dinka, meine Süße, wo hast du denn die letzten vier Tage gesteckt? Die ganze Stadt hab ich nach dir durchgekämmt! Zion, schnell, gib ihr

Wasser, sieh nur, wie durstig sie ist!« Assaf nutzte die Gelegenheit, für einen Moment durch die Schwingtür zu sehen, um zu prüfen, ob seine Verfolger nicht bereits das Restaurant stürmten.

Die Frau stand langsam auf und postierte sich vor ihm. »Und wer bist du?«

Ihr Blick schärfte sich so sehr, dass es ihm für einen Moment die Sprache verschlug. Er hatte keine Ahnung, wie er ihr den wilden Überfall auf die Küche ihres Restaurants erklären sollte. Das gesamte Küchenpersonal, die Kellner, der Junge, der Gemüse hackte, der Koch, der die Hand hob, um dem Lehrling zu zeigen, in welchem Regal der Chicorée aufbewahrt wurde – alle erstarrten mitten in ihrer Bewegung. Assaf sah in höchster Not um sich. Dann zog er seinen Berufspanzer über: »Kennen Sie vielleicht die Hundebesitzerin?«, fragte er mit der amtlichsten Stimme, die er aufbrachte, der Stimme von Formular 76.

»Ich hab gefragt, wer du bist.« Ihre Stimme war scharf und stechend. Eine Stimme, die keine Späße zuließ, und Lea sah ihn mit solch offenem Misstrauen an, dass Assaf beleidigt war und um ein Haar eine wütende, ausladende Rede geschwungen hätte, die schon seit zwei Tagen in ihm brodelte: Was soll das heißen, wer ich bin? Ich bin der, der mit dieser Hündin durch die Stadt rennt, um sie ihrem rechtmäßigen Besitzer auszuhändigen. Ich bin der, den jeder, der mich sieht, anzugreifen, zu verfolgen und zu Hackfleisch zu verarbeiten trachtet, usw.

Stattdessen sagte er: »Ich arbeite bei der Stadtverwaltung und suche den Besitzer dieser Hündin.«

»Dann lass sie hier«, sagte sie entschieden, »und tschüss, wir sind mitten in der Arbeit.«

Und sie hielt ihm schon die Tür auf und legte eine große starke Hand auf seine Schulter. Die kleine Küche kehrte zum Leben und zur Arbeit zurück. Der Junge mit dem Messer widmete sich wieder den Tomaten und der Koch streichelte liebevoll die Wange seines Lehrlings.

»Nein«, sagte Assaf, »das ist ausgeschlossen.«

Die Frau hielt mitten in der Bewegung inne und auch die anderen versteinerten erneut. »So, und warum? Wo ist das Problem?«

»Weil ... weil Sie nicht die rechtmäßige Eigentümerin sind.«

»Ach nein?« Wie stechender Stacheldraht wurde ihr »Ach nein« über ihn gewunden. »Und woher willst du das so genau wissen?«

Dinka, die geräuschvoll ihr Wasser schlürfte, bellte plötzlich. Sie hörte auf zu trinken, stellte sich vor Lea hin und kläffte sie mit ungewohnter Entschiedenheit an. Wasser tropfte von ihrer Schnauze, aber sie hörte nicht auf zu bellen, um es abzulecken: Sie stand zwischen beiden und warf Lea einen harten Blick zu, und für einen Moment schien es, als würde sie vor Ungeduld mit der Pfote aufstampfen.

»Schluss, Dinka«, sagte Assaf verlegen. »Das ist Lea. Was hast du denn?«

Aber Dinka beruhigte sich nicht. Sie beschrieb einen Kreis um Assaf, als zöge sie eine Linie um ihn, dann setzte sie sich auf die Hinterbeine, wandte ihm den Rücken und Lea die Schnauze zu und bellte noch einmal klar und unmissverständlich.

»Seht sie euch an, seht euch das an«, sagte Lea leise.

Etwas bohrte sich unter Tamars Rucksack in seinen Rücken. Er wollte sich umdrehen, aber der Druck verstärkte sich, als presse sich ein Eisenrohr an ihn.

»Beantworte der Dame gefälligst ihre Frage«, sagte die Stimme eines älteren Herrn hinter ihm. »Wenn du nicht willst, dass ich dich mit Dumdumkugeln durchlöchere, die sich in deinem ganzen Körper ausbreiten und jedes gutartige Gewebe in dir zerstören.«

»Mosche!«, stieß Lea zornig aus. »Treib es nicht auf die Spitze!«

Ich fass es nicht, dachte Assaf, ein Gewehr? Jetzt kommen sie auch noch mit Gewehren? Was ist denn hier bloß los? Was hat diese Tamar denn angestellt, dass alle rundherum den Verstand verlieren?

»Ich zähle bis drei«, sagte der Mann, »und dann betätigt mein Finger ganz langsam den Drücker.«

»Du betätigst keinen Drücker und hörst auch sonst mit diesem Quatsch auf!«, schrie Lea. »Weg mit der Kanone! Samir, geh, deck im Nebenzimmer einen Tisch für zwei Personen und gib Dinka was zu fressen. Wie heißt du eigentlich?«

»Assaf.«

»Folge mir!«

Sie führte ihn in einen kleinen Raum, in dem nur zwei Tische standen, die beide nicht besetzt waren. Sie nahm ihm gegenüber Platz. »Jetzt erklärst du mir alles vom Anfang bis zum Ende. Doch ich warne dich –«, sie berührte leicht ihre Nase, »ich rieche es, wenn einer die Unwahrheit sagt.«

Assaf zeigte ihr das Formular und erklärte ihr das Danoch'sche System zum Auffinden der Eigentümer verlorener Hunde. Aber Lea würdigte das Formular kaum eines Blickes. Sie musterte Assaf ausgiebig und vertiefte sich in sein Gesicht, als wolle sie es aufsaugen. »Übrigens«, fiel sie ihm ins Wort, »ich bin Lea.« Sie reichte ihm ihre große, männliche Hand und war erstaunt über seinen Händedruck, der ihre Hand beinahe zerquetschte.

»Woher hast du das?«, fragte sie und zeigte auf seine geschwollene Nase.

Er erzählte.

»Ich versteh nicht, was du dort verloren hast. Wie bist du da überhaupt hingekommen?«

Er erzählte, auch von Sergej.

»Und woher stammt die da?« Sie deutete auf die lange Schramme auf seiner Stirn, die er beinahe vergessen hatte.

»Das? Ach ja, die ist von gestern. Von der Polizei.«

Und er erzählte.

Und Lea hörte zu.

»Und der da gehört ihr«, sagte er, zeigte auf den Rucksack und erzählte, wie er ihn von der Gepäckaufbewahrung abgeholt hatte.

Lea sagte kein Wort. Sie saß vor ihm, sah ihn an und die beiden senkrechten Furchen über ihrer Nasenwurzel vertieften sich. Plötzlich war es, als erwache sie. »Und in diesem ganzen Chaos hast du heute sicher noch nichts gefuttert! Jetzt wird erst mal tüchtig zugelangt, dann sehen wir weiter.« Bei ihren Worten spürte er tatsächlich tief in seinen Eingeweiden ein beißendes Kneifen. »Und was ist mit Tamar?«, raunte er und schluckte. »Ich glaube, das ist jetzt nicht der richtige Moment. Wir dürfen keine Zeit verlieren!« Lea sah, wie sein Adamsapfel zuckte, sie hörte seine Antwort und etwas in ihr regte sich. Seit zwölf Jahren führte sie das Restaurant und bis zu diesem Augenblick war ihr niemand über den Weg gelaufen, der eine Einladung zum Essen abgeschlagen hätte. »Tamar ist in Sicherheit«, sagte sie und ließ sämtliche Vorsichtsmaßnahmen außer Acht. »Jetzt wird erst mal was gegessen.«

»Ich hab leider kein Geld mehr«, fiel Assaf verzweifelt ein, »man hat mich ausgeraubt.«

»Betrachte dich als eingeladen. Was magst du am liebsten?!«

»Alles«, grinste er, streckte seine Beine aus und spürte, dass er hier gut aufgehoben war.

»Dann sollst du alles haben«, bestimmte sie, stand auf und blieb in ihrer vollen Größe stehen. »Ich geh wieder in die Küche, aber keine Angst, ich bleib der Nähe.«

Er vertilgte vergnügt den Aufmarsch der Gerichte, die Lea ihm auftragen ließ. Das Essen war vortrefflich und raffiniert gewürzt und seine Sinne benebelten sich in einem Schwindel erregenden Trommelwirbel der Geschmäcker, der eine eindeutige Botschaft verkündete: Hier wollte jemand Assaf verwöhnen.

Durch die kleine Luke warf Lea ihm ab und an einen Blick aus der Küche zu, den sie nachdenklich auf ihm ruhen ließ und der mit großem Genuss seinen urtümlichen, gesunden Appetit registrierte. Plötzlich spannte sie sich, beugte sich vor, als habe sie einen Hexenschuss oder als bohre sich eine Idee in sie hinein. Sie rief nach Samir und tuschelte mit ihm in der Ecke. Sie bat ihn, zu ihr nach Hause zu gehen, die Kinderfrau wegzuschicken und Noiku herzubringen. Schnell. Samir sah sie ungläubig an: »Hierher? Mitten im Service? Bist du sicher?«

Ja, ja, sie ist sich sicher. Schnell. Sie muss etwas Wichtiges klarstellen.

»Sieh mal, ich weiß, dass sie verschwunden ist«, sagte Assaf, der es an der Zeit fand, auf den Punkt zu kommen. Lea saß vor ihm und rührte in ihrem Kaffee. »Und ich weiß auch, dass sie in Schwierigkeiten steckt. Ich muss sie finden. Kann ich mit deiner Hilfe rechnen?«

»Ich würde dir gerne helfen, aber mir sind die Hände gebunden.«

»Ach«, sagte Assaf enttäuscht, »genau wie Theodora.« Es herrschte langes Schweigen, Spannung machte sich in der Luft breit. Lea dachte erstaunt: Was? Sogar bei Theodora warst du? Etwas an ihm wühlte sie auf. Sie wusste nicht, was es war. Assaf schwieg. Er dachte, das ist nicht fair. Jemand musste ihm jetzt weiterhelfen, allein kam er nicht mehr weiter. Auch Lea bereitete ihre Abweisung Unbehagen und sie hätte das Gespräch gerne wieder belebt: »Weißt du, dass ich dieser Theodora noch nie begegnet bin?« Sie zuckte die Achseln. »Ich hab schon mal gedacht, meine Güte, vielleicht ist sie ja nur ein Hirngespinst Tamars?« Sie tastete sich vorsichtig vor: »Du hast ja mittlerweile sicher geschnallt, dass sie auf die verrücktesten Ideen kommt?«

Assaf dachte an Mazliach, sah das Mädchen auf dem Fass und lächelte.

»Und auch –« Lea fühlte, dass sie über ein dünnes Seil balancierte, als sie mit einem Wildfremden über Tamar sprach, und trotzdem sagte ihr Bauch ihr, dass sie es für und nicht gegen Tamar tat, »– dass es ihr unheimlich wichtig ist, dass ihre

Freunde sich nicht begegnen. Sie – sie will mit jedem allein
sein, als ob sie mit jedem eine eigene Welt teilt«, sagte sie und
wieder beobachtete sie den Einfluss ihrer Worte auf ihn und
dachte, zu allem Überfluss hat er auch noch ein irres Lächeln.
»Und wenn ich sie frage, warum das so ist, was sagt sie mir
dann? ›Teile und herrsche‹! Was meinst du dazu?«

»Was ich dazu meine?« Es tat so unendlich gut, dass er in
den Rang eines Experten in Sachen Tamar erhoben wurde; als
ob er durch seine Reise in ihren Fußspuren genügend Erfahrung und Kenntnisse erworben hatte, um sie zu beurteilen. Er
sagte: »Vielleicht … vielleicht hat sie so mehr Freiheit. Ich
meine, dass sie –«, plötzlich sprang ihm ein Wort Rellis in den
Mund »– auf diese Weise vielleicht mehr ›Freiraum‹ hat.«

»Das hab ich auch schon gedacht!«, ereiferte sich Lea.
»Wenn du mich fragst, dann kann sie mit ihrem ›Teile und
herrsche‹ bei jedem ihrer Freunde ein anderer Mensch sein.«

»Das könnte sein«, fasste Assaf die Diskussion zusammen.
»Ihre Freiheit ist ihr das Wichtigste.« Und er saß einen Augenblick ein wenig unschlüssig da, etwas, das in einem völlig anderen Zusammenhang stand, das mit Relli und Nashorn zu tun
hatte, verwirrte ihn; als ob er eine Sekunde gefühlt hätte, dass
in Rellis Worten auch ein Funke Wahrheit steckte.

Lea legte ihr Gesicht in ihre Hand und sah ihn an und durch
ihn hindurch; sie ließ sich von einem fernen Gedanken treiben,
trudelte ein wenig in ihm, kehrte zurück zu Assaf. »Sag mal,
bist du – wie soll ich es formulieren – was machst du außer der
Schule noch? Hast du was mit Kunst am Hut?«

»Nein.« Er lachte schallend. »Was ist das denn für eine
Frage?«

»Ach, nur so.« Der Anflug eines Lächelns der Befriedi-
gung huschte über ihre Lippen. Assaf fragte sich, ob seine Fotos als Kunst durchgehen könnten. Man könnte sie vielleicht
als Kunst bezeichnen. Der Leiter des Fotokurses hielt sie schon
dafür. In der Ausstellung zum Jahresende waren fünf seiner
Arbeiten präsentiert, aber er wäre nie auf die Idee gekommen,

sich selbst für einen »Künstler« zu halten. Allein der Gedanke war ihm zuwider. Vielleicht weil Relli stets darauf bestand, sich als »Künstlerin« vorzustellen, was er immer maßlos übertrieben fand; echte Künstler waren Cartier-Bresson oder Diane Arbus und noch viele andere, deren Werke er bewunderte und studierte, aber was war er im Vergleich zu ihnen!

Ein schreiendes Paket wurde vor seinen Augen übergeben. Samir war zurückgekommen und überreichte Lea mit einem Seufzer der Erleichterung ein kleines tobendes Mädchen und erklärte, dass er sie aus dem Schlaf reißen musste und dass sie den ganzen Weg über gebrüllt habe.

Assaf schätzte, dass das Kind zwei oder drei Jahre alt sein musste. Es war sehr zierlich, hatte elfenbeinfarbene Haut, schwarzes, glattes Haar und schwarze Schlitzaugen, die vor Zorn zugekniffen und fast nicht zu sehen waren. Er ließ seinen Blick von dem Kind und zu Lea und von ihr wieder zu dem Kind gleiten, versuchte, zwischen der großen dunklen Frau mit dem narbigen Gesicht und dem schlitzäugigen Mädchen eine Verbindung herzustellen und begann zu begreifen. Es war ganz einfach.

»Lea«, erklang eine Stimme aus der Küche, »was ist mit der Marinade?«

Lea stand auf, das schreiende Mädchen auf dem Arm, zögerte einen Moment vor der Küchentür und reichte es mit einer plötzlichen Bewegung Assaf. Jetzt hatte er die Kleine auf dem Arm, die erstaunlich leicht war, etwa die Hälfte von Mucki wog, die nach den Worten seiner Mutter ein Kind war, »das mit beiden Stempeln auf der Erde« stand, und diese Kleine hier war eine Feder, duftend und wunderschön, soweit man es durch den Sturm, den sie mit ihren Schreien und nach allen Richtungen schlagenden Fäusten verursachte, beurteilen konnte. Er lächelte sie an und sie schrie, er leckte seine Lippen in Dinkas

Manier und sie trat. Er bellte und sie schwieg. Sie sah ihn überrascht an. Wartete. Wieder bellte er und wackelte mit den Ohren. Sie ließ einen schnellen schelmischen Blick von ihm zu Dinka wandern. Zwischen den Tränen begann etwas aufzugehen. Er hob einen Finger in die Luft. Sie streckte ihren Finger aus und berührte seinen. Sie schluchzte nur noch selten zwischen ihrem Lächeln. Er nickte – »ja« – mit dem Kopf und sie tat es ihm gleich, er schüttelte ihn – »nein« – und sie schüttelte ihren. Und so, ohne Worte, nur durch Blicke und Zungenschnalzen und geschürzte Lippen erwachten in ihm all die Sehnsüchte nach Mucki, nahmen den ganzen Raum ein, taten weh. Noa streckte ihre kleinen Hände aus, um sein Gesicht zu berühren, glitt über seine Augen und die geschwollene Nase, berührte die blauen Blutergüsse, und Assaf saß mit fast geschlossenen Augen da und ließ sie gewähren, er schmolz geradezu dahin und als er die Augen aufschlug, sah er, dass Lea zurück war, und wollte ihr die Kleine reichen, aber die wollte sich nicht von ihm trennen.

»Du scheinst Noa zu gefallen«, sagte Lea ernst. »Jetzt –«

Aber Noa war auch nicht bereit, ihn mit jemandem zu teilen. Mit beiden Händen hielt sie sein Gesicht, zog es zu sich heran und erzählte ihm aufgeregt von einem Hamster in der Kinderkrippe, der sich an einer Glasscherbe geschnitten hatte und blutete ... Assaf wiederholte ihre halben Worte und entzifferte sie eins nach dem andern. Als Mucki in dem Alter war, in dem Kinder nur einsilbige Wörter benutzen, schrieb Assaf ein eigenes Wörterbuch für sie, damit ihre Kinderfrau sie verstand. Lea setzte sich neben die beiden, hörte ihrem Gespräch zu und ihr Gesicht strahlte. »Jetzt hör mir mal zu«, sagte sie schließlich, als Noa bereit war, sich einen Moment von ihm zu trennen und mit Dinka auf dem Fußboden herumzutollen begann. »Ich muss dir etwas sagen –«

Sofort wurde er ernst und verkrampfte sich. Sie hob ihre Hände und schuf vor ihrem Mund ein kleines Fingerzelt und über der Zeltspitze waren ihre Augen auf ihn geheftet, die plötzlich schmal waren und funkelnd. »Du musst wissen, wenn du Tamar etwas Böses antun solltest, werde ich dich bis zum Ende der Welt verfolgen und dich mit diesen zehn Fingern erwürgen. Hast du mich verstanden?«

Er druckste irgendeine Antwort zusammen. Er dachte daran, dass Theodora ihm etwas Ähnliches angedroht hatte, doch bei Lea hatte er den Eindruck, dass sie wusste, wovon sie sprach.

»Ich mag vielleicht keine Intelligenzbestie sein«, eröffnete sie mit gewisser Feierlichkeit eine Rede, »und Gott allein weiß, was für einen Mist ich im Leben schon gebaut habe.« Unbewußt berührten ihre Finger die langen Narben. Mit einer Rasierklinge, die in einer Kartoffel steckte, hatten drei Gangster einer verfeindeten Gang sie ihr beigebracht. »Und ich war auch nicht auf der Uni. Mit Hängen und Würgen habe ich den Hauptschulabschluss geschafft, aber ich versteh was von Menschen und beobachte dich seit einer Stunde. Was ich wissen muss, weiß ich.«

Assaf verstand nicht, worauf sie hinaus wollte, aber er wollte sie nicht unterbrechen.

»Die Dinge liegen folgendermaßen«, sagte sie und legte die offenen Hände auf den Tisch, »Tamar ist da in eine Sache verwickelt.«

Die Drogen, dachte Assaf.

»In etwas Saublödes, das mit allen möglichen zweideutigen Gestalten, sogar Verbrechern, zu tun hat.«

Er hörte zu. Nichts, was sie bis jetzt gesagt hatte, überraschte ihn (etwas anderes verblüffte ihn – dass er in der Lage war, natürlich und selbstverständlich mit einem Menschen, den er gerade erst kennen gelernt hatte, zusammenzusitzen und zu plaudern; und durch seine Spannung und Angst fühlte Assaf sich wie einer, der gerade, ohne es zu bemerken, einen äußerst komplizierten Tanz gelernt hat).

»Und so wie sie auf dem Weg zu mir hinter dir her waren«, fuhr Lea fort, »werden sie, nehmen wir mal an – also angenommen – ich sage dir, wo sie jetzt ist, und angenommen, du gehst dort hin, werden sie dir in null Komma nix auf den Fersen sein. Und so klug du auch sein magst, denen entgehst du nicht. Von diesen Dingen verstehen sie mehr als du. Begreifst du, welche Sorgen ich mir mache?«

Er schwieg.

»Darum schlage ich vor, dass Dinka hier bleibt.«

»Warum?«

»Nun, ich denke, sie suchen einen Jungen mit Hund, richtig? Wenn du ohne den Hund gehst, folgt dir kein Schwein. Ich kenne ihre Gedankengänge.«

Assaf dachte nach.

»Na, was meinst du?«

»Dass ich Dinka mitnehmen werde und weiter nach Tamar suche.«

Sie seufzte und sah in sein ramponiertes Gesicht. »Sag mal«, sie stellte ihm eine Frage, die man ihr früher, fünfzehn Jahre früher, immer wieder gestellt hatte: »Hast du denn vor gar nichts Angst?«

»Doch, klar«, grinste er und dachte, du hättest sehen sollen, wie mir die Knie schlotterten bei dem Typ an dem Wasserbecken und wie mir auf dem Weg hierher die Muffe ging. »Aber ich werde sie finden.« Er wusste nicht, woher er diese Sicherheit nahm. Er fühlte, dass auch er, wie die Witzfigur mit dem Gewehr, redete wie ein Kinostar. »Eins steht nämlich fest«, murmelte er, segelte auf einem Gedanken, vergaß sich für einen Moment, »ich werde sie finden ...«

Sie sah ihn mit seltsamer Genugtuung an: Wie er sich nach vorne beugte und mit gespreizten Füßen seine Knie aneinander schmiegte und wie seine Finger, von denen jeder einzelne in eine andere Richtung zeigte, seine schielenden Finger, sich in einer kindlich verträumten Geste ineinander verschränkt bogen, als bäte er um etwas. Sein verschämtes inneres Lächeln stieg an die Oberfläche und hinterließ in seinen Mundwinkeln zwei Lichtflecken und Lea wurde von einer kleinen Welle der Zärtlichkeit überrollt.

»Ja«, flüsterte sie in einer ungewohnten Schwäche, wie um seinen Gedanken zu beantworten.

».. . vor lauter Hinter-ihr-Herlaufen habe ich das Gefühl, ich kenne sie bereits«, murmelte er zu seiner eigenen Überraschung. Die Worte schlüpften einfach aus ihm heraus.

»Das ist genau, was ich seit dem Moment denke, als wir unser Gespräch begannen«, sagte sie leise.

»Was?« Er kam zu sich, verstört von dem geistesabwesenden Dialog.

»Komm«, sagte sie und stand auf. »Wir machen einen Ausflug.«

»Wohin?«

»Das wirst du gleich sehen.« Und im Gehen fügte sie an sich selbst gerichtet hinzu: »Wir Frauen müssen zusammenhalten.«

Sie gab dem Koch ein paar Anweisungen und bereitete ein Fläschchen für Noa vor. Dann notierte sie etwas auf einen Zettel, den sie in einen Umschlag steckte. Assaf stellte nicht eine einzige Frage. Als sie den Hof des Restaurants verließen, sah er gründlich nach rechts und links, die Straße war menschenleer. Er bemerkte, dass auch Lea sich genau umsah und selbst Dinka sich vergewisserte. Auf dem Parkplatz stiegen sie in einen alten gelben Käfer und Lea schnallte Noa in einen hypermodernen Kindersitz, der so teuer aussah wie der Wagen an sich. Geraume Zeit fuhren sie durch enge Gassen, hin und wieder blieb Lea am Rand stehen, wartete eine Weile und fuhr erst dann weiter. Einmal bremste sie scharf, obwohl die Straße vollkommen leer aussah, drehte, fuhr auf einen kleinen Parkplatz und wartete wieder. Und schon in der nächsten Minute rannten zwei Männer durch die Straße. Assaf erkannte einen von ihnen, den Unterernährten, der ihn verfolgt hatte. Er sah Lea fassungslos an und fragte sie, wie sie die Verfolger erriet, bevor sie sie sah. »Mir machen die nichts vor«, kicherte sie und raste in falscher Richtung in eine Einbahnstraße. Und so fuhren sie noch eine ganze Weile weiter, Leas Sinnen folgend. Assaf bemerkte, dass sie häufiger in den Rückspiegel als durch die Windschutzscheibe sah, doch er stellte keine Fragen mehr.

»Hör mal«, sagte sie später, »sei mir nicht böse, aber ich möchte, dass du die Augen zumachst. Es ist besser, wenn du nicht siehst, wohin wir fahren.«

Er verstand sofort und schloss die Augen. Er hörte sie sagen: »Wenn sie dich, Gott behüte, schnappen, wirst du nicht sagen können, wohin ich dich kutschiert habe.«

»Soll ich sie mir zubinden?«

»Nein«, gluckste sie. »Ich glaube dir auch so.«

Assaf begann die Fahrt zu genießen, sich ein wenig von der Hektik des Tages zu entspannen und sich auf das, was vor ihm lag, vorzubereiten. Noa war eingeschlafen und auch Assaf fasste ein Nickerchen ins Auge.

»Soll ich das Radio einschalten?«

»Nein, danke.«

»Willst du eine Geschichte hören? Lass bloß die Augen zu!«

»Ja.«

Und Lea erzählte ihm von ihrem Restaurant, von den anstrengenden Lehrjahren in Frankreich und erwähnte wie nebenbei, nur in Andeutungen natürlich, ihr früheres Leben und schielte zu ihm rüber, um zu sehen, ob es ihn nicht schockierte, sah, dass es nicht so war, holte tief Luft, fuhr mit durchgedrückten Armen, sprach leise, wie sie manchmal mit Tamar sprach, versuchte nicht einmal gegen diesen seltsamen Drang, der sie überfiel, anzukämpfen, im Gegenteil, sie gab sich dem angenehmen, süchtig machenden Element hin, das die Luft um Assaf enthielt. Einen Moment fragte sie sich, ob sie ihm von Schaj erzählen sollte, doch sie beschloss, dass sie schon zu viel gesagt hatte, und auch so wäre Tamar schon sauer genug auf sie. Es war besser, ihn den Rest allein herausfinden zu lassen. Ab und zu sah sie ihn von der Seite an und dachte, dass sie sich gut vorstellen konnte, wie er in zehn, zwanzig oder dreißig Jahren aussehen würde. Mitunter meinte sie, dass er eingeschlafen war, und sie verstummte, doch dann brummte er leise und sie fuhr fort. Sie erzählte von Noiku, die das größte Geschenk war, das das Leben ihr gemacht hatte, und dass sie sie übrigens nicht zuletzt Tamar verdankte, die sie dazu ermutigt hatte, diesen Schritt zu machen. Plötzlich lachte sie auf. »Keine Ahnung, warum ich dir das alles erzähle. Du denkst sicher, dass ich es jedem X-beliebigen auf die Nase binde?!«

»Klar denk ich das. Erzähl weiter.«

Die Zeit verging wie im Flug. Noa seufzte leicht im Schlaf, Lea redete. Dann wurde sie still. Auch ohne die Augen zu öffnen merkte er, dass sie sich verkrampfte. Eine Straße voller Schlaglöcher führte in ein Tal. Das orangefarbene Licht der Nachmittagssonne ruhte auf seinen Lidern. Lea fuhr jetzt beinahe im Schritttempo. »Wenn du es wissen willst«, sagte sie unvermittelt mit veränderter Stimme, »dann sag ich es dir.«

»Was?«, fragte Assaf.

»Dass ich Tamar vorgestern hier rausgelassen hab.«

Er schlug die Augen auf und sah, dass sie neben einer einsamen Bushaltestelle hielten. Ein Pappschild baumelte an dem nahen Strommast: »Zur Hochzeit von Sigi und Motti«. Lea schob ihre Sonnenbrille in die Stirn, sah sich um und überwachte aufmerksam den Rückspiegel. Noa wurde wach und begann zu weinen. Sie sah Assaf an und lächelte. Er ließ einen Finger über ihre Wange gleiten und sie packte ihn und sagte seinen Namen.

Er stieg aus dem Wagen und Dinka, die die ganze Fahrt über geschlafen hatte, sprang hinter ihm her und schüttelte ihr Fell. Lea fischte einen kleinen Umschlag aus ihrer Tasche und überreichte ihn Assaf: »Den gibst du Tamar von mir. Eine Erklärung. Damit sie mich nicht verflucht. Und gib auf dich Acht.« Sie warf ihm einen Luftkuss zu. »Viel Erfolg, Assaf, pass auf sie auf.«

Sie wendete den Wagen und war weg.

Ohne zu zögern kletterte er die Böschung hinunter in den Wadi. Er duckte sich hinter einem Felsbrocken und wartete ein paar Minuten, um zu hören, ob nicht doch noch ein Wagen hielt. Totenstille. Kein Motor und auch keine Schritte. Er war allein, niemand war ihm auf der Spur. Doch es bereitete ihm Unbehagen, dass er keine Ahnung hatte, wo er sich befand.

Zwischen den Felsen schlängelte sich ein Weg. Assaf stieg ihn hinab. Dinka war bis zum Zerreißen angespannt. Immer wieder musste er sie zurückrufen. Neben einer krummen Eiche hielt er sie fest, kniete sich hin und flüsterte ihr zu:»Wir müssen ganz leise näher kommen. Du darfst jetzt nicht bellen, ja? Kein Geräusch, bis wir sehen, was dort los ist. Versprochen?«

Sie stiegen weiter den Hang hinab. Das Tal war viel tiefer, als er es von oben gedacht hätte. Sie passierten bedächtig und mucksmäuschenstill eine enge Schlucht. Als sie zwischen zwei Hügeln standen, hörten sie die Stimmen.

Er konnte nicht ausmachen, woher sie kamen. Kampfgeräusche, Schreie und Stöhnen. Ein junger Mann, vielleicht noch ein Junge, schrie hysterisch, es wird dir nicht helfen, du kannst mich nicht festhalten, ich bin nicht dein Gefangener, und ein Mädchen weinte oder bettelte um etwas.

Dinka riss sich los und erst auf dem Gipfel des Erdhügels gelang es ihm, sich auf sie zu werfen. Beide atmeten schnell. Assaf flüsterte ihr bettelnd zu: Leise, sei still, Dinka, jetzt noch nicht. Er wusste nicht, was er tun sollte. Er war verwirrt und ängstlich und machte vielleicht deshalb seinen Gürtel ab und band Dinka damit an einen dünnen Baumstamm. Sie sah ihn derart beleidigt an, dass er es kaum fertig brachte, den Gürtel festzuziehen. Dann kletterte er leise über den Hügel. Am Fuß des Hügels, hinter einem dichten Strauch, sah er etwas Dunkles, das ihm wie ein großer Mund vorkam und sich in das Tor zu einer Höhle verwandelte. Davor stand, verschwitzt und keuchend, ein junger Mann, dessen zitternde Arme an seinem Körper herabhingen. Er war spindeldürr und konnte sich kaum auf den Beinen halten. Im nächsten Augenblick sah Assaf, dass noch jemand dort war, der reglos zu Füßen des jungen Mannes auf der Erde lag. Er dachte, es sei ein Junge mit einem Bürstenschnitt. Er geriet ganz aus dem Häuschen: Wer waren die beiden und wo war Tamar? Da bemerkte der junge Mann ihn, seine Augen weiteten sich voller Panik und er rannte in die entgegengesetzte Richtung. Assaf jagte ihm bestürzt hinterher. Die Verfolgungsjagd dauerte nur wenige Sekunden. Der junge Mann lief langsam und kraftlos, doch immer wenn Assaf ihn beinahe berührte, ließ ihn die Angst noch ein paar Schritte weiter den Wadi hinaufkriechen. Neben einem kräftigen Busch brachte Assaf ihn zu Fall, legte sich auf ihn und bog ihm den Arm auf den Rücken, wie man ihm den seinen in den letzten Tagen mehrfach zurückgebogen hatte. Der junge Mann unter ihm weinte und bettelte, Assaf solle ihn nicht töten, und Assaf dachte wie durch Nebel, dass sich hier etwas Merkwürdiges, ganz und gar Unlogisches zutrug: dass es unmöglich war, dass so einer, verschreckt und schwach, zu Tamars Verfolgern gehörte. Der Junge versuchte im Liegen wegzukriechen, sein Körper verkrampfte und wand sich. Assaf drückte ihn dicht auf die Erde und schrie, er solle sich nicht rühren. In diesem Augenblick hörte er eilige Schritte in dem Buschwerk hinter seinem Rücken. Er drehte sich um, eine Spur zu langsam, sah, dass etwas von oben auf ihn heruntersauste, und der Himmel riss in zwei Teile, die zerfielen. Er begriff nur noch, dass er einen kräftigen Hieb auf den Kopf bekommen hatte.

»Wie du mit ausgebreiteten Flügeln bist.«

»Keine Bewegung! Liegen beiben! Bei der kleinsten Bewegung –!«

Assaf hörte es, aber er musste sich einfach bewegen. Er befürchtete ernsthaft, wenn er liegen bliebe, würde ihm sein Hirn aus den Ohren laufen. Das neue Gefühl gesellte sich zu den dröhnenden Schmerzen in seinem Kopf, die von den Hieben am Morgen herrührten und nun, mit dem neuen Schlag, gewaltsam wachgerüttelt worden waren und durch seinen gesamten Schädel tanzten, als empfingen sie jubelnd den Neuankömmling.

»Wer bist du?«, herrschte Tamar ihn an. »Was willst du hier?«

Assaf sah sie an und versuchte das Bild vor sich zu kitten. Aber der Kopf mit dem geschorenen Haar, den er sah, weigerte sich, sich mit der Stimme, die er hörte, zu vereinen. Zwischen den Nebelbänken, die sein Gehirn ausfüllten, blinkte ein Gedanke auf: Es ist ein Mädchen, kein Junge, wer ist das?

Und plötzlich durchfuhr ihn ein weiterer, scharfer Schmerz. Sie war es. Aber wo ist ihr Haar, wo ist die schwarze Mähne?

Hinter dem Hügel war ein Bellen zu hören. Vielleicht weil sie so sehr mit Assaf beschäftigt war, hörte Tamar es nicht. Er wollte ihr sagen, dass es Dinka war, aber zunächst musste er sich setzen, um das Zentrum des Schmerzes etwas zu verlagern. Er richtete sich ein wenig auf und Tamar sprang auf, stand über ihm und schwang eine lange Baubohle. Als er in die Höhe sah, taten ihm sogar die Pupillen weh. Eine Reihe rostiger Nägel ragte aus dem Brett und Assaf hoffte, dass sie ihn nicht durchlöchert hatten. Er fasste sich an den Kopf über dem Ohr – kein Blut. Nur noch eine weitere dicke warme Murmel für seine Sammlung. Der dürre junge Mann saß nun in der Nähe, gegen einen Fels gelehnt, und schloss die Augen.

»Was du hier machst?« Sie kreischte und ihre Stimme überschlug sich vor lauter Spannung und Angst. »Was willst du hier?«

Assaf begann zu verstehen: Sie hielt ihn für einen der Verfolger. Man musste es ihr erklären. Schwerfällig versuchte er sich zu erheben.

»Wenn du versuchst aufzustehen –!«

Er war ratlos. Sie war ganz unscharf, näherte und entfernte sich und sah gleichermaßen wild, erschrocken und gefährlich aus. Er betrachtete sie genau und dachte, dass sie selbst in diesem Aufzug, mit dem geschorenen Haar, dem wutverzerrten Mund, dem Brett in der Hand und in der dreckigen Latzhose, noch viel schöner war, als er gedacht hatte oder zumindest als sie sich in ihrem Tagebuch beschrieben hatte. Er saß einfach da und sah sie an und versuchte, ihr Aussehen mit allem, was er über sie wusste, und allem, was er fantasiert oder insgeheim gehofft hatte, in Einklang zu bringen, doch sie war vollkommen anders. Ihre Augen zum Beispiel, Theodora hatte etwas über sie gesagt, über den nackten, herausfordernden Blick, aber sie hatte kein Wort über die eigenartige Farbe, dieses Blaugrau, verloren (er hatte einmal eine ähnliche Farbe aufgenommen – den Herbstnebel in der Morgendämmerung über dem Scopusberg). Und auch wie sie auseinander standen, ihre Augen, als ob sich zwischen ihnen ein Platz der Ruhe erstreckte, ein Freiraum.

Er hatte ihr so unendlich viel zu sagen, doch er bekam den Mund nicht auf. Nicht weil er Angst vor ihr hatte, sondern weil es ihm mit Mädchen immer so ging. Mit jedem Mädchen oder mit fast jedem. Wenn er mit einem Mädchen zusammen war, das ihn tatsächlich berührte, fühlte er, wie er sie Sprosse für Sprosse resigniert und demütig herunterzusteigen begann, die Leiter der Evolution.

Er schlang die Hände um seine Knie und wartete. Der magere Typ schaukelte mit geschlossenen Augen vor und zurück und beide konnten für ihre Gefangenen gelten, und je länger das Schweigen andauerte, desto mehr wuchs Assafs Zorn auf sich selbst: Nach dieser erschöpfenden Reise, die ihn schließlich zu ihr geführt hatte, hatte er gehofft, dass er in ihrer Gegenwart anders reagieren würde, selbst bei Lea hatte er eine gewisse Veränderung an sich festgestellt. Und nun war er immer noch die alte Flasche, die Angst hatte, den Mund aufzumachen.

Plötzlich sagte der junge Mann, ohne die Augen zu öffnen: »Ist das nicht Dinka?«

»Dinka?« Tamar fuhr zusammen. Sie sah in die Richtung, aus der das Bellen kam.

Assaf erklärte: »Ich hab sie dir zurückgebracht.«

»Du hast sie mir zurückgebracht? Wieso denn? Woher denn?«

»Ist doch Wurst. Ich sollte sie dir bringen und hab es gemacht.« Er streckte die Hand in die Hemdtasche und befühlte Formular 76, dessen Text kaum noch lesbar war. »Egal«, murmelte er und zerknitterte und zerknüllte es zu einem kleinen Ball, den er in die Hosentasche steckte. Hundertfünfzig Schekel mehr oder weniger, aus dem Teleobjektiv würde dieses Jahr ohnehin nichts mehr werden.

Tamar lief rückwärts, und ohne ein Auge von Assaf zu lassen, kletterte sie den Hang hinauf. Als sie »Dinka!« rief, riss die Hündin sich los und flog ihr entgegen. Eine Staubwolke stieg über die Stelle, an der beide zusammentrafen. Rufe des Staunens, Wimmern und Kläffen. Assaf betrachtete die Szene und trotz seiner Schmerzen musste er lächeln.

Er stand schwerfällig auf und versuchte sich einigermaßen wiederherzustellen. Er wusste, dass er nun gehen und dorthin zurückkehren musste, wo er hingehörte, und dass er sich ein Leben lang für seinen Defätismus und seine Angst hassen würde. Es war nichts zu machen. Wäre Roi an seiner Stelle gewesen, hätte er längst einen Redeschwall vom Zaun gebrochen und sie mit seinen Abenteuern und seinen Prahlereien becirct, vor allem aber hätte er sie zum Lachen gebracht. Zum Lachen? Sie hätte sich vor Lachen gebogen, er hätte sie geplättet. Als er Anstalten machte zu gehen, hob sie sofort wieder das Brett vor sein Gesicht. Assaf machte zwei Schritte nach vorne, er zuckte die Achseln, zeigte, dass seine Hände leer waren, sie sollte ihn nur vorbeilassen, er würde nach Hause gehen. Seine Mission war erfüllt und morgen musste er wieder bei der Stadtverwaltung antreten. Tamar sah ihn verstört an, denn sein ganzes inneres Zwiegespräch stand ihm ins Gesicht geschrieben, sodass es ihr jetzt gequält und zutiefst betrübt vorkam. Sie verstand nicht, wer er war, und für einen Moment war sie sich nicht mehr sicher, dass er ihr tatsächlich gefährlich werden konnte, aber sie war noch immer voller Panik, und als er noch einen Schritt auf sie zu machte, zischte sie böse: »Dinka! Go!« Assaf sah sie fassungslos an. (Er konnte es nicht wissen, natürlich nicht: Vor neun Jahren hatte Tamars Vater sich bereit erklärt, ihr einen Hund zu kaufen, allerdings nur unter der Bedingung, dass man ihn dressieren ließ, damit er Tamar, falls nötig, beschützte. Jetzt, neun Jahre später, fiel Tamar diese seltsame Sache wieder ein.) Dinka stellte die Ohren auf und rührte sich nicht von der Stelle. »Go, Dinka, go!«, rief Tamar erschrocken und imitierte unbewusst den südafrikanischen Dialekt des Hundedresseurs. Dinka machte ein paar Schritte, ging auf Assaf zu, rieb ihren Kopf an seinem Knie und grub ihre Schnauze in seine Hand. Tamar sah ihr ungläubig zu. Noch nie hatte sie diese Geste Dinkas bei jemand anderem als bei ihr selbst beobachtet. Assaf sagte: »Jemand hat sie gefunden, wie sie in der Stadt herumstreunte und hat sie zur Stadtverwaltung gebracht. Ich arbeite dort in den Ferien.«

»Bei der Stadtverwaltung?«

»Ja, mein Vater kennt dort – egal. Also bin ich ein wenig mit ihr rumgelaufen. Wir haben dich gesucht.«

Tamar sah Dinka an, als erwarte sie eine Bestätigung seiner Worte. Dinka sah nach rechts und links und ließ ihre Zunge über ihr Maul gleiten. Dann stellte sie sich auf die Hinterbeine und stemmte die Pfoten gegen Assafs Brust.

Tamar ließ das Brett zur Erde plumpsen. »Wie ich sehe, hat man dich unterwegs ordentlich vermöbelt.« Er ließ seine Hand über die Sammlung seiner Verletzungen gleiten.

»Normalerweise sehe ich nicht so aus«, sagte er verlegen.

»Normalerweise schlage ich nicht zu.«

Assaf schwieg. Verlagerte sein Gewicht von einem Bein aufs andere, scharrte mit dem Schuh über seinen Knöchel. »Ach, ich soll dir ein paar Grüße bestellen«, fiel ihm plötzlich ein. »Von Theodora und von dem Pizzabäcker. Und auch von Mazliach. Und von Lea. Von Noa, ach ja, und von einem gewissen Herrn Honigmann.« Mit jedem Namen wurden ihre Augen größer. »Und von Sergej aus Lifta, von einem Drogenfahnder, der dich einmal beinahe erwischt hat, und von einer Cellistin, die mit einem roten Hut auf dem Kopf in der Fußgängerzone sitzt und spielt.«

Tamar machte einen Schritt auf ihn zu. Er dachte, sie hat Augen wie eine Wölfin, nüchtern und traurig: »All denen bist du begegnet?«

Er kraulte Dinka verlegen. »Sie hat mich zu ihnen geführt.«

Ein wenig abseits, an dem Felsen, wankte Schaj und murmelte etwas. Die beiden sahen ihn nicht an. Die Welt war nur das gegenüberliegende Augenpaar. Tamar näherte sich mehr und mehr und sah ihn mit größter Konzentration an, selbstvergessen, als schöpfe sie etwas aus seinen Augen, aus seinem Gesicht, aus seinem großen schlaksigen Körper. Assaf bewegte sich nicht. Normalerweise hätte solch ein Blick ihn gepeinigt. Er hätte sich unter ihm gewunden und wäre ganz zappelig geworden. Jetzt spürte er nur eine leichte Schwäche in den Beinen.

»Ich bin Tamar.«

»Ja, ich weiß.« Nach einer Sekunde fiel ihm ein: »Ich bin Assaf.«

Ein Moment der Verlegenheit. Händeschütteln? Zu offiziell.

Sie waren für den Bruchteil einer Sekunde schon einen Schritt weiter gewesen.

Tamar befreite sich als Erste. Sie zeigte: »Und das ist mein Bruder Schaj.«

»Dein Bruder?!!«

»Mein Bruder. Warum? Hast du das nicht gewusst?«

»Ich dachte die ganze Zeit, dass er, das heißt, dass du und er – ich wusste es nicht.«

Sie verstand sofort. »Du dachtest, er ist mein Freund?«

Assaf kicherte. Er wurde rot, zuckte die Achseln und in seinem Hirn begann sich ein winziges Zahnrad schneller zu drehen als die übrigen, bis es folgende Version zum Besten gab: »Wenn es so ist – dann ist es so, oder?« In Assaf liefen plötzlich die Dinge in einem neuen, verwirrenden Tempo ab. In der Seele, im Körper, ein merkwürdiges Gefühl, als würde ein neuer Mieter bei ihm einziehen und auf der Stelle beginnen, ihn von innen neu zu möblieren und in rasendem Tempo schwere Tische zu rücken, alte, modrige Schränke rauszuwerfen und durch etwas Leichtes, Luftiges, Elastisches, Bambusisches zu ersetzen. Plötzlich bemerkte Assaf, dass er unverzüglich einen wichtigen Punkt zwischen ihnen klären musste. Er zog ihren Rucksack von den Schultern und reichte ihn ihr. Sie riss ihn ihm aus der Hand, drückte ihn gegen ihr Herz und sah Assaf mit einem argwöhnischen, misstrauischen Blick an: »Was –?«

Er stählte seine Schultern für den Schlag, den er ihr versetzen würde: »Hör mal – ich hab ein bisschen darin gelesen, ich meine in den Heften. Es blieb mir nichts andres übrig.«

»Du hast mein Tagebuch gelesen?!«, kreischte sie und fuhr zurück und es tat ihm weh, als sie sich auch nur einen Schritt entfernte. »Du hast mein Tagebuch gelesen?!« Ihre Augen wurden schwarz vor Zorn, sofort wurde in ihnen die Flagge des Kampfes um ihre Privatsphäre gehisst und Assaf wusste, dass er sie in dem Moment verloren hatte, in dem er sie fand.

Und mit der gleichen Unmittelbarkeit zog sie die Flagge auch wieder ein. Sie sah ihn nur gequält und enttäuscht an und wartete auf eine Erklärung.

»Ich hab nur ganz wenig gelesen«, murmelte er. »Nur hie und da eine Seite. Ich dachte, dass ich dich mithilfe des Tagebuchs, verstehst du, dass ich dich mit seiner Hilfe finden kann –«

Sie zeigte keinerlei Reaktion. Sie schürzte ein wenig die Lippen und dachte nach. Sogar mitten in ihrem Zornessturm war sie am meisten darüber verblüfft, dass er es ihr gestanden hatte, dass er es gleich nach ihrer ersten Begegnung verraten hatte. Er hätte es ja auch für sich behalten können, sie hätte es nie herausgefunden. Seltsam, dachte sie, sie hatte den Eindruck, dass er es auf der Stelle loswerden musste, als wollte er nicht, dass zwischen ihnen eine Heimlichkeit oder eine Lüge stand.

»Also, du hast es gelesen«, sagte sie wieder langsam und versuchte die Bedeutung dieses Satzes zu verstehen, die ihr noch immer nicht ganz klar war: Er hatte ihr Tagebuch gelesen. Das war das Schlimmste, das man ihr antun konnte. Jetzt wusste er über sie Bescheid. Er kannte sie, wie sie war, wenn sie sich allein wähnte. Sie warf ihm einen vorsichtigen Blick zu. Sie hatte nicht den Eindruck, dass er sie deshalb besonders mied. Sie blinzelte ein wenig verwirrt. Das war etwas Neues und sie brauchte etwas Zeit, um es zu verstehen.

Assaf interpretierte ihr Schweigen falsch: »Sieh mal, ich hab ohnehin alles vergessen.«

Es machte sie seltsam traurig: »Nein, nein, vergiss es nicht!«, sagte sie eilig und überraschte ihn und noch mehr sich selbst. »Alles, was du dort gelesen hast, bin ich. Mehr ist nicht. Jetzt weißt du alles.«

Er sagte: »Nicht wirklich.« Im Grunde wollte er sagen: »Ich will noch viel mehr von dir wissen.« Aber es war ihm beinahe unmöglich, in langen Sätzen zu sprechen, ohne mittendrin heftig schlucken zu müssen.

»Was nun?«, fragte sie ein wenig von seiner Größe eingeschüchtert und auch, weil sie immer noch zu nah voreinander standen, zu sehr von Angesicht zu Angesicht. »Was machen wir nun?«

Plötzlich vermisste sie ihr dichtes Haar, sie hätte sich ein wenig darunter verstecken können und hätte sich nicht ganz so ausgezogen, beinahe nackt gefühlt. Und was redete sie da für einen Stuss? Was sollte dieses »machen wir«? Was hatte sie mit ihm zu schaffen? Sie versuchte einen Schritt zurück, doch er wollte ihr nicht gelingen. Risse, Spalten begannen sie in rasender Geschwindigkeit der Länge nach zu überziehen.

»Was du willst.«

»Was, was hast du gesagt?« Sie verstand nicht. Die Wärme, die sein Körper verströmte, war ihr viel anschaulicher als sein Gestammel. Er schwieg. Warum schwieg er so lange? Sie schlang die Arme um sich, als friere sie plötzlich. Sie senkte den Kopf und lächelte auf eine Weise, wie sie lange nicht gelächelt hatte, aber auch jetzt hatte sie keinen Anlass dazu. Dann sah sie auf sein linkes Ohr und seinen rechten Schuh. Sie leckte ihre Unterlippe, die trocken geworden war. Sie zuckte ein wenig grundlos die Achseln und bewegte ihre Schulterblätter und rieb sich die Arme. Sie merkte, dass sie es nicht im Griff hatte. Ihr Körper begann Bewegungen zu vollziehen, als spiele er irgendeine Rolle in einem archaischen Ritual oder einem Tanz, dessen Regeln im Voraus bestimmt waren, Millionen von Jahren im Voraus, und sie hatte keine Kontrolle darüber.

»Alles, was ich will?« Sie lächelte. Jemand in ihrem Herzen fuhr Slalom. Auch Assaf lächelte. Er zog die Schultern in die Höhe und streckte die Arme über dem Kopf. Plötzlich war sein ganzer Körper verspannt. Er trippelte ein wenig mit den Beinen, um seine Füße zu lockern, und ließ eine Hand durch sein wildes Haar gleiten. Der Rücken juckte ihn fürchterlich zwischen den Schultern, an der Stelle, die man allein nicht erreichen kann.

Ihr Lächeln wurde breiter: »Eigentlich hast du ja gesagt, du bist hier, um mir Dinka zu bringen. Du hast sie mir jetzt gebracht. Stimmt's. Und jetzt?«

Er warf einen forschenden Blick auf seine Schuhspitzen, ihr kompliziertes Design war ihm noch nie aufgefallen, diese faszinierende Kombination aus schwarzem Korpus und weißen Sohlen. Schon im nächsten Augenblick kamen sie ihm albern und hässlich vor und vor allem riesengroß: Wie konnte es sein, dass er schon ein ganzes Jahr in diesen Kähnen herumlief? War es da ein Wunder, dass ihn alle auslachten? War es ein Wunder, dass Dafi sich mit ihm genierte? Und die große, schicksalhafte Frage war nun, ob Tamar sie schon bemerkt hatte oder ob noch etwas zu retten war? Behutsam, aber schnell versteckte er einen von ihnen hinter dem zweiten und verlor um ein Haar das Gleichgewicht. Das hätte ihm gerade noch gefehlt, dass er hier vor ihr fiel. Was mach ich jetzt, verdammt noch mal? Sein Gesicht glühte schlagartig auf. Wer weiß, wie viele Pickel in diesem Augenblick in seinem Gesicht an die Oberfläche sprossen. Und das Jucken im Rücken raubte ihm den Verstand. Was war denn bloß los mit ihm?

Wieder reckte er die Schultern und breitete die Arme in ihrer ganzen Spannweite aus, verschränkte sie vor der Brust, als wolle er Kraft aus sich schöpfen, und sagte etwas, wovon er nie gedacht hätte, dass er es über die Lippen brächte: »Wenn du willst . . . ich meine, willst du vielleicht, dass ich bleibe?«

»Ja, ja.« Sie schwieg erschrocken. Wo waren diese beiden »Jas« rausgeflutscht? Wollte sie das wirklich? Wann hatte solch ein Wunsch in ihr wachsen können? Was wollte sie mit ihm? Sie kannte ihn doch gar nicht. Wieso war sie bereit, ihn an ihrer schicksalhaftesten, privatesten Angelegenheit teilhaben zu lassen! »Warte einen Moment«, lachte sie gezwungen, auf einmal viele Jahre älter als er. »Weißt du überhaupt, worauf du dich da einlässt?«

Assaf zögerte. Er wisse, dass sie vor jemandem weglaufe, sagte er, und sehe, dass Schaj, ähm, nicht gerade in der besten Verfassung –

»Er ist seit fast einem Jahr heroinabhängig«, fiel ihm Tamar ins Wort und beobachtete seine Reaktion. Was sie auf seinem Gesicht sah, erleichterte sie. »Und ich bin seit vorgestern mit ihm hier. Er hat gerade einen guten Moment, aber kurz bevor du gekommen bist, hatten wir –«

»Ja«, sagte Assaf, »ich hab's gehört. Aber warum ist er so?«

»Er ist auf Turkey. Weißt du, was das heißt?«

Assaf nickte wissend. Noch eine neue Möglichkeit, nicht weniger erregend, begann sich ihm auszumalen. Die Drogen, die sie gekauft hatte, waren ja eventuell gar nicht für sie selbst gewesen?

»Heute Nacht, morgen und in der kommenden Nacht erreicht er den Höhepunkt«, berichtete sie mit steifer Stimme und überprüfte genau den Einfluss ihrer Worte auf ihn. »Den Höhepunkt des Turkey. Das haben mir wenigstens einige, ähm, Experten gesagt.«

»Lea?«

»Was?!« Vor lauter Verblüffung schälte sich ihre Stimme aus der offiziellen Hülle und war entblößt und nackt von jeglicher Fremdheit: »Ja, auch Lea.« Schweigen. Sie heftete einen durchdringenden Blick auf ihn, begann dumpf zu kapieren, dass er sie immer wieder überraschen würde, auf jede mögliche Art und Weise, und sie wusste auch, dass dies nicht der richtige Zeitpunkt war, um es zu verdauen, und sie musste sofort auf den festen Boden der Tatsachen zurückkehren: »In einem Zustand wie seinem dauert der Entzug normalerweise vier, fünf Tage. Zweieinhalb haben wir schon hinter uns. Überleg's dir gut, ob du wirklich bleiben willst, denn es wird nicht leicht werden.« Sie machte eine Pause und fügte in einer Art müder Nüchternheit hinzu: »Was bringt es dir eigentlich?«

»Was? Nein, es geht schon klar. Aber sag mal –«

»Ja?« Sie drehte sich schon um, um Schaj zu Hilfe zu kommen, der wie ein schwacher Säugling die Hände ausstreckte. Aber sie drehte sich auch um, um Assaf ein wenig Zeit zu geben, sich sofort zu verdrücken, jetzt, wo er alles wusste, bevor er sich verpflichtet fühlen würde.

Da stand er schon neben ihr.

»Er versucht hier clean zu werden, wir –«, sie wusste nicht, wie sie es ihm erklären sollte, »wir versuchen, zusammen diesen Entzug durchzuziehen.«

Schaj schrie auf. Ein scharfer Schmerz durchzuckte ihn. Auf einmal ging er aus seinem Dämmerzustand dazu über, sich vor Schmerzen zu krümmen und zu brüllen. Tamar sah Assaf an. Ihr intimer Moment war zu Ende. Ihre Augen sagten: »Bleibst du nun?« Seine Augen sagten Ja. Sie sagte: »Wir müssen ihn zurück in die Höhle bringen.« Assaf hatte noch eine Reihe weitere Fragen und er hatte ihr viel zu erzählen, zum Beispiel von Theodoras Ausgang. Aber jetzt galt es zu handeln. Nichts weiter als energische Handlung sein. Er packte Schaj unter den Armen und half ihm aufzustehen. Er war überrascht über die Leichtigkeit des Körpers, den er hielt: Schaj schien vollkommen hohl zu sein. Er umklammerte mit den Fingern eines Ertrinkenden Assafs Schultern. Assaf fand es seltsam, schließlich hatten sie nicht ein einziges Wort miteinander gewechselt, er und Schaj, und schon umschlangen sie sich so eng.

Dieser Gedanke sollte im Lauf des Abends und der Nacht noch dutzende Male aufkommen, bis er schließlich völlig geschmolzen war. Schaj schrie, weinte und kotzte alles voll. Manchmal lag er an die Decke stierend da und kratzte sich Hände und Beine blutig. Etwa einmal pro Minute gähnte er laut und breit, bis er sich schier den Unterkiefer aushängte. Einen Moment lang schlief er erschöpft ein, dann krümmte sein Körper sich blitzartig und wurde von der Stärke des Schmerzes nahezu in die Luft geschleudert. Assaf und Tamar pflegten ihn ununterbrochen. Sie säuberten, wuschen ihn, zogen ihn um, gaben ihm zu trinken, wischten ihn ab. Assaf bemerkte nicht, dass die Sonne untergegangen war und die Nacht tiefer wurde. Die Zeit setzte sich nicht aus Minuten, sondern aus Handgriffen zusammen. Jeden Moment fiel etwas Neues an. In der Höhle war nur Schajs Stimme zu hören. Tamar und Assaf wechselten kaum ein Wort. Ohne viel Federlesen hatten sie sich eine Sprache von Augenwinken und Gesten zugelegt, wie ein Team in einem OP oder zwei Taucher auf dem Meeresgrund. Assaf löschte jeden Gedanken an die Welt jenseits der Höhle aus seinem Hirn. Es gab keine Welt. Es gab keine Menschen, die ihm lieb waren, es gab keinen Nashorn, der im Stande war, die Polizei zu alarmieren, um nach ihm zu suchen, und es gab auch keine Verfolger, die Tamar und ihm auf den Fersen waren. Wenn er sich die beiden Tage vorstellte, in denen Tamar allein mit Schaj in der Höhle gewesen war, fragte er sich, wie sie das durchgestanden hatte. Dann fiel ihm ein, dass sie, seit sie hier war, anscheinend auch kein Auge zugemacht hatte. Aber sie verlor kein einziges Wort der Klage. Sie beugte sich über Schaj, Assaf brachte ihr ein Handtuch, sie gab ihm den leeren Wasserkanister und wies ihn mit den Augen an, einen vollen zu bringen. Ihre Lippen schnitzten das Wort »Klopapier« und Assaf dachte, sie hat schöne Lippen, wie auf einem Gemälde. Er ging in die Ecke der Höhle und brachte zwei Rollen. Sie hatte Schaj schon die Hose runtergezogen. Assaf nahm ihr das dreckige Klopapier ab. In diesem Augenblick bemerkten beide, dass Schaj Boxershorts mit Snoopy-Motiven trug, sie starrten die Unterhose an und warfen sich Blicke zu, um sich zu bestätigen, dass es möglich war: Snoopy mitten in diesem Horror.

Stunde um Stunde. Drei Stunden, fünf Stunden. Acht. In den wenigen Minuten, in denen Schaj döste, sprachen sie kaum. Sowohl vor Müdigkeit als auch weil es merkwürdig anmutete, plötzlich eine höfliche Konversation zu führen wie zwei, die sich gerade erst kennen gelernt hatten. Sie sanken auf die Erde neben den schlafenden Schaj, lagen der Breite nach auf der zweiten Matte, die Beine auf der Erde. Sie holten tief Luft, starrten an die Decke, an die Wände der Höhle, versuchten ein wenig zu schlafen, doch ohne Erfolg. Sie waren peinlich darauf bedacht, einander nicht zu berühren. Sie fühlten, dass die Anwesenheit des andern sie mit neuen, überwältigenden Kräften lud, die sie aber auch am Einschlafen hinderten. Manchmal warf Tamar ihm ein kümmerliches Lächeln zu, ein mitleidiges Lächeln. Was hast du mit all dem zu tun?, entschuldigte sich ihr Lächeln und Assaf antwortete ihr mit seinem allerbesten, dem zuversichtlichsten. Doch sie übersah nicht, wie es ihn zermürbte, wie es ihn überwältigte, nicht die physische Anstrengung – er kam ihr unauslöschbar vor, wie aus einem unverwüstlichen Stoff gemacht –, sondern wegen Schajs Qualen und wegen dieser Realität, in die er plötzlich geraten war, ohne die geringste Vorwarnung.

Um zwei Uhr morgens erwachte Schaj und begann wie ein Irrer nach Stoff zu suchen. Er war überzeugt, dass Tamar noch etwas versteckt hatte. Immer wieder quetschte er sie aus: Wie viele Päckchen hatte sie bei dem Dealer am Zionplatz gekauft? Fünf, nicht wahr? Wo ist das fünfte? Ich hab erst vier? Wo ist das fünfte?

Alle Erklärungen halfen nicht. Tausendmal hatte sie ihm schon gesagt, dass er alle fünf konsumiert hatte, als sie bei Lea waren. Er rannte durch die Höhle wie ein Tier. Von Ecke zu Ecke, verwüstete die Vorräte, durchsuchte die Gitarre, die sie von zu Hause mitgebracht hatte, seine Schuhe. Er zwang sie und Assaf, die Schuhe auszuziehen, und untersuchte auch die. In seinem Wahnsinn gelang es ihm, auch das Versteck des Schockers und der Handschellen auszumachen. Er starrte sie lange an. Tamar dachte, dass er sie jetzt, wo er entdeckt hatte, was sie für ihn vorbereitet hatte, die Dinge, von denen sie in ihrer Torheit gedacht hatte, sie würde den Mut haben, davon Gebrauch zu machen, umbringen würde. Aber sein Gehirn funktionierte ganz anders. Seine Welt war zweigeteilt: Stoff und alles, was nicht Stoff war. Die Handschellen interessierten ihn nicht. Der Schoker übersetzte sich in seinem Gehirn nicht in etwas, das ihm in seiner Lage weiterhelfen konnte. Aber Assaf sah sie, erriet etwas und sah Tamar schockiert an. Sie zuckte die Achseln: Welche Wahl hatte ich? Und Assaf begann endlich einen Hauch von allem, was Tamar geplant und durchgeführt hatte, zu verstehen.

Dann brach Schaj verzweifelt zusammen und begann in seiner Matratze zu wühlen. Er durchlöcherte den Schaumstoff längs und quer. Ab und zu stieß er ein hoffnungsvolles Stöhnen, einen Glücksschrei aus und dann hieb er enttäuscht auf die Matratze ein. Assaf und Tamar sahen ihm regungslos zu. Assaf dachte, es macht ihm gar nichts aus, dass ich hier bin. Es lässt ihn vollkommen kalt, dass sich jemand zu Tamar gesellt hat. Ihn interessiert nur das eine. Und Tamar fragte sich wieder, wie lange Assaf es in diesem Wahnsinn aushalten, wann er das Handtuch werfen und gehen würde, einfach verschwinden, ohne ein Wort zu sagen. Manchmal, wenn sie mit Schaj beschäftigt war, spürte sie durch den Rücken, dass Assaf zum Eingang der Höhle ging. Sie warf einen vorsichtigen Blick nach hinten. Sie sah ihn einen Moment dort stehen, sich der Länge nach recken und die kühle Nachtluft einatmen. Sie zwang sich, nicht hinzusehen. Ihm wieder die Möglichkeit zu lassen, noch einen Schritt nach draußen und sich aus dem Staub zu machen. Wozu tut er sich das an?, dachte sie. Warum sollte sich ein normaler Mensch auf so etwas einlassen? Menschen, die ihr näher standen als er, waren in viel einfacheren Situationen als dieser verschwunden. Und sogleich füllte ihr Bauch sich wieder mit weichen Strömen von Wärme, als sie sein stilles Murmeln hinter sich hörte, wie er ihr den Wasserbehälter oder die schmutzige Wäsche oder alles, was sie gerade belastete, abnahm.

Schaj konnte sich kaum auf den Beinen halten und kroch auf allen vieren in irgendeine Ecke der Höhle. Er versuchte mit den Fingernägeln die harte Erde aufzukratzen. Minutenlang waren seine Schürfgeräusche und sein schnelles Keuchen zu hören. Sie konnten kein Auge von ihm lassen. Es war wie ein Albtraum im Wachzustand. Er grub hastig, Erdkrümel stoben hinter ihm auf. Aus seinem Mund drang ein seltsames Knurren. Aber plötzlich hob er den Kopf und seine Augen funkten ihnen mit listigem, völlig nüchternem Lächeln zu: »Vielleicht sagt ihr wenigstens ›warm‹ oder ›kalt‹?«

Und alle drei brachen in schallendes Gelächter aus, wie drei Kinder in einem Ferienlager. Auch Schaj lachte, für den Bruchteil einer Sekunde konnte er sich von außen sehen, er wedelte mit dem Hinterteil und Tamar ließ sich auf den Rücken fallen, erschöpft von der Spannung der letzten Augenblicke, breitete die Arme aus und lachte Tränen und durch sie hindurch spähte sie zu Assaf und dachte, er hat ein männliches, anziehendes Lachen.

Dann kehrten die Schmerzen zurück. Schaj behauptete, alle Knochen in seinem Leib zersetzten sich vor Pein. Er spürte, wie sie zusammengequetscht wurden und zerbarsten. Dann begannen seine Muskeln zu reißen, behauptete er. Sie entzweiten sich, schrumpften, surrten in seinem Körper zusammen. Er hatte nicht gewusst, wo überall er Muskeln hatte, zum Beispiel hinter den Ohren und im Zahnfleisch. Und Tamar, die noch nicht vergessen hatte, wie er es zu Hause fertig gebrachte, jedes noch so kleine Bauchweh mit verweichlichter, weinerlicher Pingeligkeit zu beschreiben, musste jetzt ihre Abneigung überwinden, die seine Schilderung – nicht die Schmerzen an sich – in ihr auslöste. Sie versuchte ihn abzulenken, ihn ein wenig aufzuheitern. Sie erzählte ihm vom Zwerchfell, das eine Art Muskel ist, den man nicht direkt fühlen kann, aber ohne den man nicht singen kann. Sie imitierte Halina, wie sie von ihr verlangte: »Stützen, mit dem Zwerchfell stützen!« Sie gab ihm eine komplette Vorstellung, was Halina sagen würde, wenn sie von Tamars Auftritten auf der Straße erfuhr:»Wirklich? Das haben sie dort gemocht? Sehr interessant … Und wie konntest du nach Kurt Weill so hoch singen, bei mir kannst du das nie. Bei mir brauchst du nach Kurt Weill sofort a bissl Pause.« Schaj lachte nicht. Assaf lachte laut. Tamar sah, dass es, im Gegensatz zu seinem ernsten Aussehen, ganz einfach war, ihn zum Lachen zu bringen, sie genoss es und dachte daran, dass Idan niemals über ihre Witze lachte, vielleicht hielt er sie sogar für humorlos, und Assaf seinerseits entdeckte gerade jenes Grübchen, von dem Theodora gesprochen hatte, und begann auch zu erahnen, was Tamar im letzten Monat auf den Straßen gemacht hatte. Er fragte sich, ob er sie jemals singen hören würde –. Er beschloss, die Anzeigen in den Zeitungen zu lesen, und wenn er dann ihren Namen las – sofort platzte in ihm die Illusionsblase: Er träumte nur. Er kannte nicht einmal ihren vollen Namen. Aber er hatte keine Zeit für Trübsinn, denn Schaj begann von einem Wurm mit Namen Duda zu fantasieren, der in ihn kroch und ihn von innen aussaugte. Er spürte ihn kriechen, jede Bewegung biss in sein Fleisch. Er hatte das Gefühl, dass er im Maul des Wurms in Glieder und Muskelfasern zerfiel, in Zellen. Seine Beine gehorchten ihm nicht mehr und zappelten heftig, später auch die Arme. Assaf sah es und konnte es nicht glauben, der hagere lange Körper schien im Krampf auseinander zu brechen. Tamar warf sich auf ihn und hielt ihn mit aller Kraft fest und Assaf sah die kleinen Muskeln in ihren Oberarmen und – wie Theodora es ihm verheißen hatte – sein Herz schlug mit den Flügeln und flog ihr zu. Sie sprach ununterbrochen auf Schaj ein und sagte ihm, sie liebe ihn und helfe ihm und in ein, zwei Tagen würde das Schlimmste vorbei sein und das neue Leben beginnen. Und in dem Knäuel aus Armen und Beinen erschlaffte Schaj plötzlich und schlief ein.

Sie rollte sich weg von ihm. Sie hatte keinen Tropfen Kraft mehr. Schweißflecken prangten unter ihren Achseln. Flecken von Erbrochenem und Schajs Urin beschmutzten ihre Latzhose. Assaf roch sie und er wusste, dass sie auch ihn roch. Sie legte sich neben ihn und sah ihn an, mit ihren Augen, die zu viel gesehen hatten. Mit einem klaffenden Blick. Sie hatte das Gefühl, sie liege ganz nackt vor ihm und es war ihr egal, sie hatte auch gar nicht mehr die Energie zu verstehen, was mit ihr geschah. Am Anfang hatte es sie beispielsweise gestört, dass er Schaj nackt sah; sowohl wegen Schaj selbst, der seine Intimität einbüßte, aber auch weil mit dem Fleisch ihres Bruders etwas von ihr ausgezogen dalag, der Stoff, aus dem auch sie gemacht war. Nach ein paar Stunden hatte sie sich jedoch daran gewöhnt. Sie versuchte zu schlafen. Sie hörte, dass Assaf leise aufstand und wieder zum Eingang ging. Sie horchte in sich hinein und fand das ängstliche Zusammenziehen, dass er gehen könne, nicht mehr und dachte, dass sie anscheinend gemeinsam irgendeine Grenze überquert hatten. Er trat vor die Höhle. Sein Körper wurde von der Dunkelheit verschluckt. Dinka stand auf und sah ihm ebenfalls nach. Es verging Minute um Minute. Tamar dachte mutig, es sei gut, dass er sich ein wenig erholte. Am besten ging er ein bisschen spazieren. Vielleicht musste er ja pinkeln? Noch eine Minute verstrich. Draußen waren keine Schritte zu hören. Tamar sagte sich, sie würde ihm ewig dankbar sein, für alles, was er schon jetzt für sie getan hatte, auch wenn er nicht mehr zurückkam. Dann dachte sie verdutzt, dass sie seinen vollen Namen gar nicht kannte. Dinka wedelte mit dem Schwanz und wirbelte den Staub auf dem Boden auf. Assafs Kontur zeichnete sich in der Dunkelheit ab. Dinka beruhigte sich und Tamar atmete wieder. Er kam zurück und legte sich vorsichtig neben sie, quer auf die Matte, ohne sie zu berühren. Sie fühlte, wie auf einmal sogar ein regelmäßiger Atem zu einem Genuss werden konnte, und sie lauschte den leisen Atemzügen neben sich, und aus irgendeinem Grund machte es sie glücklich, ihn zu hören. Sie dachte, dass dies ein merkwürdiger Weg war, jemanden kennen zu lernen, sich mit jemandem anzufreunden, denn das ist es ja, was hier mit uns geschieht. Wir freunden uns irgendwie an, kommen einander näher, es ist nicht klar, wie es geschieht, fast ohne Worte und beinahe ohne etwas voneinander zu wissen, ohne dass irgendetwas zwischen uns passiert. Jetzt, wo er so nah neben ihr lag, amüsierte sie sogar der Gedanke, dass sie so wenig über ihn wusste, beispielsweise wo er wohnte, in welche Schule er ging, ob er Freunde oder eine Freundin hatte, sie hatte keinerlei Informationen über ihn und dennoch war da ein deutliches, klares Wissen, das ihr gegenwärtig völlig genügte.

Es gab auch Momente, in denen die Vermischung der Bereiche sie störte, dieses Gefühl, dass hier womöglich etwas Neues geschah, während sie sich ganz und gar ihrem Bruder widmen musste und sich nicht die geringste Ablenkung erlauben durfte. Sie war zu müde, um das Problem in eine Sprache umzusetzen. Zu einem anderen Zeitpunkt hätte sie sich sicher prompt die richtige Formulierung zurechtgeschliffen, messerscharf, doch im Moment fehlte es ihr an Kraft und Lust und sie wusste nur, dass es hier einen Misston gab, als ob Schaj für Momente nur Mittel zum Zweck für diese neue Beziehung war. Na bitte, sie hatte ja doch noch Worte dafür gefunden. Sie erschrak, setzte sich kurz auf, schaute sich in der Höhle um, sah das Flackern der sterbenden Notbeleuchtung, stellte fest, dass Schaj und Dinka schliefen und dass Assaf sie ansah. Sie legte sich wieder hin. Das Quälende daran war der Gedanke, dass Schaj dieses Ding, das um ihn herumschwirrte, gar nicht wahrnahm. Oder vielleicht fand alles auch nur in ihrer Fantasie statt? Vielleicht waren es wieder ihre romantischen Spinnereien und Assaf war gar nicht scharf auf eine Freundschaft mit ihr? Vielleicht war er nur ein guter Kerl, der sich aus irgendeinem Grund dazu entschlossen hatte, ihr zu helfen? Hundemüde wälzte sie sich herum und ihre Hand traf Assafs Brust. Pardon, macht nichts, für einen Moment hab ich ganz vergessen, dass du da bist, wo soll ich denn sonst sein, ich schlafe ein bisschen, okay? Schlaf ruhig, du hast in den letzten

Tagen kein Auge zugemacht, stimmt's, ich weiß nicht mehr genau, ich glaube nicht, schlaf ruhig, ich bleib wach.

Und als er ihr sagte, schlaf ruhig, ich bleib wach, als er ihr mit solcher Leichtigkeit und Sanftmut die Last der Wache abnahm – nein, es war besser, jetzt nicht darüber nachzudenken. Für einen Moment hätte der schreckliche Knoten in ihrem Hals sie beinahe dazu verführt, ihm alles zu sagen, was sie erlebt hatte, seit sie sich auf den Weg gemacht hatte, und von dem, was sie in den verdammten zwei Tagen in dieser Höhle mit Schaj durchgemacht hatte, auf ihn abzuladen; denn wenn es eine Hölle gibt, dachte sie, dann war sie hier, in diesen beiden Tagen allein mit ihm, bis Assaf aufgetaucht war. Aber sie spürte, wenn sie nur den Mund aufmachte, wenn sie auch nur die kleinste Schramme in ihren Panzer ritzte, würde ein gewaltiger Strom aus ihr herausbrechen, der sie binnen einer Sekunde zum Zusammenbruch brächte, und das durfte noch nicht sein, es war tabu. Und außerdem, sagte sie sich mit leichtem Frösteln, kenn ich ihn ja kaum.

Sie drehte sich um, wandte sich ihm zu, roch seinen Schweiß und dachte, wie herrlich es sein würde zu duschen, wenn dieser Horror erst vorbei wäre. Vielleicht würden sie sich in der Außenwelt noch einmal treffen, sagen wir in einer Kneipe, und würden frisch gewaschen, gekämmt und parfümiert erscheinen. Und sich erzählen, wer sie tatsächlich waren. Vielleicht würde sie ihm als witziges Dankeschön ein teures Deo kaufen. Na bitte, wieder hatte sie Schaj vergessen und sich ihren Fantasien hingegeben, als ob immer jemand geopfert werden muss, damit ein anderer etwas Neues anfangen kann. Wovon redest du, tadelte sie sich, wieso etwas Neues, er denkt überhaupt nicht daran, etwas mit dir anzufangen. Mitten in diesen konfusen Gedanken, so wie sie war, schlief sie auf der Erde ein.

Assaf setzte sich und sah sie im Schlaf an. Er fühlte sich stark zu ihr hingezogen. Er hätte sie gerne zugedeckt, ihr Gesicht von der Erde befreit. Ihr etwas Gutes getan. Doch das Beste, was er für sie tun konnte, war, sie nicht zu wecken. Darum bewegte er sich nicht. Er sah sie nur ununterbrochen an, verschlang sie mit den Augen und dachte, wie schön sie ist. Sie seufzte und rollte sich zusammen. Ihr Kopf ruhte auf ihren beiden gefalteten Händen. Sie hatte lange, zarte Finger. An ihrem schmutzigen Knöchel hing ein dünnes Silberkettchen, beinahe unsichtbar, er konnte sich nicht satt sehen. Er sprach mit ihr in seinem Kopf, führte innerlich eine angeregte Unterhaltung mit ihr: Weißt du, dass du Augen hast, wie ich sie noch nie gesehen habe? Ja, man hat es mir schon mal gesagt, übrigens, weißt du, wie sie so geworden sind? Davon, dass du die Welt staunend angesehen hast? Ach, du bist einfach unmöglich! Du hast alles gelesen, stimmt's? Nein, nur hie und da ein paar Seiten; es ist unfair, dass du so viel über mich und ich nichts über dich weiß! Würdest du mich beispielsweise dein Tagebuch lesen lassen? Ich schreibe kein Tagebuch. Und wenn du eins hättest? Wenn ich eins hätte –? Ja, wenn du eins hättest, würdest du es mich lesen lassen? Aber wieso denn ein Tagebuch, ich kann dir alles mündlich berichten.

Sie öffnete ein Auge einen Spalt breit, sah, wie er schmunzelte und wie seine Finger sich zu der gleichen kindlichen Geste des Bittens verknoteten, und schlief wieder ein. Assaf stand auf. Er reckte sich. Er dachte, dass er irgendwann, spätestens morgen, losziehen musste, um Nashorn und seine Eltern in Amerika anzurufen, bevor Nashorn die gesamte israelische Polizei alarmieren würde, und der Gedanke machte ihn nervös. Die Welt streckte von außerhalb eine kalte Hand nach ihm aus und berührte seine Schulter. Wieder fragte er sich, wie er Nashorn von Relli erzählen sollte. Jetzt schien die Sache sogar noch komplizierter, ohne dass er wusste warum: vielleicht weil er plötzlich einsah, dass er nicht einmal die äußerste Spitze dessen, was Nashorn für Relli empfand, verstanden hatte? Vielleicht. Aber vielleicht hatte Relli es auch schwer mit Nashorn, dachte er, und trat in den Neonschein der Notbeleuchtung, die schwächer wurde. Er suchte in der Höhle, fand die Tüte mit den Batterien, die Tamar besorgt hatte, und sah mit einem Blick, dass es die falschen waren. Ihm fiel ein, dass er in seinem Innern Relli immer beschuldigt hatte, sie liebe Nashorn nicht genug. Und es war ihm, im Grunde allen, klar, dass Nashorn sie mehr liebte als sie ihn. Mit seiner ganzen Liebe, Fürsorge und Großzügigkeit für sie konnte keiner mithalten. Er kramte zwischen den Lebensmitteln und Konserven und fand ein paar ungeöffnete Kekstüten, die mit einem Metallstreifen verschlossen waren. Er begann die Plastikverkleidung von den Verschlussstreifen abzupellen. Seine Gedanken waren ihm unbequem. Zum Beispiel, dass es zu einer Zeremonie, zu einem unvermeidlichen Teil ihrer Gespräche geworden war, dass Nashorn immer wieder seine Sehnsucht nach Relli erwähnte. Assaf konnte in seinem Innern sogar Wort für Wort Nashorns Elegien zitieren, wie er Relli verloren hatte, was für einen elementaren Fehler er begangen hatte, als er keinerlei Druck auf sie ausübte, ihn sofort nach der Armeezeit zu heiraten, und was für ein Idiot er war, als er sie nach Amerika fliegen ließ. Er zog den Draht aus der Plastikverkleidung, verband mehrere Drahtstücke miteinander und schuf so zwei lange Drähte. Aus seiner Jeanshose zog er eine Rolle schwarzes Klebeband (auch Isolierband ist wie ein Taschentuch, pflegte sein Vater zu sagen), dann legte er die sechs kleinen Batterien nebeneinander, Minus an Minus und Plus an Plus. Und um die Wahrheit zu sagen – er klemmte die Drähte an die Batterien und verband ihre Enden mit der Birne, jetzt war es gut –, sie sprachen im Grunde nie über Relli selbst, über ihre Gefühle, dachte Assaf, und er hatte plötzlich Gewissensbisse und wusste nicht warum und auch nicht gegenüber wem von den beiden, und er war ein wenig erschrocken, dass er mit diesen Gedanken Nashorn eventuell verriet, und sofort richtete er seine Gedanken auf die Gegenwart und wie Nashorn die

Nachrichten aus Amerika aufnehmen würde und wie er weiterleben konnte, wenn die, die er so sehr liebte, nicht mehr bei ihm sein würde.

Als er die Augen öffnete (anscheinend hatte der Schlaf ihn heimlich übermannt), war Schaj nicht in der Höhle. Augenblicklich sprang er auf die Beine. Er fragte sich, ob er Tamar wecken sollte, und beschloss: nein. Er pfiff Dinka leise zu sich und ging hinaus. Draußen begann es schon zu dämmern. Eine rosa Linie zog sich von Osten über den Himmel. Assaf rannte, Dinka an seiner Seite. Er versuchte es in einer Richtung, ohne Erfolg. Er probierte es in einer andern, auch da nichts. Er gab sich Mühe, nicht die Beherrschung zu verlieren. Er wusste, dass Schaj in seinem Zustand nicht weit sein konnte. Selbst das Standgericht, dass er gegen sich einberief, konnte er auf später vertagen. Dinka rannte vor ihm her, suchte, schnüffelte. Assaf hatte mehr Vertrauen in sie als in sich selbst. Er lief hinter ihr her und erst jetzt bemerkte er, dass sich Dinka, seit sie hier angekommen waren, zurückgenommen hatte, als fühlte sie, dass ihre Aufgabe in dem Moment, in dem sie ihn und Tamar zusammengeführt hatte, erledigt war. Mitten in diesem heiklen Lauf rief er sie zu sich und kniete sich vor sie hin. Er wühlte in ihrem Fell und lehnte seinen Kopf an ihren. Er vermischte ihre Gerüche. Und sie stand still und sog ihn wieder ein. Ein Moment – dann rannten sie weiter.

Ein Lastwagen fuhr über die Straße oberhalb von ihnen. Assaf erschrak: Er darf die Straße nicht erreichen. Er wird überfahren werden. Und wenn er nicht überfahren wird, wird er per Anhalter in die Stadt fahren und sich seinen Stoff besorgen und die ersten drei Entzugstage und die enorme Mühe sind für die Katz. Es gab noch ein schlimmeres Drehbuch: In dem Moment, in dem Schaj die Stadt erreicht, werden seine Verfolger ihn entdecken. Schlagartig begann Assaf zu schwitzen. Er hätte sich in den Hintern beißen können, weil er eingeschlafen war und Tamar so enttäuschte.

An der Böschung stand Schaj gegen eine kahle Kiefer gelehnt und nach vorne gebeugt. Grüne Fäden rannen aus seinem Mund. Assaf rannte auf ihn zu. Er fing ihn auf, bevor er zu Boden ging. Seine Augen waren schon verdreht und dennoch murmelte Schaj Assaf zu, er solle ihn jetzt nicht aufhalten, er müsse die Straße erreichen. Er bot Assaf sogar Geld an, eine Bestechung, wenn er ihm verriet, wo Tamar den Stoff versteckt hatte. Assaf legte seine Arme zwischen Schajs Beine und lud ihn sich auf die Schulter. Er stieg mit ihm zurück in den Wadi, fand das Hügelchen und den Eingang zur Höhle. Einen Moment, bevor sie hineingingen, drückte Schaj Assaf die Gurgel zu. Er zwang ihn anzuhalten: »Tu mir einen Gefallen, wenn sie schläft, sag ihr nicht, dass ich abgehauen bin.«

Er bettelte: »Sag ihr nichts« Assaf überlegte kurz und wägte ab. Seine Loyalität zu Tamar gegen Schajs verzweifelten Wunsch, sie nicht zu enttäuschen. »Okay, aber das war dein letzter Versuch.« Schaj bewegte seine langen Finger, was sicher so viel wie ja heißen sollte. Assaf trug ihn zurück zu der Matratze. Er legte ihn hin und gruppierte seine langen dünnen Glieder, als arrangiere er eine Lumpenpuppe. Tamar hörte, wie sie sich neben ihr bewegten und wachte auf. Sie schlug die Augen auf und streckte sich behaglich in momentanem Vergessen: »Eujeujeu, wie gut ich geschlafen hab ... He, was stehst du da?« Assaf schwieg. Schaj sah ihn bettelnd an. Assaf zuckte die Schultern. »Einfach so, ich wollte mich mal strecken.« Tamar lächelte ihn an. Ein süßes Morgenlächeln. Schaj blinzelte ihn von seinem Lager dankbar an. Das Aufflackern eines lebendigen, reinen Gefühls durchfuhr seine trüben Augen und Assaf lächelte zurück. Tamar sah den Blickwechsel. Sie schloss die Augen und dachte, vielleicht wird ja alles wieder gut.

Der beginnende Tag war ein wenig leichter als sein Vorgänger. Schaj litt etwas weniger, aber er war noch immer gezwungen, stundenlang in der Matratze und in der Höhle nach Stoff zu wühlen. Er war überzeugt, dass er ihn gestern gesehen hatte, sah ihn regelrecht vor Augen, nur wusste er jetzt nicht mehr, wo es war. Assaf und Tamar hörten auf, seine immer wiederkehrenden Fragen zu beantworten. Sie massierten ununterbrochen seine Beine, um seine Schmerzen zu lindern und die Blutzirkulation anzuregen. Jede Stunde zwangen sie ihn ein paar Schluck zu trinken, und manchmal musste Assaf ihn mit Gewalt festhalten, damit Tamar ihm mithilfe einer Pipette Flüssigkeit in den Mund träufeln konnte und dann sah er wie ein ausgemergeltes Riesenküken aus. Als ihre Augen die von Assaf trafen, wusste sie, dass er das gleiche Bild vor Augen hatte wie sie, vielleicht sogar mit denselben Worten, und empfand eine leichte Erschütterung, als ob sie für einen Moment in sein Inneres geäugt hätte; unverzüglich musste sie daran denken, dass ihr jener Teil in der Seele fehlte, der Legostein, der sie mit einem anderen Menschen verbinden konnte, aber vielleicht musste auch diese Sache neu überdacht werden, fasste sie zusammen.

Unten, in der Tiefe des Wadis, entsprang eine kleine Quelle, dünn wie ein Faden. Dorthin ging sie, bepackt mit schmutzigen Laken und Wäsche von allen dreien. Als sie sich niederkniete und die Kleider im Wasser sauber rubbelte, dachte sie, dass sie, seit sie Pessachs Heim betreten hatte, nie mehr wirklich allein gewesen war. Es war eines der Dinge, die ihr in dem Heim am schwersten gefallen waren, denn seit ihrer Kindheit brauchte sie es – wie die Luft zum Atmen –, wenigstens ein, zwei Stunden am Tag mit sich selbst allein zu sein. Jetzt war sie etwas verwirrt: Seit Assaf hier war hätte sie sich im Grunde solche kleinen »Freigänge« erlauben können, kurze Spaziergänge im Wadi, ein wenig Luft schnappen, und dennoch, gerade jetzt war dieses tiefe Bedürfnis aus irgendeinem Grund verschwunden. Sie wusch sich in der Quelle und stieg fröhlich wie ein kleines Mädchen wieder nach oben. »Winter, spring, summer or fall . . .«, sang sie munter und hängte die Kleider an einem geheimen Platz neben der Höhle zum Trocknen über die Zweige eines Strauchs. ». . . all you 've got to do is call.« Sie rief sich zur Raison, verspottete sich selbst für ihre pathetische Platitüde und ging noch schärfer mit sich ins Gericht, kurzum, sie wurde wieder die Alte, aber im Grunde starrte sie die ganze Zeit auf ihre blaue Latzhose, die neben Assafs Hemd wehte.

Sie hatte Kleider zum Wechseln in die Höhle gebracht, aber Assaf hatte nichts anderes dabei. Deshalb hatte er etwas von den Sachen angezogen, die sie für Schaj eingepackt hatte – die wenigen, die ihm passten. Als auch diese Sachen schmutzig waren, streifte er sich ein langes, weites T-Shirt von ihr über, das sie sich als »Arbeitskittel« eingesteckt hatte. Es stammte noch aus ihrer speckigen Periode, erzählte sie ihm, und er sagte, er könne sich nicht vorstellen, dass sie mal dick war, und sie sagte, wart's ab, bis du meine Fotos siehst, ich war fett wie ein Elefant, und sein Herz weitete sich vor Freude, denn es lag ein Hauch von Zukunft in diesem »wart's ab«.

»Hubs«, dachte Assaf, als sie ihre Zahnbürste herausholte. »Ich habe keine.«

»Nimm meine«, sagte sie, nachdem sie sich die Zähne geputzt hatte, und Assaf – kaum zu fassen, aber wahr, wenn seine Mutter das wüsste, wäre es für sie der paradoxeste Teil in der Geschichte des letzten Tages – benutzte ohne Probleme ihre Bürste.

Das Erbrechen hörte auf und auch das übertriebene Gähnen. Nun begannen die Durchfälle und die waren eine weitere Prüfung, die es zu bestehen galt, was ihnen zu zweit, im Grunde zu dritt, auch gelang, denn Schaj begann allmählich zu sich selbst zurückzukehren, und damit kehrte auch die Scham zurück und sein Erstaunen über Assaf, die Frage, wer er war und was er hier tat; Tamar sagte mit einfachen Worten, er ist ein Freund.

Aber als Assaf ihr gestand, dass er unbedingt für ein, zwei

Stunden in die Stadt müsse, fiel ihr Gesicht zusammen und sie sah so unglücklich aus, dass Assaf um ein Haar darauf verzichtet hätte. »Es ist in Ordnung, geh nur«, sagte sie, als ob sie sofort für sich entschieden hätte, ohne die Möglichkeit einer Revision, dass er nicht zurückkommen würde. Sie setzte sich in plötzlicher Kraftlosigkeit mit dem Rücken zu ihm und schien sich über sich selbst zu ärgern, darüber, dass sie sich hatte verführen lassen, an ihn zu glauben. Er erklärte ihr genau die Dinge, die er erledigen musste. Er versuchte, so cool und vernünftig zu klingen wie möglich, aber er fühlte, dass sie bereits eine Mauer zwischen sich und ihm hochzog, und wusste nicht, was er tun sollte, um sie zu beruhigen, und überhaupt, wie konnte sie nach dieser Nacht an ihm zweifeln? Er sah sie wütend und verzweifelt an, spürte, wie ihr komplizierter, kurvenreicher Teil an die Oberfläche stieg und die Kontrolle über sie gewann, wie sie sich der Attacke der Ratten mit seltsamem Genuss hingab, und fühlte, dass es ihm allein mit Worten nie gelingen würde, sie zu überzeugen.

Als er die Höhle verließ, stand sie auf und dankte ihm für alles, was er für sie getan hatte. Ihre Höflichkeit war beinahe beleidigend. Er verabschiedete sich auch von Schaj und vor allem von Dinka, die ebenfalls sorgenvoll zusah, wie er sich auf den Weg machte: Sie lief hinter ihm her und kehrte zurück zu Tamar und nähte immer wieder den Abstand, der zwischen ihnen aufgetrennt wurde, zusammen. Als er schon weit weg von der Höhle war, drehte Assaf sich um, denn er hörte – oder er meinte zu hören –, wie Tamar ihn mit leiser Stimme rief, als wollte sie ihn testen. Er rannte zurück, surfte beinahe auf einer Welle schmerzhafter Erregung. Auch Tamar war erstaunt über die Flutwelle, die sie erfasste, als sie ihn zurücklaufen sah. Ja? Was ist denn?, fragte er keuchend; warum bist du zurückgekommen?, stutzte sie; weil du mich gerufen hast und weil ich vergessen hab, dir einen Brief von Lea zu geben; einen Brief von Lea?; ja, sie hat ihn mir für dich gegeben, aber als ich hier ankam, war ja die Sache mit dem Brett auf dem Kopf, und dann ging es mit Schaj los und ich hab ihn vergessen. Er übergab ihr den Brief. Sie standen einander gegenüber. Förmlich und zerbrochen, sie entfaltete den Brief und fummelte an den Ecken. Er sah die blaue Ader schnell auf ihrem Hals pulsieren und hätte beinahe einen Finger ausgestreckt, um sie zu berühren, sie zu beruhigen. Erst dann fiel ihm ein zu fragen, warum sie ihn eigentlich gerufen hatte? »Warum?«, wunderte sich Tamar. »Ach, Moment, ja, hör mal.«

Sie fragte, ob er bereit sei, ihr einen letzten riesigen Gefallen zu tun. Assaf breitete verzweifelt die Arme aus und stampfte sogar mit dem Fuß auf. Wieso »einen letzten«? Warum? Aber er sagte nichts, notierte sich die Telefonnummer, die sie diktierte, und lauschte den vielen detaillierten Anweisungen und Warnungen, die sie ihm eintrichterte, und der Frage, die sie ihn zu stellen bat. Um die Wahrheit zu sagen, kam ihm die Aufgabe eine Nummer zu groß vor und war ganz und gar nichts für ihn. Und sie wusste es auch: »Klar, dass ich selbst mit ihnen reden müsste, aber wie denn von hier aus?!« Er versicherte ihr, er würde es tun. »Komm, sag mir noch einmal, was du ihnen ausrichten sollst.« Sie zwang ihn, die Frage in der gewünschten Formulierung zu wiederholen, und er sagte sie auswendig auf, ein wenig amüsiert über den ersten Blick auf diese Härte und Steife in ihr, aber auch erschrocken über das fremde Dickicht ihrer Familienbeziehungen, die jetzt in ihrer ganzen Hässlichkeit vor ihm lagen. Auch sie bemerkte es, natürlich, und nachdem er die mündliche Prüfung erfolgreich bestanden hatte, sanken ihre Hände und die gesamte Härte verflog. »Sieh, ich erzähl dir Dinge, die ich nicht mal meinen besten Freunden erzählt habe.« – »Um drei bin ich wieder da.« – »Ja, ja, ich muss jetzt zurück zu Schaj.« Sie wandte sich um zur Höhle, realistisch bis zum Wehtun, in dem Bewusstsein, wie schwer es ihm fallen würde, in diese Hölle zurückzukehren, wenn er erst einen Moment wieder sein normales Leben draußen genossen hätte.

Er kletterte hinauf zur Straße, erwischte einen Bus und begann sofort, den Ort, von dem er kam, mithilfe von Schildern und Straßennamen zu lokalisieren, bis er mit Bestimmtheit wusste, wohin Lea ihn mit geschlossenen Augen gebracht hatte. Zu Hause hörte er die Nachrichten auf dem Anrufbeantworter ab. (Roi hatte wieder angerufen, diesmal in einem behutsamen Ton: Vielleicht sollten er und Assaf sich zu einem Gespräch unter Männern treffen? Er meinte, dass Assaf in einer Krise stecke und sie die Sache klären sollten, oder nicht? Nicht, sagte Assaf und ging über zu der nächsten Nachricht.) Seine Eltern richteten ihm aus, dass sie zu einem Dreitagesausflug in die Wüste aufbrachen, er solle sich nicht um sie sorgen. Assaf lächelte: drei Tage, selbst ihre Abwesenheit war genau auf sein Leben abgestimmt. Er lauschte wieder ihren jubelnden Stimmen. Sie hatten den Jetlag schon völlig überwunden, heute Morgen hatten sie Jeremy's Hightech Fabrik besucht und selbst Vater, der seit dreißig Jahren Elektriker ist, hat gesagt, dass er so etwas noch nie gesehen hat.

Dann gab es noch sieben weitere Nachrichten, allesamt von Nashorn, und die letzte besagte, dass, wenn Assaf ihn nicht bis zwölf Uhr anriefe, er, Nashorn, die Polizei alarmieren würde.

Es blieben noch zehn Minuten. Er trank drei Glas Mangosaft hintereinander und rief in der Werkstatt an. Nashorns Schrei ließ für einen Moment den Lärm der Maschinen im Hintergrund verstummen. Und Assaf wusste auf der Stelle wieder, warum er Nashorn so mochte, falls er es sich überhaupt in Erinnerung rufen musste. Assaf erzählte ihm alles. Ohne etwas zu verheimlichen, abgesehen von den Neuigkeiten aus den USA und abgesehen von dem, was in ihm vorging, wenn er mit Tamar zusammen war (also abgesehen von der Hauptsache). Nashorn hörte ihm zu, ohne ihn zu unterbrechen. Auch das war etwas, das Assaf an ihm liebte: Man konnte ihm eine ganze Geschichte erzählen, vom Anfang bis zum Ende, ohne dass er einen mit endlosen, stupiden Fragen unterbrach. Als er fertig war, sagte Nashorn leise, dann hast du es also getan, was? Ganz

Jerusalem hast du auf den Kopf gestellt, aber am Ende hast du sie gefunden. Um ehrlich zu sein, Assaf, hätte ich nicht gedacht, dass du das auf die Reihe kriegst. Und in diesem Augenblick, im Grunde zum ersten Mal, begriff Assaf, dass er es wahrhaftig geschafft hatte, Tamar zu finden, und seltsam, dass dieser Gedanke ihm nicht vorher in den Sinn gekommen war, vielleicht weil er in dem Moment, in dem er sie fand, ganz in der neuen Aufgabe, der Pflege Schajs, aufging, und später – es hatte keinen Moment zum Luftholen gegeben. Dann stellte Nashorn zügig, mit militärischem Drill, ein paar sachliche Fragen: ob Assaf wusste, wer die Leute waren, die hinter Tamar und Schaj her waren; ob Tamar und Schaj sich nach Assafs Meinung in Gefahr seitens dieser Typen befänden; wo genau Leas Restaurant lag und ob er auch einige Koordinaten der Höhle haben könne, nur für den Notfall. Dreimal warnte er Assaf, er solle sich genau vergewissern, dass man ihn nicht beschattete, denn solange er in dem Wadi versteckt gewesen war, konnte ihm nichts passieren, doch jetzt, wo er herumlief, war er eine wandelnde Zielscheibe. Anscheinend wurde auch er gesucht. Dann fragte er wie nebenbei: Und was gibt's Neues in der trostlosen Diaspora?

Assaf sagte, dass er im Grunde noch keine Gelegenheit hatte, mit ihnen zu sprechen, dass sie ihm nur eine trockene Nachricht hinterlassen hatten, um ihm zu sagen, dass sie eine Dreitagestour planten, aber es klang, als ob alles in Ordnung wäre. Er sprach für sein Gefühl ein wenig zu schnell und hoffte, dass Nashorn es vor dem Hintergrundgeräusch der Fräs- und Schleifmaschinen nicht bemerkte.

Dann rief er die Nummer an, die ihm Tamar diktiert hatte. Dieses Gespräch, das nur drei Minuten dauerte, fiel ihm noch schwerer als das vorherige. Er vereinbarte einen Treffpunkt in der Cafeteria des Einkaufszentrums, das in der Mitte zwischen ihrer und seiner Wohnung lag, und beschrieb sich selbst, damit sie ihn erkannten, und vergaß auch nicht die neuen Entwicklungen seines Äußeren zu erwähnen.

Er duschte eine halbe Stunde, zog saubere Klamotten an und ging zu dem Einkaufszentrum. Er streifte irritiert durch die vollklimatisierte Luftblase, vorbei an eleganten Geschäften. Auch er selbst kam sich irreal vor; als wäre er nur ein Double des echten Assafs, der sich dort befand, wo er jetzt eigentlich hingehörte. Mit dem Notgeld, das seine Mutter ihm in ihrem Nähkästchen dagelassen hatte, kaufte er vier Hamburger (einen für Dinka) und ein paar Packungen Schokoladenriegel, denn Schaj futterte ununterbrochen Schokolade und Tamars Vorrat ging langsam zur Neige. Als er durch die unbekümmerte Menge ging, musste er unweigerlich daran denken, wie er manchmal in Muckis Zimmer schlich, wenn sie schlief: Sie lag da, wie kleine Kinder schlafen, auf dem Rücken, die Hände und Arme locker ausgestreckt, sich der Welt überlassend. Assaf spürte jedes Mal, wie unschuldig und unwissend sie war, und hatte das enorme Bedürfnis, sie zu beschützen. Und auch in dem Einkaufszentrum hatte er das starke Gefühl, dass die Leute, die dort so arglos herumgingen, keine Ahnung davon hatten, was in unmittelbarer Nähe von ihnen geschah und wie gefährlich, dunkel und zerbrechlich das Leben doch war.

Als das Gespräch mit ihnen zu Ende war, war er verschwitzt und zermürbt und spielte mit dem Gedanken, nach Hause zurückzukehren und noch einmal zu duschen. Er hatte keinen physischen Grund für dieses Gefühl. Er hatte ein peinlich sauberes Paar angetroffen, gut gekleidet und gepflegt. Sie waren etwas jünger als seine Eltern und viel gebildeter, sehr kopflastig, und gaben ihm kaum Gelegenheit, den Mund zu öffnen; auf alles, was er sagte, hatten sie eine Antwort parat, und überhaupt – obgleich er derjenige war, der gekommen war, um ihnen etwas zu erzählen, verhielten sie sich, als erwiesen sie ihm einen Gefallen. Sie diskutierten auch mit ihm, vor allem der Mann, als ob er ihnen etwas schuldig wäre, und sie kämpften, damit er verstand – und gestand –, wie sehr sie im Recht und wie sehr sie verletzt worden waren. Assaf wusste einfach nicht, wie er mit ihnen umgehen sollte. Er unternahm nicht mal den Versuch zu diskutieren. Er beschränkte sich darauf, was er ihnen ausrichten sollte. Er weigerte sich, weitere Einzelheiten preiszugeben und stellte nur die eine Frage, die Tamar ihn zu fragen gebeten hatte, und war erstaunt zu sehen, welche Überwindung es die beiden kostete, zu verzichten, nachzugeben, sich einverstanden zu erklären.

Doch in dem Moment, in dem es geschah, begann das Gesicht des Mannes zu zittern. Zunächst die rechte Braue, die wie eine Kreatur mit Eigenleben zuckte, und dann schien das ganze Gesicht sich aufzutrennen und der große Mann begann in seine Hände zu weinen und die Frau brach ebenfalls in Tränen aus, unter den Augen der übrigen Gäste und ohne dass sie einander berührten oder streichelten oder trösteten und einander zu beruhigen versuchten. Abgesondert und isoliert saßen sie da und weinten jeder für sich ihr schreckliches Weinen; und Assaf wurde Zeuge der unmöglichsten Sache für diese beiden, so viel wusste er von Tamar – nämlich eines lückenlosen Verzichts auf ihre Fassade. Er wusste nicht, was er tun sollte, um sie zu beruhigen, und darum sprach er von Tamar. Sie weinten und er erzählte von ihr, versicherte ihnen, sie würde ihnen helfen und dass man sich tausend Prozent auf sie verlassen konnte, dass alles wieder gut würde und eine Menge anderen Mumpitz. Sie hörten nicht auf zu schluchzen, anscheinend hatte sich das Weinen in ihnen lange angestaut, und als sie sich ein wenig beruhigten, saßen sie wortlos da, unglücklich und hatten sogar etwas Rührendes. Und dann begann das Gespräch von neuem, von Beginn an, als ob sie bis zu diesem Augenblick gar nicht gehört hätten, was er ihnen zu sagen hatte. Sie stellten ihm zaghafte, demütige Fragen, auf die er keine Antwort wusste, denn er wusste kaum etwas über Schaj und Tamar und auch nicht, was sie hinter sich hatten, als er ihnen begegnet war. Auch als er nichts mehr zu berichten wusste, bohrten sie weiter, er hatte das Gefühl, dass es Fragen waren, die sie seit Monaten nicht zu stellen gewagt hatten, nicht mal sich selbst. Er saß schweigend dabei, gelegentlich äußerte er ein, zwei Worte und musste sie schließlich unterbrechen. Auch weil er wusste, dass die Hamburger kalt wurden und dass Tamar felsenfest überzeugt war, er würde nicht zurückkehren. Und das war ein unerträglicher Gedanke.

Als er sie verließ, dachte er daran, wie sehr seine Mutter Recht hatte, die sich manchmal darüber ereiferte, dass man vor Ergreifen des schwierigsten und schicksalhaftesten aller Berufe – der Elternschaft – keinerlei Voraussetzungen erfüllen oder auch nur die geringste Prüfung ablegen musste.

Sie saßen zu dritt vor der Höhle und verschlangen das mitgebrachte Essen. Das heißt, Assaf verschlang seinen Hamburger, Dinka tat es ihm gleich, Schaj kaute nur ein wenig darauf herum und Tamar bekam keinen Bissen herunter. Ihre Augen ließen nicht von Assaf ab und glänzten glücklich, als wäre er ein riesengroßes Geschenk, mit dem man sie überrascht hatte. Nach dem Essen dösten sie in der Sonne und lagen in einer Art Dreieck – Schajs Kopf auf Tamars Beinen, deren Kopf auf Assafs Beinen lag, und dessen Kopf auf ihrem Rucksack – und Schaj erzählte zum ersten Mal, was ihm in diesem Jahr alles passiert war. Assaf fühlte durch seine Jeans, wie Tamar zusammenzuckte, als sie von den Erniedrigungen und dem Leid, das Schaj durchgemacht hatte, hörte. Ab und zu erzählte auch Tamar etwas, erwähnte irgendeinen amüsanten Auftritt in Ashdod oder in Nazareth, er sprach von dem ewigen Herumreisen, von dem Singen auf der Straße vor Fremden. Assaf hörte aufgeregt zu und dachte, er wäre nicht in der Lage, so etwas zu tun, allein der Gedanke, wie sie die ganze Sache so lange im Voraus geplant hatte und nicht aufgab, nicht nachgab – tatsächlich, eine wie sie wäre die ideale Läuferin für Ultradistanzen.

Schaj und Tamar begannen ein paar Erlebnisse bei ihren Auftritten auf der Straße zum Besten zu geben und erzählten auch von Pessach. Und als sie seinen Zopf erwähnten, wusste Assaf, dass er der Mann war, der Theodora geschlagen hatte. Aber Tamar war so fröhlich und gelöst, dass er ihr jetzt nicht erzählen wollte, was man Theodora angetan hatte. Sie sprach von den Bulldoggen, von den Taschendieben, von der armen bestohlenen Russin, von dem Vater und dem Kind in Rishon Le-Zion und von vielen anderen Ausgeraubten. Später führten sie und Schaj Assaf vor, wie die Leute ihre Münzen in die Mütze legten – Schaj gab die Regieanweisungen und Tamar führte sie anmutig aus. Stellte diejenigen dar, die vor anderen zu verbergen versuchten, wie wenig sie gegeben hatten, jene, die einem das Geld zuwarfen, als würden sie einen kaufen, diejenigen, die vor lauter Betroffenheit am Ende gar nichts gaben, oder die, die ihr Kind vorschickten, und die, die ein ganzes Programm anhörten und sich in dem Moment, in dem das letzte Lied erklang, der allerletzte Ton, verdrückten und in Luft auflösten ...

Sie spielte und lachte und bewegte sich locker und anmutig, man konnte sehen, wie ihr Körper wieder zum Leben zurückkehrte, wie sie aus dem Panzer spross, der sie bedeckte. Auch sie fühlte, was mit ihr los war, spürte, dass sie ein wenig zum Titel jenes Buches von Jehuda Amichai wurde, nur umgekehrt – die Faust wurde wieder eine offene Hand. Und als sie fertig war, machte sie einen Hofknicks und Assaf applaudierte und dachte, hoffentlich lässt sie sich mal von ihm fotografieren, mit dieser Mimik.

Schaj fragte Assaf, woher er stammte. Es war das erste Mal, dass er einen direkten Bezug zu ihm nahm. Fragte auch, in welche Schule er ging, und erwähnte zwei Leute aus Assafs Schule, die er kannte. Assaf, der bekanntlich kein Gesicht vergaß, meinte Schaj mal bei einem Spiel von Hapo'el gesehen zu haben, kann das sein? Schaj lachte, kann durchaus sein. Assaf wollte wissen, ob er immer noch ins Stadion ging. Schaj sagte: »Das war einmal. Bei mir ist jetzt alles ›es war einmal‹.« Assaf fragte: »Was soll dann diese Sache mit dem Plakat von Man-

chester United?« Und Schaj gluckste: »Das hat sie hingehängt.
Sie dachte, ich wär ein Fan von ihnen. Ein gravierender Fehler,
Watson!« Und er bewarf Tamar mit ein paar Zweigen. Tamar
lächelte: »Was spielt es für eine Rolle, Manchester oder Liverpool. Ist das nicht alles das Gleiche?« Und beide Jungs fühlten
sich auf den Plan gerufen und erklärten ihr, kein Hapo'el-Fan,
der noch ganz dicht ist, steht auf einen Verein wie Manchester.
Wieso denn nicht?, wollte sie wissen und genoss das Gespräch
grenzenlos. »Erklär der Kleinen, warum«, seufzte Schaj, »ich
bin zu schwach dazu.« Und Assaf erklärte ihr, dass ein echter Hapo'el-Fan nie im Leben eine Erfolgsmannschaft wie Manchester
gut finden würde; wir können uns nur mit Losern identifizieren,
nur mit denen, die den Pokalsieg knapp verpassen, Vereine wie
Liverpool zum Beispiel (Schajs Verein) oder Housten …

»Stell dir vor, über meinem Kopf schwebt die Mannschaft
von Manchester«, seufzte Schaj. »Wie soll es da aufwärts mit
mir gehen, wenn Beckham und Yorke über meinem Kopf bau-
meln?« Tamar lachte aus vollem Herzen, sie erinnerte sich an
irgendeine dringende Frage, die sie vor kurzem beschäftigt
hatte, etwas wie – ob ein Mensch, der für die Erledigung einer
bestimmten Mission seine Seele abzudichten beschloss, wieder
er selber sein konnte, wenn diese Mission ausgeführt war. Assaf erzählte von einem Freund, von Roi, auch einem Hapo'el-
Fan, im Grunde ein Ex-Freund, der in seinem Zimmer keine
einzige gelbe Sache duldete, keine Tasse, kein Kleidungsstück
und keine Vase und keinen Teppich, keinen Mückenschiss. Und
so redeten sie weiter und Tamar lauschte mit doppeltem Genuss, schluckte das Gespräch wie eine Medizin, die für zwei
Schmerzen gut ist. Ab und zu warf sie eine Frage dazwischen,
zum Beispiel über jenen »Ex«, und Assaf erzählte, ohne etwas
zu verheimlichen, und Tamar lauschte aufmerksam und dachte
ziemlich erleichtert, dass Assaf einfach das völlige Gegenteil
von ihr war – womit sie sich beschäftigten (oder langweilten),
der Rhythmus, die Familie, aus der er stammte, seine absolute
Unfähigkeit, sich zu verstellen. Es gefiel ihr beispielsweise,

410

dass er langsam sprach, jede Antwort abwägte, alles fein säuberlich sezierte, als übernehme er die volle Verantwortung für jedes einzelne Wort, das ihm über die Lippen kam. Nie hätte sie gedacht, dass sie die Geduld für jemand Langsamen wie ihn haben würde und es ihr sogar gefallen würde. Er ist einer, dachte sie, der, auch wenn du ihm für einen Moment den Rücken zukehrst, so bleibt, wie er ist. Er hat eine saubere Stimme und das ist nichts, was man im Gesangsunterricht lernen kann. Durch die Jeans fühlte sie, wie das Blut langsam in seinem Schenkel pochte, und dachte, er wird sicher hundert Jahre alt und wird noch weiter wachsen und sich langsam verändern und eine Menge Dinge in seiner tiefen, gründlichen Art lernen, und er wird nichts von alledem vergessen.

Später mussten sie wieder zurück in die Höhle, denn zwei Spaziergänger stiegen in der Ferne auf einem der Wege hinunter in den Wadi. Sie hätten die beiden Männer, die ganz und gar nicht wie Wanderer gekleidet waren, aufmerksamer unter die Lupe nehmen sollen, aber die drei waren so ruhig und vergnügt, dass sie nicht zu viel nachforschten und ihren misstrauischen Instinkt vergaßen. Deshalb packten sie nur schnell zusammen, was sie mit nach draußen genommen hatten, verschlossen die Höhle mit Sträuchern und ließen sich von ihr verschlucken.

Kurz darauf kehrten die Schmerzen zurück, als ob der Kurzurlaub beendet wäre, und Tamar und Assaf gingen wieder dazu über, Schaj zu pflegen. Wieder waren es die Muskelschmerzen, schon schwächer, aber noch immer quälend, und die Höhle füllte sich mit dem Gestank der Salbe, die Tamar dagegen gekauft hatte. Schaj jaulte, dass die Paste Hitze und Kältewellen auslöse, und dann, auf einmal, wurde er erneut vom Brennpunkt seines Schmerzes angesaugt, verlor völlig die Beherrschung und begann Tamar anzugreifen: dass sie ihn grausam quäle und wozu das alles, was war denn eigentlich so schlimm gewesen, nie im Leben würde er so spielen können, wie wenn er high ist, so ein Gefühl hat nur Gott und Jim Morrison. Und er hatte es gehabt und nun war es nicht mehr da. Dann halluzinierte er, dass er an Stoff kam, dass irgendein Wunder geschehen war und er in einem Taxi auf dem Weg nach Lod saß. Er lag da und beschrieb ihnen den Weg mit erstaunlicher Lebendigkeit, erwähnte sogar den staubigen Judasbaum am Eingang zu dem heruntergekommenen Stadtteil. Sie wussten nicht, wovon er sprach, aber hörten ihm wie hypnotisiert zu. Jetzt sagte er gerade dem Taxifahrer, er solle Halt machen und warten; nun geht er auf das Haus mit der hohen Mauer zu; er klopft an die Tür. Der Hausbesitzer öffnet nicht, aber er zieht einen Backstein aus der Mauer. Ich seh ihn nicht, aber ich hör ihn und weiß, was er in der Hand hat, und ich stecke das Geld in das Loch in der Mauer, und er, o Gott, bringt mir einen Fünferpack, ich hab ihn und bin wieder im Taxi, fahr, fahr los, ich schneide mit dem japanischen Messer das Ende auf, o Gott, o Gott, Tamar, wo ist es, Tamar, wo ist es?!

So schrie er plötzlich und begann seine Hand an seinem Schenkel zu reiben, als walze er darauf ein Papier glatt, und plötzlich zitterte er und schrie: »Ich kann nicht mehr.« Er schlief kurz ein, wachte tobend auf, stellte sich voller Power auf die Matratze und hielt ihnen eine Rede: »Was ist der Mensch? Ein Nichts ist er. Zweite Wahl ist er. Er hat Todesangst vor der Originalität, vor der Genialität. Schließlich verfolgt jede menschliche Gesellschaft nur ein Ziel – ihre Menschen zu kastrieren, sie zu zähmen. Und das trifft auf Länder und Völker zu, auf Familien, vor allem auf Familien! Ich würde im Leben keine Familie gründen. Nie im Leben! Wozu brauch ich diese Heuchelei, Kinder zu machen und noch eine unglückliche Generation zu schaffen. Schließlich sind die Menschen im Stande, ihre Nachkommen zu verschlingen, damit die ihnen nur nicht ihr gelecktes Image verderben und sie nicht vor ihren Freunden blamieren.« Er atmete kaum und seine Augen traten beinahe aus ihren Höhlen. Sein Gesicht sah aus wie von einer Asche-schicht bedeckt. Tamar wusste, dass das nicht mehr der Turkey war, sondern seine Wut und seine Angst, die jetzt, ohne den Schutzschild der Droge, freigelegt waren und in einem dicken Strahl auszubrechen drohten. Als sie näher kommen wollte, um ihn dazu zu bringen, sich zu setzen, stieß er sie mit aller Kraft beiseite und sie fiel auf den Rücken und schrie vor Schmerz. Assaf sprang auf, um Schaj zurückzuhalten, aber der schlug sie nicht wieder, zumindest nicht mit den Händen: Er schrie, dass sie nicht besser sei als die anderen, dass sie ver-suchte, seine Genialität zu ersticken und ihn dressieren und zähmen wollte. Je zorniger er wurde, desto brutaler und grober wurden seine Worte. Assaf dachte, er müsse diese Qual been-den, aber als er Tamar ansah, fühlte er, dass sie ihm nicht ge-stattete, sich einzumischen, dass dies eine private Sache zwi-schen ihr und Schaj war, und er fragte sich, ob sie sich nicht quälte oder mit seinen Worten selbst bestrafte, wie sie sich in ihren Tagebüchern selbst verletzt hatte.

Schaj beruhigte sich plötzlich ohne ersichtlichen Grund. Er sank zusammen, legte sich auf die Matratze, schmiegte sich an Tamars Hand und küsste sie, bat sie, ihm den Schlag von vor-hin und alles andere zu verzeihen. Und er weinte aus der Tiefe seines Herzens, wie gut sie zu ihm sei und wie sie ihm wie eine Mutter war, wie es immer so gewesen war, obwohl sie zwei Jahre jünger ist, nie im Leben lasse er zu, dass sie ihn verlässt, sie ist die Einzige auf der Welt, die ihn versteht, war es nicht immer so? War es zu Hause etwa nicht so? Nur ihretwegen wollte er weiterleben. Und plötzlich setzte er sich, und wie in einer Sinnestäuschung stand er wieder auf und brüllte ihr zu, dass sie ihn im Grunde umbringen wolle. Dass sie immer nei-disch auf ihn gewesen sei, weil er begabter und ein kompromiss-loserer Künstler sei, und sie wusste, dass er ohne die Drogen zu einer Null wurde, so kastriert wie sie selbst, denn sie, es ist ja völlig klar, dass sie am Ende Kompromisse eingehen wird, ihre Kunst für einen Apfel und ein Ei verkaufen, Jura oder Medizin

studieren wird und sich mit irgendeinem Schlappschwanz ab-
geben wird, der wie der Alte in einer Anwaltskanzlei oder noch
schlimmer in der Computerbranche arbeitet. Mit jemandem
wie diesem Hanswurst hier.

Als er endlich einschlief, gingen beide raus und ließen sich
erschöpft neben den Stamm des Mastixbaumes sinken. Dinka
saß vor ihnen und war ebenso niedergeschlagen wie sie. Tamar
dachte, sie müsse jeden Moment platzen. Wenn es eine Sekunde länger gedauert hätte, hätte sie einen Wutanfall bekommen und alles über ihn ergossen, was sich in ihr angestaut
hatte. Es hatte ihr auf der Zunge gelegen, dass sie nur wegen
ihm hier war und nur wegen ihm die Fahrt nach Italien aufgegeben hatte, vielleicht sogar den Chor überhaupt, mitsamt
ihrer gesamten Karriere. Es drehte sich ihr vor Groll auf ihn
und seine Gedanken, die ihr bestens bekannt waren, der Magen um; jedes Mal, wenn er eine seiner »Touren« hatte oder
Streit mit den Eltern, war er in ihr Zimmer gestürmt und hatte
nicht groß gefragt, ob sie den Kopf für ihn frei hatte, ob es ihr
passte, ihm zuzuhören; er pflegte die Tür hinter sich abzusper-
ren und eine Rede zu halten, mit kalter Wut, völlig verrannt,
manchmal eine Stunde lang, er sprach und fuchtelte mit den
Armen und schäumte und zitierte alle möglichen Philosophen,
die sie nicht kannte, sprach von »edlem Egoismus« und dass
letztendlich jeder Mensch nur nach seinem isolierten Egoismus handle, selbst in der Beziehung zwischen Eltern und Kindern war es so, sogar in der Liebe, und er ließ sie nicht in Ruhe,
bis er sie gezwungen hatte, zu gestehen, dass er Recht und sie
Angst hatte, dass, wenn sie ihm vollkommen Recht gab, ihre
ganze kleine bürgerliche Welt zusammenbrach. Und manchmal, vor allem im vergangenen Jahr, hatte sie das Gefühl be-
schlichen, diesen Gedanken sei es trotz allem gelungen, sie zu
durchdringen und zu vergiften.

Jetzt erzählte sie Assaf von diesen Dingen, die sie in ihrem
Bauch aufbewahrte und die sie nicht mal Lea preisgegeben
hatte, um Schaj nicht in ein schlechtes Licht zu rücken.

»Ich denke auch manchmal wie er über die Menschen und über den Egoismus«, sagte Assaf zu ihrer Überraschung. »Der Gedanke, dass er womöglich irgendwo Recht hat, ist deprimierend.«

»Ziemlich deprimierend, ja«, sagte Tamar verbittert. »Man kann tatsächlich nicht behaupten, dass er total schief liegt. Was kann man ihm schon entgegenhalten?«

»Ich hab drei Antworten darauf«, sagte Assaf nach einer kurzen nachdenklichen Pause: »Erstens: Immer wenn es mir gelingt, meinen Egoismus ein wenig zu überwinden, fühle ich mich gut.«

»Aber genau dazu würden Schaj und seine Philosophen sagen, dass du scheinheilig bist!«, sagte Tamar wie aus der Pistole geschossen. »Im Grunde hast du nur Angst, dich anders zu verhalten als die andern. Und du ziehst es vor, dich gut zu fühlen. Du hast einfach Angst, ein schlechter Mensch zu sein.« Ja, dachte sie in ihrem Innern, das ist es: Er hat Angst, böse zu sein. Er ist einfach ein notorisch »guter Kerl«. Deshalb ist er auch hier, bei mir. Im Leben wird er mich nicht verstehen.

»Im Gegenteil«, sagte Assaf nachdenklich, »denn wenn Egoismus etwas ist, was allen gemein ist, unterscheide ich mich doch gerade dann von den andern, wenn es mir gelingt, ihn zu überwinden, oder etwa nicht?«

»Wirklich?«, lächelte Tamar überrascht. »Moment mal, das war erstens. Und was ist mit zweitens?«

»Zweitens ist etwas, das Theodora mir im Zusammenhang mit einer anderen Sache gesagt hat: Klar gibt es auf der Welt Menschen, wie Schaj einer zu sein versucht. Aber es gibt auch andere, zum Beispiel die, die Schaj aus dem Dreck gezogen hat. Ja?« Er warf ihr einen tiefen, durchdringenden Blick zu, und ihr Herz machte einen doppelten Salto vorwärts. »Außerdem«, fuhr Assaf fort, »hat Theodora behauptet, dass es sich lohnt, für diese anderen zu leben.«

Gerade da überfiel sie ein unangenehmer, keiltreibender Gedanke. Interessant, was Idan über Assaf sagen würde. Aber bevor sie sich dieser Überlegung hingab, mit allem, was sie ihr hätte antun können, dachte sie, dass sie es jetzt viel interessanter fände zu wissen, was Assaf von Idan hielte, falls sie ihm jemals etwas über ihn erzählen würde.

»Und drittens?«, fragte sie.

»Drittens ist, wenn ich keine gute Antwort auf solche philosophischen Fragen habe. Dann gibt es ein kleines Feld neben unserem Haus, ab und zu muss ich unbedingt dorthin gehen. Auf dem Feld ist eine kleine alte Müllkippe voller Schrott und tausenden von Glasflaschen. Ich stelle eine Flasche auf einen Felsen und bewerfe sie mit Steinen. Ein, zwei Stunden, zwanzig, dreißig Flaschen und es geht mir besser. Es reinigt. Jeder Flasche gebe ich einen Namen, nicht nur die Namen von Menschen, auch die von Gedanken, von –«, er zögerte einen Moment, »– von dem, was du ›Ratten‹ nennst ...« Tamar warf ihm einen scharfen, bitteren Blick zu, schreckte vor seiner Grenzüberschreitung zurück und wurde unweigerlich von einem vergnüglichen Staunen erfasst. (Wir teilen ein Geheimnis, dachte sie, ein gemeinsames Geheimnis, wie das, was Lea über echte Paare sagte ...) »Und ich zerdepper sie einfach, eine nach der andern, und beruhige mich ein wenig, bis zum nächsten Mal.« Er kicherte entschuldigend. »Flaschen unter sich.«

»Du bist keine Flasche«, sagte sie sofort, vielleicht zu übereilt. »Nimmst du mich einmal mit dorthin? Mit dem größten Vergnügen würde ich jetzt ein paar Flaschen zerdeppern.«

Sie gingen wieder zurück. Schaj schlief und stieß im Schlaf hin und wieder einen Schrei aus. Sein Körper zuckte zusammen, als prügle jemand im Traum auf ihn ein. Tamar und Assaf hatten die Absicht, abwechselnd zu schlafen und zu wachen, aber keiner von beiden fand Schlaf. Als Assaf mit der Wache an der Reihe war, lag Tamar unter einer dünnen Decke auf der Matte. Ihre Augen waren geöffnet und sahen ihn an. Sie sprach kein Wort, aber sie musste ihn ansehen. Die ganze Zeit. Als ob sein Aussehen, seine großen schwerfälligen Bewegungen, das verschämte Lächeln, das er ihr ab und an zuwarf, eine seltene Medizin waren, die sie einnehmen musste, um endlich gesund zu werden.

Schaj schlief drei Stunden lang. (Er behauptete, er hätte kein Auge zugemacht.) Er stand auf, verschlang vier Schokoriegel und schlief wieder ein. Er war sauer, vielleicht bereute er auch seinen Ausbruch, aber er brachte es nicht übers Herz, sich zu entschuldigen. Etwa gegen eins wachte er auf, ging vor die Höhle und spielte Gitarre. Assaf und Tamar saßen innen und lauschten. Für Assaf klang es wunderbar, aber Tamar hörte sehr wohl, wie er mit den Saiten kämpfte, den Rhythmus verlor, verzweifelt einer Sache hinterherrannte, die einmal, ja noch vor einer Woche, in seinem Spiel verborgen gelegen hatte. Sie dachte, dass sein Sound stumpf und unvollständig geworden war. Dann herrschte Stille. Tamar machte Assaf ein Zeichen, dass sie rausgehen sollten, aber bevor sie aufstehen konnten, hörten sie einen dumpfen Schlag, das Geräusch splitternden Holzes und ein langes Wimmern von Saiten. Schaj kam zurück, allein, sah Tamar mit einem erschrockenen, anklagenden Blick an. »Ich hab es verloren. Ich hab's dir ja gesagt. Ich hab es für immer verloren. Was bin ich noch wert?« Er sank auf die Matratze, rollte sich verloren zusammen und jammerte monoton. Tamar legte sich neben ihn, umarmte ihn mit ihrem ganzen Körper und summte ihm leise etwas vor, wie ein Wiegenlied, und binnen einer Sekunde, wohl vor lauter Angst und Verzweiflung, schlief er ein.

»Willst du nicht wissen, was Lea mir geschieben hat?«, fragte sie später, als sie mit der Wache an der Reihe war und sie dicht beieinander neben dem schlafenden Schaj unter einer Decke saßen und sich zu wärmen versuchten.

»Was hat sie denn geschrieben?«, fragte Assaf verlegen.

Tamar lächelte: »Nein, ich will, dass du sagst, dass es dich neugierig macht.«

»Ich bin neugierig, natürlich bin ich das, also was hat sie geschrieben?«

Sie reichte ihm das zerknüllte Papier.

»Tami, Libes«, las er, »sei mir nicht böhse. Aber nur ein Iddiot häte auf so eine Gelegenhait verzichtet. Bruce Willis und Harvey Keitel zusamen in einem Paket!!! Üprigens, schau genau hin, ob das nicht eksakt der Arm der Freiheitstatue ist. P.S.: Auch für Noiku ist er o.K.«

Assaf verstand nur Bahnhof. Tamar stieß ihn mit der Schulter an. Sie wollte hören, welchen Eindruck er von Lea hatte, und er erzählte ihr, wie er in das Restaurant kam, und dann fiel ihm endlich ein, dass er ihr noch immer nicht von Theodora erzählt hatte.

Tamar hörte zu und erstickte einen Schrei, und als er fertig war, bat sie ihn, es noch mal zu erzählen, diesmal in allen Einzelheiten, die ganze Geschichte über seinen Besuch bei ihr, was genau man ihr angetan und wie sie ihre ersten Schritte außerhalb des Hauses gemacht hatte, wie sie die Straße aufgenommen, was für ein Gesicht sie gemacht hatte. Tamar stand auf und lief in der Höhle von Wand zu Wand. Sie sagte, es mache sie rasend, dass sie jetzt nicht bei Theodora sein konnte, um sie bei ihren ersten Schritten nach ihrem Hausarrest zu begleiten. In ihrem Innern dachte sie, wenn Theo aus dem Haus gegangen ist, könnte auch Schaj es vielleicht schaffen.

»Aber wie ist es möglich, dass sie dir erzählt hat, wie wir uns kennen lernten, sie und ich? Und wieso hat Lea dir alles verraten? Was hast du mit allen angestellt?«

Er zuckte die Achseln. Um ehrlich zu sein, auch ihn hatte es immer umgehauen.

»Du bist ein Magier. Sieh nur, wie du die Menschen zum Reden bringst. Es ist eine Gabe.«

In seinem Kopf lief ein Film ab: ein Kämpfer, ein Dieb, ein Paladin, ein Magier. Drei von ihnen habe ich schon ausprobiert. Es fehlt nur noch der Paladin (er dachte kurz darüber nach: Er hatte keine Ahnung, wie er je der Paladin sein könnte). Dinka bellte plötzlich aufgeregt und Assaf trat vor die Höhle, um sich umzusehen. Doch er sah nichts.

Um zwei Uhr nachts war er mit der Wache an der Reihe und diesmal war es Tamar, die sagte, dass sie nicht schlafen könne. Sie gingen zusammen vor die Höhle. Sie versuchten, sich so oder so hinzusetzen, oder vielleicht so? Und schließlich setzten sie sich Rücken an Rücken und waren beide darüber erstaunt, wie empfindsam, kuschelig und viel sagend ein Rücken sein kann – ein Rücken! So ein gleichgültiger Rücken! – Und es verwirrte sie so sehr, beide, dass sie unverzüglich ignorierten, was dort geschah, und weiter über das sprachen, was sie momentan am meisten beschäftigte. Assaf erzählte ihr wieder, zum dritten Mal, von dem Treffen mit ihren Eltern. Er verheimlichte ihr nichts, höchstens ein paar allzu schmerzhafte Details. Sie erzählte ihm, was im letzten Jahr alles passiert war, und versuchte ihm zu erklären, wie es dazu kam, dass kultivierte, gescheite Menschen wie ihre Eltern sich so verhielten. Wie sie beinahe kampflos auf ihren Sohn verzichteten, ihn – wie auch anscheinend die Trauer über ihn – einfach aus ihrem Leben ausschnitten. Sie schilderte lückenlos die Streitereien zwischen ihnen und Schajs permanentes Gefühl, dass sie und er auf zwei verschiedenen Planeten lebten und dass er vor etwa zwei Jahren zum ersten Mal tagelang verschwunden war und nachts nicht heimkam, und wenn er doch kam, kein Wort sagte; er wurde an allen möglichen zwielichtigen Plätzen gesehen und die Eltern weigerten sich, es zu glauben. Und dann die kleinen und großen Diebstähle, weil er Geld brauchte, immer mehr Geld für seinen Stoff, und dann die Abschlussszene, die schreckliche, als sein Vater ihn hindern wollte, das Haus zu verlassen, die Schlägerei zwischen beiden.

»Ich kann nachvollziehen, dass mein Vater in der ersten Woche sauer, verletzt und erniedrigt war. Alles schön und gut. Aber später? Und meine Mutter? Wie ist das möglich? Und die ganze Zeit über, in mehr als einem Jahr haben sie sich nur zweimal an die Polizei gewandt. Ist das zu fassen? Zweimal?! Hätte man ihnen ihr Auto geklaut, hätten sie nicht lockergelassen und schamlos ihre Beziehungen spielen lassen. Und hier ging es um ihr Kind! Und als die Polizei ihnen mitteilte, dass Schaj schon über achtzehn sei und sie keine Möglichkeit zum Eingreifen sähe, wenn er das Haus auf eigenen Wunsch verlassen habe, da stellten sie ihre Nachforschungen ganz ein!« Sie schlug sich mit der flachen Hand vor die Stirn. »Kapierst du, was in ihren Köpfen vorgeht? Würden deine Eltern so etwas machen?«

»Nein«, sagte Assaf, korrigierte etwas die Stellung seines Rückens gegen ihren und dachte, hoffentlich lernt sie mal meine Eltern kennen, und sofort war sein ganzer Körper von dem Wissen überschwemmt, von der Gewissheit, wie gut sie es bei ihnen haben würde, so wie Nashorn, und er sah klar und deutlich vor sich, wie sie zu ihm nach Hause kommen und mit Mucki spielen und mit seiner Mutter in der Küche plaudern würde und wie sie dann in sein Zimmer gingen und er die Tür hinter ihnen verschlösse, und sofort entschied er, ein paar Peinlichkeiten aus seiner Bude zu verbannen, Reste aus seinem früheren Leben, vor allem die erschütternde, grellbunte Boglinsammlung, den monströsen Doink oder die Fotomontage, die ihn zusammen mit dem kauzigen Rabbi Kaduri zeigte, und verblasste Poster von den Power Rangers, die dort hingen, seit er zehn war.

Sie ging hinein, um nach Schaj zu sehen. Er war wach geworden und wollte Wasser. Als er ausgetrunken hatte, sah er sie an und bat sie, ihm alles, was er getan und gesagt hatte, zu verzeihen. Dann meinte er vollkommen ruhig mit eisiger Nüchternheit, dass sein Leben ohne seine Gitarre keinen Sinn habe. Tamar erklärte ihm, dass er keine Chance habe, in dieser Phase so zu spielen wie früher, aber in ein zwei Monaten würde er es wieder können, so wie alles andere auch. Er schüttelte den Kopf und sagte, sie mache sich etwas vor, aber er habe keine Illusionen. »Warum lässt du mich nicht einfach hier verrecken?«, fragte er und sie gab sich Mühe zu verbergen, wie sehr sie unter diesen Worten litt: »Hast du es immer noch nicht kapiert, Sherlock?« Sie bemühte sich um ein Lächeln. »Ich lass dich nicht fallen. Was du auch tust, was du auch anstellst, ich bin hinter dir und fang dich auf. Begreifst du denn nicht, dass du gar keine Wahl hast?« Einen Moment verkrallten sich ihre Blicke in einer Stille, in der nur sie beide das, was wortlos gesagt wurde, verstanden, wie immer, seit ihrer Kindheit, als wären sie eineiige Zwillinge, zwei Schlüssel desselben Safes.

»Passt du auf mich auf?«

»Was meinst du?«

»Dass du es tust.«

Er holte lang und tief Atem und weitete seine magere Brust und sie wusste, dass er ihr damit ein großes Geschenk gemacht hatte, das größte, das er zu geben in der Lage war.

»Los«, tadelte er sie mit verschanzter Stimme. »Schalt die Geigen im Hintergrund aus und bring mir etwas Obst oder sonst was, ich sterbe vor Hunger, und dann geh raus zu deinem Freund, los, geh schon, ich seh doch, dass du es kaum erwarten kannst, ich komm schon klar.«

Sie kehrte zu Assaf zurück und berichtete trocken, dass es Schaj etwas besser ginge. Sie saßen ein paar Minuten schweigend da. Tamar fühlte, je besser es Schaj ging, desto mehr Platz wurde für Assaf und für sie selbst frei, für all die Dinge, an die man vorher nicht einmal denken durfte.

Dann erzählte sie ihm von Schelli, von ihrer Lebensfreude, ihrem Charme und ihrem Humor und ihrer Selbstzerstörung. Sie sprach fast eine Stunde ununterbrochen und Assaf hörte zu. Sie beschrieb, wie Schelli ihr mit der Matratze geholfen hatte, wie sie sie mit auf ihre Bude nahm und dass sie keinen Menschen auf der Welt gefürchtet hatte. Während sie von ihr erzählte, begann sie endlich den ganzen Horror der Geschichte zu begreifen. »Es gibt keine Schelli mehr«, sagte sie ungläubig, als hätte sie es erst jetzt erfahren, »sie ist nicht mehr da und wird nicht mehr zurückkommen. Auf der ganzen Welt wird es dieses einzigartige Individuum nicht mehr geben. Begreifst du? Ich spreche es aus, ohne den Sinn meiner Worte zu verstehen. Warum ist das so? Stimmt vielleicht was nicht mit mir? Fehlt mir was?«

Weil sie Rücken an Rücken saßen, konnte sie sein Gesicht nicht sehen, aber sie dachte, dass sie noch nie einen Jungen getroffen hatte, der so zuhören konnte, mit solcher Hingabe und Wärme. Dann – sie merkte nicht mal, wie es geschah – brachte er sie dazu, über ihr Singen zu sprechen. Sie erzählte von der enormen Veränderung, die vor drei Jahren mit ihrem Leben vorgegangen war, als sie ihre Eltern dazu brachte, sich in den Chor einschreiben zu dürfen. Wie sie plötzlich aufblühte, endlich fühlte, dass sie etwas wert war. Und sie erzählte ihm auch von Halina, die immer an sie geglaubt hatte und sich weder vor ihren Stacheln noch vor ihrer frechen Art fürchtete. Und Assaf sagte, dass er keine Ahnung von Musik habe, aber was er sich am schwersten vorstellen könne, sei, wie sie es fertig bringe, vor Publikum zu singen; sie lachte und sagte, auch ihr käme es jedes Mal von neuem abartig vor, aber was daran hielt er denn für so schwierig? Er dachte einen Moment nach, zwei Momente. Sie wartete geduldig. »Etwas aus seinem Innern preiszugeben«, sagte er schließlich, »etwas, was aus dir selbst kommt, Menschen zu geben, die du nicht kennst und von denen du nicht weißt, wie sie es aufnehmen.« – »Du hast vollkommen Recht, aber für mich liegt darin auch der Reiz. Verstehst du? Immer wieder aufs Neue vor ihnen stehen und sie zu erobern versuchen ...« – »Ich verstehe, aber ich bin anders. Ich könnte das nicht.« Er lachte leise, denn er stellte sich vor, wie er selbst in der Öffentlichkeit singen würde, und sie schmiegte sich noch enger an seinen Rücken, um das Zucken seines Lachens aufzufangen, damit kein einziges davon verloren ging. »Denn ich, ich würde sicher nach jeder Strophe aufhören und denken, war das jetzt gut oder nicht? War es so, wie es sein sollte?« Er zuckte die Achseln. »Passiert dir das nie?« – »Das ist es doch, was ich in all den Jahren zu lernen versuche«, keuchte sie, erstaunt, wie er den Finger genau auf die heikelsten Stellen legte, die sie schon seit Jahren beschäftigten und die nicht mal Halina so auf den Punkt gebracht hatte. »Denn ich muss lernen loszulassen, verstehst du? Ich muss die Selbstkontrolle aufgeben und dieses beschissene kritische Denken. Ich weiß noch nicht wie. Sobald ich innehalte, um über den letzten Ton nachzudenken, ist es aus und vorbei. Sofort verschließe ich mich, erstarre, bin aufgeschmissen.« Er hätte ihr die ganze Nacht zuhören können und verstand nicht, wie er still und beherrscht sitzen bleiben konnte, während sein Rücken in Flammen stand und er am liebsten auf jeden umliegenden Hügel gerannt wäre und mit aller Kraft gebrüllt hätte, dass es jetzt passierte, dass sein ganzes Leben bis zu diesem Augenblick im Grunde nichts als ein Präludium war, die Vorgruppe, und dass er endlich beginnt zu sein. Sie redete und er wusste nicht, ob er krank oder gesund war, alle Körperteile taten ihm weh, so voll gestopft war er von ihr. Selbst die Zähne schmerzten und sogar die Fingernägel. »Aber wenn du gut singst?«, fragte er und krallte sich mit dem Rest seiner Kraft an den Anschein einer ruhigen, gelassenen Stimme. »Wie ist das dann? Was ist das für ein Gefühl?« – »Ach, das ist einfach das Größte!«, frohlockte Tamar. »Für mich ist es beinahe ein mystisches Erlebnis, es ist das Gefühl, dass im All alles seinen richtigen Platz hat ...« So wie ich mich jetzt fühle, dachte sie. »Sag, willst du mal kommen, wenn ich singe?« – »Sicher, klar. Aber du musst mir vorher alles erklären.« – »Mach dir keine Sorgen, ich werd dich drauf vorbereiten.« Er wollte sie bitten, ihm jetzt etwas vorzusingen. Jetzt sollte sie singen, aber er schämte sich, verdammt noch mal, er schämte sich!

Ab und zu stand einer von ihnen auf und ging nachsehen, ob mit Schaj alles klar war. Der, der einen Moment allein blieb, spürte, wie sein Körper nach der Berührung des anderen lechzte. Dinka bellte und schnupperte. Die ganze Zeit waren in den Büschen um sie herum seltsame Geräusche zu hören, aber Assaf und Tamar waren völlig abgetaucht und später, als alles vorbei war, hörten sie nicht auf sich zu fragen, wie sie so blind und taub sein konnten und mit welch krimineller Fahrlässigkeit sie ihre Wache vernachlässigt hatten.

Fast unmerklich lehnten sie die Köpfe gegeneinander. Tamar fragte, ob ihre Stoppeln ihn nicht piekSten, und Assaf verneinte und meinte, nein, nein, sie seien ganz zart. Dann erzählte er ihr, wie erstaunt er war, als er sie sah, denn alle hatten ihn auf eine Löwenmähne vorbereitet. Sie fragte, ob sie ihm so gefalle, und er sagte: »Ja.« – »Nur ›ja‹?«, fragte sie. Und Assaf erwiderte: »Sehr.« Und dass es ihm ganz egal sei, welche Frisur sie habe, denn sie würde immer gut aussehen. In seinen Augen sei sie sehr, sehr schön, wirklich. Und er schwieg, erstaunt und schwindelig über sich selbst.

Dinka kläffte, diesmal lauter. Tamar spürte seinen schweren Kopf auf ihrem Hinterkopf. Die Wonne war beinahe unerträglich. Sie wäre am liebsten aufgestanden und gegangen, denn was geschah, wenn alles hier zu Ende war oder der Zauber nicht mehr wirkte, wenn sie die Höhle verließen? Sie rührte sich nicht, bis die Wärme seines Körpers alle spitzen Eisblöcke schmolz und der Genuss sich in sämtliche Körperteile ausgebreitet hatte. Das ist die Wirklichkeit, dachte sie benebelt. Meine Fantasien berühren gerade die Wirklichkeit und der Luftballon explodiert mir nicht im Gesicht. Assaf fragte sie, was los sei, warum seufzt du denn so, und sie sagte: »Nichts«, aber in ihrem Innern blinkte ein seltsamer Satz auf: Herzlichen Glückwunsch! Wir freuen uns, Ihnen mitteilen zu können, dass Sie in die Menschheit aufgenommen wurden.

»Ich wollte dich gerade um etwas bitten, das heißt, ich hab mich nicht getraut«, sagte Assaf (und konnte nicht glauben, dass er es war, der da wie ein Profi sprach).

»Was denn? Sag es.« Ihre Stimme hinter ihm war weich und üppig.

»Dass du mir was vorsingst.«

»Ach so.«

Sie richtete sich nicht mal auf. Um ihren Körper nicht von seinem zu trennen. Sie sang mit absoluter Natürlichkeit, mühelos und ohne ihn beeindrucken zu wollen. Sie sang »Wie kann es sein, dass ein Stern es wagt«. Ihre Stimme kam ihr verändert vor und sie wusste nicht warum. »Ein einziger Stern; mir selbst fehlt dazu der Mut …« Rücken an Rücken schlossen sie die Augen. »Und ich bin doch nicht allein …« Sie sang leise und wusste, dass etwas mit ihrer Stimme passiert war seit dem letzten Mal, als sie auf dem Platz gesungen hatte, es war eine beinahe unmerkliche Veränderung mit ihr vorgegangen, als ob die kindische Reinheit, die in ihr gelegen hatte, völlig verschwunden und etwas Neues an ihre Stelle getreten war, von dem sie nicht wusste, was es war.

Mitten im Lied stand Dinka auf und begann unruhig hin und her zu laufen. Sie bellte mehrmals in alle Himmelsrichtungen.

»Vielleicht lauert ein Tier in den Büschen«, sagte Assaf, nachdem sie fertig gesungen hatte. Es war ihm angenehm, ihr leises Atmen zu spüren. Er hatte ihr noch immer nichts von seiner Liebe zur Fotografie erzählt, aber er hatte jetzt keine Lust, von sich zu sprechen.

»Sollen wir eine Taschenlampe holen und nachsehen?«

»Nein, bleib so sitzen.«

Sie erinnerte sich an etwas: »Heute Abend, vor ein paar Stunden, hat in Mailand das letzte Konzert meines Chors stattgefunden.« Und sie fügte hinzu: »Und Adi hat mein Solo gesungen.«

»Sing es mir doch hier vor.«

»Meinst du wirklich?«

»Ja. Wenn du dich mit solch einem kleinen Publikum begnügst?«

Sie stand auf. Sie straffte sich, zeigte ihm, wie sie das schwarze Kleid für den Auftritt überstreifte, machte eine graziöse Drehung und zeigte ihm den tiefen Ausschnitt im Rücken, die hohen Absätze, die sie wenigstens drei Jahre älter machten, ließ ihre Finger über die lockige Frisur gleiten. Dann verbeugte sie sich anmutig vor den Zuschauern im Saal, vor den Rängen und den vergoldeten Seitenlogen. Sie räusperte sich, machte dem Pianisten ein Zeichen –

»Moment mal«, sagte Assaf und sprang auf die Beine, »da läuft jemand.«

Und dann geschah es. Es ereignete sich schnell wie ein Unfall. Assaf wollte es bis zum letzten Augenblick nicht glauben. Denn sie waren dem Happy End so nahe und urplötzlich brach alles über ihnen zusammen. Ein alberner Gedanke funkte durch seinen Kopf: ein Gefühl wie beim »Lustigen Leiterspiel«, wenn man endlich die Neunundneunzig erreicht hat und gerade dann die Leiter hinunter bis auf die Dreizehn fällt.

Und was für eine Dreizehn!

»Wie ein militärischer Einsatz«, dachte Assaf eine Sekunde später. »Wie ein Albtraum«, dachte Tamar. Sie kamen von allen Seiten, über die Hügel, hinter den Felsen hervor. Am Anfang kamen sie ihnen wie dutzende vor, später stellte sich heraus, dass sie nur zu siebt waren: sechs Bulldogen und Pessach. In den ersten Momenten, mitten im Sturm der Angst, quälte Tamar vor allem der Gedanke, dass sie die ganze Zeit dort gekauert und zugehört und mit ihrer Anwesenheit ihren kostbaren Augenblick entweiht hatten.

Jemand schlug Assaf auf den Rücken, ein anderer stieß Tamar zu Boden. Sie hörten Schläge und Schreie aus der Höhle und dann tauchte Schischko am Eingang auf, der den entgeisterten, entsetzten Schaj unsanft packte. Blut tropfte aus Schajs Mund.

»Der Tempel ist in unserer Hand!«, sagte Schischko und sah Tamar hasserfüllt an. »Jetzt kümmern wir uns um die Höhle von Machpela.«

Assaf sah noch, wie ihr Gesicht sich verzog, als jemand ihm von hinten den Kopf wieder in die Erde stanzte. Er dachte, wenn das so weitergeht, gewöhn ich mich noch dran.

Pessach hatte einen Plan.

»Sieh genau hin, Schaj-Baby«, sagte Pessach und baute sich direkt vor ihm auf. »Sieh genau hin, was hab ich in der rechten und was in der linken Hand?«

Schaj versuchte, seinen Blick zu schärfen. Assaf hob den Kopf von der Erde. Diesmal stieß man ihn nicht wieder runter. Als er den Zopf sah, begriff er, dass alles verloren war.

»Etwas, was dir verdammt gut gefallen wird«, sagte Pessach schmierig. »Etwas, das dir den besten Kick der Welt verschafft.«

Tamar stöhnte und grub ihren Kopf in die Erde.

»Was ist es?«, fragte Schaj schwach und seine Beine bewegten sich wie von allein einen Schritt vor. »Zeig her, zeig her.«

»In der rechten Hand hab ich einen Fünferpack, frisch vom Erzeuger.« Schaj grunzte ungläubig und gierig. Seine Hand schnellte nach vorn. Unverzüglich war er dem Zauber erlegen.

»Die Ware wird nicht berührt!«, tadelte ihn Pessach. »Jetzt sieh mal hier. Was hab ich in der linken Hand? Eine Überraschung! Ein kleines nettes Paper. Spitzenklasse! Es schleudert dich direkt in den Himmel! Also was meinst du, womit beginnst du?«

Schaj atmete schwer. Sein langer, zarter Hals war gereckt; wie der Hals eines Schwans, dachte Tamar; der geschlachtet wird, dachte Assaf.

»Ich hab gehört«, zog Pessach die Worte in die Länge, »aus informierten Kreisen hab ich erfahren, dass dein liebes Schwesterlein einen kleinen Entzug mit dir gemacht hat. Aus eigener Kraft, ist das richtig?«

Schaj nickte. Im Mondschein sah Assaf, wie die graue Farbe des Turkey wieder in sein Gesicht zurückkehrte.

»Dann bist du ja vielleicht gar nicht mehr scharf auf das, was wir dir anzubieten haben?!«, fragte Pessach mit haarsträubender Freundlichkeit. Und wie ein Zauberer wand er seine Hände und ließ den Stoff verschwinden. Schaj schüttelte wie wild den Kopf und stöhnte vor bitterer Enttäuschung.

»Schaj!«, schrie Tamar mit aller Kraft. »Schaj!«

Der Typ, der sie hielt, rammte ihren Kopf wieder in die Erde, aber ihr Schrei verfehlte nicht seine Wirkung: Schaj erschauderte, tat einen Schritt zurück und riss die Augen auf. Assaf schien es, dass auf einmal seine echten Augen zum Vorschein kamen.

»Nein«, sagte Schaj.

Pessach hob die Hand übertrieben an sein Ohr: »Kannst du das noch mal sagen?«

»Ich sagte Nein«, seufzte Schaj schwach. »Ich hab das hinter mir, glaube ich.«

»Du meinst, du hast das hinter dir?«, sagte Pessach mit katzbuckliger Sanftmut und ging auf ihn zu. »Aber du weißt, dass das nicht stimmt. Du bist nicht fertig damit und wirst es auch nie sein. Denn keine Macht der Welt kann dich da rausholen, und weißt du auch warum?« Er beugte sich zu Schaj hinüber und legte seine schwere Hand auf die knochige Schulter. Tamar konnte die Böe der im Zaum gehaltenen Gewalttätigkeit, die um seinen Körper zu trudeln begann, regelrecht spüren; Assaf beobachtete die andern Männer, die dastanden und das Schauspiel beobachteten, und er bemerkte, wie sie mit ihren Körpern jede Geste des Hünen imitierten. »Willst du wirklich hören, warum du im Leben nicht fertig damit bist? Weil du eine Null bist, nichts als eine Null ohne deinen Stoff, nicht mal einen halben Tag hältst du durch. Du traust dich nicht, auf die Straße zu gehen und mit einem zu quatschen, geschweige denn in eine Kneipe. Du kannst mit keinem Freund sprechen und mit keiner Braut was anfangen. Bei deinen Komplexen, mit einer ins Bett zu gehen? Da kann ich ja nur lachen. Vielleicht kriegst du ohne deinen Stoff nachts in deinen Träumen noch einen hoch. Ich, Pessach, dein Vater und deine Mutter, dein Freund und deine Freundin, dein Agent und deine Zukunft, ich schlage dir vor: Nimm es, nimm es im Guten.«

Solange Pessach sprach, hielt Schaj den Kopf gesenkt. Mit jedem Satz Pessachs schien er kleiner zu werden, als klopfte man ihn mit einem Hammer in die Erde. Als Pessach fertig war, richtete Schaj sich auf, schüttelte das, was von seinem Haar übrig geblieben war, aus den Augen und sagte Nein.

»Schade um dich«, sagte Pessach. »Du hast die Finger von Jimi Hendrix. Aber wie du willst.« Er trat einen Schritt zurück und machte Schischko ein Zeichen. Schischko kam näher, schmal und finster, und packte gewaltsam Schajs rechte Hand, die sonst die Saiten schlug. Schaj heulte entsetzt auf und versuchte, seine Hand wegzuziehen.

»Um ehrlich zu sein, frage ich mich«, Pessach kratzte sich den Schädel, »ob der erste Finger für den Mitsubishi ist, den du zu Klump gefahren hast, oder für unseren Freund Miko, der nun den Fraß im Knast runterwürgen muss. Was meint ihr?«, wandte er sich an die Männer, die um ihn herumstanden und wie hypnotisiert zusahen. »Vielleicht brechen wir ihn zuerst und entscheiden dann?«

»Das lässt du besser«, sagte eine neue Stimme, schwer und langsam, unmittelbar über der Höhle. Assaf dachte, gleich fall ich in Ohnmacht.

Schischko erstarrte mitten in seiner Bewegung. Schaj zog wimmernd seine Hand zurück und verbarg sie hinter seinem Rücken. Die Bulldoggen schauten nervös nach rechts und links und in die Höhe, Dinka bellte wie wahnsinnig gen Himmel und Pessach zog sich in den Schatten zurück, während seine Augen wie wild hin und her rasten.

»Ich habe mich verlaufen«, sagte Nashorn und stieg fast über ihren Köpfen den Hügel hinunter. »Da habt ihr euch ja ein schönes Plätzchen ausgesucht. Mir sind schon die Füße eingeschlafen. Hallo, Assaf.«

Wenn Assaf in den darauf folgenden Tagen die ganze Geschichte wieder in seinem Gedächtnis ablaufen ließ, war er der Meinung, das Ende hätte anders aussehen müssen. Eine Spur mehr Dramatik. Etwas mit Feuer und Rauchsäulen und einem unmenschlichen Kampf auf Leben und Tod und es hätte Stunden dauern müssen –

In Wirklichkeit verlief es beinahe enttäuschend. Es stellte sich heraus, dass da auch Polizisten warteten, neun Mann in Zivil, die seit den frühen Abendstunden zwischen den Sträuchern und Gräsern in der Schlucht gelegen hatten und die ganz zerknittert und schon leicht zerknirscht waren. Es war ein Kommissar der Drogenfahndung darunter, ein ruhiger, trockener Mann mit Brille, der im Libanonkrieg zu Nashorns Panzerbesatzung gehört hatte und der Assaf später erzählte, dass er, wenn man so wolle, Nashorn ein bisschen das Leben verdanke. Er war es auch, der Pessach mit einem Tonbandgerät aufgenommen hatte, wie er versuchte, Schaj rumzukriegen. »Ja, ja, die Beweislage ist eindeutig, durchaus«, murmelte er ohne Emotion, als wäre er ein britischer Bobby.

Die ganze Sache dauerte nicht länger als zehn Minuten. Die Welt stellte sich auf den Kopf und richtete sich wieder gerade. Pessach wollte sich aus dem Staub machen. Trotz seines enormen Gewichts war er schnell und wendig. Vier Polizisten waren erforderlich, um ihn einzufangen. Und auch dann gab er noch nicht auf. Es kam zu einem schweren Gerangel und Tamar fiel ein, dass Pessach in seiner Jugend Berufsringer gewesen war, aber schließlich legten sie ihn auf die Erde mit dem Gesicht nach unten und fesselten seine Hände. Als sie ihn auf die Beine stellten, sah er zum Gotterbarmen aus, ausgehöhlt und völlig verängstigt. Die Polizisten hatten die ganze Bande in Handschellen gelegt, sie mussten Rücken an Rücken sitzen und durften nicht sprechen. (Eine Handschelle war während des Kampfes mit Pessach verloren gegangen und fehlte nun. Tamar ging in die Höhle, brachte die Handschellen und reichte sie dem Polizisten mit verschlossener Miene. Worauf ein Kollege fragte »Vielleicht hast du auch ein Nachtsichtgerät? Meins ist kaputtgegangen.«)

Die Polizisten sahen sich ein wenig in der Höhle um. Sie versuchten zu verstehen, was dort abgelaufen war. Der Kommissar stellte Tamar ein paar Fragen, machte sich Notizen, und wegen des leichten Dunsts, der seine Brille beschlug, hätte man meinen können, dass er etwas aufgeregt war.

»Und wenn es dir nun nicht gelungen wäre?«, fragte er schließlich mit seiner koloraturlosen Stimme. »Du weißt sicher, dass alle Zeichen gegen dich standen.«

»Ich musste es schaffen, ich hatte keine andere Wahl.«

Schaj saß ein wenig abseits, gegen einen Felsen gelehnt. Er stand unter Schock und war schweißgebadet. Tamar ging zu ihm, setzte sich neben ihn und legte den Arm um seine Schultern. Sie flüsterten. Assaf hörte, wie sie sagte: »Noch heute Nacht. Jetzt gleich. Wir bringen dich einfach hin, du klopfst und gehst hinein.«

Er sagte: »Nie im Leben werden sie es zulassen. Du hast doch gesehen, dass sie mich nicht einmal gesucht haben.«

Tamar sagte, dass sie darüber noch sprechen müssten, alle, über diese furchtbare Zeit. Aber sie wusste, dass sie ihn erwarteten. Schaj lachte auf, er fragte, woher sie die Sicherheit nahm. Sie machte Assaf ein Zeichen, er kniete sich neben ihn und erzählte Schaj ruhig von dem Treffen in dem Café. Was er gesagt hatte und was sie und wie sie am Ende geweint hatten.

»Das glaub ich nicht«, sagte Schaj. »Er soll geflennt haben? Vor andern Leuten? Hast du echte Tränen gesehen?«

Die Polizisten zogen ab, eine kleine, grimmige, besiegte Karawane vor sich her treibend. Nashorn blieb bei den dreien. Er bot an, sie nach Hause zu fahren. Morgen würden sie zurückkommen, im Tageslicht, und alles einpacken. Assaf fühlte, dass sein Herz ihm in die Füße rutschte. Was denn, sollte es so enden? Denn in dem Zusammenwohnen mit ihnen, mit ihr, und

in der ganzen schmerzlichen Routine und den seltenen Glücks-
momenten hatte auch ein Zauber gelegen.

Sie stiegen die Böschung hoch. Dinka lief vor ihnen her und
Nashorn stützte Schaj. Dann überließ ihn Nashorn Tamar, die
ihm folgte, und ging neben Assaf. Assaf fragte ihn, wie er die
ganze Sache organisiert hatte und wie Pessach sie aufgespürt
hatte. Nashorn erzählte ihm, dass die Drogenfahndung schon
seit ein paar Tagen, seit ein Mädchen, das aus dem Heim geflohen war, in Eilat ums Leben gekommen war, hinter Pessach her
war. Sie hörten sein Telefon ab und legten eine dicke Akte über
ihn an, es fehlte nur noch das Tüpfelchen auf dem i. Und als
Nashorn diesen Freund von sich anrief, hatte dieser beinahe
euphorisch reagiert. »Und dann war es ganz einfach gewesen.
Heute Nachmittag hatte Pessach einen anonymen Anruf erhalten, vielleicht sogar von mir, der ihm erklärte, wo er seine
beiden ausgeflogenen Vögelchen finden konnte. Der Rest war
ein Kinderspiel.«

Der Mond verschwand. Es war schwierig, in der Dunkelheit
etwas auszumachen. Assaf setzte mehrmals dazu an, Nashorn
von Relli zu erzählen, aber er fand nicht die passenden Worte.
Sie kämpften sich durch das Dickicht. Nur ihre Atemzüge
waren zu hören und Schajs pfeifende Lunge. Assaf sah zur
Seite. Nashorn kam ihm nachdenklicher als gewöhnlich vor
und Assaf dachte, dass vielleicht gar keine Worte mehr nötig
waren.

Dann quetschten sie sich in Nashorns Lieferwagen. Alle
schwiegen. Nur einmal sagte Schaj: »Jetzt hätte ich beispielsweise nichts gegen einen Joint.« Und Tamar wusste, wie groß
seine Angst war, allem, was nun kommen würde, vollkommen
nackt, ohne den Schutzschild der Droge, gegenüberzustehen.
Assaf sah in die dunkle Landschaft und dachte, dass es nun aus
war, noch zehn Minuten, noch fünf, noch eine Minute.

Nur eine Lampe beleuchtete den Vorgarten. Tamar sah aus
dem Fenster des Lieferwagens und dachte daran, wie sie einen
Monat zuvor von hier aufgebrochen war. Dinka witterte ihr

Zuhause und wurde unruhig. Und Assaf – er sah das schöne Haus, den gepflegten Garten, die beiden silbernen Wagen in der Garage, und sein Herz rutschte tiefer.

Schaj stieg aus und stand vor dem Gartentor. Dinka sprang aus dem Wagen und tollte über den Rasen. Schaj wandte sich an Tamar: »Kommst du?«

Tamar sah das Haus an. »Geh du«, sagte sie, »du musst ihnen zuerst begegnen. Ihr müsst euch allein aussprechen. Ich komme morgen.«

Assaf sah sie erstaunt an. Nashorn saß mit dem Rücken zu ihnen und klopfte auf das Lenkrad. Eine Menge Rücken hatte er plötzlich.

»Ich dachte«, sagte Tamar zaghaft, »ich dachte, ich brauch noch eine Nacht dort. Ich hab mich noch nicht richtig von der Höhle verabschiedet.«

»Allein?«, fragte Nashorn dumpf. »Das geht doch nicht.«

Es herrschte Stille.

»Dinka kommt mit mir«, flüsterte Tamar.

»Ähm ... ähm ... ich auch«, sagte Assaf merkwürdig dünn.

Nashorn zuckte die Achseln. Er legte den Kopf auf die Hände, beide Ellbogen auf das Lenkrad gestützt. Durch die Windschutzscheibe sahen sie, wie Schaj das Tor öffnete und über den gepflasterten Weg ging, und wussten, dass erst jetzt sein Rückweg begann, zurück ins Leben, und sie waren sich ganz und gar nicht sicher, ob er es schaffen würde. Als er die Tür erreichte, drehte er sich kurz zu ihnen um. Er hatte den Blick eines gefangenen Tiers. Assaf und Nashorn hoben gleichzeitig einen Daumen. Tamar nickte ihm zu. Er klingelte. Die Tür ging nicht auf. Er wartete genau eine Sekunde und wollte schon wütend und beleidigt kehrtmachen, aber dann ging im Haus ein Licht an und noch eins. Schaj stand auf dem Sprung zur Flucht. Einen Moment später sahen sie, wie die Tür sich öffnete. Schaj warf einen langen, freudlosen Blick ins Haus. Dann, ganz langsam, ging er hinein und die Tür schloss sich hinter ihm. Assaf hörte neben sich ein ersticktes Schluchzen und sah, dass Tamars Gesicht nass war. Er dachte, bis jetzt hab ich sie noch nicht weinen sehen.

»Ich weine nicht«, flüsterte sie ihm ins Ohr, ängstlich darauf bedacht, dass es sie nicht übermannte. Assaf berührte mit dem Finger das Rinnsal, das über ihre Wange rann.

»Nein, nein«, lächelte sie durch die Tränen und gab sich noch immer nicht geschlagen. »Ich bin nur ein bisschen, ich weiß nicht, allergisch gegen Traurigkeit.«

Assaf kostete seine Finger. »Das sind echte Tränen«, bestimmte er und den ganzen Weg zurück zur Höhle weinte sie ihm auf die Schulter und befreite sich unter schwerem, bitterem Zittern von dem gesamten vergangenen Monat.

Nashorn brachte sie zu der Bushaltestelle über dem Wadi. Er verabschiedete sich von ihnen und machte sich auf den Rückweg. Es war noch dunkel, aber es dämmerte bereits. Dinka scharwenzelte mit aufgerichtetem Schwanz um sie herum. Sie gingen am Straßenrand entlang, dann stiegen sie in das Tal, halfen sich bei den schwierigen Stellen, erfanden Ausreden, um einander zu berühren, einander festzuhalten. Sie sprachen kaum ein Wort. Tamar dachte, ich bin noch nie einem Menschen begegnet, mit dem es sich so gut schweigen läßt.

Im Roman erwähnte Lieder und Musikstücke:

»Billiges Exstasy« – Text und Musik: Die Revolution naht
»Du blöde Kuh« – Text und Musik: Etti Ankri
»Eine Nacht am Achsiv-Strand« – Text und Musik: Naomi Shemer
»Ein zweiter Vogel« – Text: Nathan Zach, Musik: Misha Segel
»Heimatkunde« – Text: Ali Moher, Musik: Efraim Shamir
»Imagine« – Text und Musik: John Lennon
»I'm Not Your Baby« – Sinéad O'Connor, Bono
»Marionetten« – Text: Lea Goldberg, Musik: Gil Dor und Noa
»Meine Geliebte, alle Nomaden habe ich schon befragt« – Text: Juval
    Banaí und Orly Silberschatz-Banaí, Musik: Masluna und Reuven
    Shapira
»Mein Schatten und ich« – Text und Musik: Jehuda Poliker
»Stabat mater« – Musik: Giovanni Battista Pergolesi
»Suzanne« – Text und Musik: Leonard Cohen
»Vincent« (Starry, starry Night) – Text und Musik: Don McLean
»Wie ein verrückter Vogel« – Text: Izhak Einhorn, Musik: Nahum
    Hejman
»Wie kann es sein, dass ein einziger Stern ...« – Text: Nathan Zach,
    Musik: Matti Kaspi
»Working Class Hero« – Text und Musik: John Lennon
»Yesterday« – Text und Musik: John Lennon und Paul McCartney
»You've Got a Friend« – Text und Musik: Carole King

Die deutschen Übertragungen der ursprünglich hebräischen Lieder
stammen von Vera Loos und Naomi Nir-Bleimling. Die Abdruckrechte
für die längeren Textstellen aus den im Roman zitierten internationalen Songs wurden freundlich gewährt von Stranger Music Inc./EMI
Music Publishing Germany GmbH für *Suzanne* (Leonard Cohen); von
Screen Gems – EMI Music Inc./EMI Music Publishing Germany
GmbH für *You've Got a Friend* (Carole King) und von Northern
Songs Ltd. – Sony/ATV Music Publishing Germany GmbH für *Working Class Hero* (John Lennon).

Glossar

Aschkenasim: Bezeichnung für die ost- und mitteleuropäischen Juden.

Bar Mizwa: (hebr.: Sohn der Verpflichtung) Ein jüdischer Junge wird mit dreizehn Jahren in die Glaubensgemeinschaft eingeführt. Dieser Akt ist verbunden mit einer großen Zeremonie.

Bat Mizwa (hebr.: Tochter der Verpflichtung): Aus religiöser Sicht werden jüdische Mädchen mit zwölf Jahren mündig. Das ist der Anlass für eine große Familienfeier.

Britisches Mandat: Auf der Grundlage eines Beschlusses des Völkerbundes wurde Palästina vor der irsraelischen Staatsgründung vorübergehend von Großbritannien verwaltet (1923–48).

Chassidim: mystische Richtung des Judentums, die Mitte des 18. Jahrhunderts gegründet wurde.

Erez Israel: Hebräisch für »Land Israel«.

Jeschiwa: Schule, in der der religiöse jüdische Junge den Talmud studiert.

Kippa: Kleines Käppchen, mit dem ein frommer Jude den Kopf bedeckt, wenn er keinen Hut trägt.

Ladino: Sprache der Juden spanischer und portugiesischer Abstammung.

Mischna: Teil des Talmud.

Izhak Rabin: israelischer Ministerpräsident von 1974–1977 und von 1992–1995. Wurde am 4. November 1995 von einem fanatischen jüdischen Siedler erschossen.

Talmud: Name der beiden großen, zu den heiligen Schriften zählenden Werke des Judentums, der Mischna und der Gemara. Die Mischna enthält den mündlich überlieferten Rechtskodex, die Gemara die rabbinischen Kommentare.

Inhalt

David Grossman wurde 1954 in Jerusalem geboren und gehört zu den bedeutendsten Erzählern der israelischen Gegenwartsliteratur. Er schreibt für Erwachsene, Jugendliche und Kinder. Seine Bücher wurden in viele Sprachen übersetzt und mit zahlreichen Preisen ausgezeichnet. In Deutschland sind die meisten seiner Bücher im Hanser Verlag erschienen. Im Hanser Kinderbuch gibt es bereits den Jugendroman »Zickzackkind« (1997), die Erzählung »Eine offene Rechnung« (2000) und das Vorlesebuch »Joram und der Zauberhut« (1998).

Von David Grossman ist ebenfalls erschienen:

Zickzackkind

Aus dem Hebräischen von
Vera Loos und Naomi Nir-Bleimling
432 Seiten
ISBN 3-446-18070-2

Woher komme ich? Was wird aus mir? Der dreizehnjährige Nono
muss sich erst ungewollt auf eine abenteuerliche Reise einlassen, um
Stück für Stück die richtigen Antworten zu finden. Ein Ereignis jagt
das andere. Und mehr und mehr scheint sich ein mögliches Ziel im
Zickzack der immer schneller und undurchschauberer wirkenden
Ortswechsel zu verlieren. Wer ist der Mann, den Nono im Zug ken-
nen gelernt hat? Warum wird er von ihm so in den Bann gezogen,
dass er jede Vorsicht verliert, bis die Polizei hinter ihnen her ist?
Grossman entführt immer tiefer in das unerschöpfliche Reich seiner
Fabulierkunst zwischen Wirklichkeit und Magie.

David Grossman beherrscht die Kunst der Verzögerung und Be-
schleunigung, lockt im orientalischen Tonfall von Tausendundeiner
Nacht, lächelt dem Leser ironisch beim Perspektivenwechsel zu, ver-
fügt über diese atemlosen, aber immer korrekt gekleideten Sätze –
und bleibt trotzdem ein Kind. Dieses große Märchen verlangt nach
einer Fortsetzung.« DIE ZEIT

Bei David Grossman wird Lesen eine süße Sucht. Am Ende ist man
beseelt und ein wenig erschöpft – wie nach einem schönen starken
Traum. Ein wunderbares, ein virtuoses Buch.
Frankfurter Rundschau